HEYNE JUBILÄUMS REIHE

In derselben Reihe
erschienen außerdem als Heyne-Taschenbücher:

Thriller · Band 50/6
Klinik · Band 50/19
Horror · Band 50/21
Das endgültige Buch der Sprüche und Graffiti · Band 50/26
Sinnlichkeit · Band 50/31
Noch mehr Witze · Band 50/34
Das Buch der Sprüche und Graffiti · Band 50/39
Lust · Band 50/40
Beschwingt & heiter · Band 50/47
Sex · Band 50/50
Deutsche Erzähler des 19. Jahrhunderts · Band 50/52
Sehnsucht · Band 50/53
Körner, Sprossen, Keime · Band 50/57
Glück muß man haben · Band 50/59
Männerwitze · Band 50/62
Zauber der Leidenschaft · Band 50/65
Super-Sex · Band 50/67
Ärzte · Band 50/68
Immer fröhlich, immer heiter · Band 50/69
Alptraum · Band 50/71
Bürosprüche · Band 50/72
Lateinamerikanische Erzähler · Band 50/73
Louisiana · Band 50/74
Samurai · Band 50/76
Obsession · Band 50/77
Ratgeber Bauen und Wohnen · Band 50/79
Viel Vergnügen! · Band 50/80
Ekstase · Band 50/81
Österreichische Erzähler · Band 50/82
Ratgeber Versicherung · Band 50/83
Grauen Pur · Band 50/84
Fröhlich und beschwingt · Band 50/85
Arztpraxis · Band 50/86
Bombenstimmung · Band 50/87
Starke Frauen · Band 50/88
Heiter und so weiter · Band 50/89
Frauenkrimis · Band 50/90
Lachsalven · Band 50/91
Romantische Liebe · Band 50/92
Geheimnisvolles Erbe · Band 50/93
Hinter dem Schleier · Band 50/94
1000 neue Witze zum Totlachen · Band 50/95
Herr Doktor · Band 50/96
Leidenschaftliche Liebe · Band 50/97
Glücklich und zufrieden · Band 50/98
Crime Ladies · Band 50/99
Die große Liebe · Band 50/100
Psycho · Band 50/101
Tatmotiv: Liebe · Band 50/102
Vergnügliches · Band 50/103
Halbgott in Weiß · Band 50/104
Stürme des Herzens · Band 50/105
König Artus · Band 50/106
Lachen ist ansteckend · Band 50/107

HEYNE
JUBILÄUMS
BAND

Lachen ist ansteckend

Drei heitere Romane –
ungekürzt!

WILHELM HEYNE VERLAG
MÜNCHEN

HEYNE JUBILÄUMSBÄNDE
Nr. 50/107

QUELLENHINWEIS

Umwelthinweis:
Dieses Buch wurde auf
chlor- und säurefreiem Papier gedruckt.

Printed in Germany 1995
Umschlaggestaltung: Atelier Ingrid Schütz, München
Umschlagillustration: Sibylle Hammer, München
Satz: Schaber Satz- und Datentechnik, Wels
Druck und Bindung: Elsnerdruck, Berlin

ISBN 3-453-09176-0

INHALT

EVELYN SANDERS

Hühnerbus und Stoppelhopser

Seite 7

DORIS JANNAUSCH

Ausgerechnet Kusinen

Seite 335

TRUDE EGGER

Fänd ich den Richtigen doch im Küchenschrank…

Seite 477

EVELYN SANDERS

Hühnerbus und Stoppelhopser

1

»Du ignoranter Trottel!« brüllte Florian wütend, als die giftgrüne Ente um die Ecke bog, in beängstigender Schräglage die Tanne streifte und schließlich nach einer meterlangen Schleifspur zum Stehen kam. »Was glaubst du wohl, weshalb ich vorhin den Kies geharkt habe? Du rührst doch keinen Finger! Ich weiß sowieso nicht, weshalb immer ich der Dumme...«

Die Wagentür öffnete sich, zwei lange Beine erschienen, gefolgt von einem nicht minder langen Oberkörper, und endlich war auch der Kopf zu sehen, der überwiegend aus dunkelbraunen Locken bestand.

»Ach, du bist es bloß«, sagte Florian gedehnt, als er seinen Schwager erkannte.

»Wen hast du denn erwartet? Joan Collins?« Karsten schlug die Wagentür zu, woraufhin das Klappfenster herunterfiel und schaukelnd an einer Ecke hängenblieb. »Einfache Klebestreifen halten nicht, da muß man Leukoplast nehmen«, bemerkte er und drückte die Scheibe in die Ausgangsposition zurück. »Beim nächstenmal kippt sie wieder runter. Kannst du deinem Sohn nicht mal ein richtiges Auto kaufen?«

»Das war ein richtiges Auto, bevor es Tobias in die Hände bekam«, knurrte Florian erbittert.

»Das ist nie ein richtiges Auto gewesen«, behauptete Karsten, »ich würde es als blechumhüllten Hohlraum auf vier Rädern bezeichnen.«

»Und weshalb steigst du dann da rein?«

»Weil ich meinen Wagen zur Inspektion gegeben habe, weil sich Tobias gerade bei Mutti den Wanst vollschlägt und dann sowieso ein paar Stunden lang nicht mehr in die Karre paßt, und weil ich dich sprechen muß.«

»Schon mal was von Telefon gehört?« Florian drehte seinem Schwager den Rücken zu und demonstrierte Arbeitseifer, indem er den Spaten in den Boden rammte. »Ich bin beschäftigt. Außerdem bin ich selber pleite, der Whisky ist alle, und deinen wandelnden Flokati nehmen wir nicht mehr in Pflege. Die Katzenhaare hat Tinchen noch immer nicht vom Sessel runtergekriegt.« Nach Florians Erfahrung waren damit alle Vorhaben, die Karsten hergetrieben haben könnten, zur Sprache gebracht und vorsichtshalber gleich abgelehnt worden. »Sonst noch was? Tinchen ist übrigens nicht da.«

»Weiß ich. Die sitzt auch bei Mutti und bemalt in Schönschrift Etiketten für Marmeladengläser.«

»O Gott«, stöhnte Florian, »ist es schon wieder soweit? Wir haben doch noch das ganze Eingemachte vom vergangenen Jahr im Keller stehen. Kann sie das Zeug nicht mal dem Roten Kreuz oder einem Altersheim spenden? Dreiunddreißig Gläser Mirabellenmarmelade! Wer soll das denn essen?«

»Nun laß sie doch! Dieser Eichhörnchenkomplex muß noch ein Überbleibsel vom letzten Krieg sein, als es nichts zu kaufen gab und nur Gartenbesitzer eine gewisse Überlebenschance hatten. Das kriegst du aus alten Leuten nicht mehr raus.«

»Laß das bloß nicht Toni hören! Mit noch nicht mal siebzig ist man lediglich im reiferen Alter. Behauptet *sie!*«

»Ich weiß. Es ist immer das gleiche mit den späten Jahrgängen: Lange leben wollen sie alle, aber alt werden will keiner.«

»Wem sagst du das?« brummte Florian, der im kommenden Februar fünfzig werden würde und mit Entsetzen an die unumgänglichen Feierlichkeiten dachte. In der Redaktion würde er ein Riesenbesäufnis finanzieren müssen als Entgelt für irgendeine Scheußlichkeit, die ihm die Kollegen aus dem Erlös der vorangegangenen Kollekte überreichen würden, und was sich zu Hause abspielen würde, war noch gar nicht abzusehen. Tinchen würde schon dafür sorgen, daß niemand aus der Verwandtschaft seinen Ehrentag vergaß. Er traute ihr sogar zu, eigenhändig Tante Gertrud aus dem Schwarzwald heranzukarren, wo sie in einem teuren Seniorenheim einen friedlichen Lebensabend genoß, allem Irdischen weitgehend entrückt. Um es ganz klar auszudrücken: Sie war hochgradig senil und erkannte niemanden mehr, der ihr einmal nahegestanden hatte. Nach dem letzten Besuch in Freudenstadt hatte sogar Tinchen kapituliert. »Heute hat sie mich für Auguste Viktoria von Preußen gehalten. Gibt's die überhaupt?«

»Die gab's mal, als Tante Gertrud noch jung gewesen ist«, hatte Florian geantwortet, »aber Ähnlichkeit mit ihr hast du wirklich nicht.«

»Das will ich auch hoffen«, hatte sich Tinchen entrüstet. »Damals trug man doch noch Korsetts und Knöpfstiefel.«

»Und keine mahagonibraun getönten Haare«, hatte Florian lachend ergänzt, »da stand man zu seinen grauen Strähnen.«

»Muß eine gräßliche Zeit gewesen sein«, hatte Tinchen erwidert. »Und außerdem habe ich keine grauen Strähnen, sondern vereinzelte silberfarbene Haare. Die stehen mir mit siebenundvierzig Jahren auch zu. Aber es muß sie ja nicht jeder gleich sehen.«

Nein, also mit Tante Gertruds Erscheinen bei dem Geburtstagsdefilee war wohl nicht zu rechnen, aber was sich sonst noch alles einfinden würde, reichte auch schon. Bruder Fabian mit Frau Gisela, dieser gräßlichen Emanze, dazu Nichte und Neffen mit Anhang, der zum Teil noch in den Windeln steckte und mit Vorliebe Mülleimer ausräumte, ganz zu schweigen von Tinchens Sippe, die bei massiertem Auftreten auch ziemlich anstrengend war – Florian bekam schon jetzt eine Gänsehaut, wenn er an den Februar nur dachte. Abhauen sollte man, bevor der Rummel losging. Irgendwo hinfahren mit unbekanntem Ziel, mindestens zwei Wochen lang, damit niemand auf die Idee kommen könnte, die entgangene Freßorgie nachholen zu wollen. Aber da würde Tinchen wohl nicht mitmachen. Sie liebte Familienfeste und ließ nie eins aus. Und überhaupt, wo sollten denn die Kinder bleiben? Für Tobias begann zwar gleich nach den Weihnachtsferien das schriftliche Abitur, womit das Schlimmste überstanden sein dürfte, aber bis zum mündlichen würde er doch noch ein paar Monate lang die Schulbank drücken müssen. Julia würde sich ohne weiteres beurlauben lassen können. Im Gegensatz zu ihrem Bruder war sie eine sehr gute Schülerin, und bis zum Abi hatte sie noch zwei Jahre Zeit. Ob Tobias damit einverstanden wäre, vierzehn Tage lang zu den Großeltern …

»Kennst du den Unterschied zwischen Costa Rica und dir?«

Florian zuckte zusammen. Seinen Schwager hatte er glatt vergessen. »Nee. Warum?«

»In Costa Rica gibt es Kaffee!«

»Willst du etwa einen?«

»Na klar.«

»Dann fahr nach Costa Rica!«

Ohne auf Karstens verdutzte Miene zu achten, stiefelte Florian quer über den Rasen zur Terrasse. Karsten hinterher. »Ich will mit dir reden.«

»Das tust du doch schon die ganze Zeit.«

»Jetzt hör mir endlich mal zu!« Ungeduldig ließ er sich in einen Korbsessel fallen. »Ich wollte dir doch nur sagen, daß ich vorsichtshalber für euch mitgebucht habe.«

»Und ich habe dir schon ein dutzendmal erklärt, daß ich nicht mitkomme in die Oper. Neulich habe ich zwar gesagt, daß ich Mozart liebe, aber doch nicht einen ganzen Abend lang!«

»Deine schnelle Auffassungsgabe überrascht mich immer wieder«, sagte Karsten seufzend, »wer redet denn von Mozart? Ich spreche von Kenia.«

»Ach richtig, dein Kaffee.« Mit ergebener Miene stand Florian wieder auf. »Ich mache ja einen, aber muß es unbedingt welcher aus Costa Rica sein? Reicht nicht der von Tchibo?« Er schlurfte in die Küche, füllte die Maschine mit Wasser, suchte nach Filtertüten, fand sie nicht, kippte kurzentschlossen die schon am Morgen benutzte aus, spülte sie unter dem Wasserhahn sauber, stopfte sie in den Filter und schaufelte eine großzügig bemessene Menge Kaffee hinein. Zufrieden sah er zu, wie die braune Flüssigkeit in die Kanne tropfte.

Karsten war seinem Schwager gefolgt und hatte ihn kopfschüttelnd beobachtet. »Geht's euch wirklich so schlecht, daß ihr euch nicht mal Kaffeefilter leisten könnt?«

»Quatsch! Aber die Küche ist Tinchens Bereich, da finde ich nie etwas. Sie allerdings auch nicht. Neulich haben wir gemeinsam eine Viertelstunde lang den Dosenöffner gesucht, und weißt du, wo wir ihn gefunden haben?«

»Im Handwerkskasten«, vermutete Karsten.

»Nee, an der Wand. Ich hatte einen elektrischen gekauft und den alten weggeworfen, aber daran hatte keiner mehr von uns gedacht.«

Der Kaffee war fertig, Florian stellte Tassen und Dosenmilch auf ein Tablett und balancierte es auf die Terrasse. Karsten folgte mit der Kanne. »Wenn du das Geschirr runterschmeißt, ist es nicht so schlimm, im Schrank steht noch sauberes, aber neuen Kaffee können wir nicht kochen. Keine Tüten mehr.«

Florian schenkte die Tassen halbvoll, stand noch einmal auf, um die Kognakflasche zu holen, verteilte den spärlichen Inhalt gleichmäßig auf beide Tassen und lehnte sich schließlich in seinen Sessel zurück. »So, nun kannste weiterschwafeln, jetzt stört's mich nicht mehr.«

»Da dein Journalistengehirn offenbar nur dann aufnahmefähig ist, wenn es mit Alkohol begossen wird, fange ich am besten noch mal von vorne an.«

Mit einem kurzen Blick auf die Uhr sagte Florian: »Um fünf muß ich in der Redaktion sein, jetzt ist es halb drei. Also faß dich bitte kurz!«

Karsten versuchte es. »Wie allgemein bekannt, will ich im Februar noch mal Urlaub in Kenia machen, weil es mir im vergangenen Jahr dort so großartig gefallen hat. In einem Anflug von geistiger Umnachtung hatte ich den Eltern vorgeschlagen, mitzukommen, aber die haben Gott sei Dank gleich abgewinkt. Vater verträgt keine Hitze, daran hatte ich nicht gedacht, und Mutti will nie wieder ins Ausland, seitdem sie vor fünf Jahren in Jugoslawien eine Kakerlake in der Hotelhalle entdeckt hat. Kenia liegt für sie auf der anderen Seite der Welt, und da fährt man nicht hin, wenn man nicht muß. Ganz allein macht so eine Reise aber keinen Spaß, und da habe ich gedacht...«

»Wann bist du denn schon mal allein verreist?« unterbrach Florian den Wortschwall seines Schwagers. »Bisher hat es doch immer eine Linda oder Bibi oder Sonja gegeben, die liebend gern mitgefahren ist. Sogar auf eigene Kosten. Ist denn die Liaison mit deiner Arbeiterbiene schon wieder vorbei?« Florian erinnerte sich noch recht gut an das bebrillte Geschöpf, das Karsten ihm mal vorgestellt und das sich als Gewerkschaftssekretärin entpuppt hatte, mit der man nur über Ecklöhne und 35-Stunden-Woche hatte reden können. Als Inhaber eines florierenden Uhren- und Schmuckgeschäfts mit zwei Mitarbeitern war ihm Karsten ohnehin nicht als der richtige Partner für eine Rosa Luxemburg en miniature erschienen.

Karsten überhörte die Frage. »Hast du dir schon mal überlegt, was du deinen Lieben zu Weihnachten schenkst?«

»Darüber denke ich frühestens am dritten Advent nach«, sagte Florian gähnend, »jetzt haben wir September.«

»Eben! Höchste Zeit zum Buchen.«

»Na, dann tu's doch!«

»Hab ich schon. Ich muß nur wissen, ob ihr auch drei Wochen bleiben wollt.«

»Wieso wir?« Mit einem Schlag war Florian wieder hellwach. »Heißt das, du hast uns als Begleitung für deine Kapitalistenreise vorgesehen? Junge, du hast wirklich 'n Rad ab! Woher soll ich das Geld nehmen? Von dem Haus hier gehören mir bestenfalls die Keller und vielleicht noch die halbe Eingangstür, alles andere muß ich erst abzahlen, und du willst mir einen Zwanzigtausendmarkurlaub unterjubeln? Darüber kann ich nicht mal mehr grinsen.«

»Siebentausendfünfhundert«, verbesserte Karsten.

»Was?«

»Die Reise würde dich nicht mehr als siebentausendfünfhundert Mark kosten. Den Anteil von Tobias trägt Vater, quasi als Geschenk zum Abitur.«

»Finde ich nobel. Aber was schenkt er ihm im nächsten Jahr?«

»Sei nicht so pessimistisch, der fällt schon nicht durch, dazu ist Tobias viel zu clever. Aber jetzt mal im Ernst, Flori. In dem Preis ist alles enthalten, Flug, Unterkunft, Vollpension...«

»Taschengeld auch?«

»Brauchst du so gut wie gar nicht. Alkoholfreies kostet wenig, und für abendliche Besäufnisse kauft man sich genügend Vorräte im Duty-free-Shop, am besten farblose wie Gin oder Bacardi, mit denen man seinen Ananassaft tränkt. Fällt überhaupt nicht auf.«

»Einleuchtend. Das Geld für den zollfreien Einkauf würde ich bestimmt zusammenkriegen, und wenn du mir jetzt noch sagst, woher ich die lumpigen sieben Tausender nehme, kommen wir gern mit.«

»Vom Lottogewinn«, sagte Karsten.

»Kommt nicht in Frage!« wehrte Florian erschrocken ab. »Das ist die eiserne Reserve.«

»Reserve wofür?«

»Für Notfälle. Ich kann mir zum Beispiel ein Bein brechen...«

»Du bist hoffentlich krankenversichert, und dein Gehalt läuft sowieso weiter. Was sonst noch?«

»Tinchen kann krank werden, dann brauchen wir eine Haushaltshilfe.«

»Die hättet ihr kostenlos. Was meinst du, wie gerne Mutti...«

»Die Zeitung macht pleite, und ich werde arbeitslos.«

»Bei eurer gleichbleibenden Auflage ziemlich unwahrscheinlich.«

»Ich kriege einen Herzinfarkt!« trumpfte Florian auf.

»Den kriegst du mit Sicherheit, wenn du nicht endlich mal richtig Urlaub machst. Du bist jetzt ohnehin in dem gefährdeten Alter.«

»Danke«, sagte Florian. »Siebenunddreißigjährige sollen auch schon mal einen bekommen haben.«

»Nur, wenn sie sich von der Arbeit auffressen lassen.«

»Das allerdings kann man von dir nicht behaupten«, bestätigte Florian mit Nachdruck, wobei er seinen Schwager verstohlen musterte. Wie machte der Kerl das bloß, immer noch so gut auszusehen? Keine Spur von Bauchansatz, obwohl er als Goldschmied doch eine überwiegend sitzende Beschäftigung ausübte, immer leicht sonnengebräunt, und wenn er mal wieder zum Friseur gehen würde, kämen seine angegrauten Schläfen noch besser zur Geltung. Kein Wunder, daß er bis jetzt noch nicht verheiratet war; wer begnügt sich schon mit Hausmannskost, wenn er à la carte speisen kann?

Wobei Florian nichts gegen sein Tinchen sagen wollte. Fast zwanzig Jahre waren sie jetzt verheiratet, und nicht einen Tag lang hatte er es bereut. Und wenn er es recht betrachtete, hatten sie es sogar zu etwas gebracht. Ein kleiner Lokalreporter beim Düsseldorfer Tageblatt war er gewesen, als er Ernestine Pabst kennengelernt hatte, zwei Jahre später war er zum Redakteur avanciert, mit geregeltem Einkommen und einer Dreizimmerwohnung, woraufhin er von Tinchen als Ehemann und von ihren Eltern als »Es hätte schlimmer kommen können« akzeptiert worden war. Nach dem Tod von Tante Klärchen vor acht Jahren, jener Korsettfabrikantenwitwe in Amerika, hatte er zwar keine Millionen geerbt, wie man allgemein vermutet hatte, aber 232 721 Dollar waren auch nicht zu verachten gewesen, selbst wenn er sie mit seinem Bruder hatte teilen müssen. Wozu Fabian das Geld überhaupt gebraucht hatte, da er doch schon ein nobles Eigenheim in einem Heidelberger Vorort besaß und als Uni-Dozent und gesuchter Wissenschaftler ein Mehrfaches von dem verdiente, was Florian heimbrachte, hatte er sowieso nicht verstanden. Aber seine Schwägerin Gisela hatte darauf gedrängt, daß die Erbschaft auf Dollar und Cent geteilt wurde. Seitdem standen auf dem Grundstück von Professor Bender in Steinhausen ein Orchideentreibhaus und auf Kreta ein Feriendomizil, das die sparsame Gisela gelegentlich an Kollegen von der archäologischen Fakultät vermietete. Sogar Florian hatte dort mit seiner Familie schon mal die Ferien verbringen dürfen, auf eine Wiederholung jedoch verzichtet, nachdem er von seiner Schwägerin eine genaue Aufstellung über zerbrochenes, beschädigtes und verschmutztes Mobiliar bekommen hatte. So sauber wie in jenen vier Wochen, als Julia und Tobias die meiste Zeit des Tages im Meer herumgetobt waren, hatte Florian seine Kinder nie wieder erlebt, und es blieb ein ewiges Rätsel, wann sie ›wie die Vandalen gehaust‹ haben sollten.

Bei dem heutigen Dollarkurs hätte Florian von der Erbschaft kein Haus bauen können, aber seinerzeit hatte es zum Kauf eines Grundstücks und zur Bereitstellung des notwendigen Eigenkapitals gereicht. Statt Miete zahlte er die Hypotheken ab, und seitdem er zum stellvertretenden Chefredakteur ernannt worden war, was eine erfreuliche Steigerung seines Einkommens zur Folge gehabt hatte, fühlte er sich manchmal sogar als Kapitalist. Noch vor ein paar Jahren wäre er vor Freude über den unerwarteten Lottogewinn beim Spiel 77 an die Decke gesprungen, jetzt hatte er die sechzehntausend Mark nur dankbar entgegengenommen, auf die hohe Kante gelegt, und nun sah er auch keinen Grund, sie dort wieder herunterzuholen. Schon gar nicht für eine Urlaubsreisc! Obwohl es bestimmt schön wäre, noch einmal zusammen mit den Kindern Ferien zu machen. Vor drei Jahren war Tobias zum letztenmal mitgefahren, seitdem hatte er in den Sommerferien gejobbt, damit er im Winter die Skipisten in Südtirol herunterwedeln konnte. Und Julia war im vergangenen Jahr mit der halben Klasse zum Campen nach Frankreich gezogen. Für den nächsten Sommer hatte derselbe Verein bereits Spanien im Visier. Aber mitten im Winter drei Wochen nach Kenia, wo die Sonne schien und das Meer wirklich noch sauber war, wie Karsten behauptet hatte – keins der Kinder würde da ablehnen, dessen war sich Florian sicher. Er sah sich schon unter Palmen lustwandeln, flankiert von seinen beiden attraktiven Damen, während sein Sohn in der Ferne auf Wasserskiern und mit einer Handbewegung lässig winkend seine Bahn zog. Mit Sicherheit konnte Florian nicht behaupten, daß sich Tobias jemals in dieser Sportart versucht hatte, aber wer Ski läuft, kann logischerweise auch Wasserski fahren, gar keine Frage!

Dezentes Schnarchen riß ihn aus seinen Träumen. Karsten hatte seinen Sessel in die schon tiefstehende Sonne gerückt und war prompt eingeschlafen. Er wußte, daß sein Schwager nicht unbedingt ein Freund spontaner Entschlüsse war, und mit einer klaren Zusage rechnete er heute sowieso nicht mehr, aber zumindest hatte er Florian erfolgreich angebohrt, sonst wäre der nicht in ein so langes Schweigen versunken. Das wurde nun abrupt unterbrochen.

»Wann, sagtest du, soll die Reise losgehen?«

»Am Samstag. Die fliegen in Frankfurt immer nur samstags ab.«

»Das Datum, Junge! Ich will das genaue Datum wissen!«

»Keine Ahnung, aber es ist der erste Samstag im Februar.«

Florian atmete tief durch. »Weißt du was, Karsten, wir kommen mit!«

Der war mit einem Schlag wieder munter. »Mensch, Flori, das finde ich großartig! Stell dir bloß mal vor, wie wir in der Sonne braten, während die hier zu Hause das Eis von den Autoscheiben kratzen! Alles ist grün, alles blüht ...«

»Ich stelle mir etwas ganz anderes vor«, sagte Florian grinsend, »nämlich meinen Bruder nebst Sippe, wie sie alle am 10. Februar mit ihren Blumensträußen vor meiner Haustür stehen und nicht rein können!«

»Warum sollten sie?« Dann fiel es Karsten schlagartig ein. »Ach so, dein Jubelfest! Macht ja nichts, wir können auch eine Woche später fliegen. Ich rufe gleich beim Reisebüro an und buche um.«

»Untersteh dich«, warnte Florian, »entweder der erste Samstag oder überhaupt nicht. Reise *und* Geburtstagsfeier kann ich mir nun wirklich nicht leisten!«

Drei Stunden später saß Florian vor dem Schreibtisch des Chefredakteurs und meldete seinen Urlaub an. Der wurde anstandslos genehmigt. Die meisten Mitarbeiter wollten im Sommer verreisen, was immer zu erheblichen Engpässen im Personalbestand führte. Der Februar dagegen war Wintersportenthusiasten vorbehalten, und davon gab es in der Redaktion nur drei. Zwei von ihnen waren Sekretärinnen und durch Leihgaben anderer Ressorts mühelos zu ersetzen, dem dritten unterstand die Rubrik ›Unser schöner Garten‹, und der hatte im Winter sowieso nicht viel zu tun.

»Hoffentlich wird das nicht wieder so eine schneearme Saison wie im vergangenen Jahr«, meinte Dr. Hinrich gönnerhaft, »sonst müssen Sie rauf auf den Gletscher.«

»Wo ich hinfahre, gibt es keinen Schnee«, korrigierte Florian, »allenfalls im Landesinnern.«

»Ach«, wunderte sich Dr. Hinrich, »Sie wollen also gar nicht zum Skilaufen?«

»Nein, ich will an den Indischen Ozean.«

»Also Thailand oder Indonesien? Und da soll es Schnee geben?«

»Haben Sie schon mal Fotos vom Kilimandscharo gesehen?«

»Der liegt doch in Afrika?«

»Eben«, sagte Florian und stand auf, »genau da will ich hin. Präzise ausgedrückt nach Kenia, und dort wiederum an die Küste.«

»So was kann *ich* mir nicht leisten, das muß doch ein Vermögen kosten!«

»Auch nicht mehr als drei Wochen Mallorca in der Hochsaison!«

»Lanzarote, mein lieber Bender, Lanzarote. Ich fahre immer nach Lanzarote. Dort habe ich nämlich ein bescheidenes Feriendomizil.«

»Sehen Sie, und das wiederum kann *ich* mir nicht leisten«, sagte Florian und machte, daß er aus dem Allerheiligsten hinauskam. Am Ende fiel es diesem Menschen noch ein, Florians Spesenabrechnungen zwecks gründlicher Überprüfung anzufordern.

Das wäre also erledigt, hakte er im Geiste den ersten Punkt seiner Liste ab. Gleich morgen früh mußte er einen Gesprächstermin mit den Direx vereinbaren, um außerplanmäßige Ferien für die Kinder herauszuschinden. Ein hartes Stück Arbeit würde das werden und viel erfolgversprechender, wenn er Tinchen vorschicken könnte, aber das war nicht möglich. Diesmal würde er den Mund halten! Kein Wort würde über seine Lippen kommen, bis unterm Weihnachtsbaum die Bombe platzte. Nein, das war wohl kein guter Vergleich, also bis unter der standesgemäßen Edeltanne die Flugtickets lagen. Hoffentlich hielt Karsten dicht und vor allem Ernst Pabst, der als mitzahlende Institution natürlich eingeweiht war. Wenn der sich verplapperte und Frau Antonie Wind von der ganzen Sache bekam, konnten sie den Urlaub in den Rauch schreiben. Sie würden es schaffen, selbst ihn, den aufgeklärten und allem Neuen aufgeschlossenen Journalisten, von der Gefährlichkeit einer solchen Reise zu überzeugen. Hatte sie nicht erst neulich, als Karsten wieder einmal seinen Videofilm vorgeführt hatte, ganz überrascht gefragt: »Wieso hast du eigentlich keinen von diesen Mau-Mau-Kriegern gesehen?«

»Weil es die seit dreißig Jahren nicht mehr gibt, Mutti. Diese Periode gehört der Vergangenheit an.«

»Woher willst du denn wissen, ob da nicht immer noch welche im Busch sitzen und auf eine günstige Gelegenheit warten, den Weißen mit ihren Krummsäbeln die Kehle durchzuschneiden. Das sind doch alles Wilde.«

»Mutti, ich *war* im Busch, und die einzigen Wilden, die ich gesehen habe, waren zwei Löwen, die hinter einer Antilope herjagten. Deine Wilden sind größtenteils zahme Souvenirverkäufer geworden.«

Frau Antonie hatte sich aber nicht überzeugen lassen. »Na schön, vielleicht bist du ja zufällig mit dem Leben davongekommen, aber es gibt doch auf Schritt und Tritt Gefahren. Schlangen zum Beispiel und Malaria und angeschossene Elefanten und Haie und giftige Käfer ...«

»Natürlich, Mutti, und alle tummeln sich am Strand und warten auf Touristen. Dir ist wirklich nicht zu helfen!«

»Dir auch nicht. Wie kann man nur zum zweitenmal in ein so unzivilisiertes Land fahren wollen? Keine zehn Pferde würden mich dahin bringen.«

»Stimmt, ohne Flugzeug geht's nicht«, hatte ihr Mann geantwortet und dann schleunigst das Thema gewechselt, bevor Frau Antonie wieder mit ihren physikalischen Kenntnissen herausgerückt wäre, wonach ein Flugzeug schwerer als Luft ist und schon deshalb gar nicht fliegen kann. Daß es dies trotzdem tut, mußte auf ein Wunder zurückzuführen sein, und darauf sollte man sich nicht verlassen. Wunder sind selten, sogar in Lourdes. Niemals in ihrem ganzen Leben würde Frau Antonie ein Flugzeug besteigen. Basta!

Nervös schritt Florian vor der dunkelbraunen Holztür auf und ab. Der Herr Direktor telefoniert, hatte die Sekretärin gesagt und Florian wieder auf den Flur geschickt. Mit dem Oberschulamt, hatte sie mit wichtiger Miene hinzugefügt, da dürfe der Herr Direktor nicht gestört werden. Auch nicht, wenn er einen Termin habe. Lange könne es aber nicht dauern, und der Herr Bender möge bitte draußen warten.

Das war dem Herrn Bender gar nicht recht. Er hatte sich sowieso schon über die unchristlich frühe Zeit aufgeregt, zu der er in die

Schule bestellt worden war, und nun marschierte er seit exakt sieben Minuten von einer Wand zur anderen und versteckte sich jedesmal hinter dem Garderobenständer, sobald er Schritte auf der Treppe oder hinten in der Halle hörte. Nicht auszudenken, wenn ihn Tobias oder Julia hier sehen würde. Die hatten doch keine Ahnung von der bevorstehenden Unterredung.

Endlich öffnete sich die Tür. »Der Herr Direktor läßt bitten.«

Der Herr Direktor schien nicht viel zu tun zu haben. Sein Schreibtisch war makellos aufgeräumt, er selbst thronte im Bewußtsein seiner uneingeschränkten Autorität dahinter, erhob sich beim Anblick seines Besuchers jedoch andeutungsweise vom gepolsterten Armstuhl und reichte Florian seine fette Hand. Alles an ihm war fett: die Hängebacken, das Doppelkinn, der Bauch, über dem sich eine altmodische Uhrkette spannte, und sogar sein Lächeln.

»Was führt Sie denn zu mir, mein lieber Herr« – kurzer Blick auf den Terminkalender – »Bender?«

Ausführlich erläuterte Florian, was ihn hierhergeführt hatte, und bat um Urlaub für seine Kinder Tobias, Klasse 13, und Julia, Klasse 11. Der Herr Direktor lehnte ab. Das war um 8.19 Uhr. Um 8.37 Uhr gab er der Möglichkeit Raum, zumindest Julia freizustellen. Um 8.51 Uhr – es hatte inzwischen zur Pause geläutet – versprach er, den Fall auch hinsichtlich des Schülers Tobias zu überdenken. Als Punkt 9 Uhr die Sekretärin mit dem Joghurt für den Herrn Direktor erschien, hatte Florian seine Tochter bereits freigekämpft und gönnte sich eine Atempause. Unterdessen löffelte der Herr Direktor sein fettarmes Milchprodukt.

Die zweite Runde begann Florian mit einem Loblied auf Tobias, der schon drei Sommerferien lang auf seine Erholung verzichtet habe, um sich in das Heer der arbeitenden Bevölkerung einzureihen und Führerschein und Winterurlaub selbst zu verdienen. Letzteres erwähnte Florian natürlich nicht, es hätte dem mühsam aufgebauten Image seines Sohnes widersprochen. Nach Florians Schilderung war Tobias total überarbeitet, schon jetzt von dem bevorstehenden Abiturstreß geschlaucht und spätestens im Februar dringend erholungsbedürftig.

»Es ist doch hinreichend bekannt, daß völliges Abschalten, quasi ein Wegtauchen aus dem Alltag, effizientere Erfolge zeitigt als landläufige Wochenenden im häuslichen Umfeld.« Was quatsche ich da bloß zusammen? dachte Florian entsetzt, redete aber unverdrossen weiter. Die Sonne sei es, die uns Mitteleuropäern fehle, worauf wohl auch in erster Linie der Leistungsabfall vieler Schüler zurückzuführen sei. Tobias sei ein Paradebeispiel für diese These, deutlich erkennbar an den Zensuren, die im Sommerhalbjahr immer viel besser ausgefallen waren, und wenn man berücksichtige, daß das mündliche Abitur schon im Mai... und das nach einem bestimmt wieder sonnenarmen Frühjahr... Der Herr Direktor müsse doch einsehen, daß diese Aussicht ein triftiger Grund sei, dem armen Jungen einen Sonderurlaub zu bewilligen. Noch dazu, wo er doch die Reise von seinem Großvater geschenkt bekommen habe.

Der Herr Direktor kapitulierte. Nicht zuletzt deshalb, weil es zur zweiten Pause geklingelt hatte und er danach Mathe geben mußte. Übrigens in der 11 b.

»Dann kann ich Ihrer Tochter ja gleich von dem erfreulichen Ergebnis unseres Gesprächs Kenntnis geben.«

»Bloß nicht«, wehrte Florian erschrocken ab, »die Kinder wissen doch noch nichts davon. Das wird ein Weihnachtsgeschenk.«

»Ach so.« Der Herr Direktor öffnete eine Schublade und entnahm ihr einen nagelneuen Kalender. »Dann wollen wir mal sehen, um welchen Zeitraum es sich handelt.«

»Vom vierten Zwoten bis zum fünfundzwanzigsten Zwoten. Das ist ein Samstag. Am darauffolgenden Montag wären die Kinder wieder in der Schule.«

Der Herr Direktor blätterte. »Hm, dann handelt es sich also um zwei Wochen.«

»Um drei, Herr Direktor«, korrigierte Florian. Gibt Mathe und kann nicht bis einundzwanzig zählen!

»Das ist insofern unrichtig, als im Februar eine Woche reguläre Ferien angesetzt worden sind, und zwar während der Karnevalszeit. Mir wurde das erst heute vom Oberschulamt mitgeteilt.«

»Ist ja prima«, sagte Florian erfreut, »dann versäumen die beiden lediglich zwei Unterrichtswochen, und die müßten sich ohne nennenswerte Schwierigkeiten aufholen lassen, zumal ich dafür sorgen werde, daß sie die notwendigen Schulbücher mitnehmen. Im Prinzip ist es doch wohl gleichgültig, ob sie nun in der Sonne liegen und Stephen King lesen oder Shakespeare.«

»Das würde ich etwas anders sehen«, meinte der Herr Direktor milde lächelnd, »und Ihre Kinder sicher auch.«

»Da habe ich mich falsch ausgedrückt«, verbesserte sich Florian schnell, »natürlich kann man die beiden nicht vergleichen. Was ich sagen wollte, war, daß sie ja bestimmt am Strand lesen werden, und da …«

»… werden sie Mr. King vorziehen. Ich verlasse mich aber auf Ihre Zusicherung, daß auch Wallenstein und der Steppenwolf in die Koffer gepackt werden.«

»Welcher Wolf?«

»Der Steppenwolf. Von Hermann Hesse.«

»Ach so, ja, natürlich«, sagte Florian mit hochrotem Kopf, verabschiedete sich unter vielen Dankesbeteuerungen, ließ sich einen erholsamen Urlaub wünschen und war froh, als er die Tür hinter sich zuziehen konnte. Verdeckt von zwei Regenmänteln, wartete er wieder, bis auch die letzten Nachzügler die Treppe hinaufgetrudelt waren und die Tür zum Lehrerzimmer einen Schwall bücherbepackter Pädagogen ausgespuckt hatte. Die Luft war rein. Fröhlich pfeifend stieg er in sein Auto, fuhr zur nächsten Telefonzelle und rief Karsten an. »Jetzt kannst du fest buchen, ich habe die Gören gerade in der Schule losgeeist.«

»Gebucht ist schon, da habe ich mich auf dein rhetorisches Talent verlassen, aber du mußt langsam mit den Kohlen rüberkommen. Fünfzehnhundert Anzahlung, der Rest wird erst vier Wochen vor Abflug fällig. Das Geld von Vati habe ich schon.«

»Meins kriegst du morgen mit der Post. Ich schicke dir einen Scheck.«

»Ist der auch gedeckt?«

Aber das bekam Florian nicht mehr mit. Er hatte den Hörer bereits aufgelegt. Wenig später war er unterwegs in die Innenstadt auf der Suche nach T-Shirts und Bermudas, eine Anfang Oktober ziemlich aussichtslose Sache, wie er nach einem längeren Marsch durch mehrere Kaufhäuser feststellen mußte. Na, dann eben nicht. In seinem Schrank lagen noch alte Jeans, da konnte er notfalls die Hosenbeine bis zu den Knien abschneiden. Machte Tobias ja auch immer.

2

Noch nie hatte Florian einem Weihnachtsfest so entgegengefiebert wie in diesem Jahr. Nicht nur, weil ihm endlich einmal die Jagd nach den doch immer verkehrten Geschenken erspart blieb, sondern weil jeder Tag, mit dem Christkindleins Ankunft näherrückte, auch die Wartezeit bis zur Abreise verkürzte. Die erschien ihm ohnehin entsetzlich lang. Mit niemandem konnte er die Vorfreude teilen. Höchstens mit Karsten, und der wimmelte ihn immer ab, sobald Florian im Geschäft auftauchte und um spezielle Auskünfte bat oder Pläne schmieden wollte, was man denn im fernen Afrika so alles unternehmen werde.

»Lies die Prospekte durch, Flori, kauf dir 'n Tropenhelm oder ein Buschmesser, wenn es dich glücklich macht, aber trampel nicht dauernd hier durch den Laden. Oder zieh dich wenigstens wie ein normaler Mittelstandsbürger an! In deinem Aufzug untergräbst du das Image meines Geschäfts!«

Schon immer hatte Florian die Neigung gehabt, das anzuziehen, was gerade herumlag. Heute waren es graugrüne Manchesterhosen, ein fliederfarbenes Polohemd und ein gelbes Sweatshirt gewesen. Zugegeben, die dunkelblaue Lederjacke paßte farblich nicht ganz dazu, aber sie hatte nun mal an der Garderobe gehangen, und da hatte er sie mitgenommen. Wäre Tinchen zu Hause gewesen, hätte er sich bestimmt umziehen müssen, die ließ ihn ja nie ohne Endabnahme vor die Tür, aber Tinchen saß bei Mutter Antonie und backte Weihnachtskekse.

Oft genug hatte Florian bereut, daß er damals auf seine Frau gehört und das Grundstück in Oberkassel gekauft hatte und nicht eins am entgegengesetzten Ende der Stadt. Natürlich war es in den ersten Jahren praktisch gewesen, wenn sie einen Babysitter gebraucht hatten und Oma gleich um drei Ecken herum wohnte, doch jetzt benötigten sie keinen mehr, und das mußte Oma wohl entgangen sein. Immer noch kam sie regelmäßig ›nur auf ein Viertelstündchen‹ vorbei, blieb mindestens zwei und setzte seinem Tinchen Flausen in den Kopf. Jetzt, da die Kinder fast erwachsen seien, sollte sie doch endlich am gesellschaftlichen Leben der Stadt teilnehmen, wieder Tennis spielen oder besser noch Golf wie ihre Schwägerin Gisela in Steinhausen; mit einem Professor verheiratet zu sein, sei ja auch nicht viel mehr als mit einem Beinahe-Chefredakteur, und die Frau Direktor Möllemann habe neulich erst gesagt …

Spätestens zu diesem Zeitpunkt pflegte Florian die Flucht zu ergreifen, wenn er es nicht schon vorher getan hatte. Ausgerechnet Golf! Eine Sportart, bei der sich Wanderer mit einer Metallkeule Wege durch gemähtes Gras dreschen! Sollte Tinchen doch schwimmen gehen oder seinetwegen auch joggen, soll ja beides gesund sein, er hatte gar nichts dagegen, solange er nicht mitmachen mußte, nur Golf kam nicht in Frage! Viel zu teuer und viel zu gefährlich! Man kannte das ja! Abendliche Geselligkeiten im Clubhaus, Tinchen mittendrin und er selbst am Schreibtisch in der Redaktion. »Muß der Gatte schon wieder arbeiten? Wie kann er eine so attraktive Frau nur ständig allein lassen? Darf ich Ihnen ein bißchen die Zeit vertreiben?« Florian hörte förmlich das Süßholzgeraspel, das er selbst oft genug von sich gegeben hatte, aber da war er schließlich noch Junggeselle gewesen, und überhaupt lag das lange zurück.

Frau Antonie ging jeden Dienstag mit Frau Möllemann zur Hausfrauengymnastik, dahin könnte sie Tinchen ruhig mal mitnehmen. Bei der nächsten Gelegenheit würde er dieses Thema zur Sprache bringen, und er wußte schon jetzt, daß Frau Antonie den Vorschlag begeistert aufgreifen würde.

Nachdem er von Karsten so rigoros an die frische Luft gesetzt worden war, obwohl er sich doch eine Einladung zum Mittagessen erhofft hatte, schlenderte Florian ziellos durch die Stadt. Nach Hause zu fahren lohnte nicht mehr, in die Redaktion wollte er aber auch noch nicht, dann würden die Kollegen am Ende denken, er hätte nichts Besseres zu tun, also steuerte er die nächste Imbißbude an und ließ sich eine Currywurst geben. Sie war lauwarm und schmeckte nicht. Das Dosenbier auch nicht. Er ließ beides stehen, zündete sich eine Zigarette an und überlegte, wie er die nächsten zwei Stunden herumbringen könnte. Fast bedauerte er, keine Geschenke mehr kaufen zu müssen, denn einzig zu diesem Zweck schienen alle Menschen unterwegs zu sein. Er hatte noch niemanden gesehen, der nicht wenigstens ein kleines Tütchen in der Hand hielt, ganz zu schweigen von Familienvätern, die ein halbes Dutzend schleppten oder versuchten, ein Kinderfahrrad in einem VW-Käfer zu verstauen.

Ob er nicht vielleicht doch noch für jeden eine Kleinigkeit ...? Die Briefumschläge mit den Kopien der Reiseunterlagen machten – rein äußerlich – nicht viel her, irgend etwas sollte er noch dazulegen. Am besten würde er die Kuverts in Schallplattenhüllen stecken, dann fielen sie auch gar nicht so auf.

Nun hatte er wenigstens ein Ziel, und das steuerte er schnurstracks an. »Ich brauche etwas, das möglichst viel Krach macht«, erläuterte er dem Verkäufer, der ihn aber keines Blickes würdigte, sondern weiter kleine grüne Zettel von einem Stapel auf einen anderen legte.

»Dann nehmen Sie doch ein Schlagzeug.«

»Eigentlich hatte ich mehr an eine Schallplatte gedacht.«

»Erster Stock links, hier unten gibt es nur Krach zum Selbermachen. Wie wäre es mit einer Posaune? Die ist auch schön laut.«

Florian hatte das untrügliche Gefühl, nicht ernstgenommen zu werden, und das verstärkte sich noch, als er im ersten Stock links nach einem hilfreichen Wesen suchte, möglichst nach einem jüngeren, das ihn bei der Auswahl beraten konnte. Er fand keins, entdeckte aber die an einer Wand aufgehängte Hitliste, las die Titel, kannte keinen, entschied sich für Nummer vier und Nummer fünf, weil er annahm, daß eins bis drei bestimmt schon in Tobias' Sammlung enthalten waren, und kaufte für Frau Antonie ›Die schönsten Opernchöre der Welt‹, die waren im Preis herabgesetzt, und für seinen Schwiegervater etwas von Vivaldi, auch im Sonderangebot. Nur für Tinchen fand er nichts. Die schwärmte für Frank Sinatra, das hatte sie vor zwanzig Jahren aber auch schon getan, und mittlerweile gab es keinen Song von Frankieboy, der nicht in wenigstens zwei verschiedenen Interpretationen in ihrem Plattenschrank stand. ›Strangers in the night‹ hatte sie sogar viermal.

Florian dachte nach. Diesen Vorgang unterstützte er in der Erfrischungsabteilung vom Kaufhof mit einem Whisky on the rocks. Nach dem zweiten hatte er endlich eine Erleuchtung, ausgelöst durch die Eiswürfel in seinem Glas: Er würde seiner Frau einen Bikini schenken.

Die Rolltreppe baggerte ihn einen Stock tiefer in die Sportabteilung. Leider war die Auswahl der Jahreszeit angepaßt und sehr gering. In der Hauptsache bestand sie aus lila und schwarzen formlosen Lappen, obenherum mit Draht verstärkt. So was hatte doch sein Tinchen nicht nötig!

»Haben Sie nicht etwas Schickeres?« fragte er enttäuscht.

»Das sind alles Modelle«, beteuerte die Verkäuferin, die mühelos einen dieser Brustpanzer ausgefüllt hätte. »Wenn Sie hier nichts finden, müssen Sie es eben in einem Spezialgeschäft versuchen.«

Das tat Florian und mußte feststellen, daß Sportgeschäfte nicht nur wesentlich teurer sind, sondern auch über einen wesentlich größeren Personalbestand verfügen, denn es heftete sich sofort eine Verkäuferin an seine Fersen. Er äußerte seinen Wunsch, konnte aber keine näheren Angaben machen im Hinblick auf Oberweite und Taillenumfang.

»Ich glaube Ihnen ja gern, daß Ihre Frau eine tolle Figur hat, aber ich sollte doch die genaue Größe wissen.«

»Was gibt's denn da so?«

»Wir führen die Größen 36 bis 48.«

»Dann nehme ich am besten die mittlere.« Er entschied sich für ein pinkfarbenes Modell, und weil er schon mal dabei war, kaufte er noch für Karsten ein Paar Shorts. Auf weißem Grund tummelten sich lauter Rhinozeros-Pärchen und übten Fortpflanzung. Florian hielt das für ein sehr passendes Geschenk.

Der Heilige Morgen begann im Hause Bender mit einem sehr unheiligen Krach, der von den einzelnen Familienmitgliedern recht unterschiedlich interpretiert wurde. Tinchen dachte sofort an Einbrecher, Florian an die Kiste mit Weinflaschen, die er gestern nacht noch in den Keller gebracht und irgendwo im Dunklen auf einer wackligen Unterlage abgestellt hatte. Julia dagegen vermutete Frühstücksvorbereitungen. Wenn ihr Vater Küchendienst hatte, ging das selten ohne Scherben vonstatten.

Nur Tobias schlief seelenruhig weiter. Die Lärmquelle war ausgeschaltet, der Wecker lag in Einzelteile zerfallen neben dem Papierkorb, der Feiertagsfrieden war wieder hergestellt.

»Das verdammte Ding hat gebimmelt«, grunzte er unter dem Kopfkissen hervor, als Tinchen auf der Suche nach dem Einbrecher in Tobias' Zimmer stürzte. »Kann mir mal einer sagen, warum? Es sind Ferien, Mittagessen gibt es erst heute abend, und zum Friseur gehe ich nicht mehr.«

»Hättste aber dringend nötig!« Energisch zog Julia ihrem Bruder das Kissen vom Gesicht. »Auf'm Kopf siehste aus wie'n aufgeplatztes Sofa.«

»Na und? Früher war ich eitel, heute weiß ich, daß ich schön bin!«

»Idiot!«

»Könnt ihr nicht wenigstens heute mal ein bißchen friedlich sein?« fuhr Tinchen dazwischen. »Wir haben schließlich Weihnachten.«

»Erzähl das mal den Palästinensern«, konterte ihr Sohn, »die Israelis haben gestern wieder ganz schön da unten rumgeballert.«

»Das weiß ich, und ich finde es auch sehr traurig, aber du wirst wohl kaum etwas daran ändern, selbst wenn du im Bett bleibst und Strategien für einen künftigen Weltfrieden entwickelst. Politikern fallen die besten Lösungen sowieso immer erst beim Schreiben ihrer Memoiren ein. Bis dahin hast du noch eine Weile Zeit. Kümmere dich also erst mal um den häuslichen Frieden und steh auf! Es gibt noch genug zu tun.«

»Dann fangt doch schon mal an!« Widerwillig kroch Tobias aus dem Bett. »Ich mag es nicht, wenn sich die Dinge schon morgens so dynamisch entwickeln.«

Der gleichen Ansicht war auch Florian. Trotzdem schlappte er ins Bad und drehte die kalte Dusche an. Mit den Fingerspitzen prüfte er die Temperatur, fand sie gerade richtig für Pinguine, Eisbären und Gesundheitsapostel und beschloß, seinen Kater lieber mit Alka Seltzer statt mit kaltem Wasser zu bekämpfen. Er hätte gestern eben doch nicht mehr mit durch die Altstadt ziehen sollen. Schließlich hatten sie Gerlachs Geburtstag schon in der Redaktion genügend begossen, aber dieser krumme Hund hatte ja noch weitermachen wollen und irgend etwas von einem Geheimtip gefaselt, den nur Eingeweihte kannten. Als Lokalredakteur gehörte er natürlich zu diesen Auserwählten, und so war die ganze Clique schließlich in einem obskuren Schuppen gelandet, der sich Number Two nannte, weil alle Getränke nur doppelt ausgeschenkt wurden. Gegen Ende der Feier hatte Florian sogar das Taxi doppelt gesehen.

Verdammt, er mußte ja noch seinen Wagen holen! Wo zum Kuckuck hatte er den eigentlich stehenlassen? Bei der doppelten Kneipe bestimmt nicht, dahin waren sie zu Fuß gegangen, und vor der Schaschlikstube gab's lauter Halteverbotsschilder, da parkten immer bloß Touristen und kassierten ihre Knöllchen, aber wo waren sie denn vorher noch überall gewesen? Florian konnte sich beim besten Willen nicht mehr erinnern. Ein Glück, daß Tinchen von der Sauftour nichts mitgekriegt hatte. Vorsichtshalber hatte er sie noch angerufen und etwas von improvisierter Weihnachtsfeier beim Verleger gefaselt. Hoffentlich war Gerlach inzwischen nüchtern genug, bei der Suche zu helfen. Oder lieber nicht, sonst endete sie doch wieder in irgendeiner Altstadtkneipe. Nicht umsonst war Gerlach Junggeselle ohne Familienanschluß und daher bestrebt, hohe Feiertage mit einem möglichst hohen Alkoholpegel zu beginnen.

Florian gurgelte ausgiebig mit Odol, und während er seine Bartstoppeln schabte, musterte er sich im Spiegel. Komisch, sobald er seine Brille nicht aufhatte, entdeckte er längst nicht so viele Falten wie sonst. Er fand sich sogar recht ansehnlich; wenn man mal von den etwas verschwiemelten Augen absah, aber die ließen sich zum Glück hinter der Brille verstecken. Graue Schläfen wirkten bei einem Mann immer interessant, das konnte man in jedem Liebesroman nachlesen, und sobald die durchgeistigte Stubenhockerblässe erst wieder einem sportlichen Braun gewichen war, konnte er es noch mit jedem Dreißigjährigen aufnehmen. Bestimmt aber mit einem Siebenunddreißigjährigen.

Weiter unten sah es nicht ganz so erfreulich aus. Der Bauchansatz war unverkennbar, hielt sich aber noch in Grenzen. Vielleicht sollte er doch mal mit Peter Gerlach zum Squashspielen gehen, der erzählte ja wahre Wunderdinge von Konditionsaufbau und Gewichtsabnahme. Man sah es ihm bloß nicht an. Gegen den war er, Florian, ein männlicher Twiggy. Oder wenigstens beinahe.

Fäuste trommelten gegen die Tür. »Was machst du denn so lange da drin? Du bist ja viel eitler als ich!«

»Nee – älter!« Er wickelte sich in seinen Bademantel und öffnete. Schweigend musterte Julia ihren Vater. »Hast auch schon mal besser ausgesehen. Du bist wohl heute nicht voll drauf, was?«

»Ich habe nur ein bißchen Kopfschmerzen.«

»Ja, ja, Enthaltsamkeit ist aller Laster Anfang«, sagte sie kichernd und verschwand hinter der Tür.

In der Küche saß Tobias und kaute Knäckebrot. »Nanu, keine Brötchen da?«

»Überhaupt nichts ist da, nicht mal Toast.«

»Dann ist Mutti sicher schnell zum Bäcker gefahren.«

»Denkste, die ist bei Oma. Sie will da frühstücken, hat sie gesagt, und zum Mittagessen kommt sie auch nicht, hat sie gesagt, du sollst dir 'n Rollmops auf den Kopf legen und 'nen Eisbeutel essen – nee, umgekehrt, is ja auch egal, jedenfalls sehen wir sie erst wieder, wenn sie sich in Gala schmeißen muß. Die Frau ist echt fähig, was?«

Mit dem Fuß angelte Florian einen Stuhl heran und setzte sich. Anscheinend war seine späte Heimkehr doch nicht so unbemerkt geblieben, wie er gehofft hatte. »Wer hat gestern eigentlich den Teewagen mitten im Wohnzimmer stehenlassen?«

»Ach, *du* warst das? Wie haste den bloß kaputt gekriegt? Biste reingefallen?« Aus dem Küchenschrank holte Tobias ein Tablettenröhrchen und stellte es zusammen mit einem Glas Wasser auf den Tisch. »Hier, frühstücke erst mal!«

Schweigend goß Florian Kaffee in seine Tasse. Dann stand er noch mal auf und inspizierte den Kühlschrank. Bis auf ein Glas Mayonnaise, zwei Päckchen Butter und eine Handvoll verschrumpelter Mohrrüben war er leer. »Heißt das, wir müssen noch einkaufen gehen?«

»Sieht fast so aus.«

»Was denkt sich Mutti eigentlich? Ich weiß doch gar nicht, was gebraucht wird. Siehst du irgendwo eine Einkaufsliste?«

Natürlich hatte Tinchen die notwendigen Besorgungen schon gestern erledigt, aber nachdem Florian irgendwann zwischen Mitternacht und Morgen ziemlich geräuschvoll in sein Bett gefallen war, war sie noch einmal aufgestanden und hatte den ganzen Kühlschrank leergeräumt. Versteckt in einem Pappkarton, lagerten alle Delikatessen im Keller hinter der Waschmaschine, da war es am kühlsten. Das hätte gerade noch gefehlt! Sich vollaufen lassen und dann zum Frühstück Lachsschinken und echten Emmentaler essen wollen!

Im Grunde genommen war sie über Florians alkoholischen Ausrutscher ganz froh gewesen. Auf diese Weise konnte sie die Beleidigte spielen und brauchte nicht nach einer Ausrede zu suchen, um sich schon am frühen Morgen zu Frau Antonie abzusetzen. Hätte sie sich bloß nie von ihr überreden lassen, ausgerechnet eine Wolljacke für Florian zu stricken. Über das Topflappenstadium war sie eigentlich nie so richtig hinausgekommen, und alle Versuche ihrer Mutter, sie in die Kunst der gehobeneren Handarbeiten einzuführen, hatten regelmäßig bei einer Länge von maximal fünfzehn Zentimetern geendet. Im Sommer hatte sie nochmals einen Anlauf genommen und tatsächlich eine Jacke zusammengebracht, die dem Modell in der Strickzeitschrift weitgehend ähnelte. Nur der Kragen war nicht ganz fertig geworden, und die Ärmel mußte sie auch noch einnähen. Zwar hatte Frau Antonie ihr die Endfertigung abnehmen wollen, aber Tinchen hatte abgelehnt. »Entweder ganz oder gar nicht. Mein erstes Selbstgestricktes will ich bis zum letzten Knoten allein machen. Florian wird staunen.«

Florian staunte tatsächlich. Nicht über Tinchens Handarbeit, von der ahnte er gar nichts, sondern über Tinchen selber. Um Einkäufe brauche er sich nicht zu kümmern, hatte sie eben am Telefon gesagt, er solle lieber zusehen, daß er bis zum Abend wieder nüchtern sei. Den Weihnachtsbaum müsse er aber noch aufstellen, nein, wo der Ständer sei, wisse sie nicht, es könne durchaus sein, daß die Einkellerungskartoffeln drauflägen, den dunklen Anzug müsse er noch aus der Reinigung holen und aus dem Supermarkt die Gans. »Geh direkt zu Frau Feinbeiner, die hat den Vogel in Tiefkühl-Pension genommen, weil in unsere Truhe nichts mehr reinging. Und denke an Ersatzkerzen!«

Richtig, die Lichterkette mußte er noch kontrollieren, damit sich das Fiasko vom vergangenen Jahr nicht wiederholte. Zwei Kerzen waren kaputtgegangen, Reserve natürlich nicht im Haus gewesen, aber nun hat die ganze Christbaumbeleuchtung nicht mehr funktioniert. Unter Tinchens bissigen Bemerkungen, in diesem Hause herrsche eigenartigerweise niemals Mangel an alkoholischen Getränken, während lebensnotwendige Dinge selten vorrätig seien, hatte Florian den Bestand an Leuchterkerzen geplündert, die langen Dinger halbiert und mit Blumendraht notdürftig an den Zweigen befestigt. Vorsichtshalber bereitgestellte Wassereimer und der Feuerlöscher aus dem Auto hatten die Blaufichte stilvoll umrahmt.

Es dauerte ziemlich lange, bis Florian seinem Sohn klargemacht hatte, weshalb er die traditionellen vorweihnachtlichen Hausherrenpflichten an ihn delegieren mußte.

»Und du weißt wirklich nicht, wo du deine Karre stehengelassen hast? Am besten rufst du erst mal bei der Polizei an, vielleicht hat sie das Auto längst abgeschleppt.«

Florian hatte gerade das Haus verlassen, als Julia die Treppe herunterkam. »Nanu, keiner da?«

»Bin ich keiner?« Nur flüchtig hatte Tobias den Blick von seiner Zeitung gehoben, aber jetzt stutzte er. »Was ist denn mit dir los? Hast du die Masern gekriegt?«

Schnell wandte Julia ihr Gesicht ab. »Ich hab wohl gestern ein bißchen zu viel von der Peeling-Maske aufgetragen.«

»Keine Ahnung, was das ist, aber du siehst aus wie ein gekochter Hummer.«

»Es st-steht drauf, es s-sei eine g-garantier-tierte Dreißig-Tage-Schönheitskur«, verteidigte sich Julia schluchzend.

»Nur nicht die Geduld verlieren, vielleicht passiert alles auf einmal am letzten Tag. Wann ist denn der?«

»H-heute.«

Kurz vor sieben machte sich Florian mit seiner Sippe auf den Weg zu den Schwiegereltern. Übrigens in der Ente. Seinen Wagen hatte er zwar gefunden, er stand unbeschädigt auf dem Parkplatz vor dem Pressehaus, aber den Schlüssel hatte er zu Hause vergessen. Bei der Reinigung war er auch nicht gewesen, so daß er sich auf Tinchens Befehl in den Smoking hatte werfen müssen, der ihm schon im vergangenen Jahr zu eng geworden war »Alkohol hat eben auch Kalorien«, hatte sie gesagt und den Hosenknopf bis zum äußersten Ende versetzt. »Steck dir für alle Fälle eine Sicherheitsnadel ein. Allerdings darfst du dann das Jackett nicht aufmachen.«

Widerspruchslos hatte sich Florian gefügt. Ein kleiner Triumph war ihm nur vergönnt gewesen, als Tinchen angefangen hatte, ihre Liebesgaben noch einmal auszupacken. Sie hatte sich beim besten Willen nicht mehr erinnern können, ob sie das Geschenk für Frau Antonie in die Silberfolie gewickelt hatte oder doch in die dunkelblaue mit den kleinen Sternchen drauf. Die Nachprüfung hatte ergeben, daß im Sternchenpapier der Kaschmirschal für Ernst Pabst gelegen hatte und im silbernen der Pulli für Julia. Frau Antonies Leinendecke mit Lochstickerei und passenden Servietten hatte Tinchen regelrecht vergessen gehabt und erst im Schlafzimmerschrank hinter den Handtaschen vorkramen müssen.

»Jedes Jahr das gleiche Theater! Am 24. Dezember veranstaltest du Ostereiersuchen.« Grinsend hatte Florian die hektische Suche verfolgt.

»Immer noch besser, als am Heiligen Abend auf Schnitzeljagd nach verschwundenen Autos zu gehen!«

Schließlich schaukelte die Ente doch noch durch die menschenleeren Straßen. Auf Julias Schoß ruhte eine Schüssel mit Kartoffelsalat, während Tinchen eine Platte mit belegten Brötchen balancierte. »Kleine Vorsichtsmaßnahme, falls der Karpfen wieder in dieser Pfefferkuchenplempe schwimmt. Ich möchte bloß mal wissen, wo Toni dieses unmögliche Rezept her hat.«

»Wahrscheinlich aus derselben Quelle, der wir neulich auch das Huhn mit Oliven zu verdanken hatten«, sagte Tobias. »Mal sehen, ob ich nachher das Kochbuch finde. Dann lasse ich es nämlich verschwinden.«

Hinten im Kofferraum klirrte es verdächtig. »Keine Angst, das sind nur ein paar Colaflaschen. Bier gibt's ja nie, Wein mag ich nicht, und Omas Diätbrause schmeckt zum Kotzen.«

»Wie lange müssen wir eigentlich bleiben?« wollte Julia wissen.

»Essen um halb acht«, begann Tobias zu rechnen, »das dauert mit allen Zeremonien ungefähr eine Stunde. Danach dreißig Minuten Abräumen und Küchendienst, um neun Uhr Bescherung, ist ja wohl nach längstens einer Viertelstunde abgehakt, danach Beginn des gemütlichen Teils, worunter Opas Kognak und Omas kalorienarmer Sprudel nebst Zuckergußplätzchen zu verstehen sind, garniert mit Reminiszenzen wie ›Weißt du noch, Ernst, unser erstes gemeinsames Nachkriegsweihnachten...‹. Wenn wir das eine Stunde lang durchgehalten haben, werden wir uns wohl mit Anstand empfehlen können. Dann wären wir so gegen elf wieder zu Hause.«

»Spätestens!« versprach Florian. Für programmierte Familienfeiern im engsten Kreise hatte er nun mal nichts übrig, und so sehr er auch seinen Schwiegervater schätzte, länger als ein paar Stunden hielt er es mit seiner Schwiegermutter nicht aus. ›Dame à la Potsdam‹ pflegte er sie gelegentlich zu bezeichnen, womit er seine Abneigung gegen Konventionen, Etikette und ›den ganzen anderen Klimbim‹ zum Ausdruck brachte. Er brauchte keine hauchdünnen Porzellantassen für seinen abendlichen Tee und keine Fingerschälchen mit Zitronenscheiben drin, wozu gab's Waschbecken, aber Frau Antonie liebte diese Accessoires nun mal und stellte sie bei jeder sich bietenden Gelegenheit gern zur Schau.

»Nun guckt euch bloß wieder diesen Juwelierladen an!« Kopfschüttelnd umrundete Florian den festlich gedeckten Tisch und hob schließlich eines der schweren Silbermesser hoch. »Die Dinger sind doch waffenscheinpflichtig!«

Während Julia nach einer Vase für den mitgebrachten Blumenstrauß suchte und Tinchen anstandshalber in der Küche verschwand, räumte Tobias den Wagen aus. Karsten stand daneben und sah zu. »Warum kommt ihr eigentlich so spät?«

»Wir kommen nicht zu spät, du warst bloß zu früh da. Hier, nimm mal den Kartoffelsalat!«

Gemeinsam gingen sie ins Haus und dort schnurstracks ins Eßzimmer, wo Karsten die gelbe Plastikschüssel mitten auf den Tisch stellte.

»Seid ihr verrückt? Oma kriegt einen Herzinfarkt!« entsetzte sich Julia. »Bringt das Zeug sonstwohin, aber erst mal außer Sichtweite.«

»Also ins Bad!« kommandierte Tobias. »Kann mal einer die Türen aufmachen?«

In der halbgefüllten Badewanne stand, sorgfältig mit einem Bindfaden am Wasserhahn fixiert, ein zellophanumhüllter Chrysanthemenstrauß. »Für wen soll denn dieses Beerdigungsgemüse sein?«

»Das gehört mir«, sagte Karsten, »den nehme ich nachher mit. Ich bin noch zu 'ner Party eingeladen.« Suchend sah er sich um. »Am besten stellen wir den Kram in die Dusche, da kommt jetzt doch keiner hin. Schieb mal den Salat ganz nach hinten, dann passen die Brötchen auch noch rein.«

Das Festmahl verlief wie immer. Von der Suppe mußte Frau Antonie nachreichen, vom Karpfen blieb die Hälfte übrig, aber das Zitronensoufflé fand wieder begeisterte Abnehmer.

»Ihr macht euch wohl nicht viel aus Fisch?« fragte sie verwundert. »Mir ist das schon im letzten Jahr aufgefallen, allerdings war mir damals die Soße nicht so recht gelungen. Heute dagegen ist sie wirklich delikat.«

»Sicher, doch solange ich noch Zähne habe, brauchst du meine Weihnachtskekse nicht extra einzuweichen«, erklärte Florian mit seinem liebenswürdigsten Lächeln.

Frau Antonie hatte nichts verstanden. »Aber Junge, die Lebkuchen werden nicht vorher eingeweicht, sie lösen sich während des Kochvorgangs von selber auf.«

»Dann schmeiß sie doch gar nicht erst rein!«

Ernst Pabsts Ansprache, die er stets zwischen Hauptgang und Dessert zu halten pflegte, unterschied sich auch nicht sonderlich von den Reden der vergangenen Jahre und wurde wie stets mit dem Wunsch beendet, im nächsten Jahr möge nun endlich auch eine Schwiegertochter mit an der Festtafel sitzen.

»Da hat er sich aber geschnitten«, flüsterte Karsten in Florians Ohr, »lieber zwei Ringe unter den Augen als einen an der Hand.«

Der offizielle Teil war damit beendet. Julia räumte den Tisch ab, Tinchen fütterte die Spülmaschine, Frau Antonie wusch Gläser. »Die sind so empfindlich. Trockne sie bitte gleich ab.«

»Hat das nicht bis morgen Zeit?« maulte Julia.

»Merke dir eins, liebes Kind. Nichts ist unangenehmer, als am Morgen nach einem Fest in eine unaufgeräumte Küche zu kommen.« Es folgte ein längerer Monolog über Sauberkeit und Ordnungsliebe. »Als deine Mutter noch ein Backfisch war, habe ich manchmal unter das Papier, mit dem ihre Schrankfächer ausgelegt waren, einen kleinen Geldschein geschoben. Wenn sie beim Saubermachen gründlich genug war, durfte sie das gefundene Geld behalten.«

»Gar keine schlechte Methode«, bestätigte Julia, »warum hast du das nie bei mir gemacht, Mutti?«

»Hab ich ja«, sagte Tinchen trocken.

In Ernst Pabsts Arbeitszimmer saß der Rest der Sippe und wartete auf die Küchenbrigade. »Was machen die da draußen eigentlich? Großputz?« Verstohlen öffnete Florian den Hosenknopf. Er hing sowieso bloß noch an einem Faden, und die Sicherheitsnadel steckte natürlich unerreichbar in der Manteltasche.

»Was ich noch sagen wollte, Flori«, begann Karsten, »wenn die drei nachher ihre Kuverts finden, werde ich …« Er brach ab und sah Tobias durchdringend an. »Geh mal kurz in den Garten und guck nach, ob die Veilchen schon blühen!«

»*Was* soll ich?«

»'ne Fliege machen! Kannst ja gleich wieder reinkommen.«

»Stell dich doch nicht so an, ich bin kein kleines Kind mehr.« Er stand aber doch auf und verließ das Zimmer.

Hinter dem Schreibtisch zog Karsten eine Langspielplatte hervor. »Nachher setze ich mich neben den Plattenspieler, und wenn sie ihre Briefumschläge aufmachen, spiele ich als stimmungsvolle Untermalung ein paar Takte Kenia-Musik ab.«

»Aber nicht zu früh, sonst fällt's auf«, warnte Florian.

»Quatsch, bis dahin hat Mutti mindestens schon dreimal die Wiener Sängerknaben wieder umgedreht, da hört doch sowieso kein Mensch mehr hin.«

»Ich finde, das ist eine sehr gute Idee«, sagte Ernst Pabst, und Florian wunderte sich, weshalb er dabei so still in sich hineinlachte.

Eine halbe Stunde später sah es in Frau Antonies sonst makellos aufgeräumtem Wohnzimmer aus wie bei Hertie während des Schlußverkaufs. Niemand hatte ihre klagenden Rufe beachtet, das teure Geschenkpapier doch etwas sorgfältiger zu behandeln, weil man Teile davon bestimmt im nächsten Jahr noch einmal verwenden könne, und es war auch niemand bereit gewesen, die Schmuckbänder wieder zusammenzurollen und in die von ihr extra bereitgestellte Schachtel zu legen.

Julia paradierte in dem neuen Pulli vor dem Garderobenspiegel auf und ab, probierte, ob das Goldkettchen von Opa besser dazu paßte oder der metallene Modeschmuck, den Tobias ihr geschenkt hatte und der ein bißchen wie aufgereihte Gewehrkugeln aussah, während Florian sich in die dunkelblaue Wolljacke zwängte, mißtrauisch von Tinchen beäugt. Etwas sehr eng war sie ja ausgefallen, und mit den Ärmeln stimmte auch einiges nicht. »Ja, ich weiß, der rechte ist aus Versehen ein Stück länger geworden, aber wenn man sie hochschiebt, fällt das gar nicht auf. Du schiebst sie doch hoch, nicht wahr, Florian?« fragte Tinchen drohend.

»Ich dachte, eine Jacke soll wärmen.«

»Aber doch nicht die Handgelenke, da friert man nie.« Sie begann, das zerknüllte Papier zusammenzusuchen. »Könnte ja sein, daß noch etwas drunterliegt.« Ein vorwurfsvoller Blick traf Florian, aber der ignorierte ihn standhaft. Immerhin hatte sie schon ihren Bikini ausgepackt, sehr schön gefunden, nur leider für die Jahreszeit nicht recht geeignet. »Den hättest du bis Ostern aufheben sollen. Im Moment brauche ich viel dringender einen warmen Pullover.«

»Weihnachtsgeschenke müssen nicht immer nützlich sein, man kann sich doch auch mal über etwas weniger Nützliches freuen.«

»Na schön, dann freue ich mich im Sommer darüber.«

Florian fühlte sich unbehaglich. Seine ganze Strategie klappte nicht. Weder hatte Tinchen den eng zusammengerollten Briefumschlag entdeckt, den er mit Klebeband im Oberteil des Bikinis befestigt hatte, noch hatten die Kinder ihre Schallplatten aus den Hüllen gezogen, wobei zwangsläufig die Kuverts mit herausgefallen wären.

»Habe ich denn wenigstens euren Geschmack getroffen?«

»Meinen nicht«, sagte Julia, »ich stehe auf Rick Astley und nicht auf Michael Jackson. Schadet aber nichts, Paps, nächste Woche hat Billie Geburtstag, da hätte ich sowieso etwas kaufen müssen. Das Geld kann ich mir jetzt sparen.«

»Hast du denn schon mal nachgesehen, ob die Platte auch einwandfrei ist? Keine Kratzer drauf oder so?«

»Warum sollen da Kratzer drauf sein?« fragte sie erstaunt. »Aber wenn es dich beruhigt…«

Florian gab seinem Schwager einen verstohlenen Wink. Plötzlich brach die einlullende Hintergrundmusik ab, und ein lautes »Jambo! Jambo, bwana, habari gani…« kam aus dem Plattenspieler.

»Stell das sofort ab, Karsten!« Mit gequälter Miene hielt sich Frau Antonie die Ohren zu. »Diese Musik ist nun wirklich in höchstem Grade unpassend!«

»Abwarten«, sagte Herr Pabst.

Inzwischen hatte Julia den Briefumschlag entdeckt. »Endlich bist du vernünftig geworden, Paps. Ein Scheck ist nämlich viel besser als so 'n Verlegenheitsgeschenk.«

Da Tinchen keine Anstalten machte, ihren Bikini anzuprobieren, holte Florian die Einlage heimlich wieder heraus, strich das Kuvert glatt und überreichte es mit einer förmlichen Verbeugung. »Für dich, Tinchen.«

Tobias bekam auch eins. Von Opa.

»Was glaubst du, Mami, wieviel hat er ausgespuckt?« Mit dem noch verschlossenen Umschlag in der Hand lugte Julia über Tinchens Schulter. »Was denn, kein Scheck?« Ein bißchen enttäuscht sah sie zu, wie ihre Mutter einen DIN-A4-Bogen entfaltete. »Na ja, ein Gutschein ist auch nicht schlecht.« Schnell öffnete sie ihr eigenes Kuvert. Mit dem Briefkopf KTK – Kenia-Touristik-Klub konnte sie nicht viel anfangen, die aufgeklebte Palme, mit der Florian den Preis verdeckt hatte, nahm sie gar nicht wahr, und die aufgelisteten Daten und Zahlen sagten ihr überhaupt nichts. »Verstehe ich nicht. Was soll das?«

Der Weihnachtsbaum kam mächtig ins Wackeln, als Tobias plötzlich die Arme hochriß. »Ich werd' verrückt! Wir fliegen nach Kenia!!!« Aufgeregt hielt er seiner Schwester die Buchungsbestätigung unter die Nase. »Da, lies doch, du dummes Huhn! Hier ganz unten steht es: Bender, Florian – Bender, Ernestine – Bender, Tobias – Bender, Julia.«

»Steht da wirklich Ernestine?« fragte Tinchen empört, weil sie noch immer nichts begriffen hatte. »Ihr wißt doch, daß ich diesen Namen nicht leiden kann. Worum steht da nicht Tina?«

»Weil in deinem Paß nun mal Ernestine eingetragen ist, und den brauchst du für die Reise.« Lachend umarmte Florian sein Tinchen. »Freust du dich wenigstens?«

Doch, sie freute sich. Ganz langsam von innen heraus. Erst kribbelte es im Bauch, und dann war sie plötzlich da, die ganz große Freude. »Richtigen Urlaub, Flori, mit Sonne und Meer und ganz viel Zeit?«

»Mit noch mehr Zeit«, versprach er feierlich.

Aus einer Sesselecke schluchzte es. »Was hast du denn, Kleines?«

»Ich freu mich so.« Heulend vergrub Julia ihr Gesicht in Florians Strickjacke, tauchte aber sofort wieder hoch. »Ihh, die kratzt ja.«

Es dauerte lange, bis sich die Gemüter wieder beruhigt hatten, wozu Karstens Ankündigung, er werde mit von der Partie sein, nicht gerade beigetragen hatte. »Seitdem du mal in Sri Lanka gewesen bist, spielst du dich auf, als wärst du James Cook persönlich«, meckerte Tobias. »Glaubst du etwa, wir kämen ohne dich nicht zurecht?«

»Immerhin ist die Reise meine Idee gewesen!«

»Und wenn schon. Edison hat zwar die Glühbirne erfunden, aber bestimmt nicht die Herstellung jeder einzelnen überwacht.«

»Hahaha. Der Vergleich hinkt nicht bloß, der stützt sich sogar auf Krücken vorwärts. Wartet mal ab, ihr werdet für meine kundige Führung noch dankbar sein.«

Nur Frau Antonie hatte noch kein Wort gesagt. Zusammengesunken saß sie auf dem Sofa, dicke Tränen rollten über ihre Wangen, und das Taschentuch in ihrer Hand war schon ganz feucht. Erschrocken nahm Tinchen sie in den Arm. »Mutti, um Himmels willen, was ist denn los?«

»Und wenn das Flugzeug nun abstürzt?«

In das verblüffte Schweigen hinein klang Ernst Pabsts Stimme: »Dann, meine liebe Toni, wirst du wohl mit runterfallen.« Auf das Kuvert hatte er verzichtet, vielmehr überreichte er seiner Frau das schon auseinandergefaltete Papier. »Drei Wochen Kenia einschließlich Flug und Vollpension. Frohe Weihnachten, Toni.«

Toni sagte gar nichts. Wie hypnotisiert starrte sie auf den Briefbogen. »Da steht ja nur mein Name. Kommst du denn nicht mit?«

»Nein, meine Liebe. Die Hitze da unten ist nichts für mich, das weißt du. Ich fahre statt dessen in den kühlen Norden. Mindestens ein dutzendmal hat mich Ulrich schon eingeladen, aber du wolltest ja nie mit, weil du seine Frau nicht leiden kannst. Jetzt kann ich mit gutem Gewissen allein fahren.«

»Wer ist Ulrich?« wollte Julia wissen.

»Ein Jugendfreund. Kurz nach dem Krieg hat er eine Schwedin geheiratet und ist mit ihr nach Sundsvall gezogen. Da leben sie heute noch. Ich möchte ihn wirklich gern noch einmal wiedersehen, bevor der Kalk uns beiden aus den Knochen rieselt. Und ich habe auch schon fest zugesagt«, fügte er mit einem Seitenblick auf seine Frau hinzu.

»Du kannst ja ruhig fahren, aber mußt du mich deshalb ganz allein zu den Wilden schicken?«

»Du bist doch gar nicht allein, Toni.«

Dieses Argument war nicht zu widerlegen, doch Frau Antonie fiel sofort ein anderes ein. »In ein Flugzeug setze ich mich aber nicht, das wißt ihr ganz genau!«

»Dann mußt du schwimmen, Mutsch, und im Februar ist das Mittelmeer noch verdammt kalt.«

Schweigen. »Kann man denn nicht mit dem Schiff fahren? Rund um Afrika ist doch lauter Wasser.«

»Eine Kreuzfahrt ist im Preis leider nicht enthalten«, winkte Herr Pabst ab.

Den Gutschein sorgfältig zusammenlegend, erklärte Frau Antonie mit Bestimmtheit: »Wir werden zu einem späteren Zeitpunkt noch einmal darüber reden. Ich habe mich noch keineswegs entschieden.« Und nach einer längeren Pause: »Ob ich in meinem Alter noch einen Badeanzug tragen kann?«

Kaum hatte Florian das Feuer im Kamin angezündet und Tinchen den warmgestellten Punsch aus der Küche geholt, als es an der Haustür klingelte.

»Wer rückt uns denn jetzt noch auf die Bude?« wunderte sich Tobias. »Die Frohes-Fest-und-schöne-Feiertage-Litanei haben wir doch heute morgen schon überall heruntergebetet.« Deshalb rappelte er sich auch erst nach dem zweiten Läuten aus dem Sessel hoch. »Bleibt ruhig alle sitzen, der Butler geht ja schon öffnen.«

Draußen stand Karsten. Frierend trampelte er von einem Fuß auf den anderen. »Warum macht denn keiner auf?«

»Hab ich doch gerade. Was willst du überhaupt noch? Es ist gleich Mitternacht.«

»Eben. Deshalb hin ich ja auch gekommen. Weihnachtsgeschenke muß man termingerecht abliefern. Bei dem Trubel vorhin hatte ich die total vergessen.«

»Ach so, das ist natürlich etwas anderes.« Bereitwillig ließ Tobias seinen Onkel eintreten, nahm ihm sogar die Jacke ab, fragte eifrig: »Willst du was trinken? Wir haben aber bloß Glühwein. Kartoffelsalat ist auch noch da, und die belegten Brötchen haben wir wieder mitgenommen. Allerdings sind sie leicht durchweicht. Opas Dusche tropft nämlich.«

Die langen Gesichter, mit denen er im Wohnzimmer empfangen wurde, ignorierte Karsten.

»Was machst du denn hier? Ich denke, du bist auf einer Party.«

»War ich auch, aber das ist eine von den Feten, bei denen man die Nichteingeladenen beneidet. Ich hab meine Blümchen abgegeben, einen Eierpunsch getrunken – kennt ihr das Zeug? Schmeckt wie Vanillepudding –, und dann habe ich mich wieder verkrümelt. Hier, das hatte ich vorhin im Wagen liegenlassen.« Er knallte einen Schwung Prospekte auf den Tisch. Obenauf lagen zwei Briefumschläge.

»Taschengeld für den Urlaub?« Neugierig öffnete Julia ihr Kuvert. »Doch nichts Bares.« Sie entfaltete das Papier und las: Gutschein für einen Tauchkursus, zu absolvieren im Hotel Coconutpalmtrees/Kenia, einzulösen beim Reiseleiter Karsten Pabst.

»Finde ich Spitze, Karsten, vielen Dank! Geht man da richtig ins Meer mit Harpune und so?«

»Wahrscheinlich. Ich hab die Kids zwar immer nur im Pool herumkrauchen sehen, aber da haben sie ja erst geübt.«

»Wie ist denn der Tauchlehrer? Taugt er was?« Tobias überlegte schon krampfhaft, wem er im letzten Sommer seine Flossen gepumpt hatte. Die mußte er unbedingt zurückhaben.

»Woher soll ich das wissen?« sagte Karsten achselzuckend. »Ich hab's nie probiert.«

Tinchen hatte sich über die Prospekte hergemacht und studierte stirnrunzelnd das ›Kleine Wörterbuch für den täglichen Gebrauch‹. »Namibi wanawake heißt Damentoilette. Gute Güte, bis ich das ausgesprochen habe, habe ich mir längst in die Hosen gemacht. Was ist das überhaupt für eine Sprache?«

»Suaheli. Aber mit Englisch kommst du überall durch.«

»Lala salama, Mzee«, sagte sie kichernd. »Wißt ihr, was das auf deutsch heißt? Gute Nacht, ehrwürdiger Mann.«

Florian füllte die Gläser nach. »Sag mal, Karsten, hast du gewußt, daß Toni mitkommen soll?«

»Nein«, sagte der entschieden, »denn wenn ich es gewußt hätte, dann hätte ich Vater den Plan sofort ausgeredet. Mir schmeckt er nämlich auch nicht.«

»Drei Wochen lang mit Toni Pore an Pore auf der Sonnenliege? Eine entsetzliche Vorstellung!«

»Nun regt euch nicht schon vorher auf«, widersprach Tinchen. »Wie ich Mutti kenne, schließt sie spätestens am dritten Tag Freundschaft mit einer distinguierten Dame ihres Jahrgangs, zusammen werden sie am Vormittag gesundheitsfördernde Spaziergänge unternehmen und am Nachmittag in der Hotelhalle bei Eistee und Gebäck die Gäste durchhecheln.«

»O du ahnungsloser Engel«, sagte Karsten seufzend und dachte an die vermeintliche Hotelhalle, die aus ein paar durchgesessenen Korbstühlen bestand sowie einem Regal, in dem zerfledderte Zeitschriften lagen und mit Sonnenöl getränkte Taschenbücher, Hinterlassenschaft abgereister Gäste. Und Eistee? Na ja, vielleicht, wenn nicht gerade mal wieder das Kühlaggregat ausgefallen war. Er hielt es langsam für angebracht, die offenbar etwas hochgespannten Erwartungen seiner Verwandten ein wenig zu dämpfen, und so entwarf er ein ziemlich genaues Bild aller Unzulänglichkeiten, mit denen sie rechnen müßten. »Aber wenn man erst mal da ist, spielen die keine Rolle mehr. Ob mal 'n Käfer durchs Zimmer krabbelt oder die Klimaanlage ausfällt, ist Wurscht. Hauptsache, die Sonne scheint, und das tut sie zehn Stunden am Tag.«

Kurz vor drei bezog Julia das Bett im Gästezimmer. »Viel merkt man ihm wirklich nicht an, aber der Kerl hat tatsächlich die Hälfte von dem Punsch allein getrunken«, stellte Florian mit einer gewissen Hochachtung fest.

Als er die Treppe hinaufstieg, winkte Tinchen ihrem Bruder fröhlich hinterher. »Lala salama, Mzee!«

3

Schon am nächsten Morgen geschah das, was Florian befürchtet und Tinchen bereits gestern nacht vorsichtig angedeutet hatte. Julia stürmte ins elterliche Schlafzimmer. »Guten Morgen, schlaft ihr noch?«

»Jetzt nicht mehr«, knurrte Florian. »Wieso bist du schon auf? Es ist noch nicht mal zehn.«

»Ich konnte nicht mehr schlafen, da habe ich ein bißchen meine Garderobe durchgesehen. Paps, ich habe überhaupt nichts Sommerliches mehr. Die mintfarbenen Shorts vom letzten Jahr sind total ausgeblichen, aus den weißen bin ich rausgewachsen, die meisten T-Shirts sind vom Waschen so lang wie breit geworden, und mit bloß zwei Bikinis und meinem Gesundheitsbadeanzug kann ich nicht drei Wochen lang am Strand herumlaufen.«

»Was ist ein Gesundheitsbadeanzug?«

»Na, dieses hochgeschlossene Futteral mit den angeschnittenen Beinen, Modell 1934. Ich ziehe es ja auch nur zum Schwimmen in der Schule an, weil die blöde Hagmeier so prüde ist. Die hätte vor hundert Jahren leben müssen, als die Luft noch rein war und der Sex schmutzig. Unter normale Menschen kann ich mich mit diesem Panzer jedenfalls nicht wagen.«

Aus der horizontalen Lage hatte sich Florian in die vertikale begeben. Jetzt stopfte er das Kopfkissen hinter seinen Rücken und lehnte sich dagegen. Es stand ihm zweifellos eine längere Debatte bevor. »Willst du damit andeuten, daß du mal wieder einen ganzen Schrank voll nichts anzuziehen hast?«

»Natürlich nicht, aber ich kann doch nicht bei dreißig Grad im Schatten in Kordhosen und Flanellblusen herumrennen.«

»Julia hat recht«, mischte sich Tinchen ein, »für dieses Tropenklima hat sie wirklich nicht die richtigen Sachen. Ich übrigens auch nicht.«

Seine Weihnachtsgratifikation, die er eigentlich als Taschengeld eingeplant hatte, sah er bereits in Bikinihöschen und Polohemden verschwinden. Und als Tobias den Kopf durch die Tür steckte und das überfällige Frühstück reklamierte, brachte Florian nur noch ein müdes Lächeln zustande. »Wer denkt hier schon ans Essen, wenn es um die Frage geht, wie oft man sich im Urlaub umziehen muß. Wie viele Hemden und Hosen brauchst du denn noch?«

»Gar keine. Vielleicht 'ne neue Badehose, meine ist am Arsch schon ziemlich mürbe.«

»Tobias!!!«

»Na schön, meine Badebekleidung weist in der Gcsäßgegend einige poröse Stellen auf. Ist das korrekt formuliert, Mutti?« Er setzte sich auf die Bettkante und schlug das mitgebrachte Buch auf. ›Medizinischer Ratgeber‹ las Tinchen erstaunt.

»Was willst du denn damit?« Immerhin handelte es sich bei diesem Wälzer um ein Hochzeitsgeschenk von Tante Gertrud, war über zwanzig Jahre alt und keineswegs mehr auf dem neuesten Stand.

»Ich wollte nachsehen, ob die asiatische Grippe länger dauert als die französische, aber hier steht von beiden nichts drin. Was gibt es denn sonst noch Ansteckendes mit drei Wochen Bettruhe? Scharlach vielleicht?«

»Dagegen bist du geimpft.«

»Das weiß doch Schweinebacke nicht.«

»Wer ist Schweinebacke?«

»Unser Direx. Ihr glaubt doch wohl nicht im Ernst, daß der uns außerplanmäßig Ferien bewilligt? Die gibt es nur in Sonderfällen, und drei Wochen lang kann man schlecht seinen Onkel beerdigen oder zu 'ner Hochzeit fahren. Da muß uns schon was anderes einfallen.«

»Ist bereits alles geregelt.« Ausführlich schilderte Florian seine Unterredung mit Schweinebacke. »Nach anderthalb Stunden hatte ich es endlich geschafft«, schloß er triumphierend.

»Wann is'n das gewesen?« Tobias wollte das einfach nicht glauben.

»Anfang Oktober.«

»Ach so. Da haste aber Glück gehabt, zwei Wochen später wäre nichts mehr gelaufen. Da hatte ich nämlich die Mathearbeit vergeigt.«

»Junge, Junge, dein Abi geht doch den Bach runter.«

»Überhaupt nicht«, versicherte Tobias treuherzig, »ich hab mir das auf den Punkt genau ausgerechnet. Und wenn ich die Bioklausur auf Recyclingpapier schreibe, kriege ich von unserem Ökofreak mindestens drei Punkte extra, die habe ich dann noch als Reserve. Gibt's nun endlich Frühstück?«

Sie hatten sich gerade um den Küchentisch geschart, als das Telefon klingelte. »Das ist bestimmt Oma«, vermutete Julia, »hoffentlich sagt sie ab.«

Denselben Wunsch hatte Florian, nur hielt er es aus pädagogischen Gründen für besser, ihn nicht laut zu äußern.

»Nein, Mutti«, sagte Tinchen am Telefon, und »Ja, natürlich, Mutti«, und »Laß das nur, Mutti, das erledigen wir«, und »Gewiß, Mutti, aber darüber können wir auch nächste Woche noch reden«, und »Selbstverständlich, Mutti, das geht schon in Ordnung«, und als sie endlich den Hörer aufgelegt hatte, sank sie entnervt auf den nächsten Stuhl. »Sie kommt doch mit!«

»Das is 'n Ei!« war alles, was Julia herausbrachte.

»Habt ihr noch eins übrig?« Die verschlafene Stimme gehörte Karsten, der in Tinchens rosa Bademantel am Türrahmen lehnte und griesgrämig die Runde überblickte.

»Du siehst aus wie 'n Teller Eintopf«, stellte Tobias mitleidlos fest.

»Mir ist auch gar nicht gut. Ich konnte mich nicht mal rasieren, weil der Apparat in meinem Kopf so weh getan hat. Vielleicht geht es mir besser, wenn ich was gegessen habe.«

Julia holte Eier aus dem Kühlschrank. »Wie willst du sie haben, gerührt oder gespiegelt?«

»Am besten roh mit zwei Aspirin«, empfahl Florian.

Noch Wochen später erinnerte er sich mit Schaudern an die letzten Tage vor der Abreise. Manchmal war er mitten in der Nacht wach geworden, weil Tinchen die Lampe angeknipst und irgendwelche Notizen gemacht hatte, Insektenspray zum Beispiel oder Fusselbürste. Die Liste wurde immer länger, und ein Ende war offenbar nicht abzusehen. »Tine, wir wandern nicht aus, wir fahren in Urlaub!«

»Eben! Weißt du noch, wie wir vor zwei Jahren in diesem türkischen Kaff keine weiße Schuhcreme auftreiben konnten?«

»Ja. Dafür haben wir die braune nicht gebraucht, die du eingepackt hattest, weil nämlich keiner von uns braune Schuhe mitgenommen hatte.«

Am schlimmsten jedoch war die Einkaufstour gewesen, zu der sich Florian hatte breitschlagen lassen, nachdem seine Frau in sechs Versandhauskatalogen nichts Passendes gefunden und seine Tochter nach flüchtigem Durchblättern die gesamte Kollektion als ›echt ätzend‹ abgetan hatte. »Am besten gehen wir in das Geschäft auf der Berliner Allee, da kriegt man auch im Winter alles, was man im Sommer braucht. Die haben nur Kundschaft mit Ferienhäusern auf den Bahamas und so.«

Die Wartezeit, während der seine beiden Damen unermüdlich Röcke und Shorts anprobierten, wurde Florian durch eine Tasse Kaffee und einen Kognak verkürzt. Man war schließlich ein renommiertes Haus und hatte derartige Extras schon in den Preisen berücksichtigt. Das wurde ihm klar, als Julia in einem hellblauen Minibikini aus der Kabine trat. »Der ist echt geil, was? Kostet noch nicht mal hundert Mark.«

Das allerdings stimmte. Auf dem Preisschild stand DM 98,95. »Was denn, so viel Geld für so wenig anzuziehen?« Ungläubig starrte er auf die beiden schmalen Stoffstreifen. »Früher trugen die Frauen Badeanzüge bis zu den Knöcheln, dann bis zu den Knien, dann bis zu den Hüften, und jetzt bin ich mir nicht sicher, ob du den hier überhaupt bis zum Strand tragen wirst.« Insgeheim mußte er jedoch zugeben, daß diese Winzigkeit Julias schlanke Figur äußerst vorteilhaft zur Geltung brachte. Väterlicher Stolz schwang mit, als er nach kurzem Zögern sagte: »Na schön, Kleines, genehmigt. Aber bei den anderen Sachen machst du's ein bißchen billiger, ja?«

Schuhe kaufen wollte Julia lieber allein, deshalb war sie auch schon weg, als Tinchen endlich ihre Auswahl getroffen und Florians Geduld auf eine harte Probe gestellt hatte. Wohl nur deshalb war seine Reaktion zu verstehen, als sie ihm in der Wäscheabteilung den kleinsten aller vorhandenen Slips zur Begutachtung hinhielt und wissen wollte: »Gefällt er dir?« und er spontan antwortete: »Mir schon, aber ich fürchte, dein Mann wird damit nicht einverstanden sein.«

Das maliziöse Lächeln der Verkäuferin und Tinchens wütender Blick entschädigten ihn dann doch ein bißchen für den aufreibenden und vor allem teuren Nachmittag. Eine Erholungspause in der Konditorei lehnte Tinchen aber ab.

»Immer noch böse?« fragte er zerknirscht.

»Quatsch, ich hab nur bei der neuen Hose den obersten Knopf nicht ganz zugekriegt. Meinst du, ich schaffe das in fünf Tagen?«

»Wenn wir nicht bald abfahren, verpassen wir noch das Flugzeug«, jammerte Frau Antonie und durchwühlte zum fünften Mal ihre Handtasche nach Reisepaß und Ticket, obwohl sie schon viermal festgestellt hatte, daß beides ordnungsgemäß im Seitenfach mit dem Reißverschluß steckte. Genau wie die Kopfschmerztabletten und das Kölnisch Wasser und die kleine Nagelfeile, weil man gerade unterwegs immer irgendwo hängenbleibt. Eine erneute Kontrolle ergab allerdings das Fehlen der Schlaftabletten. »Ach du lieber Gott, die habe ich bestimmt im Bad liegenlassen. Ernst, kannst du dich erinnern, ob ich meine grüne Schachtel eingepackt habe?« Während sie hektisch weitersuchte, nahm Frau Antonies Gesicht die Färbung einer überreifen Tomate an.

»Bis auf Hühneraugenpflaster und Hustensaft war die Hausapotheke heute morgen leer.«

»Vielleicht habe ich die Tabletten ja auch auf dem Nachttisch vergessen. Gestern abend mußte ich eine nehmen, sonst hätte ich die ganze Nacht kein Auge zugemacht. Bestimmt liegen sie jetzt dort. Was mache ich denn bloß ohne? Ernestine, hast du welche?«

Tinchen winkte ab. »Schlaftabletten besitze ich nicht, brauch ich auch nicht, ich bin mit einer verheiratet.« Sie schob die Küchengardine zur Seite und zeigte aus dem Fenster. »Seit einer halben Stunde räumt er die Koffer ein. Und was hat er geschafft? Gar nichts!«

Alles hatte Florian schon probiert, senkrecht hochkant, liegend übereinander, stehend nebeneinander – Koffer waren nun mal nicht biegsam wie das Abschleppseil und widerstanden jedem Versuch, sie in Hohlräume zu pressen. Er stapelte auf, stapelte ab, stapelte um, Tinchens Koffer in Schwiegervaters Auto, Karstens Koffer in seinen Kadett, aber damit hatte er nur ein neues Problem geschaffen, denn jetzt ging Omas Reisetasche nicht mehr rein. Was er brauchte, war ein Möbelwagen!

»Möchte bloß wissen, was die alles mitschleppen«, knurrte er halblaut vor sich hin, ließ alles stehen und liegen und schlurfte zum Aufwärmen ins Haus. »Wenn wir den ganzen Krempel mitnehmen wollen, müssen mindestens zwei Personen zu Hause bleiben. Ihr könnt ja schon mal anfangen zu knobeln.«

»Ich stelle mir gerade die vielen Bierkästen vor, die man laut Prospekt in Papas Kofferraum unterbringen kann, also werden doch wohl die paar lumpigen Gepäckstücke reinpassen.« Karsten ging die ganze Sache mathematisch an. Er ermittelte die Kubikmeterzahl des Gesamtgepäcks, dividierte sie durch das Volumen der beiden Kofferräume und kam zu dem Ergebnis, daß sogar noch Platz genug blieb für Reservekanister und Verbandskasten. Entschlossen machte er sich an die Arbeit.

Wenigstens brauchte er keine halbe Stunde. Es dauerte nur ein paar Minuten, dann war er wieder da. »Wann geht der nächste Zug nach Frankfurt?«

»Ich hab 'ne bessere Idee«, sagte Tobias. »Fährt dein Freund Gerlach nicht einen Kombi?«

Gebrüllt vor Lachen hatte Florian, als Gerlach zum erstenmal mit seinem Schlachtschiff auf den Parkplatz gefahren und prompt gegen den Hydranten geknallt war, weil das neue Auto um einiges länger war als der alte Wagen, doch seitdem er regelmäßig zum Angeln ins Sauerland fuhr und jedesmal eine komplette Überlebensausrüstung mitschleppte, hatte Gerlach seinen Käfer gegen einen Kombi eingetauscht.

»Sonnabends ist der doch nie zu Hause.«

»Um diese Zeit schon, weil er jetzt erst langsam wieder nüchtern wird«, widersprach Tinchen. »Ruf mal an, mehr als nein sagen kann er nicht.«

»Eben. Deshalb ist es auch besser, wenn du ihn fragst. Bei dir wird er eher weich.«

Am anderen Ende der Telefonstrippe meldete sich der Anrufbeantworter. »Auflegen und gleich noch mal wählen«, empfahl Florian, »spätestens beim vierten Bimmeln geht er selber ran.«

Gerlach kapitulierte schon nach dem dritten Mal. »Welcher Wahnsinnige wagt es, jetzt schon ...«

»Der Wahnsinnige bin ich«, sagte Tinchen schüchtern, »und bin in einer ganz ekligen Zwangslage. Wenn du nicht hilfst, ist alles im Eimer.«

Kaum ein Mann kann der flehenden Stimme einer Frau widerstehen, schon gar nicht, wenn sie vor lauter Schluchzen nur unzusammenhängende Sätze herausbringt. Als Gerlach den Hörer auflegte, war er davon überzeugt, daß Florian bereits auf dem Weg zum Flughafen war und aus noch nicht geklärten Gründen seine Frau zu Hause gelassen hatte. Ob versehentlich oder mit Absicht, blieb vorläufig dahingestellt. Auf jeden Fall würde er, Gerlach, diesem hinterhältigen Kerl einen Strich durch die Rechnung machen. Ohne Tinchen würde Florian nicht nach Kenia fliegen (obwohl er sie natürlich viel lieber hierbehalten und über Florians Fluchtversuch hinweggetröstet hätte)! Gar nicht verdient hatte der Schuft dieses prachtvolle Geschöpf, und wenn er selbst nicht so ein hoffnungsloser Idiot gewesen wäre, hätte er ihr damals schon einen Heiratsantrag gemacht, lange bevor Florian dazwischengekommen war. Aber hatte er denn ahnen können, daß dieser Windhund so hartnäckig sein würde? Sogar bis nach Italien war er ihr nachgefahren. Und dann war es natürlich zu spät gewesen. Einen Fetzen Tüll hatte er, Gerlach, sich noch ans Auto binden und den Trauzeugen spielen dürfen, was beinahe schon an Masochismus gegrenzt hatte. Seitdem beobachtete er das Bendersche Familienleben mit Argusaugen. Ganz hatte er die Hoffnung nicht aufgegeben, schließlich waren manche Ehen noch nach der Silberhochzeit geschieden worden.

»Er wird kommen!« Aus dem Wohnzimmer, wo sie ihren herzerweichenden Monolog heruntergespult hatte, zog Tinchen die Schnur hinter sich her und stellte den Apparat wieder auf den Dielentisch. »Allerdings wäre es angebracht, wenn das Haus bis dahin einen etwas verlasseneren Eindruck machen würde. Ganz genau weiß ich nicht, was Peter hier vorzufinden erwartet, auf keinen Fall jedoch eine Familientagung.«

»Was um alles in der Welt hast du ihm denn erzählt?«

»Der Zweck heiligt die Mittel, Flori, aber du fährst jetzt besser in Vatis Auto mit.«

Wenig später befand sich Ernst Pabst mit einem Teil der Sippe auf dem Weg nach Frankfurt, während Tinchen die Spuren des übereilten Aufbruchs beseitigte und dabei krampfhaft nach einer plausiblen Erklärung für Gerlach suchte. Verlassene Ehefrau klang ja gar nicht so schlecht, neben vier Koffern, auf denen überall Florians Name prangte, jedoch etwas unglaubwürdig. Und die versehentlich vergessene Ehefrau ging auch nicht, obwohl so etwas schon vorgekommen sein soll; blieben immer noch die Koffer zu erklären und die beiden Kinder.

Was sollte der Blödsinn überhaupt? Wenn Peter ein Freund war, und das behauptete er ja immer, würde er erst wütend sein, dann lachen und sie schließlich bereitwillig zum Flughafen fahren. Hoffentlich!

»Julia! Tobias! Seid ihr fertig?«

»Gleich!« klang es unisono zurück, was in der Praxis bedeutete, daß Julia immer noch packte und Tobias immer noch am Telefon hing. Dreimal hatte er sich schon persönlich und mindestens achtmal telefonisch von seiner Freundin Bettina verabschiedet, bedingungslose Treue und jeden dritten Tag einen Brief versprochen, aber nun war ihm eingefallen, daß er noch die Telefonnummer vom Hotel durchgeben mußte. Vielleicht war er ja doch durch das schriftliche Abitur gerasselt, und in diesem Fall wäre es besser, mit der Hiobsbotschaft nicht erst bis zu seiner Rückkehr zu warten. Dann würde er nämlich gleich in Kenia bleiben und Surflehrer werden oder so was Ähnliches. »Natürlich werde ich dich nicht vergessen«, versicherte er nochmals und legte den Hörer auf. »Jedenfalls nicht die ersten zwei Tage«, ergänzte er halblaut.

»Hat sie dich endlich genug vollgesülzt?« Julia schnappte sich den Apparat und marschierte Richtung Toilette. Nur dort glaubte sie sich vor etwaigen Lauschern sicher. »Wenn du dich von dieser Frustzicke nicht mal 'n paar Wochen trennen kannst, warum fährste dann überhaupt weg?«

»Dämliche Frage! Wenn ich ans Meer will, nehme ich doch keinen Sand mit! Aber irgendwann ist der Urlaub ja wieder zu Ende.«

In der Küche saß Tinchen vor einer Tasse mit kaltgewordenem Kaffee und ging in Gedanken noch einmal ihre Liste durch. Die Zeitung hatte sie abbestellt, alle Blumentöpfe in der Badewanne aufgereiht, damit Frau Knopp von nebenan nicht so viel Arbeit mit dem Gießen hatte, die Schlüssel hatte sie schon gestern rübergebracht, zusammen mit der Ferienadresse für alle Fälle, das Schneeschippen, sofern erforderlich, würde Herr Knopp übernehmen, wenn ihm

Frau Bender dafür vielleicht einen kleinen Neger für seine Frau mitbringen würde, aus Holz natürlich und nicht so teuer ... die Heizkörper mußten noch abgedreht werden, und dann sollte Tobias sicherheitshalber nachsehen, ob auch die Kellertüren abgeschlossen waren. Wohin bloß der Schlüssel vom Heizungskeller verschwunden war? Na ja, man konnte notfalls einen Stuhl unter die Klinke stellen, der erfüllte den gleichen Zweck.

Halb drei. Wo blieb Peter? Eigentlich hätte er schon hier sein müssen. Tinchen fütterte den Automaten mit frischem Kaffee. Hoffentlich haben wir keine Zeit mehr, ihn zu trinken, betete sie insgeheim. Ob sie noch mal anrufen sollte? Lieber nicht, wenn Gerlach nicht schon längst unterwegs war, würden sie es auf keinen Fall bis halb sieben Uhr zum Flughafen schaffen.

Es klingelte. Endlich! Vor der Tür stand Frau Knopp und wollte wissen, ob sie den Gummibaum mit verdünntem Bier gießen dürfe, bei ihrem täte sie das immer, und das bekäme ihm ausgezeichnet.

Eine passende Antwort lag ihr schon auf der Zunge, aber dann hatte Tinchen eine Idee. »Trinken Sie noch schnell einen Kaffee mit mir? Wir warten nämlich auf einen Bekannten, der uns zum Flugplatz bringt.« Auf keinen Fall würde Gerlach eine Szene machen, solange ein Fremder anwesend war, und wenn erst mal die Kinder mit im Wagen saßen, würde er sich auch zusammenreißen müssen.

Einerseits hatte sie gar keine Zeit, andererseits war Frau Knopp neugierig wie eine Elster. Wieso war der Herr Bender schon abgefahren, während seine Frau auf einen Freund wartete? Und dazu noch die vielen Koffer im Flur? Da stimmte doch etwas nicht, und genau das hoffte Frau Knopp herauszubringen. Die Enttäuschung war ihr auch vom Gesicht abzulesen, als Tobias die Treppe heruntergepoltert kam. »Ist Gerlach endlich gekommen? Als Taxifahrer wäre er längst arbeitslos.«

»Ach, ihr seid auch noch da? Na, dann will ich nicht länger stören.«

Schnell drückte Tinchen die Nachbarin auf den Stuhl zurück. Sie hatte den Wagen vorfahren sehen. »Trinken Sie ruhig aus, bis das Gepäck verladen ist, bleibt noch genug Zeit.«

»Hallo, Tina«, sagte Gerlach munter, »bist du endlich vernünftig geworden und hast Flo ...« Er hatte Frau Knopp entdeckt. »Guten

Tag. Äh, was ich sagen wollte, hast du Florian schon vorweggeschickt?«

»Ja, er ist bei meinen Eltern mitgefahren und läßt schon mal einchecken.«

»Ohne Gepäck?«

»Na ja, weißt du... wir haben nämlich nicht alles ins Auto gekriegt!« So, jetzt war es heraus.

»Und ich alter Esel habe gedacht...« Was er gedacht hatte, verschwieg er und brachte es auch während der ganzen Fahrt nicht mehr zur Sprache. Er hatte zunächst mal wieder alle Hoffnung aufgegeben, aber seitdem ging's ihm besser.

Vor dem Terminal saß Tinchen auf dem großen Koffer, die Beine quer über den nächstkleineren gelegt, eine Hand am Griff der Reisetasche und bewachte das um sie herum gestapelte Gepäck. Nachdem Gerlach keinen Parkplatz gefunden und schließlich irgendwo in zweiter Position angehalten hatte, immer mit Blick auf die emsige Knöllchenschreiberin drei Autos weiter vorne, hatten sie in Windeseile alles ausgeladen und übereinandergetürmt.

»Ich hole einen Gepäckkarren«, hatte Tobias gesagt und war losgelaufen.

»Wir brauchen aber zwei«, hatte Julia gesagt und war hinterhergerannt.

»Tut mir leid, ich kann hier nicht stehenbleiben«, hatte Gerlach gesagt und war abgefahren. Irgendwas hatte er noch aus dem Fenster gerufen, genau hatte Tinchen das nicht verstanden, aber es hatte so ähnlich geklungen wie: »Guten Flug, Gott sei mit euch – und euer Gepäck auch.« Was hatte er bloß damit gemeint?

Jetzt hockte sie seit fast zehn Minuten auf diesem Kofferberg wie bestellt und nicht abgeholt und fühlte sich den mitleidigen Blicken der Vorbeieilenden hilflos ausgesetzt. Sie mußte ja auch wirklich albern aussehen in ihrem Jogginganzug, zitternd vor Kälte, mit Turnschuhen an den Füßen und rotgefrorenen Händen, die auch vom noch so vielen Pusten nicht wärmer wurden.

»Laßt bloß die Mäntel zu Hause«, hatte Karsten gesagt, »die sind nur unnötiger Ballast. Im Auto ist es warm, im Flugzeug auch, und das letzte, was ihr in Kenia braucht, sind Winterklamotten.«

»Sprechen Sie Deutsch?«

Erschrocken sah Tinchen hoch. Vor ihr stand eine ältere Dame mit einem Pekinesen an der Leine. Tinchen beneidete den Hund. Er trug ein Pelzmäntelchen.

»Können Sie mich verstehen?«

Tinchen nickte.

»Sie sollten erst einmal in die Sozialstation gehen, da kümmert man sich um die Aussiedler. Hier draußen in der Kälte können Sie nicht sitzenbleiben. Soll ich jemanden holen, der Ihnen hilft?«

»N-nein, danke«, stotterte Tinchen, »ich warte auf meinen Mann, der sucht einen Gepäckwagen.« Schnell drehte sie einen Kofferanhänger um, auf dessen Rückseite der Leopardenkopf prangte, Symbol des Kenia-Touristik-Klubs und auf allen Schriftstücken abgebildet, sogar auf dem Flugzeugrumpf, wie Karsten behauptet hatte. »Wir fahren nämlich in Urlaub.«

»So?« sagte die Dame, während sie Tinchen von oben bis unten musterte und keinen Zweifel daran ließ, daß Jogginganzüge bestenfalls am Urlaubsort ihre Berechtigung hatten, nicht jedoch vor einem Flughafengebäude. »Dann entschuldigen Sie, ich hatte es nur gut gemeint.« Aber Tinchen hörte noch, wie sie im Weitergehen vor sich hin murmelte: »Kaum zu glauben, wer sich heutzutage alles Fernreisen leisten kann.«

Wenn sie nur schon da wären! Was hätte Tinchen nicht alles für fünf Minuten Tropensonne gegeben, doch hier gab es nur grauen Himmel und Windböen. Na schön, dann würde sie sich eben eine Lungenentzündung holen, spätestens nach einer Woche unter Palmen sterben und die trauernde Familie ihren Selbstvorwürfen überlassen. Ob man in Afrika überhaupt einen Zinksarg für ihre Leiche auftreiben könnte? Sie war gerade dabei, den vermutlichen Erlös aus dem Verkauf des Hauses und die ungefähren Kosten für eine Chartermaschine zwecks Rücktransport ihrer sterblichen Überreste gegeneinander aufzurechnen, als Tobias endlich mit einem Kofferkuli auftauchte. Den zweiten zog Julia hinter sich her.

»'tschuldige, Mutti, daß es so lange gedauert hat, aber die Karren muß man hier mit einer Wünschelrute suchen. Hast du dich sehr gelangweilt?«

Sie versuchte aufzustehen, sank aber sofort wieder zurück. »Julia, heb mal meine Beine runter, ich glaube, die sind angefroren.«

Während sie schlotternd durch die automatische Tür ins Warme schwankte, luden die Kinder das Gepäck auf. »Irgendwas fehlt!« Noch einmal zählte Julia die einzelnen Stücke durch. »Vier Koffer, zwei Reisetaschen, zweimal Handgepäck... wieso bloß zweimal? Wo ist mein kleiner Rucksack?«

»Vermutlich auf dem Weg zurück nach Düsseldorf«, feixte ihr Bruder. »Was haste denn da drin? Etwa deine ganzen Schönheitsutensilien?«

»Nee, bloß die Schulbücher.«

Einen Augenblick lang war Tobias sprachlos. »Das darf doch einfach nicht wahr sein!« brachte er schließlich heraus. »Auf *die* Idee hätte ich auch kommen sollen!«

»Was meinst du denn?«

»Ich Kamel packe den ganzen Schulkram unten in den Koffer, und du stopfst ihn einfach in den Rucksack, den du dann prompt im Auto liegenläßt. Hut ab, Jule, so viel Taktik hätte ich dir gar nicht zugetraut.«

»Ich hab den Rucksack wirklich nicht mit Absicht vergessen.«

»Das kannste der Parkuhr erzählen!« Doch dann sah er ihr ratloses Gesicht. »Jetzt glaub ich beinahe, du sagst die Wahrheit. Menschenskind, sei doch froh, daß du den ganzen Mist für eine Weile los bist. Und wenn du anfängst, unter Entzugserscheinungen zu leiden, dann sag es mir. Ich gebe dir gerne was von meinem Schiller ab.«

Vor dem Schalter der Kenya-Touristik-Airlines staute sich eine Menschenmenge, die immer noch größer wurde. Ziemlich weit vorn entdeckte Tinchen ihre Mannen, steuerte geradewegs auf sie zu und kippte ihnen die gesamte Ladung ihres Kofferkulis vor die Füße. Mit einem Satz nach hinten versuchte Florian sich vor der Lawine zu retten, stolperte über Karstens Füße und landete unsanft auf der Segeltuchtasche seines Nachbarn. Es knackte verdächtig. »Sag mal, Tine, bist du verrückt geworden? Ich hätte mir das Bein brechen können!«

»Det wär ja halb so schlimm jewesen, aba ick fürchte, nu sind meine janzen Lidschatten kaputtgegangen.«

Irritiert sah Florian zu dem kleinen Männchen hoch, das seine Tasche unter Florians Allerwertesten hervorzerrte. Es bot wirklich einen etwas merkwürdigen Anblick mit seinen geblümten Bermudashorts und dem T-Shirt, das die schon reichlich verwaschene Aufschrift ›Hakuna matata‹ trug. Emsig durchwühlte das Männchen seine Tasche und öffnete nacheinander lauter Kästchen. »Na, hab ick's nich jesagt? Zwee Spiegel sind im Eimer, und det Silber is ooch inne Mitte durchjebrochen. Det jibt wieder een Nashorn wenijer.« Vorwurfsvoll sah er Florian an. »Ick hab det Zeuch als Tauschobjekte jekooft. Vor 'n paar Jahren konnten Se für'n ollet Oberhemd oder 'ne Viermarkfuffziguhr von Quelle noch eenen richtijen Massai-Schild kriejen, aba die Zeiten sind vorbei. Jetzt muß man die Brüder über ihre Weiber ködern, und die stehn total uff Schminke. Ick hab ma jedenfalls jenüjend einjedeckt.«

»S-sehr interessant«, stotterte Florian, der nichts verstanden hatte. »Natürlich werde ich Ihnen den Schaden ersetzen.«

»Lassen Se det man jut sein, Se könn mir ja mal zu'n Halleluja-Bier inne Buschbar einladen. An Ihre Kofferschilder hab ick nämlich jesehn, det Se ooch in det Palmenhotel kommen, da loofen wir uns sowieso übern Weg. Ick kenne se ja nu schon alle, die janzen Schuppen von den KTK, immer die Küste ruff und runter, aba nu fahr ich schon seit vier Jahren in detselbe. Hat so 'ne familienfreundliche Atmosphäre. War'n Se schon mal da?«

»Nein.«

»Wird Ihnen jefall'n.«

Davon war Florian gar nicht mehr so überzeugt. Männliche Gäste, die Lidschatten benutzten, waren ihm nicht geheuer. Er rappelte sich endlich wieder auf und wandte sich hilfesuchend an seinen Schwager. »Wovon redet dieser Mensch eigentlich?«

»Von den deutsch-kenianischen Handelsbeziehungen. Einzelheiten erkläre ich dir später, der Schalter wird nämlich aufgemacht.«

Während Karsten zentimeterweise die Koffer vorwärtsschob und Florian ihm dabei im Weg stand, schlenderte Julia mit Tobias die Menschenschlange entlang auf der Suche nach Gleichaltrigen.

»Sieht ziemlich öde aus, find'ste nicht? Vorwiegend Mittelalter bis Spätherbst.«

»Ich würde eher sagen Altersheim bis scheintot. Sieh mal, da drüben sitzt sogar Uroma im Rollstuhl. Was will die denn mit der Bratpfanne?«

»Keine Ahnung, vielleicht geht sie auf Safari. Aber hast du den da vorne schon gesehen?« Tobias zeigte auf ein bärtiges Skelett in Overall und Jesuslatschen, das gerade seinen Seesack aufs Gepäckband schob. »Das ist so einer, der mit einem Hemd und einem Zwanzigmarkschein in Urlaub fährt, und wenn er zurückkommt, hat er beides nicht gewechselt.«

Julia kicherte leise. »Ist dir eigentlich schon aufgefallen, daß wir mit unseren Jogginganzügen direkt zivilisiert angezogen sind? So ganz hatte ich Karsten nämlich nicht über den Weg getraut, aber wenn ich dieses Outfit hier so sehe ...«

»Und warum nicht? Neun Stunden in so 'ner fliegenden Ölsardinenbüchse kann man doch nicht bügelgefaltet durchstehen. Oma wird ihren Mottenfiffi noch zum Teufel wünschen.«

Erbitterte Auseinandersetzungen hatte es noch am Morgen gegeben, als Frau Antonie ihre recht sportlich gekleideten Nachkommen gesichtet hatte. »Ich reise doch nicht in Begleitung eines Kegelklubs«, hatte sie empört ausgerufen, »was sollen denn die anderen Passagiere denken?«

»Gar nichts, weil sie nämlich größtenteils genauso aussehen werden«, hatte Karsten gesagt. »*Du* wirst auffallen! Wer fährt denn schon im Schneiderkostüm nach Afrika? Laß wenigstens den Skalp hier!«

Aber auch das hatte Frau Antonie abgelehnt. Der Silberfuchskragen gehöre nun mal dazu, genau wie der Hut, ohne den eine Dame bekanntlich nicht angezogen sei. »Allerdings habe ich mir bequeme Schuhe gegönnt, obwohl sie farblich nicht so richtig harmonieren.«

»Hoffentlich hast du noch andere mit. Ich kann mir nämlich nicht vorstellen, wie man auf Blockabsätzen durch Seesand staken soll.«

Diese Überlegung interessierte Frau Antonie zur Zeit überhaupt nicht. Etwas abseits saß sie auf einem Stuhl und ließ sich von Tinchen die Stirn mit Kölnisch Wasser kühlen. Zwei Beruhigungspillen hatte sie schon geschluckt, auch eine gegen Kopfschmerzen, obwohl sie noch gar keine hatte, aber die würden mit Sicherheit kommen. Diese vielen Menschen hier, und die meisten von ihnen absolut nicht das, was sie erwartet hatte. Manche Damen, nein, so konnte man sie wohl nicht nennen, also Frauen, kaum jünger als sie, liefen in knielangen Hosen herum, und niemand schien etwas dabei zu finden. Das sollten ihre Mitreisenden sein? Womöglich bewohnten die auch noch dasselbe Hotel. Nicht auszudenken, wenn man am selben Tisch mit ihnen sitzen müßte. Frau Antonie griff erneut zur Tablettenschachtel.

»Wenn sie so weitermacht, ist sie in einer Stunde high«, flüsterte Tinchen ihrem Bruder zu. Der hatte das Einchecken beendet und pfiff jetzt zum Sammeln.

»Was ich noch sagen wollte, Ernestine«, begann Frau Antonie zögernd, »nur damit du Bescheid weißt: Mein Letzter Wille liegt in der obersten rechten Schublade von der Frisierkommode. Ich habe ihn gestern abend noch geschrieben.«

»Sollte der Flieger abstürzen, wovon du offenbar nicht abzubringen bist, dann nützt mir dein Testament auch nichts mehr, weil ich genauso tot sein werde wie du«, sagte Tinchen trocken.

»Kind, wie kannst du nur so reden.«

Etwas weiter hinten stand ein grinsender Florian. »Guck dir bloß mal deine Mutter an, Karsten, jetzt sieht sie wirklich aus wie auf ihrem Paßfoto.«

Später wußten sie nicht mehr, wie sie Frau Antonie in den Warteraum gebracht hatten. Bei der Durchleuchtungskontrolle hatte sie sich geweigert, ihre Handtasche aufs Band zu legen, weil es niemanden etwas anginge, was sie bei sich trage, und wieso man denn glaube, daß ausgerechnet sie eine Bombe ins Flugzeug schmuggle, wo sie doch auch ohne Sprengstoff davon überzeugt sei, niemals heil anzukommen...

»Es ist ihr erster Flug«, hatte Karsten dem Beamten zugewispert, und der hatte verständnisvoll genickt. »Dann passen Sie mal gut auf, daß sie unterwegs nicht aussteigt.«

Im Duty-free-Shop hatte Tinchen eine Flasche Sekt gekauft. Jetzt verteilte sie Pappbecher. »Flori, mach mal auf!«

»Hier? Das Zeug ist doch lauwarm.«

»Egal, wir trinken uns in Urlaubsstimmung.«

Sogar Frau Antonie genehmigte sich ein Schlückchen, obwohl sie Sekt noch niemals aus Pappe getrunken hatte. Er schmeckte ihr trotzdem, denn als die Flasche leer war, schickte sie Tobias nach einer neuen. Entsprechend beschwingt und gar nicht mehr ängstlich bestieg sie das Flugzeug, bereit, den kommenden Gefahren mannhaft ins Auge zu sehen.

Tinchen bot ihr zuvorkommend ihren Fensterplatz an, den Frau Antonie jedoch ablehnte, weil sie es nicht vertrage, in die Tiefe zu sehen.

»Mutti, draußen ist es dunkel, da siehst du sowieso nichts. Aber der Eckplatz ist am bequemsten, du kannst wenigstens den Kopf anlehnen.«

Frau Antonie lehnte probehalber den Kopf an, fand die Fensterscheibe zu hart, fand nicht genügend Platz für ihre Beine, fand keine Möglichkeit, die Handtasche ordentlich abzustellen, fand die ganze Art des Reisens äußerst unbequem, schwärmte von Bundesbahn und Zillertal.

Als einzige in der ganzen Maschine lauschte sie aufmerksam der Schwimmwestenoper, prägte sich die Notausgänge ein und ahmte gewissenhaft die Bewegungen der Stewardeß nach, als diese die Handhabung der Sauerstoffmasken demonstrierte. Nachdem Tinchen ihrer Mutter dann noch die seitenlange Anweisung für Notfälle in die Hand gedrückt hatte, war Frau Antonie für die nächste halbe Stunde beschäftigt. Eine weitere verbrachte sie mit dem Einstellen der Belüftungsdüse, die nach ihrer Ansicht entweder eine Bindehautentzündung oder einen Stirnhöhlenkatarrh auslösen würde und nach mehreren vergeblichen Versuchen, Frischluftzufuhr ohne gesundheitsschädigende Nachwirkungen zu dosieren, von ihr abgedreht wurde.

Eine dunkelhäutige Stewardeß bot Kaffee an. Frau Antonie wollte lieber Tee, doch der kam erst beim nächsten Durchgang. Also starrte sie mangels sinnvollerer Beschäftigung unentwegt auf die Tragfläche der Maschine und beobachtete die eisernen Nieten. Was, wenn eine davon absprang? Als neulich ihre Waschmaschine gestreikt hatte und der Kundendienst kommen mußte, hatte der Monteur auch eine Niete in der Trommel gefunden. Winzig klein war sie gewesen und hatte trotzdem das ganze Gerät außer Betrieb gesetzt. Wenn hier nun auch ...

»Mutti, dein Tee!« Tinchen klappte den Tisch herunter und stellte die Tasse darauf. »Mach dir keine Sorgen. Solange du trinkst, kann ich ja auf den Motor aufpassen.«

Eine sonore Stimme aus dem Lautsprecher verkündete, daß man nunmehr die Alpen überquert habe und auf der rechten Seite Mailand sehen könne. Frau Antonie kannte Mailand noch nicht. Leider saß sie links. Bis Julia aufgestanden war und Tinchen und bis die Männerriege die gegenüberliegende Reihe geräumt hatte, war Mailand vorbei.

»Mehr als ein paar Lichterpunkte hättest du doch sowieso nicht gesehen.« Karsten war mit dem Getränkewagen kollidiert und versuchte sich an den heftig klappernden Flaschen festzuhalten. »Du kannst hier nicht spazierengehen wie im Intercity.«

Nach dem Abendessen machte sich Müdigkeit breit. Sogar die unentwegt fotografierenden und videofilmenden Zeitgenossen – »Ach, könnten Sie wohl mal den Kopf nach unten halten, dann kriege ich noch was von der Tragfläche mit drauf!« – hatten Feierabend gemacht.

»Kein Auge werde ich schließen können«, sagte Frau Antonie, bevor sie sich in ihre Ecke kuschelte. Nach fünf Minuten schnarchte sie leise.

»Siehste, Mami, das meine ich!« zischelte Julia. »Wie soll ich denn drei Wochen lang neben einem grunzenden Walroß schlafen können?«

»Walrosse grunzen nicht, sie pfeifen.« Die Aussicht, mit ihrer Großmutter einen Bungalow teilen zu müssen, hatte bei Julia schon vor Wochen helle Empörung ausgelöst. »Warum ausgerechnet ich?«

»Weil Karsten schlecht mit seiner Mutter zusammenwohnen kann«, hatte Tinchen klargestellt.

»Und weshalb nicht? Zwischen denen besteht ein viel engeres Verwandtschaftsverhältnis als zwischen mir und Oma. Ich bin doch schon die dritte Generation.«

»Karsten zieht zu Tobias, und daß ich mit Vati zusammenbleiben möchte, ist doch wohl klar.«

»So klar nun auch wieder nicht. Ihr habt doch seit zwanzig Jahren eine gemeinsame Spielwiese, warum wollt ihr nicht mal eine neue Variante probieren. Du könntest doch mit Oma ...«

»Wenn dir das Arrangement nicht paßt, dann bleibst du eben zu Hause«, hatte Tinchen gedroht, und Julia hatte – wenigstens bis jetzt – den Mund gehalten. Nun hatte sie endlich einen Grund, das Thema erneut anzuschneiden. »Merkst du denn nicht, daß das eben nur die Ouvertüre ist? Warte noch ein paar Minuten, dann übertönt Omas Schnarchkonzert sogar den Radau vom Flieger. Zur Zeit halten sich beide noch die Waage.«

Das mußte Tinchen notgedrungen zugeben, aber sie fand auch gleich eine Lösung: »Zu Hause gehst du doch nie ohne deinen Walkman ins Bett, nachts habe ich dir schon oft genug die Stöpsel aus den Ohren gezogen. Und gegen Michael Jackson kommt selbst Oma nicht an.«

»Rick Astley«, verbesserte Julia. »Ist aber nicht drin, weil ich nicht genug Batterien mithabe. Außerdem entgehen mir dann auch die Geräusche der Tropennacht«, ahmte sie den gestelzten Tonfall ihrer Biologielehrerin nach, »unverwechselbar und geheimnisvoll. Blöde Schnepfe! Möchte wissen, wo sie den Quatsch gelesen hat. Ist wahrscheinlich noch nie weiter als bis zum Wörthersee gekommen und erwartet von mir ein Referat über die Vogelwelt Ostafrikas. Weißt du etwa, was da so rumfliegt?«

Nein, das wußte Tinchen nicht, interessierte sie auch gar nicht, sie versuchte vielmehr, ihre Beine auszustrecken, ohne Frau Antonie in die Quere zu kommen, und Platz für ihre Arme zu finden. Schließlich klappte sie den Tisch heraus und legte den Kopf auf die verschränkten Arme. Gar keine so unbequeme Stellung, fand sie, wenn nur das Gerüttel nicht wäre. Nach wenigen Minuten kam sie sich vor, als läge sie auf zwei asynchron laufenden Waschmaschinen mit eingeschaltetem Schleudergang.

Die Lautsprecherstimme riß sie aus einem unruhigen Schlummer. »Meine Damen und Herren, wir befinden uns jetzt über dem Mittelmeer und haben gerade die Insel Kreta passiert. Unsere Flughöhe beträgt zehntausend Meter, die Außentemperatur minus vierundfünfzig Grad.«

»Wer will denn das wissen?« brummelte sie vor sich hin. »Ohne Wintermantel steigt hier bestimmt keiner aus.« Vorsichtig kletterte sie über die schlafende Julia hinweg auf den Gang, Füße vertreten. Drei Schritte nach links, dann ein großer Schritt über ein Paar quergestellter Beine, noch zwei Schritte, dann Kehrtwendung und zurück, weil ihr eine Stewardeß entgegenkam. Zur anderen Seite hin ging gar nichts, da standen drei Männer und diskutierten die Gewinnchancen der deutschen Eishockey-Nationalmannschaft. An ihnen vorbei warf Tinchen einen Blick aus dem Fenster. Alles dunkel. Nicht mal der Lichtschein eines Fischerbootes war zu sehen. Na ja, kein Wunder bei vierundfünfzig Grad minus.

Also krabbelte sie wieder auf ihren Platz und sah neidisch auf die andere Seite hinüber. Florian hatte sich auf seinem Fensterplatz wie ein Igel zusammengerollt und schlief. Karsten ebenfalls. Tobias hockte mit angezogenen Beinen verkehrt herum auf seinem Sitz, den Rücken an die Lehne seines Vordermannes gepreßt, Kopf auf den Knien, und wurde nicht einmal wach, als Tinchen ihm das herausgerutschte Kissen wieder unterschob. Beneidenswerte Jugend.

Ein Uhr. Noch fünf Stunden Flug. Sie kam sich vor wie gerädert, und wenn sie sich auch bis heute noch gar nicht so urlaubsreif gefühlt hatte, jetzt war sie es.

Vielleicht sollte sie ein bißchen lesen. Zu Hause half das immer, da schlief sie sogar bei der drittletzten Seite vom Krimi ein und mußte das Buch am nächsten Morgen schnell im Bad zu Ende lesen. Schade, daß sie die ganzen Taschenbücher im Koffer hatte und griffbereit nur eine Illustrierte. Wenn sie die jetzt aufschlug, hatte Julia ihre rechte Hand im Gesicht und Frau Antonie die linke. Tinchen versuchte es trotzdem. ›Vergessen Sie den Winter, fliegen Sie mit uns in den Frühling‹, las sie unter der Anzeige einer Fluggesellschaft, die ihre Passagiere offenbar in umgebauten Eisenbahnwagen beförderte, denn da gab es eine Aussichtsterrasse und sogar eine Bar, um die sich mindestens ein Dutzend Menschen mit lachenden Gesichtern scharten. Und in dieser Blechröhre hier hatte man nicht mal genug Platz für seine Ellbogen, dachte Tinchen erbittert.

Zwei Uhr. Flugkapitän Wetterli inspizierte den Passagierraum, entdeckte nichts Bemerkenswertes, ließ sich von einer Stewardeß Kaffee geben und rauchte zwei garantiert zollfreie Zigaretten. Dann kehrte er zurück ins Cockpit. Bestimmt hatte er da mehr Bewegungsfreiheit.

Drei Uhr. Julia gähnte herzhaft. Hoffentlich schläft sie nicht gleich wieder ein, dann könnte ich wenigstens mal mit jemandem reden, dachte Tinchen, aber sie hatte sich geirrt. Julia nahm lediglich einen Stellungswechsel vor. Jetzt lag ihr Kopf in Tinchens Schoß und verdammte sie zur Bewegungslosigkeit. An die Illustrierte kam sie auch nicht mehr ran.

Vier Uhr. Ob sie etwas zu trinken haben wolle, fragte die Stewardeß. Ja, gerne, einen Tomatensaft bitte. Als sie ihn bekam, mußte sie das Salztütchen mit den Zähnen aufreißen; wo der Klapptisch Platz gehabt hätte, lag Julias Kopf. Auf den Pfeffer verzichtete sie lieber ganz, nachdem das Salz statt im Glas in ihrem linken Schuh gelandet war.

Kurz vor fünf gingen die Lichter an, Kapitän Wetterli wünschte via Lautsprecher einen guten Morgen und löste bei seinen Fluggästen emsige Betriebsamkeit aus. Vor den beiden Toiletten bildeten sich Schlangen, und Tinchen beobachtete amüsiert, welche Metamorphose nun auch die meisten derjenigen Passagiere durchgemacht hatten, die bisher noch nicht auf Jeans und warme Pullover verzichten wollten. Flanellbehoste Herren kamen nach Verlassen des Waschraums in weißen Tennisshorts daher, hatten Oberhemd und Lederslipper gegen T-Shirts und Turnschuhe vertauscht, während vorher in solides Loden gewickelte Damen sich plötzlich großgeblümt präsentierten, schulterfrei einige und nur knapp bis zum Knie.

»Ich finde das reichlich übertrieben«, sagte Frau Antonie mißbilligend, »mit dieser Demaskierung könnten sie doch wirklich bis zur Ankunft im Hotel warten.«

»Mal sehen, wie du in zwei Stunden darüber denkst, Mutti. Die hier sind wahrscheinlich alle schon mal in Kenia gewesen und wissen, was sie erwartet.« Prüfend sah Karsten seiner Mutter ins Gesicht. »Du siehst aus, als hättest du prima geschlafen.«

»Jedenfalls hat sie sich redlich bemüht, gegen den Motorenlärm anzuschnarchen, und manchmal ist ihr das sogar gelungen.« Aus Tinchens Stimme klang blanker Neid.

Eine Stewardeß verteilte Papiertücher. Mit einer Pinzette holte sie jedes einzelne aus dem Pappkarton und reichte es weiter »Sehr hygienisch«, lobte Frau Antonie, während sie die Hand danach ausstreckte.

»Das hat weniger etwas mit der Hygiene zu tun als mit ...«

»Au!«

»... der Temperatur«, ergänzte Karsten. »Hast du denn nicht gemerkt, daß die Dinger heiß sind?«

Frau Antonie hatte es nicht gemerkt. Jedenfalls nicht gleich. Jetzt war ihre linke Gesichtshälfte feuerrot und sie selbst kurz vor dem Siedepunkt. Schnell schob Tinchen sie in den Waschraum und bezog davor Posten. Sollte sich Toni erst mal abreagieren.

Wie lange fünf Minuten sein können, kommt immer darauf an, auf welcher Seite der Toilettentür man sich befindet. Schließlich klopfte Tinchen zaghaft. »Bist du noch da?«

»Wo sollte ich wohl hingegangen sein?« kam es zurück.

Aus der nebenan liegenden Pantry zog Kaffeeduft herüber. »Beeil dich ein bißchen, Mutti, sonst versäumst du das Frühstück.«

Das zog. Endlich konnte auch Tinchen versuchen, ihr übernächtigtes und reichlich zerknittertes Äußeres zu restaurieren. Es blieb bei dem Versuch. Sie mochte gar nicht in den Spiegel sehen.

»Das einzige, was von mir geschlafen hat, waren meine Füße«, gab sie zur Antwort, als Florian sich scheinbar besorgt nach ihrem Wohlbefinden erkundigte. Im Gegensatz zu ihr machte er einen sehr ausgeruhten Eindruck.

Das vorsichtshalber als Imbiß deklarierte Frühstück bestand aus Kaffee und einem ziemlich trockenen Baguette, das Tinchen sofort an Tobias weitergab. »Hab keinen Appetit.«

Frau Antonie dagegen kaute tapfer. »Im Krieg wären wir dankbar gewesen, hätten wir solches Brot bekommen.«

»Damals war's ja auch noch frisch«, bemerkte Tinchen.

Allmählich ging die Maschine in den Sinkflug über. »Wir stürzen ab!« schrie Frau Antonie, krallte sich mit der rechten Hand in Tinchens Arm und suchte mit der linken nach den Anweisungen für den Notfall. »Sofort anschnallen und den Kopf auf die Knie legen! Nun mach schon, Kind, wir sitzen ja im Heck, da sind die Überlebenschancen immer am größten.«

Lachend befreite sich Tinchen. »Irgendwie müssen wir ja mal wieder runter, wenn wir landen wollen, Mutti. Sieh mal, man kann schon was erkennen.«

Sie zeigte aus dem Fenster, wo die Morgendämmerung einen ersten Blick auf den Schwarzen Kontinent freigab. Dunkelbraune Savanne war zu sehen, Büsche, vielleicht waren es ja auch Bäume, Tinchen war sich da nicht so sicher, ab und zu ein Lichtpünktchen, und immer wieder braune Erde, gelegentlich von einem hellen Band durchzogen, einer Sandpiste, wie sie vermutete.

»Sieht ja ziemlich öde aus!« Julia war auf ihren Sitz gestiegen und hatte sich über ihre Mutter gebeugt. »Irgendwie habe ich mir den Dschungel anders vorgestellt, viel grüner.«

»Das ist ja auch nicht der Dschungel, das ist der Busch«, belehrte sie Karsten, »und der ist nun mal trocken und sandig.«

»Und wo ist das Meer?«

»Noch nicht zu sehen.«

»Das sehe ich selber.«

Kapitän Wetterli kam wieder seinen meteorologischen Pflichten nach. Die Temperatur in Mombasa betrage zweiunddreißig Grad, der Himmel sei leicht bewölkt, und die Passagiere mögen bitte nicht vergessen, ihre Uhren eine Stunde vorzustellen. Es sei genau 5.52 Uhr Ortszeit. Angenehmen Urlaub und good bye.

Seine Ansprache wurde mit höflichem Beifall quittiert, der sich noch steigerte, nachdem die Maschine sanft auf der Landebahn aufgesetzt hatte. Am heftigsten klatschte Frau Antonie.

Es war noch immer nicht richtig hell, als der Flieger langsam auf seinen Stellplatz rollte, aber was Florian durch das kleine Fenster erspähte, ließ ihn zweifeln, ob Kenia wirklich das gelobte Land war. Rundherum dunkelbrauner Sand, so weit er sehen konnte, nur in Blickrichtung des Flughafengebäudes entdeckte er ein paar kümmerliche Blumenbeete, beschirmt von angestaubten Palmen. Außer einigen Eingeborenen, die die Treppe heranrollten oder leere Gepäckkarren durch die Gegend schoben, waren nur bewaffnete Polizisten zu sehen. »Warum sind hier so wenig Leute und so viele Uniformierte? Hat es etwa einen Putsch gegeben, und wir wissen nichts davon?«

»Blödsinn! Die hängen bloß so rum und warten auf den Feierabend. Hier gibt es doch keinen Personalmangel.« Karsten öffnete die Gepäckklappe über seinem Sitz und reichte die einzelnen Stücke herunter. »Und jetzt nichts wie raus hier, sonst werden wir in diesem Blechkanister gebraten.«

Als Tinchen aus der Tür trat, hatte sie das Gefühl, jemand schlüge ihr ein nasses Handtuch um die Ohren. Warm war es, sehr warm, und vor allem schwül. Allen Behauptungen zum Trotz, wonach es im Februar niemals regnet, hatte es in der Nacht einen heftigen Wolkenbruch gegeben. Die Erde dampfte noch, und man konnte beinahe zusehen, wie die Pfützen von der jetzt herauskommenden Sonne aufgesogen wurden. Die zweihundert Meter bis zum Flughafengebäude kamen Tinchen endlos vor, und als sie endlich das schattenspendende Vordach erreicht hatte, war sie durchgeschwitzt. Schnell zog sie den Jogginganzug aus und stopfte ihn in die Tasche. Ein Glück, daß sie auf Karsten gehört und Shorts untergezogen hatte.

»Mein Gott, Mutti, dich muß man ja auswringen können! Nun setz doch wenigstens den Hut ab!«

Frau Antonie wollte nicht. Er könnte zerdrückt werden, und außerdem reise eine Dame niemals ohne Hut. Aber die Jacke würde sie ablegen und den obersten Knopf der Bluse öffnen. Jawohl, sie gebe zu, daß der Fuchskragen in der Tat überflüssig gewesen wäre und sie froh sei, ihn in Ernst Pabsts Wagen gelassen zu haben.

Karsten stand noch in der prallen Sonne und machte Atemübungen. »Endlich wieder Heimatluft. Riecht doch mal, wie das duftet.«

»Hm, nach Kerosin und Altöl«, bestätigte Tobias. Auch er trug schon kurze Hosen, während Florian sich noch aus seinem Trainingsanzug pellte. »Kinder, ist das eine Hitze. Wie geht's denn nun weiter?«

»Go this way, please.« Ein Polizist hielt zuvorkommend die Tür auf. Die Ankunftshalle sah aus wie ein Flüchtlingslager. Überall standen und lagen Reisetaschen, übereinandergetürmte Rucksäcke, Kinderwagen, Plastiktüten und dazwischen hockten Menschen, die irgend etwas schrieben. Karsten tauchte in der Menge unter, kam aber gleich wieder zurück, in der Hand einen Schwung Karten. »Die müßt ihr ausfüllen.«

»Einreiseerklärung«, übersetzte Tinchen den englischen Text. »Wozu soll das gut sein?«

»Weiß ich nicht, muß aber sein, sonst kommt man aus dem Schuppen hier nicht raus. Wurde vermutlich eingeführt, damit die Jungs was zu stempeln haben. Hier wird immer und überall gestempelt.«

»Ein gutes Stempelkissen ersetzt das beste Amtsgewissen.« Mit dem Rücken zur Wand hatte sich Tobias auf den Boden gehockt und benutzte seine hochgezogenen Knie als Unterlage. »Weiß einer, welche Flugnummer unsere Maschine hatte?«

Das wußte niemand. Auch die Umstehenden, ebenfalls über ihren Fragezetteln brütend, hatten keine Ahnung. Einer hatte seine Telefonnummer eingetragen.

»Was heißt denn ›reason for entry‹?« wollte Julia wissen.

»Gute Güte, sieben Jahre Englisch und dann das! Was lernt ihr eigentlich in der Schule?« schimpfte ihr Vater. »Datum der Einreise heißt das!«

»*Grund* der Einreise«, verbesserte Frau Antonie mit einem ironischen Lächeln. »Ich habe Tourist hingeschrieben.«

»Und ich Großwildjagd.«

»Laß den Quatsch, Tobias, die verstehen hier mit so was keinen Spaß. Füll das Ganze lieber noch mal aus.« Karsten reichte ihm eine neue Karte. »So, und nun noch die Devisendeklaration. Schreibt rein, wieviel Bargeld ihr mithabt und wie viele Reiseschecks. Und dann verliert den Wisch bloß nicht, sonst lassen sie euch später nicht wieder raus.«

»Ziemlich viel Aufwand für ein paar Wochen Urlaub.« Gewissenhaft zählte Tinchen ihr deutsches Geld. »Zweiundzwanzig Mark siebenunddreißig, mehr nicht. Muß ich die genau angeben?«

Eine Antwort bekam sie nicht mehr. Jemand schrie: »Die Koffer kommen!« und sofort entstand Chaos. Alles stürzte in die Ecke, wo sich zwanzig Meter Gepäckband im Kreise drehte und bei jeder Rotation zwei und manchmal sogar drei Koffer beförderte.

»Bei *dem* Tempo dauert es ja ewig, bis wir unser Gepäck haben.«

»Daran müssen Se sich hier jewöhnen, da jeht allet bloß pole-pole. Ick hab bis jetzt bloß een eenzijet Mal 'nen Schwarzen rennen seh'n und det war am Strand, wo so 'n wildjewordener Köter hinter ihm her jewesen is.« Zu Tinchen hatte sich der Berliner gesellt, dessen Lidschattenkollektion von Florian bereits in Frankfurt etwas dezimiert worden war. Jetzt lüpfte er artig seinen weißen Babyhut. »Jestatten, Kasulke mein Name. Bruno Kasulke aus Berlin-Schöneberg.«

»Tina Bender aus Düsseldorf.« Nur mühsam konnte sich Tinchen das Lachen verbeißen, aber dieses Leinenhütchen stellte die Krönung von Kasulkes ohnehin recht fantasievollem Aufzug dar. Es war mindestens zwei Nummern zu klein, rutschte auf dem blanken Schädel hin und her und wurde von Kasulke immer wieder in die richtige Position gerückt.

»Hab ick mir erst vorijet Jahr jekooft, aba nu isset beim Waschen einjeloofen.«

Gemeinsam beobachteten sie das Getümmel. »Imma detselbe Theater. Jeder tritt jedem uff die Beene, weil det Karussell da hinten ville zu kleen is. Soll'n se doch warten! Die Busse fahren sowieso nich ab, bevor nicht der letzte drin is.«

»Und wie lange wird das dauern?«

»Kommt druff an, wie jenau die Brüder det mit die Kontrollen nehmen. Erst mal jeht's durch die Paßkontrolle. Da kriejen Se 'nen schönen Stempel und 'ne Unterschrift. Ick hab schon dreimal dieselbe in mein' Paß. Vielleicht ham se bloß eenen, der schreiben kann, und die andern könn'n bloß stempeln. Deshalb sitzen se ooch drüben beim Zoll.« Kasulke zeigte auf einige zusammengeschobene Tische, hinter denen Eingeborene in khakifarbener Uniform standen und auf ihren Einsatz warteten.

»Na ja, und wenn Se denn endlich Ihr janzet Jepäck zusammenjeklaubt ham, denn müssen Se da rüber zum Zoll, Koffer uffmachen. Ick weeß zwar nich, wat die Brüder eijentlich suchen, aber sie machen et ziemlich jründlich. Ham ja sonst ooch nischt zu tun. Illustrierte mit nackte Meechen druff wer'n sofort kassiert. Kann man ja vastehn, wo doch die Frauen hier zum Teil noch wie trauernde Witwen rumloofen, einjewickelt in schwarze Schleier, nur die Oogen kieken raus. Und det bei die Hitze!« Kasulke lüpfte erneut sein Hütchen und wischte mit einem Taschentuch die Schweißperlen von seiner Platte. »Vom Zoll jeht's durch die jroße Tür dahinten nach draußen. Da stehn denn die Hyänen und reißen Ihnen die Koffer aus der Hand. Bis zu die Busse sind et bloß 'n paar Meter, aber wehe, wenn Se Ihr Jepäck alleene tragen woll'n. Die Kerle rotten sich rejelrecht zusamm'n, und denn komm' Se janich durch.«

»Wieviel Trinkgeld muß man denen geben?«

»Verlangen tun se zwee Mark, aber eene reicht ooch.«

»Pro Koffer?«

»Det fehlte noch! Für allet zusamm'n natürlich. Und nich locker lassen, wenn der Schwarze vasucht, Ihr Jepäck wieder aus 'n Bus zu laden. Det darf der nämlich nich, und det weeß er ooch.«

Die detaillierte Schilderung hatte Trau Antonie mit zunehmendem Entsetzen verfolgt. »Aber die sehen doch eigentlich ganz zivilisiert aus?« Im stillen hatte sie sich schon über die zwar ärmliche und auch nicht immer ganz saubere Kleidung gewundert, aber niemand lief barfuß herum, und nach Palmenblättern und Federschmuck hatte sie bisher vergeblich gesucht. Wahrscheinlich trugen die Eingeborenen ihre Stammeskleidung nur in den Krals. Genau wie im Schwarzwald, wo die Frauen ihre Bommelhüte lediglich zu ganz besonderen Anlässen hervorholten.

»Et stimmt schon, in 'n Kochtopp stecken die keenen Weißen mehr, aber ihn bis uff's Hemd ausziehn tun se immer noch. Bildlich jesprochen, jnä Frau, obwohl... wenn ick da so an meinen Kumpel von vorijet Jahr denke, den se in Mombasa eens über die Rübe jezogen und denn ausjeplündert hab'n. Aba war ja seine Schuld. Warum mußte sich der Dussel seine janze Videoausrüstung vorn Bauch hängen und denn mutterseelenallein durch die Altstadt latschen.

Wie er wieda uffjewacht is, war natürlich allet weg, sojar die Schuhe.«

Heilfroh war Tinchen, als ihre drei Mannen Kasulkes Monolog unterbrachen. Das versteinerte Gesicht von Frau Antonie sprach Bände. Sie hatte es ja gewußt! Niemals hätte sie hierherkommen dürfen! Das hatte auch Frau Simon, ihre Putzfrau, die sich gelegentlich als Wahrsagerin betätigte, aus den Karten gelesen. Früher hatte sie aus dem Kaffeesatz orakelt, aber das ging jetzt nicht mehr wegen der Kaffeemaschinen oder weil die Leute bloß noch Pulver in ihre Tassen kippten. Karten legen war auch ergiebiger, denn es dauerte länger, und sie wurde ja nach Stunden bezahlt. Seit Jahren schon scheuerte sie Frau Antonies Fußböden und wußte genau, was ihre Brötchengeberin hören wollte. Deshalb hatte sie ihr für den Urlaub auch Vorsicht angeraten, denn da hatte der dunkle Herr übern kurzen Weg gelegen, und daß der nichts Gutes bedeutete, wußte schließlich jeder.

»Bis auf Karstens Koffer haben wir alle zusammen.« Keuchend wuchtete Florian das Gepäck auf einen quietschenden Karren. »Nun stellt euch mal beim Zoll an.«

Schon seit einigen Minuten waren Tinchen die suchenden Blicke ihrer Mutter und ihr nervöses Getrippel aufgefallen. »Hast du was?«

»Kind, weißt du, wo sich hier die Toiletten befinden?«

»Nein, aber das werde ich gleich rauskriegen.« Zuversichtlich wandte sie sich an einen herumstehenden Schwarzen. »Namibi wanawake?« Wie gut, daß sie sich mit den Grundbegriffen der kenianischen Sprache vertraut gemacht hatte.

Der Eingeborene schüttelte nur den Kopf. Vielleicht hatte sie die Worte falsch ausgesprochen? Sie versuchte es noch einmal mit Betonung auf der ersten Silbe. Wieder nur ein verständnisloses Achselzucken. Ach, zum Henker mit dem Kauderwelsch! »Where are the toilets please?«

Sofort bekam sie die gewünschte Auskunft in einwandfreiem Englisch, was sie vermuten ließ, daß ihr Gegenüber wohl irgendeinen Stammesdialekt sprach, sie hingegen nur das allgemein gebräuchliche Suaheli beherrschte.

Aus naheliegenden Gründen mußte Frau Antonie auf die schützende Begleitung ihres Sohnes verzichten und sich mit Julia zufriedengeben, die bei einem etwaigen tätlichen Angriff eines der herumlungernden Wilden natürlich keine große Hilfe sein würde. Aber sie konnte wenigstens welche holen.

Als die beiden unbehelligt zurückkamen, hievte Karsten gerade den ersten Koffer auf den Tisch. »Open it!« wurde ihm befohlen. Die Durchsuchung förderte nichts zutage, was dem Beamten bedenklich erschien. Das Playboy-Heft hatte Karsten schon vorher in seine Hose gesteckt und dann die Joggingjacke drübergeknotet. Auch Tobias' Gepäck durfte anstandslos passieren, und das von Florian brauchte nicht einmal geöffnet zu werden. Bei Julia dagegen dauerte die Kontrolle länger. Grinsend hielt der Beamte einen Minislip in die Höhe, zog einen weiteren hervor, legte ihn zur Seite und machte Anstalten, noch tiefer zu schürfen. Wütend versuchte sie ihm den Kulturbeutel aus der Hand zu reißen. »Nix da, only Kosmetika.« Aber da hatte der Schwarze schon den Inhalt der Tasche ausgekippt. Mit hochrotem Kopf sah Julia zu, wie ihre Tampons über den Tisch kullerten.

»Okay, Lady, you can go.«

»Heißt das, Sie geben endlich auf?« Hastig sammelte sie alles wieder zusammen und preßte es in den Koffer.

»Los, Tine, du bist dran!« drängte Florian.

»Ich kann die Schlüssel nicht finden.«

»Wo hast du sie denn?«

»Dämliche Frage. Wenn ich das wüßte, bräuchte ich sie ja nicht zu suchen.« Immer wieder öffnete sie nacheinander die vier Reißverschlüsse ihrer Flugtasche, durchwühlte jedes einzelne Fach, und wenn sie den letzten geschlossen hatte, zog sie den ersten wieder auf. »Ich weiß ganz genau, daß ich sie in den kleinen Lederbeutel gesteckt habe.«

»Wenn ich euer ganzes Gepäck hier so sehe«, begann Tobias nachdenklich, »dann hättet ihr den Kühlschrank eigentlich auch noch mitnehmen können.«

»Du brauchst nicht sarkastisch zu werden, mein Sohn, so komisch finde ich das nämlich nicht.«

»Ich mache keine Witze, Vati, aber der Lederbeutel liegt zu Hause auf'm Kühlschrank.«

»Wenigstens kann er da nicht verlorengehen«, sagte Tinchen kläglich. »Aber was nun?«

»Es hilft nichts, wir müssen die Schlösser aufbrechen. Hat jemand einen Schraubenzieher dabei?«

Da Handwerkszeug im allgemeinen nicht zu einer Reiseausstattung gehört, wartete Florian vergebens auf Antwort. »Nun weiß ich auch nicht mehr weiter.«

Die Beamten hatten inzwischen die letzten Reisenden abgefertigt. Nur Kasulke stand noch abwartend vor dem Tisch. »Machen Se mal noch janischt, tun Se so, als ob Se weitersuchen. Eben is Neckermann jelandet, und denn is in fünf Minuten die Halle wieda rappeldicke voll. Denn lassen die Sie ooch ohne Kontrolle loofen.«

Er behielt recht. Als Florian zum Schein versuchte, das Kofferschloß mit Frau Antonies Nagelfeile zu sprengen, winkte der Beamte ab. Erleichtert traten sie durch die Schwingtür ins Freie.

»Leute«, sagte Florian, wobei er mit zusammengekniffenen Augen in die Sonne blinzelte, »ich glaube, jetzt fängt der Urlaub erst richtig an.«

4

Den größten Teil der Busfahrt verschlief Tinchen. Nur an der Mautstation wachte sie kurz auf, staunte ein bißchen über den Geschäftssinn der Afrikaner, zumindest eine der bequemsten Arten des Geldeintreibens von den Europäern übernommen zu haben, sah noch immer kein Meer, duselte wieder ein. Richtig wach wurde sie erst, als Florian sie am Arm rüttelte. »Schlafen kannst du heute nacht noch genug. Sieh doch lieber mal aus dem Fenster!«

Tinchen sah aus dem Fenster und erblickte endlose Felder mit spitzblättrigen Pflanzen. »Na und? Kakteen habe ich schon in Italien gesehen.«

»Das sind keine Kakteen.«

»Nein? Was denn sonst? Ananassträucher? Es hängen aber gar keine dran.«

»Das sind Sisalplantagen.«

»Aha«, sagte Tinchen, nicht sonderlich beeindruckt. Erst im vergangenen Jahr hatte sie endlich den Sisalläufer auf der Treppe gegen ein edleres Gewebe ausgewechselt, weil sie immer mit dem Absatz hängengeblieben war, und die alternative Einkaufstasche, die Julia mal von einem Schulbasar angeschleppt hatte, benutzte sie auch nie, weil der Griff so scheuerte. Außerdem sahen die Gewächse ziemlich langweilig aus und nahmen kein Ende. »Bist du sicher, daß wir nicht ins Landesinnere fahren? Ich warte immer noch auf das Meer.«

»Hättste nicht geschlafen, hättstes schon gesehen.« Mit einer vagen Handbewegung deutete Florian aus dem gegenüberliegenden Fenster, wo Tinchen außer Büschen und Fächerpalmen nichts entdeckte, was irgendwie an Wasser erinnerte. Die ganze Flora sah im Gegenteil staubig und sehr trocken aus. Und Tinchen machte aus ihrer Enttäuschung auch keinen Hehl.

»Kein Wunder, jetzt herrscht hier absolute Trockenzeit«, erinnerte Florian.

»Aber vom Meer wird doch hoffentlich ein bißchen was übriggeblieben sein?«

Endlich bog der Bus von der asphaltierten Straße in einen besseren Trampelpfad ein und folgte im Schrittempo den ausgewaschenen Fahrtrinnen. Mitten durch ein Eingeborenendorf ging es, vorbei an dunkelbraunen Lehmhütten, vor denen in trauter Gemeinsamkeit Kinder, Ziegen und Hühner im Staub wühlten, vorbei an einem weißgetünchten, mit Ornamenten geschmückten Gebäude, wohl einer Art Kirche, wie Tinchen vermutete, vorbei an Bretterbuden, in denen es von gebrauchten T-Shirts bis zur Schönheitsseife für Filmstars offenbar alles Lebensnotwendige zu kaufen gab, vorbei an mannshohen Bananenstauden bis zu einer rot-weiß-gestreiften Schranke. Daneben stand ein Holzverschlag mit dem beeindruckenden Schild ›Security Office‹. Anscheinend war der Sicherheitsbeamte von der Integrität der Busbesatzung überzeugt, denn er ließ sich gar nicht blicken, sondern öffnete die Schranke mit Hilfe einer abenteuerlichen Drahtkonstruktion, die er sogar im Halbschlaf bedienen konnte.

Der Sandweg, auf dem sie immer noch entlangfuhren, endete vor einem großen Blumenrondell. Dahinter erhob sich das weiße, mit einem spitzgiebligen Makutidach gedeckte Hotelgebäude. Pinkfarbene Blütenkaskaden perlten über das Mauerwerk und verliehen dem ganzen Haus einen zartrosa Schimmer.

»Das sieht ja märchenhaft aus! Was sind das für Blumen?«

»Unkraut, Tine. Jedenfalls wächst das Zeug hier wie bei uns zu Hause Löwenzahn«, behauptete Karsten, obwohl er sich da gar nicht so sicher war. Doch hier wucherte sowieso alles quer durcheinander, und er konnte sich auch nicht erinnern, irgendwo in Mombasa ein Geschäft mit Blumentöpfen oder gar Samentüten gesehen zu haben. »Du findest aber weder Geranien noch anderes Balkongemüse.«

Sogar Frau Antonie wirkte recht zufrieden. Hatte sie noch während der Busfahrt mit zusammengekniffenen Lippen und durchgedrücktem Kreuz nahezu unbeweglich auf ihrem Platz gesessen und kaum einen Blick für die vorüberziehende Landschaft gehabt, so wurde sie zusehends umgänglicher. »Doch, das Haus macht einen sehr ordentlichen Eindruck.«

Nur Julia war weder an Architektur noch an Botanik interessiert. »Wo sind denn die Zimmer?«

»Hinten.«

»Und weshalb stehen wir hier vorne herum?«

Wie auf Kommando erschienen zwei Boys, beladen mit Tabletts, auf denen Gläser mit Fruchtsaft standen. Jedes Glas war mit einer zum Inhalt passenden Blüte dekoriert. Tinchen wählte eine orangefarbene und prompt die falsche. Das dazugehörende Gebräu schmeckte widerlich süß.

»Du hättest gelb nehmen müssen, da war Ananassaft drin.«

»Woher soll ich das wissen? Bin ich eine Biene?« Eine mollige Blondine Mitte Dreißig, eingehüllt in einen schwarz-gelben Hosenanzug, trat aus der Tür, worauf hinter Tinchen ein langanhaltendes Stöhnen zu hören war. »Ick werd varrückt, det is ja die Mamba. Und ick hab jejloobt, die hätten se inzwischen wegjelobt.«

Während die Reiseleiterin des KTK ihre Begrüßungsorgie herunterspulte und Zwischenfragen ungeduldig abblockte, klärte Herr Kasulke mit gedämpfter Stimme die Umstehenden auf. »Jacqueline heißt se, läßt sich aba lieba Jäckie nennen, kommt auße Schweiz und kann die Deutschen nich leiden. Keene Ahnung, warum det so is, vielleicht hat se mal 'n mißjlücktet Techtelmechtel mit 'n Deutschen jehabt, jedenfalls wird se immer jleich pampig. Mit die Italjener kommt se prima aus, mit die Schweizer sowieso, und mit die Franzosen kann se ooch janz jut, aba allet, wat deutsch spricht, hat se jefressen. Det hat schon jenuch Beschwerden jehagelt, aba wahrscheinlich hat se andere Qualitäten. Ick würde bloß zu jerne rauskriejen, wat für welche.«

»Warum heißt sie Mamba?« wollte ein Herr von weiter hinten wissen.

»Weil se so jiftig is.«

Endlich wurden die Zimmerschlüssel ausgeteilt, und die staubige, übermüdete Karawane setzte sich in Bewegung. Ein Teil driftete nach rechts, der andere schlurfte geradeaus durch den rundherum offenen Speisesaal, in dem noch vereinzelte Gäste saßen und die Ankömmlinge mit neugierigen Blicken verfolgten.

»Das reinste Spießrutenlaufen«, schimpfte Julia leise. »Guckt mal, wie die uns alle anstarren! Na ja, kein Wunder, die sehen aus wie Roggenbrötehen und wir wie Harzer Käse.«

»Nächste Woche sitzt du hier und lästerst«, prophezeite Tinchen, mit großen Augen zu dem im Hintergrund aufgebauten Frühstücksbüffet schielend. »Hast du auch so' n Hunger?«

»Und wie! Aber erst unter die Dusche!«

Hinter der am Ende des Speisesaals gelegenen Bar ging es links ab über einen mit Steinplatten gepflasterten Weg quer über eine weitläufige Rasenfläche zu den Bungalows. Sie waren halbkreisförmig angelegt und glichen sich wie ein Ei dem anderen. Vor jedem Häuschen befand sich eine überdachte Terrasse, und Florian schwärmte davon, in der Abenddämmerung dort zu sitzen, einen Arm um sein Tinchen gelegt, in der anderen Hand ein kühles Bier und vor sich die Sonne, wie sie glutrot im Meer versinkt.

»Du und deine Kitschpostkarten-Romantik«, unterbrach Karsten den Monolog seines Schwagers. »Bis du dein kühles Bier auf deine kühle Terrasse transportiert hast, ist es lauwarm geworden. Und solltest du wirklich den abendlichen Kampf gewinnen, wer zuerst unter die Dusche darf, dann nützt dir das auch nichts. Im Hellen gehst du rein, und wenn du wieder rauskommst, ist es dunkel. Dämmerung gibt es in diesen Breiten nicht.«

»Tine, dein Bruder behauptet ...«

Von Tinchen war nichts zu sehen. »Die kann doch nicht auf den paar Metern verlorengegangen sein?« Seine Tasche ließ er einfach fallen und spurtete zurück. »Tiiinaa!!!«

»Warum brüllst du denn so?« Auf der kleinen Mauer, die die Rasenfläche seitlich begrenzte, saß Tinchen und blickte aufs Meer. »Flori, ist das nicht herrlich?«

»Natürlich ist es schön, aber das ist es nachher auch noch. Im Augenblick bin ich nämlich mehr an der Schönheit des Frühstücksbüffets interessiert.«

»Hast du gewußt, daß das Meer wirklich grün sein kann? Gelesen habe ich das schon oft, nur nie geglaubt. Es stimmt aber.«

»Das sieht nur so aus wegen des Planktons und der Sonne und ich weiß nicht, warum noch. Wasser ist von Natur aus farblos.«

»Nein, das Wasser hier ist grün.«

»Jawohl, es ist grün.« Ein hungriger Florian war zu jedem Kompromiß bereit.

»Smaragdgrün!« bekräftigte Tinchen.

Auch damit war Florian einverstanden. Hauptsache, er bekam seine Meerjungfrau endlich von dieser Mauer weg.

Die Tür klemmte und ließ sich erst nach einem kräftigen Fußtritt öffnen. »Na ja, die Fürstensuite haben sie uns nicht gegeben, aber soweit ich sehen kann, ist alles da, was der Mensch so braucht«, stellte er nach kurzem Rundblick fest. »Du, die Betten schieben wir aber zusammen, ja?« Er machte sich sofort an die Arbeit, räumte die zu Nachttischen umfunktionierten Hocker zur Seite und zerrte so lange an den unhandlichen Bettgestellen, bis sie nebeneinander standen. Erleichtert ließ er sich in das erste plumpsen, rappelte sich aber sofort wieder hoch. »Das ist kein Bett, das ist eine Fallgrube! Statt Matratzen müssen die hier Gummibänder benutzen! Ich hatte soeben intensiven Bodenkontakt.«

Tinchen kümmerte sich nicht um das Lamento. Noch niemals hatten sie ein Hotelzimmer bewohnt, in dem Florian nicht über die Betten geschimpft und hinterher prächtig darin geschlafen hatte. Sie inspizierte den Wandschrank, in dem es nur Fächer gab, und schätzte die Haltbarkeit der hinter einem Vorhang verborgenen Kleiderstange ab. Sie war gespickt mit Bügeln verschiedener Herkunft, überwiegend jedoch mit jenen Drahtgestellen, die von chemischen Reinigungen großzügig mitgeliefert werden und nie in die Mülltonne paßten. Dann gab es noch ein Mitteldding zwischen Schreibtisch und Frisierkommode, über dem ein an der oberen Ecke schon erblindeter Spiegel hing. Zwei Stühle ergänzten das Mobiliar. Einer wackelte.

Das hinter dem Zimmer gelegene Bad war noch spartanischer eingerichtet und bot lediglich Personen bis zu maximal hundertfünfzig Pfund Lebendgewicht Bewegungsfreiheit. Ein Glück, daß Mutti sich gerade mal wieder zwei Kilo abgehungert hat, dachte Tinchen, als sie sich zwischen Waschbecken und Dusche zur Toilette durchzwängte.

Es klopfte. »Come in.« Florian war stolz, daß er wenigstens ein paar der eingepaukten Vokabeln behalten hatte. Seine humanistische Schulbildung hatte ihm vor einigen Jahren in Griechenland zwar auch nicht viel weitergeholfen, aber hier nützte sie ihm überhaupt nichts. Er rechnete nicht damit, einem Kellner mit Lateinkenntnissen zu begegnen.

Mit einem Knall flog die Tür auf. »Unsere klemmt auch«, sagte Tobias, »Karsten hat schon mit seinem Taschenmesser rumgehobelt, jetzt quietscht sie bloß noch, wenn sie über den Steinboden schleift. Ich wollte bloß fragen, ob ihr schon eure Koffer habt?«

»Die kommen doch erst in einer Stunde, hat die Mamba gesagt.« Mit tropfenden Händen kam Tinchen aus dem Bad. »Ich hab nicht mal ein Stück Seife.«

»Halb so schlimm, aber Jule steht unter der Dusche und hat nichts anzuziehen.«

Entsprechend mürrisch erschien sie im Speisesaal. »Ist ja ekelhaft, daß man wieder in die durchgeschwitzten Klamotten steigen muß.«

»Daran hättest du eben vorher denken müssen«, bemerkte Tobias ganz richtig. »Wozu hast du eigentlich ein Hirn? Bei dir genügt doch das Rückenmark.«

Bevor Julia antworten konnte, näherte sich ein Kellner. Im Gegensatz zu seinen Kollegen, die alle in weißen Matrosenanzügen herumliefen, trug er Rot. Er heiße Moses und werde den Herrschaften jetzt ihren Tisch zeigen. Sechs Personen, ja? Dann bitte hier vorne, Nummer vier.

»Er spricht ja Deutsch!« Frau Antonie konnte das gar nicht fassen. Waren doch die Eingeborenen als träge und lernfaul bekannt, kaum in der Lage, sich ihren Lebensunterhalt zu verdienen, denn weshalb sonst mußte man seit Jahrzehnten Entwicklungshilfe leisten? Andererseits hatte ein Oberkellner schon eine gehobenere Position und sollte wohl über eine gewisse Intelligenz verfügen.

Ein zweiter Kellner nahte, diesmal einer in Weiß. Er sei für diesen Tisch zuständig, sagte er, und ob Kaffee oder Tee gewünscht werde. Übrigens heiße er Moses.

Als erster war Florian am Büfett. Um die auf großen Platten fächerförmig angeordneten Früchte machte er einen Bogen. Die meisten kannte er nicht, konnte sich auch nicht vorstellen, daß diese aus glibbrigen Kernen bestehenden verschrumpelten Ostereier genießbar sein könnten, Kürbisse aß er sowieso nicht und Ananas nur in Form von Toast Hawaii. Er hielt sich lieber an Wurst und Käse.

»Deine Kürbisse sind Mangos, lieber Florian«, sagte Frau Antonie und nahm sich welche. Mehr wollte sie nicht, wegen der Linie und weil sie um diese Tageszeit niemals zu frühstücken pflegte. Tobias löffelte Müsli.

»Bist du sicher, daß das Zeug auch wirklich für den menschlichen Genuß bestimmt ist?« fragte Julia beim Anblick der dunkelbraunen Flocken.

»Deshalb solltest du es auch gar nicht erst probieren. Hornvieh schickt man auf die Weide.«

Mit dem Messergriff hämmerte Florian auf seinem Ei herum. »Das ist steinhart.«

»Pell es doch erst mal ab, dann wird es weicher«, empfahl Tobias. Er schob seinen geleerten Teller zur Seite und machte sich erneut auf den Weg zum Büffet.

»Wahrscheinlich wird er gleich bis zum Mittagessen sitzenbleiben. Ich für meinen Teil gehe jetzt schwimmen«, erklärte Julia. »Kommt jemand mit?«

»Ja, ich.« Tobias war schon wieder da. Er stopfte sich den Rest einer Melonenscheibe in den Mund und wischte die klebrigen Hände an seiner Hose ab. »Die ist sowieso waschreif.« Der unausgesprochene Tadel im Gesicht seiner Großmutter war ihm nicht entgangen. »Komm, Jule. Gehen wir erst in den Pool oder gleich ins Meer?«

»Was Julia betrifft, so wird sie zunächst ihren Koffer auspacken«, sagte Frau Antonie mit Nachdruck. »Ich verabscheue nichts mehr als Unordnung, und da wir nun mal einen Raum miteinander teilen müssen, wird sie dazu beitragen, ihn halbwegs wohnlich zu gestalten.«

Erst maulte sie ein bißchen, gab dann aber nach. »Na schön, auf die fünf Minuten kommt es nun auch nicht mehr an. Meine Badesachen liegen sowieso ganz unten im Koffer.«

Aufatmend sah Tinchen den beiden hinterher. »Wetten, daß Toni es schafft, aus Julia einen Ausbund an Ordnungsliebe zu machen?«

»In drei Wochen?« zweifelte Florian. »Bei dir ist ihr das ja nicht mal in drei Jahrzehnten gelungen.« Was ihn daran erinnerte, daß er als erstes Einbruchswerkzeug beschaffen mußte. »Was heißt Schraubenzieher auf englisch?«

»Keine Ahnung. Versuch's doch mal mit Zeichnen. Schon die alten Ägypter haben Bilderschrift benutzt, und das waren auch Afrikaner.«

In seltener Einmütigkeit beschlossen Karsten und Tobias, das Auspacken auf einen noch unbestimmten Zeitpunkt zu verschieben und statt dessen einen Rundgang zu machen. Immerhin galt es so wichtige Dinge zu klären wie die Frage, mit welchen Getränken die Strandbar aufzuwarten hatte, wo man Wasserskier leihen konnte und vor allem, welche der rund um den Pool in der Sonne brutzelnden Bikinimädchen für mögliche Freizeitgestaltung in Betracht kämen. »Fangen wir mit Punkt drei an«, entschied Karsten, »was hältst du von der im grünen Tanga?«

»Das Chassis scheint in Ordnung zu sein, nur das Fahrgestell taugt nichts. Ich stehe auf Beine, aber Gurken gehören ins Glas.«

»Hast recht. Und die daneben?«

»Viel zu jung für dich, könnte aber meine Kragenweite sein.«

»Gegen Liebe auf den ersten Blick hilft nur der zweite. Gehen wir mal näher ran.« Karsten setzte sich in Marsch. Tobias hinterher.

Während Florian an der Rezeption zum wiederholten Mal seine graphischen Fähigkeiten ausprobierte, nachdem er zuerst ein Messer und dann einen Spaten ausgehändigt bekommen hatte – inzwischen rätselten schon vier Hotelangestellte an seinen Gemälden herum –, saß Tinchen auf ihrem Bett und heulte. Vor ihr standen die beiden verschlossenen Koffer, ausgebeult bis zum Platzen, und weigerten sich hartnäckig, ihren Inhalt freizugeben. Zwei Fingernägel hatte sie der Versuch schon gekostet, mit einem Drahtbügel die Schlösser zu sprengen, und die Nagelfeile hatte auch nichts genützt. Jetzt sah sie aus wie ein Korkenzieher.

Durch die dünne Wand zum Nachbarbungalow hörte Tinchen Julias Lachen. Ob sie mal rübergehen sollte? Nein, lieber nicht, Toni würde auf einem Gegenbesuch bestehen und sofort über die noch nicht ausgepackten Koffer stolpern. Die dann zweifellos folgende Gardinenpredigt kannte Tinchen schon rückwärts, sie gipfelte regelmäßig in der Erkenntnis, daß Ordnung das halbe Leben sei. Tinchen hatte sich aber nun mal für die andere Hälfte entschieden.

Wenigstens die beiden Reisetaschen konnte sie ausräumen, dann hatte sie etwas zu tun. Vielleicht fand sie sogar ein Stück Seife. Als erstes fiel ihr Florians Wecker in die Hände. Weshalb hatte er den bloß mitgenommen? Und das alte Transistorradio? Damit kriegte man selbst in Deutschland nur noch die Mittelwelle rein. Sie packte weiter aus, fand sechs Paar Tennissocken, Skatkarten, einen Stadtplan von Gelsenkirchen und ganz unten, sorgfältig in ein T-Shirt gewickelt, eine ihr wohlbekannte Plastikdose. Wozu um alles in der Welt brauchte Florian Backpulver??? Verblüfft öffnete sie den Deckel. Eingebettet in dicke Watteschichten lagen zwei rohe Eier.

Jetzt war sie ernstlich beunruhigt. Hatte es bei Tante Gertrud nicht auch so angefangen? Immerhin hatte die ihr mal rote Rüben mitgebracht und behauptet, das seien Pflaumen, aus denen sie jetzt einen Kuchen backen werde. Ob so was erblich war?

Die Dose mit den Eiern stellte Tinchen erst mal ins Bad. Dann schüttelte sie auf der Terrasse die leere Tasche aus. Und was fiel mit einem dumpfen Klirren auf den Steinboden?

»Ich hab doch gewußt, daß ich die Schlüssel mitgenommen habe! In einem wohlgeordneten Haushalt findet sich nach längerem Suchen alles mal wieder!«

Als Florian sich mit energischem Fußtritt Einlaß verschafft hatte und triumphierend seine Ausbeute vorwies, die aus einem Meißel bestand, mit dem man Särge aufhebeln konnte, und einem Vorschlaghammer mittlerer Größe, räumte Tinchen gerade die letzten Badetücher in den Schrank.

»Wie hast du denn ...?«

Sie nahm ihm des Werkzeug aus der Hand und zog ihn neben sich aufs Bett. »Sag mal, Flori, wann bist du eigentlich zum letztenmal beim Arzt gewesen?«

»Weiß ich nicht, muß schon eine Weile her sein. Warum?«

»Och, nur so.« Sie wußte nicht recht, wie sie auf den Kern der Sache kommen sollte. »Hast du in letzter Zeit irgendwelche Beschwerden gehabt, Kopfschmerzen oder so was in der Richtung?«

»Ja. Neujahr.«

So ging das nicht. Er nahm sie ja gar nicht ernst. Erst mal Abstand gewinnen. Psychiater saßen bekanntlich auch nicht in Tuchfühlung mit ihren Patienten. Tinchen stand auf und begann die Kleiderbügel hin- und herzuschieben. Jetzt brauchte sie Florian wenigstens nicht mehr anzusehen. »Ich dachte mehr an akuten Kopfschmerz mit zeitweiliger Bewußtseinstrübung. So etwas kann ganz plötzlich kommen.«

»Jetzt fällt es mir wieder ein! Das war, als ich die Malariapillen brauchte.«

Ganz ruhig bleiben, Ernestine, wenn man es rechtzeitig erkennt, läßt sich bestimmt etwas dagegen tun. Fast alle Krankheiten sind im Anfangsstadium heilbar, psychische sowieso, man muß nur die Ursache finden. Sie setzte sich wieder aufs Bett und strich sanft über Florians Kopf. »Was war mit den Malariatabletten? Hast du sie gekauft, weil du Kopfschmerzen hattest?«

Unwillig schüttelte er die Hand wieder ab. »Spinnst du? Oder hast du dir schon einen Sonnenstich eingefangen? Du benimmst dich so komisch?« Nun war er es, der eine besorgte Miene aufsetzte. »Ich war das letztemal im Januar beim Arzt, als ich von Dr. Schlipke das Rezept für unsere Malaria-Prophylaxe geholt habe. Ich soll dich übrigens schön von ihm grüßen.«

»Grüß ihn wieder«, kam es automatisch von Tinchens Lippen.

Prüfend betrachtete Florian seine Frau. Anscheinend machte ihr der Klimawechsel zu schaffen. »Weißt du was, Tine, du legst dich jetzt ein bißchen hin, packst dir einen kalten Waschlappen auf den Kopf, und nachher geht es dir schon wieder besser. Du bist bloß übermüdet.«

Sie hörte das Wasser gluckern und gleich darauf Florians Lachen. »Die Eier haben ja tatsächlich den Transport heil überstanden. Ich hab aber auch deinen ganzen Wattevorrat geplündert.«

Jetzt oder nie! Ihre Stimme klang ganz beherrscht: »Wozu brauchst du denn die Eier, Flori? Hier gibt es doch auch Hühner.«

»Na klar, aber wenn ich dem Kellner erkläre, wozu ich rohe Eier haben will, hält der mich doch glatt für übergeschnappt. – Du, das Wasser wird gar nicht richtig kalt, es kommt immer noch lauwarm aus dem Hahn. Ich lasse es erst mal ein bißchen ablaufen.« Er setzte sich zu Tinchen aufs Bett. »Die Erklärung ist ebenso einfach wie albern. Karsten hat mit mir gewettet, es werde hier um die Mittagszeit so heiß, daß man auf einem Stein Spiegeleier braten könne. Na ja, und das wollen wir nachher mal ausprobieren.«

Tinchen prustete los. »Und deshalb schleppst du ... Und ich habe gedacht ...«, japste sie, »nein, ich sage dir lieber nicht, was ich gedacht habe.« Schüttelnd vor Lachen rollte sie über das Bett und landete schließlich auf dem Fußboden. »Autsch!«

»Schadet dir gar nichts«, sagte Florian, ihr den triefenden Waschlappen aufs Gesicht drückend, »dir bekommt die Hitze nicht. Nächstes Jahr fahren wir in den Westerwald.«

Erste Kommunikationsversuche ergaben sich während des Mittagessens. Herr Kurz vom Nebentisch bat um den Salzstreuer. In der Pause zwischen Suppe und Hauptgericht stellte er seine Familie vor, die allerdings zur Hälfte durch Abwesenheit glänzte. Frau Kurz, mit Vornamen Annemarie, nickte gemessen herüber, während Herr Kurz erläuterte, daß auf den beiden leeren Stühlen seine Tochter Birgit, Beamtin im öffentlichen Dienst der Stadt Hamburg, sowie ihre Freundin Susi, Justizangestellte beim Landgericht, zu sitzen pflegten. Beide Mädchen seien jedoch auf einer Bustour ins Landesinnere.

Da sich nach Tobias' Ansicht das Ehepaar Kurz bereits dem Greisenalter näherte, also mindestens die Sechzig überschritten hatte, mußte ihre Tochter zwangsläufig über dreißig sein und somit uninteressant. Die Bezeichnung Mädchen hatte man wohl in Verbindung mit dem Adjektiv ›spät‹ zu verstehen.

Am rechten Nebentisch saßen zwei Paare; ein gemischtes, er etwa Mitte Vierzig, sie zwanzig Jahre jünger, und zwei Jünglinge, die händchenhaltend ihren Salat gabelten. Einer war tiefgebräunt und trug weiße Shorts nebst gleichfarbigem Shirt, der andere sah aus wie ein rosa Schweinchen und hatte wohl deshalb Trauer angelegt: Schwarzes Polohemd und schwarze Hosen. Ihre hüftlangen Haare hatten beide mit schwarzen und weißen Chiffontüchern zu Pferdeschwänzen gebändigt.

»Black and White«, sagte Julia kichernd, »die sehen richtig niedlich aus.«

»Na, ich weiß nicht, ob diese Bezeichnung angebracht ist«, tadelte Frau Antonie. »Die beiden« – sie machte eine bedeutungsvolle Pause – »*Herren* sind vor mir hergelaufen, aber ich habe sie natürlich nicht als solche erkannt. Beinahe hätte ich sie angesprochen und um eine Auskunft gebeten, das wäre mir dann aber sehr peinlich gewesen. Zum Glück habe ich die Toilette doch noch allein gefunden. Übrigens ist der Waschraum bemerkenswert sauber.«

»Ja, bis auf das Handtuch«, brummte Florian. »Wenn es nicht auf einer Rolle hinge, würde es von alleine stehen.«

»Du mußt dir die Hände eben mit Klopapier abtrocknen«, empfahl seine Tochter.

»Haltet ihr dieses Thema für ein geeignetes Tischgespräch?«

»Wir sind ja sowieso fertig, Oma. Oder soll ich dir nicht doch eine Kleinigkeit vom Dessertbuffet holen?«

Bis jetzt hatte sich Frau Antonie beharrlich geweigert, die aufgebauten Köstlichkeiten auch nur zu besichtigen, aber als Tobias mit einem Riesenberg Obstsalat erschien, wurde sie schwach. »Nun ja, Früchte enthalten nicht allzu viele Kalorien, aber ich werde sie selber auswählen.«

Als sie zurückkam, lagen auf ihrem Teller zwei kleine Törtchen, eine Portion Creme Caramel, eine überbackene Banane und drei Scheiben Ananas. Mehr ging nicht drauf. »Dafür werde ich das Abendessen ausfallen lassen«, beschloß sie mannhaft, was von der ganzen Sippe zwar angezweifelt, jedoch nicht laut geäußert wurde.

»Und was machen wir jetzt?«

»Auf keinen Fall Clan-Bildung«, sagte Tobias sofort, »ich für meinen Teil bin verabredet.«

»Etwa mit dem Raffzahn? Ich hab vorhin beobachtet, wie du dich an die rangesoftet hast. So was gehört doch in den Kaninchenstall!« Julia war ganz einfach neidisch. Sie hatte noch keinen Anschluß gefunden, obwohl sie den neuen Bikini trug und darüber eine in der Taille zusammengeknotete Bluse, damit ihre blasse Haut nicht so auffiel. Die Beine hatte sie schon zu Hause regelmäßig mit einer angeblich selbstbräunenden Emulsion eingerieben, nur war die erhoffte Wirkung ausgeblieben. Statt in dem versprochenen Karibikbraun glänzten sie senffarben, was in Frau Antonie bereits den Verdacht erregt hatte, ihre Enkelin leide an chronischer Gelbsucht.

Tobias verschwand Richtung Strand, Frau Antonie zog sich in die klimaregulierte Kühle ihres Zimmers zurück, nur Julia wußte nichts mit sich anzufangen. Unschlüssig hockte sie am Pool und plätscherte mit den Beinen im Wasser herum. Lauwarm war es, mindestens dreißig Grad, beinahe Babybad-Temperatur.

»Wasserscheu oder Nichtschwimmer?« Neben ihren Füßen war ein blonder Haarschopf aufgetaucht, zu dem ein krebsrotes Gesicht gehörte. »Mach, daß du aus der Sonne kommst, sonst siehst du heute abend genauso aus wie ich«, sagte der Krebs, während er sich mit einem Satz aus dem Wasser stemmte. Sein Körper leuchtete in vier verschiedenen Rottönen von Schweinchenfarben bis zu dunklem Pink. »Ich hab's auch mit Gewalt versucht, und was ist dabei herausgekommen? Spätestens übermorgen pelle ich mich wie eine Zwiebel.«

Abgesehen von der Feuermelderfärbung fand Julia den Knaben gar nicht so übel. Anfang zwanzig, schätzte sie, und mindestens einsfünfundachtzig groß. Bis sich etwas Besseres fand, also durchaus zu gebrauchen.

»Ich heiße übrigens Daniel«, sagte Daniel, »und überhaupt bin ich bloß Abgesandter. Da hat sich nämlich eine ganz muntere Clique zusammengefunden, aber leider herrscht immer noch Frauenmangel. Nun haben wir geknobelt, wer dich anspricht.«

»So so, und du hast gewonnen?«

»Nee, verloren.« Er grinste. »Was ist, kommst du mit? Wir haben die drei kleinen Palmen da drüben beschlagnahmt, da hast du auch genügend Schatten.«

In der angegebenen Richtung sah Julia ein halbes Dutzend kreuz und quer stehende Liegen, ein paar Luftmatratzen, in den Palmenwedeln hängende Kleidungsstücke, Zeitschriften, Colaflaschen, einen Radiorecorder und zwei vor sich hin dösende Katzen. Vergnügtes Lachen klang herüber.

»Na, schön, ich kann mir euren Verein ja mal angucken«, sagte sie gnädig.

»Laufen oder schwimmen? Schwimmen ist kürzer.« Mit einem tadellosen Kopfsprung war Daniel im Wasser und kraulte schräg durch den Pool. Julia hinterher. Mit Bluse, an die hatte sie nicht mehr gedacht.

Vom Speisesaal aus, wo sie noch bei einer Tasse Kaffee saßen, hatten Tinchen und Florian ihre Tochter beobachtet. »Inzwischen habe ich mich ja daran gewöhnt, daß heutzutage auch junge Mädchen den Männern nachlaufen und nicht bloß umgekehrt, aber quer durchs Wasser und dann auch noch in voller Montur?«

»Unser Julchen wird noch viele Frösche küssen müssen, bevor sie einen Prinzen findet«, sagte Florian lachend.

»Der hier sah aber eher wie ein gekochter Hummer aus.« Tinchen schob den Stuhl zurück und stand auf. »Jetzt möchte ich ein bißchen spazierengehen. Kommst du mit?«

»Bei der Hitze?« Schon die Vorstellung, durch die glühende

Sonne bis zu ihrem Bungalow laufen zu müssen, ließen bei Florian die Schweißtropfen perlen.

»Natürlich bei der Hitze! Wir müssen uns akklimatisieren, und außerdem will ich braun werden. Aber erst kaufe ich mir einen Hut.«

»Kannst du nicht den von Toni nehmen?« Bei seiner Suche nach Hammer und Meißel war Florian auch in der hoteleigenen Boutique gelandet, wo man zwar keine Schraubenzieher, dafür aber von falschen Elfenbeindöschen bis zum Salatbesteck mit Elefantenköpfen so ziemlich alles kaufen konnte, was Touristen für afrikanische Kunst halten. Natürlich auch Kopfbedeckungen für jeden Geschmack. Khakifarbene Babyhüte mit Reißverschluß an der Seite und gedrucktem Löwenkopf vorne drauf, südamerikanische Sombreros, Prinz-Heinrich-Mützen in Weiß und Dunkelblau, made in Taiwan, Durchbrochenes aus Spitze und natürlich Tropenhelme, die anscheinend niemand wollte. Sie waren schon reichlich angestaubt und trotzdem im Preis nicht heruntergesetzt. So eine Art Schlußverkauf schien es hier nicht zu geben, alles war gleichmäßig teuer.

Nachdem sich Tinchen durch Strandtücher gewühlt hatte, die sie gar nicht brauchte, und durch Blusen im Tigerlook, die ihr alle nicht gefielen, probierte sie eine Viertelstunde lang Hüte durch, bis sie endlich einen aufbehielt. »Den nehme ich.« Es handelte sich um eine Kreation aus Stroh, recht üppig mit Blüten und Früchten dekoriert. Die große Krempe beschirmte das ganze Gesicht.

»Wie oft muß man den denn gießen?« Nach dem Preis fragte Florian erst gar nicht, der spielte im Moment auch nur eine untergeordnete Rolle. Hier im Hotel herrschte bargeldloser Zahlungsverkehr, und man brauchte nicht mal eine Kreditkarte dazu. Man gab lediglich Name und Zimmernummer an, unterschrieb den hingehaltenen Zettel und bekam je nach Wunsch eine Briefmarke, ein Abendkleid oder die Buchungsbestätigung für eine Safari ausgehändigt. Natürlich würde man irgendwann einmal die sich ansammelnden Rechnungen begleichen müssen, aber so viel konnte ja gar nicht zusammenkommen. Alkoholfreies kostete nur Pfennige, und die paar Drinks abends an der Bar waren schließlich nicht alle Welt. Sicher, Souvenirs hatte man gekauft, Ansichtskarten geschrieben, ein paarmal war man in der Squashhalle gewesen, hatte Billard gespielt und Wasserski probiert, nicht zu vergessen den Ausflug zur Schlangenfarm und die Afrikanische Nacht – aber das alles kostete doch kein Vermögen! Und überhaupt hatte man Urlaub, da dreht man nicht jede Mark um.

Dieser Ansicht war auch Tinchen, als sie ihrem Florian einen Texashut mit seitlich aufgebogener Krempe auf den Kopf stülpte. »Jetzt siehst du beinahe aus wie J. R. Dir fehlt bloß noch sein schmieriges Grinsen.«

»Und sein Geld.« Er legte den Hut wieder zurück.

»Den behältst du!« befahl Tinchen. »Sonst kriegst du einen Sonnenstich, mußt im Bett liegenbleiben, brauchst einen Arzt und Medikamente, und das alles kostet viel mehr als der Hut. Welche Nummer hat unser Bungalow?«

»Sechsundzwanzig.« Sie nahm noch zehn Ansichtskarten und ein T-Shirt, weil Tobias ohnehin eins brauchte und das mit den rüsselnden Elefanten drauf so lustig aussah, unterschrieb die Rechnung und zog den widerstrebenden Florian aus dem Laden. »Nun hab dich nicht so wegen der fünfhundertzwanzig Shillinge, das klingt bloß so viel, ist es aber gar nicht.«

»Grob gerechnet fünfundfünfzig Mark.«

»So darfst du aber nicht rechnen«, widersprach Tinchen sofort. »Überleg mal, was wir allein an Porto sparen. Zu Hause würden wir fast das Doppelte zahlen.«

»Zu Hause würden wir auch keine Ansichtskarten schreiben.«

»Mit deiner Logik kannst du einem manchmal ganz schön auf den Geist gehen«, sagte sie wütend. »Und überhaupt rechne ich dir ja auch nicht jedes Glas Bier nach. Möchte nicht wissen, was so ein von der Redaktion anberaumter Streifzug durch die Düsseldorfer Altstadt kostet.«

Da Florian das ziemlich genau wußte, schwieg er lieber. Sie hatte ja recht! Außerdem hatte der Februar weniger Tage als alle anderen Monate, da mußte zwangsläufig etwas Geld übrigbleiben. Warum sollte Tinchen das nicht für einen Blumenhut ausgeben?

Während des Abendessens, das Frau Antonie ungeachtet ihrer asketischen Vorsätze mit sichtbarem Appetit verspeiste, informierte sie die Sippe über die ihr wichtig erscheinenden Punkte der ›Karibuni-Party‹. Als einzige von der Familie hatte sie an diesem Willkommenstreff teilgenommen und gewissenhaft notiert, was die Mamba eine Dreiviertelstunde lang von sich gegeben hatte. Danach war es nicht erwünscht, mit entblößtem Oberkörper das Mittagessen einzunehmen, während man am Abend auch die Beine bedeckt zu halten hatte; den Damen waren zwar Bermudashorts gestattet, da sie auch nicht kürzer wären als Miniröcke, die Herren mögen aber bitte lange Hosen anziehen. Des weiteren seien bei eingeschalteter Klimaanlage die Fenster geschlossen zu halten, weder die herumstreunenden Katzen noch die gelegentlich auftauchenden Affen zu füttern, die Pässe vorsichtshalber im Tresor zu deponieren und keine Eingeborenen ins Hotel mitzubringen, woran gelegentlich alleinreisende Herren interessiert seien. Wünsche und Beschwerden seien entweder im Tourist-Office vorzubringen oder an der Rezeption, wo man auch Deutsch spräche.

»Davon habe ich bloß nichts gemerkt«, sagte Karsten. »Den Nachmittag bin ich durch sämtliche Bungalows dem Installateur hinterhergetrabt, der offenbar gleichzeitig Elektriker, Zimmermann und wahrscheinlich auch noch Barkeeper ist. Jedenfalls habe ich ihn dann endlich aufgegabelt. Bis ich ihm verklickert hatte, daß aus unserer Dusche bloß kaltes Wasser kommt, war's dunkel, und als ich zum Abendessen ging, hat er immer noch rumgebastelt. Ich bezweifle, daß er heute noch fertig wird.«

»Ich gehe mal nachsehen«, erbot sich Tobias, »wollte sowieso noch den Fotoapparat für die Snake-Show holen.«

»Was für 'ne Show?«

»Schlangen.«

»Etwa hier im Hotel?« Julia wurde kreidebleich. »Wo?«

»Da drüben auf der Tanzfläche.« Tobias zeigte auf das überdachte Rondell, wo einige Boys Stühle aufstellten und jedesmal einen respektvollen Bogen um einige seitlich stehende Kisten machten. »Ich glaube, die Viecher sind schon da.«

Das genügte. Julia sprang auf und raste wie von der Tarantel gestochen quer durch den Speisesaal Richtung Bungalows.

»Hysterische Ziege!« Trotzdem spurtete Tobias hinterher. Er konnte sich noch gut an jenen Tag in Spanien erinnern, als seine Schwester die vergessene Puppe von der Terrasse hatte holen wollen und im Dunkeln auf etwas getreten war, das sich sofort um ihren nackten Fuß gewickelt hatte. Es war nur eine harmlose Ringelnatter gewesen, aber von diesem Augenblick an hatte Julia eine panische Angst vor Schlangen und lief sogar aus dem Zimmer, wenn im Fernsehen mal eine gezeigt wurde. Abenteuerfilme, die südlich der Alpen spielten, lehnte sie von vornherein ab, und barfuß war sie seit zehn Jahren nicht mehr vor die Tür gegangen.

Er fand sie mit angezogenen Beinen auf der Terrasse sitzend, zitternd wie Glibberpudding. »Ich habe mich ziemlich albern benommen, nicht wahr? Aber glaub mir, ich kann nichts dafür. Seit damals steckt das einfach in mir drin.«

»So was gibt es eben«, sagte er scheinbar verständnisvoll, »jedenfalls war dein dramatischer Abgang direkt bühnenreif. Oma wird allerdings sauer sein.«

»Weil ich mal wieder die Contenance verloren habe?«

»Nee, weil du ihr deine Cola über ihr Grünseidenes gekippt hast.« Er zog den Schlüssel aus seiner Hosentasche und ging zu seinem eigenen Bungalow hinüber. »Komm, wir sehen mal nach, was unser Wasserbauingenieur geschafft hat.«

Im Zimmer sah es aus, als sei ein Hurrikan durchgefegt. Auf dem Boden lagen die aufgeklappten, noch nicht einmal halb ausgepackten Koffer, die Betten waren bedeckt mit Büchern, Badetüchern, vollen und leeren Plastiktüten, über dem Spiegel baumelten zwei Krawatten, an der Schranktür nasse Badehosen, und mitten auf dem Schreibtisch war eine gelbgetigerte Katze gerade dabei, die aufgeweichte Schokoladentafel zu vertilgen. Als sie die beiden Störenfriede sah, machte sie sofort einen Buckel, fauchte wütend und schien entschlossen, ihre Beute mit Zähnen und Krallen zu verteidigen.

»Wie ist die denn hier reingekommen?«

»Frag lieber, wie wir sie wieder rauskriegen.« Vorsichtig näherte sich Julia der Katze, blieb jedoch stehen, als das Tier die Krallen ausstreckte. »Hast du nicht irgendwas, womit wir sie da oben runterlocken können?«

»Vielleicht mit Milch?«

»Sehr komisch! Du brauchst ja auch bloß welche aus dem Kühlschrank zu holen.«

»Überhaupt nicht komisch. Wenn ich nur wüßte, wo Karsten die Dinger hingepackt hat.« Planlos wühlte Tobias in den herumliegenden Sachen, wobei er das Chaos noch vergrößerte. »Wir müßten wirklich mal aufräumen.«

»Wenn du mir sagst, was du eigentlich suchst, könnte ich ja mithelfen.«

»Milch. Was denn sonst?« Er zog einen Turnschuh unter dem Bett hervor, drehte ihn kräftig schüttelnd um und warf ihn in die Ecke. »Da sind sie auch nicht drin. Ich weiß aber genau, daß ich sie schon gesehen habe. Laß mich mal ganz intensiv nachdenken!« Diesen Vorgang unterstützte er mit einer Zigarette, und endlich kam ihm die Erleuchtung. »Im Bad! Das muß im Bad gewesen sein.«

Triumphierend kehrte er mit einer Zehnerpackung Kondensmilch zurück, abgefüllt in Portionsdöschen. »So was kriegt man hier nicht, sagt Karsten, bloß Kuhmilch, und damit sähe der Kaffee immer grün aus. Maggi hat er auch mitgenommen und so 'ne Streudose mit Gewürzpulver. Dafür hat er Zahnpasta vergessen. Na ja, vielleicht ist er jetzt schon in dem Alter, wo die Zähne abends ins Glas kommen.«

Mit Hilfe der Milch, die sie in Abständen auf den Boden gossen, lockten sie die Katze aus dem Zimmer. Die Schokolade warf Tobias hinterher. »Ich habe noch zwei Tafeln, aber sie sind total aufgeweicht in der Hitze. Soll ich die auch noch zu Katzenfutter degradieren?«

»Leg sie auf die Klimaanlage, da wird sie wieder fest.« Julia fegte ein paar Zeitschriften vom Stuhl und kniete sich rücklings drauf, das Kinn auf die Lehne gepreßt. »Wie habt ihr das hier bloß hingekriegt?« Mit den Zehenspitzen angelte sie einen Gürtel vom Boden und warf ihn aufs Bett. Dann gab sie sich einen Ruck. »Weißt du was? Du beguckst dir jetzt deine Schlangen, und ich harke mal hier durch. Wo wolltet ihr eigentlich heute nacht schlafen? Auf der Erde?«

»Ein bißchen hätten wir wohl noch aufräumen müssen«, gab Tobias zu, »aber wenn du das machst, wäre das natürlich optimal. Hast du übrigens rein zufällig meinen Fotoapparat gesehen?«

Er fand sich an der Klospülung hängend, und bei dieser Gelegenheit erinnerte sich Tobias an den eigentlichen Grund seines Kommens. Erwartungsvoll drehte er den Warmwasserhahn auf. Erst tröpfelte es nur, doch dann sprühte die Dusche vorschriftsmäßig das Wasser heraus. Es war kalt.

»Das darf doch nicht wahr sein!« Er schoß aus der Tür, legte die dreihundert Meter bis zur Rezeption in Rekordschnelle zurück und keuchte: »Where is the waterman?«

»Pardon?« Die schwarzhäutige Schöne hinter dem Tresen hob fragend die Augenbrauen, und Tobias verwünschte wieder einmal die realitätsfremde Grundlage gymnasialen Sprachunterrichts. Da hatte man sich mit Shakespeare rumzuschlagen, aber so lebensnotwendige Vokabeln wie Installateur oder Warmwasserhahn wurden einem vorenthalten. Wieso auch nicht, der olle King Lear hatte eben noch keinen Klempner gebraucht.

Tobias wappnete sich mit Geduld. Er hatte bereits gelernt, daß die Uhren südlich des Äquators langsamer gehen und das Lieblingswort der Eingeborenen pole-pole hieß, was mit »immer mit der Ruhe, Mensch, bloß keine Hektik« zu übersetzen war. Es gelang ihm sogar, der Rezeptionsdame sein Problem zu verdeutlichen, denn sie legte ihm einen ausgefüllten Vordruck hin. »Signature, please.«

Er nahm zur Kenntnis, daß er die ordnungsgemäße Reparatur der Dusche in Bungalow Nummer vierundzwanzig bestätigen sollte. Das lehnte er ab. Möglicherweise sei sie ja repariert worden, keinesfalls jedoch ordnungsgemäß. Es käme weiterhin nur kaltes Wasser heraus.

»One moment, please«, sagte die Schöne, ein silbernes Glöckchen schwingend, wie es Frau Antonie immer zum Einläuten des Weihnachtsabends zu benutzen pflegte. Ein Boy erschien, bekam Anweisungen, die Tobias nicht verstand, trabte ab. Zehn Minuten lang betrachtete er die ausgehängten Fotos vom Hochseefischen und las sich durch die Vergnügungsangebote, die ›African Night‹ hießen oder ›Wunder der Mangrovenwelt‹. Er hatte gerade begonnen, auch noch die Busfahrpläne zu studieren, als der Boy zurückkam. Ihm folgte der Installateur. Er hatte sich bereits in sein Quartier am äußersten Ende des Hotelareals zurückgezogen und mußte erst geholt werden. Seine Miene erinnerte Tobias an einen wütenden Gorilla.

Gemeinsam gingen sie zum Bungalow, vorbei an der Tanzfläche, wo der eine Schlangenbeschwörer gerade etwas langes Braunes in einen Sack stopfte, während sich der zweite mit einem Suppenteller durch die Stuhlreihen zwängte. Auch Tinchen ließ eine Münze in den Teller fallen. Sie sah etwas grün aus im Gesicht, fand Tobias.

Im Bewußtsein korrekt verrichteter Arbeit marschierte der nur mit einer löchrigen Khakihose bekleidete schwarze Fachmann schnurstracks ins Bad, schob den Duschvorhang zur Seite und drehte den Wasserhahn auf. Schon nach wenigen Sekunden dampfte es aus dem Duschbecken. »You can see, it's okay.«

Tobias sah es. Er hatte aber auch gesehen, daß der Herr Ingenieur den Kaltwasserhahn aufgedreht hatte. Darauf angesprochen, zuckte der Eingeborene nur mit den Schultern. »Not important.«

Nein, wichtig war es wirklich nicht, aus welchem Hahn das heiße Wasser kam, nur wissen mußte man es! Ein Zehnshillingstück wechselte den Besitzer, worauf der Fachmann versprach, morgen in seiner Eigenschaft als Tischler wiederzukommen und auch noch die Eingangstür abzuhobeln, sogar ohne schriftlichen Auftrag.

»Schwarzarbeit im wahrsten Sinne des Wortes«, brummte Tobias, bevor er unter die nun endlich wohltemperierte Dusche stieg. Sogar ein Handtuch fand er auf Anhieb. Manchmal waren Schwestern doch ganz brauchbar.

Es war mitten in der Nacht, als der gräßliche Schrei ertönte. Jemand rief gellend um Hilfe. Tinchen fuhr in ihrem Bett hoch und knallte schon zum zweitenmal mit dem Kopf an die zu niedrig hängende Leselampe. »Autsch, verdammt noch mal!« Sie tastete nach dem Knöpfchen. Die 25-Watt-Funzel beleuchtete sowohl den Wecker, dessen Zeiger auf zwanzig Minuten nach drei standen, als auch den Hinterkopf von Florian. Mehr war von ihm nicht zu sehen.

»Aufwachen!!! Draußen muß was passiert sein!« Energisch rüttelte sie an seinem Arm, bekam aber nur ein unwilliges Grunzen zur Antwort. »Heute bist du mit den Handtüchern dran.«

»Mit welchen Handtüchern?«

»Für die Liegen«, brummte er im Halbschlaf, »sonst sind morgen früh wieder alle besetzt.«

»Mein Gott, wir sind doch nicht auf Teneriffa!« Sie griff nach dem Bademantel. »Steh endlich auf, vielleicht können wir helfen.«

Florian dachte nicht daran. Er hatte Urlaub und außerdem gar nichts gehört. Sollten sich doch die Askaris darum kümmern, oder wozu sonst wimmelten diese Nachtwächter überall auf dem Hotelgelände herum?

Als Tinchen vor die Tür trat, stieß sie mit Tobias zusammen. »Wo kam dieser Schrei eigentlich her?«

»Ich glaube, von nebenan.«

»Bei Toni?« Tinchen schüttelte den Kopf. Über ein derartiges

Stimmvolumen verfügte ihre Mutter nicht. Wenn überhaupt, dann würde sie wesentlich dezenter schreien.

»Doch nicht Oma. Julia hat gebrüllt!« Wieder trommelte Tobias an die Tür, und endlich öffnete sie sich einen Spaltbreit.

»Moment, ich mache gleich auf.« Frau Antonie trug Lockenwickler und mußte erst nach einem Kopftuch suchen.

Kaum hatte Tinchen den Bungalow betreten, da warf sich Julia schluchzend in ihre Arme. »Ich w-will wie-wieder na-nach Hause, hie-hier b-bleibe ich n-nicht länger.«

»Was ist denn passiert, Kleines?«

»Eine Spinne hat sie gesehen«, gab Frau Antonie zur Antwort, »nach ihrer Schilderung muß es mindestens eine Tarantel gewesen sein.«

»Mitten in der Nacht? Wo denn?«

»In der Dusche.« Immerhin hatte sich Julia soweit beruhigt, daß sie halbwegs zusammenhängend erzählen konnte. »Mir war so heiß, und da wollte ich mich kalt abbrausen. Als ich reingehen wollte, bin ich beinahe draufgetreten. Ein Riesenvieh war das, so groß wie ein Fünfmarkstück.« Sie schüttelte sich. »Keine zehn Pferde kriegen mich mehr ins Bad.«

»Ich sehe mal nach.« Aber Julia stellte sich ihrem Bruder in den Weg. »Wehe, du machst die Tür auf, dann bleibe ich keine Minute länger hier im Zimmer.«

»Na schön, dann eben nicht.« Er machte Anstalten, den Bungalow wieder zu verlassen.

»Schlagt das Weib tot, und laßt das Tier leben!« klang es vom Eingang, wo Karsten aufgetaucht war, in einer Hand eine Dose mit Insektenspray, in der anderen eine Flasche Shampoo. »Manchmal sind die Viecher schon immun gegen Chemie, dann hilft aber immer noch Seife.«

Mit Ausnahme von Julia, die vorsichtshalber auf den Schreibtisch geflüchtet war, gruppierten sich alle erwartungsvoll um die Badezimmertür. Karsten bewaffnete sich zusätzlich noch mit einer Taschenlampe, weil man wilde Tiere blenden soll, damit sie erst mal stehenbleiben. Vorsichtig öffnete er die Tür. Nichts. Der Lichtstrahl wanderte über Waschbecken und Toilette, dann über den Boden …

»Da, in der Ecke sitzt sie!« Tinchen zeigte auf etwas langes Dunkles, das Karsten sofort intensiv besprühte. Hinterher war die halbe

Dose leer und das Bad eingenebelt. »Die ist hinüber!« stellt er befriedigt fest, schlug aber sicherheitshalber noch einmal mit dem Badelatschen zu. Es knackte, und dann war der Lockenwickler kaputt.

Die Spinne fand sich aber doch noch im Duschbecken, wo sie von Tobias zuerst ersäuft und dann vor Julias Augen in die Toilette gespült wurde. »Eigentlich schade drum. Das war eine *Teganaria domestica.* Ein wirklich schönes Exemplar. Ich hätte sie für meinen Biopauker konservieren sollen.«

5

So geht das nicht weiter, entschied Tinchen, nachdem sie den morgendlichen Kampf mit dem Bettlaken beendet – aus noch nicht geklärten Gründen wickelte sich dieses überdimensionale Stück Leinen während der Nacht regelmäßig in Wurstform um ihre Beine – und sich aus dem Bett gestrampelt hatte. Man kann schließlich nicht den ganzen Tag am Pool herumliegen und neidisch die von neonfarbenen Bikinis nur unzulänglich verhüllten Traumfiguren junger Mädchen anstarren, eine Beschäftigung, der besonders Florian mit ungewohntem Eifer nachging. Nun war man schon mal in Afrika und hatte noch nicht mehr gesehen als Meer, Palmen und herumbalzende Gockel, vergebens bemüht, ihre Wohlstandsbäuche und den weißen Hautstreifen am Ringfinger zu verstecken.

Automatisch warf sie einen Blick aus dem Fenster. Wie jeden Morgen knallte die Sonne vom postkartenblauen Himmel und tauchte die ganze Umgebung in ein beinahe unnatürlich helles Licht. Selbst der Rasen vor den Bungalows sah hellgrau aus statt grün, und das Meer hatte überhaupt keine Farbe. Es glitzerte nur und tat in den Augen weh, wenn man lange genug hineinblickte. Kein Regenschauer in Sicht, nicht mal ein kleines Wölkchen am Horizont, nur Sonne, Sonne, Sonne ... Ein bißchen zuviel Sonne, fand Tinchen, schade, daß man nicht ein paar Strahlen davon nach Hause schicken konnte. Elf Grad minus hatten sie in Deutschland, wie Herr Kurz erzählt hatte, in Hamburg sogar noch mehr, wer weiß, wie es jetzt dort aussah, die BILD-Zeitung war immerhin schon vier Tage alt gewesen. Also sei dankbar, Ernestine, daß du im Warmen sitzt und nicht Schnee schippen mußt. Das tut jetzt Herr Knopp, und dafür will er einen Neger haben. Sie beschloß, sich heute um den Erwerb eines solchen zu kümmern. So hatte sie wenigstens einen triftigen Grund, das Dorf zu besuchen, dessen Besichtigung Florian bisher strikt abgelehnt hatte. Der Weg dorthin sei viel zu weit – knapp achthundert Meter, schätzte Tinchen –, auf der Straße gebe es keinen Schatten; und überhaupt seien die Andenkenhändler in diesem Kaff viel zu teuer, das wisse schließlich jeder.

›Jeder‹ war Herr Dr. Schneider, seines Zeichens Psychiater und seit seiner Ankunft beliebtes Gesprächsthema. Vor zwei Tagen war er morgens mit einem Taxi vorgefahren und hatte die Mamba in beträchtliche Verwirrung gestürzt. Man hatte ihn schon eine Woche früher erwartet.

Nun genießen Akademiker mit Titel auch in Ostafrika eine gewisse Hochachtung, und so fand sich für den Herrn Doktor selbstverständlich noch ein halbes Doppelzimmer, das er allerdings mit dem Gschwandtner-Gustl teilen mußte, einem gestandenen Mannsbild aus Oberbayern, das immer im Unterhemd herumlief und sich auch geistig auf Latschen bewegte. So sah man bereits um die Mittagszeit Herrn Dr. Schneider empört zur Rezeption eilen, und wenig später zog am Speisesaal eine merkwürdige Prozession vorbei. Vorneweg die Mamba; ihr auf den Fersen der heftig gestikulierende Hotelmanager, dann der Herr Psychiater, von den Schuhen bis zur Schirmmütze in weißes Leinen gehüllt, und in gebührendem Abstand zwei Boys. Nach zehn Minuten bewegte sich die Kavalkade in entgegengesetzte Richtung, nur führten sie diesmal die beiden Eingeborenen an, beladen mit zwei Koffern und einem Sortiment Tennisschlägern.

Kasulke war es, der als erster diesem rätselhaften Tun auf den Grund ging. Bereitwillig gab er seine Informationen weiter. »Scheint 'n komischer Heilijer zu sein, dieser Seelenklempner. Nischt paßt ihm, und schon jar nicht sein Bettnachbar. Na ja, kann man ja 'n bißken vastehn, ich möchte ooch nich mit eenem zusammenhausen, der schon morjens anne Ginpulle nuckelt und eenem den juten Whisky vom Duty-free-Shop klaut. Hat der Doktor jesagt. Nu isser umjezogen in eenen von die Bungalows nach vorne raus, die sind ja noch komfortabler so mit 'n zusätzlichen Miefquirl anne Decke und mit richtije Schränke. Lieba zahlt er wat zu, hat er jesagt, und überhaupt isser ja bloß wejen die Kiste da.«

Bei der Kiste handelte es sich um eine offenbar größere Truhe, die der Herr Doktor bei seinem vorjährigen Besuch in dem staatlich kontrollierten Schnitzerdorf nahe Mombasa in Auftrag gegeben, bezahlt und niemals bekommen hatte. Nachdem sich weder die Kenianische Botschaft in Deutschland noch die mit endlosen Briefen bombardierte Polizeibehörde in Mombasa für zuständig gehalten hatten, beschloß Herr Dr. Schneider, die Sache nunmehr selbst in die Hand zu nehmen.

»Wenn der schon mal hier unten war, denn hätte er doch wissen müssen, det sowat niemals klappt. Nich mal ne Quittung hat der Mensch. So viel Dußlichkeit uff eenmal jibt's doch jarnich! Wenn man mal zusammenrechnet, wat den die Kiste schon jekostet hat, denn hätter sich so 'n Ding ooch in Deutschland koofen können. Aba er will ja wat mit jeschnitzte Fruchtbarkeitsgötter druff, und sowat wird nicht exportiert. Det is zu unanständig.«

Jedenfalls hielt sich Herr Dr. Schneider in allen Fragen der afrikanischen Souvenirindustrie für kompetent und bezeichnete die Andenkenhändler im Dorf als Halsabschneider, wofür ihm Florian sehr dankbar war. »Die Mitbringsel kaufen wir in Mombasa, da ist die Konkurrenz größer, und die Preise sind niedriger«, hatte er in Unkenntnis der Kartellbildung einheimischer Souvenirverkäufer gesagt, ohne sich allerdings festzulegen, wann denn diese Tagestour stattfinden sollte. »Dazu haben wir noch Zeit genug, wir müssen uns erst mal akklimatisieren.«

Tinchen fühlte sich genug akklimatisiert, seitdem das Zebramuster auf ihrem Bauch einer gleichäßigen Röte gewichen war. Natürlich hatte sie sich am ersten Tag nur im Schatten aufgehalten und ihre Liege unter einer Palme aufgestellt, aber dann war sie eingeschlafen und erst nach zwei Stunden wieder aufgewacht. Da stand die Sonne ganz woanders, und statt sanfter Bräune zierte Tinchens Vorderseite ein scharf konturierter weißer Palmenwedel, der sich von der roten Haut besonders gut abhob.

»Wer kommt heute mit ins Dorf?« fragte sie beim Mittagessen, der einzigen Gelegenheit, ihre Lieben beinahe vollzählig anzutreffen. Außer beim abendlichen Dinner natürlich, aber das fand bei Dunkelheit statt und schränkte daran anschließende Unternehmungen weitgehend ein.

»Ich nicht«, erklärte Julia sofort, »Daniel will mit mir zum Minisegeln. Nachmittag ist der Wind am günstigsten.«

»Ich auch nicht«, echote Tobias, »ich hab für drei Uhr die Squashhalle gemietet. Muß bloß noch jemanden finden, der mitmacht.«

»Hast du schon«, sagte Karsten.

»Gebongt. Aber nur, wenn du die Hälfte zahlst.«

»Was kostet das überhaupt?«

»Weiß ich nicht genau, ich glaube, achtzig Shilling pro Stunde, können aber auch hundert sein.«

»Sind es«, bestätigte Julia, »Wasserski kostet bloß achtzig.«

»Womit wir endlich beim Thema wären!« Aus der Hosentasche zog Florian einen Stapel zusammengeknüllter Zettel, strich sie einzeln glatt und legte sie vor sich auf den Tisch. »Vorhin habe ich mir mal eine Zwischenrechnung aller Ausgaben geholt, die so ganz nebenher angefallen sind, und wißt ihr, wieviel da zusammengekommen ist? Dreihundertsiebenunddreißig Mark. In fünf Tagen! Habt ihr sie denn noch alle?«

»Da sind aber die beiden Hüte mit drin und das T-Shirt für Tobias, vergiß das nicht. Du warst ja dabei, als ich sie gekauft habe«, erinnerte Tinchen.

»Weiß ich, aber was ist das hier?« Er hielt ihr einen rosa Zettel unter die Nase: »Ein Strandkleid und eine Korallenkette, und darunter steht deine Unterschrift. Was für ein Strandkleid?«

»Das hellblaue mit den Streifen, das dir so gut gefällt.«

»Für fünfhundert Shilling gefällt es mir überhaupt nicht! Das sind über sechzig Mark. Und dabei kennen die hier nicht mal Mehrwertsteuer.«

»Oller Geizhals«, murmelte Julia.

»Zu dir komme ich gleich!« Er fischte einige Zettel aus dem Stapel. »Dreimal Wasserski und zweimal Segeln. Findest du das nicht ein bißchen viel?«

Sie zuckte nur mit den Achseln. »Ich kann mich doch nicht dauernd von Daniel einladen lassen. Der ist Student und lebt von Bafög.«

»Ach? Und dann kann er sich diesen Urlaub leisten?«

»Dafür hat er auf dem Großmarkt gejobbt.« Florian knurrte Unverständliches, untersagte seiner Tochter jedoch, ohne vorherige Rückfrage Quittungen abzuzeichnen, die über den Betrag einer Cola hinausgingen. »Und jetzt zu dir, mein Sohn!«

Kopfschüttelnd blätterte er die restlichen Zettel durch. »Deine Nebenkostenaufstellung liest sich wie der kenianische Verteidigungshaushalt. Was, bitte sehr, habe ich unter einer Beach-Rakete zu verstehen? Und die gleich dreimal?«

»Das ist dieser Cocktail mit der Wunderkerze oben drauf.« Tobias grinste. »Du hattest mir extra aufgetragen, die beiden Mädchen einzuladen, also mach jetzt keine Randale.«

»Nur ist von alkoholischen Exzessen nicht die Rede gewesen, ich hatte mehr an eine Portion Eis gedacht«, berichtigte Florian. »Jedenfalls übersteigen jetzt die Wiederbeschaffungskosten für meine verlorene Sonnenbrille ihren Anschaffungspreis. Und mit deiner Surferei ist erst mal Schluß! *Ich* nehme ja auch kein Bügelbrett mit ins Wasser, wenn ich schwimmen gehe!«

»Als Anfänger fällt man eben oft rein. Es wird aber jeden Tag besser.«

»Dann wollen wir es mal bei dem gegenwärtigen Stand deines Könnens belassen!« Die Quittungen stopfte Florian wieder in seine Tasche und stand auf. »Die Safari könnt ihr euch jedenfalls abschminken, dafür habe ich kein Geld mehr.« Im Weggehen drehte er sich noch einmal um und sah Tinchen durchdringend an. »Wehe, wenn du etwas bei diesen Dorf-Hyänen kaufst!« Doch dann schmunzelte er. »Kannst du ja auch gar nicht, die nehmen bloß Bares.«

Sie mußte unter der Schranke durchkriechen, denn der Sicherheitsmensch hielt Siesta. Dezentes Schnarchen drang aus seiner Hütte. Ohnehin war diese Sperre eine mehr symbolische Vorrichtung und ziemlich überflüssig. Wer unbedingt wollte und offiziell nicht durfte, würde jederzeit einen Weg auf das Hotelgelände finden. Dazu war es einfach zu groß, und selbst die Askaris konnten nicht überall sein. Immer noch hielt Tinchen den Atem an, wenn sie abends zum Bungalow ging und plötzlich vor einem dieser Wächter stand. »Jambo, Mama.« In ihren schwarzen Uniformen waren sie bei Dunkelheit kaum zu erkennen und nächtliche Schreie erschrockener Spätheimkehrer keine Seltenheit.

Kaum hatte Tinchen die Dorfstraße betreten, da war sie schon von Eingeborenen umringt, die in verschiedenen Sprachen auf sie einredeten. »Du deutsch? – Parlo italiano? – Are you english? No? Dann deutsch. Ich sprechen Deutsch. Mache Führung durch Dorf. Zeige alles, kostet nix.«

Davon war Tinchen nun gar nicht überzeugt. Das dicke Ende kam immer erst hinterher. Genau wie bei der Blumenvase, die der Roomboy auf ihre Bitte gebracht und dann behauptet hatte, er habe sie extra aus seiner eigenen Hütte geholt. Die zehn Shillinge Trinkgeld hatten ihn nicht interessiert, er hatte es auf ein ›used T-Shirt‹ abgesehen, so eine Art inoffizielle Währung, wobei besonderer Wert auf ins Auge fallende Dekors gelegt wurde. Tinchens hartnäckiger Cicerone trug auch so ein Ding, ›Hofbräuhaus‹ stand drauf.

Nachdem die Frage ihrer Herkunft geklärt war, kamen die Angebote. In einem zwar holprigen, aber durchaus verständlichen Deutsch. »Du gehen in meine Geschäft. Nur gucken, nicht kaufen. Ansehen kostet nicht.«

Die zweite Offensive war schon detaillierter. »Ich tauschen alles. Du bringen Sachen, ich dir geben, was du willst. Habe alles. Kann bringen alles. Echte Massai-Schild, echte Tam-Tam aus Busch, nicht von Fabrik gemacht. Komm in meine Laden, nur looki-looki machen.«

Erst jetzt bemerkte Tinchen die vielen Buden, die auf beiden Seiten der Dorfstraße aufgeschlagen waren und alles feilboten, was ein Touristenherz begehrt. Bei ihrer Ankunft waren ihr die Hütten gar nicht aufgefallen, vermutlich, weil alle noch geschlossen gewesen waren. Die Geschäftszeit der Souvenirhändler begann offenbar erst am späten Vormittag, wenn die Hotelgäste gefrühstückt und ihr anschließendes Sonnenbad hinter sich gebracht hatten, und endete pünktlich um sieben, sobald es auch die letzten Spaziergänger zu Dusche und Futtertrog trieb. Den Tagesablauf ihrer potentiellen Kunden kannten die fliegenden Händler also genau.

Nur um endlich Ruhe zu haben, betrat Tinchen den nächstgelegenen ›Shop‹, einen besseren Holzverschlag, der nach Feierabend mit zwei durch Teerpappe verstärkten Brettertüren verschlossen wurde. Das einzig Solide an der ganzen Hütte war das zehn Zentimeter große Vorhängeschloß, das an einem rostigen Riegel baumelte.

Der Besitzer war ein wirklich rabenschwarzer Schwarzer. Er drehte die mit Petroleum gespeiste Stallaterne hoch und zeigte stolz seine Schätze. In dem flackernden Licht erkannte Tinchen eine Batterie Elefanten, aufgereiht wie die Orgelpfeifen und alle ›echt Ebenholz‹, wie ihr im Brustton der Überzeugung versichert wurde. Schwarz waren sie alle, nur bei manchen schimmerte ein rötlicher Farbton durch.

»Wenn Se nich jenau wissen, ob det nu echt is oder nich, denn kratzen se mal mit 'n Messer oder ooch bloß mit 'n Fingernagel 'n bißken am Holz rum. Is det darunter nich schwarz, denn isset ooch keen Ebenholz«, hatte Kasulke empfohlen, als er von Tinchens geplanter Exkursion in die Höhlen der Händler Wind bekommen hatte. »Die Brüder vakoofen fast nur janz jewöhnlichen Holznippes, den se vorher mit Schuhcreme oder irjendeener anderen Paste so lange polieren, bis 'ne schöne schwarze Farbe da is, und denn woll'n se eenem den Dreck als Ebenholz untajubeln. Dabei is echtet Ebenholz stumpf und außerdem vadammt teuer.«

Umsonst versicherte Tinchen, daß sie gar nichts kaufen wolle, weil sie überhaupt kein Geld bei sich habe, es nutzte nichts, sie mußte auch noch die Kollektion von Specksteinfiguren bewundern, die es von Setzkastengröße bis zu kiloschweren Nashörnern mit blutunterlaufenen Augen gab. Und natürlich die Schmucksammlung, bestehend aus Kettchen und Ringen ›echt Elefantenhaar‹, das sich genau wie Plastik anfühlte. Nein, Massai-Figuren habe er nicht, bedauerte der Händler, er sei auf Tiere spezialisiert, aber sein Bruder, gleich zwei Geschäfte weiter vorn, könne das Gewünschte bieten. Ein Pfiff, und schon stand ein anderer rabenschwarzer Schwarzer neben Tinchen. Verfolgt von den mürrischen Blicken der übrigen Geier, denen die Entführung ihres Opfers gar nicht paßte, wurde sie in eine andere Hütte gezogen, die sich von der ersten nur dadurch unterschied, daß statt einer Petroleumfunzel drei unterschiedlich große Kerzen das Interieur beleuchteten. Es bestand aus einem Holztisch, einem Schemel, auf dem Tinchen Platz zu nehmen hatte, und drei Wänden voller Regale, gefüllt mit martialisch aussehenden Holzfiguren. Stehende, sitzende, kniende Krieger, mal als Aschenbecher, mal als Kerzenhalter oder Buchstützen, manchmal auch nur speerschwingend als Dekoration für den heimischen Kaminaufsatz. Einfach scheußlich, fand Tinchen. Die würde sogar Herr Knopp ablehnen, obwohl er eine für sie unbegreifliche Vorliebe für Kitsch in Form bemalter Wandteller hatte, die in großer Zahl den Knoppschen Treppenaufgang schmückten und nach jedem Urlaub Zuwachs bekamen. Den letzten Teller zierte ein handgemaltes Kamel, sichtbares Zeichen der Pauschalreise nach Tunesien.

Vielleicht würde ihm das kleine Massai-Pärchen gefallen, das keine besondere Funktion zu erfüllen hatte und nur irgendwo hingestellt werden mußte. Am besten aufs Fensterbrett neben die vermickerte Yuccapalme, die Frau Knopps Altbierdusche nicht vertragen hatte und seitdem alle Blätter hängen ließ.

»Wieviel kostet das?« Entgegen ihrer Behauptung hatte Tinchen natürlich doch Geld dabei, eng zusammengefaltet in der Hosentasche und immer eine Hand drauf.

Der Schwarze nahm die beiden Figuren aus dem Regal und stellte sie auf den Tisch. »Sehr schöne Arbeit«, beteuerte er, »alles mit Hand gemacht. Wieviel geben?«

Irgendwie lief die Verhandlung nicht so, wie sie laufen sollte. Kasulke hatte das Ritual ganz anders beschrieben. »Wenn die Brüder mit ihr'n Preis rüberkommen, denn müssen Se 'n Drittel davon jejenbieten, aba höchstens 'n Drittel. Denn singt der Kerl erst mal seine Arie von wejen Frau und sechs Kinder – so ville hat er mindestens, ooch wenn er erst zwanzig is –, und denn jeht er runter mit 'n Preis, und Sie jehn 'n paar Shilling ruff. Dat jeht 'ne janze Weile so weiter, bis Se an Ihr selbstjesetztet Limit kommen. Wenn er denn immer noch nich will, jehn se einfach weg. Jarantiert rennt er Ihnen hintaher, und denn jeht die Feilscherei von vorne los, bloß hat er nu nich mehr nur Frau und Kinder, sondern noch 'n kranken Jroßvater zu versorjen und zwee Schwestern. Stimmt sowieso nie, is aber 'ne beliebte Mitleidswalze. Janz ejal, wat Se am Schluß für den Krempel bezahlen, für ihn isset immer zuwenig und für Sie isset immer zuviel. Übers Ohr jehaun wer'n wir allemal.«

»Wieviel geben, Madame?« bohrte der Schwarze noch einmal, und als er Tinchens ratloses Gesicht sah, schlug er vor: »Zweihundert Shilling? Für ein Massai?«

»Das sind ja zwanzig Mark«, rechnete Tinchen aus, kommt überhaupt nicht in Frage. »Hundert«, sagte sie entschlossen.

»Ist okay, zweihundert für alle beide.« Unter dem Tisch zog er einen Bogen Zeitungspapier hervor und begann, die Figuren einzuwickeln.

»Halt, ich habe kein Geld dabei«, protestierte Tinchen, »ich komme morgen wieder. Tomorrow, capito?« Wenn der Bursche ihr Angebot akzeptierte, mußte etwas faul sein. Der hatte ja überhaupt nicht zu handeln versucht!

Der Eingeborene gab nicht auf. Nun hatte er endlich mal wieder ein absolutes Greenhorn an der Angel, das keine Ahnung von den Preisen hatte, und das wollte er nicht so ohne weiteres gehen lassen, »Heute kein Geld?« sagte er spitzbübisch grinsend. »Dein Mann kein Geld gegeben? Nicht schlimm, du nehmen Massai mit und mir geben etwas für Pfand bis morgen.« Er drückte ihr das Zeitungspapierpäckchen in die Hand. »Gib mir dein Uhr. Morgen du bringst Shilling und dann Uhr zurück.«

»Du spinnst wohl!« Tinchen warf die Figuren auf den Tisch und rannte aus der Hütte, die Straße entlang bis zur rettenden Schranke. Erst dahinter fühlte sie sich einigermaßen sicher.

Im Speisesaal saß Kasulke und schrieb Ansichtskarten. »Nanu, jar nischt jekooft? Dann sind Se aba standhaft jeblieben.« Er setzte schwungvoll seinen Namen auf die Karte, steckte den Kugelschreiber in die Brusttasche seines Hawaiihemdes und zog statt dessen eine Handvoll Briefmarken heraus. »So, det war die letzte für diesmal. Zwee mehr als vorijet Jahr, da hab ick bloß einunddreißig schreiben müssen. Aber nu sind noch welche dazujekommen für zwee Ehepaare, die ick letztetmal hier kennenjelernt habe. Die freu'n sich ooch, wenn se 'n Jruß aus ihr altet Hotel kriejen. Diesmal sind die eenen nach die Malediven jeflogen, und die andern woll'n nach Irland. Schön dämlich sind die, freiwillig in 'n Rejen zu fahren. Davon ham wa doch zu Hause selber jenuch.« Sorgfältig beleckte er die Marken. »Die kosten jetzt ooch mehr als früher. Vasteh ick jarnich. Wo doch die Welt anjeblich immer kleener wird, kann doch det Porto nich dauernd teurer werden.« Er legte die Karten akkurat übereinander, bevor er sie in eine Plastiktüte steckte. »Morjen will ick nach Mombasa, denn bring ick se höchstpersönlich uffs Postamt. Stecken Se nie wat in die Briefkästen uff der Straße, die wer'n dauernd jeknackt. Meistens sind det Jugendliche, die bloß die Marken abreißen und allet andere wegschmeißen. Wahrscheinlich vahökern se die Dinger denn für 'n paar Cent billijer, da muß et ebent die Masse bringen. So, und nu erzähl'n Se mal, warum Se hier nich mit 'n jroßen Löwen untem Arm zurückjekommen sind oder wenigstens mit det allseits so beliebte Salatbesteck.«

Also erzählte Tinchen, immer von dem zustimmenden Nicken ihres Gegenübers begleitet. »Det ham Se jenau richtich jemacht. Wie jroß war'n denn die Holzköppe?«

»Ungefähr zwanzig Zentimeter hoch.«

»Denn dürfen se nich mehr wie allerhöchstens siebzig Shilling kosten.«

»Pro Stück?«

»Ach wat, zusammen natürlich«, sagte Kasulke lachend. »Wenn Se noch mal zu die Knilche da vorne jehn, denn komm ick mit, einverstanden?«

Und ob Tinchen einverstanden war! Am liebsten wäre sie sofort losgezogen, aber die Sonne verschwand gerade hinter dem großen Makutidach und signalisierte damit den Beginn des allabendlichen Rituals, das heute noch länger dauern würde als sonst. Tanz mit der Beach-Combo war angesagt. Da genügte es nicht, das Gemisch von Sand und Sonnenöl vom Körper zu spülen und die Haare einfach in der Luft trocknen zu lassen. Julia hatte sich schon gleich nach dem Frühstück Tinchens Fön geholt, damit sie ihn abends als erste benutzen konnte, und einen Raubzug durch den mütterlichen Kleiderschrank angedroht, weil »ich ja nicht mal ein richtiges Cocktailkleid besitze«. Der Hinweis, sie, Tinchen, habe ja auch keins mit, hatte Julia nicht beeindruckt. »Ich finde schon was.«

Hatte sie auch! Jetzt saß sie in Tinchens zweitbester Bluse an der Bar, neben sich ihren Satelliten Daniel, vor sich ein giftgrünes Getränk und dahinter Florian, der gerade mit lässiger Miene seine Unterschrift auf einen hingehaltenen Quittungsblock kritzelte.

Tinchen kochte. Mutterseelenallein hockte sie hier vor ihrem Papayawein, der viel zu süß war und einen Beigeschmack von Nagellackentferner hatte, und ihr angetrauter Gatte übte sich als Lebemann, der seiner minderjährigen Tochter sündhaft teure Drinks spendierte. Zumindest nahm Tinchen das an. Grüne Getränke heißen Cocktails und sind immer teuer.

Nun balzte er auch noch um die beiden Mädchen herum, die gerade mit seiner Hilfe die letzten noch freien Barhocker erklommen. Da konnte sie natürlich nicht mehr mithalten. Zwanzig Jahre jünger und mindestens fünf Zentimeter weniger Taillenweite. Das war's ja, worauf Männer im gehobeneren Mittelalter flogen!

Bis jetzt hatte Tinchen ihre beiden Tischnachbarinnen eigentlich ganz nett gefunden, auch wenn Birgit Kurz eine Vorliebe für zuviel Make-up und zuwenig an hatte und ihre Freundin Susi als intellektuell sehr eingeschränkt gelten mußte. Aber beide hatten ein loses Mundwerk, und besonders das Kurz-Töchterlein amüsierte Tinchen immer wieder, wenn es mit treffenden Bemerkungen die Hotelgäste durchhechelte.

Im Gegensatz zu Tobias' Vermutung, bei den doch schon etwas angejahrten Eltern müsse auch die Tochter schon ein reifes Alter erreicht haben, hatte sich Birgit als muntere Dreiundzwanzigjährige entpuppt, deren Herkunft Tinchen allerdings vor ein biologisches Rätsel stellte. Konnte man mit mindestens über fünfundvierzig noch ein Kind bekommen, und dann auch noch ein so attraktives Exemplar? Sollte dieses biologische Wunder jetzt aber seine aufgeklebten spitzen Krallen nach Florian ausstrecken …

Mit Argusaugen beobachtete Tinchen die Bar, der sich soeben eine noch viel größere Gefahr näherte. Sie steckte in dunkelblauem Chiffon und war allgemein als ›Mama Caroline‹ bekannt. Ihren unaussprechlichen französischen Namen konnte niemand behalten, ihre frühreife zwölfjährige Tochter, die wie fünfzehn aussah und sich wie achtzehn aufführte, kannte jeder, und sämtliche Ehefrauen zwischen dreißig und siebzig pfiffen ihre Ehemänner zurück auf die Sonnenliege, sobald Mama Caroline auf der Bildfläche erschien. Genaueres wußte niemand, ein bißchen was wußte jeder, und so variierten die Vermutungen über Mama Carolines Background von »Fotomodell mit sagenhaft reichem Freund« bis zu »Na ja, auch solche müssen mal Urlaub machen, und hier kennt sie ja keiner«. Unübersehbar war allerdings ihr Bemühen um männliche Seitendeckung, das mangels geeigneter Objekte immer noch ergebnislos geblieben war. Dabei war Mama Caroline eine blendende Erscheinung, die unweigerlich alle Blicke auf sich zog: Etwa Mitte Dreißig, schlank, mahagonifarbene, bis auf die Schultern reichende Haarpracht und Beine, die überhaupt nicht aufzuhören schienen. Kein Wunder, daß sie immer in diesen hochausgeschnittenen einteiligen Badeanzügen herumlief, die kaum jemand tragen konnte, ohne ordinär auszusehen.

Tinchen zuckte zusammen. Neben ihr war unverhofft Oberkellner Moses aufgetaucht. Er stellte einen mit Blüten gefüllten Suppenteller auf den Tisch, fischte eine davon heraus und steckte sie Tinchen hinters Ohr. »Only for beautiful ladies«, flüsterte er, bevor er samt Teller weiterzog, um am Nebentisch das gleiche Ritual abzuspulen. Allerdings fand Tinchen die Lady aus Wien-Ottakring alles andere als beautiful, denn sie litt an erheblichem Übergewicht und hatte zur Feier des Abends ihre füllige Oberweite in ein schwarzes Top mit goldenem Tigerkopf vorne drauf gezwängt. Gab's für dreißig Mark in der Boutique. Und genauso sah es aus, fand Tinchen.

Vorsichtig entfernte sie die Blume aus ihrem Haar und betrachtete sie. Der große weiße Kelch ging am Blütenansatz in ein leuchtendes Gelb über und erinnerte in seiner Form ein bißchen an den heimischen Krokus, nur mußte man dieses Gewächs hier nicht mühsam aus einzelnen Zwiebeln hochpäppeln, es wuchs vielmehr an weitausladenden Bäumen und schüttelte seine Blütenpracht achtlos herunter wie zu Hause im Garten der Kirschbaum. Nur Früchte produzierte es nicht. Aber das schien in Afrika sowieso normal zu sein. Das, was man nicht essen konnte, wuchs in verschwenderischer Fülle, während alles, was Nahrung produzierte, klein blieb. Die schwarzrosa Schweinchen, von denen Tinchen einige über die Dorfstraße hatte flitzen sehen, waren kaum größer als Ferkel gewesen, die Hühner erreichten bestenfalls Wachtelgröße, und sogar die Bananen blieben klein und mickrig. Ein merkwürdiges Land.

»Du siehst so sitzengeblieben aus, Tine, oder weshalb sonst führst du Selbstgespräche?«

»Wenn ich mich mit einer halbwegs intelligenten Person unterhalten will, was bleibt mir denn sonst übrig?« Kläglich lächelnd sah sie zu ihrem Bruder auf. »Leistest du mir wenigstens ein bißchen Gesellschaft?«

»Hatte ich eigentlich nicht vor. Ich will nur meine Kamera holen.« Er nahm den Apparat von der Stuhllehne. »Aber wenn du willst, dann komm doch mit an unseren Tisch. Tobias ist auch da.«

»Als was denn? Etwa als Alterspräsidentin? Nee, danke, dafür bin ich nicht in Stimmung. Ich werde mich jetzt mit dieser lauwarmen Brühe besaufen und dann schlafen gehen.« Entschlossen goß sie ihr Glas voll und kippte es auf einmal hinunter. »Alte Leute gehören um zehn Uhr ins Bett. Mutti ist schon vor einer halben Stunde gegangen.«

»Da irrst du dich aber gewaltig!« Nun zog sich Karsten doch einen Stuhl heran. »Mutti sitzt da hinten« – er zeigte die ungefähre Richtung – »mit ihrer neuen Busenfreundin und läßt sich von dem zu kurz Gepflückten den Hof machen.«

»Doch nicht der von Nummer vierzehn? Über den hat sie sich doch immer mokiert.«

»Das schon, aber seitdem sie weiß, daß er Arzt ist, sieht sie ihn mit ganz anderen Augen. Du kennst doch ihre Vorliebe für Akademiker. Und wenn sie keine Schuhe anhat, ist sie nur ein ganz kleines bißchen größer als er.«

»Mutti geht nie ohne Schuhe«, widersprach Tinchen energisch.

»Eben, deshalb bleiben sie ja auch sitzen.«

»Was sagt denn Frau Schliephan dazu?«

»Beobachtet milde lächelnd, wie Toni zu flirten versucht.«

Frau Schliephan, Witwe mit nicht unbeträchtlichem Einkommen, war mit ihrer Schwester hier, einer pensionierten Bibliothekarin, leider immer noch ledig und zur Zeit auf einer Zehn-Tage-Safari, weshalb Frau Antonie auf die Bekanntschaft des Fräulein Kruse auch noch verzichten mußte. Eine Teilnahme an der Safari hatte Frau Schliephan mit der Begründung abgelehnt, wilde Tiere schätze sie lediglich im zoologischen Garten oder allenfalls noch auf dem Teller, und darüber hinaus fühle sie sich mit ihren einundsiebzig Jahren den Anstrengungen einer solchen Tour nicht mehr gewachsen. Fräulein Kruse war dreiundsiebzig und völlig anderer Meinung.

Seit der Begegnung in der Boutique, wo die beiden Damen einen verbalen Kampf um die letzte Ansichtskarte mit Löwenrudel vorne drauf ausgefochten hatten, bis Frau Antonie auf das Gruppenfoto mit den Zebras ausgewichen war, sah Tinchen ihre Mutter nur noch selten und dann meistens von weitem. Sogar von den gemeinsamen Mahlzeiten hatte sie sich selber dispensiert und statt dessen den verwaisten Platz von Fräulein Kruse eingenommen. Ausschlaggebend hierfür dürfte wohl gewesen sein, daß sich Frau Schliephans Tisch am oberen Ende des Speisesaals befand, denn von dort hatte man einen ungehinderten Blick auf alles, was sich darin bewegte.

Zum drittenmal an diesem Abend intonierte die Kapelle die kenianische Touristenhymne, und begeistert fielen deutsche Sangesbrüder ein: »Jambo! Jambo, bwana, habari gani, nizuri sana ...« Kaum einer von ihnen wußte vermutlich, was er da eigentlich von sich gab, aber es klang so schön afrikanisch, und mitklatschen konnte man auch.

Nun hatte Tinchen endgültig genug! Sie stand auf, und während sie sich mit gequältem Lächeln nach allen Seiten grüßend zwischen den Stühlen hindurchzwängte, rekapitulierte sie sämtliche Schimpfwörter, die sie Florian an den Kopf werfen würde. Vorausgesetzt, er tauchte überhaupt noch mal auf. An der Bar saß er jedenfalls nicht mehr, das hatte Tinchen schon vor einer ganzen Weile festgestellt, nur hatte sie leider den genauen Zeitpunkt seines Verschwindens verpaßt. Viel mehr beunruhigte sie, daß auch Mama Caroline nirgends zu sehen war. Normalerweise pflegte sie um diese Zeit auf einem Barhocker zu sitzen, wo sie mehr trank, als sie vertragen konnte, was sie immer wieder vergaß und dann den Männern reihenweise in die Arme fiel.

Nicht mal die Taschenlampe benutzte Tinchen, so wütend war sie. Sonst ging sie bei Dunkelheit keinen Schritt, ohne ihn vorher abgeleuchtet zu haben. Man konnte ja nie wissen, ob nicht doch mal eine Schlange im Gras lag oder einer dieser ›Malindi-Expreß‹ genannten Tausendfüßler, die zwanzig Zentimeter lang wurden, einen daumendicken schwarzen Leib hatten und unzählige rote Beine. Angeblich waren die Viecher harmlos, aber eklig sahen sie trotzdem aus.

Endlich hatte sie den Bungalow erreicht. Alles dunkel! Ihre Hoffnung, Florian hätte vielleicht diesen merkwürdigen Cocktail nicht vertragen und sich mit rebellierendem Magen ins traute Kämmerlein zurückgezogen – wie sehr hätte sie ihm das gegönnt! –, verflog. Wo und vor allem mit wem trieb sich dieser Weiberheld herum?

Hektisch suchte sie in ihrer Handtasche nach dem Schlüssel, bis ihr einfiel, daß sie ihn gar nicht haben konnte. Florian hatte ihn eingesteckt. Auch das noch! Jetzt mußte sie an der Rezeption den Ersatzschlüssel holen, also den ganzen Weg zurücklaufen, quer durch den Speisesaal und natürlich auch an der Tanzfläche vorbei, vor sich fragende Gesichter und hinter sich die brodelnde Gerüchteküche. Hier entging doch niemandem etwas! Vermutlich hatte das ganze Hotel schon das Techtelmechtel zwischen Florian und diesem … diesem französischen Vamp mitgekriegt, nur sie nicht! Aber Ehefrauen erfuhren so was ja immer als letzte.

Den Triumph gönne ich ihnen nun doch nicht! Sie schwang sich auf die Terrassenbrüstung, da war sie wenigstens vor krabbelndem Nachtgetier sicher, und brütete Rache. Wie die aussehen sollte, wußte sie noch nicht, aber ihr würde schon etwas einfallen.

Eine Zigarettenlänge später war ihr noch immer nichts eingefallen. Dafür näherte sich das Ehepaar Kurz, Arm in Arm, wie Tinchen neidisch feststellte.

»Ist das nicht wieder ein herrlicher Abend? Viel zu schade zum Schlafengehen.«

»Deshalb sitze ich ja auch noch draußen«, sagte sie schnell, möglichen Fragen vorbeugend. »Ich habe mir sogar schon überlegt, ob ich nicht auf der Terrasse schlafe.«

»Das würde wohl doch ein bißchen hart werden.« Herr Kurz warf einen beziehungsreichen Blick auf die Steinbank.

»Gar nicht zu reden von den Moskitos«, ergänzte seine Frau, bevor die beiden mit einem freundlichen »Gute Nacht« weiterschlenderten. Aber Tinchen hörte noch seine oberlehrerhafte Stimme: »Um diese Jahreszeit gibt es hier keine Moskitos, Annemarie, oder hast du in den zwei Wochen schon eine einzige Mücke ...«

Und plötzlich wußte Tinchen, wie sie ihrem Florian eins auswischen konnte. Sie würde ihn ganz einfach ausquartieren! Sollte er doch draußen schlafen, erfrieren würde er bestimmt nicht, nur ein bißchen sehr unbequem würde es werden, und wie er morgens den quer durchs Gelände joggenden Frühaufstehern seine unmißverständliche Situation erklären würde, bliebe ihm überlassen. Um Ausreden ist er noch nie verlegen gewesen, bestimmt würde er nachher auch wieder eine parat haben, aber diesmal würde sie, Tinchen, ihm gar keine Möglichkeit dazu geben, weil sie nämlich jetzt gleich die Tür verrammeln ... Der Schlüssel! Verdammt noch mal, wie kam sie an das Duplikat heran, ohne an der sensationslüsternen Meute vorbei zu müssen? Ob sie einen der herumlungernden Askaris zur Rezeption schicken sollte? Lieber nicht, dem würde man vermutlich den Schlüssel gar nicht aushändigen, da mußte sie schon selber gehen. Aber dann außen herum, wo ihr zwar kaum jemand begegnen würde, wo aber auch die Wege nicht beleuchtet waren und überall Spinnen oder Skorpione sitzen konnten. Oder Riesenkrabben. Erst gestern hatte Karsten so ein Vieh fotografiert, wie es mit seinen langen Stelzenbeinen die Treppe vom Strand heraufgestakst war. »Guck mal, die findet schon von allein den Weg in die Küche.« Woraufhin Tinchen vorsichtshalber auf die abendliche Vorspeise verzichtet hatte. Es hatte Krabbencocktail gegeben.

Die Entscheidung, ob ein nur möglicher Tod durch Schlangenbiß dem allerdings garantierten Spießrutenlaufen quer durch den Speisesaal vorzuziehen sei, wurde ihr abgenommen. Schon an den heiser klingenden Geräuschen, die Florian immer als Pfeifen zu bezeichnen pflegte, erkannte Tinchen den Spätheimkehrer – lange, bevor er zu sehen war. Schade, jetzt hätte er ruhig noch eine halbe Stunde länger wegbleiben können. Man kann einem Mann schlecht die Tür vor der Nase zuschlagen, wenn er sie vorher erst aufschließen muß.

»Hallo, Mauerblümchen!« Mit einem eleganten Satz wollte Florian über die niedrige Brüstung springen, verhedderte sich jedoch in der dahinter aufgespannten Wäscheleine und landete wenig elegant auf dem Hosenboden. Über seinem Gesicht baumelte ein Bikinioberteil, während sein linker Fuß in Frau Antonies Badeanzug steckengeblieben war, halb in der Luft hing und sich allen Bemühungen, ihn freizustrampeln, hartnäckig widersetzte.

»Hilf mir doch mal!«

»Hilf dir doch selber. Du bist schließlich den ganzen Abend allein zurechtgekommen.« Nur mühsam verbiß sich Tinchen das Lachen. Wie ein gestrandeter Maikäfer lag Florian auf dem Rücken, zappelte mit Armen und Beinen und schaffte es endlich, sich zu befreien. »Ich fürchte, der Rest ist nicht mehr zu gebrauchen!« Mit anklagender Miene hielt er ein halb abgerissenes Hosenbein hoch. »Hättest du mir geholfen, dann hätte ich nicht Tonis Badeanzug ruiniert. Immerhin hatte das aufreizende Modell schon antiquarischen Wert, weil es wahrscheinlich noch aus der Vorkriegszeit stammt. Soviel ich weiß, ist sie seitdem auch nicht wieder ins Wasser gegangen. Oder hast du sie hier schon mal im Meer gesehen?«

»Nein.«

»Na siehste, wozu braucht sie dann einen Badeanzug? Sie rennt doch sowieso immer nur in diesen von ihr als Strandkleider bezeichneten Säcken herum und beleidigt mein ästhetisches Empfinden.«

»Würde sie dir in blauem Chiffon besser gefallen?« fragte Tinchen spitz.

»Weiß ich nicht, wahrscheinlich.« Er hatte sich hochgerappelt und betastete vorsichtig seine Gliedmaßen. »Wenigstens nichts gebrochen, aber ein paar blaue Flecke habe ich bestimmt abgekriegt.«

»Sei doch froh, neuerdings stehst du doch auf Blau.«

Jetzt wurde er aber doch ärgerlich. »Was sollen eigentlich diese albernen Anspielungen? Wenn du mir etwas vorzuwerfen hast, dann sag es klar und deutlich, aber hör mit diesen kindischen Mätzchen auf! Ich weiß noch immer nicht, wovon du überhaupt redest.«

Da öffneten sich die Schleusen, und wenn Florian vor lauter Schluchzen auch kaum etwas verstehen konnte, so war ihm klar, daß er die Ursache dieser Tränenflut sein mußte.

»... ganzen Abend allein gelassen«, schniefte Tinchen, bevor sie energisch nach einem Taschentuch verlangte. »Und dann bist du auch noch mit dieser dämlichen Ziege in dem blauen Zippelkleid abgezogen.«

»*Was* bin ich?« Mit spitzen Fingern nahm er das benutzte Papiertuch entgegen, ließ es nach kurzem Zögern auf den Boden fallen und schob es mit dem Fuß unter die Bank. Der Roomboy fegte sowieso jeden Morgen die Terrasse ab. Dann setzte er sich hin und zog Tinchen neben sich. »So, und nun noch mal ganz langsam! Wann soll ich wo mit wem abgezogen sein?«

»Mit Mama Caroline. Erst hast du ihr grüne Drinks bezahlt, und plötzlich wart ihr beide weg.«

»Tine, du solltest deine Brille nicht nur zum Lesen benutzen! Erstens war das Getränk blau und nicht grün ...«

»Siehste, schon wieder blau!«

»... außerdem gehörte es Julia ...«

»Schöner Vater, der seine siebzehnjährige Tochter Cocktails trinken läßt! Wo bleibt sie überhaupt? Sie gehört längst ins Bett!«

»... war alkoholfrei und folglich harmlos, zweitens habe ich Mama Caroline überhaupt nicht gesehen ...«

»Wie kann man jemanden nicht sehen, der direkt neben einem steht?«

»Also gut, nicht bewußt gesehen, und drittens habe ich zusammen mit Backgammon eine Runde Billard gespielt.«

Backgammon hieß eigentlich Weirich, aber weil er ständig mit seinem Spiele-Köfferchen herumlief, hatte Tinchen ihm diesen Namen verpaßt. Schon zum Frühstück nahm er es mit, trug es zur Liege, an den Strand, zum Nachmittagstee, und gestern am Spätnachmittag war er doch tatsächlich auf einer Luftmatratze im Pool herumgepaddelt, vor sich das Backgammonspiel und neben sich im Wasser hängend seine angebliche Frau, die seine Tochter sein könnte und wahrscheinlich keins von beidem war.

»Seit wann kannst du Billard spielen? Du hast doch noch nie ein Queue in der Hand gehabt!«

»Eben. Als ich wegging, haben die Boys immer noch in den Büschen nach der schwarzen Kugel gesucht.«

»Und wo ist Mama Caroline geblieben?« So ganz überzeugt von Florians Unschuld war Tinchen noch immer nicht.

»Herrgott, das weiß ich doch nicht! Sie wird schon irgendein männliches Wesen gefunden haben, das ihr die Zeit vertreibt.«

»Wen denn? Hier gibt es doch fast nur Paare, und die sind alle verheiratet.«

»Aber nicht miteinander«, sagte Florian und stand auf. »Wollen wir uns noch ein bißchen weiterstreiten oder lieber schlafen gehen?«

»Mit dir kann man doch gar nicht richtig streiten«, beschwerte sich Tinchen lachend, »da redet man und redet, und du stehst bloß da, grinst vor dich hin und sagst kein Wort.«

»Wenn die Spatzen lärmen, schweigt der Adler!«

»Von mir aus schweige weiter, aber schließ endlich die Tür auf, ich muß dringend aufs Klo.«

6

Sonntag, 10 Uhr: Schnuppertauchen am Pool, hatte am Schwarzen Brett gestanden. Was immer das auch sein mochte, es interessierte Tinchen herzlich wenig. Wahrscheinlich würde doch wieder nichts daraus werden. Zwar wurde jeden Tag eine andere Freizeitgestaltung angeboten, aber entweder schien es mit der Organisation nicht zu klappen oder die zu animierenden Urlauber waren nicht bereit, sich größeren Anstrengungen hinzugeben, als abwechselnd Bäuche und das Gegenteil in die Sonne zu drehen. Schnitzel in der Bratpfanne muß man zwecks gleichmäßiger Bräune ja auch regelmäßig wenden.

Umsonst trabte Chicita, der für das Vergnügungsprogramm zuständige Eingeborene, jeden Morgen von Liege zu Liege, Notizbuch in der Hand und Kugelschreiber im Kraushaar, und versuchte eine Volleyballmannschaft oder wenigstens ein paar Leute zum Kokosnußweitwurf unten am Strand zusammenzukriegen. Hin und wieder fand er sogar jemanden, der bereitwillig seinen Namen in die Liste schrieb, aber der hatte das bis zum Nachmittag längst wieder vergessen oder hatte keine Lust mehr oder war erst gar nicht zu finden. Nur zum Krabbenrennen waren alle gemeldeten Kandidaten erschienen, weil sich niemand etwas darunter vorstellen konnte und jeder etwas anderes erwartete.

»Uff allen vieren soll'n wa durchs Jras hoppeln«, vermutete Kasulke.

»Glaube ich nicht, ich tippe eher auf eine Art Wettessen, wer die meisten Krabben schafft«, hoffte der Dicke aus Bungalow Nummer fünf, ohnehin mit einem Bauch von Wasserballgröße behaftet und mittags immer der erste am kalten Büffet.

»Vielleicht ist das nur ein Schreibfehler und soll ›Kraulrennen‹ heißen. Die können doch hier alle kein richtiges Deutsch«, gab ein anderer zu bedenken.

»Denn aba ohne mich, kraulen hab ick nie jelernt. Aba als Schiergörl kann ick mir betätijen.«

Die Veranstaltung begann eine halbe Stunde später als vorgesehen, weil Chicita immer noch am Strand saß und nach Krabben buddelte. Endlich hatte er die erforderliche Anzahl beisammen, numerierte ihre Panzer mit Nagellack, steckte sie in eine Kiste und forderte die Mitspieler auf, sich ihren Favoriten herauszusuchen.

»Igittigitt, so was fasse ich doch nicht an!« Frau Schliephan wandte sich mit Grausen ab. Die eine Krabbe übrigens auch, sie fiel einfach um und war tot.

Jetzt waren es nur noch neun, die auf die durch Bretter, Besenstiele und Steinchen markierten Startbahnen gesetzt und auf Chicitas Kommando losgelassen wurden. Nach zwei Minuten war das ganze Spektakel vorbei, nur eine einzige Sprinterin hatte das Ziel erreicht, die anderen waren entweder irgendwo auf der Strecke stehengeblieben oder hatten die Flucht ergriffen. Den letzten Deserteur hatte Wien-Ottakring vier Stunden danach in ihrem Badelatschen gefunden, einen hysterischen Anfall bekommen und sofort ein Serum gegen Skorpionstiche gefordert.

Auch die Frühgymnastik am Pool hatte nur ein einziges Mal stattgefunden, was Tinchen eigentlich bedauerte; die neue Hose saß immer noch ziemlich eng.

Gleich am zweiten Morgen hatte sie sich eingereiht in die Phalanx weiblicher Rubenskörper, froh, daß sie doch noch weit unter der 70-Kilo-Marke lag, aber dann hatte Chicita ein paar herausgerissene Illustriertenseiten um sich herum ausgebreitet und die darauf abgebildeten Übungen nachturnen lassen. Daß es sich hierbei um Skigymnastik gehandelt hatte, mußte ihm wohl entgangen sein. Über weiteres Lehrmaterial verfügte er nicht, und so wurde die Gymnastikstunde auf einen unbestimmbaren Zeitpunkt vertagt, wenn er wieder mal neue Bildchen in neuen Zeitschriften finden würde.

Nun war also Schnuppertauchen angesagt. Da hierfür nicht Chicita zuständig war, sondern Joe, der eigentlich Johann Friedrich hieß und aus der Gegend von Regensburg stammte, bestand immerhin die Aussicht, daß dieses Was-immer-es-auch-sei sogar stattfinden würde. Woran besonders Julia und Tobias interessiert waren.

Joe war Tauchlehrer, gab Unterricht in Wasserski und Windsurfen, brachte Unkundigen das Segeln bei und gab bereits Kundigen Tips, welche Richtung sie ansteuern mußten, um bei Billys Bierbar zu landen. Darüber hinaus war er der Schwarm aller Mädchen und fast aller Frauen. Sogar Frau Antonie hatte zugegeben, daß sie als Siebzehnjährige auf solch einen Typ Mann geflogen wäre. »Genauso habe ich mir immer Rhett Butler vorgestellt.«

Nach Tinchens Meinung war der Held aus ›Vom Winde verweht‹ zwar als dunkelhaarig geschildert worden, während Joe eine von der Sonne gebleichte blonde Mähne sowie einen modischen Dreitagebart trug, aber attraktiv war er unbedingt, und das wußte er auch. Nach Julias Information, die wiederum von Birgit kam, sollte es in Regensburg allerdings eine Sibylle geben, die ältere Rechte auf Joe hatte, aber Deutschland war weit und Joes Herz ebenfalls. Im Augenblick gehörte es ganz offensichtlich Tanja, doch »die fährt am Dienstag wieder nach Hause«, hatte Julia gesagt, »und wenn ich jetzt den Tauchlehrgang mitmache, habe ich vielleicht Chancen.«

»Bei *der* Konkurrenz?« hatte Florian zu bedenken gegeben. »Und was ist mit deinem Daniel? Der paßt im Alter viel besser zu dir.«

»Ach, der ... Der kann doch Joe nicht das Wasser reichen. Studiert Soziologie und muß sich dann erst habilitieren, sagt er, weil von Soziologie nur die leben könnten, die andere zu Soziologen ausbilden. Bei dem dauert das noch ewig.«

»Schade, ich liebe nämlich Soziologen«, behauptete Florian, der gar keinen kannte, »sie verstehen es, selbst die einfachsten Dinge so herrlich zu komplizieren.«

Tinchen hatte sich gerade auf ihrer Liege häuslich eingerichtet,

Sonnenöl, Zigaretten und Lektüre bequem erreichbar um sich herum aufgereiht, beim Poolboy Zitronensaft bestellt – bis er kam, dauerte es eine halbe Stunde, dann war sie bestimmt durstig –, als Joe auf der Bildfläche erschien. Ihm folgten seine Assistenten, die merkwürdigerweise Nicodemus und Zacharias hießen, obwohl sie schwarz und Moslems waren, bepackt mit Preßluftflaschen und Schwimmflossen. Joe trug die Taucherbrillen. »Wer will es denn mal versuchen?«

Niemand wollte. Die meisten hatten es entweder schon versucht und keine Lust mehr, und die anderen hatten bereits den Grundkurs hinter sich, waren vielleicht sogar schon auf Tauchfahrt gewesen und folglich erhaben über das Herumgekrauche im Pool.

»Meine Tochter will tauchen lernen«, rief Tinchen, »und mein Sohn auch.«

»Na, großartig. Wo sind sie denn?«

»Noch nicht da.«

Julia stand immer noch im Bungalow vor dem Spiegel und konnte sich nicht entscheiden, ob sie in dem hellblauen Bikini verführerischer aussah oder in dem schwarz-pink-gestreiften. Nach längerem Überlegen wählte sie ersteren, obwohl sie für die helle Farbe eigentlich noch nicht braun genug war, aber der blaue saß ein bißchen knapper als der andere. Als neuer Schülerin würde Joe ihr zum erstenmal ungeteilte Aufmerksamkeit schenken müssen, da kam es auf jede Kleinigkeit an.

Tobias dagegen saß noch beim Frühstück, kaute Müsli und ließ sich Zeit. Sollten doch erst mal ein paar andere im Pool krebsen und sich blamieren. Er würde von sicherer Warte aus zusehen, was sie alles falsch machten, und wenn er selbst an der Reihe war, würde er sich hoffentlich nicht genauso dämlich anstellen.

Auf der Suche nach potentiellen Schülern landete Joe schließlich bei Tinchen. »Sind Sie schon mal getaucht?«

»Wo denn? In der Kiesgrube?«

»Na also, dann wissen Sie gar nicht, was für ein herrliches Gefühl das ist, beinahe schwerelos durchs Wasser ...«

»Vielen Dank, aber mir ist fester Boden unter den Füßen lieber. Versuchen Sie Ihr Glück bei meinem Mann, da kommt er gerade.«

Im Zeitlupentempo schlappte Florian den sonnenbeschienenen Pfad herauf und ließ sich ächzend auf die Liege fallen. »Vierundfünfzig Stufen vom Strand bis zum Weg und dann noch mindestens hundertzwanzig Meter durch die Gluthitze ohne den geringsten Schatten«, jammerte er, fand jedoch nicht die gewünschte Resonanz und stöhnte noch ein bißchen lauter.

»Mein Gott, kannst du nicht etwas leiser sterben?« Ostentativ drehte ihm Tinchen den Rücken zu. »Was wolltest du überhaupt am Strand? Die Bar da unten hat doch noch gar nicht auf.«

»Ich habe für morgen drei Plätze auf dem Kahn gebucht. Wir gehen angeln. Tobias freut sich schon.«

»Und wer freut sich als Dritter?«

»Du!«

Mit einem Ruck saß Tinchen senkrecht. »Kommt gar nicht in Frage! Erstens werde ich schon in einer Schiffsschaukel seekrank, zweitens ist angeln stupide, und überhaupt habe ich gar keine Lust. Was soll ich dabei? Regenwürmer auf Haken spießen?«

Bevor Florian seinem Tinchen den Unterschied zwischen Angeln am See und Hochseefischen im Meer erklären konnte, mischte sich Joe ein. »Sie sollten sich dieses Erlebnis wirklich nicht entgehen lassen! Die Fahrt geht weit übers Riff hinaus, wenn Sie Glück haben, sehen Sie Delphine, fliegende Fische, sogar Haie, und was Sie da aus dem Meer herausholen werden, ist ein bißchen größer als die Forellen zu Hause. Sailfische oder Barrakudas mit vierzig Kilo sind das mindeste, was am Haken hängenbleibt.«

»Was soll ich denn mit vierzig Kilo Fisch? So viel können wir doch niemals essen.«

»Tine, du bist mal wieder selten dämlich.« Mit gespieltem Entsetzen raufte sich Florian die Haare. »Die Fische werden an die Hotelküche verkauft, und den Erlös bekommen die beiden eingeborenen Helfer. Das ist deren Verdienst. Also werden sie sich auch alle Mühe geben, damit wir möglichst viel fangen.«

»Fische sind aber so glibberig.«

Ein lautes Platschen beendete den Disput. Florian war ins Wasser gehechtet. Noch eine Minute länger dieses unqualifizierte Geschwafel, und er hätte seinem Tinchen den Hals umgedreht. Nach drei Runden hatte er sich etwas abgekühlt und schwamm an den Rand. Nicodemus schnallte der Wien-Ottakring gerade eine Preßluftflasche auf den Rücken. »Laangsaam und gaaanz ruhig atmen«, befahl er, bevor er selbst in den Pool sprang. Die Wien-Ottakring plumpste hinterher, ging auf Grund und kam wie ein Gummiball wieder an die Oberfläche.

»Gib ihr einen Bleigürtel, Nico«, rief Joe vom Beckenrand, wo er Julia die Handhabung der Tarierweste erklärte, »mit der wird das nix, die ist zu fett.« Aber das sagte er nur ganz leise.

»Kann ich das auch mal probieren?« Interessiert beobachtete Florian, wie Ottakring knapp über dem Boden des Pools herumrutschte und plötzlich pfeilgerade wieder nach oben schoß. »I hab ka Luft mehr kriegt und a Wasser in der Nas'n.«

»Du sollst ja auch nicht mit der Nase atmen, sondern durch den Schlauch. Wie heißt du überhaupt?«

»Mari-rianne«, sagte Marianne hustend.

»Also schön, Mariandl, jetzt kommst her und hörst noch einmal genau zu. Und du auch!« wandte er sich an Florian. »Hast du auch einen Namen?« Bevor sich Florian über die plötzliche Vertraulichkeit wundern konnte, wurde er aufgeklärt, daß sich Taucher untereinander immer duzen. »Ich bin der Joe.«

Es folgten fünf Minuten Trockentraining, dann wurden alle ins Wasser geschickt. Auch Tobias war dabei und Backgammon, dann noch Herbert und Corinna, das Pärchen auf der Hochzeitsreise, und zuletzt erschien sogar Herr Kurz am Beckenrand. Er habe früher schon getaucht, behauptete er, zwar nur bei Mallorca, aber hier seien Meeresfauna und -flora bestimmt viel schöner. Sogar seine eigene Tauchermaske habe er mitgebracht. Stolz präsentierte er ein schwarzes Gummiungetüm.

»Wo hast denn die her?« staunte Joe. »Etwa zur Konfirmation gekriegt?« Er nahm die schwere Brille in die Hand und drehte sie nach allen Seiten. »Wenn man genau hinsieht, findet man bestimmt noch das Hakenkreuz. Nimm lieber eine von den anderen.«

Aber dann wollte Herr Kurz doch nicht mehr, hauptsächlich deshalb, weil seine Tochter Birgit so gerne gewollt hätte, aber nicht durfte, das hatte der Arzt verboten, und überhaupt sei er vielleicht auch schon zu alt dazu und werde sich lieber aufs Schnorcheln beschränken.

»Tu das! Untenrum erfrierst, und von oben kriegst an Sonnenbrand!«

»Versuch's doch auch mal, Mutti, das ist einfach herrlich!« bettelte Julia, die schon mehrere Bahnen durchs Becken getaucht war und am liebsten sofort im Meer weitergemacht hätte. Tinchen konnte sich zwar nicht vorstellen, was herrlich daran sein sollte, die Bäuche der anderen Schwimmer aus der Froschperspektive zu betrachten, aber sie ließ sich überreden.

»Am Anfang ist es ein bißchen ungewohnt, nur durch den Mund zu atmen, aber den Bogen hast du bestimmt bald raus.« Mit schon geübtem Griff korrigierte Julia den Sitz der Maske und schwamm abwärts. Tinchen hinterher. Leider hatte ihr niemand gesagt, daß normale Schwimmbewegungen mit Flossen an den Füßen kaum möglich sind, und als sie die hinderlichen Dinger abstreifen wollte, verlor sie den Atemschlauch und schluckte Wasser. Prustend tauchte sie auf, empfangen von wieherndem Gelächter.

»Du mußt paddeln, Tine, nicht strampeln! Komm, probier's noch mal!«

Aber Tinchen hatte im wahrsten Sinne des Wortes die Nase voll. »Flori, hast du ein Taschentuch dabei?« Als seine Mannen die Tauchgeräte wegräumten, hatte Joe die künftigen Schüler beisammen. Außer Tobias und Julia würden noch Backgammon mitmachen, Birgits Freundin Susi, nachdem sie sich vergewissert hatte, daß Birgit ganz bestimmt nicht böse sein würde, ferner die Flitterwöchner und Wolfgang aus Uelzen. Das Mariandl hatte schweren Herzens verzichtet. Nachdem es ständig Wasser geschluckt hatte, mußte es einsehen, daß Tauchen vielleicht doch nicht der richtige Sport war. Am Nachmittag wollte Marianne es mal mit Wasserski probieren.

Mit Rücksicht auf Tobias, der ja morgen nicht da sein würde, wurde der Beginn des theoretischen Unterrichts auf übermorgen festgesetzt. »Pünktlich um neun seid ihr unten am Strand, verstanden?« befahl Joe. »Und jetzt macht's, daß ihr an die Futterkrippen kommt, sonst verhungert's.«

Das Orchester hatte schon Platz genommen. Meistens zwei, manchmal auch drei Kellner saßen unter dem Beinahe-Krokus-Baum, Buschtrommeln auf den Knien und den Blick auf die Uhr im Speisesaal gerichtet. Punkt 12.30 Uhr legten sie los. Ein nicht immer melodisches, jedoch unüberhörbares Geräusch rief zur Fütterung. Dabei wäre das gar nicht nötig gewesen. Schon kurz nach zwölf sah man die ersten offenbar völlig Ausgehungerten zu Hemd und T-Shirt greifen, eingedenk der Mahnung, nicht im Badeanzug bei

Tisch zu erscheinen, und ein paar Minuten später formierte sich bereits der Kopf der Schlange, die spätestens zwei Minuten vor halb die Länge von dreißig Metern erreicht hatte. Bei diesem Anblick fühlte sich Frau Antonie immer an die unmittelbare Nachkriegszeit erinnert, als man nach jedem Kohlkopf anstehen mußte und dann doch keinen mehr bekam. Diese Gefahr bestand hier nun wirklich nicht. Jede leere Salatschüssel wurde sofort durch eine gefüllte ersetzt, die kalten und warmen Snacks hätten spielend für die doppelte Anzahl von Gästen gereicht, und wer dann immer noch hungrig war, konnte sich durch ein komplettes Menü futtern. Es blieb also ein ungelöstes Rätsel, weshalb nahezu alle Hotelbewohner mit dem ersten Trommelschlag zum Büffet stürzten, sich mit Tellern und Besteck ins Gehege kamen und erbitterte Kämpfe um die letzte Tomatenscheibe in der ersten Schüssel ausfochten, wo doch ein kleines Stück weiter unten zwei noch unberührte Schüsseln mit genau dem gleichen Salat standen.

»Wie die Hyänen«, meinte Tinchen, kopfschüttelnd das Getümmel beobachtend.

»Ich habe zwar noch keine gesehen, aber ich glaube, die benehmen sich zivilisierter«, pflichtete Florian bei. »Guck dir bloß mal Wien-Ottakring an! Platzt sowieso schon aus allen Nähten, kann aber den Teller nicht voll genug kriegen. Von dem, was die sich draufgeladen hat, würden wir beide satt werden.«

»Vielleicht nimmt sie den Begriff Vollpension zu wörtlich!« Tinchen gähnte. »Müssen wir überhaupt essen gehen? Heute abend ist doch Barbecue, da können wir den Lunch ruhig ausfallen lassen.«

»Und was machen wir in der Zwischenzeit?«

»Siesta halten. Im Zimmer.«

Womit Florian sofort einverstanden war.

Lichterketten illuminierten den Platz vor dem Speisesaal, auf dem sonst Tische und Stühle standen, dazwischen hingen Blumengirlanden, an den beiden Längsseiten waren lange weißgedeckte Tafeln aufgebaut und mit Blütenzweigen dekoriert.

»Sieh mal, Ernestine, das sieht ja beinahe aus wie bei ›Dallas‹, wenn auf der Southfork Ranch Hochzeit gefeiert wird.«

Im Gegensatz zu Frau Antonie, die keine Folge dieser Endlos-Seifenoper verpaßte, hatte Tinchen schon nach dem vierten Dienstag auf weitere Fortsetzungen verzichtet und deshalb keine Ahnung, wie eine texanische Hochzeit auszusehen hatte.

Die Holzkohlen in den drei großen Grills glühten bereits und heizten die ohnehin hitzeflirrende Luft zusätzlich auf. »Immer noch vierunddreißig Grad, und das abends um halb sieben. Und zu Hause kratzen sie das Eis von den Windschutzscheiben, kann man sich gar nicht mehr vorstellen, nicht wahr, Mutti?«

Mit den Ansichtskarten, die Frau Antonie zwecks Weitertransport zur Rezeption bringen wollte, fächelte sie sich Kühlung zu. »Nun ja, mein Kind, wir sind in Afrika, und der liebe Gott wird schon gewußt haben, weshalb er den Eingeborenen eine dunkle Hautfarbe gegeben hat. Sie sind für die Hitze unempfänglicher als wir Europäer.«

»Glaube ich nicht, die schwitzen genauso wie wir. Übrigens kannst du mir die Karten mitgeben, ich muß sowieso nach vorne. Geld wechseln.«

Hierfür war der Cashier zuständig, der seinen vergitterten Schalter jeweils drei Stunden vormittags und drei Stunden am Spätnachmittag geöffnet hielt und oftmals die Geduld seiner Kunden über Gebühr strapazierte. Als Zeichen seiner Würde hatte er sich zwei Kugelschreiber ins Haar gesteckt, während sein Assistent nur einen tragen durfte.

Vor Tinchen war noch die Kiste dran. Herr Dr. Schneider wünschte zwei Reiseschecks einzulösen sowie die Rechnungen der letzten drei Tage zu bezahlen. Nummer? Ach so, ja natürlich, Bungalow acht.

Der Gehilfe trottete zum Tresor, öffnete ihn und reichte nach längerem Suchen seinem Herrn und Meister einen braunen DIN-A4-Umschlag, dessen Klappe mit Tesafilmstreifen verklebt war. Wunschgemäß überzeugte sich die Kiste, daß das quer darüber gekritzelte Autogramm unversehrt war, nickte bestätigend, worauf der Kassierer mit einem Küchenmesser sorgfältig das Kuvert aufschlitzte. Sodann reichte er es durch die Gitterstäbe und trat diskret einen Schritt zurück. Es handelte sich immerhin um ein Bankgeheimnis.

Das Geheimnis kippte die Kiste kurzerhand auf den Tresen und fischte aus dem Wust von Papieren Reisepaß und Scheckheft heraus. Der Herr Kassierer trat wieder näher, nahm beides entgegen und begann zu schreiben. Erst ein grünes Formblatt und dann ein weißes – der Assistent bereitete schon den Stempel vor –, sodann eine Quittung, aber die mußte er ein zweites Mal ausfüllen, weil er beim erstenmal das Kohlepapier für die Kopie vergessen hatte, anschließend kamen ein Stempel und noch einer und noch einer, dann mußte die Kiste die Schecks signieren sowie mit vollständiger Adresse und Paßnummer versehen, danach war noch die Devisenerklärung zu beschriften und zu bestempeln, und dann folgte der schwierigste Teil der ganzen Amtshandlung: Den jeweiligen Tageskurs zu ermitteln und in kenianische Shillinge umzurechnen.

Die Rechenmaschine, Modell 1969 und bestimmt schon aus dritter oder vierter Hand erworben, spuckte eine Papierschlange aus, die kein Ende zu nehmen schien. Immer wieder begann der Bankmensch von vorne, und als er nach dem fünften Versuch endlich dasselbe Ergebnis heraus hatte wie beim zweiten, strahlte er. »You get twothousand and fiftynine shillings.«

»Blödsinn!« sagte die Kiste. »Ich bekomme eintausendneunhundertzweiundneunzig Shilling. Jetzt hat der Kerl zur Abwechslung mal den Dollarkurs zugrunde gelegt. Hey, du Einstein, I want to change German Marks.«

Noch einmal begann die gleiche Prozedur, aber diesmal dauerte sie nicht so lange, weil der Kassierer offenbar den mathematischen Fähigkeiten seines Kunden mehr Glauben schenkte als der Rechenmaschine. Der Gehilfe zählte Scheine und Münzen vor, der Banker zählte nach; und als er sie schließlich der Kiste hinblätterte, wurde des Geld zum drittenmal gezählt.

In der Zwischenzeit hatte der Assistent einen Holzkasten aus dem Tresor geholt, in dem – wieder nach Zimmernummern geordnet – die aufgelaufenen Rechnungen gesammelt wurden. Er nahm das gewünschte Bündel heraus, stellte den Kasten in den Safe zurück, verschloß ihn. Wieder wurde die Rechenmaschine bemüht, und wieder kam jedesmal eine andere Endsumme heraus.

»Gib mal den ganzen Kram her!« befahl die Kiste, addierte die einzelnen Beträge und schob die Papiere zusammen mit drei Hundertshillingscheinen wieder durchs Gitter. »Macht zweihundertachtzig und ein paar Zerquetschte. Behalte um Gottes willen den Rest, sonst schlage ich hier noch Wurzeln.« Es nützte nichts, er mußte warten, bis das Wechselgeld zweimal gezählt und schließlich ausgezahlt wurde. Zähneknirschend stopfte die Kiste sämtliche Unterlagen in den schon reichlich mitgenommen aussehenden Umschlag und gab ihn zurück. Der erste Tesafilmstreifen klebte nicht, der zweite nur halb.

»Can I have a new envelope, please?« forderte die Kiste mit nur mühsam verhaltener Wut.

Der Kassierer bedauerte. Im Moment habe er keine Kuverts, aber genug Klebestreifen. Der nächste hielt auch tatsächlich, nur mit der jetzt fälligen Unterschrift haperte es, weil der Kugelschreiber auf der glatten Folie keine Spuren mehr hinterließ. »Rutscht mir doch alle kreuzweise!« schimpfte die Kiste, kritzelte ihren Namen in eine Ecke und trabte ab.

Jetzt war Tinchen an der Reihe, und wieder begann das gleiche Ritual: Tresortür auf, Kuvert raus, Tresortür zu...

»In dem Verein hier fehlt 'n Unternehmensberater«, sagte Kasulke, der als vierter in der Reihe stand und sich wenig Chancen ausrechnete, noch vor Schalterschluß zu seinem Geld zu kommen. »So hat det doch keene Zukunft. Wat soll überhaupt der Quatsch mit det Jitter hier vorne, wenn se hinten die Türe zum Hof sperrangelweit ufflassen? Jestern ham se erst det Hausschwein rausjagen müssen, ehe sie den Schalter uffjemacht ham.«

»An die Kasse sollte man wirklich einen Europäer setzen, der Schwarze hier ist doch völlig überfordert. Wahrscheinlich ist er noch vor einem Jahr nackt im Busch herumgelaufen, und jetzt vertraut man ihm unsere Wertsachen an.«

Empört drehte sich Tinchen um. Natürlich Frau Schulze, wer denn sonst! Heizölgroßhändlersgattin aus Castrop-Rauxel und Schrecken des gesamten Hotelpersonals. »Wenn unser türkisches Dienstmädchen mir solche lauwarme Suppe servieren würde, könnte sie sofort ihren Koffer packen!« hatte sie einmal lauthals im Speisesaal verkündet und sichtlich bedauert, nicht auch hier zu so drakonischen Maßnahmen berechtigt zu sein. »Kellner nennen sich diese Leute? Denen sollte man erst einmal beibringen, wie ein anständig gedeckter Tisch auszusehen hat. Für kultivierte Menschen ist das doch eine Zumutung!« Dann hatte der kultivierte Mensch nachdrücklich sein Wasserglas von der rechten Seite des Gedecks auf die linke gestellt und mit aufgestütztem Ellbogen die Suppe gelöffelt. Ehemann Paul, spindeldürr und sowieso schon einen Kopf kleiner als seine Frau, war während dieser Tirade noch kleiner geworden und immer weiter unter den Tisch gerutscht. »Paul, benimm dich!« hatte seine Gattin gerufen und nun endlich auch diejenigen auf sich aufmerksam gemacht, die bisher von Frau Schulze noch nichts mitgekriegt hatten.

Schon am ersten Abend, als sie in einem glitzernden Hosenanzug den Speisesaal betreten hatte, hatte Karsten festgestellt: »Von weitem sieht sie ganz schön dämlich aus, aber wenn sie näher kommt, merkst du, daß du dich nicht geirrt hast.«

Tinchen sammelte gerade ihre Shillinge ein, als das abendliche Trommelkonzert einsetzte. Im Nu hatte sich die Warteschlange aufgelöst. Geld tauschen konnte man auch noch morgen, aber wer weiß, ob die Steaks für alle reichten und die Dicke aus Österreich nicht wieder drei Folienkartoffeln auf einmal nahm.

Nur Kasulke war stehengeblieben. »Det war doch ebent 'ne jlatte Frechheit von diese uffjetakelte Zimtzicke, finden Se nich? Ick hab ja ooch jemeckert, aba det war nich so ernst jemeint. Is doch logisch, det der Schwarze nich so jeübt is wie 'n Deutscher vonne Commerzbank, aba ick hab immer jekriegt, wat ick wollte. Ick weeß ooch jarnich, wat die dusslije Kuh in unser Familjenhotel will. Ewig meckert se bloß, allet is ihr zu primitiv – warum is se nich ins Interconti jejangen? Det is zwar dreimal so teuer wie hier, aber da könnte se sich schon zum Feifoklocktie ihre Klunker um den Hals hängen und nich erst abends. Finde ick sowieso nich richtig, hier mit 'n halben Juwelierladen anzurücken. So dämlich sind die Schwarzen ooch nich, det se nich wissen, wat sowat kostet, und wenn man sich denn so überlegt, det so 'n armet Schwein von Kellner umjerechnet man jrade hundertfuffzich Mark im Monat verdient ... Ham Se det jewußt?«

Nein, das hatte Tinchen nicht gewußt. Es hatte sie zwar erstaunt, daß die Mamba ein wöchentliches Trinkgeld von zehn Shilling pro Tisch für durchaus angemessen hielt, aber gleich am ersten Abend hatte Frau Antonie einen größeren Schein liegenlassen, und nun wunderte es Tinchen gar nicht mehr, daß ausgerechnet ihre Familie mit so besonderer Aufmerksamkeit bedient wurde.

Auch jetzt stürzte Moses sofort herbei, als sie sich dem Tisch näherte, an dem Tobias schon emsig spachtelte. »Wo bleibst du denn, der Krabbensalat ist gleich alle, und von dieser fantastischen

Kräutersoße ist auch nicht mehr viel da. Der Sailfisch ist übrigens sehr zu empfehlen, hier, probier mal!« Er spießte ein Stück auf die Gabel und reichte es Tinchen.

»Hm, sehr gut, aber Räucherfisch mit Joghurtsoße ist eine kulinarische Vergewaltigung. Kannst du das nicht nacheinander essen?«

»Nee, so viele Teller auf einmal kann ich nicht tragen.« Er schluckte den letzten Bissen hinunter und verschwand wieder, Nachschub holen.

Moses lächelte verständnisvoll. »Junge Leute immer Hunger haben. Aber Mama noch warten. Gleich sind Lobster fertig. Kommen immer erst, wenn Löwen schon satt von anderes Essen.«

»Wo haben Sie eigentlich so gut Deutsch gelernt, Moses?«

»Von Gäste, wenn sind nett und erklären vieles, und von Jim. Ist gewesen in Germany, hat gearbeitet in Fabrik mit Autos. Jetzt studieren in Nairobi. Arbeiten nur hier für Ferien drüben in Squashhalle. Geben manchmal in Abend Lektion für Suaheli.«

Sofort horchte Tinchen auf. »Richtigen Sprachunterricht?«

»Nur ein wenig. Gut für einkaufen und Airport. Leute da wie Geier, machen viel Geld mit Touristen.« Er deutete die Gebärde des Halsabschneidens an.

»Aber das sind doch alles Ihre Landsleute, Moses.«

»Nix Landsleute«, wehrte er entschieden ab, »kommen von ganz andere Stamm. Ich bin Kikuyu.« Sein Stolz war unverkennbar, er zählte sich zur Elite des Landes.

Mit einem vollgehäuften Teller, gekrönt von einer Portion Bratkartoffeln, kämpfte sich Florian durch die immer noch drängelnde Menge. »Is ja schlimmer als im Sommerschlußverkauf!« Er stellte seinen Teller ab und inspizierte ihn gründlich. »Daß die Bratwurst runtergefallen ist, habe ich ja gemerkt, aber das Schaschlik ist jetzt auch weg. Ob mir das jemand geklaut hat?« Mit größtem Appetit machte er sich über seinen Teller her. »Hätte nie geglaubt, daß Bratkartoffeln so gut schmecken können«, sagte er kauend, »immer bloß Drei-Gänge-Menüs sind auch nicht das Wahre.« Plötzlich stutzte er. »Wieso ißt du eigentlich nichts? Mal wieder auf 'm Diättrip? Na ja, der Reißverschluß vom gelben Kleid hat gestern schon ein bißchen geklemmt, ich hab ihn kaum hochgekriegt.«

Seine Waden brachte er noch rechtzeitig in Sicherheit, aber die

Kniescheibe war doppelt empfindlich. »Autsch! Nie wieder kaufe ich dir Schuhe mit Spitzen vorne dran.« Er rieb sich das malträtierte Bein. »Und du hast *doch* zugenommen!«

Mit Verschwörermiene näherte sich Moses und beugte sich zu Tinchen herab. »Jetzt gehen zu Grill ganz hinten, Lobster kommen.«

»Wer kommt?« Florian spießte ein Stück Krabbe auf die Gabel, drehte sie in der Kräutersoße, betrachtete beides genüßlich und schob es in den Mund.

»Ich hole mir jetzt eine Languste«, sagte Tinchen und stand auf.

»Wo denn? Ich habe keine gesehen.«

»Dann wirst du gleich eine sehen.«

Der Heuschreckenschwarm hatte sich aufgelöst, hauptsächlich deshalb, weil das kalte Büffet bis auf wenige Überreste kahlgefressen war. Auch auf den Grills brutzelten nur noch kärgliche Überbleibsel vor sich hin. Lediglich in der hintersten Ecke hatten sich ein paar Insider um die Feuerstelle geschart, auf der die Lobster ihre letzte Weihe bekamen. Zubereitet hatte man sie vorsichtshalber schon in der Küche.

»Sehen die nicht herrlich aus, Ernestine? So fangfrisch habe ich noch nie welche bekommen.«

»Ich auch nicht, Mutti, aber interessieren würde mich doch, woher du den Geheimtip hast. Du wirst doch nicht auch Frau Schliephans Kellner bestochen haben?«

»Herr Dr. Meierling hat mir einen Wink gegeben, er ist immerhin schon zum fünften Mal hier.«

»So so, Herr Dr. Meierling! Du wirst doch auf deine alten Tage nicht fremdgehen? Andererseits« – jetzt flüsterte Tinchen nur noch – »sollte man Versuchungen nachgeben. Wer weiß, wann sie wiederkommen.«

In dieser Beziehung verstand Frau Antonie keinen Spaß. Den verstand sie überhaupt nur selten, aber diese unverblümte Andeutung, sie könne vielleicht unehrenhafte Absichten haben, und das ein Jahr vor der Goldenen Hochzeit, war nun wirklich kein Spaß mehr. »Ich bin froh, meine liebe Ernestine, einen gebildeten Menschen gefunden zu haben, mit dem man über etwas anderes reden kann als über die Qualität von Sonnenschutzmitteln. Frau Schliephan meint auch, daß es für Alleinreisende unseres Alters schwer ist, passenden Anschluß zu finden.«

»Ich gönne dir ja deinen Doktor, und ich werde Paps auch bestimmt nichts von ihm erzählen.«

»Das kannst du ruhig, mein Kind, ich habe nichts zu verbergen. Im Gegensatz zu deiner Tochter. Es gefällt mir gar nicht, wie intim sie mit diesem Studenten geworden ist.«

»Wieso? Hast du sie in flagranti erwischt?«

»Jawohl. Gestern abend auf dem Bootssteg. Ich wollte mir vor dem Schlafengehen noch ein wenig die Beine vertreten, und da finde ich doch Julia zusammen mit diesem jungen Mann in einer sehr eindeutigen Situation.«

»Wie eindeutig?« Jetzt war Tinchen doch beunruhigt.

»Nun ja«, Frau Antonie suchte nach einem passenden Wort, um dieses delikate Thema möglichst taktvoll zu behandeln, »man nennt das heutzutage wohl knutschen. Natürlich habe ich Julia sofort ins Zimmer geschickt und dem jungen Mann klargemacht, aus welcher Familie sie stammt. Er kann sie doch nicht behandeln wie Freiwild.«

Tinchen hatte Mühe, sich das Lachen zu verkneifen. »Ach, Mutsch, auch Unschuld ist Übungssache. Wenn ich daran denke, wie viele Peters und Ralphs und Marks schon bei uns vor der Haustür gestanden haben, um deine Enkelin zum Schwimmen abzuholen, zur Disco, zum Kino, zur Frittenbude oder sonstwohin, dann bin ich mir ziemlich sicher, daß auch Daniel nichts weiter ist als ein Urlaubsflirt. Im übrigen wohnt er in Bremen, da geht die Liebe sowieso an der Geographie zugrunde.«

»Du mußt es ja wissen«, sagte Frau Antonie spitz, »es handelt sich Gott sei Dank nicht um meine Tochter.«

»Eben. Und jetzt sieh zu, daß du deine Languste kriegst, sonst sind die auch noch alle.«

Als Tinchen an ihren Tisch zurückkehrte, kratzte Tobias gerade den letzten Rest Karamelpudding vom Teller. »Nun fühle ich mich gesättigt.« Er rülpste dezent.

»Tobias!!!« rief Tinchen entsetzt, während Florian lapidar bemerkte: »Sie hörten den Landfunk. Es sprach die Sau.«

Tinchen wurde wach von einem Klappern im Bad, vermischt mit unterdrückten Flüchen und einem Murmeln, das so ähnlich klang wie »Scheiß-Latein« und »Überall fehlt die Gebrauchsanweisung«.

»Suchst du was Bestimmtes?« Gähnend blinzelte sie auf die Uhr. Gerade Mitternacht vorbei.

»Wozu brauchen wir Entkeimungstabletten für Trinkwasser und Salzpillen? Hattest du eine Wüstenwanderung vor?« Noch immer wühlte Florian den Inhalt der Pappschachtel durcheinander, die als Reiseapotheke diente und neben drei Metern Hansaplast auch so nützliche Dinge enthielt wie Süßstoff, Nähseide und Kaugummi. »Hast du nichts mitgenommen gegen Magenschmerzen?«

»Nein.«

Er schlappte zurück ins Zimmer, in der Hand ein Glas Wasser mit einer Sprudeltablette.

»Die ist aber gegen Kater«, klärte Tinchen ihn auf.

»Den habe ich auch. Und außerdem scheußliche Magenschmerzen. Was meinst du, ob Toni was hat?«

Diese Vorstellung amüsierte Tinchen: »Bei Toni findest du Schlaftabletten und fünf verschiedene Präparate gegen Migräne, aber mit dem Magen hat sie noch nie was gehabt, sonst würde sie keine von ihren gesundheitsschädlichen Diätkuren durchstehen.«

»Das sieht ihr ähnlich. Und wie kriege ich jetzt meine Magenschmerzen weg?«

»Friß nicht soviel«, sagte Tinchen mitleidlos, »dann bekommst du erst gar keine.«

Gegen diesen durchaus berechtigten Ratschlag war im Prinzip nichts einzuwenden, nur hatte Florian ein bißchen mehr Anteilnahme erwartet. Er trank sein Glas aus, stöhnte nachdrücklich und kroch wieder ins Bett, um dort würdevoll zu sterben. Das Schönste an kleineren Wehwehchen ist immer noch das Selbstmitleid. Und das Schönste am Selbstmitleid ist, daß es auch ohne Wehwehchen funktioniert.

7

Hochseefischen bedeutet früheres Aufstehen, weil der Kahn schon um halb acht Uhr ablegt. Wegen der Flut. Frühes Aufstehen wiederum bedeutet den hoteleigenen Weckdienst, und so kam es, daß Tinchen im Morgengrauen schreiend in ihrem Bett hochfuhr. Jemand drosch ganz fürchterlich mit einer Eisenstange auf die Holztür ein.

»Was'n los?« Sogar Florian war aufgewacht, obwohl ihn normalerweise weder ein mittelschweres Gewitter noch ein bratpfannengroßer Wecker mit doppeltem Läutewerk aus dem Schlaf holen konnten.

»Einbrecher! Mörder! Mau-Mau!« Zitternd kroch Tinchen unter die Decke. Ob wohl das Badezimmerfenster eine Fluchtmöglichkeit bot? Verflixt klein war es, Florian hätte überhaupt keine Chance, aber sie selbst könnte es vielleicht schaffen und Hilfe holen. Vorausgesetzt, die Eingangstür hielt den immer noch draufprasselnden Schlägen eine Weile stand.

»Ich habe noch nie gehört, daß Einbrecher sich akustisch anmelden. Da hat bestimmt jemand den Bungalow verwechselt.« Trotzdem bewaffnete sich Florian mit einer Nagelschere, bevor er die Tür einen Spaltbreit öffnete. Vor ihm stand ein baumlanger Askari, der gerade seinen Gummiknüppel wegsteckte und Anstalten machte, den Fensterriegel mit einem Taschenmesser zu bearbeiten.

»Junge, hast du 'n Rad ab?« Doch dann fiel Florian ein, daß die kenianische Urbevölkerung mit den Feinheiten der deutschen Sprache nicht so ganz vertraut sein dürfte, und er verbesserte sich schnell. »Hey, boy, are you crazy?«

Erleichtert klappte der Askari sein Messer zusammen. »No, Papa, this is only your wake-up-call. It is half past six.«

Florian hatte nur das Wort Papa verstanden. In seliger Unkenntnis der Tatsache, daß bei den Angestellten Mama und Papa soviel wie Frau und Mann bedeutet, raufte er sich die Haare. »Tine, der Kerl behauptet doch tatsächlich, ich wäre sein Vater.«

Da der Bademantel unerreichbar für sie über der Stuhllehne hing, hatte Tinchen sich in ihr Laken gewickelt. Wie ein Gespenst sah sie aus mit den verwurstelten Haaren und den Resten von Sunblockern im Gesicht. Dem Askari quollen die Augen aus dem Kopf, er machte auf dem Absatz kehrt und rannte los.

Lachend schloß Florian die Tür. »Jetzt läuft er bestimmt zu seinem Medizinmann und läßt sich ein Amulett gegen den bösen Geist geben. Was wollte der Kerl eigentlich? Ich meine natürlich außer der Anerkennung meiner Vaterschaft.«

»Er hat uns geweckt.«

»Das ist ihm ja auch gelungen.« Mit einem Blick auf die Uhr stellte Florian fest, daß es kurz nach halb sieben war, die Dämmerung gerade hereinbrach, und zu dieser unchristlich frühen Zeit pflegte er im Urlaub nie aufzustehen. Also legte er sich wieder hin.

»Die Fische warten!« gurgelte Tinchen aus dem Bad.

»Himmel, das hab ich total vergessen!« Mit einem Satz war er aus dem Bett, und mit dem zweiten stand er schon unter der Dusche. »Hast du deine Pille geschluckt?«

Verblüfft sah Tinchen auf. »Dafür hast du dich das letztemal vor siebzehn Jahren interessiert. Außerdem nehme ich die immer abends.«

»Tine, Tine, woran du aber auch gleich denkst!« Er drehte den Wasserhahn zu und schloß seine Frau liebevoll in die triefenden Arme.

»Iiihh, du Frosch, trockne dich doch erst mal ab!«

Es klopfte schon wieder. »Come in«, rief Florian.

»Wehe!« Tinchen schob ihren Nackedei aus dem Bad, warf ein Handtuch hinterher und schloß nachdrücklich die Tür.

»You must sign«, sagte eine zitternde Stimme, die von ziemlich weit herzukommen schien.

»Was muß ich?« Schnell schlang Florian das Handtuch um die Hüften und öffnete. Am Fuß der Terrasse stand fluchtbereit der Askari und hielt Florian einen Zettel nebst Kugelschreiber entgegen. »Please, sign.«

»Unterschreiben? Ja, was denn bloß?« Unschlüssig betrachtete er den Zettel, auf dem lediglich sein Name sowie die Nummer des Bungalows standen. »Tine, komm mal raus! Ich glaube, jetzt soll ich dem Burschen hier meine angebliche Vaterschaft auch noch schriftlich bescheinigen. Wo haben sie den denn bloß laufenlassen?«

Der Irrtum klärte sich schnell. Der Askari benötigte lediglich ein Bestätigung, daß er Mama und Papa pünktlich aus dem Schlaf gescheucht hatte, denn es sei schon vorgekommen, daß Mama und Papa wieder eingeschlafen seien, die Abfahrt des Schiffs verpaßt und hinterher behauptet hätten, sie seien überhaupt nicht geweckt worden.

Urlauber pflegen selten vor acht Uhr im Speisesaal zu erscheinen, und wer sogar um sieben auftaucht, stört. Nur mißmutig bequemte sich einer der beiden zum Frühdienst eingeteilten Kellner an den Tisch. »Coffee or tea?«

»Two coffee please and one cup of tea«, orderte Tinchen, denn soeben war Tobias um die Ecke gebogen. Er steuerte geradewegs das Büffet an, wo er seinen Teller mit Müsliflocken belud, die Milch suchte, keine fand und kurz entschlossen Grapefruitsaft drüberkippte. Das fertige Produkt sah aus wie Fango. »Petri Heil! Seid ihr auch so sanft geweckt worden? Ich dachte, da schlägt jemand die ganze Bude zusammen.« In Ermangelung eines Eßlöffels, der nicht zum regulären Frühstücksgedeck gehörte und von den Kellnern jedesmal erst unter erheblichem Zögern herausgerückt wurde, benutzte Tobias den Teelöffel. Besorgt sah Florian zu. »Schaffst du das in zwanzig Minuten?«

»Ich schon. Fragt sich nur, ob ihr bis dahin fertig seid. Oder sollte euch entgangen sein, daß Veronal den Frühdienst schiebt? Das ist der Korpulente mit dem Blick wie die Welthungerhilfe und dem ungeheuren Speed. Dem kannste beim Laufen die Schuhe besohlen!«

Wie auf Bestellung schlurfte der Kellner heran, zwei Kännchen Kaffee in der einen Hand, das Marmeladendöschen in der anderen. Den Tee hatte er vergessen und den Schlüssel zum Besteckschrank nicht dabei. Er würde ihn aber gleich holen.

»Dann brauche ich ihn nicht mehr«, sagte Tobias trocken.

Die hausgemachten Hörnchen befanden sich noch im Backofen, die Zuleitungskabel von den Toastern hielt der Oberkellner unter Verschluß, der war aber noch gar nicht erschienen, und so kaute Tinchen lustlos auf einer leicht gewellten Weißbrotscheibe herum, garniert mit frischer Ananas. Die Marmelade kannte sie schon, es war seit fünf Tagen dieselbe. »Wenn man bedenkt, was in einer Stunde alles auf dem Büfett stehen wird, dann frage ich mich wirklich, weshalb die Angeltour so früh beginnt. Mit leerem Magen stundenlang auf dem Kahn herumzuschaukeln, ist bestimmt nicht das Wahre.«

»Sei doch froh, Mamm, dann ist wenigstens nichts da, womit du die Fische füttern kannst.«

Eine berechtigte Feststellung, die allerdings insofern nicht zutraf, als Tinchen bereits die mit einem langen lateinischen Namen behaftete, von Tobias jedoch kurz als ›Anti-Kotz-Pille‹ bezeichnete Tablette geschluckt hatte. Die gab es an der Rezeption und war im Fahrpreis inbegriffen. Angeblich war sie speziell für sensible Landratten konzipiert, deren Mägen gegen allzu heftigen Wellengang rebellierten. Da es sich um ein deutsches Erzeugnis handelte, war Tinchen beruhigt. Die Nordsee war ganz bestimmt stürmischer als dieser spiegelglatte Indische Ozean.

Sie wollten gerade aufstehen, als Karsten hereinstürmte. »Kommt der denn auch mit?« wunderte sich Florian.

»Diese Frage erübrigt sich wohl, oder würdest du mit weißen Leinenhosen und einem Armani-Hemd angeln gehen?« fragte Tinchen. »Der hat bestimmt was Besseres vor.«

»Morgen zusammen. Ist Elaine noch nicht da? Sie hat vorhin gesagt, es dauere keine Minute.«

»Da hat sie ja auch recht. Aber wer, bitte schön, ist Elaine?« In Gedanken ging Tinchen schnell alle weiblichen Personen durch, die Karsten einer etwas intensiveren Beziehung für würdig befinden würde, fand aber keine, die Elaine heißen könnte.

»Ihr nennt sie ja immer Mama Caroline, dabei ist sie überhaupt kein mütterlicher Typ.«

»Das beweist ihre Tochter zur Genüge. Und mit dieser Dame ziehst du jetzt rum? Seit wann denn? Du machst dich ja zum Gespött des ganzen Hotels!«

»Was kümmert's eine deutsche Eiche, wenn sich eine Wildsau daran scheuert«, erwiderte Karsten lachend. »Ihr müßt doch zugeben, daß Elaine ausgesprochen attraktiv ist.«

»Je steiler der Zahn, desto flacher das Hirn.« Tobias griff nach seiner Sporttasche und setzte sich in Marsch. Dann drehte er sich noch einmal um. »Und denk dran: Was man tut, muß man gründlich tun, selbst eine Dummheit. Stammt leider nicht von mir, ist von Balzac. Aber der war ja auch nicht so ganz ohne.«

»Halt deine vorlaute Klappe, du Grünspecht, sonst petze ich!«

Während sie die ungleichmäßig in den Fels geschlagenen Stufen zum Anlegesteg hinunterstolperten, versuchte sich Tinchen in Diplomatie. »Was hat denn Karsten eben gemeint?«

»Keine Ahnung, es gibt nichts zum Petzen. Und überhaupt bin ich erwachsen.«

»So? Den Eindruck machst du aber gar nicht.«

Vorsichtshalber legte Tobias einen kurzen Zwischenspurt ein. In der Nähe seines Vaters fühlte er sich vor einer Inquisition sicherer. »Ich weiß doch auch nicht, weshalb ich soviel Erfolg bei den Hühnern habe. Die rennen mir einfach hinterher.«

»Weil du nichts im Kopf hast. Da kommt wenigstens keine in Versuchung, sich mit dir unterhalten zu wollen.«

»Paps, du bist unfair. Ich will mich doch bloß ein bißchen amüsieren und kein wissenschaftliches Kolloquium abhalten. Wer nur weise ist, führt ein trauriges Leben.« Und nach einer kurzen Pause: »Was meinst du, soll ich mich weiter an Gleichaltrige halten oder lieber mal an eine flotte Ältere mit ein bißchen Erfahrung?«

Überrascht blieb Florian stehen. »Junge, Junge, du fragst auf eine Art um Rat, daß man das Gefühl hat, du brauchst ihn gar nicht mehr. Wen hattest du denn im Auge?«

»Vergiß es«, sagte Tobias abwinkend, »war ja bloß Spaß.«

Davon war Florian zwar nicht überzeugt und Tinchen noch viel weniger, aber eine weitere Diskussion war nicht mehr möglich. Sie hatten den Bootssteg erreicht und wurden vom Skipper begrüßt. Er hieß Piet, war Mitte Dreißig, trug eine blonde Mähne mit dazu passendem Vollbart und sprach nur Englisch und Suaheli. Seine Eltern stammten aus Holland und lebten auch jetzt noch dort, aber weshalb er in Kenia geboren und hier offenbar auch aufgewachsen war, hatte Tinchen nicht verstanden. Es hatte irgend etwas mit Politik zu tun, nur reichten ihre Englischkenntnisse für eine intensivere Nachforschung nicht aus, und das vorsichtshalber mitgenommene Mini-Wörterbuch erwies sich als unzulänglich. Es war ja auch gleichgültig, weshalb der holländische Kenianer statt des heimischen Ijsselmeeres den Indischen Ozean durchpflügte, Hauptsache, er konnte einen Kompaß lesen und würde sie wieder heil zurückbringen.

Das Schiff sah genauso aus, wie Hochseefischkähne auszusehen haben. Es war natürlich weiß, hatte eine zum Deck hin offene überdachte Kabine und war im letzten Drittel mit großen Angelruten bestückt. In der Mitte stand ein festverschraubter Holzstuhl mit Armlehnen und Fußstützen wie beim Zahnarzt. Eine steile Hühnerleiter führte hinauf zur Brücke. Zwei Eingeborene, Mahmud und Nelson, schleppten eine Kühltasche mit Getränken an Bord. Piet sah auf seine Armbanduhr, dann ins Wasser und drückte schließlich auf einen Knopf. Sofort tutete eine Art Nebelhorn los, und unmittelbar darauf stolperten zwei männliche Gestalten in Bermudashorts, Blümchenhemden und Sonnenhüten über den Steg. Einer war lang und dünn, der andere genau das Gegenteil. Beide zogen gemeinsam eine verdächtig ausgebeulte Segeltuchtasche hinter sich durch den Sand.

»Pat und Patachon«, feixte Tobias beim Anblick dieser seltsamen Figuren, und »Heaven, the twins!« stöhnte Piet, was Tinchen zwar korrekt mit ›die Zwillinge‹ übersetzte, sich aber keinen Vers darauf machen konnte. Wie Zwillinge sahen die beiden nun wirklich nicht aus, eher wie Don Quijote und Sancho Pansa, aber aus Spanien kamen sie auch nicht. Es waren Landsleute, genauer gesagt, Berliner, und sobald sie den Mund aufmachten, schwante Tinchen, daß diese Vergnügungsfahrt vielleicht doch kein reines Vergnügen werden würde.

»Morjen, Leute!« flötete der Kleinere los. »Habt ihr schon lange uff uns jewartet? Könn wa nischt für, unserm Käpt'n is unterwegs der Motor abjesoffen. Da hat er uns nen halben Kilometer früher rausjeschmissen. Den Rest mußten wa loofen.«

Es stellte sich heraus, daß die beiden in einem anderen Hotel wohnten und mit einem kleinen Schlauchboot hergebracht worden waren.

»Ick bin Anton, und det lange Laster is Bernie. Und wie heeßt ihr?« Die Antwort wartete er gar nicht erst ab. Unter erheblichem Keuchen kraxelte er die Stiege zur Brücke hoch. »Morning, Skipper.« Kräftig schlug er Piet auf die Schulter. »I am glad to drive again with you. The last Mittwoch was a very nice day with us together, stimmt's?« Dann hängte er den Kopf nach unten und brüllte: »Bernie, sag mal unserm alten Freund juten Tach, det is wieder derselbe wie letztetmal.«

Unter Umgehung der Treppe, die er bei seiner Länge nicht brauchte, streckte Bernie seine Hand in die Höhe, Piet schüttelte die Fingerspitzen, und dann schmiß er Anton von der Brücke. Der hatte sogar Verständnis dafür. »Ick weeß Bescheid, bei det Ablejemanöver hat keen Unbefugter hier oben wat zu suchen. Is ja ooch richtich wejen die Konzentration und so. Und überhaupt müssen wir erst mal uff det Jelingen von unsern Fischzug anstoßen.«

Bernie hatte inzwischen seine Tasche geöffnet. Aus dem verdächtig klirrenden Inhalt holte er eine Kognakflasche hervor, setzte sie an den Hals, nahm einen kräftigen Schluck und reichte sie an Tobias weiter. »Biste schon achtzehn?«

Tobias bejahte; wies aber die Flasche zurück. »Ich halte mich an die Devise tropenerfahrener Europäer: Kein Alkohol vor Sonnenuntergang.«

»Sehr vernünftig«, lobte Bernie und nahm einen weiteren Schluck. »Wie wär's denn mit 'n Halleluja-Bier? Wir ham vorjesorgt, denn hier an Bord jibt's doch bloß Brause.« Zum Beweis ließ er Tobias in seine Tasche sehen, die außer mit einem Dutzend Bierflaschen auch noch mit einer angebrochenen Flasche Whisky gefüllt war.

»Wollen Sie das etwa alles trinken?«

»Na, det is vielleicht 'ne Frage! Jloobste, ick will damit die Fische besoffen machen? Der Tach is lang und die Sonne heiß. Außerdem denken wa immer an unsere Mitmenschen, oder sind die beeden Herrschaften da vorne ooch abstinent?«

Die beiden Herrschaften am Bug hatten nichts gehört. Sie hielten sich an den Händen und ließen sich den Fahrtwind ins Gesicht wehen. »Hier merkt man die Hitze gar nicht«, wunderte sich Tinchen, »heute abend sind wir bestimmt braun wie Kokosnüsse. Wasser reflektiert doch die Sonnenstrahlen, nicht wahr?«

»Hm.« Florian hatte sich gegen die Reling gelehnt und die Augen geschlossen. Warum konnte Tinchen nicht mal fünf Minuten lang den Schnabel halten?

»Es gibt regelmäßige Reflexionen oder diffuse Reflexionen, auch Remissionen genannt, die entstehen, wenn die Rauhigkeiten der Grenzfläche ...«

»Sehr gut, Schüler Bender, setzen! Aber eigentlich wollte ich nur wissen, ob man auf dem Meer wirklich schneller braun wird als am Pool.«

»Auf jeden Fall kriegst du schneller einen Sonnenbrand«, behauptete Tobias, »was glaubst du denn, weshalb ich mein T-Shirt anbehalte?«

Die letzten Fischerboote, aus denen Eingeborene ihre kleinen Netze ins Meer warfen, hatten sie hinter sich gelassen und steuerten jetzt auf das Riff zu. »Da kommt man nur bei Flut durch, hat Piet gesagt, und auch nicht überall. Die Stellen muß man genau kennen.« Aufmerksam beobachtete Tobias die Strömung, während Tinchen mit gemischten Gefühlen auf die mächtige Dünung hinter dem Riff schaute. Brecher klatschten gegen ein noch nicht sichtbares Hindernis, und die ersten Wassertropfen spritzten über das Vordeck.

»Regnet's etwa?« Irritiert öffnete Florian die Augen. »Ui, gleich wird's aber ganz schön schaukeln«, meinte er vergnügt, »bis jetzt war die Fahrt auch ziemlich langweilig.«

Vorsichtshalber zog sich Tinchen in die Kabine zurück. Da hingen die Rettungsringe, und man konnte ja nie wissen ... Auf einer der beiden gepolsterten Bänke lag der schnarchende Bernie, den Kopf auf eine leere Bierflasche gebettet. Anton saß neben ihm und las eine fünf Tage alte BILD-Zeitung. »Det macht der immer so. Der wird erst wieda munter, wenn wat am Haken hängt. Aba denn is er topfit. Letztetmal ham wa sojar 'n Hai an de Angel jehabt, bloß is det Luder nach 'ne Viertelstunde Ziehen wieda abjehaun. Willste 'n Bier?« Einladend öffnete er seine Tasche, die schon längst nicht mehr so gewölbt aussah wie vorhin.

Tinchen wollte kein Bier. Sie ließ sich von Nelson, der von seinem berühmten Namensvetter vermutlich gar nichts wußte und auch keine Ähnlichkeit mit ihm hatte, eine Cola geben. Dann schlenderte sie zum Heck des Schiffs, wo Mahmud die sechs Angeln mit Köderfischen bestückte.

»Be careful in the sun!« warnte Piet von der Brücke herunter. »Haven't you a hat?«

Nein, ihren Blümchenhut hatte Tinchen nicht mitgenommen, er war ihr in dieser Umgebung unpassend erschienen; jedenfalls hatte sie in keinem der amerikanischen Fernsehfilme eine Frau gesehen, die auf einem Sportboot einen Strohhut trug. Zum Glück war Piet im Umgang mit ahnungslosen Greenhorns geschult und entsprechend vorbereitet. Er reichte Tinchen eine weiße Baseballmütze herunter, die sie ausnehmend gut kleidete, nur leider ein bißchen zu groß war und ihr immer wieder über die Augen rutschte.

Von der Küste war nichts mehr zu sehen, rundherum nur noch Wasser. Und Wellen, die langgezogen heranrollten, das Schiff anhoben und es sanft wieder zurückfallen ließen. Genau wie Tinchens Magen. »Nie ins Schiff gucken, immer bloß aufs Wasser«, hatte Frau Antonie, die immerhin schon eine Überfahrt nach Helgoland bei Windstärke sieben bestanden hatte, empfohlen. Also guckte Tinchen angestrengt aufs Wasser, was auf die Dauer ziemlich langweilig war, denn es gab nichts zu sehen. Keine fliegenden Fische, keine Delphine, keine Haiflosse, nicht mal eine Meeresschildkröte oder was sonst so in diesen Breitengraden herumzuschwimmen hatte.

Tobias fotografierte. Schiff von vorne und Schiff von hinten, Schiff von schräg mit angeschnittener Brücke, Schiff von oben mit Blick auf die Angeln, Besatzung bei der Arbeit und Passagiere beim Schlafen. Nur Piet wollte nicht mit aufs Bild. Er sähe auf allen Fotos immer aus wie ein Gangster, und das sei nicht gut fürs Image.

»Birds! Birds!« Mit beiden Armen deutete Mahmud in die Richtung, wo ein paar Möwen dicht über der Wasseroberfläche kreisten. »Where are birds, there are fishes«, erklärte Mahmud, als er Tinchens fragende Miene sah. Entweder stimmte seine Behauptung nicht, oder die Möwen waren kurzsichtig, jedenfalls war keine müde Schwanzflosse zu sehen, als das Boot die fragliche Stelle erreicht hatte. Wahrscheinlich aus Angst vor Rache hatten die Vögel das Weite gesucht und sich erst in der Ferne wieder gesammelt. Das Boot preschte hinterher. Am Bug standen die beiden Schwarzen, angestrengt ins Wasser starrend, hinter ihnen Tobias und Florian, die zwar nicht wußten, nach welchen Anzeichen sie suchen sollten, es aber trotzdem taten.

Nichts war zu sehen. Über zwei Stunden kreuzten sie nun schon in dem sicheren Fanggebiet, und noch immer hingen die Angelschnüre schlaff im Wasser. Sie zogen lediglich einen Haufen Tang hinter sich her, der von den schimpfenden Helfern immer wieder entfernt werden mußte.

Halb eins. Nelson teilte leicht angefrorene Lunchpakete aus. Während des Essens erging sich Piet in ebenso langwierigen wie nichtssagenden Vermutungen, weshalb die Fische ausgerechnet heute nicht anbeißen wollten. Das Wetter war schuld, obwohl Tinchen keinen Unterschied zu dem Wetter von gestern und vorgestern feststellen konnte, die Strömung, die sonst immer ganz anders verlief, und natürlich das Kreuzfahrtschiff, das sie am Horizont hatten vorübergleiten sehen. Sehr überzeugend klang das alles nicht, und endlich hatte Anton die plausibelste Erklärung: »Bei die christliche Seefahrt von unsere Ahnen durfte nie 'ne Frau an Bord, weil det Unjlück bedeutete. Nu ham wa aba eene, also muß doch an die Jeschichte wat Wahret sein. Nach Sturm sieht det zwar nich aus«, er musterte fachmännisch den wolkenlosen Himmel, »also wer'n wa ooch nich absaufen, aba mit die Fische wird det jarantiert nischt. Die Biester ahnen wat!«

»Und was soll ich Ihrer Meinung nach tun? Über Bord springen?« Tinchen war wütend.

»Wär bestimmt keene schlechte Idee, denn so 'ne Köder kriejen die nich oft, da würden se anbeißen.« Wiehernd schlug sich Anton auf die Schenkel. »Aba vielleicht jenügt et schon, wenn Se mal 'ne Weile verschwinden. Ick weeß ja nich, wie jut Fische kieken können.«

Tinchen stand auf. Nicht wegen Anton, aber das dumme Gerede des Berliners war der beste Vorwand, sich scheinbar beleidigt zurückziehen zu können, ohne den wahren Grund angeben zu müssen. Sie war nämlich ganz einfach müde. Hundemüde sogar. Die Sonne, das Geschaukel… und stundenlang auf das ewig gleiche flimmernde Meer sehen zu müssen, war alles andere als aufmunternd.

Bernie hatte seine Koje geräumt. Ob wegen der Sonne, die jetzt schräg durch das kleine Fenster fiel, oder wegen eventueller Gleichgewichtsstörungen blieb ungeklärt, jedenfalls lag er jetzt auf dem Fußboden und rollte im Takt des schlingernden Bootes von der rechten Seite auf die linke und wieder zurück. Vorsichtig stieg Tinchen über ihn hinweg. Alle paar Sekunden klirrte etwas. Sie bückte sich und entdeckte nach längerem Suchen eine leere Bierflasche, die bei jedem Senken des Schiffs an einen Eisenpfeiler schlug. In hohem Bogen flog sie ins Wasser.

»Noch nie was von Umweltverschmutzung gehört?« rief Tobias vorne.

»Das war doch bloß eine Flaschenpost für die Fische. Ich hab ihnen die Adresse mitgeteilt, wo sie euch finden können. Hundertfünfzig Grad östliche Länge und zweiundsechzig Grad nördliche Breite. Oder so ähnlich.« Das klang doch nautisch, nicht wahr?

»Dann wir sein jetzt in Nähe von Anchorage!« Piet verstand mehr Deutsch, als er zugeben wollte.

Tinchen lachte. »Im Augenblick hätte ich gar nichts dagegen. Es ist so fürchterlich heiß hier drinnen.« Wenigstens lag die andere Koje noch im Schatten. Ihre zusammengeknüllte Baseballmütze als Kopfkissen benutzend, rollte sich Tinchen auf der schmalen Liege zusammen und war nach wenigen Minuten eingeschlafen. Sie bekam nichts mit von der Aufregung, die das ganze Schiff erfaßte, als ein plötzlicher Ruck an der vierten Angel Beute signalisierte. Diese Rute war Florian zugeteilt worden, und so setzte er sich erwartungsvoll in den verschraubten Deckstuhl. Nelson übernahm das Kommando. Er sollte Leine geben – noch mehr – jetzt langsam anziehen – etwas nachlassen – wieder ziehen, und so weiter. Florian fühlte sich zwar wie Hemingway und wäre auch theoretisch durchaus in der Lage gewesen, diesen Fisch aus dem Wasser zu ziehen, nur mit der Praxis haperte es ein bißchen. Darüber hinaus war er bekanntlich des Englischen nur sehr unzureichend mächtig; und so tat er meist genau das Gegenteil von dem, was Nelson gesagt hatte. Trotzdem dauerte es fast eine halbe Stunde, bis der Schwertfisch die Oberhand behalten und sich von der Leine losgerissen hatte.

»Merde!« fluchte Nelson, und dann sagte er noch eine ganze Menge mehr, was Florian zum Glück nicht verstand und Piet zu einem energischen »Shut up, Nelson!« veranlaßte.

Mit zunehmendem Ärger hatte Anton Florians Anstrengungen verfolgt. »Det nächstemal jehn Se lieba in 'n Forellenteich angeln. Dabei war det 'n Pfundskerl von Fisch, dreißig Kilo hatte der mindestens. Und sowat lassen Sie wieda loofen!« war alles, was er schließlich hervorbrachte.

Florian schämte sich. Einerseits gönnte er dem Fisch die erkämpfte Freiheit, andererseits wußte er genau, daß bereits am Abend das ganze Hotel über ihn herziehen würde. Er hatte sich noch mit keinem Hochseefischer unterhalten, der nicht wenigstens einen Zwanzigpfünder aus dem Meer gezogen hatte. Bedauerlicherweise ließen sich diese Erzählungen nicht einfach als Anglerlatein abtun, denn es gab Beweise. Am Anlegesteg befand sich nämlich eine Hängewaage, an der die jeweilige Ausbeute gewogen und das ermittelte Gewicht auf der danebenstehenden Tafel notiert wurde. Und dann klickten natürlich die Kameras. Die offizielle des Hotelfotografen war immer dabei, denn zum Saisonende wurde der Jahressieger ermittelt und mit einem Glückwunschschreiben sowie einem Gratisaufenthalt geehrt. Zur Zeit stand der Rekord bei vierundsiebzig Kilogramm Barrakuda.

Offenbar hatte der Schwertfisch seine Artgenossen gewarnt. Es ließ sich kein Fisch mehr sehen, und als Piet gegen vier Uhr durch das Riff steuerte, flatterte außer der kenianischen Flagge kein einziger Wimpel am Mast, der schon von weitem den erfolgreichen Fischzug signalisiert hätte.

»Wenn wa nu wenigstens 'ne schwarze Fahne uffziehen könnten...«, moserte Anton, »det bedeutet nämlich Hai. Schmeckt nich so jut wie Schwertfisch, hebt aba det Prestige.«

Als das Boot festmachte, hatten sich schon die üblichen Schaulustigen eingefunden. Sogar Frau Antonie hatte den beschwerlichen Weg nicht gescheut. Sie hatte die Kamera dabei und drückte auf den Auslöser, sobald Florian den Steg betrat. »Wo sind denn nun die Fische?«

»Im Meer!« Mit finsterer Miene bahnte er sich einen Weg durch die Neugierigen. Nichts wie weg hier, rauf in den Bungalow und sich heute gar nicht mehr sehen lassen. Aufs Abendessen konnte er verzichten, er hatte sowieso keinen Appetit. Zum Glück reiste heute nacht ein beträchtlicher Teil der Gäste ab, und die neu ankommenden würden sich für seinen Mißerfolg noch nicht interessieren. Vielleicht ließe sich seine Blamage doch noch in Grenzen halten.

Die Menge zerstreute sich, nur Tobias war noch auf dem Boot geblieben und half beim Aufräumen. In Gedanken überschlug er seine Geldreserven und kam zu dem Ergebnis, daß sie in umgekehrtem Verhältnis zu seinen Wünschen standen. Verzichtete er jedoch auf die Wasserskirunden und würde nur noch ein einziges Mal zum Surfen gehen, dann konnte er sich einen weiteren Angelausflug erlauben. Der heutige Tag hatte ihm nämlich ausnehmend gut gefallen, und wenn sein Vater zu dämlich war, einen Fisch aus dem Wasser zu ziehen, dann mußte ihm, Tobias, nicht unbedingt das gleiche passieren. In technischen Dingen hatte er sowieso mehr drauf. Paps konnte ja nicht mal den Mikrowellenherd einschalten, ohne gleich die gesamte Stromversorgung im Haus lahmzulegen.

»Give me your T-Shirt!«

Verdutzt schüttelte Tobias die Hand ab, die fordernd an seinem Hemd zog. »My shirt? Why?«

»No fishes, no money«, murrte Mahmud, und Tobias erinnerte sich, daß der Erlös der Ausbeute den eingeborenen Helfern zustand.

»Ist doch nicht meine Schuld, wenn die Viecher nicht angebissen haben!«

»So you can give me your shirt«, beharrte der Schwarze. »I have only this one.« Er deutete auf den ausgeblichenen Fetzen, der seine muskulöse Figur nur sehr mangelhaft bedeckte. Tobias glaubte zwar nicht, daß dieser durchlöcherte Lumpen sein einziges Kleidungsstück sein sollte, doch hatte Mahmud auch wieder recht. Für ihn war dieser Trip ein finanzielles Fiasko gewesen, für Florian nur ein moralisches. Kurz entschlossen zog er sein Hemd aus – den Gegenwert würde er sich in klingender Münze von seinem Vater zurückholen! – und reichte es zusammen mit einem zerknitterten Zehnshillingschein, den er noch in seinen Shorts gefunden hatte, an Mahmud weiter. Der bedankte sich wortreich und versicherte ihm, daß Tobias ein good boy sei und in ihm immer einen Freund haben werde.

»Wo ist eigentlich Ernestine? Ich habe sie gar nicht von Bord kommen sehen.« Mutig hatte Frau Antonie das Boot geentert, obwohl es doch nur an zwei dünnen Seilen am Steg festgemacht war und die Laufplanke nicht mal ein Geländer hatte.

»Ach du dickes Ei, die habe ich total vergessen! Wahrscheinlich pennt sie noch.« Tobias rannte zur Kabine, und richtig – dort lag Tinchen, zusammengerollt wie ein Embryo, und schlief. »Hey, Mutti, wir sind wieder zu Hause!«

Keine Reaktion. Vorsichtig rüttelte er seine Mutter an der Schulter. Nichts. »Mamm, aufstehen!«

»Ihr wird doch nichts passiert sein? Warum schläft sie überhaupt mitten am Tag? Und dann auch noch so fest?« Prüfend beugte sich Frau Antonie über ihre Tochter. »Merkwürdig, sie atmet ganz gleichmäßig, und Fieber hat sie auch nicht.« Sie griff nach dem Handgelenk. »Sogar der Puls ist völlig normal.« Plötzlich nahm sie Witterung auf, schnupperte sich durch die Kabine und entdeckte die leere Kognakflasche, die Bernie bei seinem Auszug vergessen hatte. »Tobias, deine Mutter ist betrunken! Hol mal Wasser!«

»Woher denn?«

»Mein Gott, Junge, rundherum gibt es doch wohl genug.« Als Tobias mit der tropfenden Baseballmütze zurückkam, enthielt sie nur noch eine geringe Menge Flüssigkeit, aber die reichte aus, Tinchen aus ihrem Tiefschlaf zu wecken. »Ihr seid gemein! Ich hab grade so schön geträumt. Das neue Abendkleid hättet ihr mich wenigstens noch anziehen lassen können.« Gähnend richtete sie sich auf. »Hat endlich was angebissen?« Dann wurden ihre Augen riesengroß. »Mutsch!!! Was machst du denn hier? Bist du uns nachgeschwommen?«

»Es ist fünf Uhr, das Boot hat vor einer halben Stunde festgemacht, und du liegst hier betrunken in der Koje und merkst von allem nichts. Ein Glück, daß die Leute schon weg sind. Wenn wir unten herum über den Strand gehen und dann die kleine Treppe hinter den Bungalows benutzen, wird wohl niemand deinen Zustand bemerken. Am besten gehst du gleich ins Bett.«

»Bestimmt nicht, geschlafen habe ich genug. Was ich jetzt brauche, ist eine kalte Dusche.« Sie stand auf und suchte ihre Sachen zusammen. »Wo ist denn Florian?«

»Schon gegangen«, sagte Tobias grinsend.

»Verständlich«, pflichtete ihm Frau Antonie bei, »ich würde mich auch schämen, mit einer betrunkenen Frau durch das Hotelgelände zu gehen.«

»Sagt mal, geht's euch nicht mehr gut? Wovon sollte ich betrunken sein? Von zwei Flaschen Cola?«

»Hier riecht es aber wie in einer Budike, und der Inhalt dieser Flasche ist doch sicher nicht verdunstet.« Frau Antonie hielt das Corpus delicti Tinchen vor die Nase.

»Die gehört mir nicht, die hat Bernie mitgebracht.«

Tobias nahm die Sporttasche, in der seine Mutter von Sonnenöl bis zu Tabletten gegen Durchfall alles ihr notwendig Erscheinende mit an Bord gebracht hatte, und half ihr fürsorglich über die Laufplanke.

»Verdammt noch mal, ich bin nicht betrunken!« Jetzt wurde sie wirklich ärgerlich. »Keine Ahnung, weshalb ich plötzlich so müde war. Mittagsschläfchen sind noch nie mein Fall gewesen. Aber wenigstens bin ich nicht seekrank geworden!« trumpfte sie auf. »Und jetzt erzähl mal, Tobias, was ihr alles geangelt habt.«

»Laß dir das lieber von Vati erzählen, der ist schließlich der Held des Tages gewesen.«

Bei den Bungalows angekommen, ermahnte Frau Antonie ihre Tochter, eine halbe Stunde vor Beginn des Abendessens im Speisesaal zu erscheinen. »Ich hoffe zwar, daß alles klappt, aber so genau kann man das bei den durchaus willigen, jedoch nur eingeschränkt fähigen Angestellten nie wissen.«

»Was soll denn klappen?« fragte Tinchen mäßig interessiert.

»Nun ja, so feierlich wie zu Hause läßt sich das nicht arrangieren, aber ich hoffe, Florian wird unsere Bemühungen zu würdigen wissen.«

»Wieso? Ist er Angelkönig geworden?«

Tobias war es, dem endlich ein Licht aufging. »Ich schmeiß mich hintern Zug! Wir haben Vatis Geburtstag vergessen!«

8

Frau Antonie hatte in ›Fishermans Wharf‹, einem dem Hotel angegliederten Nobelrestaurant, decken lassen. Hier pflegten Yachtbesitzer zu speisen, die auf ihren Kreuzfahrten im ›Coconutpalmtrees‹ Station machten, oder auch Gelegenheitsbesucher, denen das Essen im eigenen Hotel allmählich zum Halse heraushing. Die kenianische Variante von rheinischem Sauerbraten ist eben nicht jedermanns Sache.

Nur Fischer sah man begreiflicherweise nie, waren doch die gesalzenen Preise so ziemlich das einzige, was eine Verbindung zwischen dem Namen dieses Gourmettempels und den Fischen schuf. Eine Ankerkette aus schwarzem Kunststoff hing von der Decke herab, und das armdicke zusammengerollte Tau, auf der Bartheke festgenagelt, hatte bereits Spinnweben angesetzt. Irgend jemand hatte es auch schon als Aschenbecher mißbraucht, was der Besenbrigade wohl entgangen war. Dafür gab es weiße Tischdecken statt Plastiksets, gestärkte Servietten sowie eine Besteckauswahl, deren Vorhandensein Frau Antonie bisher angezweifelt hatte. Mußte sie doch jedesmal um eine zweite Gabel kämpfen, wenn sie die erste bereits benutzt hatte und sich weigerte, Gurkensalat und Melonenscheiben mit demselben Besteck zu essen.

Überwältigend war der Blumenschmuck. Verschiedenfarbige Blütenzweige umrahmten jedes Gedeck, und der für Florian vorgesehene Stuhl war zusätzlich bekränzt. Sogar auf dem Sitz lagen Blumen.

Nur flüchtig hatte Tinchen einen Blick auf das ganze Arrangement geworfen, und als sie Frau Antonies befriedigte Miene gesehen hatte, war sie wieder zurück in den Bungalow gelaufen. Noch immer weigerte sich Florian beharrlich, sein Refugium zu verlassen. »Ich habe keinen Hunger.«

»Natürlich hast du Hunger.«

»Selbst wenn ich welchen hätte, würden mich keine zehn Nashörner in den Speisesaal kriegen. Die hauen mich doch alle in die Pfanne! Würde ich ja genauso machen«, gab er kleinlaut zu.

»Erfahrene Propheten warten die Ereignisse ab. Und jetzt zieh dich endlich um!«

Heilfroh war sie, daß sogar das Geburtstagskind seinen eigenen

Jubeltag vergessen hatte. Was keineswegs erstaunlich war, lebte man doch hier völlig abgeschottet vor sich hin, bekam keine Zeitung mit Datum zu Gesicht, hörte kein Radio, und welcher Wochentag gerade war, konnte man allenfalls an den fantasievollen Namen der immer gleichen Suppe erraten. Montags schwammen am Tellerrand ein paar Petersilienstengel, dann hieß die Brühe Consommé Royal; dienstags war sie undurchsichtig, schmeckte zwar genauso, nannte sich aber Legierte Gemüsesuppe; mittwochs enthielt sie ein Dutzend Graupen und trug die Bezeichnung Soupe à la Marie Antoinette, und ab Donnerstag hatte Tinchen auf den ersten Gang verzichtet.

Ein Glück, daß wenigstens Frau Antonie den Überblick behalten hatte. Sie führte sogar Tagebuch und trug von den Liegestuhlpreisen bis zu den Ingredienzen von Planters Punch, ihrem Lieblingsgetränk, alles gewissenhaft ein. Ohne sie wäre Florian bestimmt nicht termingerecht jubelgefeiert worden.

»Dein Vater und ich haben uns lange überlegt, womit wir Florian eine Freude machen könnten«, hatte sie Tinchen vorhin erzählt. »So einen Wendepunkt in seinem Leben – und ein fünfzigster Geburtstag ist nun mal ein solcher Tag – feiert man nicht oft. Ich glaube, Ernst hat da einen guten Einfall gehabt.« Dann hatte sie die Buchungsbestätigung für eine Anderthalbtage-Safari aus der Handtasche gezogen. »Die werde ich nachher unauffällig unter Florians Teller legen. Natürlich gilt sie für euch alle vier«, hatte sie mit vielsagendem Lächeln hinzugefügt, »ganz so unbedeutend, wie Karsten seinerzeit behauptet hatte, sind die Nebenkosten ja wohl doch nicht.«

Das hatte Tinchen auch schon festgestellt. Auf rätselhafte Weise wurde das Geld immer weniger, und als Tobias vorhin kleinlaut angekommen war und um Taschengeldvorschuß gebeten hatte, damit er für seinen Vater eine Kleinigkeit kaufen könnte, hatte sie ihren letzten Zweihundertshillingschein herausgerückt. Jetzt besaß sie noch hundert Mark eiserne Reserve, versteckt in der leeren Schachtel von der Zahnpastatube und eigentlich gedacht für den kleinen goldenen Anhänger, der die Umrisse des afrikanischen Erdteils zeigte und so gut zu ihrem Halskettchen gepaßt hätte. Na, dann eben nicht, mußte ja nicht sein!

Ihr eigenes Geschenk für Florian hatte sie zu Hause gelassen. Der

Blazer wäre hier unten sowieso viel zu warm gewesen, und überhaupt hätte er gar nicht mehr in den Koffer gepaßt. Mit Herrn Knopps Polaroidkamera hatte sie jedoch ein Foto gemacht, die Jacke vorher schön dekoriert – auf dem grauen Ledersofa sah sie viel teurer aus, als sie im Winterschlußverkauf gewesen war –, und während Florian im Bad einen Soßenfleck aus seiner hellen Hose rieb, kramte Tinchen den Schrank durch. Sie suchte die Glückwunschkarte mit dem eingeklebten Foto. Ein prima Versteck hatte sie für das Kuvert gefunden, wo es vor Florians Zugriff garantiert sicher war, bloß wo war das gewesen? Im Schrank nicht, den hatte sie schon zweimal durchgewühlt, auch nicht in der Tischschublade und in keiner ihrer Hosentaschen. Wo zum Kuckuck hatte sie diesen Umschlag vergraben? Plötzlich fiel ihr Blick auf den Behelfsnachttisch und den daraufliegenden Bücherstapel. Richtig, Rex Stouts ›Champagnerparty‹. Krimis rührte Florian niemals an, er hatte sich als Urlaubslektüre einen Wälzer mit dem bezeichnenden Titel ›Die Playboys‹ mitgenommen, war jedoch noch nicht weit genug gekommen, um praktische Anwendungen daraus zu ziehen.

Sie hatte gerade das Kuvert in ihre Tasche geschoben, als sich Florian zur Endabnahme vorstellte. Wie er tagsüber herumlief, war ihr ziemlich gleichgültig, er konnte sich ohnehin nur zwischen drei Badehosen entscheiden, doch abends wünschte sie ihn feingemacht. Lässig-sportlich, aber korrekt. Eine Forderung, die Frau Antonie unterstützte. Erschien sie doch selber stets in einem Nachmittagskleid und sogar mit Strümpfen, die allerdings nur bis zum Knie reichten und sie gleich am zweiten Abend zu dem einsichtsvollen Geständnis veranlaßt hatten, daß Tinchen ausnahmsweise einmal recht gehabt habe. »Niemals hätte ich geglaubt, so etwas anziehen zu müssen, aber Strumpfhosen sind bei diesen Temperaturen in der Tat äußerst lästig.«

Ohne anzuklopfen polterte Tobias durch die Tür. »Mutti, hast du vielleicht ein bißchen ...« Er sah seinen Vater, stockte und drückte sich mit auf dem Rücken versteckten Händen an die Wand.

»Was soll ich haben?«

»Äh, gar nichts. Ich wollte bloß gucken, ob Vati noch hier ist. Er soll nämlich mal zu Karsten kommen.«

»Warum? Hat er schon wieder kein sauberes Hemd mehr?« Kaum war Florian gegangen, zog Tobias ein sandfarbenes Badelaken hervor. Als Dekor räkelte sich in einem Liegestuhl ein sonnenbebrilltes Nilpferd.

»Ein bißchen dünner in der Taille ist er ja, aber sonst kann man Vati doch eine gewisse Ähnlichkeit mit diesem Vieh nicht absprechen, oder? Sag mal, du hast nicht zufällig etwas Geschenkpapier?«

Hatte sie nicht, und die Wahrscheinlichkeit, hier im Hotel auch nur simples Packpapier aufzutreiben, war mehr als gering. Als sie vorgestern den schon längst fälligen Brief an ihren Vater schreiben wollte und an der Rezeption um einen Bogen Papier gebeten hatte, wurde ihr ein Blatt mit verschiedenfarbigen Längsstreifen ausgehändigt, das der Bankmensch erst ganz hinten aus dem Journal für doppelte Buchführung herauslösen mußte. »Entweder nimmst du Klopapier oder ein Palmenblatt«, empfahl sie ihrem Sohn, »und jetzt beeil dich ein bißchen, wir sollten wenigstens alle vor dem Geburtstagskind im Restaurant sein.«

Frau Antonie wartete schon. Sie trug wieder grüne Seide und sah sehr feierlich aus. Neben ihr stand Julia mit ergebener Miene in einem Outfit, das Tinchen an ihre eigene Backfischzeit erinnerte: Dreiviertellanger Glockenrock und eine weiße Bluse mit Stehkrägelchen. Halbhohe Pumps vervollständigten den ungewohnten Aufzug.

»Nanu, heute mal nicht in der aufregenden Wurstpelle?« staunte Tobias.

»Das Kind wollte doch tatsächlich wieder in diesem hautengen Minirock bei Tisch erscheinen. Ich verstehe nicht, Ernestine, wie du ein derartiges Kleidungsstück überhaupt dulden kannst. Es sieht einfach ordinär aus. Zum Glück habe ich in der Boutique etwas Passenderes gefunden, auch wenn es nicht dem Geschmack deiner Tochter zu entsprechen scheint. Und dann ihre Schuhe!!! Mit derartig heruntergelatschten Tretern bin ich vor der Währungsreform herumgelaufen, und das nun wirklich nicht freiwillig.« Sie schüttelte den Kopf. »Ich habe Julia für heute ein Paar von meinen geliehen.«

Tobias feixte sich eins. »Ist schon blöd, wenn man dieselbe Schuhgröße hat, nicht wahr, Jule? Aber die hier machen wenigstens Beine aus deinen Gurken.«

»Du hast es gerade nötig! Guck dich doch mal selber an! Auf dem Kopf siehst du aus wie eine Ananas.« Offenbar hatte Tobias den nassen Kamm nur einmal durchs Haar gezogen. Seine Frisur glich einer in den Dschungel geschlagenen Schneise. An den Schläfen und am Hinterkopf regierte die Wildnis.

»Hört auf zu streiten! Euer Vater kommt.«

Das traf nur bedingt zu. Zwar hatte Florian gesenkten Hauptes den Speisesaal durchschritten, sich aber sofort an den üblichen Tisch gesetzt und nicht einmal die fehlenden Gedecke bemerkt. »Gott sei Dank, mein jämmerlicher Reinfall scheint sich doch noch nicht herumgesprochen zu haben.«

»Und wenn jemand fragt, dann sagst du einfach, du hättest Gemüsefische geangelt. Soviel ich gehört habe, habt ihr jede Menge Seetang mitgebracht.« Karsten zog seinen Schwager wieder hoch. »Komm, wir speisen heute abseits vom niederen Volk.«

Widerstandslos ließ sich Florian mitschleppen. Als er jedoch die festlich gedeckte Tafel und seine dahinter aufgereihte Sippe bemerkte, machte er auf dem Absatz kehrt. »Verarschen kann ich mich alleine.«

»Hiergeblieben, du Idiot!« brüllte Karsten. »Da spendiert man nun ein sündhaft teures Geburtstagsmenü, und der Ehrengast ist beleidigt. Bist du wirklich so blöd, oder tust du nur so?«

»Happy birthday to you...«, intonierte Frau Antonie, hörte aber schnell wieder auf, als niemand mitsingen wollte. Statt dessen begann sie mit der sorgfältig konzipierten Ansprache: »Mein lieber Florian! Zum erstenmal...«

Der liebe Florian sank entgeistert auf den bekränzten Stuhl, weil der am nächsten stand, sprang aber jaulend wieder hoch. »Da piekt was!« Er deutete auf seinen verlängerten Rücken, woraufhin Tinchen den fraglichen Bereich inspizierte und einen zentimeterlangen Dorn entfernte. Vorsichtshalber räumte sie gleich den ganzen Blumenflor vom Sitz, und dann legte Frau Antonie von neuem los: »Zum erstenmal feiern wir einen runden Geburtstag fern der Heimat...«

»Herzlichen Glückwunsch, Vati, und alles, alles Gute für die nächsten fünfzig Jahre.« Anderthalb Seiten umfaßte das Konzept von Frau Antonies Rede, Grund genug für Julia, die Sache abzukürzen. Dann gratulierten Tinchen und Tobias und Karsten und schließlich, wenn auch mit süß-saurem Gesicht, Frau Antonie.

»Liebe Schwiegermama, ich danke dir für die gelungene Überraschung, denn ich bin überzeugt, daß sie allein deine Idee gewesen ist.« Frau Antonie fühlte sich plötzlich umarmt und auf die gepuderte Wange geküßt, was sie als besondere Auszeichnung empfand, denn dazu hatte sich Florian zum letztenmal an ihrem vierzigjährigen Hochzeitstag herabgelassen.

»Deine Rede hältst du nachher noch mal, ja? Am besten nach dem Essen, dann hören wir bestimmt viel aufmerksamer zu.« Er gestand ein, daß er in der Tat seinen Geburtstag vergessen hatte, obwohl der doch der eigentliche Grund für diese Reise gewesen war, und wie gerührt er sei, daß seine Lieben nicht nur daran gedacht, sondern ihn auch noch so überreich beschenkt hatten. Dabei schnupperte er an dem dunkelblauen Fläschchen, das ihm Julia zugesteckt hatte. »Was is'n das? Was zu trinken?«

»Quatsch!« Sie deutete auf das Etikett. »Das ist ein Eau de toilette for men und ganz neu auf dem Markt. Habe ich in Rudis Reste-Rampe entdeckt und gleich gekauft. Es heißt ›Arabische Nächte‹ und riecht ein bißchen nach Benzin.«

»Bei den ständig steigenden Spritpreisen sicher bald eine seltene Duftnote«, bestätigte Florian dankbar. »Ich werde das Parfüm erst zu Hause benutzen, einverstanden?«

Das Frottierhandtuch gefiel ihm ebenfalls, zumal sich Tobias den Hinweis auf etwa bestehende Ähnlichkeiten mit dem Nilpferd verkniffen hatte, und beim Anblick des fotografierten Blazers behauptete er sehr überzeugend, sich so etwas schon längst gewünscht, aus Kostengründen jedoch immer wieder darauf verzichtet zu haben. In Wahrheit haßte er diese Art Jacken, die nach seiner Ansicht auf eine Segelyacht gehörten oder zu einem Collegeboy in Oxford.

Erst als sich der Trubel gelegt und alle Platz genommen hatten, präsentierte Frau Antonie ihr Geschenk. Verschiedene Möglichkeiten, den profanen Umschlag mit Sichtfenster vorne drauf wirkungsvoll zu drapieren, hatte sie wieder verworfen. Unterm Gedeck hätte Florian ihn bestimmt nicht gleich gefunden, verfressen, wie er nun mal war, würde er sich nur für die gefüllten Teller interessieren. In die kunstvoll gefaltete Serviette hatte das Kuvert nicht hineingepaßt, und zwischen den Blumenranken hatte es ausgesehen wie ein versehentlich liegengebliebenes Stück Papier. Also hatte sie sich entschlossen, ihr Geschenk persönlich zu überreichen. Das war auch am wirkungsvollsten.

Die erhoffte Reaktion kam prompt. Nicht nur Florian bedankte sich überschwenglich, auch die Enkelkinder sprangen von den Stühlen und umhalsten ihre Großmutter, was die sich ausnahmsweise ohne Protest gefallen ließ.

Mehrere Male schon hatte Oberkellner Moses, heute zur Bedienung der Restaurantgäste abgestellt, um die Ecke geschielt und auf einen Wink gewartet, den ersten Gang servieren zu dürfen. Nun war es endlich soweit.

»Zuerst gibt es geräucherten Sailfisch mit Buttertoast«, zählte Karsten auf, »danach Entrecôte mit Prinzeßböhnchen und Kartoffelkroketten und hinterher Crêpes mit Vanilleeis. Auf den zweiten Gang habe ich – euer Einverständnis voraussetzend – verzichtet, heute ist Consommé Royal dran. Dazu trinken wir einen Rheinwein, der zu Hause im Supermarkt bestenfalls vierfuffzig kostet, hier aber mit einer Luxussteuer belegt ist. Genießt also jeden Tropfen, er ist teurer als Veuve Cliquot. Oder hättet ihr lieber Papayawein gehabt?«

Den bekamen sie aber auch. Die Mamba brachte ihn mit besten Wünschen vom Kenia-Touristik-Klub. Eine weitere Flasche überreichte der Hotelmanager, und die dritte, mit einer zum Schleifchen gebundenen Mullbinde verziert, kam von Herrn Dr. Meierling.

»Woher weiß *der* denn von meinem Geburtstag?«

»Ich habe doch mein Fernbleiben vom heutigen Dinner begründen müssen.« Ein leichtes Bedauern in Frau Antonies Stimme war nicht zu überhören. »Vielleicht könnten wir ihn und auch Frau Schliephan nachher an unseren Tisch bitten?«

Mit klappernden Holzschuhen eilte das Mädchen von der Rezeption heran. »Schnell, Mister, Telefon for you.«

»Für mich? Das muß ein Irrtum sein. Ich erwarte keinen Anruf.« Seelenruhig säbelte Florian an dem etwas zähen Fleisch herum. »Das Tier hat man nicht geschlachtet, das ist an Altersschwäche eingegangen.«

»Yes, Mister, the phonecall is for you!«

»Nun geh schon, Florian, das ist bestimmt Ernst. Er hat sich extra die Telefonnummer vom Hotel aufgeschrieben. Und grüß ihn schön!« mahnte Frau Antonie.

Schon nach wenigen Minuten war Florian wieder zurück. »Es war Vater. Ich hab bloß kein Wort verstanden, da waren lauter Papageien in der Leitung.«

»Was kann man auch von einem Land erwarten, in dem man mit Buschtrommeln kommuniziert und hundertjährige Elefanten als Rinderfilets serviert.« Resigniert legte Frau Antonie das Besteck auf ihren Teller. »Tut mir leid, Karsten, aber das kann ich nicht essen.«

»Macht doch nichts, Mutti, *ich* hab's ja nicht gekocht.« Die Dessertteller waren gerade abgeräumt, als plötzlich das Licht erlosch. Zur Tür herein marschierte Moses mit einer kerzenbestückten Zuckergußtorte, gefolgt von einer Prozession Kellnern. »One, two, three ...« Und dann kam es doch noch, das unvermeidliche Ständchen. »Happy birthday to you, happy birthday to you ...« Der anfangs etwas zaghaft klingende Chor schwoll an, als die Gäste im Speisesaal kräftig mit einfielen: »Happy birthday, old fisherman, happy birthday to you.«

Während Frau Antonie Trinkgelder verteilte und Florian großzügig Papayawein in die schnell herbeigeschafften Gläser goß, stürzte Anton herein. Gleich nach Ankunft des Bootes hatte er sich vorne an der Bar niedergelassen und diesen Platz bis jetzt nicht geräumt. Bernie hockte immer noch dort, den Kopf auf die Theke gelegt, schlief er den Schlaf des Gerechten.

»Also nee, weeßte, hättste ja ooch wat von sagen können! Hat der Kerl Jeburtstag, jeht mit uns angeln, jibt nich mal eenen aus und säuft den janzen Tach bloß Brause.«

»Wer ist dieser Mann?« Frau Antonie betrachtete Anton wie ein lästiges Insekt, das man am besten zertritt oder wenigstens mit dem Fuß beiseite schiebt. Florian beeilte sich denn auch, seiner Schwiegermutter den doch sehr geringen Grad seiner Bekanntschaft mit Anton zu erklären, und drückte ihm die noch halbgefüllte Flasche in die Hand. »Hier, nehmen Sie die mit.«

»Nich schon wieda Brause!« Angewidert winkte Anton ab und schwankte zur Tür hinaus, wo seit einer Stunde das Taxi wartete, um die beiden Seefahrer in ihr Hotel zu bringen. Den Fahrer störte das nicht. Diese Fuhre war ihm sicher und eine andere kaum zu erwarten.

Florians Geburtstag endete erst am frühen Morgen. Sogar Frau Antonie hielt bis zum Schluß durch, wohl hauptsächlich deshalb, weil auch Herr Dr. Meierling ein unerwartetes Stehvermögen bewies, obwohl er doch bestimmt um einiges älter war. Er löste übrigens auch das Rätsel um Tinchens Dornröschenschlaf. An der Rezeption ließ er sich die Pillenpackung geben, und als er die Indikation gelesen hatte, schmunzelte er. »Diese Tabletten enthalten ziemlich genau die gleichen Substanzen wie Schlafmittel. Eigentlich ein Wunder, daß Sie trotzdem so munter sind. Normalerweise wirken sie mindestens acht bis neun Stunden.«

Gegen Mitternacht versammelten sich alle an der Bar. Die abreisenden Gäste hatten beschlossen, gar nicht erst ins Bett zu gehen, weil sie ohnehin um drei Uhr wieder aufstehen mußten. Um eins schickte der Manager seinen Barkeeper nach Hause, übernahm selber den Ausschank, verzichtete auf Quittungsblock und Autogramme und hatte später erhebliche Mühe, den angeheiterten Verein zum Einsteigen in den Bus zu bewegen.

»So fröhlich ist noch nie eine Gruppe zurückgefahren.« Mit einem Küchenhandtuch winkte er hinterher. Florian winkte ebenfalls. Mit seinem Hemd. Und Julia mit der Getränkekarte. Auf die Rückseite hatte Daniel noch schnell seine Adresse gekritzelt: Bremen, Deichallee 237. Plötzlich stutzte sie, dann heulte sie los. »Ich w-weiß ja gagar nicht, w-wie er m-mit Nachna-namen heißt.«

»Auch wenn du bloß Daniel schreibst, wird der Brief ankommen«, prophezeite Tinchen.

»A-aber nicht in einem Ho-hochhaus mit acht-achtzehn S-stockwerken.«

Gähnend zog sich Florian aus. »Eigentlich wollte ich ja noch duschen, aber nun bin ich einfach zu müde. In meinem gesetzten Alter merkt man so eine durchbummelte Nacht doch mehr als früher. Da hat mir das nie etwas ausgemacht.«

»Man ist immer so alt, wie man sich fühlt.«

»Dann bin ich heute neunzig geworden.« Er schlurfte ins Bad, und während er sich die Zähne putzte, musterte er sich im Spiegel. »Großer Gott, hoffentlich werde ich wirklich mal so alt, wie ich momentan aussehe.«

»Das kenne ich«, sagte Tinchen trocken, »jung fühlen kann man sich zu jeder Zeit, nur strengt es von Jahr zu Jahr ein bißchen mehr an.«

9

Nach Mombasa gibt es einen regelmäßigen Bustransfer. Den organisiert das Hotel, deshalb ist er problemlos, bequem und teuer. Die Alternative ist wesentlich billiger, abenteuerlich und absolut unzuverlässig. Sie heißt Hühnerbus, wird gelegentlich auch Bimboschaukel genannt und trägt die offizielle Bezeichnung ›Linienbus‹. Er ist blau und meistens verbeult, hat kleine Schiebefenster, die grundsätzlich alle offenstehen, und manchmal sogar eine Tür. Hat er keine, ist das auch nicht schlimm, sie wird sowieso selten geschlossen.

Der Chauffeur sitzt vorne rechts. Es ist ein Eingeborener, der sich von seinen überwiegend farbigen Fahrgästen nur dadurch unterscheidet, daß er eine Sonnenbrille und eine Schirmmütze trägt. Daß er die Schirmmütze, das einzige sichtbare Zeichen seines Berufsstandes, selten oder nie ablegt, läßt sich unschwer erkennen: Immer ist sie schmierig und häufig an den Rändern ausgefranst.

Dann gibt es noch den Schaffner. Man erkennt ihn an der ledernen Umhängetasche fürs Kleingeld, vor allem aber an den längs zusammengefalteten und zwischen die einzelnen Finger gesteckten Banknoten. Diese Methode beschleunigt das Geldwechseln.

Fahrpläne für Linienbusse gibt es nicht. Sollte es doch welche geben, wären sie überflüssig, weil sich niemand daran halten würde. Das gleiche gilt für Haltestellen. Es gibt keine. Wer mitfahren will, winkt am Straßenrand, manchmal winkt er aber auch nur, weil er den Fahrer kennt, dann quietschen die Bremsen eben mal umsonst, wen kümmert's. Und sollte der Bus trotz Handzeichen nicht stoppen, wird es schon seinen Grund haben. Vielleicht ist er überfüllt, aber das sieht man ja, weil dann der Schaffner draußen hängt und nicht kassieren kann. Das macht er hinterher beim Aussteigen. Vielleicht ist aber auch nur ein bißchen was am Motor kaputt und der Chauffeur froh, wenn er seine Passagiere noch bis zur Endstation bringen kann, ohne daß der Bus vorher zusammenbricht. Wer unterwegs aussteigen will, hat Pech gehabt, mehrmaliges Anhalten würde die Wahrscheinlichkeit des endgültigen Liegenbleibens vergrößern. Trainierte Fahrgäste springen einfach ab. In solchen Fällen wird die Geschwindigkeit auf das dem Motor noch zumutbare Minimum zurückgenommen. Ausgeschlachtete, am Straßenrand verrottende Busskelette beweisen ja, daß nicht jeder Fahrer das nötige Feingefühl für altersschwache Technik hat.

Wer also nicht mitkommt, wartet auf den nächsten Bus. Vielleicht ist er schon in fünf Minuten da, vielleicht erst in einer halben Stunde, vielleicht auch gar nicht, wenn nämlich mal wieder die Fähre über den Creek kaputtgegangen ist und den Gesamtverkehr zwischen Malindi und Mombasa lahmgelegt hat. Das ist dann die Stunde der Privatinitiativen. Doch niemand hat ergründen können, auf welch geheimnisvollen Wegen sich die Nachricht von der liegengebliebenen Fähre so schnell verbreiten kann, kommt doch ein normales Telefongespräch zwischen zwei Orten oft erst nach endloser Wartezeit zustande. Es können eigentlich nur Buschtrommeln sein! Denn plötzlich sind sie da, die Urahnen der heutigen Kleintransporter, bestückt mit Sitzbänken ohne Federung und bereit, Fahrgäste aufzunehmen. Der Preis ist dreimal so hoch und der Fahrer entweder schon im Rentenalter oder kurz davor. Wenn überhaupt, dann hat er seine Fahrerlaubnis für einen Trecker bekommen, und genauso fährt er auch. Unvorhersehbare Stopps muß man einkalkulieren, weil gelegentlich der Kühler kocht oder der sowieso schon geflickte Keilriemen ein weiteres Mal gerissen ist. Hakuna matata!

»Wir nehmen den Hühnerbus!« hatte Karsten entschieden. »Damit macht die Fahrt viel mehr Spaß.«

Obwohl Frau Antonie diese Bezeichnung für einen regulären Omnibus etwas merkwürdig fand, erhob sie keinen Einspruch. Sie wollte endlich etwas erleben! Wie hatten die Damen von der Gymnastikgruppe sie beneidet um diese Reise und bereits bei Frau Direktor Möllemann ein privates Treffen vereinbart; da war am meisten Platz, denn Frau Pabst würde nach ihrer Rückkehr sicher viel zu erzählen haben. Nur hätte die Frau Pabst im Augenblick gar nicht gewußt, was sie hätte erzählen können. Höchstens ein bißchen Hotelklatsch, und der wäre ihrem Ruf nicht zuträglich gewesen, galt sie doch als gebildete und kulturell aufgeschlossene Frau. Also mußte sie unbedingt nach Mombasa und dort das Fort Jesus besichtigen, im 16. Jahrhundert von den Portugiesen erbaut, außerdem mindestens eine fremde Kirche, am besten die Mandhry-Moschee, die war genauso alt, und dann natürlich die berühmten Elfenbeinzähne, die als eine Art Triumphbogen in der Moi Avenue stehen.

Vielleicht könnte man auch noch den Dhau-Hafen besuchen, der im Reiseführer als besonders sehenswert angepriesen wurde, obwohl Frau Antonie für Häfen nicht viel übrig hatte. Schiffe sind schließlich Schiffe, und in Hamburg hatte sie genügend davon gesehen. Zur Teezeit würde man sich natürlich im Castle einfinden, jenem Hotel aus der Kolonialzeit, das nur Europäern vorbehalten gewesen war, jetzt bedauerlicherweise jedem zugänglich ist. Nein, eine Rassistin war Frau Antonie ganz und gar nicht, sie lehnte die Apartheidpolitik in Südafrika rigoros ab, doch hätte sie nichts dagegen gehabt, wenn so ein kleines Refugium geblieben wäre, in dem man ›unter sich‹ war. Wie eben seinerzeit das Castle-Hotel mit der großen überdachten Terrasse, auf der man seinen Eistee trinken und das bunte Treiben auf der Straße verfolgen konnte, unbehelligt von Bettlern, die dieses harmlose Vergnügen heutzutage doch erheblich beeinträchtigen.

Eigentlich hatte Karsten gar nicht mehr mitfahren wollen. Einmal Mombasa pro Urlaub sei genug, hatte er gesagt, die Sehenswürdigkeiten kenne er inzwischen und fände sie gar nicht mehr so sehenswert, und wenn er nicht wüßte, daß er als ortskundiger Führer gebraucht würde, hätte er etwas Besseres vor als durch ›dieses Dreckloch‹ zu stiefeln.

»Ich dachte, für Verliebte ist die Welt überall himmelblau?« Ganz harmlos hatte Tinchen getan, obwohl sie längst gemerkt hatte, daß ihr Bruder Mama Caroline eiskalt abfahren ließ, sobald sie nur in seine Nähe kam.

»Verliebt sind Teenies. Ich war bloß dämlich.«

»Stimmt«, hatte Tinchen gesagt, »aber seit wann stört dich das?«

Eine passende Antwort hatte Karsten hinuntergeschluckt. An den verpatzten Ausflug mit Mama Caroline wollte er nicht mehr erinnert werden, und vor allem wollte er nicht, daß Tinchen Fragen stellte. Dann hätte er nämlich zugeben müssen, daß sie recht gehabt hatte. Leider. Denn nach seiner Ansicht gab es bei Meinungsverschiedenheiten immer nur zwei Alternativen: Seine und die falsche. Und diesmal war die falsche die richtige gewesen.

Zuerst hatte Elaine einen Friseur aufgesucht, was beinahe drei Stunden gedauert hatte. Danach hatte sie einen Drink benötigt, aus dem vier geworden waren. Beim Juwelier, in dessen Schaufenster die entzückende Tigeraugenkette lag, hatten sie zum Glück vor verschlossener Tür gestanden, doch die Mittagspause hatte Elaine an den Aperitif erinnert, den sie immer vor dem Essen einzunehmen pflegte, woraufhin Karsten sie im Castle abgesetzt und versprochen hatte, sie gegen drei Uhr wieder abzuholen. Er hatte die Nase gründlich voll gehabt und kaum noch Geld, denn seine Begleiterin hatte doch tatsächlich ihr Portemonnaie im Hotel vergessen. Zur verabredeten Zeit war weder etwas von Elaine zu sehen gewesen, noch hatte sie eine Nachricht hinterlassen. Eine geschlagene Stunde lang hatte er dort herumgesessen, war dreimal von demselben Bettler angehauen worden, bis er endlich die Geduld verloren und den nächsten Bus Richtung Malindi genommen hatte. Mama Caroline hatte er erst abends wiedergesehen, als sie in Begleitung zweier Franzosen ihren Lieblingsplatz an der Bar eingenommen und ihm beiläufig mitgeteilt hatte, daß sie lieber Auto als Hühnerbus fahre, weshalb sie die Begleitung von Jean Pascal der seinen vorgezogen habe. Und ob er noch nie etwas von Rent-a-car gehört habe?

Einerseits war Karsten froh gewesen über das vorzeitige Ende der Romanze, die genaugenommen noch gar nicht richtig begonnen hatte, andererseits fühlte er sich auf den Schlips getreten. Noch nie hatte ihn eine Frau so kaltlächelnd abserviert.

Seine Familie durch Mombasa zu schleusen, war zwar nicht die Ablenkung, die er jetzt suchte, doch er mußte endlich seine Geschäfte erledigen. Nicht umsonst hatte er einige Sommerschlußverkaufshemden von C&A mitgenommen und die beiden Uhren, seit drei Jahren unverkäufliche Ladenhüter in seinem Geschäft und nur noch als Tauschobjekte zu gebrauchen, und die Turnschuhe mußte er auch noch losschlagen. Wieso er mal auf die grünen Treter hereingefallen war, wußte er selbst nicht mehr, aber wenigstens hatten sie die drei Streifen an der Seite, worauf man selbst im tiefsten Afrika inzwischen gesteigerten Wert legte: Ein mittelgroßer Elefant müßte herauszuholen sein.

Nun stand er mit Plastiktüte unterm Arm, die erwartungsvolle Sippe um sich geschart, genau an der Kreuzung, wo die Dorfstraße in den asphaltierten Highway mündete. Das letztemal hatte der Bus hier gehalten. Ob er es heute wieder tat, blieb abzuwarten.

Er tat es. Wie ein Kamel von einer Seite auf die andere schaukelnd kam er langsam näher, bis er keuchend stehenblieb. Natürlich war er blau und verbeult, aber wenigstens noch ziemlich leer. Auf dem

Dachgepäckträger rollten zwei prallgefüllte Säcke von links nach rechts, nur gelegentlich gebremst von einer Holzkiste in Kindersarggröße. Am anderen Ende lag eine Bananenstaude.

Frau Antonie belegte einen Fensterplatz, tauschte ihn jedoch nach einigen Kilometern gegen einen Sitz am Mittelgang ein. »Da vorne zieht's!«

»Hinten auch«, sagte Florian. Er suchte noch immer nach einem Platz, wo sich eines der verstaubten Schiebefenster schließen ließ, fand keinen, resignierte. »Heute abend habe ich garantiert eine Bindehautentzündung.«

Tinchen betrachtete die Landschaft. Bei der Ankunft hatte sie die ja verschlafen, und nun wußte sie auch, weshalb. Die endlosen Sisalfelder auf der einen Seite sahen genauso langweilig aus wie das Buschwerk auf der anderen, hin und wieder nur unterbrochen von einer kleinen Ansammlung Lehmhütten, vor denen nackte Kinder im Staub spielten. Ab und zu hielt der Bus, obwohl nie erkennbar war, weshalb gerade hier, dann stieg jemand aus, aber niemand ein, dafür winkte einer zwei Kilometer weiter vorne und wurde auch prompt eingesammelt.

Den ersten längeren Halt hatten sie in einer kleinen Ortschaft, die sich von den anderen dadurch unterschied, daß sie ein bißchen größer war. Es gab sogar Steinhäuser. Eins davon war als Hotel deklariert und hatte Fliegengitter vor den schießschartengroßen Fenstern.

»Ob das die Gästezimmer sind?« Julia vermochte sich nicht vorzustellen, wie jemand in einem dieser dunklen Löcher übernachten konnte.

»Na ja, das Grandhotel ist es gerade nicht. Sieh mal, die haben ja gar kein fließendes Wasser!« Ungläubig zeigte Tinchen auf eine Frau, die gerade einen gefüllten Wassereimer auf ihren Kopf setzte und dann mit gleichmäßigen Schritten einen Trampelpfad ansteuerte, der irgendwo hinein in den Busch führte. Jetzt wußte sie auch, welchem Zweck die alle paar Kilometer in der Landschaft aufgestellten Zapfsäulen dienten! Und sie hatte diese Wasserstellen als eine Viehtränke angesehen. Angepflockte Ziegen gab es überall, sogar vereinzelte Kühe, jämmerlich magere mit herausstehenden Rippen und schlaffen Eutern. Ob die hier auch heilig waren wie in Indien? Genug Mohammedaner gab es ja, oder Moslems oder wie auch immer diese Frauen mit den schwarzen Schleiern auf dem Kopf und die Männer mit den kleinen bestickten Käppis hießen. Wie Pillboxen sahen diese Hütchen aus, die Jacky Kennedy vor dreißig Jahren in Mode gebracht hatte, nur hatte Amerikas First Lady niemals welche aus gehäkelter Spitze getragen.

Fast zehn Minuten standen sie jetzt in der brütenden Sonne, und noch immer war nicht abzusehen, wann es weitergehen werde. Der Fahrer hatte sich mit einer Colaflasche in den Schatten des ›Hotels‹ zurückgezogen, wo er ungerührt den Disput zwischen seinem Schaffner und einem Eingeborenen verfolgte. Der Gepäcktransfer ging ihn nichts an, sollte sich sein Adlatus damit herumschlagen. Der wußte aber auch nicht, wohin mit der zweieinhalb Meter langen Eisenstange. Immer wieder deutete der Schwarze, dem dieses unhandliche Ding gehörte, aufs Dach, und immer wieder schüttelte der Schaffner den Kopf. Erst ein paar Münzen ließen das Problem aus der Welt schaffen. Kurz entschlossen beorderte er alle Fahrgäste, die nur noch einen Stehplatz gefunden hatten, aus dem Bus, dann dauerte es noch ein Weilchen, bis die Stange endlich im Mittelgang lag, und nun durfte alles wieder einsteigen. Der Korb mit den piepsenden Küken machte weniger Schwierigkeiten, er war flach und wurde in das Gepäcknetz genau über Julias Kopf geschoben. Nur das Messingbettgestell, auf dem ein schwarzer Opa geduldig ausharrte, bis er an der Reihe war, erwies sich als ein bißchen sehr sperrig. Offenbar war niemand auf die Idee gekommen, es auseinanderzuschrauben. Deshalb brauchte es auch seine Zeit, bis es mit Hilfe einiger männlicher Fahrgäste aufs Dach gehievt und festgebunden war. Die Bananenstaude kam obendrauf. Es konnte weitergehen.

Inzwischen hatte sich der Bus gefüllt. Inder mit Turban und Aktentasche quetschten sich neben farbige Frauen, die an jeder Hand ein Kind und eins im Tragetuch auf dem Rücken zu bändigen versuchten, mittendrin Schulmädchen in Uniform und Eingeborene ohne Schuhe. Neben Florian stand einer mit einem Eimer in der Hand. In der unappetitlichen Brühe schwammen Fische.

Und plötzlich hatte Tinchen ein Baby auf dem Schoß. Die neben ihr am Haltegriff hin- und herschaukelnde schwarze Mami hatte es einfach abgesetzt. Ungefähr ein Jahr alt, trug es lediglich ein weißes Kleidchen mit viel Rüschen dran sowie eine dazu passende Schleife im Kraushaar, aber kein Höschen und erst recht keine Windel. Vielleicht werden die Kinder hier früher stubenrein als bei uns, hoffte Tinchen, setzte das Baby aber vorsichtshalber zwischen ihre Beine. Sofort krabbelte es wieder auf den Schoß zurück. Die schwarze Mami strahlte. Lebhaft redete sie auf Tinchen ein, die nur hilflos lächelte und immer wieder die kleinen Patschhändchen von ihrer Kette löste.

Bei der nächsten Station, einer Tankstelle mit angeschlossener Reparaturwerkstatt, in der es aber auch Waschpulver und Spielzeugpistolen zu kaufen gab, leerte sich der Bus. Nur widerwillig ließ sich das Schokoladenbaby von seiner Mami abschleppen. Statt dessen kam der Mann mit der Ziege. Er mußte allerdings ganz vorne neben der Tür stehenbleiben. Die Ziege auch. Erst meckerte sie, dann entdeckte sie den Sitz mit dem zerrissenen Bezug. Seelenruhig fraß sie die Füllung.

Mautstation. Bevor sie zu sehen war, mußten Mann nebst Ziege aussteigen. Beide trotteten zu Fuß an dem Kassenhäuschen vorbei bis zur nächsten Kurve, dann wurden sie wieder eingesammelt. Die Ziege setzte ihr unterbrochenes Frühstück fort.

Endlich Mombasa. Am Stadtrand eine Schule, von weißgekleideten Nonnen geleitet, eine Kirche, die ersten Häuser. Kahle Betonklötze mit außenliegenden, von Abfall übersäten Treppenaufgängen. Fast überall hing Wäsche vor den winzigen Fenstern, ausgefranste Hosen, Hemden mit großen Löchern, dazwischen auch mal ein Sonntagskleid, ausgeblichen von der Sonne und immer wieder sorgfältig geflickt. Kinder rauften im Straßenstaub um eine Blechdose, Halbwüchsige hockten im Schatten mit leeren Gesichtern, in denen Hoffnungslosigkeit stand. Sie taten nichts, saßen einfach nur da und warteten. Worauf? Vielleicht auf jemanden, der ihnen für einen Tag Arbeit anbieten würde, vielleicht auf die Gelegenheit zu einem kleinen Diebstahl, vielleicht auch nur auf den Abend, wenn es kühler werden und den Aufenthalt in den von der Sonne aufgeheizten Wohnlöchern erträglich machen würde.

»Wie um alles in der Welt können Menschen hier *leben?*« flüsterte Tinchen entsetzt. NEUE HEIMAT auf kenianisch, nur doppelt so heruntergekommen. Warum tat denn hier niemand etwas, um diese trostlosen Silos bewohnbarer zu machen? Wozu zahlen wir Entwicklungshilfe? Wo bleibt das Geld, das wir Touristen ins Land bringen? Sie schloß die Augen. Nichts mehr sehen müssen von dieser Armut, die sich ihr zum erstenmal in unverhüllter Form zeigte. Natürlich kannte sie Elendsbilder von Flüchtlingslagern oder auch damals die Fotos von den Hungernden in Biafra, sie hatte sogar spontan hundertfünfzig Mark gespendet, doch das waren flüchtige Eindrücke gewesen, längst verdrängt und vergessen. Na ja, und die Bewohner des Dorfs gleich hinter dem Hotel sahen wirklich nicht aus, als litten sie Not. Zugegeben, sie lebten in diesen selbstgebauten Lehmhütten ohne Wasser und Strom, aber das taten sie ja schon seit Jahrhunderten und waren offenbar zufrieden damit. Wenn Tinchen durchs Dorf spazierte, winkte man ihr von allen Seiten freundlich zu, noch niemand hatte sie angebettelt, und auch keins der vielen Kinder hatte verhungert ausgesehen. Aber das hier, das war wirklich Armut!

»Schläfst du etwa schon wieder, Tine?« Sie fühlte sich energisch am Arm gerüttelt. »Wir sind da.«

»Ich habe nicht geschlafen, ich habe nur nachgedacht. Hast du diese fürchterlichen Wohnblöcke gesehen, Flori?«

Hatte er nicht. Er hatte auf der anderen Seite gesessen und die unzähligen Holzbuden am Straßenrand bestaunt. Anscheinend war hier jeden Tag und überall Markt. Gewundert hatte er sich über die getragenen Kleidungsstücke, die an fast jedem dieser wackeligen Stände hingen. Der Gebrauchtwarenhandel schien gut zu florieren, besser jedenfalls als der Verkauf von Neuwertigem. Kaum jemand interessierte sich für Plastiksiebe und die bunten Stoffballen, doch an den mit Wäscheklammern oder auch nur an langen Nägeln irgendwo an der Bude befestigten ›used clothes‹ ging selten einer vorbei, ohne sie wenigstens befühlt und manchmal sogar anprobiert zu haben.

Als Tinchen aus dem Bus kletterte, steckte Frau Antonie gerade das Kölnischwasser-Fläschchen weg, mit dessen Inhalt sie sich ausgiebig Hände und Gesicht abgerieben hatte. »Nun ja, interessant ist diese Fahrt zweifellos gewesen, aber könnten wir für den Rückweg nicht lieber ein Taxi nehmen?«

»Wo fangen wir denn nun an?« Im Gegensatz zu seiner Schwester, die mit zugehaltener Nase im Schatten eines Torbogens ergeben wartete, sprühte Tobias vor Unternehmungslust. »Wo sind wir hier überhaupt? Auf einer Müllhalde?«

»Direkt vor dem Gemüsemarkt, einem absoluten Muß für jeden Touristen.« Einladend zeigte Karsten auf die überdachte, an den Seiten jedoch offene Halle, aus der ein penetranter Geruch nach überreifem und verfaultem Obst kam. »Los, Leute, das muß man einfach gesehen haben!«

Kaum hatte Tinchen ein paar Schritte gemacht und halbherzig einen Blick auf die Vielfalt tropischer Früchte geworfen, als genau vor ihr ein Schwarzer seinen Abfalleimer in die quer durch die Halle laufende Rinne kippte. Sofort stürzte sich ein Fliegenschwarm auf die zermanschten Mangos. Das genügte! »Mir wird schlecht.« Sie machte auf dem Absatz kehrt und rannte aus der Halle. Erst nachdem sie einen schattigen Platz gefunden und sich eine Zigarette angezündet hatte, ließ der Brechreiz nach. Auf der gegenüberliegenden Straßenseite entdeckte sie einen kleinen Supermarkt. Etwas Kaltes zum Trinken wäre genau das richtige, aber nur aus einer verschlossenen Flasche, auf keinen Fall einen dieser farbigen Säfte, die überall von Händlern angeboten wurden. Wer weiß, wo die das Zeug zusammenrührten.

Als sie gerade die Fahrbahn betreten wollte, fühlte sie sich am Arm zurückgerissen. Noch im Fallen umklammerte sie ihre Tasche. So leicht ließ sie sich nicht ausrauben!

»Be careful, Madam, here we drive on the lefthand side.« Verblüfft sah sie in das lächelnde Gesicht eines jungen Schwarzen. Er half ihr auf die Füße, und nachdem er die verstreuten Münzen aufgesammelt und ihr zurückgegeben hatte, meinte er nur: »All tourists aren't very careful on the streets.«

Natürlich, sie hatte mal wieder nicht an den Linksverkehr gedacht und in die falsche Richtung geschaut. Mit ziemlicher Sicherheit wäre sie unter einem Auto gelandet. »You saved my life.«

Das gerade nicht, wehrte ihr Lebensretter bescheiden ab, aber möglicherweise wäre sie ohne sein Einschreiten ernsthaft verletzt worden. Ob sie denn ganz allein hier in Mombasa sei?

Sofort beteuerte sie das Gegenteil. Sie warte nur auf ihre Familie, die in der Markthalle sei und jeden Augenblick herauskommen werde. Der Knabe sah zwar ganz vertrauenerweckend aus, aber man konnte ja nie wissen, was sich hinter dieser schwarzen Stirn verbarg. Bruno Kasulkes Horrorgeschichten hatte Tinchen nicht vergessen.

Als erste tauchte Julia wieder auf. »Das stinkt da drinnen wie in einer Leichenhalle, süßlich und richtig nach Verwesung. Noch zwei Minuten länger, und mir wäre schlecht geworden.« Dann erst sah sie den Schwarzen neben ihrer Mutter stehen. »Warum glotzt er mich so an? Kennst du den etwa?«

»Er hat mir das Leben gerettet!«

»Du bist aber auch zu schußlig«, sagte Julia, nachdem Tinchen die lebensbedrohende Situation geschildert und sogar noch ein bißchen dramatisiert hatte. Direkt vor einem Lastwagen habe der Junge sie weggezogen, das linke Vorderrad habe noch ihre Schuhspitze gestreift, und beinahe wäre er selbst auf die Fahrbahn gestürzt bei dem Versuch, auch ihre Handtasche zu retten.

»Hast du ihm wenigstens ein anständiges Trinkgeld gegeben?« Mit einer gewissen Hochachtung wandte sich Julia an den Schwarzen. »Do you speak German?«

»No, Miss.«

»What is your name?«

»William, Miss.«

Damit endeten Julias Kommunikationsversuche auch schon. »Ich glaube, wir warten doch lieber auf Oma. Ihr Englisch zieht einem zwar die Schuhe aus, aber irgendwie kann sie sich damit besser verständlich machen als wir alle.« Nachdem Tinchen sich geweigert hatte, ihren Retter mit einem lumpigen Trinkgeld abzuspeisen, wußte Julia auch nicht weiter. »Vielleicht fällt Oma was ein, die hat mehr Gespür für so was.«

Florian war sofort bereit, das Leben seines Tinchens fürstlich zu honorieren, und Karsten wollte noch eines seiner Winterschlußverkaufshemden als Bonus dazulegen, doch Frau Antonie hatte eine andere Idee. Nur kurz hatte sie sich mit William unterhalten, dann entschied sie kategorisch: »Er wird uns als Führer begleiten und entsprechend bezahlt werden.«

»Wozu denn? Das kann ich genausogut«, protestierte Karsten.

»Mag sein, aber du mußt dir damit nicht deinen Lebensunterhalt verdienen. Wenn dieser Junge uns die Sehenswürdigkeiten zeigt, hat er das Gefühl, für seinen späteren Lohn auch etwas geleistet zu haben, oder glaubt ihr etwa, diese Leute haben keinen Stolz? Und als Dank für die erwiesene Hilfeleistung werden wir ihn nachher zum Essen einladen.«

Sie schwiegen beschämt. Nur Julia brummelte leise vor sich hin:

»Zum Glück ist er schwarz, da sieht jeder jedenfalls gleich, daß er eigentlich nicht zu uns gehört.«

»Du bist ein ekelhafter, aufgeblasener Snob«, flüsterte Tobias zurück. Ihm machte es nicht das geringste aus, mit diesem zwar nicht zerlumpten, aber doch recht ärmlich gekleideten Eingeborenen durch die Stadt zu laufen.

»Bin ich überhaupt nicht. Ich sehe bloß nicht ein, warum wir den Knaben mitschleppen sollen. Denen kommt es doch sowieso bloß aufs Geld an, ganz egal, womit sie es verdienen.«

»*Du* hast noch nie gehungert, mein liebes Kind, ich schon! Damals im Krieg.«

»Ja, Oma, ich weiß.«

»Na also. Da fällt mir übrigens etwas ein. Würdest du das bitte in deinen Rucksack legen? Dann brauche ich es nicht ständig in der Hand zu tragen.« Sie reichte Julia eine dunkelgrüne, birnenförmige Frucht.

»Was is'n das?«

»Das weiß ich auch noch nicht, Kind, aber es war sehr billig.«

Mit William an der Spitze begann der lange Marsch, erst zum Fort Jesus, darauf legte Frau Antonie besonders großen Wert. Das trutzige Bauwerk hatte sie sich etwas anders vorgestellt, mehr quadratisch mit einem Palisadenzaun drum herum als Schutz gegen kriegerische Eingeborene, doch dann fand sie dieses gewaltige Gemäuer eigentlich noch viel beeindruckender. Außerdem war es schön kühl in seinem Schatten. Tobias mußte ein Foto von ihr machen mit den sechs Kanonen im Hintergrund, dann ging es weiter zum alten Hafen. Nur mußte vorher noch die Mandhry-Moschee mitgenommen werden. Hübsch sah sie aus so ganz in Weiß mit dem ulkigen Minarett, das große Ähnlichkeit mit einem Zuckerhut hat, und man durfte sogar hinein, allerdings ohne Schuhe.

»Dann sind hinterher bestimmt meine Strümpfe kaputt«, prophezeite Frau Antonie, »und überhaupt sollte jemand draußen bleiben und aufpassen. Nein, du nicht, Julia, ein junges Mädchen kann hier nicht allein herumstehen bei den ganzen Männern.«

William erbot sich, Schuhe sowie Fotoapparate zu bewachen, er kannte die Moschee schon, und darüber hinaus sei er ja Christ.

Kühles Halbdunkel herrschte in dem runden Heiligtum, das mit dicken Teppichen ausgelegt war und nun auch Frau Antonie von der Notwendigkeit überzeugte, diese Kostbarkeiten ohne Schuhe zu betreten. »Man müßte ja mehrmals täglich saugen, das verträgt auch das edelste Gewebe nicht.«

»Sag mal, ist sie so naiv, oder tut sie bloß so?« Kaum zu verstehen war Florians Stimme, denn er fühlte sich als Eindringling, der hier nichts zu suchen hatte und auf keinen Fall stören wollte.

Ungefähr zwei Dutzend Gläubige knieten auf dem Boden, Gebete murmelnd, das Gesicht dorthin gewandt, wo vermutlich Mekka lag.

»Schön ist das hier«, flüsterte Tinchen zurück, »eigentlich viel feierlicher als in unseren oft so überladenen Kirchen. Keine Engelchen an den Wänden, keine protzigen Hochaltäre ... was meinst du, Flori, ob das da oben echtes Gold ist?« Er schaute zu dem Wandfries empor. »Bestimmt. Es sieht aus wie reines Blattgold. Muß eine Heidenarbeit gewesen sein, das da festzukleben.«

»Kommt rein, Leute, wir sind genau richtig. Die beten gerade. Das gibt ein prima Foto. Ist zwar 'n bißchen dunkel, aber mit Blitz müßte es gehen.« Durch das Portal träufelte eine Truppe Touristen herein, barfuß zwar, aber auch sonst nur sehr mangelhaft bekleidet. Eine schon etwas angejahrte Dame trug zu ihren knappen Shorts sogar nur ein Bikini-Oberteil.

Frau Antonie erstarrte zur Salzsäule. Dann marschierte sie entschlossen zu dem Trupp, dessen Wortführer gerade seine Kamera schußbereit machte. »Nee, Max, noch nicht, warte lieber, bis die alle mit'm Kopp auf'm Boden sind, das sieht dann noch viel echter aus.«

»Schämen Sie sich eigentlich nicht? Wir sind alle Gäste in diesem Land, aber Sie führen sich auf wie Eroberer. Was würden Sie denn sagen, wenn während einer Messe im Kölner Dom eine Horde halbnackter Wilder Stammestänze aufführen würde?«

»Ich will doch bloß 'n paar Bilder machen«, stotterte der verblüffte Fotograf, »was is'n dabei?«

So viel Ignoranz ging Frau Antonie über die Hutschnur. Energisch zog sie den Mann nach draußen und standpaukte geschlagene drei Minuten auf ihn herunter. Dann hatte sie keine Worte mehr. Die Luft war ihr ebenfalls ausgegangen. »Und jetzt holen Sie Ihren lächerlichen Verein da raus«, japste sie, doch der hatte schon längst die Moschee verlassen und teils amüsiert, teils unwillig Frau Antonies Monolog verfolgt.

»Eigentlich hat die Frau recht«, gab der mit Max angeredete, recht jovial aussehende Herr schließlich zu, »inner Kirche schreit man nicht so rum wie du eben.«

Da gab Frau Antonie auf. Nichts hatten diese Banausen begriffen, kein Wunder, daß deutsche Touristen nicht gerade zu den beliebtesten Gästen im Ausland gehören, mal ganz abgesehen vom Geld, aber dafür kann man sich leider keine Manieren kaufen, und überhaupt...

»Nun reg dich nicht so auf, Mutti!«

»Ich will mich aber aufregen!« Suchend sah sie sich um. »Jetzt sind auch noch unsere Sachen weg. Da an der Mauer hatten wir sie abgelegt.« Dort lagen sie aber nicht mehr. William hatte sie in den Schatten gebracht. Er kniete sogar nieder, um Frau Antonie die Schuhe anzuziehen. »Thank you, my boy.« Dann wollte sie von ihm wissen, wohin er sie jetzt führen werde.

Er führte sie zum alten Hafen. Sie blieben jedoch nicht lange, weil es vom Fischmarkt herüber ganz erbärmlich stank. Als Tobias die Ansammlung der malerisch verrotteten Kähne knipsen wollte, winkte William ab. »No fotos, it's forbidden.«

Thomas begriff das nicht. »Weshalb denn? Hier liegen doch keine Kriegsschiffe, und militärische Anlagen sehe ich auch nirgends. Why can't I take some fotos?«

Schweigend zeigte William auf eine Kolonne ausgemergelter Arbeiter, die soeben einen kleinen Frachter entluden. Wie Ameisen krochen sie hintereinander eine schmale Laufplanke empor und verschwanden in einem nahegelegenen Schuppen. Auf ihren nackten Schultern schleppten sie prallgefüllte Säcke, und wer unter seiner Last aus der Reihe schwankte, wurde sofort von einem uniformierten Aufpasser angebrüllt.

»Mein Gott, das sind ja Sklaventreibermethoden«, empörte sich Tinchen, »fehlt bloß noch die Peitsche.« Vorsichtig sah William sich um, bevor er mit seinen Erklärungen herausrückte. Das seien alles Sträflinge, flüsterte er. Offiziell gälten sie als bezahlte Arbeiter, aber jeder wisse, daß es Gefangene seien. Man dürfe es bloß nicht laut äußern. Deshalb sei ja auch das Fotografieren verboten.

Was denn Amnesty International dazu sage, bohrte Tinchen weiter.

Davon hatte William noch nie etwas gehört. Er zuckte nur mit den Schultern. Gefangene müßten nun mal arbeiten, dafür bekämen sie ja auch zu essen.

Tinchen hatte genug gesehen. Frau Antonie ebenfalls. Sie wollte nun auch gar nicht mehr in den Dhau-Hafen, und ob das Castle-Hotel sehr weit weg sei?

»Not very far«, sagte William, nur ein bißchen durch die Altstadt und dann die Nyerere-Avenue hinaus, und ziemlich gleich dahinter fange die Moi-Avenue an.

»Das sind so zwischen drei und fünf Kilometer«, bestätigte Karsten, »je nachdem, wie oft wir uns in diesen Altstadtgassen verlaufen.«

»Kann man denn kein Taxi bekommen?«

»Toni, du bist hier nicht auf dem Düsseldorfer Hauptbahnhof!«

Das mußte sie zugeben. Weit und breit war nicht ein einziges Auto zu sehen, die waren anscheinend genauso verboten wie Fotoapparate. Wer nicht ohnehin zu Fuß herkam, benutzte ein Fahrrad. Ein paar dieser Vehikel ohne Licht und Bremsen standen an eine Mauer gelehnt, mit rostigen Ketten zusammengebunden. Schutzbleche hatten sie auch nicht.

»Vielleicht eine Fahrrad-Rikscha?« fragte sie hoffnungsvoll.

»Wir sind in Afrika, Oma, nicht in Asien!« Großmütter sind ja meistens nett und oftmals ausgesprochen nützlich, dachte Tobias im stillen, doch manchmal können sie einem ganz schön auf den Senkel gehen. Erst mußte sie in jeden Winkel von diesem dämlichen Fort kriechen, und jetzt, wo es endlich interessant wird, kann sie nicht mehr laufen. Die Araberstadt wollte er sehen, wo es Silberschmiede und Teppichhändler geben sollte und noch manches andere, was nicht im Reiseführer stand.

»Paß jut uff, Junge«, hatte Kasulke gesagt, »det du nich in eens von diese Löcher vaschwindest. Uff so 'ne blonden boys sind die Meechen besonders scharf, und jede Schwarze, die dir in det Viertel übern Weg läuft, is 'ne Nutte. Jenaujenommen is janz Mombasa een eenzijet Bordell. Loof nich abseits von die Touristenpfade. Mit andere zusammen passiert dir nischt, aba eener alleen kann schon mal vorüberjehend abhanden kommen.«

Von William erhoffte sich Tobias Einzelheiten, doch der schwieg dazu. In seiner Gegenwart würde ihnen allen bestimmt nichts geschehen, und Tobias solle doch mal dieses wunderschöne Haus mit dem Holzgitterbalkon und der prächtigen geschnitzten Tür fotografieren.

Warum? Ob das ein Puff sei? Ihm fiel auf, daß William sie nur durch die etwas breiteren Straßen führte, und immer dann, wenn Tobias in eins der schmalen Gäßchen abbiegen wollte, ihn daran zu hindern suchte. »That's the wrong way.« Einmal gelang es ihm aber doch, etwas tiefer in eine dieser Gassen einzudringen, und nun wußte er auch, weshalb William das vermeiden wollte. Nur einen kurzen Blick hatte Tobias durch die halbgeöffnete Tür in ein Haus geworfen, dann hatte er sich schnell wieder umgedreht und war zurückgerannt. Nicht mal ein Fenster hatte dieser winzige Raum gehabt, deshalb hatte er auch nur undeutlich das aufgedunsene, von Pockennarben entstellte Gesicht der Frau gesehen. Auf einem Küchenhocker ohne Lehne hatte sie gesessen, mit einem Blechteller auf den Knien. Kein Bett hatte es in diesem Raum gegeben, lediglich einen Haufen Lumpen auf der Erde. Konnte man denn so überhaupt leben?

Zum Glück war sein kurzes Verschwinden unbemerkt geblieben, er hätte jetzt auch keine Fragen beantworten können. Er war sogar froh über Frau Antonies ebenso langen wie langweiligen Vortrag, mit dem sie den Unterschied zwischen europäischer und arabischer Baukunst zu erklären versuchte. »Diese einem Klöppelspitzenmuster nicht unähnlichen Steinschnitzereien sind ein typisches Merkmal...«

»Ich hab mir 'ne Blase gelaufen.«

»Das kommt davon, wenn das Ei mal wieder klüger sein wollte als die Henne. Ich habe dir ja gesagt, du sollst Söckchen anziehen.« Tinchen zeigte auf ihre rosabestrumpften Beine, die in ebenso rosa Turnschuhen steckten und inzwischen gar nicht mehr rosa aussahen, sondern nur noch grau von Staub.

»Hat jemand ein Pflaster dabei?« Ihren Schuh hatte Julia bereits ausgezogen, jetzt betrachtete sie zweifelnd die große Blase hinten am Hacken.

»Ja, mindestens drei Meter«, sagte Florian.

»Mir genügen schon drei Zentimeter. Kannst du mir die mal geben, Vati?«

»Ich wollte sagen, wir haben drei Meter Hansaplast im Hotel. Mitgenommen habe ich sie nicht.«

Auch Frau Antonie, die zwar wieder Nagelfeile, Migränetabletten und etwas gegen Darmbeschwerden eingepackt hatte, mußte passen. »Es wird hier doch wohl eine Drogerie geben.«

Was man unter einer Drogerie zu verstehen hatte, wußte William nicht, ob das etwas Ähnliches sei wie eine Pharmacie? Ja? Sehr gut, gleich um die Ecke in der Nkrumah Road gäbe es eine.

Mit den Schuhen in der Hand humpelte Julia neben den anderen her, nachdem ihr Tobias versichert hatte, sie würde eher in eine Glasscherbe treten als auf eine Schlange, und überhaupt solle sie sich nicht so anstellen, die halbe Einwohnerschaft von Mombasa laufe barfuß. Die erste Apotheke hatte geschlossen. Mittagspause. Die nächste, nur hundert Meter weiter, war noch offen.

»Danke, ich brauche keine Gouvernante«, wehrte Julia ab, als Karsten seine Hilfe anbot, »das schaffe ich noch allein. Oder weißt du etwa, was Pflaster auf englisch heißt? Ich kann ja wenigstens demonstrieren, was ich haben will. Gib mir lieber ein bißchen Kleingeld.«

Er reichte ihr einen Fünfzigshillingschein. »Ich habe keine Ahnung, was hier eine Packung kostet.« Julia brauchte nur auf die pfenniggroße Blase zu deuten. Der Apotheker nickte und zog unter dem Ladentisch eine Rolle einzeln verpackter Heftpflaster hervor. »How many?«

Zwei Stück brauche sie nur, sagte Julia und sah staunend zu, wie er zwei der perforierten Streifen abriß und über den Ladentisch reichte. »Two shillings please.«

»Noch nicht mal zwanzig Pfennige habe ich dafür bezahlt!« Die geduldig vor der Tür wartende Sippe wunderte sich pflichtschuldig. »Und man muß nur so viel kaufen, wie man wirklich braucht, nicht gleich ein ganzes Päckchen wie bei uns.«

»Dafür haben die Leute hier auch weniger Geld«, erinnerte Karsten.

Verpflastert und wieder beschuht, hob sich Julias Laune schlagartig. »Mein Magen sagt mir, daß wir Fütterungszeit haben. Ob es hier in der Gegend irgendwas zu essen gibt, wovon man keinen Durchfall kriegt?«

William empfahl ›Burger's King‹, da bekäme man Hamburger. Die meisten Touristen äßen Hamburger, und ob es in Deutschland keinen Mais gäbe und keine Bohnen?

»Dann zeigen wir ihm eben mal deutsche Küche. Hier wird doch ein deutsches Restaurant zu finden sein!«

»Mutti, du bist in …«

»… Afrika, ich weiß, aber wir haben seinerzeit sogar in Jugoslawien eins entdeckt, und das ist ein kommunistisches Land.«

In Mombasa fanden sie keins. Indische Küche wurde ihnen angeboten und arabische, und als sie sich schließlich für ein China-Restaurant entschieden hatten, fragte Karsten so ganz nebenbei: »Ist euch eigentlich schon aufgefallen, daß es hier so gut wie keine Hunde gibt?«

Durch Zufall stießen sie auf ein Lokal mit einem Stück Garten dran, wo man unter schattigen Bäumen sitzen konnte. Eine Speisekarte gab es nicht. Dafür hing drinnen neben dem Tresen eine Tafel mit nur drei Worten: Chicken, Pollo, Huhn.

»Wienerwald auf kenianisch!« Sieben halbe Hähnchen orderte Karsten, dazu ein Mineralwasser für Frau Antonie, viermal Cola und zwei Halleluja-Bier.

»Was ich schon immer fragen wollte, Karsten«, begann seine Mutter nachdenklich, »wieso hat dieses Getränk solch einen merkwürdigen Namen? Das ist doch ein Sakrileg.«

»Genau weiß ich das auch nicht, es gibt nämlich zwei verschiedene Auslegungen. Die eine sagt, das Silberpapier am Flaschenhals sähe aus wie ein Heiligenschein, was ich persönlich für ziemlichen Blödsinn halte, aber die andere Version klingt glaubhafter. Angeblich sind die Eingeborenen nach maximal drei Flaschen von dem Gebräu so besoff … äh … betrunken, daß sie anfangen, Halleluja zu singen.«

So gut es ging, übersetzte er seinen Monolog. Ob das richtig sei, wollte er von William wissen. Der schüttelte nur den Kopf. Davon habe er keine Ahnung, außerdem sei er Moslem und trinke keinen Alkohol.

»Nanu, vorhin war er doch noch Christ?« wunderte sich Tobias.

Das hatte William sogar verstanden. Christ sei er immer dann, wenn er Touristen in eine Moschee begleiten solle. Dorthin gehe er nämlich nur, um zu beten.

Frau Antonie nickte zustimmend. Sie war es auch, die ihr Besteck zur Seite legte und unter Mißachtung der von ihr so gepriesenen Tischmanieren das Huhn in die Hand nahm. Williams unbeholfener

Versuch, dem Vogel mit Messer und Gabel beizukommen, war ihr nicht entgangen. Dankbar folgte er ihrem Beispiel. Die anderen ebenfalls. »Die Messer sind sowieso bloß Dekoration«, behauptete Julia, »damit kannste nicht mal kaltes Wasser schneiden.«

Während des Essens begann Frau Antonie behutsam, William auszufragen. Wo er denn lebe, wieso er nicht zur Schule gehe, ob er noch Geschwister habe und was denn sein Vater mache.

Erst stockend, dann immer flüssiger erzählte William. Sechzehn Jahre alt sei er, habe noch eine vierzehnjährige Schwester und Bruder Jimmy, gerade vier geworden und ein bißchen kränklich. Der Vater sei im vergangenen Jahr gestorben, und seitdem müsse er für die Familie sorgen. Deshalb könne er auch nicht mehr zur Schule gehen, obwohl er so gern noch die Abschlußprüfung der Secondary School gemacht hätte. Vielleicht hätte er dann sogar ein Stipendium für die Primary School bekommen und später Aussicht auf einen kleinen Posten bei der Regierung gehabt, mit regelmäßigem Einkommen, nicht viel natürlich, aber genug zum Leben.

Wovon er denn jetzt existiere, hakte Tinchen nach. Alles hatte sie nicht verstanden, doch sie hatte begriffen, daß dieser sechzehnjährige Junge offenbar eine vielköpfige Familie zu ernähren hatte.

Ein kleines Maisfeld hätten sie, das die Mutter beackere, während Schwester Mary versuche, den Mais zu verkaufen. Ein paar Kolben werde sie im Dorf meistens los, das Geld reiche dann gerade für Jimmys Ziegenmilch und für Mehl zum Brotbacken, aber wenn Markttag in Nkribuni sei, zweimal in der Woche, seien die Chancen größer. Manchmal könne Mary sogar im Auto vom Dorfkrämer mitfahren und brauche nicht zu laufen.

»How far is this – wie heißt das Nest? Krubini? – from your own village?«

»About eight miles.«

»Au backe«, staunte Tobias. »Where are you living?«

Er nannte einen unaussprechlichen Namen. Mitten im Busch läge sein Dorf, dreimal am Tag fahre ein Omnibus, aber auch nur bis zur Main Road, Touristen kämen niemals dorthin, und Bruder Jimmy habe in seinem ganzen Leben noch keinen Weißen gesehen. Einmal habe er mit Mary nach Nkribuni fahren dürfen, doch da gäbe es ja auch keine Europäer. Er glaube, alle Menschen sähen so aus wie er. Schwarz.

Tobias bestellte die dritte Cola. Für William auch noch eine.

»Junge, trink nicht soviel, das ist ungesund.«

»Ach, Oma, wer tagelang ohne Getränke auskommt, ist ein Kamel.« Dann wandte er sich wieder an William. Wenn sein Dorf mitten in der Pampa läge, wie um alles in der Welt käme er dann hierher nach Mombasa?

Per Anhalter, aber oft dauere es lange, bis ihn jemand mitnähme, und manchmal reiche das Geld ja für den Bus. Es gäbe sogar einen ganz bestimmten Schaffner, der ihn umsonst mitfahren lasse, nur habe der leider nicht immer dieselbe Strecke.

»Okay, you arrived Mombasa. And now?« Ob es hier so eine Art Touristensammelplatz gäbe, wo sich jeder seinen Führer heraussuche?

Zum erstenmal lachte William laut auf. Komische Vorstellungen hatten diese Europäer. Die wenigsten von ihnen wollten jemanden, der ihnen die Stadt zeigte. Jedes Hotel bot Rundfahrten an, da konnte man sich bequem herumkutschieren lassen und stieg immer nur dann aus, wenn es etwas zu besichtigen gab. Und beim nächstenmal wollten die Besucher ja doch nur noch shopping gehen, das machten sie lieber alleine. Er müsse eben warten und hoffen, daß er irgendwo und irgendwie ein paar Shillinge verdienen könne. Auf dem Gemüsemarkt zum Beispiel, da könne er öfter mal für zwei oder drei Stunden Arbeit bekommen. Manchmal auch am Bahnhof, Koffer tragen, aber meistens werde er dort von älteren Jungs vertrieben. Genau wie am Flugplatz, da sei er schon zweimal zusammengeschlagen worden, deshalb gehe er dort auch nicht mehr hin. Gut sei es, wenn im neuen Hafen ein Kreuzfahrtschiff anlegt. Am besten ein amerikanisches. Die Ladies würden sehr viel einkaufen und brauchten dann immer jemanden, der ihnen die Sachen trägt. Er habe von ihnen sogar schon Geschenke bekommen, Schokolade, Kaugummi und einmal sogar ein ganz neues T-Shirt mit einem Windsurfer vorne drauf.

Am liebsten hätte Tobias jetzt sein eigenes ausgezogen und William gegeben, aber so ganz oben ohne wollte er nun doch nicht herumlaufen. Aber hatte Karsten nicht…? Der wühlte schon in seiner Tüte und zog zwei der als Tauschobjekte vorgesehenen Hemden heraus. Etwas zweifelnd schätzte er Williams Schuhgröße ab. »Na ja, vielleicht passen sie ja doch.« Die grünen Turnschuhe wechselten ebenfalls den Besitzer. Eilends streifte William seine ausgetretenen Kunststoffsandalen ab und schlüpfte vorsichtig in den linken Turnschuh. Er saß wie angegossen. »I really can have them?«

Kleinlaut waren sie geworden, als sie das Lokal verließen. Niemandem war Williams ungläubiges Staunen beim Anblick der Geldscheine entgangen, mit denen Karsten die Rechnung bezahlt hatte. Nur Julia war nicht ganz überzeugt. »Ob das tatsächlich stimmt, was der erzählt hat? Ich glaub da nicht dran. Mir klingt das ein bißchen zu sehr nach Reader's Digest: Bettelarm, aber zufrieden.«

Sollte auch Frau Antonie Zweifel an Williams Biographie haben, so äußerte sie sie nicht. Ihr humanitäres Gewissen war geweckt, und das trieb sie in den nächsten Supermarkt. Er werde jetzt einige Sachen für seine Familie einkaufen, befahl sie William, und selber aussuchen, was am nötigsten gebraucht werde. Wenn es genug sei, werde sie es schon sagen.

William begriff das alles nicht. Erst als Frau Antonie ihm eine Tüte Zucker in die Hand drückte und eine Dose Milchpulver – »für Jimmy« –, fingen seine Augen an zu strahlen. Anfangs zögernd, dann zunehmend mutiger schritt er die Regale ab, und jedesmal, wenn er nach einem Artikel griff, sah er Frau Antonie fragend an. Nickte sie zustimmend, legte er ihn in den Korb. Und sie nickte immer. Sie fand es erstaunlich, wie gezielt dieser Sechzehnjährige einkaufte.

Diesen großen Plastikeimer zum Beispiel, wozu brauche er den?

Dann müsse Mary nicht mehr so oft zur Wasserstelle laufen. Sie habe nur einen Topf sowie einen kleinen Kanister. Ein Freund habe ihnen den geschenkt, er sei Mechaniker bei einer Autowerkstatt.

Frau Antonie nahm einen zweiten Eimer vom Stapel.

Kurz vor der Kasse kamen sie an einem Wühltisch vorbei, auf dem billige Geldbeutel aus Plastik, Brieftaschen, Gürtel und ähnlicher Krimskrams lagen. Nur einen Moment blieb William stehen, wandte sich jedoch gleich wieder ab. Trotzdem hatte Tobias das kurze Zögern bemerkt. Das sei doch alles bullshit, sagte er verächtlich abwinkend, oder ob William etwas davon haben wolle?

Das sei nicht nötig, so dringend brauche er das ja gar nicht, er habe sowieso schon zuviel eingekauft, versicherte William schnell.

»Show me what you want. I will give you something zur Erinnerung. Memories of me, you know?«

Aus seiner Hosentasche zog William ein kleines Päckchen und wickelte vorsichtig die zurechtgeschnittene Plastiktüte ab. Zum Vorschein kam ein Ausweis. »It's my identity card.«

William Kauunda, geb. am 2. 9. 1972, las Tobias. Und dafür wollte der Junge nun ein Etui, folgerte er ganz richtig. »Take one!«

Lange wühlte William, bis er sich für eine dunkelblaue Hülle mit Sichtfenster entschied. Direkt liebevoll schob er die Karte hinein und legte beides in seinen Korb. Tobias nahm sie wieder heraus. Die werde er selbst bezahlen, sagte er, und packte noch zwei Tafeln Schokolade dazu.

»Was soll er denn mit der Schokolade?« Über so viel Kurzsichtigkeit konnte Julia nur den Kopf schütteln. »Wenn er in seinem Kuhkaff angekommen ist, hat er Kakao in der Tüte. Meinste, die haben in ihrer Hütte 'ne Klimaanlage?«

Daran hatte Tobias nicht gedacht. »Dann nehme ich eben Bonbons.«

»Die werden zwar fürchterlich zusammenkleben in der Hitze, aber man bringt sie wenigstens wieder auseinander. Was meinst du, ob ich seiner Schwester was schenken soll? Irgendwas zum Umhängen oder Anstecken?«

»Übernimm dich nicht, Jule, das kostet dich mindestens fünf Mark.« Er zeigte auf eine rote Lackschleife mit Nadel hintendran. »Die sieht doch ganz hübsch aus.«

»Woher soll ich wissen, ob die zu Marys Garderobe paßt?«

»Na, so groß wird ihre Auswahl bestimmt nicht sein. Am besten fragst du William.«

Der druckste ein bißchen herum, fand die Schleife sehr schön, meinte dann aber, seine Schwester würde sich über etwas anderes viel mehr freuen, und das sei genauso teuer.

Was das denn sei?

»She has no shoes.« Dort drüben habe er welche gesehen, genau das richtige für Mary.

»Schuhe? Hier im Supermarkt? I can't believe it.« Nun verstand Julia darunter etwas anderes als William. Niemals hätte sie diese Plastiklatschen als Schuhe bezeichnet; solche Dinger benutzte man am Strand wegen der scharfkantigen Korallen, die manchmal angespült wurden, oder wenn man bei Ebbe auf dem kleinen Innenriff spazierenging, aber damit konnte man doch nicht auf der

Straße laufen! Doch wenn er meine... Ob er denn Marys Größe wisse?

»Du stellst vielleicht dämliche Fragen! Woher soll er die denn kennen, wenn seine Schwester überhaupt keine Schuhe hat? In welcher Größenordnung bewegst du dich eigentlich?«

»Vierzig.«

»Nächste Nummer also bereits Kindersarg.« Unentschlossen kramte Tobias in dem Karton, doch William hatte schon ein Paar herausgefischt. »Are you crazy?« Die würden ja sogar ihm zu groß sein.

Mary habe sehr breite Füße, sagte William mit einem um Entschuldigung bittenden Lächeln.

Er müsse es ja am besten wissen, bestätigte Tobias, empfahl ihm jedoch, den Kassenzettel aufzuheben, damit er die Treter eventuell umtauschen könne.

Inzwischen hatte Frau Antonie bezahlt. Kaum achtzig Mark waren zusammengekommen, doch für William schien es ein Vermögen zu sein. Immer wieder sah er die beiden bis zum Rand gefüllten Eimer und die große Plastiktüte an. Er ließ sich noch zwei Bogen Einwickelpapier geben, mit denen er sorgfältig den Inhalt abdeckte.

Ob er das denn alles tragen könne, fragte Frau Antonie besorgt. Der Fußmarsch durch den Busch sei doch sicher ziemlich weit.

Natürlich könne er das, beteuerte William, die Kisten auf dem Gemüsemarkt seien viel schwerer.

Dann würden sie ihn jetzt alle gemeinsam zur Busstation bringen, damit er auf schnellstem Weg nach Hause käme.

»Hab ich mir auch nicht träumen lassen, mal mit'm Eimer voll Mehl und Reis durch Mombasa zu tigern«, stöhnte Karsten, seine Last von der rechten Hand in die linke wechselnd, »du könntest ruhig mit anfassen.«

»Geht nicht«, wehrte Tobias sofort ab, »ich hab mir beim Tauchen die Schulter verrenkt.«

»Siehste, deshalb fange ich mit so was gar nicht erst an. Treibt Sport, oder ihr bleibt gesund! Wie weit ist es denn noch bis zu der verdammten Haltestelle?«

Der Bus stand schon da. Er war blau und verbeult. Wann er abfahren würde, war ungeklärt. Erst, wenn er voll sei, sagte William. Unbeholfen versuchte er immer wieder zu danken, wiederholte ständig, daß dieser Tag einer der schönsten in seinem Leben sei, nicht nur wegen der Geschenke, sondern weil er jetzt sogar deutsche Freunde habe, und ob sie ihm mal eine Ansichtskarte aus Deutschland schicken würden. Mit Schnee drauf. Das versprach Tobias. »Give me your address.«

»William Kauunda, Post Box 2031, Mombasa.«

»You have an own Post Box???«

Natürlich nicht, das Postfach sei für das ganze Dorf da, erklärte William. Den Schlüssel dazu habe der Besitzer vom Laden. Der bringe immer die Post mit, wenn er in die Stadt fahre.

»Viel wird das ja nicht sein, wenn die nicht mal einen Briefträger brauchen«, sagte Julia. »Können wir jetzt endlich gehen?«

Denselben Wunsch hatte Florian. Bevor er sich ein letztes Mal von William verabschiedete, schob er ihm noch einen Geldschein in die Tasche und bezahlte beim Schaffner die Fahrkarte. »Vierzig Pfennige, ist ja lächerlich. Daran sollte sich mal die Rheinbahn ein Beispiel nehmen.«

»Hello, Mister!«

Florian drehte sich um.

»Would you come in my house to visit me and my family?« Bittend sah ihn William an.

»Was denn, dich besuchen?« So viel hatte er immerhin verstanden. »Jetzt? Now?«

»No, it's too late, but next time you are in Mombasa.« Er wußte, daß seine Gönner noch eine Weile in Kenia bleiben würden, und er hätte sie so gern mit seiner Familie bekanntgemacht. Außerdem würde ein Besuch von seinen weißen Freunden sein Prestige im Dorf gewaltig heben.

»Na klar, warum nicht?« Karsten gefiel dieser Vorschlag. Schlangenfarm, Schnitzerdorf, African Night – das war doch alles bloß für Touristen inszeniert, hatte also gar nichts mit dem urtümlichen Afrika zu tun. Doch so ein Eingeborenendorf, in das angeblich noch nie ein Weißer vorgedrungen war, war doch mal etwas anderes. Sie verabredeten sich für nächste Woche Donnerstag. Dann hatten sie die Safari hinter sich und die Strapazen hoffentlich vergessen. »Ten o'clock in front of the vegetable market okay?« Das war am bequemsten, der Bus hielt ja direkt vor dem Gemüsemarkt.

William nickte glücklich.

10

Frau Antonie suchte eine Toilette. Vor dem Besuch des Castle-Hotels müsse sie sich unbedingt etwas frisch machen, in diesem derangierten Aufzug könne sie sich nicht unter ihresgleichen wagen, und überhaupt sei diese Stadt doch sehr schmutzig.

Tinchen wurde ärgerlich. »Hör doch endlich mal auf, alles mit europäischen Augen zu sehen! Guck dir lieber dieses faszinierende Völkergemisch an! Wo sonst findest du auf hundert Metern Inder, Araber, Chinesen, Schwarze ...«

»Und Touristen!« ergänzte Florian. »Kennen wir den da drüben nicht?«

»Das ist Wolfgang.« Julia winkte bereits. »Huhu!«

»Der ist bei uns im Tauchkurs«, erklärte Tobias. »Nie kommt er auf Anhieb runter, weil ihm ständig seine Rotzbremse im Weg ist. Jetzt hat er sich schon von zwei Millimeter Bart getrennt, aber die Maske läßt immer noch Wasser rein.«

Bisher war Tinchen dieser Wolfgang noch nicht aufgefallen, sie wunderte sich lediglich, daß ihre Tochter ganz offensichtlich ein Faible für ihn hatte. Weshalb eigentlich? Erstens war er viel zu alt für sie, bestimmt Ende Zwanzig, und zweitens war er verheiratet. Erstaunlich übrigens, daß er einen Trauring trug; alleinreisende Ehemänner pflegten dieses verräterische Attribut in der Seifendose zu verstecken.

»Wir wollen ins Castle, was trinken. Wenn du Lust hast, kannst du ja mitkommen.« Ganz beiläufig klang Julias Einladung, aber Tinchens geschultes Ohr hörte etwas ganz anderes heraus, und das hieß: Wehe, wenn du jetzt kneifst, eine bessere Gelegenheit, dich mit meiner Sippe bekanntzumachen, gibt es ja gar nicht. Sie hatte ohnehin den Verdacht, daß dieses Zusammentreffen kein zufälliges war.

Genau das Castle sei auch sein Ziel gewesen, beteuerte Wolfgang, nachdem er alle artig begrüßt und sich vorgestellt hatte. Seinen Namen hatte Tinchen nicht verstanden, er klang so ähnlich wie Niehaus, aber daß er aus Uelzen stammte, hatte sie mitgekriegt. Wenigstens weit genug weg von Düsseldorf.

»Ach, seht doch einmal dieses wunderhübsche Silberkännchen.« Vor einem Schaufenster, dessen obere Hälfte von der Aufschrift

›African art‹ bedeckt war, blieb Frau Antonie stehen. »Genau das richtige für Frau Direktor Möllemann.«

»Es wird auch wunderhübsch was kosten.« Vergeblich suchte Tinchen nach einem Preisschild. »Als Mitbringsel bestimmt viel zu teuer.«

Doch Frau Antonie hatte schon die Ladentür geöffnet. »Du vergißt, daß mir Frau Möllemann zu meinem letzten Geburtstag die Obstschale geschenkt hat. Und die war Meißen.«

»Etwa dieses Ungetüm mit dem nachgemachten Zwiebelmuster?« fragte Florian prompt. »Die stammte aus Bayern.«

Sie ignorierte die Bemerkung. Natürlich wußte sie, daß Meißener Porzellan kaum noch zu bekommen und sündhaft teuer war, aber man mußte bei Geschenken auch die gute Absicht honorieren. Bestimmt hatte Frau Möllemann einige Geschäfte absuchen müssen, bevor sie die Schale gefunden hatte. Selbst wenn sie nicht echt war. Nur taktlose Menschen drehen die Teller um und gucken nach, was drunter steht. Und diese kleine Silberkanne wäre eine passende Gegengabe und hätte darüber hinaus noch den Vorzug des Edelmetalls. Ihr Milchkännchen nämlich, das Frau Möllemann immer zu den Sammeltassen auf den Tisch stellte, hatte nur eine Silberauflage. Man konnte es ganz deutlich unterhalb des Henkels sehen, wo sie etwas abgeschrammt war.

»Also wenn dieses Ding da afrikanische Kunst sein soll, freß ich einen Besen samt Raumpflegerin.« Mit dem Finger deutete Tobias auf eine Ecke des Ladentischs. »Auf den ersten Blick sieht's aus wie ein ostindischer Buddha-Aschenbecher, und auf den zweiten sieht es immer noch so aus.«

Es war auch einer, nur war er in Hongkong angefertigt worden, wie Florian sofort feststellte, und konnte somit kaum den Anspruch auf kenianisches Kunstgewerbe erheben.

Für Aschenbecher interessierte sich Frau Antonie nicht. Sie hatte noch nie geraucht, Frau Möllemann auch nicht, und was denn die Kanne da im Schaufenster koste. Als sie den Preis hörte, fand sie das doch so wunderhübsche Objekt gar nicht mehr begehrenswert. Es sähe zu überladen aus, und Milch könne man auch nicht hineingießen, da seien ja lauter Löcher drin, die habe sie vorher gar nicht bemerkt.

Der Ladeninhaber, ein Inder mit profunden Deutschkenntnissen, holte lächelnd die kleine Kanne aus dem Schaufenster. Sie sei keineswegs zur Aufnahme von Flüssigkeiten gedacht, vielmehr gehörten Blütenblätter hinein, deren Duft sich durch die kleinen Öffnungen verteile.

Mit hochrotem Kopf bedankte sich Frau Antonie. Eine hübsche Idee sei das, ganz reizend sogar, doch leider nicht das, was sie suche. »Außerdem benutzt Frau Möllemann nur französisches Parfüm.« Auffallend schnell verließ sie den Laden. Vom Einkaufen hatte sie erst mal genug. Genaugenommen hatte sie überhaupt genug von dieser Stadt und ihren Geschäften. Diese Blamage eben wäre ihr zu Hause erspart geblieben. Da stand neben nicht genau zu identifizierenden Artikeln wenigstens dran, wozu man sie gebrauchen konnte, und der Preis mußte ebenfalls deutlich sichtbar angebracht sein, das war Vorschrift. Hundertdreißig Mark sollte dieses geschmacklose Silberdings kosten! Hätte sie das vorher gewußt, wäre sie gar nicht erst hineingegangen.

Vor dem Hotel angekommen, hatte sie sich noch immer nicht beruhigt. Lediglich die Tatsache, den letzten freien Tisch besetzen zu können, bevor er von drei Vertretern des fernöstlichen Kulturkreises okkupiert wurde, stimmte sie wieder friedlich. Nachdem sie Platz genommen, die Handtasche von der Stuhllehne wieder entfernt, neben ihre Füße gestellt und aus Sicherheitsgründen schließlich doch vor sich auf den Tisch gelegt hatte, musterte sie neugierig ihre Umgebung. Für hiesige Verhältnisse mochte die berühmte Hotelterrasse ja etwas Besonderes sein, aber mit den Rheinterrassen in Düsseldorf konnte sie natürlich nicht mithalten. Ein paar Blumenkübel zur Straße hin, ein bißchen Grünzeug an den Seiten, dazu das Plastikmobiliar mit den sehr bayrisch anmutenden karierten Tischdecken – da hatte sie doch etwas anderes erwartet. Eistee gab es auch nicht, nur warmen. Er würde aber gern ein extra Glas mit Eiswürfeln bringen, beteuerte der Kellner. Julia wollte einen Eisbecher, den hatten sie auch nicht, lediglich gemischtes Eis. »Na schön, dann eben das. Aber bitte nur Vanille. Saftladen!« schimpfte sie leise.

»Und ein Saft«, wiederholte der Kellner.

»Keinen Saft. Drei Bier und drei Ginger Ale«, verbesserte Florian.

»Zwei Bier und ein Wodka-Lemon«, sagte Wolfgang mit einem um Entschuldigung bittenden Lächeln. »Mir schmeckt das Bier hier unten nicht.«

»Ein Tee, drei Bier, ein Wodka-Lemon.« Der Kellner stand noch immer neben dem Tisch. Allmählich bildeten sich Schweißtropfen auf seiner Stirn.

»Ihr bringt den armen Kerl ja völlig durcheinander.« Langsam wiederholte Karsten die Bestellung, der Ober hörte aufmerksam zu, dann trabte er ab und brachte wenige Minuten später zwei Gläser Wodka sowie ein Bier. Das Sodawasser käme gleich und der Tee auch.

Tinchen nahm die Sache von der humoristischen Seite. »Dann trinkt ihr eben den Schnaps und wir den Sprudel.«

»Was ist Wodka überhaupt?« Julia hatte in Wolfgangs Glas geschnuppert und angewidert das Gesicht verzogen.

»Dasselbe wie Whisky, bloß kommunistisch«, sagte Tobias.

Sechs jugendliche Wandervögel erstürmten die Terrasse, luden in einer Ecke ihre Rucksäcke ab, ließen sich daneben nieder und bestellten vier Flaschen Mineralwasser. »Und sechs Strohhalme bitte.« Amis mit Kreditkarten glichen das touristische Umsatzdefizit wieder aus. Sie orderten bereits die dritte Runde Kenia-Gold, einen Likör, den auch Frau Antonie gelegentlich trank. An zwei zusammengeschobenen Tischen gabelte eine Stadtrundfahrtbusladung älterer Herrschaften Erdbeertorte mit Sahne. Und ganz hinten saß ein Fußballfan, der offensichtlich unter Bundesligaentzug litt. Seinen Ausflug in die Metropole mußte er zum Kauf aller deutschsprachigen Zeitungen benutzt haben; er hatte sie säuberlich übereinandergetürmt und las sich durch die Sportseiten. Niemand hatte einen Blick für das schon beinahe orientalisch anmutende Treiben auf der Straße.

Frau Antonie auch nicht. Sie interviewte Wolfgang. Häusermakler sei er bei einer Immobilienfirma in Hannover, erzählte er, nein, er könne nicht klagen, die Geschäfte liefen gut. In Uelzen habe er ein Haus und einen BMW, in Hannover ein kleines Apartment. Und eine Frau! ergänzte Tinchen im stillen. Sie fand ihn keineswegs unsympathisch, aber er war ein kleiner Angeber. Zwar trug er weder eine Rolex am Arm noch war seine Garderobe maßgeschneidert, doch er ließ unterschwellig immer wieder durchblicken, daß er sich beides durchaus leisten könne.

Frau Antonie dagegen war beeindruckt. Endlich mal ein Mann, der schon etwas war und nicht erst etwas werden mußte. Kein

Vergleich mit den Jüngelchen, die ihre Enkelin sonst immer bevorzugte. Manieren hat er auch. Er hatte ihr einen Hausprospekt besorgt, nach dem sie beim Kellner vergebens gefragt hatte, und bei dieser Gelegenheit gleich ohne Aufhebens die Rechnung bezahlt. An das Trinkgeld für den Ober hatte er ebenfalls gedacht. Es war weder zu protzig ausgefallen noch zu gering. Frau Antonie beschloß, diesen Herrn Niehaus aus Uelzen etwas näher unter die Lupe zu nehmen.

Der Goldreif an seinem Ringfinger war ihr allerdings entgangen. Oder sie hatte ihn nicht beachtet, weil ja heutzutage viele Männer Ringe trugen. Genau wie diese Halskettchen. Welcher Mann hätte sich früher so etwas umgehängt? Doch nur solche, die ... nun ja, dieser Paragraph ist ja inzwischen abgeschafft worden.

»Müssen wir nicht allmählich an den Heimweg denken?« mahnte sie.

Karsten protestierte. »Erst muß ich noch meine Klamotten verscherbeln, und dann hast du ja noch gar nicht die Zähne gesehen.«

Richtig, die berühmten Elfenbeinzähne, der Triumphbogen über der Moi-Avenue. Den hätte sie doch glatt vergessen! »Dann wollen wir das aber gleich in Angriff nehmen, solange die Sonne noch scheint.«

»Das tut sie noch zwei Stunden. Ich weiß nur nicht, ob der Film reicht.« Vor jedem Bauwerk, das auch nur annähernd ›typisch afrikanisch‹ ausgesehen hatte, hatte Tobias seine Großmutter fotografieren müssen, vor der Mandhry-Moschee sogar dreimal, jetzt sollte er sie noch am Tisch knipsen, aber bitte so, daß man die Messingtafel dort neben dem Eingang lesen konnte. ›Terrasse des Castle-Hotel‹ stand drauf, damit man auch wußte, wo man sich befand. »Drei Bilder habe ich noch, die werden hoffentlich reichen.«

Von weitem sahen die riesigen gekreuzten Stoßzähne recht imponierend aus, doch mit jedem Schritt, den sie näher kamen, verflüchtigte sich dieser Eindruck. Nicht nur, weil der äußere rechte Zahn gerade einen neuen Anstrich bekam und deshalb von einem Gerüst umgeben war, sondern weil ...

»Aber die sind ja aus Blech!!!« Ungläubig betastete Frau Antonie die Nieten, mit denen die einzelnen Platten zusammengehalten wurden. Mit dem Fingerknöchel klopfte sie dagegen. »Innen sind sie sogar hohl.«

»Was hattest du denn geglaubt, Mutti? Daß die hier echtes Elfenbein auf die Straße stellen?«

Genau das hatte Frau Antonie erwartet. Es gab ja genug Elefanten in Kenia, immer wieder wurden Wilderer erwischt, denen man die Zähne abnahm, bevor sie sie verkaufen konnten, da mußte doch im Laufe der Zeit eine ganze Menge Elfenbein zusammengekommen sein. Zugeben konnte sie ihren Irrtum natürlich nicht. »Selbstverständlich habe ich nicht damit gerechnet, Elfenbein vorzufinden. Ich hatte an Marmor gedacht oder an diesen Speckstein, aus dem man hier so viele Gegenstände fertigt. Dieses Material wäre auch viel repräsentativer gewesen.«

Trotzdem mußte Tobias die obligatorischen Fotos machen, einmal als Panorama, vor dem Frau Antonie nur als winziges Pünktchen im Sucher erschien, und einmal en détail, lässig gegen den mittleren Stoßzahn gelehnt. Dann war auch dieser Programmpunkt abgehakt.

Schon vor Beginn der Knipserei hatte sich Karsten auf die andere Straßenseite abgesetzt und war in Geschäftsbeziehungen zu einem der zahlreichen Souvenirverkäufer getreten. Als die Sippe zu ihm stieß, hatten die Verhandlungen gerade einen toten Punkt erreicht. »So, jetzt hast du deinen Preis genannt und ich meinen, dann haben wir beide herzlich gelacht, und nun fangen wir noch mal von vorne an.« Er zog eins der originalverpackten Sommerschlußverkaufshemden heraus. »Hundert Shilling und das hier!«

Der Schwarze begutachtete das Tauschobjekt und gab es verächtlich zurück. »Keine gute Stoff. Billig in Kaufhaus.« Dann unterzog er seinen Verhandlungspartner einer gründlichen Musterung. »Gib mir dein Hemd.« Mit den Fingerspitzen befühlte er den Ärmel. »Das gute Stoff.«

»Dich haben sie ja zu heiß gebadet, Junge. Ich gebe dir doch nicht mein teures Hemd für diese mickrige Giraffe.«

»Dann deine Schuhe.«

»Die kriegste auch nicht, die sind neu. Entweder eins von den Hemden hier in der Tüte und hundert Shilling, oder ich gehe woanders hin.«

Entgegen seinen Erwartungen, wonach der Händler jetzt hätte nachgeben müssen, winkte der nur ab. »Geh doch.«

»Seit vergangenem Jahr sind die Preise gestiegen«, vermutete Karsten, »damals hätte ich die Figur bestimmt gekriegt.« Plötzlich grinste er. »Versuchen wir eben eine andere Methode.« Er steuerte den kleinen Park hinter den Buden an, wechselte sein eigenes Hemd gegen eins der neuen aus, schmierte ein bißchen Dreck neben die Knopfleiste und knautschte sie leicht zusammen. »Jetzt sieht es doch getragen aus, nicht wahr?«

Sein erstes Opfer fand er in einem jungen Kerl, dessen Qualitätsbewußtsein noch nicht sehr ausgeprägt war. Dem gefiel das Hemd, und wenn der Mister es selber trug, mußte es in Ordnung sein. Nur hatte er leider keine Giraffen, also zog Karsten mit einem Löwen ab. Der Elefant zehn Buden weiter kostete ein Hemd und eine Uhr, dafür war er aber auch sehr groß. Ein letztes Mal verschwand Karsten in den Büschen und kam heraus in einer fliederfarbenen Scheußlichkeit mit grünen Palmen drauf. »Mein Prunkstück. Dafür will ich mindestens ein Rhinozeros haben.«

Er bekam es. Allerdings mußte er noch seinen Kugelschreiber dazugeben und sein Marlboro-Feuerzeug, aber »das war sowieso schon fast leer«, wie er später triumphierend sagte. Die Packung mit den letzten Zigaretten wurde er auch noch los. »Das ist eine Art Sport bei denen«, versicherte er seiner Mutter, die diese rüden Verhandlungsmethoden ihres Sohnes mit zunehmender Empörung verfolgt hatte.

»Ich finde das nicht richtig, Karsten. Diese Leute verdienen sich mit dem Handel ihren Lebensunterhalt, und sie haben eine gerechte Bezahlung für ihre Waren verdient.«

»Die kriegen sie ja auch, Mutti. Das sind ganz ausgebuffte Gauner, die für ihren Kram das Dreifache von dem verlangen, was du in einem seriösen Laden bezahlst.«

»Weshalb kaufst du deine Andenken dann nicht dort?«

Er lachte. »Die nehmen keine used clothes in Zahlung. Außerdem macht mir diese Feilscherei einen Heidenspaß. Die gehört einfach dazu.«

Frau Antonie ließ sich nicht überzeugen. Deshalb zahlte sie auch zur großen Verblüffung des Straßenhändlers achtzig Shilling für den aus Kupfer und Messing gedrehten Armreif. Für ihre Putzfrau. Die trug immer falsche Goldarmbänder, da war das hier mal etwas anderes. Ein bißchen pikiert war sie dann aber doch, als Julia mit genau den gleichen Armreifen ankam. »Vier Stück für hundert Shilling, ist das in Ordnung?«

»Dagegen kann man nichts sagen«, bestätigte Karsten. »Um wieviel hast du sie denn heruntergehandelt?«

»Angefangen haben wir bei achtzig pro Stück.«

Nun sagte Frau Antonie gar nichts mehr.

»Ich glaube, wir sollten jetzt wirklich zurückfahren.« Tinchen war müde, die Füße taten ihr weh, Geld hatte sie sowieso keins mehr, und was diese Händler zu bieten hatten, ließ ihr – objektiv betrachtet – nur die Wahl zwischen Trödel und Krempel. »Es ist gleich halb sechs.«

Nicht einmal Tobias protestierte, obwohl er von allen noch am muntersten war. »Wann geht der nächste Hühnerbus?«

»Um diese Zeit alle paar Minuten, wir müssen bloß erst den Busbahnhof finden. Laßt mich mal 'n Moment überlegen.«

Für seine so häufig propagierte Ortskenntnis überlegte Karsten ziemlich lange, und noch länger dauerte es, bis er eine bestimmte Richtung einschlug. »Da geht's lang, das Haus da drüben kenne ich wieder.«

Es mußte aber doch das falsche gewesen sein, denn zwei Ecken weiter erkannte er nichts mehr. »Auf jeden Fall müssen wir uns links halten.« Sie hielten sich links, und dann standen sie – zum viertenmal am heutigen Tag – vor der Hauptpost.

»Ich frage lieber mal.« Der Eingeborene, auf den Tobias zugegangen war, verstand ihn nicht, und der nächste deutete lebhaft auf einen vorbeifahrenden Linienbus. »Das Kenya-Bus.«

»Himmel, ja, aber wo hält er? Where stops it?«

»Yes, bus-stop.«

So ging das nicht. Diesmal nahm Tobias einen Inder aufs Korn, von dem er sich profundere Sprachkenntnisse erhoffte. Leider beherrschte dieser Mensch ein so hervorragendes und vor allem schnelles Englisch, das wiederum Tobias nicht verstand. Er hatte nur mitbekommen, daß sich der Busbahnhof irgendwo in der Nähe des Gemüsemarkts befinden mußte. Nach dieser Auskunft setzte Karstens Erinnerungsvermögen wieder ein. »Na klar, daran hätte ich auch selber denken können.«

Trotzdem dauerte es noch eine halbe Stunde, bis sie endlich ihr Ziel erreicht hatten. Viele Busse standen da, nach Ukunda fuhren sie, nach Mazeras und sogar nach Nairobi, bloß nach Malindi fuhr keiner. Der sei gerade weg, wurde ihnen mitgeteilt. Der nächste? In einer halben Stunde – vielleicht. Aber da seien doch noch die Matatas, die führen dauernd.

Nur einen einzigen Blick hatte Frau Antonie in einen dieser vergitterten Kleinbusse geworfen, dann hatte sie abgewinkt. »Wir nehmen ein Taxi.«

Als sie den Preis auf eine vertretbare Summe heruntergehandelt hatten, lehnte der Fahrer plötzlich ab. »Six persons? No! You must take a second taxi.«

Zugegeben, sechs Personen waren entschieden zuviel, Ölsardinen in der Dose hatten mehr Bewegungsfreiheit, aber ein zweites Taxi? Das überstieg sogar Frau Antonies Freigiebigkeit. »Dann warten wir eben auf den Bus.«

»Das Abendessen heute können wir uns abschminken, bis dahin sind wir nie im Hotel.« Tobias zeigte auf seine Uhr. »Bin mal neugierig, ob wir's bis zum early piece schaffen.«

»Was?«

»Na, bis zum Frühstück.«

Es dämmerte schon, als der Bus endlich kam, und es war bereits dunkel, als er abfuhr. Halbvoll nur, obwohl der Schaffner aus der Tür gehangen und jeden Herumstehenden zum Einsteigen animiert hatte, wobei es offenbar ziemlich gleichgültig war, wohin der überhaupt wollte. Für zwei, drei Haltestellen stimmte die Fahrtrichtung immer.

Der Bender-Clan hatte die Plätze gleich hinter dem Fahrer belegt und sofort die Fenster geschlossen. Nun zog es bloß von der Tür her und nicht auch noch von vorne und hinten. Schon gleich nach der Mautstation beobachtete Florian ein merkwürdiges Ritual: Jedesmal, bevor der Fahrer in den dritten Gang schalten wollte, griff er nach einem bereitliegenden Hammer und klopfte irgendwo am Gestänge herum. Wo genau, konnte Florian nicht feststellen, es knackte nur leise, dann ging es wieder zügig weiter. Auch der kurze Stopp bei einer Tankstelle beunruhigte ihn noch nicht, obwohl sich nun außer dem Fahrer und dem Schaffner auch noch ein Mensch mit Schraubenschlüssel über das inzwischen freigelegte Innenleben des Schaltmechanismus beugte. Der Fachmann schüttelte nur den Kopf und ging wieder. Das Werkzeug ließ er da.

Ernsthaft besorgt wurde Florian beim nächsten Halt. Es war eine der öffentlichen Wasserstellen. Da keiner der Fahrgäste aussah, als hätte er dringend eine Erfrischung nötig und diesmal auch keine Ziegen mitfuhren, gab es für den unplanmäßigen Aufenthalt eigentlich keinen plausiblen Grund. Und doch stieg der Schaffner aus. Er hatte einen kleinen Eimer in der Hand, füllte ihn mit Wasser, kam zurück und leerte ihn über den innen im Bus befindlichen Motorblock aus.

Nun wunderte sich Florian überhaupt nicht mehr. Er staunte nur, wo das Wasser blieb, denn auch nach der zweiten Eimerdusche gab es keine Überschwemmung. Und nach einem gezielten Schlag mit dem Hammer setzte sich das Vehikel auch wieder brav in Bewegung, allerdings nur, um nach einigen Kilometern Fahrt endgültig zu verröcheln. Noch einmal schnaufte es auf, ruckelte heftig, Metall knirschte auf Metall, dann kam die große Stille. Der Motor hatte seinen Geist aufgegeben.

»Hätten wir doch lieber zwei Taxis genommen! Wie sollen wir denn jetzt hier wegkommen?« war alles, was Frau Antonie herausbrachte, nachdem sie aus dem Bus gestiegen war.

»Mit dem nächsten«, sagte Karsten lakonisch, »hakuna matata, kein Problem.« Allerdings registrierte er stirnrunzelnd, daß die anderen Fahrgäste einschließlich der Crew die entgegengesetzte Richtung einschlugen, also dorthin gingen, woher sie gerade gekommen waren, und machte seine Leute darauf aufmerksam.

»Ist doch logisch«, meinte Tobias, »da war 'ne Wasserstelle, und Wasser ist in diesen Breitengraden lebensrettend. Lauf du mal durch die Wüste mit 'ner leeren Feldflasche.«

»Idiot!«

»Selber einer! Ich hätte jetzt ganz gern 'ne schöne kühle Cola.«

Plötzlich hatten sie alle Durst. »Soweit ich mich erinnere, gibt es doch alle paar Kilometer so einen Wasserhahn, also werden wir ein Stück weiter vorn wieder einen finden.« Entschlossen marschierte Tinchen los. »Hier rumstehen bringt nichts.«

»Aber das sind doch mindestens zwanzig Kilometer bis zum Hotel. Willst du die etwa zu Fuß gehen?« jammerte Frau Antonie.

»Natürlich nicht. Nur so weit, bis uns ein Bus einsammelt. Laufen ist besser als stehen.«

»Ich sitze.« Bequem war der spitze Stein nicht gerade, auf dem Julia sich niedergelassen hatte, aber sie mußte unbedingt den Schuh ausziehen. Das Pflaster hatte sich verschoben, und als sie es wieder an die richtige Stelle setzen wollte, klebte es nicht mehr. Die Blase war auch schon aufgeplatzt. »Ich kann keinen Schritt mehr weiter.«

»Das sieht wirklich nicht gut aus, Kind, du solltest die Wunde abdecken und barfuß gehen.«

»Mitten im Busch? Und dann auch noch im Dunkeln? Nie!!!« Daran hatte Frau Antonie nicht gedacht. »Wenn doch bloß Wolfgang hier wäre … Der wüßte bestimmt Rat, und eine Mitfahrgelegenheit hätte er uns schon längst besorgt.« Es hatte Julia gar nicht gefallen, daß er sich vor dem Castle von ihnen verabschiedet hatte. Leider sei er mit seinen beiden Freunden verabredet, die vor dem Ärztehaus auf ihn warteten, hatte er gesagt, Henry habe nun doch zu einem Spezialisten gemußt, wegen seines Ohrs, aber man würde sich ja später im Hotel wiedersehen.

»Na klar, dein Stenz würde dich mit einem fliegenden Teppich hier abholen«, sagte Tobias. »Mensch, Jule, mußt du ausgerechnet bei dem nach Ketchup bohren? Der ist doch so was von bescheuert …«

»Das sagst du bloß, weil er besser surfen kann als du. Du kennst ihn ja gar nicht richtig.«

»Darauf lege ich auch keinen Wert. Mir genügt es schon, wenn ich mit ihm an derselben Sicherheitsleine hängen muß. Das letztemal haben wir zwanzig Minuten gebraucht bis unten, und das nur, weil der Kerl zu dämlich ist, seine Maske auszublasen.«

Sie ignorierte diese Bemerkung, weil sie stimmte. »Jedenfalls würde er nicht bloß rumstehen, sondern etwas tun.«

»Dann tu *du* erst mal was und lüpfe endlich deinen Hintern. Sonst kommen wir hier nie weg!« Was lange gärt, wird endlich Wut. Und Tobias war wütend. Sehr wütend sogar. Auf seine Schwester, diese hirnlose Gans, auf Wolfgang, der dieser hirnlosen Gans so imponierte mit seinen Einladungen zum Squashspielen, zum Wasserskilaufen und zum Fruitcocktail an der Strandbar, vor allem aber war er wütend auf sich selbst. Es war ihm doch bisher auch gleichgültig gewesen, mit welchen Knilchen Julia herumzog, weshalb nur regte ihn dieser Angeber aus Uelzen so auf? Gleich beim ersten Schnuppertauchen im Pool war er Tobias aufgefallen. War blubbernd aus dem Wasser hochgekommen und hatte angewidert sein Mundstück ausgespuckt. »Gibt es dieses Taucherteil auch mit Erdbeergeschmack?« Alles hatte gelacht, seinen Spitznamen hatte er weggehabt, aber sympathischer war er Tobias trotzdem nicht geworden.

Es war Karsten, der das Faß schließlich zum Überlaufen brachte. »Ich schlafe zwar ungern im Freien, aber wir werden wenigstens nicht frieren, und Regen kriegen wir auch nicht«, stellte er mit einem Blick zum sternenübersäten Himmel fest. »Zwei von diesen Palmwedeln da drüben reichen zum Zudecken.«

»Deinetwegen und wegen dieser blöden Viecher stehen wir doch hier!« Aufgebracht verpaßte Tobias dem hölzernen Rhinozeros einen Fußtritt. »Und wegen deiner vorzüglichen Ortskenntnis! Kennt sich aus in Mombasa und findet den Bahnhof nicht! Hätten wir einen früheren Bus nehmen können, dann säßen wir jetzt im Hotel beim Abendessen. Wozu brauchst du diesen Krempel überhaupt?« wollte er wissen, nachdem Karsten sein mißhandeltes Holztier wieder aus dem Gras geklaubt hatte. »Zum Feueranmachen?«

»Nee, als Dekoration für den Laden.«

»Ach ja, das sieht bestimmt sehr originell aus.« Frau Antonie konnte sich das schon bildlich vorstellen. Den Löwen oben auf die Kasse, den Elefanten auf die Vitrine mit den Goldketten, da paßte er auch farblich recht gut hin, und das Rhino an eine Ecke vom Ladentisch. »Vielleicht könntest du einige Ringe über sein Horn hängen?«

»Er soll sich lieber einen durch die Nase ziehen!« Tobias hatte genug. Er wollte weg hier, wenn es sein mußte, zu Fuß. Die vor ihm liegende Strecke schreckte ihn nicht, beim letzten Schulwandertag waren sie fünfzehn Kilometer durchs Bergische Land gelatscht, und höchstwahrscheinlich würde er unterwegs Hilfe finden. »Ich gehe jetzt los, kommt jemand mit?«

Alle wollten mit. Sogar Julia. Sie hatte drei Papiertaschentücher zusammengefaltet und hinten in ihren Schuh gestopft. Auf diese Weise kam die aufgeriebene Stelle nicht mehr mit dem Leder in Berührung. Sehr bequem war das nicht, aber es ging.

Zweimal schon hatte Florian versucht, ein vorüberfahrendes Auto anzuhalten, aber die Insassen hatten nur lachend zurückgewinkt. Anscheinend kam niemand auf den Gedanken, die freundlichen Touristen könnten eventuell gar keine Naturliebhaber sein. Es gab ja immer welche, die stundenlang spazierengingen oder in der Mittagshitze am Strand entlangliefen. Ohne zwingenden Grund würde das kein Eingeborener tun. So dumm waren nur Ausländer.

In der Ferne blitzten wieder Scheinwerfer auf, und bald schon hörte man ein unverkennbares Röhren. »Das ist ein Bus. Na endlich!« Karsten winkte, Tobias schrie, Florian fuchtelte mit einem Palmenzweig in der Luft herum – ein kurzes Hupen, und dann sahen sie nur noch die Schlußlichter.

»Der ist absichtlich vorbeigefahren«, sagte Tinchen erbittert.

»Glaube ich nicht. Der hat uns einfach nicht gesehen.« Florian suchte bereits nach einem größeren Wedel.

»Warum hat er dann gehupt?«

»Vielleicht hat er gedacht, wir wollen in die andere Richtung. Wir laufen nämlich mal wieder auf der verkehrten Straßenseite.«

»Jule, du hast ja doch noch ein bißchen Hirn übrigbehalten. An den blöden Linksverkehr werde ich mich nie gewöhnen.«

Sie überquerten die Straße und liefen im Gänsemarsch weiter. Sie hatten es aufgegeben, die vorbeirasenden Privatautos zu stoppen, es hielt ja doch keins an.

»Sollten wir nicht lieber eins dieser europäischen Hotels zu erreichen suchen?« Frau Antonie erinnerte sich, bereits an zwei Wegweisern vorbeigekommen zu sein, die bessere Trampelpfade markiert hatten. An sich war dieser Vorschlag vernünftig, nur weigerte sich Julia, die verhältnismäßig sichere Asphaltstraße zu verlassen. »Keine zehn Pferde kriegen mich in den Dschungel. Da gibt es Skorpione und Schlangen und Riesenspinnen, und wir haben nicht mal eine Taschenlampe dabei.« Nun wollte auch Frau Antonie nicht mehr. Also marschierten sie so lange weiter geradeaus, bis es erneut hinter ihnen röhrte. Diesmal blieb Florian mitten auf der Straße stehen. Mit beiden Armen winkte er, der Bus verlangsamte seine ohnehin nicht große Geschwindigkeit und hielt an. Leider war er voll, womit diese überquellende Blechbüchse nur sehr unzulänglich beschrieben werden kann. Nicht nur der Schaffner hing draußen auf dem Trittbrett, auch einige Fahrgäste hatten dort mühsam Halt gefunden. Wie ein Bienenschwarm klebten sie übereinander, und so ähnlich hörten sie sich auch an. Der nicht vorhersehbare Halt hatte sie heftig durcheinandergerüttelt, doch jetzt entlud sich der ausgestandene Schrecken. Kein freundliches oder gar mitfühlendes Wort tröstete die verschüchterten Wanderer, sie wurden im Gegenteil regelrecht beschimpft und waren sogar froh, als sich der Bus ratternd und keuchend wieder in Bewegung setzte.

»Wehe, wenn sie losgelassen...«

»Hör bloß auf!«

»... hätten«, ergänzte Tobias. »Die wären glatt über uns hergefallen.«

»Nun ahnt ihr vielleicht, wie damals der Mau-Mau-Aufstand angefangen hat.«

»Ja, Oma, mit 'm überfüllten Bus.«

Schweigend gingen sie weiter. Plötzlich sagte Tinchen: »Jetzt weiß ich, warum die anderen vorhin alle zurückgelaufen sind. Die haben nämlich gewußt, daß man rückwärts mehr Chancen hat als vorwärts. Ich hab die Frau mit dem Schleier wiedererkannt, weil sie den einfach unterm Kinn zugeknotet hatte.«

»Tine, du redest irre.«

»Überhaupt nicht. Du mußt sie doch auch gesehen haben, Flori, die saß genau gegenüber, und jetzt saß sie wieder im Bus am Fenster...«

»Da vorne kommt was Größeres!« Karsten hatte die Spitze übernommen und deutete auf den Lichtschein. »Könnte ein Dorf sein.«

Es war keins. Eine hohe Mauer, oben mit Stacheldraht gesichert, zog sich einige hundert Meter die Straße entlang. In regelmäßigen Abständen angebrachte Lampen spendeten ungewohnte Helligkeit. Zwei vergitterte Torflügel, zusätzlich mit einem Kettenschloß verrammelt, versperrten den Eingang. Daneben stand eine Art Schilderhaus, leer.

»Das muß eine Plantage sein«, vermutete Florian.

»Sieht eher wie 'ne Festung aus.« Versuchsweise rüttelte Tobias am Tor. »Da kommt keiner rein.«

»Und keiner raus.« Mit dem Kopf deutete Tinchen auf das seitwärts am Torpfosten angebrachte Schild: Republic of Kenya – State Prison.

»Ich glaub, ich bin im falschen Film!« Tobias japste nach Luft. »Das ist ja 'n Gefängnis!«

»Dann wird es hier auch ein Telefon geben.« Doch umsonst suchte Frau Antonie nach einem Klingelknopf oder einer anderen Möglichkeit, sich bemerkbar zu machen; nicht einmal das langgezogene, sechsstimmige »Haallooooo!« nützte etwas. Zu sehen war auch nichts. Büsche und Baumgruppen schirmten den Blick auf die vermutlich weiter hinten liegenden Gebäude ab.

»Dann eben nicht«, sagte Tobias enttäuscht. »Mensch, das wäre 'n Ei gewesen! Eine Nacht im Knast und dann noch in einem afrikanischen.«

Es war schon nach neun, als endlich ein Auto neben ihnen hielt. Ein Matata war es, einer dieser Kleinbusse, die Frau Antonie als Raubtierkäfig bezeichnet und sich geweigert hatte, einzusteigen. Jetzt allerdings wäre ihr jedes Transportmittel recht gewesen, sogar ein Maulesel. Neidisch hatte sie einem Eingeborenen hinterhergeblickt, der das müde vor sich hin schleichende Grüppchen in zügigem Tempo überholt hatte. »Der hat's gut.«

»Und wie!« hatte Karsten gestöhnt. »Der hat vier Beine, da verteilt sich das Gewicht besser.« Schon mehrere Male war er drauf und dran gewesen, seine Holzfiguren irgendwo am Straßenrand zu verbuddeln oder zumindest so zu verstecken, daß sie niemand sehen könnte. Nur die Wahrscheinlichkeit, daß er sie dann auch nicht mehr finden würde, hatte ihn davon abgehalten. Wenn die Dinger bloß nicht so schwer wären…

Zwei Personen könne er mitnehmen, sagte der Matata-Fahrer, mehr gingen nicht hinein, am besten die beiden jungen Ladies, »because ladies first, isn't it?«

Die Ladies wollten aber gar nicht, was die ausnahmslos schwarzen Fahrgäste bedauerten. Ihrerseits wollten sie die old lady nicht mitnehmen und den Mister schon überhaupt nicht, einigten sich dann aber doch auf die old lady, wenn die very young lady ebenfalls einsteigen würde.

»Wir bleiben zusammen!« entschied Frau Antonie. »Entweder werden wir alle zusammen abgemurkst oder keiner.« Sie versetzte dem linken Hinterreifen einen energischen Tritt. »Haut ab, ihr schwarzen Bastarde!«

»Aber Mutti!!!«

»Na ja, ist doch wahr«, entschuldigte sie ihren wenig damenhaften Ausrutscher, »es war doch nur zu ersichtlich, was die mit uns vorhatten.«

»Was denn?« fragte Karsten hinterhältig. Dabei war er froh, daß seine Mutter ihre Empörung in der deutschen Originalfassung herausgeschrien hatte und nicht etwa in englischer Übersetzung. In diesem Fall mochte er sich die Folgen gar nicht erst ausmalen.

»Klotz, Klotz, Klotz am Bein, Klavier am Bauch«, intonierte Tobias, als sie sich wieder, einer hinter dem anderen, auf den langen Marsch machten, »lang ist die Chaussee.«

»Kann man wohl sagen«, doch tapfer fiel Julia ein: »Kilometer, Kilometer, lang ist die Chaussee ...«

Wo waren bloß all die Dörfer geblieben, die sie auf der Hinfahrt gesehen hatte, grübelte Tinchen. Vereinzelt stehende Hütten mit Kindern davor und angepflockten Ziegen hatte sie doch überall bemerkt! Waren sie denn überhaupt auf der richtigen Straße? Nirgends eine Laterne, kein Ortsschild, kein Zeichen irgendwelchen Lebens außer einem gelegentlich vorbeifahrenden Auto. »Flori, ich hab Angst. Es ist alles so dunkel.«

Er blieb stehen, bis sie ihn eingeholt hatte. »Wo soll denn Licht herkommen, wenn diese Eingeborenenhütten keinen Strom haben? Die machen es wie unsere Altvorderen: Bei Sonnenaufgang raus aus dem Bett und bei Dunkelheit wieder rein. Nicht umsonst hat Kenia den größten Bevölkerungszuwachs in ganz Afrika.«

»Und die Deutschen sterben aus«, sagte Karsten lachend, »muß wohl an der Überkapazität von Strom liegen.«

Kurz vor zehn sammelte sie ein Hühnerbus auf, und zwanzig Minuten später schlappten sie müde, verstaubt und hinkend durch den leeren Speisesaal bis zur Bar. »Cola!« röchelte Tobias.

»Wat denn, schon zurück vonne Safari?« Kasulke staunte. »Oder seid ihr jar nich erst wegjekommen, weil der Stoppelhopser mal wieda kaputt war?«

»Nun sagen Sie bloß noch, die Flugzeuge sind auch Schrott?« Florian stellte das geleerte Bierglas hin und griff nach dem nächsten.

»Keene Bange«, sagte Kasulke, »runter kommen se immer. Alte Pilotenweisheit.«

Mit dieser beruhigenden Gewißheit machte sich Florian auf die letzten hundertfünfzig Meter Fußmarsch zum Bungalow. Noch nie hatte er sich so nach einer Dusche gesehnt.

»Hier, lies mal, das hat an der Tür gehangen«, empfing ihn Tinchen. »Alles, was schiefgehen kann, geht heute auch schief.«

Auf dem hektographierten Zettel stand: Wegen dringender Reparaturarbeiten wird von 21.30 bis 6.00 Uhr früh das Wasser abgestellt.

11

»Mutti, hättest du gedacht, daß Birgit an der Nadel hängt?«

Verschlafen blinzelte Tinchen in die Sonne. Sie mußte auf ihrer Liege wohl ein bißchen eingenickt sein. Nadel? Welche Nadel? Wovon redete Julia? »Hast du endlich den Knopf an deiner rosa Bluse angenäht?«

»Hat Oma schon gemacht. Und außerdem bist du mal wieder im völlig falschen Zug. Birgit ist heroinsüchtig!«

»Quatsch!« sagte Tinchen kategorisch. »Rauschgiftsüchtige sehen aus wie der Tod auf Latschen, fahren nicht in Urlaub, schon gar nicht mit ihren Eltern, und jetzt möchte ich bloß mal wissen, wer dir *diesen* Bären aufgebunden hat.«

»Niemand, ich habe es selber gesehen.« Jetzt flüsterte Julia nur noch. »Als ich eben auf die Toilette wollte, stand Birgit neben dem Waschbecken und jagte sich eine Spritze ins Bein. Zum Glück hat sie mich nicht bemerkt, ich bin ja auch gleich wieder umgekehrt.«

»Bist du dir ganz sicher?«

»Das kann ich beschwören.«

Jetzt erinnerte sich Tinchen auch, daß sie Birgit schon mehrmals beobachtet hatte, wie sie morgens vor dem Frühstück in die Hotelküche gegangen und wenig später mit einer kleinen weißen Plastiktüte wieder herausgekommen war. Es hatte sie zwar nie interessiert, aber nun bekam diese Wahrnehmung einen ganz anderen Stellenwert. »Schade um das Mädchen, es ist so ein netter Kerl. Ich finde es nur merkwürdig, daß dir nicht früher etwas aufgefallen ist. Ihr steckt doch dauernd zusammen.«

Gefreut hatte sie sich, weil ihre Tochter so schnell Anschluß gefunden hatte. Seit zwei Tagen saß sie sogar mit Birgit und Susi an einem extra Tisch, aber das sollte man schleunigst rückgängig machen. »Es ist wohl besser, wenn ihr nicht mehr so oft zusammengluckt.«

»Genau das habe ich mir auch vorgenommen«, versprach Julia, nur hatte diese Bereitwilligkeit einen ganz anderen Grund. Der hieß Wolfgang und wartete bereits unten am Strand. Einen Katamaran hatte er gemietet und wollte damit in die Mangrovensümpfe. Die seien sehenswert.

»Ich gehe runter zum Schwimmen«, sagte Julia denn auch. Tinchen nickte nur, dann döste sie wieder ein.

Ausgerechnet Birgit weckte sie, oder genauer gesagt, ihr Radiorecorder. »Kannst du ohne diesen Kasten eigentlich nicht leben?«

»Ist er zu laut? Entschuldigung.« Schnell schaltete sie ihn aus. »Lieber Bruce Springsteen als das Gelaber von dem ulkigen Pärchen neben mir. Haben Sie die schon gesehen? Die sitzen jetzt bei meinen Eltern am Tisch und machen sie wahnsinnig. Jedes dritte Wort von der Alten ist ›Ich glaub's nicht‹, von jedem Kleidungsstück, das man anhat, will sie den Preis wissen, und heute morgen wollte sie mir sogar meine Kette abkaufen.« Birgit zeigte auf ihren nicht gerade dezenten Modeschmuck. »Ich hab ihr gesagt, sie soll zu Woolworth gehen, da kriegt sie ihn für siebzehnfünfundneunzig.«

Tinchen lachte. »Ich hätte ihn teurer geschätzt.«

»Sie auch. Einen Fuffi wollte mir die Tussie geben. Eigentlich war ich ganz schön blöd, nicht wahr?«

Während Birgit sich auspellte und ihren keineswegs abgezehrten Körper mit Sonnenmilch begoß, suchte Tinchen verstohlen nach Einstichen. Sie konnte keine entdecken. Aber man wußte ja, daß sich Rauschgiftsüchtige an den unmöglichsten Stellen spritzten, in der Fußsohle zum Beispiel oder zwischen den Fingern. Ob sie deshalb Badeschuhe trug?

»Wo steckt denn Julia? Schläft sie noch?« Und als Tinchen verneinte, sagte sie: »Das Taucherteil ist auch nicht zu sehen.«

»Was meinst du damit?« Sie war hellhörig geworden.

»Ich finde, der Wolfgang paßt nicht zu Julia. Für ihn ist sie doch nichts weiter als eine dekorative Seitendeckung, die er zu gern vernaschen möchte, aber für sie ist das eine todernste Sache. Erste große Liebe und so weiter. Dabei weiß sie doch, daß er verheiratet ist. Sie glaubt ja sogar das Märchen von auseinandergelebt und scheiden lassen wollen und diesen ganzen anderen Brei. Ich habe ja schon ein paarmal versucht, mit ihr zu reden, nur hat sie zur Zeit ein Brett vor dem Kopf. Es wird höchste Eisenbahn, daß Sie sich mal den Wolfgang zur Brust nehmen, Frau Bender, bevor da was abläuft. Und das meine ich im Ernst.«

Das Auftauchen von Birgits Eltern und damit die Beendigung dieses äußerst interessanten Gesprächs paßte Tinchen gar nicht. Sie wollte Näheres wissen. Wann, wo und wie lange war Julia mit diesem Wolfgang zusammengewesen, trafen sie sich etwa heimlich, hatte er am Ende gar ein Einzelzimmer? Wo wohnte er überhaupt?

Hinten im Bungalow-Kral bestimmt nicht, dann hätte sie ihn schon öfter gesehen, da kannte mittlerweile jeder jeden, blieb also nur noch die gehobenere Klasse, Haupthaus genannt, mit Badewanne und abschließbaren Schränken. Würde auch besser zu diesem Angeber passen, der mischte sich doch nicht unter das niedere Volk. Höchstens, um sich aus demselben ein naives junges Mädchen zu angeln, ein weiteres Stück für die Trophäensammlung. Inzwischen war Tinchen davon überzeugt, daß dieser Wolfgang nur zu dem einen Zweck in Urlaub gefahren war, um Jagd zu machen auf gutbehütete Töchter aus bürgerlichem Hause. Wer weiß, wie viele uneheliche Kinder von ihm schon in Uelzen herumliefen. Legale hatte er jedenfalls noch nicht, so viel hatte Birgit von seinem Freund Henry erfahren, und der hatte ganz munter aus dem Nähkästchen geplaudert.

»Nun gucken Sie sich bloß die beiden an!« unterbrach sie Tinchens Gedankengang. »Königinmutter und Prinzgemahl! Und wie sie wieder aussehen! Wenn Mutti das Tulpenbeet anhat, raste ich jedesmal aus.«

So ein bißchen konnte Tinchen das junge Mädchen verstehen. Der Badeanzug von Frau Kurz war wirklich etwas sehr großgeblümt. Darüber hatte sie einen farblich überhaupt nicht passenden Kanga gewickelt, jenes tischdeckengroße Tuch, das man auf zwanzig verschiedene Arten knoten und trotzdem nie mit der gleichen Lässigkeit tragen konnte wie die Eingeborenenfrauen. Der schon leicht ausgeblichene Strohhut mit der grünen Krempe war auch nicht gerade das neueste Modell, genausowenig wie die blaue Sonnenbrille, von der sich Frau Kurz immer erst bei Einbruch der Dunkelheit trennte. In genau drei Meter Abstand folgte Herr Kurz, auf dem Kopf die unvermeidliche Prinz-Heinrich-Mütze, um die Hüften ein Kikoi geschlungen, die männliche Variante des Kanga, rot mit wildem Blumenmuster, und darunter die hinlänglich bekannte Badehose, eine sehr solide Vorkriegsware.

»Ist das nicht wieder ein wunderschöner Tag?« bemerkte Herr Kurz ganz richtig, während Frau Kurz der Ansicht war, es sei bestimmt noch etwas heißer als gestern, dabei sei es ja gerade erst zehn Uhr. Dann wollte sie wissen, wo Susi sei. »Ich habe ihrer Mutter versprochen ...«

»Weiß ich nicht«, sagte Birgit kurz angebunden, »ich bin nicht ihr

Babysitter. Heute morgen hat sie jedenfalls in ihrem Bett gelegen.« Frau Kurz war beruhigt. »Nun geh mal schön zu Vati, Rücken einölen!«

Kaum war sie außer Hörweite, atmete Birgit auf. »Das war garantiert der letzte gemeinsame Urlaub! Wenn mir Mutti ausnahmsweise mal nicht auf den Keks geht, labert mich Susi voll. Dabei habe ich die nur mitgenommen, damit ich den Einzelzimmerzuschlag spare, aber wenn ich gewußt hätte, was für eine Nervensäge das ist, hätte ich lieber draufgezahlt. So eng befreundet, wie Mutti immer tut, sind wir nämlich gar nicht. Werden wir auch nicht«, fügte sie hinzu, »sie ist sterbenslangweilig. Nie trägt sie etwas zur Unterhaltung bei, nicht mal, wenn sie zur Tür rausgeht.«

Kellner Charles, das leere Tablett wie eine Aktentasche unter den Arm geklemmt, sammelte Bestellungen ein. »Mama auch zu trinken haben?«

»Vor einer halben Stunde habe ich bei der Schlaftablet … hm, bei Ihrem Kollegen, einen Zitronensaft geordert. Kriege ich den endlich, oder muß ich erst die von meinem Hut ausdrücken?«

»Die haben da vorne doch mal wieder kein Eis«, sagte Birgit. »Die Klimaanlage ist auch ausgefallen, die Milch war sauer, also gehen die Kühlschränke nicht, und zum Essen gibt's wahrscheinlich Eintopf, im Eisenkessel über Holzfeuer gekocht. Ich liebe Afrika!«

»Nun sei nicht so pessimistisch«, tröstete Tinchen, »bis zum Abend werden sie das schon wieder hingekriegt haben.«

Es dauerte auch gar nicht lange, da bewegte sich eine Prozession Eingeborener vom Eingang kommend quer durch den Speisesaal, um dann irgendwo hinten im Gelände zu verschwinden. »Sechs, sieben, acht, neun Mann hoch«, zählte Birgit, »diesmal haben sie den Katastrophenschutz geholt.«

Die beiden Anführer der Gruppe trugen uniformähnliche Anzüge mit Achselklappen und Silberknöpfen, die übrigen sahen aus wie fast alle Eingeborenen ohne amtliche Funktion: Ausgefranste Shorts und Hemden in verschiedenen Stadien des Zerfalls. Einer schleppte einen hölzernen Handwerkskasten.

»Da muß wirklich die ganze Stromversorgung zusammengebrochen sein, wenn sie gleich einen kompletten Suchtrupp schicken.«

»Sie sind noch nie hier unten gewesen, nicht wahr? Dann können Sie auch nicht wissen, wie so was abläuft.« Birgit rückte ihre Liege ein bißchen näher an Tinchen heran. »Also: Die beiden in den blauen Affenjäckchen sind die Elektriker; natürlich keine mit Fachausbildung und Gesellenprüfung, das kennt man hier gar nicht, aber wenigstens haben sie Ahnung von der ganzen Materie – na ja, und die anderen sind die Sklaven. Die müssen jetzt genau nach Anweisung ihrer Bosse die Niggerarbeiten machen, und wenn sie dabei eins gewischt kriegen, haben sie Pech gehabt. Wenn nach vier Stunden immer noch nichts klappt, kann wenigstens einer dem anderen die Schuld geben, und wenn's doch hinhaut, weiß sowieso keiner, warum. Und erst recht nicht, wie lange. Hakuna matata, dann kommen sie morgen eben wieder.«

Nun wußte Tinchen Bescheid. Diese Lebensphilosophie erklärte so manches. Zum Beispiel die Malerarbeiten. Drei Tage lang hatte es gedauert, bis das Preisschild für die Bar fertig gewesen war, eine einfache Holztafel, deren ausgeblichene Schrift nur nachgezogen werden mußte. Jedesmal, wenn Tinchen an dem Freiluftatelier vorbeigekommen war, hatte ein anderer Künstler davorgehockt und die Arbeit seines Vorgängers korrigiert. Jetzt saß die Farbe zentimeterdick auf dem Holz und fing an abzuplatzen. Na und? Dann wird man sie eben neu pinseln.

Oder die Sache mit dem Sprungbrett. Einen neuen Belag hatte es bekommen, und nachdem es ein paar Tage lang neben dem Pool an einer Palme gelehnt hatte, war endlich der Hausmechaniker mit zwei Hilfskräften angerückt. Offenbar gestaltete sich die Montage dieses Bretts schwieriger als erwartet. Immerhin waren sechs Bolzen zu befestigen und mit untertassengroßen Schraubenmuttern zu sichern. Angefangen hatte das ganze Unternehmen gleich nach dem Frühstück. Um die Mittagszeit waren bereits sechs Leute mit der diffizilen Arbeit beschäftigt gewesen, zur Teatime acht und bei Sonnenuntergang elf. Wobei man allerdings erwähnen muß, daß nur zwei von ihnen Schraubenschlüssel hatten, während die anderen mit Hämmern, Zangen und teilweise recht artfremden Instrumenten bemüht gewesen waren, die Sache in den Griff zu kriegen. Zum Erstaunen sämtlicher Gäste hatte das Brett am nächsten Morgen festgesessen, und zum noch größeren Erstaunen ist es auch später nicht in den Pool gefallen.

Entgegen Birgits Befürchtungen gab es mittags keinen Eintopf. Das übliche Salatbüffet setzte sich ohnehin aus Speisen zusammen, die man nicht zu kochen brauchte, die Graupensuppe wurde kalt serviert und hieß diesmal nicht à la Marie Antoinette, sondern Gazpacho, und für die Lammkoteletts, die sowieso immer von einem in Ehren ergrauten Hammel stammten, wurden kurzerhand die Holzkohlengrills angeworfen. Dazu gab es Kartoffelsalat. Hakuna matata! Lediglich der dem üblichen Vergnügungsprogramm zugefügte Hinweis am Schwarzen Brett, heute abend werde ein Candlelight-Dinner stattfinden, ließ ahnen, daß die Elektriker den Fehler noch nicht geortet hatten.

Julia war auch wieder da. Ohne das Taucherteil aus Uelzen. Ein bißchen schwimmen sei sie gewesen und dann noch eine Runde segeln, was ja durchaus der Wahrheit entsprach. Bis zu den Mangrovensümpfen waren sie erst gar nicht gekommen, sie waren vielmehr in der allgemein als Tote Hose bekannten Bucht gelandet, wo ewige Flaute herrschte und niemand ohne fremde Hilfe mehr rauskam. Das Seenotrettungskreuzer genannte Schlauchboot hatte sie denn auch wieder in den Wind gebracht, nur war das Taucherteil im Umgang mit Mast und Segel ähnlich talentiert wie in der Handhabung von Taucherbrille und Tarierweste, jedenfalls rammte der Katamaran seitlich eine vor Anker liegende Yacht und hinterließ eine zwei Meter lange Schramme. Als der wütende Eigner an Deck erschien, war Julia feige an Land geschwommen. Eine Heldin war sie nie gewesen, und überhaupt ist ein Held auch nicht tapferer als jeder andere; er ist nur fünf Minuten länger tapfer.

Nicht nur Julia drehte Birgit demonstrativ den Rücken, indem sie ihren Platz am Familientisch wieder einnahm, auch Frau Antonie war zurückgekehrt, weil nämlich Fräulein Kruse wieder da war und überhaupt kein Vergleich mit der sehr distinguierten Frau Schliephan.

Wie kann man während des Essens von verwesenden Antilopen erzählen oder von Löwen, die sich an einem fliegenübersäten Kadaver gütlich tun? Daß die sanitären Verhältnisse mitten im Busch nicht optimal sind, kann sich schließlich jeder denken, doch detaillierte Angaben darüber müssen nicht sein, wenn man gerade Suppe löffelt. Frau Antonie räumte ihren Platz mit der Entschuldigung, es sei nun wohl doch ein bißchen sehr eng geworden. Jetzt beäugte sie interessiert den Zuwachs am Nebentisch. Herrn und Frau Kurz kannte sie bereits, sie hatten sogar schon gemeinsam den Tee eingenommen – sprich: Frau Antonie hatte woanders keinen leeren Stuhl gefunden –, die beiden Neuen jedoch nicht. »Was sind das für Leute?«

»Keine Ahnung«, sagte Tinchen, »sie sitzt immer auf der Liege und strickt was Grünes. Was er macht, weiß ich nicht. Ich sehe ihn nie.«

»Kannssuauchganich.«

»Man spricht nicht mit vollem Mund, Tobias!«

»Isprechaganimivolmun.« Er schluckte den Bissen aber doch hinunter, bevor er weiterredete. »Der hängt nämlich den ganzen Tag unten an der Strandbar herum.«

»Wenigstens einer, der hier 'ne anständige Beschäftigung hat.« Klang da nicht ein bißchen Neid aus Florians Stimme? »Mir geht diese Herumfaulenzerei allmählich auf den Geist. Wollen wir nach dem Essen nicht mal etwas unternehmen?«

»Wir haben Tauchkurs.«

»Immer noch?«

»Heute zum letztenmal im Pool, und morgen geht es dann noch einmal ins Meer.« Julia stand auf. »Leg mal 'n schnelleren Gang ein, Tobias, du bist sowieso immer der letzte.«

»Hast du eigentlich die Dekotabelle kapiert, Jule? Vorhin habe ich dauernd herumgerechnet, aber ich steige einfach nicht dahinter.«

»Mit deiner Vier in Mathe wundert mich das auch nicht.«

Für Tinchen klang das wie Chinesisch. »Wozu braucht man so eine Tabelle?«

»Wegen des Druckausgleichs. Man muß wissen, wie lange man in welcher Tiefe war, danach richtet sich die Auftauchzeit und vor allem der Abstand ... also kurz gesagt, du kannst nicht ganz rauf, hockst frustriert in drei Meter Tiefe und hoffst auf ein baldiges Ende.«

Nun wußte es Tinchen ganz genau.

»Hat der Bengel eigentlich schon ein einziges Mal in seine Schulbücher geguckt? – Ja doch, Mieze, du kriegst den ganzen Lammbraten, vielleicht hast du bessere Zähne.« Verstohlen ließ Florian das Fleisch unter den Tisch fallen, wo die magere Katze es beroch und sich dann verächtlich abwandte. »Siehste, nicht mal die frißt es. Anscheinend ist es ausschließlich für den menschlichen Genuß bestimmt.« Mit der Serviette hob er den verschmähten Leckerbissen auf und legte beides auf den Teller. »Mal im Ernst, Tine, tut Tobias etwas für die Schule?«

»Aber sicher. Jeden Morgen schleppt er die ganzen Bücher mit an die Liege, und abends nimmt er sie zurück ins Zimmer. Ich habe ihn noch nie daran erinnern müssen.«

»Schön. Und wann guckt er rein?«

»Dazu hatte er noch keine Zeit, sagt er, weil er soviel Theorie lernen muß. Fürs Tauchen.«

Am Pool trafen die Froschmänner ihre letzten Vorbereitungen. Uelzen kämpfte – wie immer – mit der Tauchermaske, Herbert – auch wie immer – mit der Technik. »Zum siebzehnten Mal: Das ist der Inflater und nicht der Lungenautomat!« Joes Geduld war unerschütterlich. »Wenn du das in zwanzig Meter Tiefe machst, siehst du aber alt aus.«

Ohnehin war Herbert der älteste Schüler und hatte sich nur seiner jungen Frau zuliebe in dieses Abenteuer gestürzt. Susi hatte übrigens gleich nach der zweiten Unterrichtsstunde aufgegeben. »Der Joe meckert immer an mir herum.« Was Tinchen durchaus verstand, denn Susi hatte sich noch dämlicher angestellt als Herbert. Der stand jetzt mit ergebener Miene am Rand des Pools, die leere Tarierweste wie ein Lätzchen um den Hals gehängt, vergebens bemüht, sie mit Luft zu füllen. »Da muß was kaputt sein.«

»Da ist überhaupt nichts kaputt, du hast das Ding bloß wieder verkehrt herum an!« Dankbar ließ er sich Corinnas Hilfe gefallen. »Es ist doch schön, verheiratet zu sein. Du bist so herrlich praktisch veranlagt. Immer weißt du gleich, was zu tun ist, und du hast auch viel mehr Vorstellungskraft als ich.«

»Die brauche ich auch, um dir dauernd zu versichern, was für ein toller Kerl du bist. Und jetzt marsch ins Wasser!«

Er plumpste hinein, wurde aber gleich wieder von Joe zurückgepfiffen. »Die Weste aufblasen!« Er tat, wie ihm geheißen, nur tat er zuviel des Guten. Hilflos auf dem Rücken liegend trieb er im Pool. »Luft raus!« schrie Joe. ZZZZzzz machte es, dann saß Herbert auf Grund. Prustend kam er wieder nach oben. Der Bleigürtel hing an seinen Knöcheln, der Atemschlauch baumelte hinten über seinem Rücken, statt dessen hatte er den Oktopus im Mund. Er nahm ihn heraus. »Ich glaube, irgendwas habe ich falsch gemacht.«

Unter dem brüllenden Gelächter der Zuschauer führte ihn Joe an die Seite. »Jetzt legst das ganze Zeug ab und fängst noch mal von vorn an. Was kommt zuerst?«

Die ganze Zeit schon hatte Tinchen nachgegrübelt, an wen dieser Joe sie erinnerte. Heute, da er mal wieder rasiert war, trat die Ähnlichkeit besonders hervor. »Ich kenne ihn irgendwoher.«

»Na logisch«, sagte Corinna, »von Hunderten von Fotos. Und in jeder Kirche hängt er. Mindestens einmal.«

???

»Haben Sie ihn noch nie unter Wasser beobachtet? Dann liegen seine langen Haare immer wie ein Heiligenschein um seinen Kopf, wir knien im Halbkreis vor ihm, die Hände zusammengelegt, und folgen willig seinen Zeichen. Und wenn er aufsteigt, den rechten Arm himmelwärts gerichtet, Blick nach oben... Ich warte immer darauf, daß er mal seine Flossen auszieht und übers Wasser schreitet.«

Dazu machte er allerdings keine Anstalten. Mit dem nun korrekt ausgerüsteten Herbert an seiner Seite sprang er in den Pool, nachdem er seine Mannen aufgefordert hatte, ihm jetzt unverzüglich in sein Büro zu folgen. Und tatsächlich! Kaum waren sie auf dem Grund angekommen, gruppierten sie sich kniend um ihn, die Hände wie zum Gebet gefaltet. Sanft umspielte die blonde Mähne Joes Kopf.

Tinchen hielt Ausschau nach Uelzen. Er kniete neben Julia, wo auch sonst? Heute abend ist er dran, nahm sie sich vor. Während der Tanzerei wird sich schon eine Gelegenheit bieten, und wenn sie ihn bei der Damenwahl eigenhändig an seinen schon etwas schütteren Haaren aufs Parkett ziehen mußte!

Es war schon dunkel, als sie zum Bungalow kam. Sehr dunkel sogar. Florian mußte vergessen haben, die Außenbeleuchtung einzuschalten. Schlamperei, verflixte. Dabei wußte er genau, daß sie immer in die Kuhle trat, wenn sie nichts sehen konnte. Sie würde sich an diesem verdammten Loch vor der Terrasse noch mal die Beine brechen! Aus dem Fenster drang auch kein Lichtschein, also saß der liebende Ehemann noch immer bei seinem Sunrise-Drink. Nur war die Sonne schon lange untergegangen. Die Tür hätte er wenigstens abschließen können! Nicht mal richtig zugeklinkt hatte er sie!

Im Zimmer herrschte Saunatemperatur. Natürlich, die Klimaanlage lief ja nicht. Dabei hatte sie ihm extra gesagt, er solle sie anmachen – vor zwei Stunden war das gewesen, Zeit genug, den Raum abzukühlen. Tagsüber verzichteten sie darauf, sie hielten sich ja doch nie im Bungalow auf, Strom ist kostbar, man sollte ihn nicht unnötig verschwenden –, doch diese Backofenhitze jetzt war unerträglich. Tinchen tastete nach dem Lichtschalter und drückte ihn herunter. Nichts. Sie versuchte es ein zweites und ein drittes Mal, dann mußte sie einsehen, daß der elektrische Suchtrupp noch immer nicht fündig geworden war. Na, großartig!

Schritt für Schritt tastete sie sich durch das Zimmer zum Nachttisch. Da mußte irgendwo ein Feuerzeug sein. Erst nachdem sie alle Bücher heruntergefegt hatte, fiel es scheppernd auf den Boden. »Mist, elender!« Vorsichtig bewegte sie sich rückwärts zur Tür. Wo war überhaupt die Taschenlampe? Tinchen fühlte den Schreibtisch ab. Taschentücher, Briefmarken, etwas Längliches, im Moment nicht zu identifizieren, dann etwas Stachliges ... ach ja, der Ableger vom Kaktus, sie wollte ihn zu Hause im Blumentopf großziehen, ein Stück Strippe – nein, das war der Riemen vom Fotoapparat ... Als Kinder hatten sie so etwas bei Geburtstagsfeiern gespielt, Gegenstände raten hieß es, man hatte ein Tuch über die Augen bekommen, und dann kriegte man einen mit nassem Sand gefüllten Waschlappen in die Hand gedrückt oder einen klebrigen Fliegenfänger. Damals war das ja ganz lustig gewesen, die Nagelschere im Handballen dagegen fand sie gar nicht mehr lustig. Da, der Aschenbecher. Soweit sie sich erinnern konnte, hatte eine Schachtel Streichhölzer danebengelegen. Sie war auch noch da. Und es waren sogar welche drin. »Es werde Licht!« Nach dem fünften und letzten Hölzchen sah sie ein, daß Bibelsprüche auch nicht immer stimmen, aber der liebe Gott war damals entschieden im Vorteil gewesen: Er hatte die Sonne gehabt und keine feuchtgewordenen Zündhölzer.

»Tine, bist du das?«

»Nein, Tina Turner!«

Die Badezimmertür ging auf, und dann wurde es auch endlich hell. Im Rahmen erschien Florian, eingehüllt in seinen weißen Bademantel, ein Handtuch über den nassen Haaren, in der Hand eine Kerze.

Tinchen prustete los. »Du siehst aus wie die personifizierte Darmol-Reklame!« Schnell stellte er die Kerze ab, betrachtete aber zweifelnd den heruntergebrannten Stummel. »Wenn du dich beeilst, kannst du noch bei Licht duschen.« Aus seinem Schrankfach zog er ein Polohemd hervor. »Ist das blau oder grün?«

»Lila«, sagte Tinchen.

»Dann paßt es wohl nicht zu der braunen Hose?«

»Wenn du die auf dem Bett meinst, nein. Das ist nämlich die blaue.« Sie streifte ihren Badeanzug ab. »Das Licht brauche ich jetzt, sonst schmiere ich mir am Ende noch Zahnpasta in die Haare.« Sie verschwand im Bad.

»Ich muß mich aber noch rasieren!«

»Dein Kinn findest du auch im Dunkeln.«

Es klopfte, und dann flog auch schon die Tür auf. »Vati, bist du hier drin? Hast du zufällig einen Naßrasierer dabei?«

»So was besitze ich nicht mehr, seitdem mir deine Mutter zum ersten Hochzeitstag einen elektrischen geschenkt hat.«

»Dann solltest du dir wirklich mal einen neuen kaufen«, empfahl sein Sohn. »Ich wollte mir ja schon diesen Minischrubber leihen, mit dem Julia immer ihre Beine schabt, aber die rückt ihn nicht raus. Sie hat nur noch eine Klinge mit, sagt sie.«

»Du kannst gleich meinen haben«, gestattete Florian großzügig.

Tobias jaulte auf. »O heiliger Senilissimus, bei dir hilft nicht mal mehr Calgon zum Frühstück!« Krachend fiel die Tür ins Schloß. Was er mit dieser despektierlichen Feststellung gemeint hatte, wußte Florian erst, als er den Stecker in die Buchse schieben wollte. »Tinchen, du mußt heute mit einem Stachelschwein speisen.«

»Solange es nicht auf meinem Teller liegt, ist mir das egal«, kam es zurück.

Sogar Frau Antonie entschuldigte notgedrungen die Stoppelbärte ihrer Männer und die luftgetrocknete Frisur ihrer Tochter. Sie selbst hatte auf das Haarewaschen verzichtet und statt dessen Trockenshampoo benutzt, was Tobias zu der Bemerkung veranlaßte: »Oma, du staubst!«

»Ist Julia noch nicht fertig?« fragte Tinchen, als sie im Schein der endlich wiedergefundenen Taschenlampe zum Speisesaal gingen.

»Die rennt doch noch mit ihrem Bunsenbrenner auf der Suche nach Strom durch die Gegend«, antwortete Tobias, »oder ist euch etwa noch nicht aufgefallen, daß in manchen Bungalows Licht brennt? Möchte zu gern wissen, nach welchem System die hier ihre

Leitungen gezogen haben.« Er zeigte nach links. »Da, seht doch selber! Nummer fünfzehn bis neunzehn haben Strom, und die beiden Bungalows ganz am Ende sind auch hell, das sind aber auch die einzigen.«

Fast wären sie mit Julia zusammengestoßen. Heulend kam sie ihnen entgegen, in der einen Hand den Fön, in der anderen zwei Haarbürsten. »So kann ich mich doch nirgends sehen lassen, guckt euch bloß mal meine Fransen an!«

»Erstens siehst du nicht scheußlicher aus als sonst auch, und zweitens würde ein möglicher Unterschied nur demjenigen auffallen, der zufällig ein Nachtglas bei sich hat. Die Wahrscheinlichkeit dürfte sehr gering sein. Dabei solltest du froh sein, Jule, dir bieten sich heute ungeahnte Chancen. Bei Nacht sind alle Katzen grau!«

Unter normalen Umständen wäre sie jetzt wie eine Furie auf ihren Bruder losgegangen, doch heute war eben alles anders. Da hatte sie nun extra den Glockenrock angezogen, weil Wolfgang mal erwähnt hatte, er fände Hosen so unweiblich, die Seidenbluse von Mutti hatte sie geklaut, die hatte das noch nicht mal bemerkt, und nun dieser Mop auf dem Kopf! Was hatte Corinna vorhin etwas hinterhältig gefragt? Ob sie, Julia, in der Badewanne mit 'nem Fön gespielt hätte! Heimlich war sie nach vorne zum Haupthaus gelaufen, nachsehen, ob da vielleicht die Lichter brannten, taten sie aber nicht, und dann hatte sie sich sogar ein Herz gefaßt und war scheinbar zufällig am Bungalow Nummer achtzehn vorbeigeschlendert. Backgammon wohnte da mit seiner Torte. Er hatte draußen auf der erleuchteten Terrasse gestanden, Julias Haare und dann den Fön in ihrer Hand gesehen und grinsend gesagt: »Ja, ja, die Welt ist schon ungerecht.« Hätte er sie nicht hereinholen und ihr für fünf Minuten Strom anbieten können?

»Warum hast du ihn nicht einfach gefragt?«

»*Den* doch nicht!«

»Dann hättste auch gar nicht erst hinzugehen brauchen. Jule, du bist ein selten dämliches Rindvieh!«

Das Rindvieh zog unter Mitnahme der Taschenlampe ab. »Die brauche ich. Ich probiere es mal mit Gel, vielleicht kann ich noch was hinbiegen.«

»Versuch's mal mit 'ner Drahtschere«, empfahl Tobias, und als seine Großmutter begütigend meinte, er solle doch seine Schwester nicht ständig hänseln, sie sei jetzt in einem schwierigen Alter, sagte er nur lakonisch: »Das ist sie seit sechs Jahren!«

Der Speisesaal erstrahlte im Lichterglanz. Zumindest kam es Tinchen so vor. Die Wandlampen brannten, allerdings nur die an der Stirnseite, auf jedem Tisch stand ein Windlicht, und vorne die Bar sah aus wie ein Familiengrab zu Allerheiligen: Rundherum Kerzen und in der Mitte eine Stallaterne, direkt neben den Flaschen, damit man, wenn schon nicht am Etikett, so doch wenigstens an der Farbe die edlen Tropfen unterscheiden konnte.

Zusammen mit der Vorspeise kam die Mamba. Sie entschuldigte sich im Namen der Reiseleitung für die Unannehmlichkeiten, die der Stromausfall für jeden einzelnen mit sich bringen würde, sie hoffe jedoch, daß der Schaden noch im Laufe des Abends behoben werden könne. Kerzen seien an der Rezeption zu erhalten.

Nach dem Jägerschnitzel erschien der Hotelmanager. Er entschuldigte sich vorsichtshalber gleich im Namen der Stadt Mombasa. Ein technisches Problem sei im Umschaltwerk aufgetreten, man glaube jedoch, wie ihm telefonisch zugesichert worden sei, die Angelegenheit bis zum Morgen in den Griff zu bekommen. Neue Kerzen sowie Zündhölzer seien inzwischen in jedes Zimmer gebracht worden.

Zum Dessert rückte der Fumbini-Kirchenchor an. Vielleicht war es auch der andere, der von den Methodisten, sie unterschieden sich eigentlich nur in der Farbe ihrer langen Gewänder, und die war bei der diffusen Beleuchtung nicht zu erkennen. Im Gänsemarsch zogen sie ein, zwei Dutzend Jugendliche im Alter von zehn bis zwanzig Jahren, vorneweg etwas Älteres mit Bart, am Schluß zwei Spätteenager mit Tamburin. Auf der Tanzfläche reihten sie sich auf, und dann erklang ein Mittelding zwischen Choral und Gospelsong. In Frau Antonies Ohren klang es ›recht eigenartig‹, Tinchen gefiel es, und Tobias war sogar der Ansicht, mit etwas mehr Power und einem fetzigen Rhythmus könnte das eine ganz heiße Scheibe werden. »Die Melodie is 'n Ohrwurm.«

Als der vorbei war, kam etwas Getragenes. Die beiden jüngsten Kirchenchormitglieder, offenbar nur zu diesem Zweck mitgekommen, denn sie hatten nicht ein einziges Mal den Mund aufgemacht, wurden losgeschickt. Mit zwei von Oberkellner Moses bereitgestellten Suppentellern zogen sie von Tisch zu Tisch. Das unüberhörbare

Klingen der Münzen animierte die Sänger zu einem Dakapo. Leise summte Tinchen mit.

Florian kramte bereits in seiner Hosentasche. Trotz des bargeldlosen Zahlungsverkehrs hatte er immer einige Münzen bei sich, denn es verging kaum ein Tag, an dem nicht irgend jemand für irgendeinen guten Zweck sammelte. Gelegentlich sogar für den eigenen. So hatte ihn kürzlich unten am Strand ein Halbwüchsiger angesprochen, einen eindrucksvollen Zettel mit vielen Stempeln vorgewiesen und behauptet, er werde demnächst in Nairobi studieren, weil er ein Stipendium bekommen habe, nur sei leider das Fahrgeld nicht inbegriffen. Ob der Mister nicht einen Zuschuß geben könnte? Der Mister hatte keinen Grund dafür gesehen und lieber der weißgekleideten Dame eine Spende gegönnt. Zuerst hatte er sie mit einer Krankenschwester verwechselt, die für Impfstoffe oder Zahnprothesen sammelte, bis sie ihm ein amtliches Papier präsentierte, das sie als Leiterin des städtischen Waisenhauses auswies. Da hatte er die Münzen steckenlassen und einen Schein in die Büchse gestopft. Geopfert hatte er auch schon für die Leprakolonie, für die bedrohten Elefanten, für neue Wasserleitungen und für das SOS-Kinderdorf. Nur bei dem redseligen Herrn von den katholischen Missionaren hatte er NEIN gesagt und ihm empfohlen, sich doch diesbezüglich nach Rom zu wenden. Wenn der Papst bei seiner nächsten Weltreise einen Linienflug in der Touristenklasse buchen würde, bliebe mehr Geld übrig, als die Mission jemals sammeln könne.

Die Fumbinis – sie waren es tatsächlich, denn die kleine Sammlerin trug Weinrot, während der andere Chor immer dunkelblau gewandet war – zogen wieder ab, dafür kamen die Beach-Boys. Deren Bleiben war allerdings nur von kurzer Dauer. Ohne Strom keine Musik. Ohne Musik kein Tanz.

»Das waren noch Zeiten, als man Musik mit Instrumenten machte und nicht mit Elektronik«, sagte Frau Antonie seufzend. Richtig sehnsüchtig klang es, als sie weitererzählte: »Während unserer Verlobungszeit bin ich mit Ernst des öfteren zum Tanztee ins Café Hemesath gegangen. Da spielte eine Sechs-Mann-Kapelle, man zog sich entsprechend an, und dann genoß man diese gepflegte, kultivierte Atmosphäre. Ganz billig ist dieses Vergnügen allerdings nicht gewesen. Kaffee gab es nur kännchenweise, und ein Stück Torte kostete eine Mark zwanzig.«

»Dafür kriegste heute nicht mal 'n Streuselkuchen, Oma. Und Live-Bands sind unbezahlbar.«

»Was habe ich unter einer Live-Band zu verstehen, Tobias?«

»Zu deiner Zeit hieß das ja wohl Kapelle, also Originalsound und keine Konserve. Die Zeiten von Teddy Stauffer und wie diese Herren mit Bügelfalte alle hießen sind vorbei.«

»Ach ja, den habe ich auch noch gehört. In den fünfziger Jahren hat er ein Gastspiel gegeben. Ich kann mich nicht mehr erinnern, wo das gewesen ist, aber wir mußten mit der Bahn hinfahren.«

»Was machen wir denn jetzt mit dem angebrochenen Abend?« fragte Florian. Wenn seine Schwiegermutter in Reminiszenzen verfiel, fand sie nie ein Ende. Die meisten Geschichten kannte er sowieso schon, interessant war keine, er hatte das dringende Bedürfnis, die Tafelrunde aufzuheben. Doch wohin mit Toni? Frau Schliephan war indisponiert und hatte sich gleich nach dem Tee zurückgezogen, Herr Dr. Meierling spielte Schach mit Kasulke, ein Spiel, das Frau Antonie zu ihrem Bedauern nie gelernt hatte, und von Familie Kurz war auch nichts zu sehen. Es gab niemanden, dem Florian seine Schwiegermutter hätte aufhalsen können. Oder vielleicht doch? Hatte sie sich nicht für dieses neuangekommene Ehepaar vom Nebentisch interessiert, Prander oder Pracker oder so ähnlich hieß es, schienen ganz vernünftige Leute zu sein. Von Birgits vernichtendem Urteil wußte Florian nichts, er hatte lediglich Frau Prander oder Pracker mit Stricknadeln gesehen und daraus sowie aus ihren grauen Haaren den Schluß gezogen, daß sie sowohl altersmäßig als auch in bezug auf Hobbys zu Frau Antonie passen könnte. Herr Prander oder Pracker war relativ uninteressant. Abgesehen von seiner Vorliebe für die Strandbar hatte er nichts Bemerkenswertes zu bieten. Höchstens sein Alter. Florian schätzte ihn auf Mitte Vierzig, seine Frau dagegen, die er irrtümlich für seine Mutter gehalten hatte, auf mindestens Sechzig. Nur wie sollte er die beiden Damen zusammenbringen?

Der Zufall half ihm, denn plötzlich griff sich Frau Antonie an den Hals, dann an die Brust, ihre Hand verkrampfte sich im Kleid ... »Um Himmels willen, Mutti, was ist denn?« Tinchen sprang erschrocken hoch, Tobias rief nach einem Glas Wasser, Florian nach Kognak, Julia nach Dr. Meierling.

»Kannst du aufstehen, Mutti?«

»Nein.«

»Willst du dich hinlegen? Wir schieben schnell die Stühle zusammen.«

»Nein.«

»Geht's dir nicht gut?«

»Nein. Ja.«

Kellner Moses kam mit dem Kognak. Den Ruf nach Wasser hatte er absichtlich überhört, nach seiner Erfahrung kurierten die Gäste ihre körperlichen Beschwerden lieber mit Hochprozentigem. »Hier, Mama«, er reichte ihr das Glas, »ist gut, ist Hennessy.«

»Sehr liebenswürdig«, sagte Frau Antonie, »aber Sie werden mir das Glas halten müssen – meine Perlenkette ist eben gerissen.«

»Ich glaub's nicht!« kreischte Frau Prander oder Pracker am Nebentisch. »Ich habe gedacht, es wäre was Ernstes.«

»Es *ist* etwas Ernstes«, sagte Frau Antonie leicht pikiert, »die Perlen sind echt.«

Ungefähr die Hälfte davon hatte sie auffangen können, um den Rest bemühten sich nicht nur Julia und Tobias, sondern alle, die das Mißgeschick bemerkt hatten. Die Umgebung des Tisches wurde weiträumig für den Durchgangsverkehr gesperrt, Kerzen wurden auf dem Fußboden verteilt, und dann begann eine wenig systematische, jedoch um so eifrigere Suchaktion. Florian beteiligte sich nicht daran, er genoß vielmehr den Anblick hochgereckter Hinterteile in Pink, Gelb, verschiedenen Blautönen und zweimal Silberlamé. Jeder Fund wurde mit einem Aufschrei begrüßt und sofort bei Frau Antonie abgeliefert. Langsam nahmen die auf dem Tisch ausgelegten Perlen wieder die Form einer Kette an. Schließlich fehlte nur noch eine einzige, allerdings größere Kugel, die beim besten Willen nicht zu finden war. Erst am nächsten Morgen entdeckte sie Backgammon; er konnte gerade noch verhindern, daß die kleine Tochter vom Barkeeper das so wunderschön schimmernde Bonbon in den Mund steckte.

»Ich glaub's nicht«, sagte Frau Prander oder Pracker, die mit am emsigsten gesucht hatte, »nie hätte ich geglaubt, daß wir alle Perlen wiederfinden. Wir fahren morgen nach Mombasa, soll ich die Kette mitnehmen und bei einem Juwelier aufziehen lassen? Ich mache das gerne.«

Frau Antonie bedankte sich höflich, sie zöge es jedoch vor, mit der

Reparatur bis zu ihrer Heimkehr zu warten. »Mein Sohn ist Goldschmied, da weiß ich die Kette in den besten Händen.«

»Ich glaub's nicht, so ein Zufall!« Frau Prander oder Pracker mußte sich setzen. »Mein Schwager, also ein ganz richtiger ist er ja nicht, weil er ist der Bruder meines Schwagers, aber der ist auch Goldschmied. Er hat sogar ein eigenes Geschäft. In Kamen.«

»Mein Sohn ebenfalls. In Düsseldorf«, sagte Frau Antonie gemessen.

»Nein! Ich glaub's nicht! Dann wohnen wir ja gar nicht weit auseinander. Wir leben nämlich auch in Kamen. Ich heiße übrigens Pahlke, Doris Pahlke. Angenehm«, sagte Frau Pahlke. »Sind Sie zum erstenmal in Afrika?«

Frau Antonie sah sich hilfesuchend um, mußte jedoch feststellen, daß ihre Familie sie schnöde verlassen hatte. Es war überhaupt niemand mehr im Speisesaal, alle hatten sich rund um die Tanzfläche versammelt. »Kommen Sie, wir gucken mal, was da los ist.« Frau Pahlke erhob sich, und notgedrungen mußte Frau Antonie ihr folgen.

Für einen Hotelmanager gibt es nichts Schlimmeres als Gäste, die sich langweilen. Dann haben sie nämlich Zeit, über die quietschende Tür in ihrem Zimmer nachzudenken, über den lauwarmen Kaffee vorgestern beim Frühstück und über den Poolboy, der wieder mal viel zu spät die Matratzen für die Sonnenliegen gebracht hatte. Der Tischnachbar wiederum stört sich an den herumlungernden Katzen, das Zahnputzglas heute morgen ist auch nicht ganz sauber gewesen – man tut sich also zusammen und formuliert eine schriftliche Beschwerde. Eine solche Tätigkeit fördert zwar den Bierumsatz, wird aber trotzdem vom Manager nicht gern gesehen.

Herr Brunsli war Schweizer und als solcher nicht eben sehr schnell, dafür jedoch gründlich. Bereits am Spätnachmittag hatte er die Möglichkeit in Betracht gezogen, daß die Stromversorgung bis zum Abend doch noch nicht gesichert sein könnte und er sich zur Belustigung seiner Gäste etwas einfallen lassen müßte. Für Notfälle lagen ja immer ein paar Videofilme bereit, nur benötigte man auch dazu Strom. Bingo ging ebenfalls nicht, das hatte er schon mal bei einem früheren Stromausfall durchgezogen und ständig falsch markierte Karten bekommen, weil niemand die Zahlen richtig erkennen konnte. Also hängte er sich ans Telefon. Die Snake-Show war bereits anderweitig engagiert genau wie die Akrobatentruppe und der Karate-Club. Außerdem hatten die alle in den vergangenen zwei Wochen schon ein Gastspiel im ›Coconutpalmtrees‹ gegeben. Blieben also nur noch die Massaitänzer, leider durch einen Armbruch sowie ein Begräbnis innerhalb des Stammes um zwei Mitglieder reduziert. Besser vier Massai als überhaupt keine, dachte sich Herr Brunsli, ließ sie holen und mußte zu seinem Entsetzen feststellen, daß der gebrochene Arm ausgerechnet dem einzigen weiblichen Mitglied der Truppe gehörte. Wie sollten die Jungs jetzt ihre Brautwerbung und den Hochzeitsreigen tanzen, wenn gar keine Braut da war? Herr Brunsli sann auf Abhilfe, und dann war ihm doch tatsächlich etwas eingefallen.

Das Spektakel begann. Eingeleitet wurde es mit dumpfen Trommelschlägen, verursacht durch Kellner Charles. Der war eingesprungen, weil der sonst für die musikalische Untermalung zuständige Massai heute mittanzen mußte, und Charles konnte trommeln, das bewies er jeden Mittag um halb eins.

Plötzlich sprangen drei martialisch aussehende Gestalten auf die Tanzfläche, nur mit einem Lendenschurz bekleidet, an den Knöcheln Lederriemen mit Glöckchen dran, um den Hals Ketten geschlungen, an denen von Raubtierzähnen bis zu winzigen Knöchelchen eine bunte Mischung von dem hing, was man von Tierskeletten als brauchbar zusammengesammelt hatte. Die Gesichter waren mit weißen Farbstrichen bemalt und sahen ziemlich grauslich aus. In den Händen hielten die Tänzer Schilde und Speere, den Zuschauern hinlänglich bekannt, weil an jeder Andenkenbude zu kaufen. Am auffallendsten war der Kopfschmuck: geflochtene Stirnbänder, in denen verschiedenfarbige, sehr lange Federn steckten.

»Jetzt weiß ich auch, weshalb der Pfau hinten auf unserer Wiese so räudig aussieht«, flüsterte Tobias seiner Schwester ins Ohr, »und ich hatte schon Oma in Verdacht.«

Der Obermassai nahm dankend den Begrüßungsapplaus entgegen, danach erläuterte er die nun folgenden Darbietungen. Ein Löwe sei gesichtet worden, die Männer des Dorfes würden sich zum Kampfe sammeln. Sie sammelten sich alle in der Mitte – der vierte war inzwischen auch gekommen – und begannen mit den Füßen zu stampfen und Hu! Hu! Hu!... zu schreien. Das taten sie einige Minuten lang, dann keuchte der Anführer: »Jetzt zu Löwe gehen.« Sie rannten bis zum Rand der Tanzfläche, rannten zurück, rannten wieder nach vorn, rannten zurück und schrien Hu! Hu! Hu! … Charles trommelte wie ein Besessener.

»Nun mit tote Löwe zurück ins Dorf.« Es kehrten aber nur zwei Krieger zurück, weil die anderen das Empfangskomitee mimen mußten.

Ein Unterschied war nicht zu erkennen, denn sie rissen alle vier die Arme hoch, stampften mit den Füßen und schrien Hu! Hu! Hu! …

»Und jetzt große Fest für tote Löwe!« Diesmal stampften sie im Kreis herum, schwangen die Arme und schrien Hu! Hu! Hu! …

Pause. Charles wischte sich die Schweißtropfen von der Stirn, die Tänzer verschwanden hinter einem Gebüsch. Kostümwechsel.

Der zweite Teil begann mit einem anerkennenden »Aaahhhh« seitens des Publikums. Eine schwarze Schöne hatte die Bühne betreten. Bei näherem Hinsehen mußten die meisten jedoch zugeben, daß die mehr als schummrige Beleuchtung der Tänzerin ungemein schmeichelte, denn schön war sie überhaupt nicht. Sie hatte ein grobes Gesicht mit extrem wulstigen Lippen, und ihre Figur hätte nicht mal den Ansprüchen der Laientanzgruppe eines dörflichen Karnevalsvereins genügt. In Bayern würde man sagen: »Das Madl hat vui Holz vor dr Hütt'n«, in Kenia drückt man es realitätsbezogener aus: »Sie wird viele Babys nähren können.«

Dieser bewußte Körperteil war in ein gelbes Leibchen gezwängt worden, das dazugehörige Baströckchen saß ebenfalls reichlich eng, und nicht nur Florian wartete auf den Moment, da die Nähte platzen würden. Auf dem Kopf trug das Mädchen einen Tonkrug. Mehrmals umrundete es die Tanzfläche, immer wieder in das Gebüsch schielend, aus dem nun endlich jemand kommen sollte. Der Obermassai kam denn auch. Schild und Speer hatte er abgelegt, statt dessen trug er überall Federbüschel, und ein paar Striche aus dem Gesicht hatte er ebenfalls entfernt. Nun sah er nicht mehr ganz so schrecklich aus.

»Massai wollen Mädchen zur Frau«, sagte er.

»Brautwerbung«, erklärte Herr Brunsli.

Die Braut setzte sich auf den Boden, neben sich den Topf, und tat verschüchtert. Der angehende Bräutigam stampfte im Kreis um sie herum und schrie Hu! Hu! Hu! … Nachdem er das lange genug getan hatte, kamen die drei Dorfbewohner, umhüpften Braut und Bräutigam und schrien Hu! Hu! Hu! ... Dann endlich stand auch die Braut auf, stampfte mit den Füßen und wackelte mit dem Körperteil, mit dem die Männer nicht wackeln konnten. Das Publikum applaudierte stürmisch, immer in der Hoffnung, die Tänzerin zu noch heftigeren Bewegungen anstacheln zu können, um endlich den ersehnten Striptease zu erleben. Sie warteten vergebens. Nach einem großartigen Finale, bei dem alle fünf kreuz und quer über die Bühne trampelten und Hu! Hu! Hu! ... schrien, bis die Braut über den Topf stolperte und hinfiel, war die Vorstellung beendet. Auf den Höhepunkt habe man leider verzichten müssen, bedauerte Herr Brunsli, denn es sei unverheirateten Frauen nicht erlaubt, am Hochzeitstanz teilzunehmen, und das junge Massaimädchen, liebenswürdigerweise für die erkrankte Kollegin eingesprungen, sei noch ledig.

»So 'n Quatsch«, sagte Kasulke bei der späteren Manöverkritik an der Bar, »die Kleene kenn ick nämlich, die is hier in det Hotel anjestellt und schrubbt immer die Klos. Von wejen Massai! Die hat der Brunsli von ihr'n Scheuerlappen wegjeholt und als Ersatz für det kranke Massaimeechen uff die Bühne jestellt. Die hatte doch von Tuten und Blasen keene Ahnung, und mit den Hochzeitstanz wär se schon jar nich klarjekommen. – George, noch 'n Halleluja-Bier!«

»Man merkt, daß Sie hier beinahe schon Heimatrecht genießen«, sagte Florian lachend, »kennen Sie eigentlich jeden Angestellten mit Namen?«

»I bewahre. Den hier kenne ick ooch nich, muß neu sein, aber nach meine Erfahrung heißen hier unten alle Barkeeper George.«

Nun wollte es Florian genau wissen. Als ihm sein Gin Tonic serviert wurde, fragte er höflich nach dem Namen.

»My name is George«, sagte George und verstand nicht, weshalb er nur brüllendes Gelächter erntete.

Es wurde doch noch ein sehr netter Abend, auch wenn gegen elf Uhr auf einen Schlag sämtliche Wandlampen erloschen und wenig später auch die Bungalows im Dunkeln lagen, die bis dahin noch erleuchtet gewesen waren. Am meisten jedoch hatte Tinchen gefallen, daß sich das Taucherteil aus Uelzen nicht hatte blicken lassen und Julia trotzdem nicht in Weltschmerz versunken war. Sie hatte im Gegenteil recht munter mit Joe geflirtet. Natürlich war der auch viel zu alt für sie, aber wenigstens nicht verheiratet.

12

Nach der nicht gerade überzeugenden folkloristischen Darbietung der Massaitänzer sagte Tinchen die geplante Dhaufahrt ab. Sie sollte irgendwo hinten im Creek enden, wo man den Teilnehmern ein Picknick unter dem drittältesten Affenbrotbaum Kenias zugesichert hatte, garniert mit Stammestänzen der Giriama. Allenfalls der Baobab hätte sie gereizt, doch von diesen Bäumen hatte sie schon genug gesehen. Sie waren alle riesig, ließen sich nicht mal in Hochformat komplett auf ein Foto bannen, es war also nicht nötig, einen noch größeren Baum zu bestaunen. Außerdem, wer weiß, was da alles in den Zweigen saß. Manchmal hausten ganze Affenherden darin.

Auch Frau Antonie nahm Abstand von dieser Vergnügungsfahrt, nachdem ihr Frau Pahlke freudig erregt mitgeteilt hatte, daß sie noch den letzten Platz auf dem Schiff habe ergattern können. »Ich glaub's nicht, aber es hat geklappt.«

»Dann wünsche ich Ihnen viel Vergnügen«, sagte Frau Antonie, marschierte schnurstracks zur Rezeption und machte ihre Anmeldung rückgängig. Diese Frau wurde sie einfach nicht mehr los. Wie eine Klette hing sie an ihr, hatte sie bereits mit Strickmustern und Kochrezepten versorgt, schleppte Illustrierte mit hochinteressanten Artikeln an – »Hier, das müssen Sie unbedingt einmal lesen: Ich war eine Leihmutter! Die wahre Geschichte einer unglücklichen Frau« –, und sie war sogar taktlos genug, sich unaufgefordert dem Spaziergang mit Herrn Dr. Meierling anschließen zu wollen. Sehr deutlich hatte Frau Antonie werden müssen, bevor Ichglaubsnicht endlich begriffen hatte.

Ähnlich ging es Julia mit Birgit. Noch am selben Tag ihrer schockierenden Entdeckung hatte Julia ihre Liege zwischen die von Florian und Frau Antonie geschoben und Birgits Frage, weshalb sie denn umgezogen sei, nur kurz mit »Da ist mehr Schatten« beantwortet.

»Da drüben ist noch eine ganze Palme frei«, hatte Birgit gesagt, »legen wir uns doch dorthin.« Doch Julia hatte nicht gewollt, und Birgit hatte sie nicht weiter gedrängt. Wahrscheinlich war das Taucherteil aus Uelzen an dieser miesen Laune schuld, der hatte nämlich begonnen, die kleine kesse Italienerin, ein Neuzugang aus Mailand, anzugraben.

Birgit konnte nur nicht verstehen, weshalb Julia sie auch weiterhin bei jeder Gelegenheit kalt ablaufen ließ, kaum ein Wort mit ihr wechselte und es strikt abgelehnt hatte, an den gemeinsamen Tisch zurückzukehren. »Was habe ich denn eigentlich verbrochen?« Eine Antwort hatte sie nicht bekommen.

Bis heute. Da sah sie Julia allein zum Strand hinuntergehen, überzeugte sich, daß Uelzen noch bei seinem reichlich verspäteten Frühstück saß, und folgte ihr. Kurz vor der Treppe hatte sie Julia eingeholt. »So, jetzt will ich endlich wissen, was los ist. Bin ich dir irgendwann an den Karren gefahren? Stinke ich nach Knoblauch? Oder bist du beleidigt, weil ich den Wolfgang für einen Schleimi halte?«

Erst druckste Julia herum, dann entschloß sie sich zum Angriff: »Ich stehe nicht auf Junkies.«

»Wer ist denn einer? Etwa Wolfgang? Bist du deshalb so sauer?« Sie dachte einen Moment lang nach, dann schüttelte sie den Kopf. »Nee, glaube ich nicht, der hängt höchstens an der Flasche. Zumindest hat er ein beachtliches Stehvermögen. An der Bar.«

»Ich meine ja auch nicht Wolfgang, sondern dich.«

»Mich??? Willst du mich zur Säuferin abstempeln, weil ich zu den Mahlzeiten Wein trinke?« Sie lachte. »Dabei wäre mir 'ne Cola viel lieber.«

»Und die verträgst du nicht, oder?«

»Stimmt. Eine Flasche davon, und ich kippe garantiert aus den Latschen.«

»Warum machst du nicht eine Therapie, Birgit? Es gibt doch genug Leute, die von dem Zeug losgekommen sind, und du gehörst bestimmt nicht zu den Schlaffis, die nach drei Tagen aufstecken. Außerdem hast du noch deine Eltern, die helfen dir bestimmt. Wissen sie überhaupt davon?«

»Natürlich wissen sie es, und sie haben mir auch sehr geholfen, als ich im Krankenhaus lag und schon auf dem Weg ins Jenseits war. An alle möglichen Institutionen haben sie sich gewandt, sich nach den neuesten Forschungsergebnissen erkundigt, leider ist bei mir nichts zu machen. Ich muß spritzen.«

»Du *mußt?*« Julia verstand nicht, wie jemand so ungeniert über seine Drogenabhängigkeit reden konnte. Sie hatte immer geglaubt, die Betroffenen würden ihre Sucht schamhaft verschweigen.

»Die Ärzte haben versucht, mich auf Tabletten umzustellen, aber das hat nicht geklappt. Also jage ich mir morgens und abends eine Spritze rein, und wenn man sich daran gewöhnt hat, kann man damit leben.«

Nun verstand Julia gar nichts mehr. »Aber wie finanzierst du das alles? Ich denke, das Zeug ist so wahnsinnig teuer?«

»Wieso? Das bezahlt doch die Krankenkasse. Mein Diabetes ist ja nicht angeboren, den habe ich erst mit elf Jahren nach den Masern gekriegt.« Sie begriff gar nicht, weshalb Julia plötzlich schluchzend an ihrem Hals hing und immerzu stammelte: »'tschuldigung, das habe ich ja nicht gewußt, ich habe doch gedacht... es tut mir so leid... bitte, entschuldige. Ich bin ja so blöd gewesen... kannst du mir noch mal verzeihen...«

Birgit verzieh großmütig, obwohl sie nicht wußte, was sie eigentlich verzeihen sollte, zumal sie ihre Krankheit nicht als Tragödie empfand. Ein zu kurz geratenes Bein hätte sie schlimmer getroffen.

»Komm«, sagte Julia, »die Strandbar hat schon auf. Ich lade dich ein. Du kannst dir bestellen, was du willst.«

»Danke«, sagte Birgit lachend, »aber es läuft ja doch nur auf ein Mineralwasser hinaus, etwas anderes Alkoholfreies darf ich nicht.« Aus Rücksichtnahme trank Julia auch eins, und dann erzählte sie von ihrem fürchterlichen Verdacht und den Konsequenzen, die sie daraus gezogen hatte: »Zum Glück habe ich nur meiner Mutter was gesagt, und die tratscht nicht. Jedenfalls nicht oft.«

»Und deine Oma?«

»Der hat sie bestimmt nichts erzählt. Die erfährt von uns nie etwas, das geheim bleiben soll. Ich weiß auch nicht, weshalb sie trotzdem immer alles rauskriegt«, fügte sie kläglich hinzu.

»So kann man sich täuschen«, sagte Birgit weise, »dabei habe ich sie für richtig vornehm gehalten. Ich hab gedacht, sie ist so eine Type, die sogar eine Zuckerzange benutzt, wenn sie zu Hause allein Kaffee trinkt.«

»Ist sie auch. – Du, guck mal da rüber. Ob der Kahn hier anlegt?« Schon eine ganze Weile hatte Julia die sich nähernde schwarze Yacht beobachtet. »Auf so einem Schiff möchte ich mal eine Kreuzfahrt machen. Millionär sollte man sein«, seufzte sie sehnsüchtig, »oder wenigstens einen heiraten.«

»Lieber nicht, die machen sich viel zuviel Sorgen um ihr Geld.

Mir sind Männer lieber, die so leben, als wären sie Millionäre, die sind weniger kleinlich. Ich hatte mal einen Freund, der war wirklich großzügig, schick essen gehen, Theater, Presseball ... na, du weißt schon, was ich meine. Erledigt war er für mich allerdings, als ich herauskriegte, daß er mich auf seinem Spesenkonto unter Verschiedenes führte.« Nachdenklich beobachtete sie die aufsteigenden Bläschen in ihrem Glas. »Die Männer von heute sind auch nicht mehr das, was sie nie gewesen sind.«

Während die beiden Mädchen mit einer weiteren Runde Mineralwasser ihre wiederauferstandene Freundschaft begossen, streifte Florian durch das Hotelgelände auf der Suche nach den Muppets. Er hatte herausbekommen, daß sie die gleiche Flugsafari schon hinter sich hatten, die ihm noch bevorstand. Da war es doch verständlich, wenn er sich ein bißchen informieren wollte.

Bei den Muppets handelte es sich um Mutter und Sohn; sie um die Fünfzig, etwas übergewichtig, sehr blond und meistens rosa gewandet, ihr Filius dagegen war lang und dürr und hätte dringend einen Haarschnitt gebraucht.

Julia war die erste gewesen, der die Ähnlichkeit aufgefallen war. »Guck mal, Tobias, sieht die nicht aus wie Miß Piggy? Diese blonden Löckchen, die rosa Schweinsbäckchen, die Figur ... zum Karneval braucht die nie ein Kostüm.«

Tobias fand das auch. Und als er Miß Piggys Sohn zu Gesicht bekam, staunte er nur noch. »Mensch, diese Fresse kenne ich doch! Den habe ich bestimmt schon mal gesehen.« Erst später fiel ihm ein, wo das gewesen sein könnte. »In der Glotze! Auch bei den Muppets. Der muß Modell gestanden haben für diesen ... diesen ... wie heißt doch gleich der Assistent von dem verrückten Physiker?«

»Ich glaube, Bika.«

»Genau, das ist er! Sieh ihn dir mal richtig an! Das ulkige Kinn, und dann mümmelt er auch so wie Bika. Wenn er jetzt noch den Kittel anhätte ...«

Nein, Kittel trug er nicht, er wechselte sogar jeden Abend sein Hemd. Zwei hatte er zur Auswahl, ein weißes und ein dunkelpinkfarbenes, beide bügelfrei und beide mit dem gleichen eingewebten Kringelmuster. Wenn er Pink trug, hing Weiß auf der Terrasse zum Trocknen und umgekehrt. Er war auch der einzige, der zum Abendessen in soliden Straßenschuhen erschien und mit Socken. Grünen.

Davon mußte er jedoch mehrere Paare besitzen, sie baumelten nie auf der Leine.

Nachdem Frau Antonie darüber aufgeklärt worden war, wer denn die Muppets überhaupt sind – außer ›Dallas‹, ›Denver‹ und ›Falcon Crest‹ mißachtete sie amerikanische Fernsehserien, weil die alle so realitätsfern seien –, gab sie zu, daß der als Miß Piggy bezeichneten Dame in der Tat eine gewisse Ähnlichkeit mit einem Schweinchen nicht abzusprechen sei. Nur war im Gegensatz zur sehr kommunikationsfreudigen Fernseh-Piggy ihr lebendes Double äußerst zurückhaltend. Nie sah man sie auf dem Sonnengrill, niemals an der Bar, selten bei abendlichen Veranstaltungen; falls überhaupt, dann zusammen mit ihrem Sohn irgendwo im Hintergrund, still und unauffällig.

»Die Muppets sitzen schon wieder auf dem Müll«, berichtete Julia oft, wenn sie vom Strand heraufkam. »Ich möchte bloß wissen, weshalb die stundenlang aufs Wasser starren.« Als Müllhalde bezeichnete sie die schon etwas räudige Palme, abseits der Badebucht und Lagerplatz für verdorrte Äste, heruntergefallene Palmwedel und ähnlichen, etwas unhandlichen Abfall. Sogar ein halbverrottetes Boot lag umgestülpt auf dem Sand. »Ewig hocken die auf dem Kahn und zählen die Wellen.«

Ein einziges Mal nur hatte man sie mit einem Hotelgast reden sehen. Zwei Gemälde hatten sie bei den Strandhyänen gekauft, ziemlich große und ziemlich bunte. Das eine zeigte eine stürmende Elefantenherde, das andere einen Sonnenuntergang am Meer, sogar das Wasser war leuchtend orange. Als geographische Besonderheit hatte der Künstler im Hintergrund den Kilimandscharo auftauchen lassen. Deshalb habe sie das Bild ja auch ausgesucht, erklärte Miß Piggy, den Berg habe sie auf der Safari selber gesehen. Und billig seien die Gemälde gewesen, jedes nur vierhundertfünfzig Shilling. Und das für echt Öl.

»Du liebe Zeit«, hatte Backgammon gesagt, »da hat man Sie aber gewaltig übers Ohr gehauen. Der Schund ist nicht mal ein Drittel davon wert.«

Bis zum Abend hatte sich Muppets günstiger Einkauf herumgesprochen. »Anscheinend können sie ja doch reden«, sagte Florian, »ich hatte nämlich schon die Befürchtung, sie seien stumm. Morgen knöpfe ich sie mir mal vor.«

Er fand sie an ihrem Lieblingsplatz. Miß Piggy saß auf dem kaputten Boot, Blick aufs Meer gerichtet, Bika stand mit bis zum Knie hochgerollten Hosen am Wasser und grub mit den Zehen kleine Löcher in den Sand.

»Guten Morgen«, sagte Florian.

»Guten Morgen«, echoten die Muppets.

Wie fängt man mit Leuten, die offensichtlich gar keinen Wert darauf legten, ein Gespräch an? Normalerweise mit dem Wetter, nur war immer bloß Sonne eine wenig ergiebige Grundlage. Also kam er besser gleich zum Kern der Sache. »Ich habe erfahren, daß Sie die Flugsafari zum Amboseli-Park schon gemacht haben. Wir haben für nächste Woche gebucht, deshalb hätte ich ganz gern ein paar Tips von Ihnen gehabt. Was muß man mitnehmen, wie läuft die Safari überhaupt ab, wo übernachtet man und vor allen Dingen: Welche Tiere kann man denn sehen?«

Schon Sekunden später bereute er, jemals das Wort an Miß Piggy gerichtet zu haben. Er hatte eine Schleuse geöffnet!

»Ja, das is alles sähr scheen. Dr Fliescher waggelt ä bißchen, abr wir sind nich abgestürzd. De Landebahn is' ziemlich schlecht. Un die Safari-Autos ham ooch gewaggeld. Abr erschtemol gings zum Hodel. Das is nadürlich sähr scheen. Un denn hammer den Schlüssel gegrischd, un des Essen war sähr gud. Un obends die Fudderstellen sind alle beleuchded, un morschens is dr Berg da, dr weiße, un dr is nu wunderscheen. Un des Frühstügg is sähr, sähr gud. Un dann fährd man mit de Audos in'n Park, un da sind denn die Diere. Elefanden hammer gesähn und Andilopen. Und denn sind wir eene Schtunde immer hinder den Tiecher her, abr den hammer nich gesähn, bloß Gazellen und Affen. Un denn hammer gepiggniggt. Danach sind mer wieder los, der Tiecher war noch immer nich da, abr dr Löwe. Im Hodel hammer noch Gaffee bekommen, und denn sind mer zurüggeflogen. Dann hat's ooch nich mähr so gewaggelt. Doch, es war scheen, nä, Harald?«

»Ja, Mamilein.«

Nur mit Mühe war Florian ernst geblieben. Was da in unverfälschtem Sächsisch heraussprudelte, hörte sich so unwiderstehlich komisch an, daß er vom Inhalt des Monologs kaum etwas mitbekam. Nur der Tiecher war bei ihm haftengeblieben, denn soviel er wußte, gab es in Kenia gar keine Tiger.

»Dann wird sie wohl einen Geparden gemeint haben«, vermutete Tobias, »die gibt es hier haufenweise. Und was hast du sonst noch rausgekriegt?«

»Daß alles sehr scheen war.« Es gelang Florian auch nicht annähernd, den Dialekt zu kopieren, aber der Versuch genügte schon, um mal wieder Frau Antonies Unwillen auf sich zu lenken. »Findest du es nicht etwas taktlos, die Sprechweise anderer Menschen ins Lächerliche zu ziehen? Wärest du zufällig in Dresden oder Leipzig geboren, würdest du genauso reden.«

»Wie du dich vielleicht erinnerst, liebe Schwiegermutter, stamme ich aus Tübingen, und trotzdem schwätz i koi Schwäbisch. Vorhin habe ich ja auch gar nicht gelacht, was mir verdammt schwergefallen ist, aber hier hören es die Muppets doch nicht. Übrigens, Tobias, dein Bika heißt Harald und Miß Piggy Mamilein.«

»Genauso sehen sie auch aus«, sagte Julia.

Teatime. Auf dem langen Tisch vor dem Speisesaal standen die beiden großen Thermokessel, einer mit kochendem Wasser gefüllt, der andere mit Kaffee. Äußerlich war kein Unterschied zu sehen, den Kaffeekessel erkannte man nur daran, daß der Hahn ständig tropfte und eine unappetitliche braune Brühe auf dem weißen Plastiktischtuch hinterließ. Neben den Kannen waren Tassen aufgereiht, mehrere Packungen Teebeutel, Zitronenscheiben, ein Suppenteller mit Zucker, eine Literkanne Milch. Wer zu den ersten in der sich Punkt vier Uhr bildenden Warteschlange gehörte, erwischte sogar einen Teelöffel zum Umrühren. Für den Kuchen brauchte man keinen. Er nannte sich Teegebäck, sah aus wie Bienenstich, schmeckte leicht salzig und staubte aus den Ohren. Lediglich Neuankömmlinge pflegten sich auf die Kuchenplatte zu stürzen, und das auch nur zwei Tage lang. Tinchen hatte zwischendurch immer mal wieder versucht, ob sich an Geschmack oder Konsistenz etwas geändert hatte, aber es blieb ewig das gleiche staubtrockene Gekrümel. Die Katzen fraßen es auch nicht. Doch der Kaffee war gut. Sie holte sich gerade die zweite Tasse, als Ichglaubsnicht auf sie zustürzte. »Haben Sie nicht wen draußen beim Tauchen?«

»Ja, die Kinder sind mitgefahren. Eigentlich sollten sie schon zurück sein. Warum fragen Sie? Ist etwas passiert?«

»Das weiß man noch nicht so genau. Eben ist ein Hochseefischerboot gekommen, und einer hat gesagt, daß die Taucher draußen festliegen. Mit 'm Motor soll was sein. Wenn die nun ins offene Meer treiben? – Ist noch Kaffee da?«

»Sie können meinen haben.« Tinchen stellte ihre Tasse wieder hin. »Ich erkundige mich mal, was los ist.«

An der Rezeption wußte man noch gar nichts, die Mamba war nicht aufzufinden, der Manager in Mombasa, und Kasulke, der normalerweise immer über alles informiert war, konnte diesmal auch nicht dienen. »Ick bin zu spät jekommen, die hatten jrade abjelegt.«

»Wer hat was abgelegt?«

»Det Boot. Wie der Käpt'n von dem Fischdampfer rüberjebrüllt hat, det der Tauchkahn Maschinenschaden hat, ha'm se natürlich sofort den schnellen Flitzer klarjemacht und sind losjebrettert. Inzwischen wer'n se wohl an die Unfallstelle sein, det is ja schon vor'n Riff passiert. Von hier aus jesehn.«

Beunruhigt war Tinchen nicht, zumal Kasulke ihr versicherte, daß die Dhau generalüberholt sei und nach Wochen der Reparatur heute quasi ihre Jungfernfahrt angetreten habe. »Absaufen tut die bestimmt nicht, und det der Motor nu schon wieder kaputt is, is nich Schuld von die Jungs hier. Mit Holz könn se jut umjehn, bloß nich mit die Technik.«

Es dauerte aber doch noch fast eine Stunde, bevor die Havaristen den rettenden Steg erreichten. Die Dhau lag ziemlich tief im Wasser, fand Tinchen, schief hing sie auch im Schlepp, über die rechte Seite schwappten die Wellen, der Mast schien abgebrochen zu sein, und die ganze Crew klebte an der Reling auf der linken Seite – später erfuhr Tinchen, daß man ›Backbord‹ sagen müsse –, um den Kahn wenigstens noch halbwegs im Gleichgewicht zu halten. Vergnügt winkten sie den Zuschauern oben auf der Liegewiese zu.

»Na also, sind ja alle wohlbehalten zurück«, sagte Kasulke befriedigt, »die janze Uffrejung war mal wieda umsonst.«

So wohlbehalten sah Julia aber gar nicht aus, als sie, gestützt auf Tobias und Herbert, zu ihrer Liege humpelte. »Ich bin auf der Ölplempe ausgerutscht, als ich dem Joe die Bleigürtel rübergegeben habe. Die Preßluftflaschen haben als Anker nicht ausgereicht, da wollte er noch die Gürtel ranhängen. Erst bin ich mit dem Fuß an den Mast geknallt, den hatten wir zum Abstoßen nämlich schon flachgelegt, und dann bin ich noch auf dem Öl ausgerutscht und gegen den Eisenkasten gebrettert. Es tut ganz schön weh.«

»Zeig mal her!« Von dem reichlich verworrenen Bericht hatte Tinchen nichts verstanden, das hatte ja auch noch Zeit, erst mal mußte Julia verarztet werden. Um den Knöchel herum war das Bein geschwollen. »Kannst du auftreten?«

»Ja, aber nur mit den Zehenspitzen.«

»Dann ist wenigstens nichts gebrochen«, sagte Tinchen erleichtert. »Wir kühlen erst mal.« Sie tauchte ein Handtuch in den Pool und wickelte es um Julias Bein. »Besser so?«

Julia nickte, meinte aber, daß Oma sich den Knöchel mal ansehen sollte. Immerhin sei sie doch während des Kriegs vorübergehend Hilfsschwester beim Luftschutz gewesen und als solche sicher etwas kompetenter als Tinchen.

»Oma schläft.«

»Noch oder schon wieder?« Über das Ruhebedürfnis seiner Großmutter wunderte sich Tobias immer wieder. Zu Hause war sie nie müde. »Na ja, wer ständig pennt, führt auch ein geregeltes Leben.«

»Könnt ihr nicht mal den zu kurz Gepflückten holen?« kam es kleinlaut von der Liege. »Ich habe das Gefühl, mein Fuß schwillt allmählich auf doppelte Größe an.«

»Richtig, an den habe ich gar nicht gedacht.« Tobias entwetzte und kam auch bald mit Dr. Meierling zurück. Der beäugte das Bein, druckte ein bißchen herum, was Julia mit einem »Nicht doch, das tut weh!« quittierte, und meinte resignierend: »Ich bin zwar Internist, aber so viel weiß ich: Ohne Röntgenaufnahme ist da nichts zu machen.«

»Wieso nicht?«

»Es kann ein Bänderriß sein, dann darfst du auf keinen Fall auftreten und solltest möglichst schnell in Gips. Operation wäre besser, nur weiß ich nicht, wie das Krankenhaus in Mombasa personell besetzt ist. Wahrscheinlich müßtest du nach Nairobi gebracht werden. Es kann sich aber auch nur um eine Verstauchung handeln, dann würde ein elastischer Verband genügen, und du könntest das Bein zunehmend belasten. Es hilft nichts, du mußt zum Röntgen.« Und als er Julias entgeistertes Gesicht sah, fügte er hinzu: »Nun rechne nicht gleich mit dem Schlimmsten, vielleicht hast du ja noch Glück gehabt. Ich werde mich mal erkundigen, wohin wir dich bringen können.«

Kaum war er weg, kam Florian. Hinter sich her zog er die Kiste. »Der ist zwar Seelenklempner, aber ein bißchen Ahnung von Medizin wird er wohl noch haben. Reiche Leute konsultieren immer mehrere Ärzte. Bei uns zahlt's diesmal die Auslandsversicherung.«

Leider kam Herr Dr. Schneider zu dem gleichen Resultat wie sein geschätzter Kollege von der Inneren; ohne Röntgenaufnahme keine genaue Diagnose.

»Ich möchte bloß wissen, wie die Ärzte vor hundert Jahren klargekommen sind«, knurrte Florian, »damals mußten sie wohl noch was können, heute gucken sie sich bloß Bildchen an.«

»Damals liefen aber auch viel mehr Krüppel herum«, gab sein Sohn zu bedenken.

»Habt ihr nicht mal 'n anderes Thema drauf?«

»Doch.« Florian setzte sich zu Julia auf die Liege. »Ich würde gern erfahren, was da draußen eigentlich passiert ist.«

»Anfangs gar nichts«, begann Tobias, »bis plötzlich der Motor aussetzte. Das war kurz vor dem Riff. Joe hat noch versucht durchzusteuern, aber das hat er nicht mehr geschafft, die Strömung hat uns seitlich weggetrieben, immer feste in Richtung Klippen. Da ist mir zum erstenmal mulmig geworden«, gab er zu. Als Nicodemus die Klappe vom Motorblock geöffnet hatte, war ihm ein Schwall Wasser, vermischt mit Öl, entgegengeschwappt. Irgendwo da unten mußte ein Leck sein. Joe war getaucht, hatte aber nichts finden können; er hatte nur festgestellt, daß der Anker auf dem schon felsigen Untergrund nicht hielt, und sich die Preßluftflaschen reichen lassen, um sie an den Anker zu binden. Das hatte jedoch nichts genützt, das Boot trieb immer weiter zur Steilküste hin. Langsam fing es auch an vollzulaufen. Die Pumpe war ebenfalls ausgefallen, aber: »Die beste Lenzpumpe ist ein ängstlicher Nichtschwimmer mit einem Eimer in der Hand«, sagte Tobias lachend. »Das war ja unser Problem! Zacharias hat heute seinen freien Tag, da hat Joe den anderen Schwarzen mitgenommen, der macht sonst nur Hilfsarbeiten. Schwimmen kann er auch nicht. Sonst wären wir einfach über Bord gesprungen, als die Lage kritisch wurde, aber bis zum seichten Ufer war es mindestens ein halber Kilometer, so weit hätten wir den Jungen nie mitziehen können.« Nicht mal einen Funkspruch hatte Joe absetzen können, weil das Funkgerät in die Ölbrühe gerutscht und unbrauchbar geworden war. Zum Glück war der Hochseefischer vorbeigekommen, nur zu helfen vermochte er nicht, da die Dhau inzwischen auf den Klippen festsaß und das Boot nicht heranfahren konnte, ohne selbst auf Grund zu laufen. »Aber wenigstens ist es mit Volldampf losgeprescht, um Hilfe zu holen.«

»Die kam dann aber auch in letzter Minute«, fuhr Julia fort. »Wir hatten schon den Mast gekappt, weil wir versuchen wollten, uns von der Steilwand abzustoßen. Ob das hingehauen hätte, weiß der Geier, glücklicherweise brauchten wir es nicht auszuprobieren. Mensch, war ich froh, als das Motorboot auftauchte. Mit dem Schlauchboot haben sie uns den Strick gebracht, und dann haben sie uns gemeinsam da weggezogen. In meinem ganzen Leben habe ich nicht so viel Angst gehabt«, schloß sie aufatmend.

»Eins verstehe ich nicht«, sagte Florian nachdenklich, »eine Dhau ist doch als Segelschiff konzipiert. Seid ihr denn nicht auf die Idee gekommen, das Segel zu setzen?«

»Wollten wir ja, aber irgendein Idiot hatte das Ruder aus dem Kahn genommen. Versuch du mal zu segeln, ohne steuern zu können.«

Da Florian von der christlichen Seefahrt keine Ahnung hatte und nicht mal ein simples Ruderboot bewegen konnte, ohne sich damit permanent im Kreis zu drehen, forschte er nicht weiter nach. »Wenn man es recht betrachtet, seid ihr also in Lebensgefahr gewesen?«

»So könnte man es auch ausdrücken«, bestätigte Tobias gleichmütig. Dann fing er an zu lachen. »Sag mal, Jule, hast du eigentlich vor Angst gekotzt, oder weil dir bloß mal wieder schlecht geworden ist?« Er wandte sich an Tinchen. »Weißt du überhaupt, daß sie jedesmal seekrank wird, sobald es ein bißchen schaukelt? Bei jeder Tauchfahrt hat sie erst über der Reling gehangen, meist schon auf dem Hinweg. Aber zimperlich ist sie nicht. Vorhin hat sie mitten beim Wasserschöpfen den Eimer hingeschmissen, ›Wo ist Lee?‹ gebrüllt, kurz über die Reling gekotzt, und dann hat sie gleich weitergeeimert. Fand ich klasse!«

Sosehr sich Julia über die anerkennenden Worte ihres Bruders freute, so sehr ärgerte sie sich auch. »Du bist ein altes Waschweib, Tobias. Viele Leute werden seekrank, aber sie hängen es nicht an die große Glocke.«

Bis zum Dunkelwerden war das ganze Hotel über Julias Ausrutscher informiert, und als sie zum Abendessen in den Speisesaal getragen wurde, hatte Moses schon einen mit Decken gepolsterten Stuhl bereitgestellt. »Für dein Bein.«

Die Mamba kam mit besorgter Miene, Schmerztabletten sowie der Zusicherung, man werde Joe für dieses Mißgeschick zur Verantwortung ziehen.

»Was kann der denn dafür?« Tobias war empört. »Ohne ihn säßen wir bestimmt nicht hier. Wenn Sie dem was anhängen wollen, kriegen Sie es aber mit mir zu tun«, prophezeite er, ohne sich genau festzulegen, wie er seine Drohung verwirklichen werde. »Sorgen Sie lieber dafür, daß meine Schwester morgen unter einen Röntgenapparat kommt!«

Das sei leider nicht möglich, antwortete die Mamba, denn erstens sei Sonnabend und zweitens Feiertag, da habe alles geschlossen. Und sonntags ginge es auch nicht, da seien keine Ärzte im Krankenhaus. Frühestens am Montag, aber sie werde sich darum kümmern, daß Julia gleich morgens drankäme. Fürs erste wünsche sie gute Besserung.

»Die hat ja wohl einen an der Waffel«, sagte Tobias, nachdem die Mamba abgezogen war, »wo gibt es denn das, kein Notdienst in einem Krankenhaus?«

Wie sich später herausstellte, hatte die Mamba den erstbesten Boy, der ihr über den Weg gelaufen war, mit dem Anruf beauftragt, und der wiederum hatte nur den Pförtner des Krankenhauses an der Strippe gehabt. Gemeinsam war man zu dem Schluß gekommen, die ganze Angelegenheit auf Montag zu verschieben, wenn der normale Betrieb wieder angelaufen sein würde. Das war am bequemsten. Erst als Herr Brunsli die Sache in die Hand nahm, zeichnete sich ein Erfolg ab. Gleich nach seiner Rückkehr war er zu Julia an den Tisch gekommen, hatte sein Bedauern ausgesprochen und dann mit ungläubiger Miene zugehört, was der aufgebrachte Tobias herausprudelte. »Meine Schwester kann doch nicht drei Tage auf einen Röntgentermin warten«, schloß er.

»Natürlich nicht«, sagte Herr Brunsli, »ich werde mich sofort selbst darum kümmern.«

Wenig später kam er lauthals lachend zurück. »Da habe ich nun geglaubt, nach drei Jahren würde ich die Mentalität der Schwarzen kennen, aber es gibt immer wieder Überraschungen. Da hat mir der Eingeborene im Krankenhaus doch tatsächlich gesagt, daß sie leider nicht kommen könnten, weil der Röntgenapparat zum Transport zu schwer sei.« Dann wurde er sachlich. »Selbstverständlich können Sie morgen früh nach Mombasa, ich habe auch schon ein Taxi für acht Uhr bestellt, nur müssen Sie vorher rüber nach Kilifi und sich vom dortigen Arzt eine Überweisung holen. Der Amtsschimmel wiehert leider nicht nur in Europa. Der Taxifahrer weiß Bescheid, er spricht auch recht gut Englisch und ein bißchen Deutsch, Sie brauchen sich also um nichts zu kümmern.«

Julia war beruhigt. Tinchen auch. Hätte sie gewußt, was ihr bevorstand, wäre sie es nicht gewesen.

Kilifi ist eine Stadt. Eine Art Landeshauptstadt sogar mit ungefähr viertausend Einwohnern, einem großen Marktplatz, auf dem durchschnittlich ein Drittel der Bevölkerung den Tag verbringt, mit einem Polizeiposten, einer Autoreparaturwerkstatt, zwei kleinen Supermärkten und einem Hospital.

»Warum können die mich denn nicht hier röntgen?« hatte Julia gefragt, als sie davon erfahren hatte. Beim Anblick des kleinen Flachbaus erübrigte sich eine Antwort. »So groß sind ja bei uns die Pförtnerlogen.«

Aber noch waren sie gar nicht dort. Die maximal drei Kilometer Luftlinie waren nur auf dem Wasserweg zu überwinden, und dazu gab es eine Fähre. Eigentlich waren es zwei, doch die zweite lag meistens in der Mitte des Creeks fest, weil sie entweder kaputt oder – im günstigeren Fall – gerade repariert worden war und so lange wartete, bis die andere wieder kaputtging. Ohnedies hatte sich Tinchen beim Anblick dieser verrotteten Eisenkonstruktionen gewundert, daß sie nicht schon längst auseinandergefallen waren. Offenbar hielt sie nur noch die immer wieder über die Roststellen gepinselte Farbe zusammen.

Sie hatten Glück. Dunkle Qualmwolken ausstoßend, näherte sich die Fähre dem Ufer, als der Taxifahrer – wunderbarerweise hieß er auch Moses – ungeachtet des wütenden Hupkonzerts an der wartenden Autoschlange vorbeipreschte. »Emergency!« brüllte er aus dem offenen Fenster, was soviel wie Notfall bedeutete und niemanden beeindruckte. Trotzdem waren sie die ersten auf dem Kahn, und Tinchen hatte Zeit genug, sich gründlich umzusehen. Insassen von Personenwagen durften in den Fahrzeugen bleiben, Passagiere von Bussen mußten aussteigen. Aus Sicherheitsgründen. Und dann wußte sie endlich, weshalb die kenianischen Linienbusse alle zerschrammt und zerbeult sind. Mit Schwung fuhren sie auf die Fähre, parkten mehr oder weniger nach Gehör, mit etwas Glück betrug der Abstand zum Nebenmann sogar mehr als drei Zentimeter, doch wenn es sich dabei um einen Lieferwagen mit überstehender Ladung handelte, hatten sie eben Pech gehabt. Dann hatte der Bus eine Schramme mehr und der Lkw-Fahrer eine Kiste Melonen weniger. Die waren während der verbalen Auseinandersetzung beider Kontrahenten in den Taschen und Körben der Fußgänger verschwunden. In Massen wieselten sie herum, standen überall dort, wo es verboten war, bepackt mit Netzen, Körben, zusammengeknoteten Stoffbündeln, toten Fischen, lebenden Hühnern, Gemüsekisten oder Zuckerrohr. Einer hatte sich unter jeden Arm ein quiekendes Ferkel geklemmt, ein anderer trieb zwei magere Kühe vor sich her, ein dritter schleppte sogar einen Nachttisch, mit Stricken auf seinem Rücken festgebunden. Feiertag hin oder her, samstags war Markttag in Kilifi.

Nur langsam kam der Taxifahrer voran, immer wieder mußte er auf seine asthmatisch klingende Hupe drücken, bis der Weg in die Stadt endlich frei war. »On the right side you can see the islamic church.«

Nun konnte Tinchen also auch die Moschee besichtigen, über die sie sich jeden Morgen ärgerte. Schön war sie nicht, im Gegenteil, der Turm war viel zu wuchtig, aber das mußte er wohl sein, sonst wäre er unter der Last der vier großen Lautsprecher zusammengebrochen. Ob es im Zuge der Personaleinsparung oder nur in Ermangelung geeigneter Bewerber keinen Muezzin mehr gab, hatte Tinchen nicht erfahren können, jedenfalls wurde pünktlich bei Sonnenaufgang das Tonband angestellt und beschallte nicht nur die gläubigen Moslems, sondern in erster Linie die Ungläubigen vom ›Coconutpalmtrees‹, die gerne noch ein bißchen länger geschlafen hätten.

»Mag ja sein, daß dieses Gewimmere in afrikanischen Ohren melodisch klingt«, hatte Florian am ersten Morgen gestöhnt, »für mich hört es sich an, als ob man zwanzig Katzen gleichzeitig auf den Schwanz tritt.« Dann hatte er sich umgedreht und noch im Halbschlaf gebrummt: »Müssen wir uns das jetzt jeden Morgen anhören?«

»Ja«, hatte Tinchen gesagt, »und auch mittags und nachmittags und abends bei Sonnenuntergang.« Sie kannte ihren Karl May.

»Allah inschallah.« Florian kannte ihn ebenfalls. Das Innere des etwas hochtrabend als Hospital bezeichneten Gebäudes bestand aus drei Räumen. Der eine diente als Ordinationszimmer, war aber gleichzeitig Krankenhausapotheke, Kaffeeküche und Abstellkammer, die beiden anderen schienen Krankenzimmer zu sein. In jedem standen vier Feldbetten, offenbar schon lange nicht benutzt, denn auf den weißen Laken zeichneten sich die vielen schwarzen Pünktchen besonders gut ab. Ob sie lebten oder nur Hinterlassenschaft der unzähligen Fliegen waren, wollte Tinchen gar nicht erst wissen, sie fand es nur bemerkenswert, daß sich die Bevölkerung von Kilifi offenbar bester Gesundheit erfreute. Nicht ein Patient war zu sehen.

Der Arzt erwartete sie schon. Es war ein Inder, dessen Englischkenntnisse ähnlich umfassend waren wie Tinchens, und so wurde Moses als Dolmetscher geholt. Nur kannte der sich in medizinischen Fachausdrücken nicht so richtig aus, denn was er schließlich übersetzte, klang ungefähr so: »Bein ab!« Julia schrie auf, Tinchen stieß den Arzt zur Seite, der taumelte gegen das Waschbecken, und dann waren sie auch schon auf dem Weg zur Tür.

»No, no, wait a moment, I do nothing, I will only see your leg.« Julia legte sich wieder, und Tinchen verfolgte mit Argusaugen, wie der Arzt die von Dr. Meierling angelegte Binde abwickelte. »Hm«, machte er, »you must have X-ray.«

»Das wissen wir inzwischen«, sagte Tinchen aufgebracht, »wir wollen ja auch nur eine Überweisung fürs Krankenhaus in Mombasa. We need a paper for the hospital, you understand?«

Natürlich hatte er verstanden, Herr Brunsli hatte ihn nicht umsonst genauestens informiert, doch so ohne weiteres kann man schließlich kein ärztliches Zertifikat ausstellen. Die Binde wurde wieder um das Bein gewickelt, dann begab sich der Herr Doktor an seinen Schreibtisch. Er räumte einige Reagenzgläser sowie eine gehäkelte Wollmütze zur Seite, erst dann öffnete er ein in schwarze Plastikfolie eingeschlagenes Journal. Ihm entnahm er ein loses weißes Blatt und knickte es in der Mitte, bevor er es mit einem Skalpell sorgfältig teilte. Die eine Hälfte schob er Tinchen zu. »Write your name, your address from Germany, the address from your hotel and the number of your Passport.«

Sicher für die Krankenkartei, dachte Tinchen, während sie schön leserlich in Druckbuchstaben die gewünschten Angaben aufs Papier malte. Sie gab den Bogen zurück, der Arzt setzte seinen Namen darunter, drückte einen Stempel drauf und noch einen, faltete den Zettel zusammen und reichte ihn Tinchen – »Now I get fourhundred shillings.«

»Vierzig Mark für diesen Wisch hier, den ich noch selber geschrieben habe? Das ist Wucher.« Zum Glück verstand der Arzt kein Deutsch, er nickte nur freundlich und wartete, bis Tinchen das Geld zusammengesucht hatte. Noch einmal öffnete er sein Journal, um den eingenommenen Betrag zu verbuchen. »Uns Touristen können sie ja schröpfen«, meinte sie grimmig, nachdem sie einen Blick auf die Buchhaltung geworfen hatte. 5 Ksh. standen da und 11 Ksh., einmal sogar 26 Ksh., aber eine dreistellige Summe hatte noch niemand bezahlen müssen.

Vielleicht waren dem Arzt doch Zweifel an der Höhe seines Honorars gekommen, denn er ging zu den in einem Regal aufgereihten Bonbongläsern und fing an, aus jedem Tabletten in ein Tütchen zu füllen: zwei rote, vier gelbe und vier weiße, wobei er dem aufmerksam lauschenden Moses die Indikation erklärte. Als sie endlich wieder im Taxi saßen und Julia über den Verwendungszweck der Pillen grübelte, meinte er nur lakonisch: »Wegschmeißen.« Wahrscheinlich liegen sie noch immer auf der Fähre, in der Ritze gleich hinter dem zweiten Eisenpfosten vorne rechts. Dorthin waren sie nämlich gerollt, als Julia sie ins Wasser werfen wollte.

Rein äußerlich unterschied sich das Hospital in Mombasa kaum von einem deutschen Kreiskrankenhaus. Es war weiß, nicht sehr groß und roch nach Desinfektionsmitteln. Moses hatte seinen Wagen im Halteverbot abgestellt, weil er da im Schatten stand, und war mit hineingekommen.

»Muß das denn sein?« hatte Julia geflüstert, doch Tinchen hatte nur auf die surrenden Ventilatoren gezeigt. »Wer weiß, wie lange das dauert, und hier ist es wenigstens kühl.«

Eine Schwester nahm sie in Empfang und bedeutete ihnen, zunächst einmal zur Kasse zu gehen und zu bezahlen.

»Wieviel denn, und wofür überhaupt? Es hat ja noch keiner was getan.«

Das interessierte die Schwester nicht. Erst müsse bezahlt werden, dann sähe man weiter.

Schweigend nahm Moses Tinchen den Geldschein aus der Hand und verschwand damit hinter einer Tür. Als er mit einem kleinen gelben Zettel und fünfundneunzig Shillingen Wechselgeld zurückkam, grinste er. »Besser ich bezahlen, Weiße müssen immer geben viel mehr.«

Dank der Einzahlungsquittung war Julia nun endlich Patient, um den man sich zu kümmern hatte. Das tat dieselbe Schwester, die sie eben noch so kurz abgefertigt hatte. Sie nahm die ›Überweisung‹ entgegen, schaute kurz drauf und warf noch einen Blick auf Julias Bein: »It's broken?«

»No«, sagte Tinchen, »maybe, something is wrong inside, maybe, it's only ... weißt du, was verstaucht auf englisch heißt? Nein? Na ja, wieso auch. Moses, was heißt verstaucht?«

Das wußte Moses auch nicht, aber wenigstens sprach er Suaheli. Die Schwester ebenfalls. Sie nickte mehrmals, dann führte sie Julia und Tinchen in den Röntgenraum.

»Ist das schön kühl hier!« Bereitwillig legte sich Julia auf den Tisch.

»You must wait«, sagte die Schwester, während sie die Tür hinter sich schloß. Das war kurz vor halb zwölf. Um zwölf zitterte Julia vor Kälte; und zehn Minuten später kletterte sie wieder von der Liege. »Scheiß-Klimaanlage. Wenn ich noch länger hier drinbleibe, kriege ich Frostbeulen. Ich wärme mich draußen erst mal auf. Kommst du mit?«

Natürlich kam Tinchen mit, sie fror ja genauso. Außerdem konnte Julia allein gar nicht laufen. Und überhaupt sollte man mal nachsehen, wie denn das hier weiterging. Wahrscheinlich hatte man sie in dem dunklen Loch längst vergessen.

Draußen war niemand zu sehen. Die Stühle, vorhin noch von Wartenden besetzt, waren leer. »Ob die Mittagspause haben? Hier gehen doch überall Punkt zwölf die Rolläden runter.« Mitten in die pralle Sonne hatte sich Julia gesetzt und wohlig ihre Beine ausgestreckt.

»Langsam taue ich wieder auf.«

Moses kam herangeschlendert. »Are you okay?«

»Nix ist okay«, schnatterte Tinchen, »wir sind da drin beinahe erfroren, kein Arzt kommt, können Sie nicht mal nachfragen?«

Das tat Moses. Als er zurückkam, grinste er wieder. »Doktor bald kommen, ist noch bei neues Baby.«

»Gute Güte, haben die denn nur einen einzigen Arzt hier?« Das neue Baby ließ sich Zeit. Es war schon nach eins, als die Schwester – diesmal war es eine andere – sie wieder in den Röntgenraum führte. Dort wurden sie schon erwartet. Keine fünf Minuten dauerte es, dann hatte der noch sehr junge Arzt die Aufnahmen im Kasten. »Now you can wait outside.«

Die Bank, auf der sie vorher noch gesessen hatten, lag jetzt im Schatten. Dafür stand das Taxi in der Sonne. Moses parkte es um.

»Ich habe Hunger«, sagte Julia.

»Ich auch«, sagte Tinchen. »Ob Moses uns vielleicht was besorgen kann? Irgend etwas Verpacktes aus dem Supermarkt, Kekse oder so.«

»Bloß nicht! Oma hat doch neulich welche mitgenommen, die schmecken wie gekochte Wellpappe. Ich könnte jetzt so einen richtig schönen Hamburger vertragen. Und 'ne Cola.«

Moses wußte Rat. Ganz in der Nahe gäbe es ›Burger's King‹, ob er da mal schnell hinfahren solle? Er ließ sich Geld geben und stieg in sein Auto. »Bringen Sie sich aber auch etwas mit!« rief Tinchen hinterher. Moses nickte erfreut.

Sie warteten weiter. Um halb zwei war Moses mit den Pappschachteln zurück, um Viertel vor zwei hatten sie ihr frugales Mahl beendet, um zwei schickte Tinchen ihren treuen Vasallen erneut los. Ob man denn die Röntgenplatten erst im Fotolabor von Nairobi entwickeln lassen müsse?

Diesmal grinste Moses nicht, als er wiederkam. »Müssen warten auf Doktor, der kann lesen X-ray-Bilder. Noch nicht da.«

»Moment mal«, sagte Tinchen, »soll das heißen, der Arzt, der die Aufnahmen gemacht hat, kann sie selber gar nicht auswerten?«

»War nicht Doktor, war nur Mann, der gelernt hat, X-ray machen.«

Das war einfach zuviel für Julia. Sie krümmte sich vor Lachen und konnte sich kaum beruhigen. »Wenn ich das in der Schule erzähle, glaubt es mir kein Mensch!« japste sic. »Da stellen die jemanden, der so gut wie keine Ahnung hat, an so ein sündhaft teures Gerät und hoffen, daß er brauchbare Aufnahmen hinkriegt. Dabei sollten sie froh sein, wenn er nichts kaputtmacht.«

»Na, ein bißchen Ahnung wird er wohl gehabt haben, immerhin hat er dir eine Bleischürze auf den Bauch gelegt. Was denn nun, wenn die Bilder nichts geworden sind? Dann sitzen wir heute abend noch hier.«

Julia lachte immer noch. »Weißt du, Mutti, ich glaube sowieso nicht, daß ich einen Bänderriß habe. Ich kann schon viel besser auftreten, und es tut auch gar nicht mehr so weh wie gestern. Wahrscheinlich ist das Bein wirklich bloß verstaucht.«

Ihre Selbstdiagnose stimmte. Kurz vor drei kam endlich die so lange erwartete Kapazität, die sich als Dr. Singh vorstellte und in fließendem Deutsch ihre Verspätung bedauerte, ohne allerdings zu sagen, weshalb es denn so lange gedauert hatte. Dann durften sie die beiden Röntgenbilder ansehen und sich erklären lassen, wie sie aussehen müßten, wenn ein Bänderriß vorläge oder gar eine Fraktur. Da beides nicht vorlag, konnten sie auch nichts sehen.

»Sie brauchen nur eine elastische Binde. Haben Sie eine mit?«

Die müsse wohl im Röntgenraum abhanden gekommen sein, sagte Tinchen.

»Dann bekommen Sie eine von mir.« Dr. Singh kramte aus einer Schublade einen dicken Ballen hervor und schnitt die ihm genehme Länge davon ab. Er hatte sie schon zur Hälfte um Julias Bein gewickelt, als ihm etwas einfiel. »Ich muß erst nachfragen, was sie kostet.« Er ging zum Telefon und ließ sich mit der Krankenhausapotheke verbinden. Nach Beendigung des kurzen Gesprächs wickelte er die Binde noch einmal ab, vermaß sie mit Hilfe eines Zollstocks, der griffbereit auf seinem Schreibtisch lag, und dann endlich bekam Julia ihren Verband. Zusammen mit der Rechnung, auf der einschließlich 2 m Elastikbinde à 4 Ksh. eine Gesamtsumme von zweihundertachtundachtzig Shilling stand, händigte er Tinchen noch ein Rezept aus. »Ich habe Ihnen eine Salbe aufgeschrieben und einige Tabletten zum Abschwellen. Zahlen Sie bitte an der Kasse.« Sie waren verabschiedet.

»Ich möchte wissen, nach welchen Gesichtspunkten die hier ihre Preise machen«, sagte Tinchen, als sie endlich wieder im Taxi saßen. »Für diesen lächerlichen Wisch haben wir dem Arzt in Kilifi vierzig

Mark in den Rachen schmeißen müssen, und hier kosten zwei Röntgenaufnahmen nebst Behandlung achtundzwanzig Mark. Das steht doch in keinem Verhältnis zueinander.«

»Du hast die achtzig Pfennige für die Binde vergessen Mutti.«

»Stimmt. Ob sich der Arzt nicht albern vorkommt, wenn er Verbände nach Metern verkaufen muß wie Kleiderborte oder Gummilitze? Der hat doch sicher mal in Deutschland studiert.«

»Und wenn schon, die afrikanische Mentalität hat er jedenfalls ganz schnell wieder angenommen. Pole-pole. Hast du mal auf die Uhr gesehen? Viereinhalb Stunden haben wir gebraucht, nicht gerechnet den Abstecher nach Kilifi und die reine Fahrzeit. Vor fünf sind wir sicher nicht im Hotel. Den Tag sollten wir uns zurückerstatten lassen wegen entgangener Urlaubsfreuden oder wie das im Amtsdeutsch heißt. Und Schmerzensgeld. Und Ersatz für meinen versauten Badeanzug, das Öl kriege ich nie wieder raus. Und für die Uhr. Die ist auch im Eimer. Unser Mittagessen heute haben sie eingespart, sogar den Tee und den Krümelkuchen. Da müßte doch einiges zusammenkommen?«

Es kam auch einiges zusammen, jedenfalls bei Florian. Als er am nächsten Tag wieder einmal die aufgelaufenen Nebenkosten bezahlen wollte, traute er seinen Augen nicht. Da stand doch tatsächlich der mißglückte Tauchgang auf der Rechnung!

Ein Irrtum sei das, nur ein Versehen, selbstverständlich werde man diese Fahrt nicht berechnen, versicherte die Mamba mit hochrotem Kopf, sie könne gar nicht verstehen, wie das passieren konnte, habe sie doch ausdrücklich angeordnet ... da könne man mal wieder sehen, wie stupide doch die Schwarzen seien, alles müsse man ihnen dreimal erklären, dann hätten sie es noch immer nicht begriffen. Den Badeanzug solle Julia dem Roomboy zur Reinigung mitgeben, kostenlos natürlich, und über die Uhr müsse man noch mal reden, es sei ja ziemlich unvernünftig gewesen, sie nicht abzulegen, bevor man mit dem Ausschöpfen des Wassers begonnen habe ...

»Ich glaube, wenn ich in diesem Moment nicht gegangen wäre, hätte ich dieser aufgeblasenen Gans eine gesemmelt«, schloß Florian seinen Bericht. »Ich hab's ja schon immer gesagt: Der liebe Gott hat den Menschen erschaffen, weil er vom Affen enttäuscht war. Danach hat er von weiteren Experimenten abgesehen.«

13

Mißtrauisch umrundete Florian das Flugzeug. Statt Düsen hatte es nur zwei Propeller, die stotternd und hustend warmliefen, zwischendurch auch mal aussetzten, bis der eine nach einem lauten Knall stehenblieb, während sich der andere mit doppelter Geschwindigkeit weiterdrehte. Dann standen beide still.

»In das Ding kriegt mich keiner rein!« sagte Tinchen. »Lieber laufe ich.« Hektisch zerrte sie ihre Tasche, die sie eben erst in den kleinen Laderaum geschoben hatte, wieder heraus. »Dieser Flieger kommt doch gar nicht erst hoch, und wenn doch, fällt er bestimmt gleich wieder runter. Bloß dann sitzen wir drin! Wo ist überhaupt der Pilot?« Suchend sah sie sich um. »Soll der sich doch mal selbst um seinen Stoppelhopser kümmern! Da, guckt mal! Jetzt fummelt der Schwarze an dem Propeller herum. Wenn der nicht gleich seine Pfoten wegnimmt, hau ich ihm eins drauf.«

Er mußte wohl die Drohung gehört haben, jedenfalls trat er einige Schritte zurück, und plötzlich fingen die Propeller wieder an, sich zu drehen, erst einer, gleich danach der andere, und endlich surrten sie in schönem gleichmäßigen Ton. Wenig später kletterte ein behäbiger Mann in einem ölverschmierten Overall aus der Maschine. Tinchen war wieder beruhigt; wenigstens hatten sie einen weißen Mechaniker.

»Oisteige!« sagte der in schönstem Schwäbisch, bevor er sich als Max Hölzle aus Friedrichshafen am Bodensee vorstellte, in Pilotenkreisen allerdings besser bekannt als ›Mäxle‹.

Vierzehn Passagiere waren es, die sich nacheinander mit eingezogenem Kopf durch das niedrige Einschlupfloch zwängten. Im Innern war es brütend heiß. »Na prima, gemischte Sauna«, stellte Tobias nach einem kurzen Rundblick fest.

»Gibt es denn hier keine Klimaanlage?« moserte eine Dame in maßgeschneidertem Safarianzug und mit Tropenhelm auf dem Kopf. »Diese Hitze ist ja nicht zum Aushalten!« Ihr Mann, ebenfalls mit Khakishorts und Buschhemd bekleidet, dazu noch mit knöchelhohen Schnürstiefeln, beruhigte sie. »Laß man, Röschen, sobald wir oben sind, wird es kühler.«

Noch waren sie aber nicht oben. Immer wieder sah Mäxle ungeduldig auf die Uhr. »Zwoi fehlet noch, ond wenn die in de nägschte fünf Minudde net kommet, no schtarta mer.«

»Ich glaube, da sind sie.« Julia zeigte aus dem Fenster. Zwei Gestalten bewegten sich im Laufschritt über das Flugfeld, wobei eine die andere an der Hand hinter sich herzog. Erst flogen zwei Reisetaschen in die Maschine, danach folgte ein schwitzendes, keuchendes Etwas, das von hinten nachgeschoben wurde und sich erst dann als Mann entpuppte, nachdem es sein rosa Babyhütchen aus dem Gesicht geschoben hatte, und schließlich kletterte ein zweiter Mann durch die Tür. »Scusi, Signore et Signori, siamo troppo tardi.«

»Des koa ma ab'r laut saga«, knurrte Mäxle. Er schloß die Tür und quetschte sich durch den schmalen Gang nach vorne zur Kanzel. Dort drehte er sich noch einmal um. »Bleibet Se o'gschnallt, solang mir fliaget. Des isch wegen der Sicherheit.« Dann zeigte er auf eine Holzkiste gleich hinter seinem Sitz. »Wer was zum Trinke will, der ko sich hier ebbes raussuche. Abber Alkohol gibt's fei nedda.« Sprach's und ließ sich schwerfällig auf seinen Sitz fallen. Dann zog er den braunen Rupfenvorhang hinter sich zu.

Rumpelnd setzte sich der Flieger in Bewegung, hoppelte auf die Startbahn, nahm Fahrt auf und war Sekunden später in der Luft. Anscheinend hatte nur Tobias den Eingeborenen gesehen, der immer noch neben der Piste stand, einen Handfeuerlöscher griffbereit neben sich. Doch Tobias hielt den Mund, nur war ihm reichlich mulmig in der Magengegend geworden.

»Hier zieht es!« Die Dame im Khakilook griff in ihre hochtoupierte Frisur. »Ist denn irgendwo ein Fenster auf?«

»Nee, aber die Tür schließt nicht richtig«, rief jemand von hinten. Obwohl der Riegel vorgeschoben war, klaffte tatsächlich ein breiter Spalt zwischen Tür und Rahmen. »Irgendwas stimmt nicht damit.«

Da Florian den ersten Sitz gleich hinter der Kanzel erwischt hatte, tippte er dem Piloten auf die Schulter. »Die Tür ist halb offen.«

Der drehte sich gar nicht um. »Des isch die scho lang. Des macht ab'r nix, weil bis jetzt isch no koiner nausg'hagelt.«

Tinchen zwang sich, aus dem Fenster zu sehen. Kleine Wolkentupfer glitten vorbei, wie Wattebällchen sahen sie vor dem tiefblauen Himmel aus, hatten keine Ähnlichkeit mit den dicken Wolkenbergen zu Hause. Dreitausend Meter tiefer war alles braun. Hellbraun, mittelbraun, dunkelbraun. Sie wußte noch immer nicht, ob das nun Steppe hieß oder Savanne, Busch bestimmt nicht, da gibt es ja ab und zu mal etwas Grünes. Wovon leben die Menschen hier bloß, überlegte sie, da doch nicht einmal Ziegen etwas zu fressen finden würden. Aber es gab ja auch keine Dörfer, nur braune, trockene Erde. Niemandsland. Totes Land. Langweiliges Land.

Röschen im Khakilook wollte eine kühle Limonade. Die Limonade bekam sie, nur kühl war sie nicht. Beim Öffnen der Flasche schäumte sie über. Röschen schrie auf. »Der teure Rock! Was soll ich denn morgen auf der Safari anziehen? Ich habe doch gar nichts Passendes mehr dabei.« Mit einem hauchdünnen Taschentüchlein rieb sie an dem Fleck herum, der dadurch nur noch größer wurde. »Warum hast du auch nicht den Koffer gepackt, Alwin, wie ich es gesagt habe? Da wären noch meine Gabardinehosen hineingegangen, und für abends die Organdybluse.«

»Aber Röschen, du weißt doch genau, daß wir jeder nur eine Tasche mitnehmen durften«, sagte Alwin begütigend, »ich habe dir ohnehin schon Platz in meiner eigenen eingeräumt.«

»Das ist ja wohl auch selbstverständlich. Als Frau braucht man eben mehr Garderobe. Habe ich nicht recht?« wandte sie sich an Tinchen.

Die nickte bloß. So ein Blödsinn. Abendgarderobe! Wozu denn? Sie würden in einer Lodge übernachten mitten in der Wildnis, wo es wahrscheinlich Moskitonetze über den Betten gab und Petroleumlampen, im Morgengrauen würden sie aufbrechen und den ganzen Tag durch den Naturschutzpark fahren. Jeans brauchte man dazu, bequeme Schuhe und obenherum etwas Leichtes. Shorts hatte sie noch eingepackt für tagsüber sowie eine Jacke, weil es abends angeblich kühl sein würde, was sie allerdings bezweifelte. In diesem Land wurde es doch nie kühl!

»Ob man den Rock in die Reinigung geben kann?« begann Röschen aufs neue. »Bei uns im Hotel geht das innerhalb von zwölf Stunden. Tadellos werden die Sachen, wirklich erstaunlich. Wo wohnen Sie denn?«

»Meinen Sie hier im Urlaub oder im wirklichen Leben?«

Doch Röschen hörte gar nicht hin. »Wir haben im ›Marlin‹ gebucht. Erstklassiges Hotel und ein sehr gutes Publikum. Ich sage immer, im Urlaub ist gerade das Beste gut genug. Voriges Jahr in Thailand haben wir im … Alwin, wie hieß doch das Hotel in Thailand? Na, ist ja egal, jedenfalls war es das erste Haus am Platz. Sogar einen Fernseher hatten wir im Zimmer.«

»Dann sprechen Sie wohl fließend Thai?«

»Nein, wieso?«

Leider war der kleine Stoppelhopser nicht schnell genug, die Schallmauer zu erreichen. Genau das war es, was Tinchen am liebsten zwischen sich und diesem Röschen errichtet hätte. Unentwegt schwafelte es von Reisen, die es schon gemacht hatte, noch machen werde, wo es niemals hinfahren würde – »Indien, mein Gott, nein! Diese Bettler überall, man kennt das ja aus dem Fernsehen, und dann diese Hitze!« – und wohin immer wieder. »Sind Sie schon in der Karibik gewesen, meine Liebe? Nein? Da *müssen* Sie einfach mal hin, es gibt nichts Schöneres als Barbados.«

Wärste doch bloß dageblieben, dachte Tinchen und bemerkte erleichtert, daß der Pilot zum Sinkflug ansetzte. Nur wo, um alles in der Welt, wollte er landen? Da unten war doch nichts als braune Erde. Erst im letzten Augenblick sah sie die Piste, ein Stück plattgewalzten Boden, kaum dreihundert Meter lang, rechts und links durch kleine Sandwälle markiert. Es ruckelte heftig, als das Fahrgestell ausgefahren wurde, und dann waren sie auch schon unten. Ein paarmal hüpfte das kleine Flugzeug wie ein Gummiball auf und nieder, rollte eine kurze Strecke und stand still. Erleichtert öffnete Tobias den Sicherheitsgurt. »Mann, o Mann, hoffentlich kriegen wir für den Rückflug eine andere Maschine. Der Schwarze mit dem Feuerlöscher war mir gar nicht geheuer.«

Bevor Florian nachhaken konnte, deutete Tinchen auf eine sich nähernde Staubwolke. »Was ist denn das? Eine Elefantenherde?«

Es waren jedoch nur drei Autos, gesteuert von lachenden Eingeborenen, die sich einen Spaß daraus machten, die Neuankömmlinge erst einmal gründlich einzunebeln. Nachdem sich der Staub verzogen hatte, konnten sie die Fahrzeuge näher in Augenschein nehmen. Landrover waren es, oben mit Schiebedach und bestückt mit jeweils zwei Bänken, auf denen sechs Personen Platz hatten.

»Sind die Sitze numeriert?« wollte Röschen wissen. Sie waren es nicht, und so wartete Tinchen, bis Röschen und Alwin den ihnen genehmen Wagen ausgesucht und bestiegen hatten. »Bloß nicht unter einem Dach mit denen.«

Es blieb nur noch ein Jeep übrig, in den gerade die beiden Italiener geklettert waren. »Buon giorno«, sagte Tinchen, während sie sich zur hinteren Sitzbank durchquetschte.

»Buon giorno, signora«, echoten die beiden Herren. Babyface lüpfte sogar andeutungsweise sein rosa Hütchen.

»Stimmt ja, Mutti, du sprichst doch Italienisch«, erinnerte sich Julia, »da werden sich die beiden Typen aber freuen.«

»Von wegen sprechen! Das ist zwanzig Jahre her. Jetzt weiß ich bloß noch, was portacenere heißt und stuzzicadenti.«

»Und was heißt das?«

»Aschenbecher und Zahnstocher. Damit komme ich nicht weit. – Nein, Tobias, laß Julia hier nach hinten, setz du dich neben die Italiener!«

Die rückten auch bereitwillig zusammen. Endlich klemmte sich der Fahrer auf seinen Sitz, und dann ging es los. Quer durch die Savanne ohne Rücksicht auf Unebenheiten in Form von Grasbüscheln, badewannengroßen Vertiefungen oder irgendwelchem Gestrüpp. Einige Male schon war Tinchen mit dem Kopf an die Decke gestoßen, bis sie sich am Haltegriff festklammerte und auf das nächste Schlagloch wartete. Babyface juchzte jedesmal auf, wenn es durchgeschüttelt wurde, und Florian verzog nur schmerzlich sein Gesicht. »Gibt es bei uns in Düsseldorf eigentlich eine orthopädische Klinik?«

Ganz plötzlich hörte die Rüttelei auf. Sie hatten eine Art Straße mit einer festgefahrenen Sanddecke und weniger tiefen Löchern erreicht. Rechts und links tauchten die ersten Eingeborenenhütten auf, die Straße wurde breiter und gabelte sich schließlich vor einem Blumenrondell. Auf der einen Seite erhob sich ein großes, kreisrundes Gebäude in strahlendem Weiß, gedeckt mit dem üblichen Makutidach, auf der linken Seite verlief sich die Straße in mehreren kiesbedeckten Wegen, die zu den einzelnen Bungalows führten. Auch sie waren alle weiß und rund.

»Das hätte ich hier nicht erwartet«, staunte Tinchen. »Sogar elektrisches Licht gibt es.« Sie zeigte auf die kleinen Wegmarkierungen, die in der jetzt einbrechenden Dunkelheit nacheinander aufflammten. »Das sieht ja traumhaft aus. Und diese Blumen! Hier wachsen viel mehr als unten an der Küste.«

»Die Rezeption ist auch viel vornehmer als in unserem Hotel«, stellte Julia fest, nachdem sie das Innere des großen Gebäudes betreten hatten. Nur Röschen war nicht zufrieden. »Ich möchte jetzt endlich meinen Zimmerschlüssel haben und mich umziehen.«

Darauf mußte sie allerdings noch warten. Von einem sonnengebräunten Jüngling wurde die ganze Gruppe in einen Nebenraum geführt, wo sie Platz zu nehmen hatte. Kellner servierten Alkoholfreies. Kostenlos. Den Ruf nach Bier überhörten sie. Der Jüngling stellte sich als Peter vor, beauftragt, die Ankömmlinge kurz in das einzuweisen, was sie wissen müßten. Nach Aushändigung der Schlüssel, die vor ihm aufgereiht lagen, hätten die Gäste Gelegenheit zum Duschen und Umkleiden, sofern gewünscht, eine Kleiderordnung gäbe es nicht. Nach dem Abendessen bestehe die Möglichkeit, die unterhalb der Dschungelbar gelegene Futterstelle zu beobachten, und dann sei es empfehlenswert, nicht allzu spät schlafen zu gehen, denn erstens werde um elf das Licht ausgeschaltet, und zweitens sei am nächsten Morgen um sechs Uhr Wecken. Frühstück um halb sieben, sodann Abfahrt in den Park. Am besten fahre man in derselben Zusammensetzung, die sich schon auf der Herfahrt ergeben hätte. Das Mittagessen finde unterwegs statt in Form eines Großwildjäger-Picknicks, danach gehe es nochmals auf Pirsch, gegen vier Uhr kämen die Wagen zurück zur Lodge, und eine Stunde später werde man die Gäste wieder zum Flugzeug bringen. Noch Fragen? Nein, keine.

Obwohl außer den beiden Italienern nur Deutsche zur Gruppe gehörten, spulte Peter seinen Sermon noch einmal in englischer Sprache herunter und dann in französischer. Italienisch konnte er nicht. »Jetzt wünsche ich Ihnen einen angenehmen Aufenthalt und morgen viel Erfolg bei der Jagd. Bei der Fotojagd natürlich«, verbesserte er sich schnell. »Folgen Sie unbedingt den Anweisungen der Fahrer, und entfernen Sie sich nie von den Wagen!«

Das hatte Tinchen auch gar nicht vor. So ein Naturschutzpark war schließlich etwas anderes als ein Zoologischer Garten, wo die Tiere hinter beruhigend stabilen Gittern saßen oder in Freigehegen mit Wassergraben davor und einer Mauer darum herum liefen. Hier konnte hinter jedem Busch ein Löwe lauern, auf jedem Baum ein Gepard und in jedem Tümpel ein Krokodil. Die gab es hier nicht? Na schön, dann eben ein Nashorn.

Sie hatten zwei nebeneinanderliegende Bungalows bekommen. »Wie ich es mit Jule zwölf Stunden lang in einem Zimmer aushalten soll, weiß ich nicht.« Tobias schob den Schlüssel ins Schloß. »Könntest du nicht mit ihr ...?«

»Ich denke gar nicht daran«, sagte Tinchen entschieden.

»Zumindest wird sie für Ordnung in eurem Kral sorgen«, warf Florian ein, »du mußt nicht immer nur die negativen Seiten sehen, sondern eine positive Einstellung zu allem haben.«

»Na schön, dann weiß ich positiv, daß wir uns schon nach fünf Minuten in den Haaren liegen werden. Stimmt's, Jule?« Verwundert sah er sich um. »Wo ist sie denn?« Sie war nirgends zu sehen. »Wahrscheinlich ist sie wieder in der Boutique klebengeblieben. Ansichtskarten kaufen«, vermutete er. »Sie wird schon kommen. Lesen kann sie ja, und die Nummern über den Türen sind groß genug.« Er verschwand in der Hütte, steckte aber noch mal den Kopf durch die Tür. »Wenn ihr fertig seid, holt ihr uns ab, ja?«

Sehr spartanisch war das Mobiliar, fand Tinchen, mußte jedoch zugeben, daß die seltsame Architektur dieser Häuschen kaum eine andere Möglichkeit zuließ. Wo soll man in einem runden Zimmer einen Schrank unterbringen? Eingebaute Nischen mit Fächern drin gab es, eine kurze Kleiderstange sowie ein kommodenartiges Möbel, das gleichzeitig als Tisch diente. Zwei Stühle standen auch noch herum. Über den auseinanderliegenden Betten angebrachte Bretter ersetzten die Nachttische – Kerzen standen ebenfalls bereit –, und als Zierde hatte jemand ein wunderbar ebenmäßiges Spinnennetz auf die weißgetünchte Wand gemalt. Erst spätabends, als Tinchen mit ihrem Latschen auf Moskitojagd ging, stellte sie fest, daß es sich bei dem aparten Wandschmuck keineswegs um eine Dekoration handelte. Er war im Gegenteil sogar bewohnt, bis Florian für eine umgehende Aussiedlung sorgte.

»Hast du schon mal eine dreieckige Dusche gesehen?«

»Wieso? Die ist doch rund«, sagte Tinchen, nachdem sie das leicht angerostete Gestänge besichtigt hatte.

»Du und deine Haarspaltereien! Sieh dir mal das Becken an!« Es war in der Tat dreieckig, der spitze Winkel zeigte nach hinten. »Eins weiß ich mit Sicherheit: Sollte ich jemals zu viel Geld kommen und mir eins von diesen alten Gemäuern kaufen können, die man mit noch mehr Geld ausbauen kann, wird es niemals eine Mühle sein. Es sei denn, die Designer gehen mit der Zeit und entwerfen halbrunde Möbel.«

Während Tinchen die beiden Taschen auspackte, stand Florian singend unter der Dusche. »Sie funktioniert besser als die in unserem Hotel«, brüllte er zwischendurch. »Soll ich sie gleich laufen lassen? Sie ist prima temperiert.«

Für ein albern kicherndes Paar wurde es dann aber doch zu eng, und nachdem Florians großer Zeh intensiven Kontakt mit dem spitzen Winkel gehabt hatte, ergriff er freiwillig die Flucht. »Beeil dich ein bißchen, Tine, die Kinder warten bestimmt schon.«

Im Augenblick wartete allerdings nur Tobias, und langsam wurde er unruhig. Er wollte sich gerade auf die Suche nach seiner Schwester machen, als sie durch die offene Tür hereinkam, die Hände auf dem Rücken verschränkt. »Menschenskind, wo bleibst du denn?«

»Ich habe nur bloß ein bißchen die Gegend angeguckt. Eigentlich wollte ich nur den Kilimandscharo sehen, aber der ist gar nicht da. Ich glaube, wir sind doch in der falschen Lodge. Und plötzlich waren lauter Massai da. Rechts Massai und links Massai und vor mir und ringsherum Massai ...«

»Ja und? Was hast du gemacht?«

»Was sollte ich schon machen? Ich habe ihnen das dämliche Ding abgekauft.« Hinter ihrem Rücken zog sie einen ziegenfellbespannten Schild hervor, reich verziert mit bunten Ornamenten.

Tobias lachte schallend. »Was willst du denn damit?«

»Weiß ich nicht.« Unschlüssig drehte sie ihn hin und her. »Sieh mal, krabbelt da was?«

Bei näherer Begutachtung stellte sich heraus, daß auf dem Schild ein sehr reges Leben herrschte. Kleine schwarze Würmchen bewegten sich zwischen den Haaren, manche hatten sogar Beine. »Igittigitt!« Julia öffnete die Tür und warf den Schild hinaus. »Der braucht erst mal drei Dosen Insektenspray.«

»Oder zu Hause vierundzwanzig Stunden lang frische Luft. Dann ist das ganze Viehzeug erfroren.«

»A propos frieren«, Julia rieb sich die nackten Arme, »hast du auch schon gemerkt, daß es hier lausig kalt ist? Hoffentlich hat Mutti eine Jacke eingepackt, ich habe nämlich keine mit.«

»Dafür aber drei Paar Shorts, einen Minirock und zwei Pfund Schönheitsutensilien. Für wen willst du eigentlich diesen Aufwand treiben? Für die Löwen?« Genüßlich las er die Etiketten der säuberlich nebeneinander aufgereihten Fläschchen und Döschen ab: »Teintgrundierung, Lipgloss, Eyeliner, Cajal, Beautyfluid ...«

»Was fällt dir ein, meine Sachen auszupacken!« Wütend riß ihm Julia die Nagellackflasche aus der Hand.

»Nun stell dich nicht so an, du Eumel, ich habe doch bloß was zum Duschen gesucht.«

»Und? Hast du was gefunden?« fragte sie bissig.

»Nee. Ich habe das hier genommen.« Er zeigte auf ein dunkelblaues Flakon.

»Bist du wahnsinnig!« schrie sie los. »Das ist der letzte Rest von dem sündhaft teuren Shampoo, das mir Karsten letztes Jahr aus Frankreich mitgebracht hat. Ich benutze es nur zu ganz besonderen Gelegenheiten.«

»Na und? Ist das vielleicht keine besondere Gelegenheit, wenn ich es mal nehme?« Er konnte sich gerade noch ducken, bevor der Turnschuh hinter ihm an die Wand flog. »Mach, daß du rauskommst! Ich will auch duschen.«

Draußen war es stockdunkel. Und kalt. Unangenehm kalt sogar, höchstens fünfzehn Grad, schätzte Tobias. Und sein Pullover lag im Bungalow hinter der von Julia verrammelten Tür. Keine Chance, in absehbarer Zeit hineinzukommen. Fröstelnd stapfte er auf und ab. Er untersuchte gerade das Fenster auf Einstiegsmöglichkeiten, als nebenan die Tür aufging. »Was machst du denn da? Schlüssel verloren?« fragte Tinchen.

»Nein, Rausschmiß.«

»Du solltest dir etwas Warmes überziehen, Junge, es ist empfindlich kühl hier oben.«

»Was glaubst du wohl, weshalb ich noch mal rein will«, knurrte er. Schließlich mußten beide einsehen, daß Julia ihr Klopfen entweder wirklich nicht hörte oder ganz einfach nicht hören wollte. »Am besten gehen wir gleich ins Haupthaus, da wird es wärmer sein«, entschied Tinchen, nachdem auch Florian zu ihnen gestoßen war. Ein bißchen zweifelnd musterte sie seinen Aufzug: Jeans, kariertes Hemd mit Schal im Ausschnitt, darüber eine Jeansjacke und unten herum die uralten Wanderstiefel, deren Existenz sie schon längst vergessen hatte. »Die Safari beginnt erst morgen früh!«

»Nachher werden wir an der Futterstelle wilde Tiere sehen, und dementsprechend habe ich mich angezogen«, begründete Florian seine etwas sehr sportliche Aufmachung. »Und außerdem habe ich gar nichts anderes mit.«

Sogar der Speisesaal war rund. In der Mitte befand sich ein riesiger offener Kamin mit einem angenehm knisternden Feuer, und drum herum war das kalte Büfett aufgebaut. Rote Decken zierten die langen Eßtische, dazu passende Servietten ragten wie Spieße nach oben, und der Blumenschmuck war weitaus üppiger als das Arrangement neulich zu Florians Geburtstag.

»Ist das alles etwa nur unseretwegen inszeniert worden?«

»Nein, meine Dame, so sieht es hier immer aus.«

Erschrocken drehte sich Tinchen um. Hinter ihr stand ein gutaussehender Mann in korrektem dunkelblauen Anzug mit weißem Hemd und Krawatte. »Wir haben ja ständig wechselnde Gäste und sind bemüht, ihnen den kurzen Aufenthalt so angenehm wie möglich zu gestalten. Vielleicht entschließt sich ja doch der eine oder andere, das nächstemal nicht an die Küste zu fahren, sondern hierherzukommen. Das Klima jedenfalls ist bei uns wesentlich angenehmer. Und gesünder.«

»Sagen wir mal, es erinnert mächtig an zu Hause.« Tobias hatte sich neben den Kamin gestellt, wo er allmählich wieder auftaute.

»Nur abends und nachts, tagsüber ist es genauso heiß wie am Meer. Ich garantiere Ihnen, daß Sie heute nacht ausgezeichnet schlafen werden. Auch ohne Klimaanlage.« Dann stellte er sich vor. Hauser heiße er, sei Deutscher und seit zwei Jahren Manager dieser Lodge. »Wenn Sie Lust haben, führe ich Sie ein bißchen herum.«

Und ob Tinchen Lust hatte! Weniger aus Interesse an der Hotelanlage, sondern weil ihr dieser Herr Hauser ausnehmend gut gefiel. Kein Wunder, wenn man seit zwei Wochen nur Männer in unzulänglicher Bekleidung und in den verschiedensten Stadien des Sonnenbrands gesehen hatte.

Mürrisch stiefelte Florian hinter den beiden her. Nachdem sie von der Bar bis zur mit bequemen Polstermöbeln ausgestatteten Lounge alles besichtigt und pflichtschuldig bewundert hatten, öffnete Herr Hauser eine gläserne Schiebetür. »Und hier ist unsere Terrasse mit Blick auf den Kilimandscharo.«

Groß war sie, dekoriert mit Blumenkästen und Pflanzenkübeln, beschattet von Schirmakazien und Fächerpalmen. Nur den Kilimandscharo suchte Tinchen vergebens. Na ja, es war ja schon dunkel, wer weiß, wie weit weg dieser Berg lag, morgen früh würde sie ihn sicher sehen können, und die Geier auf der Schirmakazie schauten ja auch schon sehr afrikanisch aus. An der Küste gab es keine, da hüpften nur so kleine bunte Piepmätze herum, die Nektarvögel hießen, und Stelzenläufer, die bei Ebbe am Strand nach Muscheln suchten.

Ein Boy erschien mit Drinks, ein zweiter näherte sich mit unterwürfiger Miene. Ob der Bwana mal eben an die Rezeption kommen könnte. Der Bwana entschuldigte sich bei seinen Begleitern und enteilte.

»Gelackter Affe«, knurrte Florian hinterher. Inzwischen kam er sich in seiner Wildwestkostümierung doch ein bißchen albern vor, zumal die meisten anderen Gäste durchweg zivilisierter gekleidet waren. Wenigstens seine Bergstiefel sollte er wechseln, obwohl drei Jahre alte Turnschuhe auch nicht gerade als Gipfel der Eleganz gelten konnten.

Auf dem Weg zum Bungalow kam ihm Julia entgegen. Mit einer Taschenlampe leuchtete sie jedes Gebüsch und jeden Zentimeter Weg ab, bevor sie einen Schritt weiterging. »Gott sei Dank, daß du da bist, Vati, jetzt kannst du mich zum Speisesaal bringen.«

»Da komme ich ja gerade her.«

»Habt ihr etwa schon gegessen?«

»Nee, ich will mir andere Schuhe anziehen.« Der Lichtstrahl wanderte abwärts. »Meine Güte, wo hast du *die* denn ausgegraben? Mit so was ist Luis Trenker zum erstenmal aufs Matterhorn gestiegen.« Sie hakte ihn unter. »Doch erst bringst du mich rüber, ja?«

»Hast du Angst, du könntest dich verlaufen?«

»Blödsinn, aber das Mädchen in der Hütte neben uns hat mir erzählt, daß hier gestern eine schwarze Mamba gesehen worden ist. Wenn die dich erwischt, kannst du den Löffel abgeben.«

»Ach so, und deshalb soll ich jetzt für dich den Pfadfinder spielen? Verrechne dich bloß nicht, zur Zeit würdest du nur Schulden erben.« Er grinste. »Ich glaube, unter diesen Aspekten behalte ich meine Stiefel doch lieber an.«

Das Abendessen verlief recht vergnügt, besonders für Tobias, der heftig mit seinem Vis-à-vis flirtete. Schon im Flugzeug war ihm die hübsche Brünette aufgefallen, nur hatte er nicht zu hoffen gewagt, sie näher kennenzulernen. Hinter ihr hatte so ein Oberammergauer Reservechristus gesessen mit schulterlangen Haaren und ebensolchem Bart, der unentwegt Erdnüsse gekaut und sich zwischendurch die Fingernägel gesäubert hatte; ein ziemlich aussichtsloses Unterfangen übrigens, denn der Dreck hatte auch nach einer Stunde immer noch bombenfest gesessen. Ab und zu hatte er seiner Vordermännin etwas ins Ohr gebrüllt, doch Tobias hatte nicht herausfinden können, ob es sich nun um Zärtlichkeiten gehandelt hatte oder lediglich um die Frage, wohin er mit den Erdnußschalen sollte. Nach der Landung hatte er sie auf dem Sitz liegenlassen.

Vorhin hatte Tobias das Mädchen im Speisesaal erblickt, und beim gemeinsamen Begutachten des Büfetts war man sich nähergekommen. Er hatte ihr den Käse links oben empfohlen, und sie wiederum hatte ihn darauf hingewiesen, daß die Erdbeeren noch nicht ganz reif seien und zuwenig Aroma hatten. Seine vorsichtige Frage, ob sie denn ganz allein hier sei, hatte sie offengelassen, und da der Erdnußrobinson nirgends zu sehen war, hatte Tobias sie einfach an den Tisch geholt. Ohnehin war er für zehn Personen gedacht, und das mümmelnde Ehepaar ganz am Ende der Tafel versprach wenig Abwechslung.

Gaby hieß die dunkelhaarige Schöne, war achtzehn Jahre alt und stammte aus Krefeld. Letzteres registrierte Tobias mit besonderer Aufmerksamkeit, war doch Krefeld quasi ein Vorort von Düsseldorf und mit der Straßenbahn mühelos zu erreichen, falls die Ente mal wieder mangels Benzin bis zum nächsten Taschengeldempfang in der Garage bleiben mußte.

Tinchen erschien das Mädchen reichlich unbedarft. Es plapperte zwar munter drauflos, doch was es da aus dem herzigen Kußmäulchen herausbrabbelte, war oberflächliches Geschwafel. Verkäuferin in einem Schuhgeschäft sei es, habe sogar schon mal Heidi Kabel bedient: Gleich drei Paar hätte die gekauft und sei furchtbar freundlich gewesen, gar nicht eingebildet oder hochnäsig, und am Schluß habe sie sich auch noch für die aufmerksame Bedienung bedankt. Da gäbe es ja ganz andere Kunden, die Frau von dem Fabrikbesitzer, die sich immer die ganze neue Kollektion zeigen ließe und dann doch nichts kaufe …

»Was findest du bloß an der?« fragte Julia, als Gaby zum drittenmal das Dessertbuffet ansteuerte. »Die ist doch geistig unterbelichtet. Und mit so was gibst du dich ab?«

»Lieber amüsiere ich mich unter meinem Niveau, als mich auf

einem höheren zu langweilen«, gab er zur Antwort. »Aus dir spricht nur der Neid der Besitzlosen, seitdem sich dein Taucherteil umorientiert hat. Wollte der nicht ursprünglich mitkommen?«

»Die Gewißheit, dir anderthalb Tage lang nicht aus dem Weg gehen zu können, hat ihn davon abgehalten.« Sie legte ihre Serviette zusammen und stand auf. »Ich gehe jetzt zur Futterstelle. Kommt jemand mit?«

Nur Tobias blieb sitzen. Er wollte noch warten, bis Gaby den Schokoladenpudding fertiggelöffelt hatte, dann würden sie nachkommen.

Das ganze Hotelgelände mußten sie durchqueren und auch noch ein Stückchen den künstlich aufgeschütteten Hügel hinauf. Auf halber Höhe hatte man das sonst dicht wuchernde Gebüsch ausgespart, so daß sich ein ungehinderter Blick auf die zwanzig Meter tiefer liegende Grasfläche bot. Und dort, angestrahlt von verborgenen Scheinwerfern, waren Fleischköder ausgelegt. »Ob hier wirklich Tiere herkommen?« Diese Behauptung erschien Tinchen äußerst zweifelhaft, wußte sie doch, daß Nachtjäger helles Licht scheuten und sich erst recht nicht blicken lassen würden, sobald sie den Geruch von Menschen witterten.

»Wahrscheinlich sind die Viecher schon so domestiziert, daß sie das alles nicht mehr stört«, sagte Florian. »Wozu sollen sie noch jagen, wenn sie ihr Futter hier gratis serviert kriegen?«

»Seid mal ruhig«, flüsterte Julia, »ich glaube, da kommt was angeschlichen.«

Es raschelte tatsächlich. »Könnte ein Schakal sein.« Angestrengt blickte Florian ins Dunkel, wo hinter einem Grasbüschel ein grünes Augenpaar leuchtete. Plötzlich bewegten sich die Augen, ein Körper schob sich geduckt vorwärts, und dann sprang die getigerte Hauskatze auf den Köder zu.

»Von wegen Schakal!« sagte Julia verächtlich.

Florian verteidigte seine zoologischen Kenntnisse. »Es hätte immerhin einer sein können.«

Sie warteten weiter. Zehn Minuten, zwanzig Minuten – nichts. Und dann, als sie zu frieren begannen und schon gehen wollten, näherte sich etwas Größeres. »Das ist eine Hyäne«, behauptete Tinchen, »ich habe ganz deutlich die Tupfen gesehen.«

»Vielleicht waren es Streifen, und es gibt doch Tiecher in Kenia.«

»Sei jetzt mal ruhig, Flori, und mach die Zigarette aus! Wenn die hier oben Licht sieht, kommt sie nicht.«

Sie kam aber doch, und es war tatsächlich eine Hyäne. Bis auf zwei Meter hatte sie sich an den Futterplatz herangeschlichen, da öffnete sich weiter oben die Tür der Dschungelbar und spie einen Schwall bierseliger Sangesbrüder aus. »So ein Tag, so wunderschön wie heute ...«

Die Hyäne fand das nicht und floh. Sie kam auch nicht mehr wieder, obwohl der gemischte Chor bald verschwunden war und nun Ruhe herrschte. »Es muß sich wohl um ein sehr musikalisches Tier gehandelt haben«, sagte Tinchen, als sie nach vergeblichem Warten wieder hügelabwärts stolperten. »Hoffentlich sind die im Park weniger menschenscheu.«

Florian hob die Hand zum Schwur. »Ich verspreche hoch und heilig, daß ich morgen ganz bestimmt nicht singen werde.«

14

In so ziemlich allen afrikanischen Hotels scheint es die gleiche barbarische Methode des morgendlichen Weckens zu geben: Beinahe-Tür-Einschlagen, freundliches Grinsen im schwarzen Gesicht und der hingehaltene Kugelschreiber, mit dem man seine Flucht aus dem Bett zu quittieren hat.

Es war noch dunkel, als Tinchen halb verschlafen ihren Kringel auf das Papier malte, und sehr viel heller war es immer noch nicht, als sie zusammen mit Florian durch das stille Hotelgelände zum Haupthaus ging. Sie waren auch die ersten im Speisesaal.

»Komm, Flori, laß uns mal auf die Terrasse gehen, vielleicht kriegen wir noch den Sonnenaufgang mit.« Ein herbeieilender Boy war ihnen beim Öffnen der Schiebetür behilflich. Und da war er plötzlich, der Berg. Zum Greifen nah. »Mein Gott, Florian, ist der schön.« Untenherum lag er noch im Nebel, doch die weiße Spitze hob sich bereits deutlich von dem zunehmend blauer werdenden Himmel ab. »Auf Postkarten habe ich ihn schon gesehen und zigmal im Fernsehen, aber in natura ist er einfach überwältigend. Guck mal, jetzt kommt die dunkle Hälfte zum Vorschein. Und die Geier sind auch schon wieder da. Ob Hemingway hier gesessen hat, als er seinen ›Schnee am Kilimandscharo‹ schrieb?«

»Hat er nicht. Da gab es die Lodge nämlich noch gar nicht. Guten Morgen übrigens.« Schon wieder dieser Lackaffe, dachte Florian wütend, kann er einen denn nicht mal in Ruhe dieses herrliche Panorama genießen lassen? Der sieht's schließlich jeden Tag, wir bloß einmal.

»Guten Morgen«, sagte Tinchen fröhlich. »Ich hab mir den Berg nicht sa fantastisch vorgestellt. Kann man da eigentlich rauf? Bis unten zum Fuß ist es doch bloß ein Spaziergang.«

Herr Hauser lächelte. »Wenn Sie einen Vierzigkilometermarsch als Spaziergang bezeichnen, kommt es hin. In der Savanne lassen sich Entfernungen nur schwer abschätzen, da täuscht man sich immer wieder. Aber wenn Sie den Kilimandscharo tatsächlich besteigen wollen, müssen Sie es von der anderen Seite aus tun. Die wenigsten wissen, daß er gar nicht in Kenia liegt, sondern in Tansania.«

»Waren Sie schon mal oben?«

Erschrocken wehrte er ab. »O nein. Ich finde ihn von unten imponierend genug.« Er sah auf seine Uhr. »Sie sollten jetzt frühstücken, in einer knappen halben Stunde fahren die Wagen los. Ich wünsche Ihnen einen schönen Tag und – falls wir uns nicht mehr sehen – einen guten Rückflug.«

»Danke«, knurrte Florian. Er hatte schon befürchtet, dieser geschniegelte Knilch würde ihm den Morgenkaffee durch seine Anwesenheit vergällen. Aber so, wie der sich gab, hatte er bereits gefrühstückt. Wie konnte man bloß morgens um halb sieben schon so ausgeschlafen aussehen?

Julia trödelte heran. »Morgn. Mir ist kalt.«

»Zieh dir doch etwas Wärmeres an«, sagte Tinchen.

»Hab nichts mit.«

»Dann kann ich dir auch nicht helfen. Wo bleibt Tobias?«

»Kommt gleich.«

Er erschien als letzter. Mit gesenktem Kopf schlich er durch die Tür. Er hob ihn auch nicht, als er nach einem Streifzug am Büfett vorbei mit vollgehäuftem Teller zum Tisch kam. »Morgen allerseits.« Schweigend löffelte er sein Müsli, schweigend stopfte er Toast in sich hinein, und schweigend klaute er seinem Vater eine Zigarette aus der Packung. »Is was?« fragte der.

»Nö«, kam es zurück.

Nun lassen sich Zigaretten äußerst schwer anzünden, wenn man mit seinem Gesicht fast auf dem Tischtuch hängt. Notgedrungen mußte Tobias seinen Kopf heben, und jetzt konnten es alle sehen: Er hatte ein wunderschönes blaues Auge. Und eine Schramme auf der Stirn.

»Du liebe Zeit, wie ist denn das passiert?« rief Tinchen.

»Der Kerl konnte Karate.«

»Welcher Kerl?«

Nur die Ankündigung, daß die Landrover startklar seien und man jetzt bitte einsteigen möge, enthob Tobias der Notwendigkeit, sein Veilchen zu erklären. Doch kaum saßen sie im Wagen, bohrte Tinchen nach. »Hast du dich etwa geprügelt?«

»Dazu bin ich gar nicht erst gekommen, der war viel schneller als ich.«

»Wer?«

»Na, dieser bärtige Neandertaler mit seinem Erdnußsyndrom. Erst war er den ganzen Abend nicht zu sehen und plötzlich taucht er hinter uns auf, als wir gerade auf einer Bank so ein bißchen geschmust haben.«

»Das haste nu von deinem bakteriellen Rumgeschlotze!« Eine gewisse Schadenfreude konnte Julia nicht unterdrücken. »Es war doch klar, daß der Latschenheini und diese blöde Schnepfe zusammengehören.«

»Das hätte sie ihm aber auch sagen können«, verteidigte Tinchen ihren Sohn. »Und da hat er zugeschlagen? Einfach so?«

»Erst hat er gesagt, hau ab! Und als ich nicht gleich wollte, hatte ich seinen Fuß im Gesicht.«

»Iiiiihhhhh«, machte Julia.

»Gar nicht iiihhh. Stell dir bloß vor, der hätte auch noch Schuhe angehabt.«

Von der Unterhaltung hatten die beiden Italiener wohl doch etwas verstanden, und das lädierte Auge war ihnen auch nicht entgangen. Der kleine Dicke blinzelte Tobias verständnisvoll zu. »Amore, äh?«

»Si.« Und dann demonstrierte er gestenreich, wie er zu seiner allmählich ins Violette übergehenden Blessur gekommen war. Hinterher waren die beiden überzeugt, Tobias habe seinen Nebenbuhler krankenhausreif gedroschen und selbst nur diese geringfügige Verletzung davongetragen.

»Bravissimo«, kam es unisono. Dann stellten sie sich vor. Rinaldo hieß der Kleine mit dem rosa Hütchen, das er auch jetzt wieder trug, und Ricardo der andere. Ein cantante sei er, erklärte Babyface, in grande opera in Verona; Milano e in Inghliterra, Covent Garden, capire?

Doch, Tinchen hatte verstanden. Nur hatte sie noch nie etwas von einem Opernsänger namens Rinaldo Coppi gehört. Aber je länger sich die beiden unterhielten; desto schneller gewöhnte sie sich wieder an den Klang dieser Sprache, die sie immerhin mal recht gut beherrscht hatte. Bald fielen ihr immer mehr Vokabeln ein, und vielleicht würde sie sich mit diesen beiden komischen Vögeln sogar unterhalten können.

Im Augenblick war ihr noch nicht danach. Sie fror entsetzlich, trotz der Jeans und trotz der Strickjacke, die sie bis zum Hals zugeknöpft hatte. Die Sonne stand einfach noch nicht hoch genug, um die während der Nacht abgekühlte Luft zu erwärmen. Hinzu kamen das offene Dach und das halsbrecherische Tempo, mit dem der Fahrer die Sandpiste entlangbretterte. Ganz tief in den Sitz duckte sich Tinchen, und trotzdem klapperte sie mit den Zähnen. »Können wir nicht etwas langsamer fahren?«

Konnten sie nicht. Der Fahrer – er hieß ausnahmsweise nicht Moses, sondern Mloleve – wollte den Anschluß nicht verpassen. Acht Safariwagen waren gestartet, die jetzt in gebührendem Abstand hintereinander herfuhen, jeder in eine Staubwolke gehüllt, und erst stoppten, als sie den Eingang zum Park erreicht hatten. Nur eine Holzbude, besetzt von zwei Aufsehern, und die obligatorische Schranke zeigten an, daß hier der Nationalpark anfing.

»Die haben ja nicht mal einen Zaun drum herum«, sagte Tinchen verwundert.

»Wie willst du denn dreihundertachtzig Quadratkilometer einzäunen?«

»Stimmt, Flori, das würde zu teuer werden«, gab sie zu.

Bevor sie sich trennten, fuhren die Wagen noch eine Zeitlang hintereinander, dann schlug Mloleve einen Seitenweg ein. Und da tauchte sie auch schon in der Ferne auf, die erste Zebraherde. Gleich daneben Antilopen. Am Rand der Piste hockte ein Rudel Meerkatzen, unbeeindruckt von dem vorbeifahrenden Auto.

»Dove leone?« rief Rinaldo ungeduldig.

»Dopo«, sagte Tinchen. Glaubte dieser Mittelmeermensch etwa, die Löwen würden sich gleich zu seiner Begrüßung einfinden? Dazu mußte man sicher erst viel tiefer in den Park eindringen. Ein Warzenschwein steckte seinen Kopf aus einem Palmendickicht, stutzte, drehte ihnen sein Hinterteil zu und verschwand wieder.

Tobias lachte laut auf. »Das hat deutlich gezeigt, was es von uns Störenfrieden hält. Was is'n das da drüben?«

»Sieht aus wie ein Büffel«, tippte Florian, »könnte aber auch ein Gnu sein. Wozu geht ihr eigentlich in die Schule? Ihr müßt doch so was wissen.«

»Denkste. Ich kann dir sagen, wie viele Chromosomen Säugetiere haben und wie es zu Mutationen kommt, aber nicht, wo die Viecher leben. Außerdem ist das weder ein Büffel noch ein Gnu, sondern ein Kudu.«

»Woran erkennst du das?«

»Das weiß man eben«, sagte Tobias. Behauptungen muß man einfach in den Raum stellen, dann werden sie auch geglaubt.

Weiter ging es. Ab und zu sah man weit entfernt eine Staubfahne, sichtbares Zeichen eines anderen Wagens. Einer kam ihnen sogar entgegen. Kurzer Plausch zwischen den beiden Fahrern, dann preschte Mloleve los. Erst geradeaus, dann links ab auf einen schmaleren Weg. Tinchen stieß mal wieder an die Wagendecke, Julia flog seitwärts an die ungepolsterte Wand, aber das machte ihnen nichts aus, ein wildes Tier war gesichtet worden.

»Leone?«

»No, leopardo«, sagte Tinchen. Damit gab sich Rinaldo vorerst auch zufrieden. Leider hatte der Leopard bereits das Weite gesucht, als sie die angegebene Stelle erreichten. Sie sahen nur einige auf zarten Balletthufen flüchtende Gazellen und weiter hinten zwei Giraffen. Wie beschwipste Kräne stelzten sie zwischen den Dornbüschen einher. Immer wieder begegneten ihnen Zebras und Antilopen, und noch mehr Antilopen und noch mehr Zebras, dann wieder Kudus oder Springböcke.

»Reichhaltig ist der Tierbestand wirklich«, sagte Tinchen gähnend, »nur leider etwas einseitig. Ich würde ganz gern mal einen Elefanten sehen.«

Der stand plötzlich vor ihnen. Erschrocken trat Mloleve auf die Bremse und legte den Rückwärtsgang ein. »Elefant allein. Vielleicht böse.«

So sah der aber gar nicht aus. Gemächlich überquerte er in seinem ewig zerknautschten grauen Anzug die Piste und suchte seinen Weg ins Dickicht.

»*Loxodonta africana*«, dozierte Tobias, »frißt sechzehn Stunden am Tag und braucht durchschnittlich hundertfünfzig Kilo Nahrung.«

»Du hast ja doch was in der Schule gelernt«, lobte Florian.

»Nee, steht im Reiseführer.«

»Wenigstens *den* hast du gelesen!«

Allmählich wurde es warm. Etwas später heiß. Längst hatte Tinchen ihre Jacke ausgezogen, die Ärmel der Bluse hochgekrempelt, und nun hätte sie auch gern die Jeans gegen Shorts ausgewechselt, doch im Wagen ging das schlecht. Zu eng. »Können wir mal anhalten?«

Mloleve vermutete einen anderen Grund für diese Bitte, hielt neben einem großen Dornbusch und stieg aus. »Mama warten!« Sorgfältig schritt er um das Dickicht, stocherte mehrere Male darin herum, dann kam er zurück. »Alles okay, kein Schlange, kein Löwe.«

»Leone? Dove leone?«

»Der Kerl macht mich noch wahnsinnig mit seinem Löwen!« schimpfte Julia. Aussteigen wollte sie nicht. »Ich bin doch nicht lebensmüde.«

Tinchen hatte die Jeans noch nicht einmal halb ausgezogen, als Mloleve rief: »Einsteigen, schnell! Elefanten kommen!«

Erst zögerte sie, dann klemmte sie sich die Hosen unter den Arm und spurtete zurück zum Wagen. Ihr Bikinihöschen war bestimmt noch kleiner als der Slip, den sie trug, und die Italiener interessierten sich ohnedies nicht für ihren aufreizenden Anblick. »Naldo, mio caro«, flüsterte Ricardo manchmal dem Dicken ins Ohr, und »Rico, caro mio«, kam es ebenso zärtlich zurück, bevor sie sich an den Händen faßten und einträchtig ihre Köpfe aus der Dachluke steckten. Dabei mußte Naldo aufpassen, daß ihm sein Hütchen nicht davonflog, und Rico seinerseits schob immer wieder Naldos Kehrseite hoch, weil der ein wenig zu kurz geraten war und ständig mit dem Kinn an den Metallrahmen stieß. Ohnehin konnten nur jeweils drei Personen gleichzeitig aus dem Dachfenster sehen und kamen sich trotzdem ständig ins Gehege. Die anderen mußten warten, bis die ersten genug hatten und wieder abtauchten. Die Seitenfenster konnte man vergessen, sie waren außen von einer dichten Staubschicht überzogen.

Eine ganze Herde kreuzte knapp zehn Meter vor ihnen den Weg, und Tinchen beobachtete entzückt zwei Elefantenbabys, die immer wieder auszubrechen versuchten und sofort mit energischen Rüsselstößen zur Ordnung gerufen wurden. In der Mitte sollten sie gefälligst bleiben, beschützt von der Herde und in Reichweite ihrer Mütter. Ein ganz Kleines hatte seinen Rüssel um Muttis Schwanz gewickelt, emsig bemüht, den Anschluß nicht zu verlieren. Geschah es doch, legte es einen Zwischenspurt ein, bis es die sichere Halteleine wieder erreicht hatte.

Noch lange hätte Tinchen diesem friedlichen Familienleben zusehen können, doch Naldo schrie wieder nach seinem Löwen. Mloleve glaubte sogar Spuren entdeckt zu haben. Nicht von den Löwen, deren Revier lag woanders, nein, ein Rhino mußte erst kürzlich vorbeigekommen sein. Also auf zur Rhinozerosjagd. Sie dauerte eine halbe Stunde und endete bei einem Wasserloch. Leider war es von Büschen umwachsen, und leider hatte ausgerechnet dahinter das Vieh Posten bezogen. Ein Stück vom Horn ragte heraus, ein bißchen Stirn, und vom Hinterteil war auch noch etwas zu sehen. Mit schußbereiter Kamera hing Tobias halb aus der Luke, schrie, brüllte, ahmte alle möglichen Tierlaute nach, doch der Koloß wich nicht einen Schritt zur Seite. »Ich steige einfach mal aus.«

»No!« wehrte Mloleve erschrocken ab. »It's dangerous.« Näher heranfahren wollte er aber auch nicht, es sei verboten, von den regulären Pisten abzuweichen, neuerdings seien ständig Parkwächter unterwegs, und wenn man ihn bei einem Abstecher quer durch die Savanne erwische, würde er seine Lizenz verlieren. Also knipste Tobias das Gebüsch mit dem Horn drüber, das man später auf dem Foto gar nicht erkennen konnte, weil es sich von dem graugrünen Gestrüpp überhaupt nicht abhob. Lediglich der Kilimandscharo im Hintergrund rettete die Aufnahme dann doch noch.

Weiter ging es. Statt grau wurde der Staub rötlich, die Zebras waren plötzlich rosa-weiß gestreift, die Vegetation wurde immer spärlicher und bestand bald nur noch aus einzelnen, halbvertrockneten Bäumen. In ihrem kümmerlichen Schatten standen beinahe bewegungslos Gazellen, Antilopen, Kudus. Zwei Büffel kauten lustlos an den harten Grasbüscheln herum, andere schliefen.

»Wenn ich denen noch eine Weile zusehe, penne ich auch ein«, sagte Julia gähnend. »Irgendwie hatte ich mir das anders vorgestellt. Hier ist überhaupt keine action. Kein Löwe, der seine Beute reißt, keine Verfolgungsjagden, keine Revierkämpfe – da ist ja im Grafenberger Wald mehr los!«

Auch Mloleve war die nachlassende Begeisterung seiner Fahrgäste nicht entgangen. Er fürchtete um sein Trinkgeld. Hinlänglich geschult im Umgang mit Touristen, tat er das, was bei aufkommender Langeweile ein wirksames Gegenmittel ist: Er steuerte die nächstgelegene Lodge an. Dieser Zwischenstopp war ohnehin vorgesehen, allerdings erst später, doch was soll's, dann würde man die Rast eben etwas länger ausdehnen.

Da niemand wußte, daß es auch innerhalb des Parks ein Hotel gab, war die Überraschung um so größer. »Pin-kel-pau-se!« rief Mloleve, als er vor dem langgestreckten Gebäude anhielt. »Gibt zu trinken, auch essen, wer will, kann kaufen Massaisouvenirs und machen Fotos von Affen hinten in Garten.« So, damit würden sie wohl eine Weile beschäftigt sein. Er selbst verzog sich in die Küche.

Tinchen reckte ihre steifgewordenen Glieder und sah sich um. Blümchen überall, wenn auch nicht so üppig wie in der anderen Lodge, dafür viele Bäume, in denen unzählige Affen herumturnten. Tobias rannte bereits hinter einem her, der ihm eine Packung Kekse aus der Hosentasche geklaut hatte. »Mistvieh, elendes! Das war meine Notration!«

Der Affe ließ sich nicht beeindrucken, kletterte auf den nächsten Baum und begann mit den Zähnen die Verpackung zu lösen. Sofort wurde er von seinen Artgenossen attackiert, und gleich darauf sah man den Räuber die Flucht ergreifen, verfolgt von einer Meute kreischender, zeternder Meerkatzen.

Lachend sah Florian zu. »Wie bei den Menschen! Einer gönnt dem anderen nichts.«

»Wundert dich das? Schließlich stammen wir von denen ab.«

»Du vielleicht, mein Sohn«, wehrte sich Florian entrüstet, »*ich* nicht.«

In der Lounge saß Röschen. Allein. Sie blätterte in einer abgegriffenen Zeitschrift und nippte zwischendurch an einem Glas mit Limonade. Bevor Tinchen einen Rückzieher machen konnte, hatte Röschen sie schon gesehen. Sie warf ihre Zeitung hin und sprang auf. »Ist das nicht alles furchtbar? Dieser Staub und diese Hitze, und dann diese ewige Fahrerei und immer das gleiche Bild? Im Zoo sieht man die Tiere ja viel besser, hier sind sie so weit weg, und wie ich aussehe? Gucken Sie sich bloß mal meine Haare an! Die kriege ich gar nicht mehr sauber.«

Ein Blick in den Spiegel gleich neben dem Eingang hatte Tinchen klargemacht, daß sie vor einem ähnlichen Problem stand. Alles an ihr war staubig, angefangen von den Wimpern bis zu den Fußnägeln. Nur oberflächlich hatte sie ein bißchen ihre Shorts ausgeklopft, und sofort hatte sie in einer Staubwolke gestanden. Sehnsüchtig schaute sie zu dem so einladend winkenden Swimmingpool hinüber. Warum hatte ihr niemand gesagt, daß sich unterwegs Gelegenheit zum Baden bieten würde? Jetzt hatte sie nichts mit. Und da ›topless‹ in Kenia generell verboten war, käme ›ganz ohne‹ schon überhaupt nicht in Frage.

Sie ließ sich ein Mineralwasser bringen und hörte geduldig Röschens Gejammer zu. »Ich habe dem Fahrer gesagt, er soll mich wieder zur Lodge bringen und mit den anderen allein weiterfahren. Das hat er aber nicht gemacht, weil es zu weit ist, hat er gesagt; dann soll er mich hierlassen, habe ich gesagt, und auf dem Rückweg wieder abholen. Da kommt er nicht mehr vorbei, hat er gesagt, und wenn ich bleiben will, muß ich selber sehen, wie ich zurückkomme, hat er gesagt. Ich bin aber trotzdem geblieben. Fahren Sie jetzt zurück?«

Tinchen verneinte. »Wo ist denn Ihr Mann?«

»Ach, der ...«, winkte Röschen verächtlich ab. »Dem ist doch egal, was aus mir wird. Alwin, habe ich gesagt, wenn du mich hier ganz allein sitzen läßt, rede ich kein Wort mehr mit dir. Und wissen Sie, was er geantwortet hat?« Sie stärkte sich mit einem weiteren Schluck. »Etwas Besseres kann mir gar nicht passieren, hat er gesagt. Ist das nicht eine Frechheit?«

»Wie wollen Sie denn nun wirklich hier wegkommen?« Tinchen

bemühte sich krampfhaft, ernst zu bleiben, und es gelang ihr sogar.

»Ich hoffe, daß mich doch noch ein Wagen mitnimmt, es sind ja genug unterwegs. Und wenn nicht, dann soll mich einer von den Schwarzen hier zurückbringen. Es geschieht Alwin nur recht, wenn er dafür extra bezahlen muß.«

»Vergessen Sie aber nicht, daß um fünf Uhr die Maschine startet.«

Daran hatte Röschen nicht gedacht. Doch bevor sie sich auf die neue Situation einstellen konnte, hatte sich Tinchen schon entschuldigt und war gegangen.

Den männlichen Teil ihrer Sippe fand sie im Pool, den Rest auf einer Liege daneben. »Am liebsten würde ich hierbleiben«, seufzte Julia. »Wenn ich mir vorstelle, daß wir noch stundenlang in dieser Blechbüchse durch die Pampa brettern müssen, frage ich mich, weshalb ich überhaupt mitgekommen bin. Stell dir mal vor, was ich mit dem Haufen Kohle hätte anfangen können, den Oma für die Safari gelöhnt hat. Wasserski, Minisegeln, Squash, Surfen ...«

»Halt den Mund! Und wehe, du jammerst deiner Großmutter etwas vor! Du hast begeistert zu sein, verstanden!« Und dann, etwas kleinlaut: »Ich würde jetzt auch viel lieber im Meer schwimmen.«

»Ginge ja gar nicht. Zur Zeit ist Ebbe.« Prustend kletterte Florian aus dem Pool. »So, nun geht's mir besser. Du glaubst gar nicht, Tine, was für eine Brühe an mir heruntergelaufen ist. Im Duschbecken kannst du jetzt Radieschen säen.«

Das glaubte Tinchen auch ohne Nachprüfung. Sie brauchte nur an sich selbst herabzublicken.

Naldo und Rico hatten auf ein Bad verzichtet. Arm in Arm saß sie auf einer schattigen Bank und fütterten sich gegenseitig mit frischer Ananas. »Wahrscheinlich trägt er auch rosa Badehöschen«, sagte Julia kichernd. Beinahe bedauerte sie, daß die Italiener nicht im ›Coconutpalmtrees‹ wohnten. Seitdem Black and White abgereist waren, gab es kaum noch jemanden, über den sich zu lästern lohnte. Wien-Ottakring war weg und Backgammon auch, sogar Mama Caroline, und die Neuangekommenen sahen ausnahmslos bieder, hausbacken und langweilig aus.

Mloleve trommelte seine Mannschaft zusammen. Es sei höchste Zeit zum Aufbrechen, sonst käme man zu spät zum Treffpunkt. Auf der Fahrt zur nächsten Zebraherde erläuterte er den Ablauf des bevorstehenden Picknicks nach Großwildjägerart. Es fände immer auf einer kleinen Anhöhe statt, einem freien Platz also, wo man sicher sei vor herumstreifendem Wild. Nur Schlangen kämen hin und wieder, doch bevor man ans Auspacken ginge, werde natürlich erst alles gründlich abgesucht. Worauf Julia beschloß, ihr Mittagessen im Auto einzunehmen.

Ob Massa schon bemerkt habe, daß es zwei verschiedene Arten von Safariwagen gäbe? Massa Florian hatte das nicht bemerkt. Bei einigen befände sich nämlich rechts außen direkt am Dach eine Vorrichtung, die es gestatte, eine Zeltplane einzuhängen. Massa prüfte das nach, konnte aber nichts finden.

»Wir gehören zu erste Gruppe«, erklärte Mloleve weiter. »Müssen aufbauen Zelte und Tische und Stühle, und wenn sind fertig, wir tauschen Autos mit andere. Kommen erst in eine Stunde und müssen dann nach Essen abräumen Zelte.«

»Wenn ich das richtig verstanden habe, gehören wir zu den Pionieren und die andere Gruppe zur Müllabfuhr«, übersetzte Tobias. »Ich frage mich bloß, wo das Mobiliar herkommen soll. Oder pflegen Großwildjäger die Autositze auszubauen?«

»Ein Picknick findet immer auf der Erde statt«, sagte Tinchen, »sonst hätten die Ameisen ja nichts davon.«

»Weshalb hat unser Sunnyboy dann etwas von Tischen und Stühlen geschwafelt?«

»Abwarten.«

Ein paar Elefanten sahen sie noch, eine Giraffe, viele Antilopen und sogar einen Vogel Strauß. Aber nur von weitem. Und dann sahen sie bloß noch Staubwolken. Fast zeitgleich trafen insgesamt vier Safariwagen auf der Lichtung ein. Ein Transporter wartete schon. Er war vollgepackt mit Klapptischen und Bänken, Kühltaschen, Getränkekisten und Zeltplanen. Unter den beiden fest installierten Grills glühten bereits die Holzkohlen. Auf einem danebenstehenden Tisch sortierten zwei Eingeborene rohe Steaks, ein dritter wedelte mit einem Palmenblatt die Fliegen weg. Der vierte zersäbelte Melonen in handliche Stücke, die er auf Pappteller verteilte.

»Jetzt alle müssen helfen«, kommandierte Mloleve. »Papas bauen Zelte und Tische, Mamas decken Tische.« Er selbst überwachte das ganze Manöver und dirigierte seine Hilfswilligen mit einer Bierdose in der Hand. Zuerst herrschte planloses Durcheinander, weil auch die Insassen der anderen Wagen nicht so recht wußten, wo sie eigentlich anfangen sollten, doch dann ergriffen zwei campingerfahrene Globetrotter die Initiative. Da Florian während seiner Sturm-und-Drang-Zeit auch schon mal gezeltet hatte, gesellte er sich dazu. Aus einer der zusammengerollten Planen fiel ein Zettel. »Hier, nimm mal!« Er reichte Tobias die Plane und bückte sich nach dem Papier. »Du trägst das Zelt und ich die Gebrauchsanweisung.«

Stangen wurden in den Boden gerammt, die Planen in die an den Landrovern angebrachten Haken gehängt – das war die ganze ›Vorrichtung‹ –, sodann an den Stangen befestigt, und schon waren drei große Zeltdächer gespannt. Als Tische und Bänke standen, durften die Frauen ihren Pflichten nachkommen und Papiertücher drauflegen. Sogar Servietten gab es und Einwegbesteck. Getränke wurden verteilt, Pappbecher ausgegeben, ein Schwarzer stellte Zahnstocher auf die Tische, ein anderer Tütchen mit Pfeffer und Salz. Dazu jaulte aus einem Kassettenrecorder Phil Collins ›In The Air Tonight‹.

»Fehlt bloß noch der Kellner mit der Speisekarte«, sagte jemand, »dann isset wie in 'nem Ausflugslokal im Grunewald. Nee, Leute, das hatte ich mir anders vorgestellt, nicht so professionell. So macht das ja gar keinen Spaß.«

Dieser Ansicht war auch Tinchen. Ohne Begeisterung kaute sie auf ihrer Melone herum, die Großwildjäger bestimmt nicht in ihrem Reisegepäck hatten, genausowenig wie Avocados und Tomaten. Beides wurde zusammen mit frischen Brötchen als zweiter Gang serviert. Nur bei den Steaks war man der einhelligen Meinung, sie müßten von einem Beutetier stammen, wobei lediglich die Vermutungen auseinandergingen, ob es sich um einen Büffel, eine Antilope oder einen eines natürlichen Todes gestorbenen Elefanten gehandelt hatte.

Zum Dessert gab es frische Mangos sowie eine Arie von Rinaldo. Seine Stimme übertönte sogar die Klagelaute der Nashornvögel, nur paßte die holde A-i-hi-da nicht so recht zur Kulisse. Weder befand sich unter den pflichtgemäß lauschenden Zuhörern eine unerkannte Prinzessin – die Unterhaltung bei Tisch hatte ergeben, daß die emsig kauenden Damen samt und sonders bürgerlicher Herkunft waren –, noch hatte Naldo die geringste Ähnlichkeit mit einem ägyptischen Kriegshelden. Er war im Gegenteil kreischend aufgesprungen, als ein nicht näher zu identifizierendes Krabbeltier Kurs auf seinen Teller genommen hatte. Es fiel Tinchen schwer, sich diesen rosabehüteten kleinen Dickwanst auf einer Opernbühne vorzustellen. Doch eine schöne Stimme hatte er, das mußte sie zugeben.

Nach dem Essen machte sich Müdigkeit breit. Die Sonne hatte ihren höchsten Stand erreicht und knallte gnadenlos auf die ausgedörrte Erde herunter. Kein Windhauch war zu spüren, kein Blättchen bewegte sich, sogar das unaufhörliche Tremolo der Kronenkiebitze war verstummt. Alles döste vor sich hin.

Erst das unüberhörbare Geräusch eines sich nähernden Wagens weckte die müden Lebensgeister. »Das muß ein Panzer sein.« Tobias spitzte die Ohren. »Oder ein Bulldozer.«

Es war weder das eine noch das andere, nur ein Landrover, allerdings einer mit kaputtem Auspuff. Er röhrte sich die Anhöhe hinauf, wo er sofort von allen Schwarzen umringt und begutachtet wurde. Da jeder Eingeborene mit Führerschein automatisch zu einem Kfz-Mechaniker aufsteigt, waren sich alle nach kurzer Prüfung der Sachlage einig, daß der Auspuff ein großes Loch habe. Ebenso schnell kamen sie zu der Erkenntnis, daß dieser Schaden ohne Hilfsmittel und Ersatzteile irreparabel sei, woraufhin das Interesse erlahmte. Dem Fahrer des Wagens war die Sache sowieso egal, er würde ja das Auto tauschen müssen.

Ein längeres Palaver begann. Niemand war bereit, freiwillig in das knatternde, spuckende Ungetüm zu steigen, mit dem man zweifellos jedes Tier verscheuchen würde, und so mußte das Los entscheiden. Florian übernahm die Aufsicht. Nur hätte er vorher daran denken sollen, daß er bei Verlosungen grundsätzlich Nieten zog oder bestenfalls mal einen Dauerlutscher gewann, denn natürlich erwischte Mloleve den kurzen Zahnstocher, womit feststand, daß sie ihre Fahrt in dem Panzerwagen fortsetzen mußten.

In der Zwischenzeit hatten auch die anderen drei Landrover die Raststätte erreicht, was automatisch den Aufbruch der bereits abgefütterten Gruppe bedeutete. Vorher tauschten die Fahrer noch ihre Erfolgsmeldungen aus. Mwanza hatte als einziger schon Löwen gefunden, während Mokabe mit einem Flußpferd aufwarten konnte. Mloleves Rhinozeros fand wenig Beifall, war doch bekannt, daß es sich meistens an jenem bewußten Wasserloch aufhielt.

»In der Wilhelma bei uns in Stuttgart kann ich in einer Stunde mehr Tiere sehen als hier am ganzen Tag«, beschwerte sich eine

Endfünfzigerin mit drei verschiedenen Kameras vor der Brust. »Zehn Filme habe ich mitgenommen, und noch nicht einer ist voll. Das verlohnt sich ja gar nicht.«

»Aber wo erleben Sie denn sonst noch solche großen Herden in freier Wildbahn?«

»Das schon, aber es sind ja immer wieder dieselben. Ich möchte auch mal Klapperschlangen sehen und Löwen, Pumas und Bären.«

»Dann fahren Sie am besten nach Kanada«, empfahl Tinchen. Mloleve hatte gerade seinen Motor in Gang gesetzt, als hinter ihnen ein vielstimmiger Aufschrei ertönte. Das von den fachkundigen Campern aufgebaute Zelt war in sich zusammengefallen und bedeckte jetzt gleichmäßig Tische, Bänke und alle, die sich schon unter das schützende Dach geflüchtet hatten.

»Das ist nicht mehr unser Problem, soll sich die Müllabfuhr damit beschäftigen«, sagte Florian gleichmütig. Zum Glück wußte ja niemand, daß er es gewesen war, der die äußere Stange in den Boden gerammt hatte. Harter Stein war unter der dünnen Sandschicht gewesen, kaum fünf Zentimeter tief war er in die Erde gekommen, deshalb hatte er die Strippe auch nur lose befestigt, sonst wäre der ganze Aufbau schon viel früher zusammengebrochen.

»Ich glaube, das war meine Schuld«, flüsterte Tobias seinem Vater zu, »ich habe die Schlaufe nicht richtig über den Haken gekriegt, da habe ich sie einfach nur drumgewickelt.«

»Du auch???«

Und wieder ging es eine Schotterpiste entlang mit ausgetrockneten Fahrspuren und fußtiefen Schlaglöchern. Ihre blauen Flecke zählte Tinchen schon gar nicht mehr. Die Zebra- und Gnuherden auch nicht. Sogar Naldos Rufe nach den Löwen verstummten allmählich. Er hatte wohl eingesehen, daß die Herrschaften auf eine Begegnung mit ihm keinen Wert legten.

Plötzlich trat Mloleve mit beiden Füßen auf die Bremse. »Da drüben in Baum!« Der Baum war eine der sattsam bekannten Schirmakazien, nicht mal besonders groß, aber verstaubt wie alles andere hier auch. Nur einen flüchtigen Blick warf Tinchen hinüber. »Ja, und?«

Julia sah es zuerst. Irgend etwas lag auf der untersten Astgabel. Normalerweise hätte niemand den Geparden bemerkt, weil er sich fast gar nicht von seiner Umgebung abhob, doch Mloleve hatte ihn sofort erspäht. »Machen Foto.«

Der Gepard schien sich seiner Rolle als Modell bewußt zu sein. Als die erste Kamera klickte, hob er den Kopf und ließ ihn erst wieder sinken, nachdem die letzte Aufnahme im Kasten war. Später behauptete Tinchen steif und fest, das Tier habe sogar gelächelt.

In Mloleve war nun der Ehrgeiz erwacht. Irgendwo mußten die verflixten Löwen doch stecken! Bisher hatte er sie immer gefunden, nur heute ließen sie sich nicht sehen. Kurz entschlossen bog er von der Piste ab und folgte einem kaum sichtbaren Pfad quer durch eine mit hüfthohem Gras bestandene Ebene. Und genau auf dieser Strecke kam ihnen ein anderer Wagen entgegen. Der Fahrer rief etwas, Mloleve wendete, dann ging es zurück auf die Straße und gleich wieder rechts ab auf den nächsten Trampelpfad. Nach einigen hundert Metern endete er vor einem Dornbuschdickicht. Und da lag er nun wirklich, der Löwe, König der Savanne, majestätischer Herrscher der Steppe – und schlief. Weder das Knattern des defekten Auspuffs noch lautes Geschrei vermochten ihn zu wecken. Nur mit Mühe konnte Mloleve verhindern, daß Naldo aus dem Wagen kletterte und sich neben dem Tier in Positur stellte. Der sähe doch ganz harmlos aus, behauptete er; seine beiden Katzen zu Hause seien bestimmt gefährlicher, und weshalb Rico nicht ein Foto von ihm machen solle, wenn er dem Löwen den Kopf kraule.

»Lebt der überhaupt?« zweifelte Julia. »Bei dem Krach kann doch keiner weiterschlafen.«

»Natürlich lebt er«, sagte Tobias. »Wenn er tot wäre, dann wären schon die Hyänen und Schakale über ihn hergefallen.«

»Hast du denn welche gesehen?«

»Nein«, gab er zu. Dann kam ihm die Erleuchtung. »Vielleicht ist er schwerhörig?«

»Oder ausgestopft.«

Die Frage wurde nie geklärt, weil Mloleve auf Weiterfahrt drängte. Fünf Minuten Löwe seien genug, man müsse ja noch das Flußpferd besichtigen.

Richtig zufrieden war nur Naldo. Er hatte seinen Leone gesehen, ob lebendig, tot oder ausgestopft, war ihm egal, glücklich schmetterte er eine italienische Arie aus der Dachluke, die allerdings sehr schnell in einem Hustenanfall endete, weil der vorausfahrende

Wagen eine dicke Staubwolke hinter sich herzog. Sofort nestelte Rico eine Sprayflasche aus seiner Tasche und ließ Naldo inhalieren.

Das Flußpferd fanden sie auch noch. Aus einem Tümpel ragten seine Nüstern und die Glubschaugen heraus, mehr war nicht zu sehen.

»Na, toll!« sagte Julia bissig. »Und für so was fahren wir nun stundenlang durch die Pampa, holen uns blaue Flecke und einen Haufen Mückenstiche, frieren, schwitzen, schlucken zentnerweise Dreck und sehen aus wie die Schweine. Heia, Safari!«

Ganz so negativ sah Tinchen das nicht, aber auch sie war enttäuscht. Sicher, die Elefanten hatten ihr viel Spaß gemacht, leider hatten sie nur zwei Herden getroffen, doch diese ständige Suche nach den einzelnen Raubtieren, die sich nicht einmal wie solche benahmen, hatte sie doch ziemlich zermürbt. »Unter keinen Umständen dürfen wir Toni etwas von diesem Reinfall erzählen, es würde sie nur kränken. Wir haben den Trip in vollen Zügen genossen, haben viel gesehen und viel erlebt, und damit basta.«

»Und wenn sie Einzelheiten wissen will?«

»Dann erzählst du welche.«

»So viel Fantasie habe ich nicht«, sagte Julia.

Zweimal hielten sie noch an, bevor sie zur Lodge zurückkehrten. Das erste Mal, weil nun endlich der gesamte Auspuff heruntergefallen war und eingesammelt werden mußte, und das zweite Mal in einem Massaidorf. »Souvenirs kaufen«, erklärte Mloleve, bevor er in einer der Hütten verschwand, wo er vermutlich seine Provision kassierte.

Das Warenangebot erschöpfte sich in Schilden, Speeren, billigem Schmuck und Holzfiguren. Tinchen kaufte zwei Ketten und liebäugelte bereits mit einer dritten, als Florian dazukam. »Hör mal, Tine, die kriegen hier auch Wirtschaftshilfe. Du mußt sie wirklich nicht ganz allein unterstützen.« Die Kette blieb hängen.

Rico erstand für Naldo einen Löwen, und Naldo kaufte für Rico auch einen Löwen, aber einen größeren. Tobias handelte noch. Schließlich kam er zurück und drückte seiner Schwester ein kleines Specksteinkästchen mit Schiebedeckel in die Hand. »Hier, zur Erinnerung an die Safari.«

»Ach, ist das niedlich.« Sie war richtig gerührt. Aber nicht lange. Als sie den Deckel aufschob, schnellte ein Schlangenkopf heraus.

Schreiend warf sie das Kästchen weg. »Du hinterhältiger, gemeiner Kerl, du! Ich hätte ja wissen müssen, daß an der Sache irgendwas faul ist. Ohne Hintergedanken machst du doch keinen Groschen locker! Das war eine hundsgemeine Gemeinheit ...« Mit beiden Fäusten ging sie auf ihn los.

Lachend hielt er sie fest. »Stell dich nicht so an, Jule, das Ding ist doch bloß aus Plastik.«

»Und wenn schon, du weißt genau, daß ich mich vor Schlangen ekle.«

»Das ist aber kein Grund, sämtliche Handtücher abzuhängen, um damit Ritzen zu verstopfen.« Er wandte sich an seine Eltern. »Als ich heute früh aus der Dusche kam, konnte ich mich nicht abtrocknen, weil diese hysterische Zicke gestern nacht noch die ganzen Handtücher weggenommen hatte. Angeblich war der Spalt unter der Tür so groß, daß ein halbes Dutzend Schlangen gleichzeitig durchgepaßt hätte. Die hat doch wirklich 'n Rad ab.« Er klaubte sein verschmähtes Souvenir aus dem Gras. »Dann kriegt es eben Oma.«

Obwohl niemand etwas sagte, waren alle froh, als sie endlich vor der Lodge anhielten. Zuerst wurde der Schrott ausgeladen, dann durften sie auch aussteigen. Mit nicht ganz überzeugender Begeisterung bedankte sich Florian bei Mloleve für den schönen Tag. Er übersah auch nicht die hingehaltene Hand. Freundlich schüttelte er sie.

»Bakschisch«, flüsterte Tinchen.

»Ach so, ja.« Vergeblich suchte er in seiner Hosentasche. »Hab keins mehr.« Tobias mußte aushelfen. »Woher hast du eigentlich noch so viel Geld?« forschte Florian, als sie nebeneinander zur Rezeption gingen. »Du warst doch schon vor einer Woche pleite?«

»Ich habe für tausend Shilling meine Swatchuhr verscherbelt. Chicita war ganz scharf drauf.«

»Und was ist das da für eine?« Er zeigte auf Tobias' Handgelenk.

»Karstens Ladenhüter. In Mombasa ist er doch bloß eine davon losgeworden.«

Herr Hauser erwartete sie schon. In der Lounge stehe wahlweise Kaffee oder Tee bereit, auch Sandwiches, und wie denn die Safari gewesen sei?

»Heiß, staubig und langweilig«, sagte Julia. »Kann man hier irgendwo duschen?« Die Bungalows waren natürlich schon wieder belegt.

Selbstverständlich, draußen neben dem Pool gäbe es eine.

»Haha. Oder verleihen Sie auch Badeanzüge?«

Das natürlich nicht, bedauerte Herr Hauser mit liebenswürdigem Lächeln. Im übrigen würde wohl auch die Zeit zu knapp werden, immerhin sei es schon halb fünf.

Wie es Tinchen geschafft hatte, trotzdem pünktlich und noch dazu halbwegs sauber mit gewaschenen Haaren und einem frischen T-Shirt wieder bei ihren Lieben zu sein, verriet sie nicht, Florian mußte nicht alles wissen. Schon gar nicht, daß Herr Hauser sie in den nur höheren Chargen vorbehaltenen Waschraum geführt hatte, wo sie heiß duschen konnte. Und von dem Campari-Orange würde sie lieber auch nichts sagen. »Das T-Shirt hatte ich noch in meiner Tasche.«

Noch einmal kletterten sie in einen Landrover – der Panzer samt Mloleve waren aus dem Verkehr gezogen worden –, noch einmal holte sich Tinchen eine Beule, und dann kam endlich der Flugplatz in Sicht. Zwei Maschinen standen da. Tobias registrierte erleichtert, daß diesmal kein Eingeborener mit Feuerlöscher Wache schob, also würden sie wohl auch den Rückflug überleben.

Ein Wagen nach dem anderen kurvte heran, spie seine verstaubte Fracht aus und drehte wieder ab.

»Ist es egal, welche Maschine wir nehmen?« Tinchen hatte Alwin und Röschen in die erste steigen sehen und ging sofort auf die andere zu. »Sie werden ja wohl beide nach Mombasa fliegen.« Zwar hätte sie gern gewußt, auf welche Weise Röschen ihrer freiwilligen Einzelhaft entkommen war, doch die Aussicht auf die dann folgende einstündige Jeremiade hielt sie davon ab.

Der Pilot war ein maulfauler Engländer. Mit auffordernden Handbewegungen scheuchte er seine Passagiere in die Maschine, deutete schweigend auf die obligatorische Holzkiste hinter seinem Sitz, wo die Getränke lagerten, und verschwand hinter dem Vorhang. Es war eine Nachbildung des Union Jack. Der erste Stoppelhopser schwebte schon in der Luft, und wenig später hob auch der andere ab. Das letzte, was Tinchen sah, waren die langen Staubfahnen der Landrover.

Julia zählte ihre Moskitostiche. Sie kam auf insgesamt elf. Florian konnte nur zehn aufweisen, dafür zwei besonders große. »Die zählen doppelt, also habe ich mehr als du.« Tinchen verschob die genaue Nachprüfung ihrer blauen Flecke auf später. Sie befanden sich fast ausschließlich an jenen Stellen, die man als Frau gemeinhin bedeckt hält.

»Ich glaube, ein paar Flöhe habe ich mir auch noch eingehandelt, jedenfalls juckt es überall.« Wie zum Beweis kratzte sich Julia erst am Kopf, dann auf dem Rücken und schließlich auch noch dort, wo sich Damen nie kratzen.

»Das ist bloß der Dreck«, sagte Tobias.

»Aus dir spricht wohl der Kenner?« gab sie zurück.

Durch den nicht ganz geschlossenen Vorhang hatte Tinchen beobachtet, wie der Pilot immer wieder die beiden Propeller kontrollierte. Weit nach vorn beugte er sich, um durch das Glas der Kanzel erst den linken zu inspizieren und dann wieder den rechten. Noch schnurrten beide gleichmäßig vor sich hin, doch ein ungeübtes Ohr würde etwaige Unregelmäßigkeiten sowieso nicht gleich bemerken. Angestrengt lauschte sie dem eintönigen Brummen. »Warum guckt der da vorne bloß dauernd raus? Hast du das auch gesehen, Flori?«

»Warum soll er nicht gucken? Muß er ja, sonst landen wir am Ende in Nairobi.«

Sie landeten in Mombasa. Und das erste, was der bis dahin so schweigsame Pilot von sich gab, waren die bedeutungsvollen Worte: »We are the first.«

»Ich Trottel!« sagte Tinchen lachend, als sie endlich wieder festen Boden unter den Füßen hatte. »Dem waren seine Propeller ganz egal, der hat bloß den Himmel nach der anderen Maschine abgesucht.«

15

Die Medizin kennt kein Leiden, das Freunde und Bekannte so sehr interessiert wie ein blaues Auge. Diese Erfahrung machte Tobias, als er am nächsten Morgen zum Frühstück erschien. Aus gutem Grund hatte er den Canossagang so lange wie möglich hinausgeschoben in der Hoffnung, die meisten Gäste würden schon wieder auf ihren Liegen grillen, doch es gab immer noch genug Nachzügler, deren

Unterhaltung bei Tobias' Anblick erst verstummte und dann flüsternd fortgesetzt wurde.

Eine reichlich abenteuerliche Geschichte hatte er sich zusammengebastelt. Auf der Suche nach einem gegabelten Stock, mit dem er die ihn verfolgende Mamba – darunter machte er es nicht! – am Boden festhalten wollte, sei er gegen einen Baum gelaufen. Ein vorspringender Ast habe ihn genau am Auge getroffen. Oma hatte das geglaubt und sogar versucht, essigsaure Tonerde oder wenigstens ein frisches Schnitzel aufzutreiben, aber die Küche war schon geschlossen gewesen, und in der Notapotheke des Hotels gab's nur Borwasser. »Nun ja, Junge«, hatte Frau Antonie gesagt und sich die Blessur ganz genau angesehen, »für eine vorbeugende Behandlung dürfte es ohnehin zu spät sein, die muß man sofort einleiten. Du wirst wohl eine Zeitlang mit dem unschönen Fleck herumlaufen müssen.«

Karsten dagegen hatte nur gegrinst. »Wem bist du denn in die Quere gekommen?« Und als sich Tobias energisch gegen diese Unterstellung wehrte, hatte er mitfühlend gefragt: »Ist das dein erstes blaues Auge?« Tobias hatte genickt, woraufhin Karsten ihm den guten Rat gegeben hatte, lieber etwas näher bei der Wahrheit zu bleiben. »Das Märchen von der Schlange nimmt dir sowieso keiner ab, weil Schlangen nur angreifen, wenn sie sich bedroht fühlen. Und wenn du gegen einen Baum rennst, schrammst du dir schlimmstenfalls das Gesicht auf oder holst dir eine Beule, aber niemals ein Veilchen. Sag einfach, du habest dich mit einem Eingeborenen geprügelt, weil der dir Geld geklaut hat oder Julia an die Wäsche wollte. Das kann niemand nachprüfen, und du stehst sogar noch als Held da. Und jetzt erzähl mal dem lieben Onkel Karsten, was wirklich passiert ist!«

Das tat Tobias denn auch. »Woher hätte ich wissen sollen, daß die Tussie ihren Stenz dabeihatte?« schloß er kläglich. »Ich habe die nie zusammen gesehen. Bloß im Flugzeug, und das konnte Zufall sein.«

»In Zukunft vergewisserst du dich vorher. Jedenfalls hast du etwas gelernt. Aus Schaden wird man klug, und Klugheit schadet nichts«, sagte Karsten weise. »Übrigens ist gestern ein Haufen neuer Leute angekommen, darunter zwei süße Törtchen. Ohne Anhang!«

»Lohnt sich doch gar nicht mehr für die kurze Zeit«, winkte Tobias ab. Vorhin erst war ihm erschreckend klargeworden, daß sie in vier Tagen schon wieder die Heimreise antreten mußten. »Dabei habe ich überhaupt noch nichts erlebt.«

»Dann wird es aber höchste Zeit, damit anzufangen«, hatte Karsten gesagt, und folgerichtig machte sich Tobias nach dem Frühstück auf die Suche nach den Törtchen, wo er zu seinem Ärger bereits das Taucherteil aus Uelzen vorfand. Der Kerl ließ wohl nichts anbrennen! Kaum war Julia zwei Tage lang nicht da, baggerte er schon das nächste Opfer an. Den Spaß würde er ihm aber gründlich versalzen! Tobias machte seine Kamera schußbereit und drückte zweimal auf den Auslöser. »Die Abzüge schicke ich dir«, versprach er, »du mußt nur aufpassen, daß sie deiner Frau nicht in die Hände fallen.«

»Paß *du* bloß auf, daß du nicht gleich mit zwei blauen Augen herumrennst!« giftete Wolfgang.

»Wie ist denn das passiert?« Eines der beiden Mädchen, eine schlanke Blondine mit Strubbelhaar und einem lustigen Grübchen am Kinn, stand auf und unterzog Tobias einer genauen Musterung. »Das sieht aber nicht sehr gut aus.«

»Och, ist nicht so schlimm. Jedenfalls ist es eine lange Geschichte«, sagte er verheißungsvoll. »Komm mit runter zum Strand, dann erzähle ich sie dir.«

Kaum außer Hörweite, fragte das Mädchen: »Kannst du den Wolfgang nicht leiden? Er ist doch eigentlich ganz nett.«

»Natürlich ist er nett, deshalb verbindet uns ja auch eine herzliche Antipathie«, versicherte Tobias im Brustton der Überzeugung. »Ich bin aber noch viel netter. Wie heißt du überhaupt?«

»Anja.«

»Und ich Tobias. Weißt du, daß du toll aussiehst?«

»Wenn du nichts anderes draufhast als eine Anmache wie um achtzehnhundertsiebzig, kehre ich gleich wieder um. Kannst du surfen?«

Selbstverständlich könne er das, behauptete er, hoffte aber gleichzeitig, seine noch reichlich dilettantischen Fähigkeiten nicht beweisen zu müssen.

»Prima, dann laß uns mal loslegen. Ich habe mein eigenes Brett dabei.«

Er staunte. »Im Handgepäck mitgenommen?«

»Quatsch. Das steht immer hier unten. Eigentlich gehört es meinem Vater, aber der kommt erst übermorgen zurück.«

»Safari?«

»Nee, Pilot. Ab Freitag hat er mal wieder vier Tage frei. Deshalb mache ich ja auch Urlaub, sonst kriege ich ihn kaum mal zu Gesicht.«

Das erklärte natürlich manches, auch das Surfbrett. Piloten brauchten ihr Gepäck bestimmt nicht auf die Waage zu stellen. So einen sollte man als Vater haben! Verbilligte Flüge nach überallhin, preiswerte Einkaufsmöglichkeiten in aller Herren Länder und vielleicht auch mal ein Wochenendtrip nach Hongkong oder Istanbul, wenn Papa gerade diese Route flog. Es war ja bekannt, daß Flugzeugbesatzungen immer in den besten Hotels wohnten. Und was hatte *sein* Vater zu bieten? Ein Gratisabonnement von seinem Käseblatt und gelegentlich mal eine Freikarte fürs Theater, wenn gerade ein Stück lief, das niemanden interessierte.

Während Tobias bemüht war, sich von seiner besten Seite zu zeigen, wozu Surfen nun nicht gerade gehörte, durchforstete Tinchen ihre Garderobe. Immer wieder schob sie sie auf der Stange hin und her auf der Suche nach einem Kleid, das sowohl Anspruch auf Festlichkeit erheben konnte als auch ihren eigenen Vorstellungen von Sauberkeit genügte. Sie fand nichts. Alles, was da hing, war angeschmuddelt und zerdrückt, und was noch halbwegs sauber war, eignete sich nicht für das anberaumte Herbstfest. Mitten im europäischen Winter! Doch hier neigte sich der Sommer dem Ende zu, manchmal tauchten sogar schon größere Wolkenansammlungen am Himmel auf, und die Eingeborenen sahen schon jetzt fröstelnd der bevorstehenden Kältewelle entgegen. Im vergangenen Jahr sollte das Thermometer doch tatsächlich bis auf vierundzwanzig Grad plus abgesunken sein! Dazu noch der Regen, die tropische Variante der heimischen Schneefälle – kein Wunder, daß bei den Souvenirhändlern vorne im Dorf Sweatshorts und möglichst gefütterte Windjacken derzeit zu den begehrtesten Tauschartikeln gehörten.

Das nächstemal würde sie diesen Aspekt berücksichtigen.

Ihr bis auf dreihundert Shilling zusammengeschrumpftes Barvermögen verbot Tinchen einen Abstecher in die Boutique, wo sie vielleicht doch noch einen passenden Fummel bekommen hätte. Also würde sie notgedrungen noch mal das Gelbe anziehen müssen. Bestimmt hob es sich gut ab von ihrer gebräunten Haut, nur der Rotweinfleck vorne auf dem Bauch störte etwas. Na schön, dann mußte sie eben statt des schmalen Gürtels einen Schal drumbinden und so drapieren, daß man den Fleck nicht mehr sah. »Flori, was paßt zu Gelb?«

»Grün«, sagte er sofort, wobei er an Spiegeleier mit Spinat dachte, ein nur von ihm geschätztes Mittagessen, für das er seine Sippe auch nach zwanzig Jahren noch nicht begeistern konnte. Deshalb kam es auch so selten auf den Tisch. Plötzlich fiel ihm etwas ein. »Das habe ich dir ja noch gar nicht erzählt, Tine«, begann er. »Du warst vorhin schon weg, als dieses neue Ehepaar zum Frühstück kam. Die sitzen an Backgammons ehemaligem Tisch, deshalb hatte ich sie auch genau im Blick. Anscheinend haben sie sich ihr Englisch nach der Do-it-yourself-Methode beigebracht, und ihr Pech war, daß sie den kleinen schmächtigen Kellner gekriegt haben, der gerade erst hier angefangen hat. Jedenfalls dauerte es eine Ewigkeit, bis sie begriffen hatten, daß man Frühstückseier extra bestellen muß. Und da ordert die Frau doch tatsächlich two mirror-eggs. Natürlich hat der arme Kerl nicht verstanden, was sie meinte, und weil sie ihn vermutlich als schwerhörig einstufte, hat sie auf die Serviette ein Ei gemalt und ihren Taschenspiegel danebengelegt.«

»Das darf doch nicht wahr sein!«

»Ist aber wahr«, beteuerte Florian. »An sich hätte ich ja gern abgewartet, wie die Sache weitergeht, aber mir hat der Kellner leid getan. Er war schon ganz verzweifelt. Ich bin dann rübergegangen und habe ihnen verklickert, weshalb sie in Zukunft lieber fried eggs bestellen sollen, wenn sie Spiegeleier haben möchten.«

»A propos Eier«, erinnerte Tinchen, »was ist eigentlich aus eurem Experiment geworden? Hat Karsten seine Wette gewonnen?«

Einen Augenblick lang mußte Florian nachdenken, dann fiel es ihm wieder ein. »Ach das?« Er schmunzelte. »Einen Gewinner hat es nicht gegeben, weil das Resultat offengeblieben ist. Als wir nach einer Stunde nachsehen wollten, ob die Eier fertig sind, haben wir nichts mehr gefunden. Der Stein war knochentrocken.«

»Wahrscheinlich sind sie verdunstet.«

»Nee, die Katzen haben sie gefressen!« Erst jetzt bemerkte er Tinchens sonderbares Treiben. »Willst du etwa schon Koffer packen?«

Sie hatte das gelbe Kleid auf dem Bett ausgebreitet und alle erreichbaren farbigen Tücher danebengelegt. »Pink würde am besten passen, aber ich kann mir ja wohl kaum ein Handtuch in den Ausschnitt stecken.«

Florian zog sie weg. »Laß das bis nachher. Wir gehen jetzt erst mal zum Strand. Ich habe für halb elf eins von den Minisegelbooten gemietet, damit gehen wir auf große Fahrt.«

Tinchen protestierte. »In so eine Babybadewanne steige ich nicht, schon gar nicht mit dir! Du kannst doch nicht mal Steuerbord von Backbord unterscheiden.«

»Backbord ist immer hinten, das sagt schon der Name.«

»Nein, das nennt man Heck.«

»Ist doch völlig egal, wie das heißt, jedenfalls ist vorne da, wo die Spitze ist, und in diese Richtung müssen wir immer fahren. Wo siehst du also das Problem?«

Das sah Tinchen ganz woanders, nämlich in der Tatsache, daß weder sie noch Florian jemals ein Segelboot gesteuert hatten. Mitgeschippert waren sie schon, damals auf dem Mittelmeer, hatten sich als Galionsfiguren die Sonne auf den Pelz brennen lassen, während Sergio sich mit dem ganzen technischen Kram herumschlagen und ständig an irgendwelchen Strippen ziehen mußte. Aber wenigstens hatte er etwas von der Sache verstanden und sie auch wieder heil an Land gebracht, was Tinchen ihrem Mann nicht so recht zutraute. Trotzdem ließ sie sich auf das Abenteuer ein.

Sehr stabil sahen diese Bötchen wirklich nicht aus. Genaugenommen bestanden sie aus einem blauen Plastikunterteil mit einer Vertiefung in der Mitte, in der gerade zwei Personen Platz fanden. An den Mast kam ein Surfsegel, hinten wurde ein Steuer eingehängt, dann war der Kahn startklar.

Nach einer kurzen Unterweisung, wie man mit der Leine und der Ruderpinne umzugehen hatte, überließ Nicodemus die beiden Skipper ihrem Schicksal. Nachdem sie sich ein paarmal im Kreis gedreht und immer noch Sand unter dem kaum vorhandenen Kiel hatten, stakste er wieder ins Wasser. Es reichte ihm gerade bis zum Knie. Kurzerhand schmiß er Tinchen aus dem Boot, stieg selber ein und erteilte dem Massa eine Schnellbleiche in Segelkunde. Vom sicheren Ufer aus sah Tinchen zu, wie Florian das Segel in den Wind drehte, immer wieder den Kurs änderte und nach einer perfekten Wende pfeilgerade auf den Strand zuschoß. »Komm, Tine, das macht einen Heidenspaß!«

Die Mannschaft wechselte. Nicodemus versetzte dem Boot noch einen kräftigen Stoß, das Segel blähte sich, das Schiffchen nahm Fahrt auf – geradewegs auf ein Kanu zu. Heftig paddelnd brachte sich der Eingeborene aus der Gefahrenzone.

»Du solltest jetzt mal ein bißchen nach links abdrehen«, mahnte Tinchen, »da vorne kommt ein Stück Steilküste.«

»Kein Problem.« Lässig zog Florian am Seil, bewegte gleichzeitig das Steuer, und dann lagen sie auch schon beide im Wasser.

»Jetzt weiß ich, was ich falsch gemacht habe«, sagte er, nachdem sie wieder in ihre Badewanne geklettert waren, »ich hätte das Ruder in die andere Richtung drehen müssen. Am besten teilen wir uns die Arbeit. Du bist jetzt der Steuermann, und ich kümmere mich um das Segel. Setz dich mal auf die andere Seite, und wenn ich rechts sage, schwenkst du das Ruder nach rechts, klar?«

Das hörte sich einfach an. Tinchen wechselte ihre Position, umklammerte die Ruderpinne und wartete auf Florians Kommando. Der hatte aber noch mit dem Segel zu tun, das sich nicht mehr so richtig mit Wind füllen wollte. »Ruder hart links!« schrie er plötzlich. Tinchen gehorchte, das Segel schlug herum, und dann mußte sie schon wieder schwimmen. Sekunden später klatschte auch Florian ins Wasser, und zu allem Überfluß kenterte noch das Boot.

»Doch, das macht wirklich Spaß«, sagte Tinchen, als sie beide an dem umgekippten Kahn hingen. »Wie kriegen wir das Ding wieder auf die Beine?«

»Es wiegt ja nicht viel. Wir müssen nur zusammen an einer Seite ziehen, dann schaffen wir es schon.«

»Steuerbord oder backbord?«

Mit vereinten Kräften gelang es ihnen tatsächlich, das Boot aufzurichten und sich hineinfallen zu lassen. »Ich glaube, wir *rudern* besser zurück«, keuchte Tinchen, »kann man das Segel irgendwie losbinden?«

Abtakeln habe nicht im Unterrichtsprogramm gestanden, bedauerte Florian, und Ruder seien sowieso nicht da. »Wir müssen segeln, da hilft alles nichts.«

Wie er es geschafft hatte, den Kahn wieder in Bewegung zu bringen, konnte er später nicht sagen, aber als Nicodemus sie mit dem Seenotrettungskreuzer schließlich aus der Toten Hose herauszog und vorsichtshalber gleich an Land schleppte, beteuerte er lebhaft, er sei lediglich durch die Bugwelle eines vorbeifahrenden Hochseefischers in diese windstille Bucht abgetrieben worden.

»Jetzt gehen wir erst mal Mittag essen«, tröstete er sein immer noch wasserspuckendes Tinchen, »und nachher lade ich dich zum Skilaufen ein. Das wolltest du doch schon immer mal probieren.«

Ihren Hinweis, sie habe für heute genug vom Meer, ihr Magen sei ja kein Schwamm, ließ er nicht gelten. »Wasserski ist etwas ganz anderes. Da brauchst du überhaupt nichts zu tun und läßt dich bloß ziehen.«

Sie bat um Bedenkzeit. »Das Spektakel geht doch immer erst am Spätnachmittag los, weil dann Ebbe ist oder Flut, jedenfalls ist dann die Strömung nicht so stark oder die Wellen nicht so hoch oder ich weiß nicht, was sonst noch, aber bis dahin will ich nichts anderes sehen als meine Liege, auf der ich meine Wunden lecken kann.«

»Genug gekühlt hast du sie ja inzwischen«, feixte Florian. Trotz ihres einteiligen Badeanzugs, der den größten Teil ihrer blauen, jetzt schon ins Grüne und Bräunliche spielenden Flecke verbarg, waren immer noch genug zu sehen. »Weißt du, wie du aussiehst, Tine? Wie jemand, bei dem der Tätowierer nicht ganz fertig geworden ist.«

Heute mußte Moses einen zusätzlichen Stuhl herbeischaffen, weil Birgit die Bendersche Tafelrunde vergrößerte. Ihre Eltern waren nach Malindi gefahren, und mit Susi hatte sie Krach. »Jetzt hat sie sich an diesen Fuzzi gehängt, der seit zwei Wochen auf seiner Luftmatratze rumhängt, den Weißen Hai Band drei liest und seitdem nicht mehr im Wasser war.«

»Hat sie denn zu Hause keinen Freund?« Nach Frau Antonies Auffassung hatte jedes Mädchen über zwanzig einen ›Festen‹ zu haben und an seine Aussteuer zu denken.

»Na klar hat sie einen, Wilfried heißt er, ist zwar 'n bißchen unterbelichtet, deshalb passen sie ja so gut zusammen. Bloß an Heirat denkt er nicht. Aber sie! Wahrscheinlich ist er darum auch nicht mitgefahren, sonst hätte sie ihn vielleicht doch noch rumgekriegt.«

»Lieber 'n Wackelkontakt als gar keine Verbindung«, pflichtete Tobias bei, der mit seiner Anja auch noch nicht so richtig weitergekommen war. Weder hatte sie sich zum Eis einladen lassen, noch hatte sie eingewilligt, den heutigen Abend in seiner Gesellschaft zu verbringen. Doch, tanzen würde sie schon mal mit ihm, vorausgesetzt, das könne er besser als surfen, aber seine beiläufige Bemerkung, ein nächtliches Bad im Meer sei viel aufregender als das Herumgeplansche im hellen Tageslicht, hatte sie mit einem ironischen Lächeln pariert. »Dann paß nur auf, daß du keinen Infarkt bekommst.«

»Ihr jungen Leute habt es heute doch so einfach, euch näherzukommen«, sagte Frau Antonie, immer noch mit Susis Liebesleben beschäftigt, »wenn ich da an meine Zeit zurückdenke ...«

»Jetzt kommt wieder die Story von der Lüneburger Heide«, flüsterte Julia Birgit ins Ohr, und richtig, schon ging es los:

»Wir waren bereits lange verlobt, der Ernst und ich«, begann Frau Antonie, »hatten aber nie die Gelegenheit, für längere Zeit allein zu sein. So kurz nach dem Krieg gab es keine Wohnungen, Ernst hatte ein möbliertes Zimmer, und ich wohnte mit meiner Mutter auch sehr beengt. Wir konnten uns nur ungestört unterhalten, wenn wir spazierengingen. Doch eines Tages bot sich die Gelegenheit zu einem langen Wochenende. Damals wurde ja noch samstags gearbeitet, aber dieser Sonnabend fiel auf einen Feiertag, so daß Ernst zwei freie Tage hatte. In die Heide wollte ich schon immer mal, und so sind wir gleich morgens mit dem Zug nach Lüneburg gefahren und dann einfach drauflosgewandert. In einem kleinen Dorf wollten wir übernachten, es gab auch freie Zimmer, doch die lagen alle vier auf einer Etage, und deshalb haben wir keine bekommen, weil wir nicht verheiratet waren.«

»Oma, du hast doch nicht etwa an voreheliche Beziehungen gedacht?« unterbrach Julia Frau Antonies Monolog.

»Natürlich nicht, mein Kind, zu meiner Zeit ging man noch unberührt in die Ehe, aber man wollte uns ja nicht einmal zusammen unter einem Dach schlafen lassen.«

»Ja und? Haben Sie dann in einem Heuschober übernachtet?« fragte Birgit interessiert.

»Dazu kam es glücklicherweise nicht. Wir fanden ein anderes Gasthaus, in dem weniger strenge Sitten herrschten und man uns zwei Einzelzimmer gab. Später, als wir schon verheiratet waren, sind wir noch einmal dorthin gefahren, und ich kann mich noch erinnern, wie stolz ich meinen neuen Ausweis vorgezeigt habe.«

»Haben Sie dann wenigstens ein Doppelzimmer gekriegt?«

»Selbstverständlich.« Eine zarte Röte überzog Frau Antonies Gesicht. Das Gespräch nahm eine Wendung, die ihr nicht behagte. Das junge Volk von heute besaß einfach kein Taktgefühl mehr.

»Wer ist denn *das?*« Ganz große Augen hatte Julia bekommen, als sie zum Eingang des Speisesaals blickte. Vorsichtig drehte sich Birgit um. »Meinst du das Walroß? Die sind gestern angereist, Otto mit Edeltraut und Thea mit Josef. Das da ist Thea. Ihr Mann handelt mit Obst und Gemüse, und Otto hat 'ne Kneipe.«

»Woher weißt du das bloß schon wieder?«

»Ich hab gerade Geld umgetauscht, als Otto mit zu Hause telefoniert und den Wenauchimmer angebrüllt hat, er müsse sich an die Polizeistunde halten und notfalls den Stammtisch mit Gewalt an die Luft setzen. Erst habe ich gedacht, das ist ein Bulle, aber dann hat er noch gesagt, daß in den nächsten Tagen Bier angeliefert wird und daß der Fahrer die leeren Fässer mitnehmen soll. Na ja, und Josef ist gestern gleich zur Fähre runtermarschiert, hat sich die Preise von dem ganzen Grünzeug notiert und den halben Abend lang an der Bar räsoniert, wieviel er dafür auf dem Großmarkt bezahlen müsse, wo doch eine Ananas hier bloß zwanzig Pfennig kostet.«

Walroß war die richtige Bezeichnung für die aber schon sehr dicke Frau, die sich jetzt ächzend auf ihren Stuhl fallen ließ. Der Kanga war nicht groß genug, ihre Körperfülle völlig zu bedecken, und was darunter zum Vorschein kam, war – Tinchen wollte es nicht glauben – ein Minibikini. Kaum zu sehen war er, der größte Teil davon verschwand in den Speckfalten, doch Thea schien das nicht zu stören. Sie vertiefte sich in die Speisekarte.

»So etwas ist unästhetisch«, sagte Frau Antonie nicht gerade leise, »wenn man Figurprobleme hat, sollte man sich entsprechend kleiden und seinen Mitmenschen diesen Anblick ersparen. Zumindest während der Mahlzeiten.« Sprach's und erhob sich.

Die anderen standen ebenfalls auf. »Das ist noch gar nichts«, wisperte Birgit, »wartet mal ab, bis sie sich auf ihre Liege gewälzt hat.«

Das dauerte noch eine Weile. Nach dem Essen trank Thea erst zwei Tassen Kaffee, anschließend stieg sie in den Pool, und dann ging sie unter die Dusche. Triefend watschelte sie zur Liege, ließ sich darauf nieder, bedeckte ihre Fettmassen notdürftig mit einem Handtuch und entledigte sich darunter ihres Bikinis. Josef mußte ihr einen trockenen reichen, der auch nicht größer war, und nachdem sie sich endlich hineingezwängt hatte, standen ihr schon wieder Schweißtropfen auf der Stirn.

»Wenn Toni das gesehen hätte, wäre sie endgültig ausgerastet.«

Richtig froh war Tinchen, daß sich ihre Mutter schon zur täglichen Siesta zurückgezogen hatte, sie hätte ihren Mund bestimmt nicht halten können.

»Da kommt der schöne Klaus.« Mit einer Kopfbewegung deutete Birgit zum Sprungbrett, auf dem ein athletischer Mann sich erst in Positur stellte, bevor er mit einem tadellosen Kopfsprung ins Wasser hechtete.

»Wieso schön?« fragte Tinchen. »Glatze mit Randbepflanzung und Beine wie ein Stachelschwein entsprechen eigentlich nicht dem landläufigen Schönheitsideal.«

»Er kommt sich aber so vor. Immerhin hat er eine gute Figur. Ob er deshalb nur Tanga-Höschen trägt? Angeblich war er während seiner Bundeswehrzeit bei einer Spezialeinheit, da muß er wohl einiges abgestaubt haben. Ins Meer geht er jedenfalls nur mit einer Art Sockenhalter, in dem ein doppelt geschliffenes Messer steckt. Wegen der Haie.«

»Die kommen doch gar nicht durch das Riff.« Fast bedauerte Tinchen, daß sie den gestrigen Ankunftstag auf dieser stinklangweiligen Safari verbringen mußte, während hier offenbar lauter schräge Vögel eingefallen waren. Paul Schulze war auch so einer. Ein kleines munteres Männchen weit über Siebzig, das heute früh mit zwei Spannbettlaken am Pool erschienen war und sie sorgfältig über die Matratzen seiner beiden Liegen gezogen hatte. »Ick muß erst die Betten machen«, hatte er gesagt, »wenn meine Olle kommt, will sie immer gleich weiterpennen.« Anfangs hatte Tinchen geschmunzelt, doch dann fand sie die Idee mit den Laken gar nicht schlecht. »Auf jeden Fall ist das hygienischer«, hatte sie zu Florian gesagt, »nächstesmal nehme ich auch welche mit.«

Das hörte Florian gar nicht gern. Ein Nächstesmal würde es so bald nicht geben. Wie praktisch, daß der Urlaub ihm nicht nur die Kraft gab, sich kommende Woche wieder an seinen Schreibtisch zu setzen, sondern ihn auch so weit in die Pleite getrieben hatte, daß ihm gar nichts anderes übrigbleiben würde.

Dicht gedrängt standen sie auf dem Anlegesteg. Etwas weiter draußen dümpelte das Motorboot auf den Wellen. Joe hakte die Schleppleine ein, wahrend Nicodemus Julia beim Anlegen der Schwimmweste half. Sie sollte die erste sein. Immerhin hatte sie schon einige Runden auf Wasserskiern gedreht, hielt sich recht ordentlich und würde den blutigen Anfängern ein nachahmenswertes Beispiel geben. Sie kam auch gut ab und schaffte es sogar, den Zuschauern zuzuwinken. Neidisch sah Florian hinterher. Genauso hatte er sich das ausgemalt, nur hatte in seinen Vorstellungen Tobias den sportlichen Part übernommen, doch der glänzte durch Abwesenheit. Er habe keine Lust mehr, den halben Ozean auszusaufen, hatte er gesagt, Poolbillard sei billiger und dauere länger.

Mit elegantem Schwung kurvte Julia bis kurz vor den Steg, dann ließ sie sich ins Wasser fallen. »Sehr gut«, lobte Joe, »wer kommt jetzt?«

Corinna schaffte es erst beim zweiten Versuch, hielt sich aber wacker auf den Beinen und wurde von Joe als ausgesprochen talentiert bezeichnet.

Herbert wollte nicht. Sein linkes Knie sei nicht ganz in Ordnung, wahrscheinlich überbelastet vom Tennisspielen ...

»Du bist doch bloß feige«, fuhr seine Frau dazwischen, »genau wie beim Tauchen. Oben hast du 'ne große Klappe und unten die Hosen voll.«

»Lieber fünf Minuten feige als ein Leben lang blamiert«, konterte Herbert, der genau wußte, daß er eine ziemlich klägliche Figur abgeben würde. Tinchen wußte das auch, trotzdem ließ sie sich die Schwimmweste anlegen und sprang mutig ins Wasser.

»Knie anziehen, Arme gestreckt halten, dann langsam aufrichten!« kommandierte Joe. Es gab einen sanften Ruck, das Boot nahm Fahrt auf, Tinchen zog die Arme an, streckte die Beine – und flog kopfüber in den Teich.

»Andersherum wäre es richtig gewesen.« Joe fischte die Leine aus dem Wasser und gab sie Tinchen erneut in die Hand. Diesmal klappte es schon besser. Sie fiel erst nach zwanzig Metern wieder rein. Doch jetzt wußte sie endlich, was sie falsch gemacht hatte. Die Arme mußten immer gestreckt bleiben, selbst wenn sich ein fliegender Fisch auf ihre Schulter setzen sollte und nicht nur eine Libelle.

Wieder röhrte der Motor los, wieder konzentrierte sich Tinchen auf das Seil, sie kam hoch, noch höher, sie stand – ein bißchen wacklig, doch immerhin! –, und dann sah sie weiter vorne auch schon die Wendemarke. In großem Bogen umfuhr Joe den vor Anker liegenden Hochseefischer, und Tinchen war maßlos stolz, daß sie sogar die Kurve schaffte.

»Anfängerin, nicht wahr?« Florian drehte sich um. Hinter ihm stand das Taucherteil aus Uelzen. »Sieht man gleich, sie hat noch die typische Kackstellung.« Er blickte sich suchend um. »Ich dachte, Julia ist auch hier?«

»Dann haben Sie eben falsch gedacht«, gab Florian zur Antwort.

»Wissen Sie, wo sie ist?«

»Nein.« Dabei wußte er es ganz genau. Sie hatte sich mit Anjas Erlaubnis das Surfbrett geholt und kreuzte da draußen irgendwo herum. Wolfgang trollte sich, und Florian sah gerade noch, wie sein Tinchen zehn Meter vor ihm ins Wasser plumpste.

»Du hast gar nicht hingeguckt«, sagte sie vorwurfsvoll, als sie sich auf den Steg schwang.

»Natürlich habe ich hingeguckt. Du hast das ganz prima gemacht. Jedenfalls fürs erste Mal«, fügte er im Hinblick auf die zwar berechtigte, doch wenig schmeichelhafte Kritik von Wolfgang hinzu.

»Jetzt bist du dran!« Sie warf ihm die Schwimmweste zu. »Und denk dran: Immer die Arme gestreckt halten!«

»Logo.« Er glitt ins Wasser. »Ihhh, ist das naß.«

Joe reichte ihm die Leine. Fest umklammerte Florian den Griff. »Beine zusammen und Knie anziehen!« Florian zog gehorsam die Knie an, doch es gelang ihm nicht, seine Beine zusammenzubringen. Weit gespreizt schaukelten sie im Wasser, kippten abwechselnd nach rechts und links, und als er sie endlich mühsam zusammen hatte, lagen sie übereinander und er selbst auf der Seite.

»Nimmst jetzt vielleicht mal deine Haxen hoch?« brüllte Joe. Das wollte Florian ja gern tun, seine gegenwärtige Haltung war nicht die bequemste, er kam sich vor wie ein gestrandeter Wal, doch jedesmal, wenn er ein Bein vorschriftsmäßig mit der Skispitze nach oben angezogen hatte, stand das andere wieder ab. Und schließlich hing er mit beiden unterm Steg.

»Herrschaft noch eins, so etwas Blöd's hab ich noch nie gesehen!« Mit einem Satz sprang Joe ins Wasser und zerrte Florian wieder hervor. Dann drehte er ihn auf den Rücken, schob ihm die Füße zusammen und gab ihm die Leine. »Jetzt ziehst die Beine an und hältst die Arme gestreckt, klar?« Er winkte zum Boot hinüber. »Nico, starten!« Das Seil spannte sich, Florian wurde halb aus dem Wasser gezogen, die Skispitzen glitten übereinander, und dann furchte er bäuchlings hinter dem Boot her.

»Laß doch das Seil los!« schrie Joe, doch Florian hörte nicht. Erst als Nicodemus den Motor drosselte und die Spannung weniger wurde, gab Florian nach. Nico hievte ihn ins Boot, fischte die Skier aus dem Wasser und tuckerte langsam zum Steg zurück.

»Meine Arme waren aber immer gestreckt«, verteidigte er sich, als er endlich wieder Grund unter den Füßen hatte. Joe befreite ihn von der Schwimmweste. »Weißt, Florian«, sagte er, »du solltest es mal mit Fallschirmspringen versuchen. Deine Haltung eben war optimal.«

Hand in Hand schlenderten sie am Strand zurück, als Tinchen plötzlich aufs Meer zeigte. »Guck mal, ist das nicht Julia? Da scheint etwas nicht in Ordnung zu sein.«

Jetzt sah es Florian ebenfalls. Gerade noch hatte das gelbe Segel die Wellen durchpflügt, und nun lag es im Wasser, während das Surfbrett – ohne Segel – langsam abtrieb. Von Julia war nichts mehr zu sehen. Er hatte schon seine Shorts ausgezogen und wollte ins Wasser springen, als er Tobias' blonden Schopf sah. Zügig kraulte er auf die Unglücksstelle zu, und Tinchen bemerkte erleichtert, daß auch Julia wieder aufgetaucht war. Jetzt hatte Tobias sie erreicht, schwamm aber sofort hinter dem Surfbrett her. Sicher brachte er es an Land, und kurz darauf kam auch Julia, das Segel hinter sich herzerrend. »Wie es passiert ist, weiß ich nicht, plötzlich lag das Ding im Wasser. Dabei habe ich immer gedacht, der Mast kann sich nicht von allein lösen.«

»Wer weiß, ob du ihn richtig befestigt hast«, sagte Tobias verächtlich. »Weiber und Technik: Zwei Welten prallen aufeinander.«

»Trotzdem finde ich es heroisch, daß du Julia sofort zu Hilfe gekommen bist.« Zärtlich fuhr Tinchen ihrem Sohn durch die nassen Haare, doch der schüttelte nur unwillig ihre Hand ab. »Wieso Julia? Ich wollte das Brett zurückholen, schließlich gehört es Anja.«

Das Herbstfest warf seine Schatten voraus. Im wahrsten Sinne des Wortes. Die große Terrasse vor dem Speisesaal lag im Schatten vieler Sonnenschirme, unter denen emsiges Treiben herrschte. Tische wurden aufgebaut; Blümchen dekoriert, Lichtergirlanden gezogen. Die anschließende Beleuchtungsprobe ergab zwei defekte Glühbirnen. Kellner Moses erstieg die Leiter, schraubte die Birnen heraus und reichte sie an Oberkellner Moses weiter. Der schüttelte sie kurz, nickte zustimmend, worauf Kellner Moses zwei neue holte. Sodann kletterte Oberkellner Moses auf die Leiter, ließ sich die beiden Birnen zureichen und befestigte sie. Derartig diffizile Aufgaben traute er seinen Untergebenen wohl nicht zu.

Tinchen schmunzelte nur, als sie dieses Manöver beobachtete, doch sie hatte sich inzwischen daran gewöhnt, daß jeder Hotelangestellte seinen ganz bestimmten Aufgabenbereich hatte, und wehe, er überschritt ihn. Keinem gewöhnlichen Kellner war es gestattet, eine Wein- oder gar Sektflasche zu öffnen; er durfte sie an den Tisch bringen, aber das Privileg des Öffnens und Einschenkens war dem Oberkellner vorbehalten.

»Irgendwie muß der ja seine Existenzberechtigung nachweisen«, hatte Karsten gesagt, »immer bloß rumstehen bringt ja auch kein Trinkgeld. Wißt ihr übrigens, daß der jeden Abend nach Dienstschluß abkassiert? Er paßt genau auf, welcher Kellner was kriegt, und den läßt er dann zur Ader. Neulich habe ich zufällig gesehen, wie er den kleinen Charles verdroschen hat, weil der wohl nicht genug herausrücken wollte. Am liebsten wäre ich dazwischengegangen, bloß hätte ich dann auch noch was abgekriegt.«

Tinchen war auf dem Weg zum Suaheliunterricht. Als einzige der Familie hatte sie daran teilgenommen und war schon in der Lage, ihre Getränke in der Landessprache zu ordern oder Einheimische nach dem Weg zu fragen, sofern es sich um Ziele wie Bahnhof, Flugplatz oder Fähre handelte. Was Busstation hieß, hatte sie noch nicht gelernt, deshalb waren ihre Sprachkenntnisse in Mombasa auch so wenig hilfreich gewesen.

»Wat denn, machen Se imma noch mit bei det Kauderwelsch?« Kasulke hatte die hektographierten Zettel in Tinchens Hand bemerkt. »Ick hab det ja ooch mal vasucht, aba ick mußte dauernd husten. Bei die Sprache kriege ick imma Knoten in meine Zunge. Jetzt weeß ick ooch, warum die Schwarzen alle so wulstije Lippen haben. Det kommt, weil se die Wörter imma so rauspusten müssen. Na, denn lernen Se mal schön.«

Er wollte schon weitergehen, doch Tinchen hielt ihn zurück. »Was soll eigentlich dieser Auftrieb hier draußen? Gibt's wieder Barbecue?«

»Ach wat, viel schlimmer! African Food is anjesacht. Det janze Essen steht in jroße Steintöppe hier draußen, wat drin is, könn' Se bei die schummerije Beleuchtung nich sehen, und wenn Se sich wat uff 'n Teller jeschaufelt hab'n, wissen Se nich, wat et is.«

»Also Surpriseparty?«

»Wat für 'ne Party?«

»Überraschungsparty.«

»Richtich, so kann man det ooch nennen.«

Jim wartete schon, und mit ihm die vier Unentwegten, die noch übriggeblieben waren. Begonnen hatte der Kurs mit vierzehn Teilnehmern, nur waren die meisten wieder abgesprungen.

»Jambo«, sagte Tinchen, und »Samahani«, was soviel wie Entschuldigung bedeutete.

»Jambo«, antwortete Jim erfreut. Endlich mal eine Schülerin, die ihre Vokabeln auch wirklich gelernt hatte. »Dann fangen wir gleich einmal mit Ihnen an.« Er sprach ein fast einwandfreies Deutsch, ein ebenso gutes Englisch, und mit den Franzosen und Italienern konnte er sich auch recht ordentlich verständigen. »Sie sitzen im Castle-Hotel und bestellen Ihr Frühstück. Sie möchten Kaffee mit Milch und Zucker, Brot, Butter und zwei Eiern.«

»Uff«, machte Tinchen. Sie überlegte aber nur kurz. »Nataka kahawa na maziwa na sukari, mkate, siagi e mbili mayai. Richtig?«

»Richtig«, bestätigte Jim. »Aber der Kellner hat das Salz für die Eier vergessen.«

»Nipatie chumvi, tafadhali«, sagte Tinchen prompt. Sogar an das ›Bitte‹ hatte sie gedacht.

»Sehr gut. Und jetzt wollen Sie bezahlen.«

»Bei gani?«

»Mia moja na kumi shillingi«, antwortete Jim.

»Hundertzehn Shilling? Das ist zu mingi! Was heißt Wucherpreis auf Suaheli?«

Dieses Wort gab es nicht. Nun sollte sie dem neugierigen Kellner noch ihren Namen nennen und wo sie herkam, und als sie das mit »Jina langu Tina na nina toka Germany« beantwortet hatte, durfte sie sich verabschieden. »Kwaheri.«

»Ausgezeichnet«, lobte Jim. Da es sich leider um die letzte Unterrichtsstunde handelte, werde man heute die nötigen Vokabeln für die Abreise durchnehmen. Er klappte die Tafel herum, und Tinchen las erstaunt: Die-se Kiste ge-hört mir nicht und Vor-sicht, die Kiste ist zer-brechlich. Darunter stand der Text in Suaheli.

»Ich habe aber keine Kisten, sondern Koffer.«

Dafür gäbe es kein entsprechendes Wort, bedauerte Jim. Es gab eigentlich gar keine Bezeichnungen für europäische Reiseutensilien, stellte sie fest, weder für Handgepäck noch für Kosmetikbox. Im Bedarfsfall würde sie wohl doch lieber auf Englisch zurückgreifen.

Mit Handschlag verabschiedete sich Jim von jedem einzelnen Schüler, nachdem er sorgfältig die Adressen notiert und versprochen hatte, sich bei seinem nächsten Deutschlandbesuch zu melden. Wann denn damit zu rechnen sei? »Wenn der Kilimandscharo keinen Schnee mehr trägt«, sagte er. »Kwaheri.«

Sie waren entlassen. Es wurde auch höchste Zeit zum Umziehen. Die ersten Hungrigen umkreisten bereits die Tische, und sogar Tinchen konnte sich einen kurzen Abstecher nicht verkneifen. Kasulke war auch schon da. »Nu gucken Se sich det an. Jetzt hab'n se doch tatsächlich Schilder uffjestellt, damit man lesen kann, wat nachher in die Töppe drin is. Und wat steht da? Ugafi«, buchstabierte er mühsam, »Matumbo, Chapati ... wissen Sie vielleicht, wat det bedeutet?«

»Viazi heißt Kartoffeln, das habe ich neulich gelernt.«

»Die würde man ja ooch an ihre Form erkennen, aba wat is Muchicha?«

»Keine Ahnung, wir werden es schon herausfinden.«

»Ja, wenn et zu spät is und uff 'm Teller liecht. Oda können Se sich 'ne Kombination von jedämpftem Weißkohl mit jekochte Ananas vorstellen?«

Als Tinchen in den Bungalow stürzte, stand Florian noch im Bad. In jeder Hand hielt er ein Oberhemd. Sein unschlüssiger Blick wanderte zwischen beiden hin und her. »Kannst du mir sagen, welches noch am saubersten ist?«

»Keins von beiden«, sagte Tinchen, »aber der Schokoladeneisfleck geht bestimmt besser raus als die Tomatensoße. Nimm also das hellblaue. Irgendwo muß noch Waschpaste sein.« Sie zog sich aus und schlüpfte unter die Dusche.

Vergebens suchte Florian das Regal über dem Waschbecken ab. Der Größe nach stand dort alles aufgereiht, was der Roomboy an herumliegenden Kosmetika gefunden hatte. Den Anfang machte Tinchens Haarspray, weil das die längste Dose war, dann folgten Shampoo, Duschgel, die Flasche mit Aftershave, Eau de toilette, Zahnpasta – die Tube hochkant an die Wand gelehnt –, Deo und immer weiter abwärts, bis Tinchens Lippenstifte den Schluß bildeten. »Der muß im früheren Leben mal Orgelbauer gewesen sein«, hatte Florian vermutet, als er diesen Aufbau zum erstenmal gesehen hatte. Inzwischen fand er ihn ganz praktisch. Wenn man wußte, in welche Größenordnung der gesuchte Gegenstand paßte, fand man ihn sogar im Dunkeln.

Die Eisspuren waren getilgt, statt dessen prangte ein großer Wasserfleck auf Florians Hemd. »Hier hast du den Fön, leg dich mal trocken!« befahl Tinchen. Sie stand in ihrem gelben Kleid vor dem Spiegel. Nacheinander wickelte sie sich Schals um die Hüfte oder versuchte es wenigstens. Die meisten waren zu kurz, und der einzig lange paßte nicht in der Farbe. »Was soll ich denn bloß machen? Wenn der Fleck wenigstens an einer anderen Stelle säße und nicht ausgerechnet auf dem Bauch.«

Florian wußte Rat. »Du machst aus dem grünen Tuch einfach eine Schleife und steckst sie vorne fest.«

»Du spinnst wohl! Ich kann doch meinen hervorragendsten Körperteil nicht noch extra betonen. Lieber gehe ich mal nach nebenan, vielleicht hat Julia was.«

Julia konnte leider nicht dienen, doch Frau Antonie. Ob Ernestine den violetten Chiffonschal haben wolle, der würde sich recht gut eignen. Ein bißchen zerdrückt sei er allerdings, weil sie selbst ihn ausschließlich zum Bedecken der Lockenwickler verwende, vielleicht seien auch ein paar kleinere Löcher drin, doch die würden wohl kaum auffallen. Tinchen nahm den Schal und beauftragte Florian, einen Zweig lila Blüten aufzutreiben. »Die stecke ich mir oben an die Schulter.«

»Wo soll ich die denn herkriegen? Draußen ist es dunkel.«

»Dann nimm die Taschenlampe mit. Ich weiß nicht mehr, wo ich sie gesehen habe, aber irgendwo auf dem Gelände gibt es violette Büsche.«

»Bei meinem Glück wahrscheinlich vorne an der Schranke«, murrte Florian, ließ sich aber widerspruchslos aus der Tür schieben. Als er nach zehn Minuten zurückkam, hielt er einen ganzen Strauß in der Hand. »Ich habe von allem etwas abgerupft.« Lila war nicht dabei.

»Na schön, nehme ich eben die Brosche.« Tinchen war Fatalist. »Weißt du, wo die sein könnte?« Natürlich wußte er es nicht, und so begann wieder einmal die ihm schon hinlänglich bekannte Wühlerei.

»Warum findet man immer das, was man gerade nicht sucht?« Aus dem untersten Regalfach zog Tinchen eine zerdrückte Schachtel hervor. »Hier sind die Magentabletten.«

»Die hätte ich vorige Woche gebraucht.«

»Dann nimmst du jetzt einfach eine prophylaktisch, es gibt nämlich wieder Gegrilltes.«

Die Brosche fand sich auch noch, und nachdem Tinchen sie befestigt und den zusammengedrehten Schal so um die Taille geschlungen hatte, daß er an der fraglichen Stelle fächerförmig auseinanderfiel, fand sie ihr Aussehen ganz passabel. »Wir können gehen.«

Frau Antonie wartete bereits auf der Terrasse. Sie trug wieder grüne Seide. Tobias erschien etwas zerknittert. »Es wird Zeit, daß wir nach Hause kommen«, sagte Tinchen, »deine Hosen schreien förmlich nach einem Bügeleisen.«

»Es kommt nicht auf die Hose an, Mami, sondern auf das Herz, das in ihr schlägt.«

Die Freßorgie hatte schon begonnen. In großen bauchigen Steintöpfen, die ein bißchen wie Wasserkannen ohne Henkel aussahen, wurden die verschiedenen Gerichte warmgehalten. Aus jedem Topf ragte eine handgeschnitzte hölzerne Suppenkelle. Was man damit herausschaufelte, war beim besten Willen nicht zu erkennen, und die in Suaheli beschrifteten Schilder davor wenig hilfreich. »Ist das nun Kohl oder Mango?« Mißtrauisch beroch Florian den Klecks Eintopf auf seinem Teller, erst dann kostete er davon. »Was es ist, weiß ich nicht, schmeckt aber gut.« Er nahm sich eine größere Portion.

Tinchen rührte in einer dicklichen Flüssigkeit herum. »Wahrscheinlich muß man das irgendwo drüberkippen, aber was gehört drunter?«

»Probier's doch mal.«

Sie tat es. »Scheint eine Art Kräutersoße zu sein«, meinte sie, »die würde gut zu Salat passen.«

»Den gibt's weiter vorne, Kartoffeln auch«, sagte Tobias. »Ihr müßt mal von dem Weißen aus dem Topf mit dem Mäandermuster nehmen. Das Zeug schmeckt sagenhaft.«

»Was ist es denn?«

»Woher soll ich das wissen?«

Nacheinander probierten sie alle Töpfe durch. Aus jedem ein bißchen. Gegen manche Gerichte sträubte sich ihr Gaumen, andere wiederum ließen Tinchen bedauern, sich nicht mehr davon genommen zu haben. Wenn sie bloß wüßte, in welchem der vielen Töpfe dieses hervorragende Paprikagemüse gewesen war. Sehen konnte man ja nichts.

Frau Antonie fand die offerierte Auswahl afrikanischer Spezialitäten zwar recht interessant, hielt sich jedoch vorzugsweise an gegrilltes Huhn und Fruchtsalat. »Da weiß man doch wenigstens, was man ißt.«

Kaum hatten die letzten Nachzügler das Dessertbuffet dezimiert, als auch schon in einem für die Kellner höchst ungewöhnlichen Tempo die Überreste abgeräumt wurden. In Windeseile verschwanden Töpfe und Tische, und ebenso schnell bauten die Beach-Boys ihre Instrumente auf. Zur Feier des Tages hatten sie einen Solisten mitgebracht. Nein, keinen Sänger, den hatten sie schon. Er erfreute seine Zuhörer regelmäßig mit Darbietungen, die einst Louis Armstrong berühmt gemacht hatten, nur hatte er leider außer der Hautfarbe nichts mit Satchmo gemein. Wenn er die ›Blueberry Hills‹ krächzte, klang es eher nach Luftröhrenkatarrh.

Der neue Mann bei den Beach-Boys spielte Trompete. Im Gegensatz zu den anderen Instrumenten, die samt und sonders schon bessere Tage gesehen hatten, glänzte seins noch wie ein frischpolierter Spiegel, was Karsten sofort vermuten ließ, daß es sich um eine Neuerwerbung handeln müsse. »Wenn er so spielt, wie das Rohr funkelt, soll's mir recht sein.«

Diese Hoffnung mußte er aufgeben. Schon nach den ersten Tönen hielt sich Tinchen die Ohren zu. »Das ist ja grauenvoll!« Ausgerechnet an den ›Spanish Eyes‹ versuchte sich der Künstler, blies die hohen Töne voll daneben und kam auch mit den unteren nicht so ganz klar. Karsten rief Moses an den Tisch. Der kam auch sofort, nahm grinsend die Bestellung entgegen und trabte ab. »Ich habe dem Trötenheini ein Bier spendiert. Das kriegt er aber nur, wenn er aufhört zu spielen.«

Entweder hatte Moses die Bedingung nicht weitergegeben, oder der Trompeter hatte sie nicht verstanden. Er nahm das Getränk als Anerkennung entgegen. Wenigstens einer, der seine musikalischen Fähigkeiten zu würdigen wußte, der Applaus war ja ziemlich spärlich gewesen. Dankbar nickte er Karsten zu, dann setzte er zu einem neuen Solo an.

»Ich geh rüber an die Bar, vielleicht hört man das Gequieke dort weniger laut«, sagte Tinchen. Auf diese Idee waren auch schon andere gekommen. George mußte einen zweiten Helfer heranwinken, um dem plötzlichen Andrang gerecht zu werden.

Tinchen fand noch einen Platz neben Julia. Auf der anderen Seite saß Birgit. Ihnen gegenüber hockten Joe und eine farblose dünne Blondine in einem ziemlich gewagten Kleid, die Tinchen noch nie gesehen hatte.

»Das ist seine Pratze aus Regensburg«, klärte Julia ihre Mutter auf. »Ist gestern überraschend gekommen. Begeistert war der Joe bestimmt nicht, da er doch gerade die kleine Münchnerin angegraben hat. Bloß seinetwegen macht sie den neuen Tauchkurs mit.« Und als Joe seine Begleiterin auf die Tanzfläche führte: »Eigentlich hätte ich ihm einen besseren Geschmack zugetraut. Die klappert doch schon beim Laufen.«

»Und erst das Kleid!« ergänzte Birgit. »Darin sieht sie aus wie eine Mallorca-Disco-Schlampe.«

»Sehr dezent hast du dich aber auch nicht angezogen.« Amüsiert musterte Tinchen das junge Mädchen. Zum schwarzen Minirock trug es ein sehr knappes Oberteil, dazu hochhackige Schuhe und ein dreiviertel Pfund Modeschmuck. Mit Make-up hatte es auch nicht gespart. »Wo viel Lid ist, ist auch viel Schatten.«

Zum Glück nahm Birgit nie etwas übel. »Finden Sie?« Sie griff nach Georges Tablett, auf das er gerade zwei Gläser stellen wollte, und benutzte es als Spiegel. »Mutti hat nämlich auch schon gemeckert, und Vati hat gesagt, ich soll mich nicht wundern, wenn mich jemand fragt, wieviel ich koste.« Sie gab das Tablett zurück und rutschte vom Hocker. »Ich geh mal abtakeln. Haltet mir aber den Platz frei.«

»Mach ich«, sagte Florian, »laß dir ruhig Zeit.« Er studierte die Getränkekarte. »Wozu darf ich euch zwei Hübschen denn einladen?« Julia wollte eine Cola mit Navy-Rum und Tinchen diesen grünen Cocktail, der immer so schön giftig aussieht. »Ich glaube, der heißt Out of Africa.«

»Gestatten Sie, daß ich mit Ihrer Tochter tanze?« Erst zögerte Florian, weil er das eigentlich selber vorhatte, doch dann gestattete er gnädig. Strahlend folgte Julia dem Taucherteil auf die Tanzfläche.

»Hat die sich den Grufti denn immer noch nicht abgeschminkt?« Tobias hatte sich mit seiner Anja auch in das Gewühl stürzen wollen, blieb jedoch kurz neben Tinchen stehen. »Ich dachte, sie sei endlich vernünftig geworden.« Im Weggehen sagte er leicht resignierend: »Na ja, die Liebe ist auch so ein Problem, das Marx nicht gelöst hat.«

Als Tinchen den zweiten Cocktail halb ausgetrunken hatte, fragte Florian höflich: »Wie isses, Tine, willst du auch mal tanzen?«

Sie wollte nicht. Mit diesem Disco-Gehopse habe sie nichts im Sinn, so etwas Ähnliches habe sie seinerzeit im Turnunterricht machen müssen, nur habe es damals Freiübungen geheißen, und ihr käme es vor, als tobten da lauter Epileptiker herum. »An irgend etwas erinnern mich diese zuckenden Bewegungen«, grübelte sie laut, »ich weiß nur nicht mehr, woran.«

»An die Massaitänzer neulich«, sagte Florian trocken.

Birgit kam zurück. Ihre Stelzen hatte sie gegen flache Slipper eingewechselt, statt sieben klirrten nur noch drei Armreifen am Handgelenk, und die wilde Kriegsbemalung war auf ein erträgliches Maß reduziert. »Besser so?«

»Viel besser«, bestätigte Tinchen.

»Bleiben Sie ruhig sitzen«, sagte Birgit, als Florian seinen Hocker räumen wollte, »ich stehe ganz gern mal. Von hinten komme ich mir schon vor wie ein Nilpferd. Ist ja auch kein Wunder bei der ewigen Rumliegerei den ganzen Tag.« Fachmännisch beobachtete sie die Tänzer. »Jetzt sehen Sie sich bloß mal die Kiste an! Hände in den Hosentaschen und Blick an der Decke. Ich glaube, der hat noch gar nicht gemerkt, daß ihm seine Partnerin abgehauen ist. Da ist ja auch Julia! Und Uelzen, natürlich! Bei der Italienerin ist er abgeblitzt, als sie seinen Ring gesehen hat, und nun versucht er es wieder bei Julia. Ein Glück, daß er morgen abreist. Passen Sie bloß auf, Frau Bender, daß sie heute in ihrem eigenen Bett schläft.«

»Dafür sorgt schon meine Mutter«, sagte Tinchen, froh, daß Flori den letzten Satz nicht mitbekommen hatte. Er ließ sich gerade von

Karsten etwas ins Ohr brüllen. Dann schlug er sich wiehernd auf die Schenkel. »Schadet dir gar nichts, du Westentaschen-Casanova! Komm, darauf trinken wir einen.«

»Ich will mitlachen. Und einen Cocktail will ich auch noch.« Tinchen schob ihr geleertes Glas hinüber. »Hat mein lieber Bruder wieder mal einen Korb gekriegt?«

»Nee, ihm ist bloß ein gewaltiger Irrtum unterlaufen.« Noch immer lachte Florian. »Zwei Tage lang ist er um Zwillinge rumgeschlichen und hat beide angemacht, bis ihm endlich aufgegangen ist, daß es nur eine war mit zwei verschiedenen Perücken.«

»Und für welche hat er sich entschieden?« Sie verstand gar nicht, weshalb die beiden Männer erneut losprusteten. War ja auch egal. »Noch mal dasselbe, George.«

Plötzlich verstummte die Musik. Quer durch den Speisesaal marschierten im Gleichschritt drei recht ungewöhnliche Gestalten: Sie trugen Tarnanzüge aus Restbeständen der Bundeswehr, dazu Schirmmützen und Fallschirmspringerstiefel. Jeder schleppte einen Rucksack mit zusammengerollter Zeltplane, aus dem so nützliche Dinge hingen wie Kochgeschirr, Bratpfanne, kleine Hackebeilchen und Blechschüsseln.

»Wo kommen die denn her?« Mit großen Augen verfolgte Florian den merkwürdigen Trupp, der sich unbeirrt und schweigend seinen Weg bahnte, um dann Richtung Bungalows abzudrehen. »Sind die vom Zweiten Weltkrieg übriggeblieben?«

»Nee, die erforschen Afrika«, antwortete Karsten. »Sagt bloß, ihr habt die noch nicht gesehen? Jeden Morgen um sieben hissen sie die bayerische Flagge, dann traben sie in zügigem Dauerlauf dreimal rund um die Wiese, gehen frühstücken, und Punkt acht ziehen sie mit vollem Marschgepäck los. Ziel unbekannt.«

»Woher weißt du denn das?« fragte Tinchen neugierig. »Du willst mir doch nicht erzählen, daß du morgens um sieben aufstehst?«

»Nicht aufstehen, schlafen gehen!« berichtigte Florian.

Kaum waren die Waldläufer verschwunden, da setzte erneut die Musik ein. Der Solist hatte während der kurzen Pause genug Atem geschöpft, um jetzt mit seinem Bravourstück zu glänzen. ›Strangers in the Night‹ intonierte die Band, und »Täterätätä ...« kam es mißtönend aus der Trompete. Das war zuviel für Tinchen! Was fiel dem Kerl ein, ausgerechnet ihr Lieblingslied so zu verhunzen? »Aufhören!!!« schrie sie, und »Aufhören! Aufhören!« kam es jetzt von allen Seiten. Kasulke ging sogar noch weiter. »Aufhörn nützt doch nischt, der fängt ja doch wieda von vorne an«, brüllte er, »auf*hängen* is besser!«

Oberkellner Moses schritt ein. Kurzes, doch heftiges Palaver mit dem verstörten Trompeter, dann legte der sein mißhandeltes Instrument zur Seite und griff statt dessen zur Gitarre. Lauter Beifall belohnte ihn. Dann durfte er sogar singen. Da es sich um etwas Afrikanisches handelte, das niemand kannte, fühlte sich auch keiner gestört.

Tinchen tanzte nun doch. Nicht mit Florian, der konnte nur Foxtrott und trat einem selbst dabei permanent auf die Füße, sondern mit Karsten. Und dann mit Wolfgang, der ja wirklich ganz nett war, und mit Tobias und mit Herrn Kurz und zuletzt noch mit Herrn Dr. Meierling. Eigentlich hatte der sich nur verabschieden wollen, weil er morgen zurückfliegen mußte, doch Tinchen zog ihn kurzerhand auf die Tanzfläche. Ob es nun an Herrn Dr. Meierlings kurzen Beinen gelegen hatte oder an den fünf Giftgrünen, die Tinchen inzwischen intus hatte, konnte sie später nicht mehr sagen, jedenfalls wäre sie doch glatt hingefallen, hätte Karsten sie nicht im letzten Augenblick aufgefangen. »Hast du vergessen, daß wir morgen mit William verabredet sind?« fragte er diplomatisch. »Du solltest lieber schlafen gehen, es wird bestimmt ein anstrengender Tag.«

»Morgen schon? Ich dachte, erst Donnerstag.«

»Morgen ist Donnerstag.«

»Stimmt gar nicht«, kicherte sie albern, »heute ist Donnerstag. Es ist schon zwanzig nach zwölf.«

»Eben!« Karsten reichte seine Schwester an Florian weiter. »Deine Frau hat einen mordsmäßigen Schwips.«

»Nur einen ganz klitzekleinen«, widersprach sie, »einen klitzeklitzekleinen grünen Schwips. Und jetzt will ich ins Bett. Morgen muß ich in den Kral zu den Wilden. Vielleicht sind das alles Kannibalen, und wir kommen gar nicht mehr zurück? Ich will aber zurückkommen, Flori. Versprichst du mir, daß wir zurückkommen?«

Florian versprach es.

16

Bei vielen Menschen beginnt das Morgengrauen mit einem Blick in den Spiegel. So auch bei Florian. Entgeistert betrachtete er sein verschwiemeltes Gesicht. Er hätte gestern abend doch nicht mehr zurückgehen sollen!

Nachdem er sein beschwipstes Tinchen ins Bett gebracht hatte, wo es sofort eingeschlafen war, hatte es ihn noch einmal an die Bar zurückgezogen. Warum auch nicht? Es hatten alle noch an der Theke gesessen, eine Bombenstimmung hatte geherrscht, und müde war er sowieso noch nicht gewesen. Er hatte noch zwei Gin Tonic getrunken und ein bißchen mit der kleinen niedlichen Schweizerin geflirtet. Bis Tobias ihm gedroht hatte, bei Tinchen zu petzen.

»Ich bin zwar auf Diät gesetzt«, hatte sein Vater erklärt, »aber ein Blick auf die Speisekarte wird ja wohl noch erlaubt sein.« Er war dann aber doch gegangen.

Um halb zwei hatte ihn Frau Antonie aus dem Bett geklopft. Julia sei noch nicht da, und wie er sich das denn vorstelle, sie jedenfalls lehne es ab, die Verantwortung für ihre Enkelin zu übernehmen, der Apfel falle bekanntlich nicht weit vom Stamm, und ob er denn schon mal in den Spiegel gesehen habe?

Hatte er nicht. Zum Zähneputzen hatte er kein Licht gebraucht, dank der Orgelpfeifenordnung hatte er die Tube auch so gefunden, warum also hätte er Tinchen stören sollen? Unter Frau Antonies drohendem Blick hatte er das Versäumte nachgeholt. Zugegeben, die Lippenstiftspuren auf seiner Wange waren nicht zu übersehen gewesen, doch was Frau Antonie in sie hineingedichtet hatte, war natürlich maßlos übertrieben. Ein Küßchen in Ehren ... und so weiter.

Im übrigen war ihm Frau Antonies Meinung ziemlich gleichgültig. Viel mehr hatte ihn die Tatsache beunruhigt, daß Julia noch nicht in ihrem Bett lag. Er würde sie wohl suchen müssen, doch wo? Schnell hatte er Shorts und ein T-Shirt angezogen – später mußte er feststellen, daß er eins von Tinchen erwischt hatte – und war losgegangen. Lange hatte er nicht zu suchen brauchen. Schon von weitem hatte er Musik, Gelächter und Gekreische gehört, Plätschern und Juchzen, und schließlich hatte er das ganze Jungvolk und sogar ein paar ältere Semester im Pool gefunden. Überall am Rand hatten volle und leere Gläser gestanden, ein Kassettenrecorder hatte gedudelt, und auf dem Sprungbrett hatte Herr Dr. Schneider gesessen, bekränzt mit Blümchen und in der Hand einen Palmenzweig. Ein bißchen wie Cäsar hatte er ausgesehen, wenn er mit huldvollem Lächeln eins der Mädchen zu sich auf den Thron gewunken hatte, wo es mit einem Kuß und einer Blüte aus seinem Kranz beglückt wurde.

»Was ist denn hier los?«

Nur Birgit hatte Florian bemerkt und war an den Rand geschwommen. »Die Kiste hat heute Geburtstag.«

»Und nun feiert ihr eine Orgie?«

»Sieht beinahe so aus, nicht wahr?« hatte sie lachend gesagt. »Machen Sie doch mit, hier im Wasser ist es herrlich.«

Doch dazu hatte sich Florian nicht entschließen können. Er hatte nur beruhigt festgestellt, daß nicht nur Julia, sondern auch Tobias im Pool herumtobte, und Frau Antonies Verdacht mal wieder völlig unbegründet gewesen war. Anstandshalber hatte er dem Geburtstagskind gratulieren wollen, aber bis zum Sprungbrett war er erst gar nicht gekommen. Nur einen kurzen Stoß hatte er verspürt, und dann hatte er auch schon im Wasser gelegen.

»Hey, Paps! Bist du noch da oder schon wieder?« hatte ihn Julia begrüßt und gleich noch seinen Kopf untergetaucht. Dabei war ihm aufgefallen, daß sie einen ihm unbekannten Badeanzug getragen hatte. »Den kenne ich ja gar nicht. Ist der neu?«

»Den hat mir Birgit geliehen, sonst hätte ich Oma stören müssen.«

»Das hättste auch besser getan«, hatte er grimmig gesagt, war mit dem jetzt triefenden rosa T-Shirt aufs Sprungbrett geklettert und hatte seine Glückwünsche angebracht. Weil ihm nun doch ein bißchen kalt geworden war, hatte er dankbar den Whisky angenommen und auch nicht nein gesagt, als Dr. Schneider ihm das Glas ein zweites Mal vollgeschenkt hatte. Mit dem dritten hatten sie Brüderschaft getrunken. Und dann war Florian in den Pool gefallen. Er konnte sich nur noch erinnern, daß ihn jemand herausgefischt und zum Bungalow gebracht hatte.

»Ich fühle mich belämmert«, sagte er zu Tinchen.

»Ich auch.« Tropfnaß stieg sie aus der Dusche und knipste die kleine Leuchte über dem Spiegel aus. »Wenn nichts wissen angeblich selig macht, sollten wir es heute dabei belassen.« Und nach kurzem Zögern: »Müssen wir jetzt wirklich nach Mombasa? Ich habe überhaupt keine Lust.«

»Die hab ich auch nicht, aber wir können William nicht so enttäuschen. Der Junge steht bestimmt ab neun vor dem Gemüsemarkt und wartet auf uns. Außerdem würde Toni gar nicht zulassen, daß wir uns drücken. Die ist sowieso schon geladen.« Und dann erzählte er. Nicht in allen Einzelheiten natürlich, die waren ja auch gar nicht so wichtig, aber was er mit entsprechenden Randbemerkungen von sich gab, genügte schon, Tinchens Lachmuskeln zu strapazieren. »Du bist wirklich in meinem rosa T-Shirt mit den Blümchen vorne drauf durch das ganze Hotelgelände spaziert? Toni hat dich nicht zurückgepfiffen?«

»Die war viel zu sehr damit beschäftigt, sich auszumalen, in welchem Bett Julia wohl gelandet sein könnte.«

»Dann wird sie hoffentlich zufrieden gewesen sein, als du die Wasserratte bei ihr abgeliefert hast.«

Dazu äußerte sich Florian nicht. Soeben war ihm eingefallen, daß er über Julias Verbleib ja gar nichts wußte. Natürlich war das Taucherteil auch unter den Badenden gewesen, und ebenso natürlich hatte sich Julia meistens in seiner Nähe aufgehalten, aber war sie später auch wirklich nach Hause gekommen? Tobias! Er mußte sofort Tobias fragen! »Laß dir ruhig Zeit, Tine, ich gehe schon nach vorne. Was möchtest du zum Frühstück?«

»Zwanzig Tropfen Baldrian auf Würfelzucker.«

Frau Antonie saß bereits vor ihrer zweiten Tasse Kaffee. »Guten Morgen, Florian. Deine Tochter hat mir soeben erklärt, daß sie an unserem heutigen Ausflug nicht teilnehmen wird.«

»Und warum nicht?« Es war ihm völlig egal, ab Julia mitkam oder nicht, konnte er Frau Antonies mißbilligender Äußerung doch entnehmen, daß Julia den Rest der Nacht in Gesellschaft ihrer Großmutter verbracht hatte.

»Das Kind hustet«, kam es vorwurfsvoll. »Ich habe ja Verständnis für jugendlichen Übermut, und gegen eine kurze Erfrischung im Schwimmbecken wäre auch gar nichts einzuwenden gewesen, doch stundenlanges Baden ist selbst in diesen Breitengraden gefährlich. Ganz besonders nachts. Wenigstens Tobias hätte ich für vernünftiger gehalten.«

Florian mußte ihr beipflichten. Selbstverständlich habe er die Kinder ermahnt, mit der Planscherei nun endlich Schluß zu machen und ins Bett zu gehen, aber so lange habe er nicht warten wollen, er sei sich zwischen dem ganzen Jungvolk ohnehin schon wie ein Großvater vorgekommen. Frau Antonie verstand das sehr gut. »Ich habe Julia empfohlen, erst einmal im Bett zu bleiben.«

Die dachte aber gar nicht daran. Den vorgetäuschten Husten hatte sie als Vorwand genommen, sich um die Fahrt drücken zu können, und das war ihr auch großartig gelungen. Sobald die Sippe abgefahren sein würde, hatte sie einen ganzen Tag vor sich, an dem sie tun konnte, was sie wollte. Ohne Aufsicht!

Allerdings hatte sie nicht mit Tobias gerechnet. Der wollte nämlich auch nicht. Drei Tage nur noch bis zur Heimreise, und davon sollte er einen für diesen dämlichen Marsch durch den Busch opfern? Kam ja überhaupt nicht in Frage! Ohnehin sah ein Eingeborenendorf wie das andere aus, und ob William so großen Wert auf seine Anwesenheit legte, war fraglich. Der wollte Toni sehen und die Eltern, vielleicht auch noch Karsten, dem er die Schuhe verdankte, und die vier müßten als Familienabordnung eigentlich reichen. Jetzt mußte ihm nur noch eine plausible Ausrede einfallen.

Bevor er den Bungalow verließ, sah er sich noch kurz um. Meistens vergaß er etwas. Richtig, die Schulbücher. Na ja, die hatte er umsonst mitgeschleppt, Zeit zum Reingucken hatte er noch nicht erübrigen können. Die Uhr lag auch noch auf dem Tisch. Er wollte sie gerade überstreifen, als ihm etwas einfiel. Er lief noch mal ins Bad, zog zwei Meter Toilettenpapier von der Rolle und wickelte die Uhr sorgfältig darin ein. Dann steckte er sie in die Hosentasche.

Niemand wunderte sich, daß auch Tobias ein leichtes Frösteln verspürte, über Kopfschmerzen klagte und schließlich bedauernd meinte, es sei wohl besser, wenn er hierbleibe. Sollte es schlimmer werden, könne er sich wenigstens hinlegen.

»Sehr vernünftig, mein Junge«, sagte Frau Antonie, »dann ist auch Julia nicht ganz allein.«

»Wieso? Fährt die auch nicht mit?«

»Sie fühlt sich nicht wohl. Ihr habt euch sicher bei eurem nächtlichen Bad erkältet.«

Tobias ließ sie in dem Glauben. Es paßte ihm zwar gar nicht, daß er jetzt seine Schwester auf dem Hals hatte beziehungsweise eben nicht auf dem Hals hatte, weil sie garantiert mit dem Taucherteil herumziehen würde und er sie folglich im Auge behalten mußte, aber Babysitter spielen mit Anja als Gesellschaft war immer noch besser als ohne Anja durch den Busch zu latschen. Er zog das Klopapierpäckehen heraus.

»Hier, Oma, die Uhr gibst du William mit einem schönen Gruß von mir.«

»Das ist meine!« protestierte Karsten.

»Das *war* deine, bis du sie mir geschenkt hast.«

»Ich habe sie dir geliehen, weil du deine ja verscherbeln mußtest.«

»Jetzt stell dich bloß nicht so an! Was willst du denn mit diesem antiquierten Gerät? Das bist du ja nicht mal bei den Andenkenheinis losgeworden.«

»Als Spende für die Tombola vom Tennisklub hätte es allemal noch gereicht.«

»Nun mach dich nicht lächerlich, Karsten«, mischte sich Florian ein. »Du glaubst doch wohl nicht im Ernst, jemand aus deinem versnobten Rolex-Verein würde das Ding da tragen? Irgendwann würde es ja doch im Mülleimer landen.«

»Ich gebe mich geschlagen«, sagte Karsten lachend, »führen wir die Uhr also einem guten Zweck zu.« Er wickelte sie aus und prüfte sie von allen Seiten. »Sie sieht wirklich noch ganz neu aus, nicht mal 'ne Schramme auf 'm Glas.«

»Woher auch? Ich hab sie ja bloß drei Tage lang benutzt.«

Frau Antonie erhob sich. »Ich werde jetzt schnell die Sachen aus meinem Zimmer holen, dann können wir aufbrechen.«

Mit drei vollen Plastiktüten kam sie zurück. »Gestern habe ich zusammen mit Herrn Dr. Meierling noch einige nützliche Dinge gekauft. Nachdem ich ihm von unserer Begegnung mit William und dem heutigen Besuch erzählt habe, hatte er darauf bestanden, auch etwas für diese Familie zu tun. Wir sind dann nach Kilifi in den Supermarkt gefahren.«

»Finde ich nobel von ihm.« Neugierig öffnete Tinchen die Tüten. »Zucker, Reis, Nudeln, Fleischkonserven, Seife, sogar Zahnpasta – ob die das überhaupt benutzen? Kakao, Mehl ... was ist denn das??? Irgendwie kommt mir das bekannt vor.« Aus einer kleineren Tüte zog sie eine lindgrüne Bluse heraus. »Das ist doch deine, Mutti?«

»Ach, weißt du, Kind, ich habe sie nie gerne getragen, weil sich dieser Kunstfaserstoff so unbehaglich auf der Haut anfühlt. Vielleicht ist Williams Mutter weniger empfindlich.«

»Bestimmt«, sagte Tobias. Dann erklärte er sich bereit, die Familie zum Bus zu begleiten. »Das ganze Zeug da« – er zeigte auf die Tüten – »dürfte ein ziemliches Gewicht haben.«

Richtig interpretiert, bedeutete seine Bereitwilligkeit nichts anderes als: Ich will mich bloß überzeugen, daß ihr auch wirklich abgefahren seid.

Ohne Widerspruch hatte sich Frau Antonie der Notwendigkeit gefügt, noch einmal den Hühnerbus zu benutzen. »Es wird ja nicht jeder unterwegs zusammenbrechen«, hatte sie gesagt, »dazu gibt es zu viele.« Ihre Großzügigkeit, mit der sie in der ersten Zeit sogar die Getränke zu den Mahlzeiten bezahlt oder auch mal kleinere Nebenkosten wie Ansichtskarten samt Briefmarken übernommen hatte, hatte merklich nachgelassen. Frau Antonie war schlichtweg pleite. Sie hatte sogar schon auf ihre Kreditkarte zurückgreifen müssen, die sie nur auf Ernst Pabsts Drängen »für alle Fälle« eingesteckt hatte.

Diesmal dauerte die Fahrt nach Mombasa nur eine knappe Stunde. Lediglich in der letzten Kurve vor der Mautstation gab es einen kurzen Halt. Der Schaffner warf alle Fahrgäste, die das amtlich vorgeschriebene Limit an Stehplätzen überschritten, auf die Straße und sammelte sie nach bewährter Methode später wieder ein. Daß es zwei mehr geworden waren, hatte er gar nicht bemerkt.

Ein glückliches Lächeln zog über Williams Gesicht, als er Frau Antonie beim Aussteigen behilflich war. So ganz richtig habe er nicht geglaubt, daß the dear old lady wirklich kommen würde. Mary habe gesagt, die Weißen würden oft etwas versprechen, nur um freundlich zu sein, doch halten würden sie ihre Zusagen selten.

»Not me.« Zufrieden musterte Frau Antonie ihren Schützling. Seine lange Hose mußte zwar aus den siebziger Jahren stammen, als man sie unten herum ganz weit trug, doch sie war sauber und frisch gebügelt. Das Hemd von Karsten hatte er angezogen und natürlich die grünen Schuhe, auf Hochglanz gewienert. Vermutlich unter Zuhilfenahme von Öl.

Ob his friends noch shopping machen möchten, oder ob man jetzt gleich in sein Dorf fahren solle, wollte er wissen. Sie entschieden sich für letzteres. Damit hatte William offenbar nicht gerechnet. Ein bißchen druckste er herum, dann kam er mit der Sprache heraus. Der Bus führe erst wieder in zwei Stunden.

»Stimmt ja«, erinnerte sich Karsten, »er hat doch neulich erzählt, daß die Bimboschaukel bloß dreimal täglich diese Strecke fährt.« Dann fragte er William, wie lange denn die Fahrt immer dauere. Ungefähr fünfundzwanzig Minuten, sagte der.

»Na schön, ich spendiere ein Taxi.« Karsten suchte den am wenigsten heruntergekommenen Wagen aus und trat mit dem Fahrer in Verhandlungen.

Die dauerten eine ganze Weile. Endlich war der Chauffeur bereit, statt der maximal vier Personen auch noch eine fünfte zu befördern. Nun wurde William heranzitiert, der ihm wort- und gestenreich die Route beschrieb und den Fahrpreis aushandelte. Nach einer Viertelstunde durften sie endlich einsteigen. Frau Antonie nahm auf dem Beifahrersitz Platz, die anderen quetschten sich hinten rein. Tinchen setzte sich auf Florians Schoß und legte ihre Beine quer über Karstens Knie. Es konnte losgehen.

Aus vielen herumhängenden Drähten fischte der Fahrer zwei heraus und drückte sie aneinander. Der Motor sprang an. Zügig fädelte sich der Wagen in den Verkehr ein, allerdings nur, um an der nächsten Tankstelle wieder auszuscheren. Fahrer James redete auf William ein. Der schüttelte erst den Kopf, wandte sich dann aber kleinlaut an Karsten. James brauche einen Vorschuß, um Benzin zu kaufen.

»How much?«

Fünfzig Shilling würden erst mal reichen. Karsten zog den Geldschein heraus, und James tankte vier Liter Sprit. Dann wiederholte sich der Startvorgang, mit großen Augen von Tinchen verfolgt. »Mich wundert bloß, daß der immer die richtigen Strippen findet. Was passiert denn, wenn er mal eine falsche erwischt?«

»Dann knallt irgendwas durch, es riecht brenzlig, und wir müssen uns schlimmstenfalls ein anderes Taxi suchen«, sagte Florian beruhigend. »In die Luft fliegen wir bestimmt nicht mit dem bißchen Benzin im Tank.«

Sie hatten die Ausfallstraße erreicht. Die schmutzigweißen Steinhäuser gingen in Bretterbuden über, der Asphaltbelag wurde brüchiger, die Schlaglöcher größer, und Tinchen legte ihren Kopf an Florians Schulter, um nicht dauernd an die Decke zu stoßen. Auch die rote Christbaumkugel, die als Schmuck am Rückspiegel baumelte, rotierte immer heftiger. Karsten versuchte ständig, seine Sitzposition zu verändern, weil sich eine ausgeleierte Sprungfeder in seinen Oberschenkel bohrte, doch jedesmal, wenn er ein Stück nach rechts rückte, hatte er den halbabgerissenen Türgriff in den Rippen. »Die Mühle gehört aus dem Verkehr gezogen«, schimpfte er.

»Sei nicht so anspruchsvoll«, meinte Florian, »wann hast du noch mal Gelegenheit, einen 53er Opel zu reiten?«

Als die Asphaltstraße in eine Sandpiste überging und der linke Kotflügel laut scheppernd protestierte, schaltete James einen Gang zurück. Mit sichtlichem Vergnügen umfuhr er im Zickzackkurs die Schlaglöcher ohne Rücksicht auf seine Fahrgäste, die hinten von einer Seite auf die andere flogen.

»Das hier erinnert mich sehr an unsere Safari.« Florian angelte nach der Halteschlaufe, bekam sie auch zu fassen und hielt sie nach dem nächsten Schlagloch in der Hand. Sie war abgerissen.

»Wenn das noch lange so weitergeht, werde ich seekrank«, jammerte Tinchen. Keinen Blick hatte sie für die jetzt vereinzelt auftauchenden braunen oder auch weißgekalkten Eingeborenenhütten, die, von kleinen Gärtchen umgeben und beschirmt von Palmen, ein bißchen an deutsche Schrebergartenhäuschen erinnerten. Die Hütten wurden zahlreicher, und dann hatten sie auch schon den Mittelpunkt des Orts erreicht, deutlich erkennbar an dem Kramladen. Er war mit unzähligen Reklametafeln übersät, die überwiegend solche Dinge anpriesen, die es in diesem kleinen Lädchen gar nicht zu kaufen gab. Jedenfalls rechnete Tinchen nicht damit, Schuhe von Salamander oder Sarotti-Schokolade zu kriegen.

Nein, das sei noch nicht sein Dorf, wehrte William ab, als Frau Antonie die Tür öffnen wollte. Bis hierhin fahre immer der Bus, jetzt gehe es erst mal links rein durch den Busch.

Sogar James betrachtete zweifelnd den schmalen Pfad; auf den William gezeigt hatte, doch die in den trockenen Sandboden eingedrückten Reifenspuren überzeugten ihn schließlich. Mutig drehte er das Steuer herum.

Ein dschungelähnliches Gestrüpp hatte Tinchen erwartet und keinen lichten Wald mit hohen Bäumen, die das Sonnenlicht filterten. Ab und zu schimmerten kleine Felder durch, bepflanzt mit Bananenstauden, Mais oder anderem Grünzeug. Sein Acker läge auch hier in der Nähe, sagte William. Folglich erwarteten alle, jetzt gleich das Dorf zu sehen, doch nach Karstens Schätzung mußten sie noch mindestens drei Kilometer gefahren sein, bevor die ersten Hütten auftauchten.

»Ziemlich langer Weg zum Arbeitsplatz«, stellte Florian fest, der an den morgendlichen Kriechverkehr durch die Düsseldorfer Innenstadt dachte, »aber bestimmt gesünder als meiner.«

Als sich der Sandweg am Dorfeingang in verschiedene kleine Pfade verlor, ließ Karsten das Taxi halten. Von hier ab würden sie zu Fuß gehen, erklärte er James, und ob es ihm recht sei, wenn er sie in drei Stunden an genau derselben Stelle wieder abholen würde?

Dazu hatte James keine Lust. Er werde hierbleiben und sich ausruhen, der Massa solle sich nur Zeit lassen. Von William ließ er sich den Weg zur Dorfkneipe zeigen, es könne ja sein, daß er Durst bekäme. Karsten verstand den Wink. Einige Münzen wechselten den Besitzer, dann zog James ein Messer aus der Tasche und zerschnitt das Stück Strippe, mit dem er den Kofferraumdeckel zugebunden hatte. Er hob die Tüten heraus, stellte sie vor Williams Füße und forderte ihn auf, beim Anschieben zu helfen. Mit vereinten Kräften parkten sie den Wagen unter einer Kokospalme.

Als Florian nach einer Tüte greifen wollte, protestierte William energisch. Die werde er allein tragen, sagte er, und setzte sich an die Spitze des Zugs.

Der hohe Besuch hatte sich schon herumgesprochen. Ein plötzliches Reinlichkeitsbedürfnis schien die überwiegend weiblichen Dorfbewohner befallen zu haben, denn die meisten von ihnen fegten mit Reisigbesen den Sandweg vor ihren Hütten sauber, oder sie hängten Wäsche auf, oder sie schritten mit einem leeren Gefäß auf dem Kopf betont langsam die Straße entlang – jedenfalls herrschte ein recht lebhaftes Treiben. William winkte fröhlich nach allen Seiten, hob immer wieder seine Tüten in die Höhe, lachte, rief hier jemandem etwas zu und schüttelte dort einem anderen die Hand, strahlte und war rundherum glücklich.

»Heute ist er der King hier«, sagte Karsten schmunzelnd und ließ sich bereitwillig von einem kleinen Mädchen betasten, das vorsichtig über seinen nackten Arm strich. »It's my own colour.« So ganz schien es der Farbechtheit aber nicht zu trauen. Es steckte seinen Finger in den Mund und versuchte es noch mal mit Spucke. Ein

Schokoladenbaby, das sich noch kaum auf den Beinchen halten konnte, kam aus einer Hütte gestolpert. Ungläubiges Staunen stand in seinen großen dunklen Brombeeraugen, doch als Tinchen auf den kleinen Knirps zuging, brüllte er voller Angst los und verschwand auf allen vieren hinter der Tür.

Der habe auch noch keine Weißen gesehen, erklärte William, genau wie sein Bruder Jimmy. Den habe er allerdings genügend vorbereitet, so daß er bestimmt nicht weglaufen werde.

Williams Haus stand am Dorfrand. Drei oder vier Hütten folgten noch, dann begann schon wieder der Wald. Der Vorplatz mußte erst vor kurzem gefegt worden sein, denn ihre Fußabdrücke zeichneten sich deutlich auf dem gestrichelten Sand ab. »Come in!« sagte William, mit dem Ellbogen die Tür aufstoßend.

Ihre Augen mußten sich erst an das Dämmerlicht gewöhnen. Sie standen in einem schmalen Gang, auf der rechten Seite von einer durchgehenden Wand begrenzt, während es auf der linken zwei Türen gab. Geradeaus befand sich auch noch eine, die auf eine Art überdachten Hof führte. Anscheinend diente er als Küche, denn Tinchen bemerkte eine gemauerte Feuerstelle und daneben ein Regal aus rohen Brettern, auf dem zwei Töpfe standen und ein bißchen Geschirr. Zusammen mit einem Hocker und den zwei grünen Plastikeimern bildete es das gesamte Mobiliar.

William öffnete die letzte der beiden Türen und ließ seine Gäste eintreten. Das war gar nicht so einfach, denn der Raum war voll. Übervoll. Den meisten Platz beanspruchten die beiden über Eck stehenden Betten. Eins war aus Messing mit einem voluminösen Kopfteil, dessen Stäbe sorgfältig poliert waren, das andere aus einfachen Brettern zusammengezimmert. In der gegenüberliegenden Ecke stand eine altersschwache braune Kommode mit drei Schubkästen, darüber hing eine Einkaufstasche aus Sisal, in der die Wertsachen der Familie aufbewahrt wurden. Doch das erfuhren sie erst später, als William seine Schätze vorzeigte.

Was dann noch an Platz übriggeblieben war, hatte man mit Stühlen vollgestellt. Zwei standen an der Wand, die anderen direkt vor den Betten. Das seien aber nicht ihre eigenen Stühle, erzählte William unbekümmert, Nachbarn hätten sie geliehen, damit die Besucher sich hinsetzen könnten.

Das taten sie schließlich, und während William sich auf die Suche nach seinen Angehörigen machte, hatte Tinchen Zeit, sich umzusehen. Ihr fiel auf, daß der ganze Raum genau wie sein Inventar makellos sauber war. Der Überwurf auf dem Messingbett mußte frisch gewaschen sein, die aus bunten Flicken genähte Decke auf dem anderen Bett ebenfalls, und die Häkelgardine vor dem einzigen, übrigens scheibenlosen Fenster war blütenweiß. Auf dem festgestampften Lehmboden war nicht ein einziger Krümel zu sehen.

»Da hat bestimmt ein Großreinemachen stattgefunden«, wisperte Florian, »alles zu Ehren des Staatsbesuchs.« Er fühlte sich ein bißchen unbehaglich, und den anderen ging es nicht anders. Zum Glück kam William zurück, ein verlegen lächelndes, sehr robust aussehendes Mädchen hinter sich herziehend. »This is my sister Mary.«

Mary trug ein bedrucktes Kleid aus dünnem Baumwollstoff, und Frau Antonie übersah großzügig, daß darunter eigentlich ein Büstenhalter gehört hätte. Schuhe hatte sie auch nicht an. Die benutze sie nur sonntags oder wenn sie nach Nkribuni gehe, sagte William schnell, als er Frau Antonies fragenden Blick bemerkte. Sie müsse sich erst an das Laufen darin gewöhnen.

Mary sprach kein Englisch und verstand es auch nicht. William mußte übersetzen, was sie sagte, und da sie so gut wie nichts sagte, geriet die Unterhaltung sehr schnell ins Stocken. Wo denn seine Mutter und Jimmy seien, fragte Tinchen.

Die kämen gleich. Jimmy sei bei Nachbarn gewesen, und seine Mama würde ihn gerade holen. Anscheinend ging das nicht ganz komplikationslos vonstatten. Schon von weitem hörten sie Gebrüll, übertönt von einer energischen weiblichen Stimme, und endlich standen Mutter und Sohn in der Tür. Ein Blick auf Mama Kauundas Figur genügte, um Frau Antonie davon zu überzeugen, daß sie ihre lindgrüne Bluse wohl wieder würde mitnehmen müssen. Sie war mindestens zwei Nummern zu klein. Und Mary hätte sie auch nicht gepaßt. Sie hätte sofort die Knöpfe gesprengt.

Mama konnte zwar auch kein Englisch, war aber wesentlich gesprächiger als ihre Tochter, so daß William mit dem Dolmetschen kaum nachkam. Sie freue sich ja so, daß sie die Freunde ihres Sohnes kennenlernen dürfe und nun auch Gelegenheit habe, ihnen für die vielen Geschenke persönlich zu danken. Noch niemals habe sie so herrliche Sachen bekommen.

Das war das Stichwort! William holte die Tüten und packte aus. Nun kam sogar der kleine Jimmy näher. Bis jetzt hatte er am Rockzipfel seiner Mutter gehangen, seine Hände auf dem Rücken versteckt, als Tinchen ihm guten Tag sagen wollte, und den Kopf zur Wand gedreht. Diese Eindringlinge mit der komischen Hautfarbe waren ihm nicht geheuer.

Mißtrauisch schaute er auf den Schokoladenriegel, den ihm Tinchen hinhielt, und erst nachdem William das Papier abgelöst und sich selbst ein Stück in den Mund geschoben hatte, probierte auch Jimmy davon. Sofort spuckte er den Bissen wieder aus. Er kenne keine Schokolade, sagte William entschuldigend.

Mary war schon vor einer ganzen Weile hinausgegangen und kam jetzt mit einem Blechteller zurück. Ob sie den Besuchern etwas anbieten dürfe, übersetzte William. Schon wollte Tinchen ablehnen, denn auf keinen Fall sollte diese Familie ihre kostbaren Lebensmittel opfern, aber als sie sah, was auf dem Teller lag, nickte sie nur stumm und griff nach einem Maiskolben. Zögernd folgten die anderen ihrem Beispiel.

Nun war Tinchen noch nie ein Freund von Mais gewesen. Sie sei kein Huhn, hatte sie immer gesagt und auf dem deutsch-amerikanischen Volksfest jedesmal einen Bogen um die Buden gemacht, an denen frischgerösteter Mais mit zerlassener Butter angeboten worden war. Und Frau Antonies Abneigung gegen diese gelben Körner war mindestens ebenso groß, wenn auch aus anderen Gründen. Beim Anblick von Mais wurde sie immer an die unmittelbare Nachkriegszeit erinnert, als es statt Nudeln und Grieß, wie auf den Lebensmittelkarten ausgewiesen, oft nur Maismehl gab, mit dem sich kaum etwas anfangen ließ.

Trotzdem kauten jetzt beide auf diesen dicken, nur in Salzwasser gegarten Körnern herum, die im Mund immer mehr zu werden schienen.

»Das ist Kuhfutter und kein Gemüsemais«, sagte Karsten mümmelnd, während er freundlich grinsend zu Mama Kauunda hinüberschaute, »mir schleierhaft, wie ich das runterbringen soll.«

»Mehr als vier Körner auf einmal darfst du auch nicht in den Mund stecken«, empfahl Florian, der immerhin schon ein Viertel seines Kolbens abgenagt hatte. »Oder du mußt sie mit den Fingern rauspopeln und dabei immer ein paar in der Hosentasche verschwinden lassen, während du scheinbar nach einem Taschentuch suchst. So mache ich das nämlich.«

»Hab keins dabei.« Vorsichtshalber kontrollierte Karsten das nach und ertastete etwas Weiches. Verwundert zog er es heraus. Richtig! Das Klopapier! Und die Uhr. Er legte seinen Maiskolben an den Rand des Tellers, der zwischen ihnen auf dem Fußboden stand, und wickelte die Uhr aus. »With greetings from Tobias. And from me«, fügte er noch schnell hinzu, denn immerhin hatte dieses kostbare Stück ja mal ihm gehört.

Er sah sie noch einmal an, zupfte einen Papierfussel aus dem Gliederarmband und reichte sie William hinüber. Ganz vorsichtig nahm der das Geschenk entgegen. »For me?« fragte er ungläubig.

Ob er denn schon eine habe, erkundigte sich Karsten. Nein, natürlich nicht, antwortete William, aber gewünscht habe er sich schon lange eine, doch seien Uhren viel zu teuer. Die könnten sich nur reiche Leute leisten, die einen festen Job haben und regelmäßig Geld verdienen. Karsten mußte das Armband noch auf Williams Größe verstellen, was ihm mit Hilfe von Frau Antonies Nagelfeile auch gelang, und dann sahen alle zu, wie William die Uhr anlegte. Er tat es mit solcher Ehrfurcht, als handle es sich um Kronjuwelen.

»I send you another one«, versprach Karsten großzügig, als er Marys sehnsüchtigen Blick bemerkte. Sie drehte Williams Arm hin und her, um die Uhr ganz genau betrachten zu können. Warum auch nicht? Er hatte die Dinger ja dutzendweise in allen Preislagen in seinem Geschäft liegen, also würde er eine schöne bunte heraussuchen und Mary schicken. Normalerweise war er nicht so freigiebig, doch weshalb sollte er nicht auch mal über seinen Schatten springen?

Frau Antonie hatte ähnliche Pläne, nur waren sie mehr praktischer Natur. Nachdem Mama Kauunda die Bluse probehalber angezogen und vorne nicht einmal zusammengebracht hatte, wollte Frau Antonie sie schon wieder einpacken. William hatte sie daran gehindert. Wenn sie das Kleidungsstück wirklich nicht mehr brauche, könne er es ja verkaufen. Oder bei jemandem im Dorf eintauschen, beim Metzger vielleicht gegen Fleisch oder auch beim Krämer. Dessen Frau sei viel dünner als Mama, die würde die Bluse sicher nehmen und ihm etwas anderes dafür geben.

Frau Antonie dachte an den Sack, der bei ihr im Keller auf die nächste Altkleidersammlung wartete, und sie hatte die vielen anderen Säcke vor Augen, die bei ihren Gymnastikdamen zu genau demselben Zweck aufgehoben wurden. Wenn man den Inhalt einmal gründlich durchsehen würde... In Gedanken sah sie sich schon Pakete packen mit Kleidungsstücken, die vielleicht ein bißchen unmodern geworden waren oder den eigenen Ansprüchen nicht mehr genügten, hier unten jedoch gut gebraucht werden könnten. Und wenn sie keinem der Kauunda-Sippe paßten, konnte William sie immer noch verkaufen.

Einige Lebensmittel würde man auch noch dazulegen, Trockenmilch zum Beispiel, die es hier so gut wie gar nicht gab, in Kilifi hatte sie jedenfalls keine bekommen, ein paar Packungen Fertigbrei für Jimmy, nur mit Wasser anzurühren, Traubenzucker, Haferflocken, die sie in keinem hiesigen Geschäft gesehen hatte... in ihrer gewohnten Umgebung würde sie schon das Richtige finden.

Die Unterhaltung war verstummt. Nur Jimmy plapperte munter drauflos, zeigte auf die im Bett gestapelten Mitbringsel und ließ sich erklären, was in den verschiedenen Päckchen und Tüten enthalten war. Geduldig öffnete William eins nach dem anderen, ließ Jimmy riechen oder auch mal probieren, und immer wieder verzog der angewidert sein Gesicht. Nur mit der Schokolade hatte er sich inzwischen angefreundet. Abwechselnd nahm er einen Bissen von seinem Maiskolben und dann wieder von dem Schokoriegel. Zusammen mit der vertrauten Kost schien ihm die Schokolade wohl genießbar.

Mama Kauunda sagte etwas zu William, woraufhin der nickte und höflich fragte, ob seine Freunde vielleicht einen Spaziergang durch das Dorf machen möchten. Sofort stimmte Florian zu. Er hatte jetzt lange genug auf diesem gradlehnigen unbequemen Stuhl gesessen und sich gelangweilt, weil er von der in Englisch geführten Unterhaltung kaum etwas mitbekommen hatte. Außerdem brauchte er dringend ein Gebüsch, hinter das er sich zurückziehen konnte, denn eine Toilette würde er in dieser Umgebung wohl umsonst suchen.

Mit Jimmy an der Hand, dessen Finger und Gesicht von der aufgeweichten Schokolade verschmiert waren, was allerdings bei seiner Teintgrundierung kaum auffiel, führte William seine Gäste zuerst zur Moschee. Klein war sie, vermutlich der geringen Bevölkerungsdichte angepaßt, und Lautsprecher hatte sie auch nicht, wie

Tinchen sofort feststellte. Aber hübsch sah sie aus mit den blauen Verzierungen im weißen Mauerwerk und dem winzigen Minarett, das kaum über das Dach hinausragte.

Danach ging es zum Dorfkrämer, wo Karsten für alle Cola kaufte, denn auf das abgekochte Wasser, das ihnen Mary zum Trinken angeboten hatte, hatten sie doch lieber verzichtet. Jimmy bekam von Frau Antonie eine Wasserpistole, mit der er sie als erste bespritzte.

Sogar einen Fischhändler gab es im Dorf. Er stand im Freien vor einem hölzernen Tisch, auf dem er seine Ware kunstgerecht zersäbelte, bevor er sie in einen auf dem Boden stehenden Blecheimer warf. Fliegen umschwirrten ihn, jedoch nicht ganz so zahlreich wie den Metzger, der ein paar Schritte weiter seinen Laden hatte. Auch er stand hinter einem blutbespritzten Tisch, vor sich einige unappetitlich aussehende Fleischbrocken und daneben ein Berg von Innereien, die hauptsächlich aus Därmen bestanden. Ekel würgte Tinchen, als sie das sah. Schnell wandte sie sich ab. Auf ihre Frage, ob denn auch William bei diesem Metzger kaufen würde, schüttelte der nur den Kopf. Fleisch sei viel zu teuer, das könne er nicht bezahlen. An hohen Feiertagen, wenn der Ramadan zu Ende sei, oder auch zu Weihnachten lade sein Onkel die ganze Familie immer zum Essen ein; da gäbe es dann Fleisch. Nur Fisch hätten sie manchmal, der koste nicht soviel. Wenn er Glück habe, bekäme er sogar welchen umsonst. Auf dem Fischmarkt bliebe öfter mal welcher liegen.

In der Dorfkneipe, dessen Besitzer sich durch ein Schild auch als Fachmann für Fahrräder und Transistorradios auswies, machten sie Rast. Diesmal spendierte Florian die Getränkerunde. Jimmy schielte begehrlich zu dem Kasten mit den bunten Limonaden. Er durfte sich eine aussuchen und wählte nach langem Überlegen die Flasche mit dem orangefarbenen Inhalt. Jetzt stand auch Florian hoch in seiner Gunst.

Frau Antonie wollte die Schule sehen. Die gab es nicht. Alle schulpflichtigen Kinder mußten ins Nachbardorf laufen, also dorthin, wo auch die Bushaltestelle war. Vier bis fünf Kilometer schätzte Karsten, ein ganz schöner Marsch für die Knirpse.

Zum Schluß führte sie William noch ins Neubaugebiet. Dort hatte man ein paar Bäume gerodet, um Platz für drei neue Hütten zu schaffen. Zum erstenmal sahen sie einen Rohbau. Wie ein Flechtmuster wirkten die biegsamen, ziemlich dünnen Holzstämme, die senkrecht im Boden steckten und von ebensolchen Hölzern durchzogen waren. Die Zwischenräume würden mit Lehm verstopft und später innen und außen mit einer weiteren Lehmschicht verkleidet werden, erklärte William. Als Dach verwende man Palmblätter einer ganz bestimmten Sorte. Man könne sie fertig zugeschnitten kaufen. Tinchen habe sie bestimmt schon liegen sehen.

Tinchen hatte sie liegen sehen, nur hatte sie diese ungefähr einen Quadratmeter großen grauen Bündel für Feuerholz gehalten und nicht für Dachpappe.

Sie bummelten weiter, bestaunt von Kindern aller Altersstufen und freundlich gegrüßt von den Erwachsenen. Karsten wunderte sich, daß sie noch von niemandem angebettelt worden waren, wie es in den Dörfern entlang des Highway und erst recht in Mombasa üblich war, doch William hatte eine plausible Erklärung: Es kämen ja niemals Weiße in dieses Dorf, und ein Schwarzer würde nie einen anderen Schwarzen anbetteln, so gut es gehe, helfe man sich untereinander. Betteln sei unwürdig.

Als William vor einer Hütte stehenblieb, merkten sie erst, daß sie den Rundgang beendet hatten und wieder am Ausgangspunkt angekommen waren. Niemals hätten sie zwischen all den gleich aussehenden Häuschen Williams Heim wiedergefunden, zumal inzwischen der vorher so sorgfältig geharkte Vorplatz total zertrampelt war.

Florian hätte sich jetzt recht gern verabschiedet, doch sie mußten alle noch einmal ins Haus kommen und Opa begrüßen. Der thronte auf dem einzigen noch verbliebenen Stuhl und lachte sie aus seinem zahnlosen Mund an. Auf mindestens neunzig schätzte ihn Tinchen, aber wahrscheinlich war er zwanzig Jahre jünger, die Eingeborenen sahen meistens älter aus, als sie waren, und als sie William fragte, konnte der auch keine Auskunft geben. So um die Fünfundsechzig, meinte er, ganz genau wisse das nicht mal der Großvater selber.

Irgend etwas hatte William noch auf dem Herzen. Er druckste herum, und schließlich fragte er, warum denn Tobias nicht mitgekommen sei. Der habe doch einen Fotoapparat, nicht wahr?

Frau Antonie begann mit einer etwas ungenauen Erklärung, weil ihr die einschlägigen Vokabeln für die diversen Krankheitssymptome ihre Enkelkinder fehlten, doch Karsten hatte gleich den Eindruck, daß William weniger an Tobias als an dessen Kamera interessiert war. Zum Glück hatte er seine eigene mit. Ob er ein Erinnerungsfoto machen solle?

William nickte eifrig. Dann holte er die Einkaufstasche vom Haken und kippte ihren Inhalt auf dem Bett aus. Mama Kauundas identity card kam zum Vorschein, ein paar amtliche Papiere, eine Ansichtskarte mit der Golden Gate Bridge, an einen Mr. Henderson in Portsmouth adressiert, eine Glasperlenkette und ein abgegriffener Briefumschlag. Aus ihm zog William zwei Fotografien. Eine zeigte ihn zusammen mit einem anderen Schwarzen, auf der zweiten war er allein zu sehen in langen Hosen, die ihm viel zu groß waren, und einem Hemd, dessen Manschetten gerade noch die Fingerspitzen freiließen. Drei Jahre alt seien die Aufnahmen, sagte William, sein Freund habe sie ihm zum Geburtstag geschenkt. Er habe ihm auch die Kleider geliehen und den Fotografen bezahlt. Aber Mama sei noch nie fotografiert worden, Mary und Jimmy auch nicht, und ob der Mister wohl so freundlich wäre ...

Selbstverständlich war der Mister so freundlich. Einen halben Film verknipste er, angefangen mit der gesamten Kauunda-Sippe bis hin zu Einzelporträts, sogar eins von Opa. Danach mußten sich noch die German friends dazustellen, und zum Schluß bat William um eine Aufnahme von Mama, wenn sie so richtig fein angezogen war. Mama verschwand, und als sie zurückkam, konnte Tinchen sich ein Lachen nicht verkneifen. Gelb war das Kleid mit bunten, pfenniggroßen Punkten, dazu ein Kopfputz aus dem gleichen Stoff und so kunstvoll gefaltet, daß er Tinchen an die gestärkten Serviettentürme von Frau Antonies Weihnachtstafel erinnerte.

Als das letzte Bild auf dem Film verknipst war, begann das große Abschiednehmen. Karsten versprach genügend Abzüge; damit jedes Familienmitglied mindestens ein Foto bekommen könne, die Uhr werde er auch nicht vergessen, und Ansichtskarten werde er ebenfalls beilegen. Frau Antonie versprach nichts Konkretes, doch sie deutete an, daß auch sie sich demnächst melden werde. Und Tinchen versprach überhaupt nichts. Sie zog ihren Geldbeutel aus der Tasche und kippte seinen gesamten Inhalt in Mama Kauundas Hand. Viel war es nicht, doch immer noch mehr, als William in einer ganzen Woche verdienen konnte. Tränen liefen über Mamas Gesicht, und nach einem kurzen Zögern drückte sie Tinchen an ihre ausladende Brust. Da fing auch Tinchen an zu heulen. Dann fiel ihr ein, daß sie ihre Brille in der Hütte liegengelassen hatte. Sie riß sich von dem beschützenden Busen los und lief zusammen mit William zurück ins Haus. Die Brille lag neben der Einkaufstasche auf dem Bett. Sie steckte sie ein und fuhr flüchtig über die Messingstangen. Das gehöre doch sicher seiner Mama, sagte Tinchen, und das andere vermutlich Mary. Wo er und Jimmy denn schliefen? Im Nebenraum?

Bereitwillig öffnete William die Tür. Tinchen sah nur ein dünnes Drahtseil quer durchs Zimmer gespannt, auf dem einige Kleidungsstücke hingen. Zwei sogar auf richtigen Bügeln, die anderen waren nur ordentlich zusammengefaltet darübergelegt: Eine ausgeblichene Hose von William, einige T-Shirts, zum Teil reichlich durchlöchert, zwei Röcke, Blusen und verschiedene Kindersachen. Ein einfacher Tisch war zu sehen mit zwei Stühlen sowie einem Hocker, ein alter Nachttisch mit einem Deckchen drauf und einer Kerze, und als Wandschmuck ein Kalenderbild. Der Schnee des Montblanc schaute schon etwas vergilbt aus.

Das sei nicht sein Zimmer, griff William Tinchens Frage auf, er habe ja gar keins. Zusammen mit Jimmy schlafe er nebenan in dem Holzbett. Mama und Mary gehöre das schöne große. Das hätten sie noch nicht lange, erst seitdem die Großmutter gestorben war, das sei nämlich ihres gewesen.

Ob denn der Großvater jetzt auch hier lebe, forschte Tinchen.

Für ihn habe man ja keinen Platz, der wohne am anderen Ende des Dorfs beim Onkel, aber er käme oft her und passe auf Jimmy auf, wenn Mama aufs Feld geht und Mary unterwegs zum Markt ist.

»Willst du dich hier häuslich niederlassen, Tina?« Karsten steckte seinen Kopf um die Ecke. »Ich hab langsam genug von der geballten Dankbarkeit. Wenn ich noch länger hierbleibe, stelle ich mich selber auf ein Podest und hänge mir einen Heiligenschein um.«

»Ich komme.«

Die gesamte Kauunda-Sippe begleitete ihre Gäste zum Taxi. Sogar Opa humpelte hinterher, gestützt auf einen Stock, der ihm fast bis zur Schulter reichte. Die meisten Blicke zogen diesmal nicht die Besucher auf sich, sondern Mama. Sie trug noch immer ihr Sonntagnachmittagsausgehkleid.

Den Taxifahrer mußten sie erst wecken. Er hatte sich auf dem

Rücksitz zusammengerollt, die Beine aus der offenen Tür gehängt und schnarchte. Neben dem Wagen lagen zwei leere Bierdosen. »Wenigstens kein Halleluja-Bier«, sagte Karsten, nachdem er die Etiketten geprüft hatte.

Die seien ja gar nicht von ihm, beteuerte James, sich mühsam hochrappelnd, er habe nur Soda getrunken. Zum Beweis hielt er eine leere Flasche hoch.

Die sei ihm schon während der Herfahrt ständig um die Füße gerollt, widersprach Karsten, stieg aber trotzdem ins Auto und drohte James an, er bekäme keinen einzigen Shilling, sofern er auch nur einen Zentimeter vom Pfad abweiche. »Dabei weiß ich gar nicht, ob es hier auch eine Promillegrenze gibt.«

Die Rückfahrt verlief zwar bequemer, weil eine Person weniger im Wagen saß, dafür wesentlich schweigsamer. Jeder hing seinen eigenen Gedanken nach, die jedoch erheblich voneinander abwichen. Florian fing an, seine Großzügigkeit zu bereuen; den Hundertshillingschein in Williams Hosentasche hätte er sich eigentlich gar nicht mehr leisten können. Karsten grübelte, wie er dem Finanzamt diese Urlaubsfahrt als Geschäftsreise unterjubeln könnte. Wenn er nun eine Kollektion Schmuck mitnehmen würde? Ein Sortiment Kupferarmreifen zum Beispiel und Ringe aus dem gleichen Material, vielleicht auch noch einige Korallenketten und ein bißchen was aus Türkisen, das gab es hier ebenfalls recht preisgünstig. Verkaufen könnte er sie allemal, sogar mit Gewinn, doch ob man ihm glauben würde, daß er drei Wochen zum Aussuchen gebraucht habe? Er nahm sich vor, mit Kasulke darüber zu reden, der war nämlich beim Berliner Finanzamt beschäftigt. Nur ahnte Karsten nicht, daß Bruno Kasulke lediglich in der Pförtnerloge saß.

Tinchen versuchte sich das kärgliche Leben der Familie Kauunda auszumalen, in dem es jeden Tag Mais zu essen gab und immer zwei in einem Bett schlafen mußten. Beides erschien ihr unvorstellbar. Und Frau Antonie dachte an überhaupt nichts oder höchstens daran, ob sie noch bis zum Castle-Hotel durchhalten würde. James kam gar nicht mehr dazu, die Tür zu öffnen, da hatte Frau Antonie es schon selber getan und war quer über die Terrasse in die hinteren Gemächer gestürmt.

Es dauerte lange, bis sie sichtlich befreit zurückkehrte. »Ich habe mir erst einmal gründlich die Hände gewaschen. Obwohl es in dieser Hütte erstaunlich sauber war, weiß man doch nie so recht, was man sich da einfängt. Und dann dieses Essen! Den Mais hat das Mädchen bestimmt mit den Fingern angefaßt.«

Florians Hinweis, daß auch Eingeborene kaum ihre Hände in kochendes Wasser tauchen würden, ließ sie nicht gelten, gab jedoch zu, daß mangelnde Hygiene auf die doch sehr primitiven Wohnverhältnisse zurückzuführen sei. Im übrigen habe sie Hunger.

Den hatten die anderen auch. Die Speisekarte gab nicht viel her, zumal die Mittagszeit schon lange überschritten war, und so entschieden sie sich für Spaghetti Bolognese. »Mal sehen, was man in Afrika darunter versteht«, sagte Karsten etwas pessimistisch.

Serviert wurden ihnen auf doppelte Streichholzlänge gekürzte, weichgekochte Nudeln mit einer Flüssigkeit, die lediglich in der Farbe an Tomatensoße erinnerte.

»Der Hunger treibt's rein«, äußerte Florian fatalistisch und ließ sich die Ketchupflasche bringen.

Ein mobiler Straßenhändler beugte sich über die Brüstung. Mit einer kleinen Buschtrommel wedelte er vor Tinchens Nase herum. »Mama kaufen? Ganz billig.«

»Was soll sie denn kosten?«

»Ganz billig. Hundertzwanzig Shilling.«

»Hau ab, du Wucherer!« Energisch schob Karsten die Hand zurück. »Das Ding ist höchstens die Hälfte wert!«

»Okay, gib mir sechzig.«

»Fünfzig!« sagte Karsten in der Hoffnung, den aufdringlichen Kerl endlich loszuwerden.

»Sechzig«, versuchte der es noch einmal.

»Fünfundvierzig! Und wenn du weiter schachern willst, drücke ich den Preis immer mehr nach unten.« Jetzt würde er wohl endlich verschwinden.

»Okay, fünfundvierzig«, sagte der Händler, »und eine Zigarette.« Er hatte die offene Packung auf dem Tisch gesehen.

Jetzt konnte Karsten nicht mehr zurück. Seufzend zählte er das Geld ab und nahm die Trommel in Empfang. »Was soll ich bloß mit dem Ding?« Unschlüssig betrachtete er es von allen Seiten. »Ich wollte es doch gar nicht haben.«

»Wenn du wirklich nichts damit anfangen kannst, gib es mir«, bot ihm Tinchen an, »dann habe ich für Frau Knopp auch ein Mitbringsel. Sie kann es ja an ihren Gummibaum hängen.«

Bei dem magischen Wort Mitbringsel horchte Frau Antonie auf. Sie müsse unbedingt noch etwas für Ernst besorgen, und für Frau Direktor Möllemann habe sie auch noch nichts gefunden, jetzt biete sich die letzte Gelegenheit dazu, und für einen kleinen Stadtbummel hätten sie doch genügend Zeit.

Also brachen sie auf. Diesmal richtete Frau Antonie ihr Augenmerk nicht so sehr auf die Schaufenster, sondern auf die Ladentüren. Dort konnte sie sich nämlich informieren, welche Kreditkarten in den jeweiligen Geschäften akzeptiert wurden.

Das erste bot nur Textilien. Hunderte von T-Shirts mit viel Afrika vorne drauf, Oberhemden mit Palmen auf der Brusttasche und sinnigen Sprüchen auf dem Rücken, Handtücher in schreienden Farben und natürlich Kangas. »Nein, das ist nichts für Ernst«, sagte Frau Antonie nach einem kurzen Rundblick und marschierte wieder hinaus.

Das nächste Geschäft mit Kreditkartenservice war vollgestopft mit Holzfiguren. Auch daran hatte Frau Antonie kein Interesse. Sie suchte etwas Besonderes, von dem sie allerdings nicht wußte, wie es auszusehen hatte.

Im dritten Laden wurde sie endlich fündig. Schachspiele gab es dort in allen Größen und Farben, aus Holz, aus Speckstein, sogar auch Malachit und ähnlich edlen Materialien.

»Vati hat doch schon ein wunderhübsches Schachbrett«, sagte Tinchen, als ihre Mutter nach einem Spiel aus weißem und dunkelrotem Speckstein griff.

»Meinst du das von Onkel Willi? Kind, das ist doch schon uralt. Die Figuren sehen bereits sehr abgegriffen aus. Aber das hier gefällt mir.« Vorsichtig nahm sie es aus dem Regal. »Sieh doch nur, wie herrlich dieser Läufer herausgearbeitet ist.«

»Das ist zwar der Turm, weil die hier meistens Elefanten als Türme nehmen«, berichtigte Karsten, »aber hübsch sieht er wirklich aus«, gab er zu.

»Was meinst du, um wieviel kann man das Ganze herunterhandeln?« Der unten aufgeklebte Preis erschien ihr reichlich hoch.

»Um gar nichts. Du bist hier nicht in einer Andenkenbude.«

Nur kurz dauerte der Kampf zwischen Frau Antonies anerzogener Sparsamkeit und dem Wunsch, ihrem Mann etwas Besonderes mitzubringen, dann zückte sie ihre Kreditkarte. »Vielleicht sollte ich auch für Frau Möllemann eins kaufen. Nicht so ein teures natürlich, die kleineren Spiele da drüben sind doch ebenfalls recht nett. Was meinst du, Ernestine?«

»Spielt sie denn Schach?«

»Soviel ich weiß, nicht, aber das ist doch egal. Jedenfalls sehen die Figuren sehr afrikanisch aus und erfüllen somit einen dekorativen Zweck. Sie würden sehr gut neben die Murano-Gläser passen, die Frau Möllemann in ihrem Büfett stehen hat. Ich meine natürlich rein farblich gesehen«, fügte sie hinzu. »Oder soll ich nicht doch lieber diesen stilisierten Frauenkopf nehmen?«

Wie ihre Mutter in diesem ovalen Steinklotz eine Frauengestalt zu erkennen vermochte, war Tinchen rätselhaft, es konnte sich genausogut um ein deformiertes Osterei handeln wie um einen sitzenden Affen oder einen simplen Briefbeschwerer. Auf alle Fülle sah es scheußlich aus, fand sie.

»Ich habe eine bessere Idee, Schwiegermama«, sagte Florian, dem das ganze Unternehmen langsam zum Halse heraushing. »Warum kaufst du nicht eins von diesen Umhängetüchern und deklarierst es als Tischdecke? Meinetwegen für die Balkonmöbel oder für Möllemanns Küche. Natürlich mit einem schönen afrikanischen Design, damit man auch sieht, wo's herkommt.«

Lediglich aus Spaß hatte er das vorgeschlagen, doch Frau Antonie griff diese Anregung sofort auf. »Daß ich darauf nicht schon früher gekommen bin! Dabei hatte ich selber mit dem Gedanken gespielt, solch ein Tuch für mich zu kaufen, bis mir eingefallen ist, daß ich nichts damit anfangen kann. Wie du weißt, hat Ernst seinerzeit auf einem eckigen Terrassentisch bestanden, obwohl ich viel lieber einen runden gehabt hätte.«

Nachdem sie das verpackte Schachspiel in Empfang genommen und gleich an ihren Sohn weitergereicht hatte – »ich wußte gar nicht, daß es so schwer ist« –, kehrten sie noch einmal zu dem ersten Geschäft zurück. Mit Tinchens Hilfe fand Frau Antonie ein Tuch, das grün war – wichtig wegen Frau Möllemanns Sitzkissen – und an allen vier Rändern kleine Negerlein aufwies, womit die gewünschte exotische Note gewährleistet war. Frau Antonie war zufrieden. Jetzt konnten sie ins Hotel zurückfahren.

Aber nun wollte Florian noch nicht. Er zupfte seinen Schwager am Arm. »Ich möchte dich um etwas bitten, Karsten«, begann er, wobei er ihn außer Hörweite der Frauen zog.

»Wieso?« Karsten war auf diese Attacke nicht vorbereitet und schaute ärgerlich. Dann verbesserte er sich sofort: »Wieviel?«

»Woher weißt du das?«

»Weil ich auch immer so angefangen habe, wenn ich dich früher anpumpen wollte.«

Es ging um den goldenen Anhänger, der Tinchen so gut gefallen hatte, der mit dem Umriß des afrikanischen Erdteils. Sie habe doch in zwei Monaten Geburtstag, und da habe er, Florian, gedacht... Leider habe er nicht mehr genug Geld dabei, die beiden Euroschecks seien auch schon draufgegangen...

»So 'n Anhänger kann ich dir auch machen«, meinte Karsten selbstbewußt, »immerhin habe ich das mal gelernt.«

»Ja, vor zwanzig Jahren. Außerdem bist du mir zu teuer, und deine Kostenvoranschläge stimmen sowieso nie, die sind immer zu niedrig. Was ist nun? Kannst du mir hundert Piepen leihen?«

»Nee. Bloß meine Kreditkarte.«

Womit Florian durchaus einverstanden war.

17

Tinchen packte Koffer. Morgen um diese Zeit würden sie bereits im Flugzeug sitzen, irgendwo über Ägypten ihr Mittagessen einnehmen, und wenn sich im ›Coconutpalmtrees‹ die Schlange vor dem Kaffeekessel formierte, würde sie zu Hause schon die Milde Bohne von Tchibo trinken können. Vorausgesetzt, es war überhaupt noch was da.

Sie war sich da nicht sicher.

Kofferpacken macht Spaß, solange man den Urlaub noch vor sich hat. Hat man ihn hinter sich, sieht man Berge von schmutziger Wäsche, hört im Geist schon die Waschmaschine röhren und das Bügeleisen dampfen, und besonders frustrierend ist die Vorstellung, Shorts und Sommerblusen plätten zu müssen, die man erst mal für die nächsten Monate in den Schrank hängt. In Deutschland ist ja immer noch Winter!

Wahllos stopfte Tinchen T-Shirts, Bademäntel, Unterhosen, Holzfiguren, Frotteetücher und was sonst noch alles in den Koffer, und als der erste voll war, hatte sie noch nicht einmal die Hälfte untergebracht. »In der Schule habe ich mal gelernt, daß die Summe aller Teile gleich dem Ganzen ist, aber irgendwie stimmt das nicht. Was vorher drin war, geht jetzt nicht mehr rein.«

»Das gibt es doch gar nicht.« Florian kam aus dem Bad, wo er den Inhalt der Flaschen und Tuben überprüft und alle aussortiert hatte, bei denen sich das Mitnehmen nicht mehr lohnte. Der Roomboy war für jede Spende dankbar.

»Das gibt es wohl«, sagte Tinchen, auf den Berg Wäsche deutend, der sich auf den beiden Betten türmte, woraufhin Florian den bereits gepackten Kaffer kurzerhand wieder auskippte. »Wenn du die Sachen zusammenknuddelst, nehmen sie natürlich viel mehr Platz weg. Du mußt sie genauso zusammenlegen wie vor der Reise.«

Das tat Tinchen zwar, nur blieb am Schluß noch mehr übrig. »Wir haben einfach zuviel gekauft.«

»Dafür lassen wir auch eine ganze Menge hier«, argumentierte Florian, »meine alten Stiefel zum Beispiel, den halben Kosmetikkram und das grüne Hemd. Das habe ich nämlich Moses versprochen.«

»Welchem?«

»Dem Kellner natürlich.«

»Dem Ober- oder dem normalen?«

»Dumme Frage, unserem selbstverständlich.«

»Na schön«, begann Tinchen von neuem, »die Schuhe bleiben da und das Hemd auch, dafür nehmen wir sechs Holzfiguren mit, die viel mehr Platz brauchen, mein Strandkleid, das Riesenhandtuch von Tobias, sechs Pakete Kenia-Tee, die Buschtrommel und zwei Hüte.«

»Die setzen wir auf, das Tamtam hänge ich mir um den Hals, und alles andere kriegen wir schon irgendwie unter.« Florian sah das nicht so eng. Bisher hatte er noch jedesmal die Koffer zugebracht, und daß im vergangenen Jahr der Riemen gerissen war, hatte an der miserablen Qualität gelegen und nicht etwa an Überbeanspruchung. »Ich laufe mal nach vorne und hole unsere Pässe aus dem Tresor.« Es schien ihm angebracht, seinem übelgelaunten Tinchen eine Zeitlang aus dem Weg zu gehen. »Und denk daran, daß du heute nicht mehr anschreiben lassen kannst! Die beste Methode, sich wieder an Barzahlung zu gewöhnen. Hast du noch Geld?«

»Ja, siebenundzwanzig Shilling.«

»Für zwei Flaschen Mineralwasser reichen sie«, sagte Florian und machte, daß er aus der Tür hinauskam.

Wie am ersten Tag fand er seine Tochter am Pool sitzend, Beine im Wasser, melancholische Miene im Gesicht. Tröstend fuhr er ihr durch die Haare. »Jeder Urlaub geht mal zu Ende, Julchen, und zu Hause ist es doch auch wieder schön.«

»Darum geht es ja gar nicht«, wehrte sie ab, »ich freue mich sogar darauf. Es ist jetzt bloß so langweilig hier. Alle, die ich kenne, sind weg, und die Übriggebliebenen kannste in der Pfeife rauchen. Sieh dir doch nur mal diesen Mumienkonvent an!«

So ganz unrecht hatte Julia nicht, dachte Florian, während sein Blick über die Liegewiese schweifte, nur hätte er diese Ansammlung nicht mehr ganz junger Damen und Herren eher als gehobenes Mittelalter bezeichnet, wozu er letztendlich auch gehörte. Thea und Josef zum Beispiel waren bestimmt noch jünger als er, und Ichglaubsnicht hatte gerade erst die Vierzig überschritten, was nun wirklich kein Mensch geglaubt hatte. Birgit war stutzig geworden, als sie neben Frau Pahlkes Frühstücksteller die Pillenpackung liegen sah, und hatte ganz treuherzig gefragt: »Brauchen Sie die überhaupt noch?« Richtig beleidigt war Frau Pahlke gewesen. Sie sei ein Nachkriegskind, sogar eins der ersten, denn sie sei genau am Tage des Waffenstillstands geboren.

»Wahrscheinlich meint sie den Ersten Weltkrieg«, hatte Birgit Julia zugeraunt und sich dann wortreich bei Ichglaubsnicht entschuldigt.

Im übrigen stimmte es, was Julia gesagt hatte. Die meisten netten Leute waren abgereist. Vielleicht waren die Neuen ja auch ganz nett, nur hatte Florian weder Zeit noch Lust, das herauszufinden. Er konnte sich auch nicht vorstellen, mit dem Paar, dessen weiblicher Teil ständig in ärmellosen Kittelschürzen herumlief, einen ähnlich vergnügten Abend verbringen zu können wie mit den Berlinern, die bis vorgestern an demselben Tisch gesessen hatten. Leider hatte man sich zu spät kennengelernt, was besonders Tobias bedauert hatte. »Wenn ich in der Schule erzähle, daß ich mit'm Bullen Abendbrot gegessen habe, muß ich wenigstens ein paar Stories vorbringen können. Haben Sie da nicht was auf Lager?« Kommissar Klaasen arbeitete zwar beim Rauschgiftdezernat, meinte jedoch, zwischen Miami Vice und dem Berliner Drogenalltag gäbe es erhebliche Unterschiede.

Ja, es war leerer geworden im Hotel. Die Saison näherte sich dem Ende, erfahrene Kenia-Touristen wußten, daß die kleine Regenzeit herankam, was zwar nicht automatisch Wolkenbrüche bedeutete, aber zunehmende Schwüle, Moskitos und hohe Luftfeuchtigkeit. Also nicht ganz das Richtige für normale Mitteleuropäer. Folglich reisten sie ab. Die Kiste war vor zwei Tagen zurückgeflogen – übrigens ohne die bewußte Truhe, aber wenigstens mit dem erstatteten Geld – genau wie die bayerischen Afrikaforscher und Frau Schulze, die Heizölgroßhändlersgattin aus Castrop-Rauxel. Ihren Mann hatte sie schon eine Woche früher nach Hause geschickt, weil »man solch einen Betrieb schließlich nicht für längere Zeit unbeaufsichtigt lassen kann. Auf die Angestellten ist doch heutzutage kein Verlaß mehr.«

Gestern abend hatte es einen ganz besonders tränenreichen Abschied gegeben. Familie Kurz hatte abreisen müssen. Immer wieder waren sich Birgit und Julia in die Arme gefallen, hatten sich ewige Freundschaft geschworen und schon gegenseitige Besuche terminiert, hatten Geburtsdaten ausgetauscht, Telefonnummern notiert, und Birgit hatte fest versprochen, in Düsseldorf Station zu machen, wenn sie ihre Großmutter in Hildesheim besuchen würde. »Auf den kleinen Abstecher kommt es dann auch nicht mehr an.« Es war Florian schwergefallen, im Hinblick auf Birgits geographische Vorstellungen den Mund zu halten.

Zu Tinchens Erstaunen war die Trennung zwischen Julia und Wolfgang weniger dramatisch verlaufen, als sie befürchtet hatte. Den Abendspaziergang am Strand unter dem genau zur Stimmung passenden Bilderbuchvollmond hatte sie mit Kasulkes Fernrohr verfolgt und nur dann taktvoll aufs Meer geschwenkt, wenn sich das Pärchen mal wieder geküßt hatte. So viel Toleranz hatte sie gerade noch aufgebracht. Beim Abschiedstrunk an der Bar – dem Anlaß entsprechend hatte das Taucherteil Champagner auffahren und in Julias Glas eine rote Rose stecken lassen, die er, der Himmel weiß wo, aufgetrieben hatte – waren zwar einige Tränchen in das teure Getränk gefallen, doch die waren dann schnell versiegt. Julia hatte nämlich feststellen müssen, daß Wolfgang ihr nur seine Geschäftsadresse aufgeschrieben hatte und nicht etwa die Privatanschrift. Das hatte ihr zu denken gegeben. Natürlich werde er sich melden, hatte er gesagt, auch vorbeikommen, sobald er mal dienstlich im Rheinland zu tun habe, Abzüge von den Fotos werde er schicken und die versprochene Kassette auch. Sie solle aber nicht böse sein, wenn er jetzt schlafen gehe, schließlich müsse er um drei Uhr wieder aufstehen. Dann hatte er Julia auf die Wange geküßt und war gegangen.

Bis dahin hätte sich Birgit im Hintergrund gehalten, doch nach Wolfgangs Abschied war sie an die Bar gekommen und hatte Julia freundschaftlich umarmt. »Nimm's nicht so schwer, die erste Liebe hält sowieso nie. Du mußt immer daran denken, daß andere Mütter auch hübsche Söhne haben.« Dann hatte sie sich lachend verbessert: »Von hübsch kann bei Wolfgang ja gar nicht die Rede sein. Wenn er wenigstens das gewesen wäre… Los, trink dein Rülpswasser aus, vielleicht siehst du dann ein bißchen klarer!« Sie hatte Julia das Glas rübergeschoben. »Wolfgang ist ein Windhund und wird ewig einer bleiben. Ich jedenfalls möchte nicht in der Haut seiner Frau stecken.«

»Ich schon«, hatte Julia gesagt.

»Von verheirateten Männern solltest du in Zukunft die Finger lassen. In deinem Alter wird man noch nach dem Umgang beurteilt, den man sich von Leibe hält«, hatte Birgit weise geäußert, »und jetzt leg endlich deine Begräbnismiene ab oder heb sie bis morgen auf, wenn du mir hinterherweinst. Dann hast du wenigstens einen Grund zum Heulen.«

Ohne Birgit schien Julia nichts mehr mit sich anfangen zu können. Als Florian sie verließ, um nun endlich die Pässe zu holen, hockte sie immer noch am Schwimmbecken und angelte mit den Zehen die hineingefallenen Blüten aus dem Wasser.

In der Lounge saß Tobias vor einem Stapel Ansichtskarten. Die meisten waren an seine Freundin Bettina adressiert.

»Findest du nicht, daß es nun ein bißchen spät dafür ist?« fragte Florian.

»Ich habe einfach keine Zeit gehabt«, behauptete sein Sohn. »Jetzt habe ich immer ein anderes Datum oben drübergeschrieben, und wenn ich ein paar von den Karten gleich zur Rezeption bringe, gehen sie heute noch weg. Die anderen gebe ich erst am Abend ab, und den Rest stecke ich morgen früh am Flugplatz ein. Vielleicht kommen sie dann nicht alle am selben Tag an«, sagte er hoffnungsvoll.

»Auf jeden Fall bist du eher da als die Post.«

»Das ist egal ... Ich sage einfach, daß es von hier immer so lange dauert.«

Mit den Pässen in der Tasche, deren Aushändigung er auf drei verschiedenen Formularen hatte quittieren müssen, bummelte Florian zurück zum Bungalow. Ein gellender Schrei ließ ihn innehalten. Da mußte irgend etwas passiert sein! Im Nu waren sämtliche Liegen leer, alles rannte dorthin, wo der Tatort vermutet wurde. Florian rannte mit, oder besser gesagt, er beschleunigte seinen Schritt, denn rennen hielt er bei diesen Temperaturen für absolut gesundheitsschädlich. Er hatte kaum die Liegewiese betreten, da kam ihm bereits eine längere Prozession entgegen, angeführt von Ichglaubsnicht, die eine Kokosnuß wie den Heiligen Gral vor sich hertrug. Sofort stürzte sie auf Florian zu. »Können Sie sich das vorstellen? Direkt neben meinem Kopf! Ich könnte jetzt tot sein.«

Er überlegte noch, ob das ein großer Verlust für die Menschheit gewesen wäre, da plapperte Frau Pahlke bereits weiter: »Erst vor zwei Minuten habe ich meine Liege nach links gerückt, weil sie zu sehr in der Sonne stand, und genau da, wo mein Kopf war, ist die Kokosnuß runtergekommen. Ich muß einen Schutzengel haben.«

»Det hat Hitler ooch immer jesacht, und trotzdem hat er 'n jämmerlichet Ende jefunden«, erklärte Kasulke. »Denn laß ick mir doch lieber so 'ne Nuß uff 'n Kopp knallen und bin weg. Is doch 'n schöner Tod, so inne Sonne und mittenmang von hübsche Meechens.«

Während sich Frau Pahlkes Eskorte langsam auflöste und sie mit dem Corpus delicti allein in Herrn Brunslis Büro marschierte, wandte sich Kasulke an Florian. »Aba nu mal ohne Spaß! Det hätte wirklich schiefjehn können. Entweder muß sofort die halbe Wiese jesperrt werdn, weil ja überall die Bäume rumstehn, oder eener muß die Zeitbomben von da oben runterholn.« Er schaute an den bis zu fünfzehn Meter hohen Stämmen empor. »Bloß wie?«

Herr Brunsli entschied sich für letzteres. Noch vor dem Mittagessen ließ er die Liegewiese räumen. Dann schickte er Abordnungen los, die nach Freiwilligen zu suchen hatten. Es fanden sich genug. Keine halbe Stunde später hatte sich ein gutes Dutzend Schwarzer um den Manager geschart, der jetzt ein etwas dickeres Seil in ungefähr ein Meter lange Stücke zerschnitt und sie verteilte. Sie wurden an den Enden zusammengeknotet, so daß sie einen geschlossenen Kreis bildeten. Jeder Eingeborene streifte sich eine dieser Schlaufen über beide Füße bis in Knöchelhöhe, und dann begann der Aufstieg. Die Arme um den Stamm gelegt, das Seil als Arretierungshilfe, weil es an der geschuppten Rinde Halt fand, kletterten sie mit affenartiger Geschwindigkeit die Bäume hoch. Beifallsrufe von den außerhalb der Gefahrenzone aufgereihten Zuschauern begleiteten sie. Und dann hagelte es Kokosnüsse. Von allen Seiten klatschten sie auf den Boden, doch bei keiner einzigen platzte die dicke grüne Schale auf.

»Sie sind noch nicht reif«, sagte Herr Brunsli, der sich ungeachtet des immer noch fortdauernden Bombardements eine geholt hatte und sie nun gründlich beklopfte, »da muß vorhin eine abgebrochen und nur deshalb heruntergekommen sein.«

Nach kurzer Zeit schon war die Vorstellung beendet. Tobias kam zu spät, und so knipste er wenigstens den Berg Nüsse, den die Schwarzen neben dem Pool zusammentrugen. Zwei bewaffneten sich mit riesigen Messern, schlugen die grüne Außenhaut ab und öffneten die braunen, harten Schalen. Wer wollte, konnte sich welche geben lassen. Kokosnuß satt. Tinchen wollte auch eine haben.

»Warum heißt das Milch, wenn die Brühe da drin doch glasklar ist?« wollte sie wissen, bekam jedoch keine Antwort. »Sie schmeckt eigentlich nach gar nichts«, stellte sie nach einem Probeschluck fest, »vielleicht sollte man sie eine Weile kaltstellen.«

»Wo denn?« gab Florian zu bedenken.

Die sensationslustige Menge, ein bißchen enttäuscht, daß überhaupt nichts passiert war, verlor sich und ging wieder der gewohnten Beschäftigung nach: Sonnenbaden. Nur Tinchen nicht. Sie war noch immer nicht mit Packen fertig, hatte diese wenig ergiebige Tätigkeit lediglich aufgrund des Geschreis unterbrochen und forderte jetzt nachdrücklich Florians Mithilfe an. »In den Koffern ist fast alles drin, aber die Deckel stehen sperrangelweit offen.«

»Du glaubst doch wohl nicht, daß ich die jetzt schon zumache? Die kramst du ja bestimmt noch ein dutzendmal durch, weil du was suchst oder vergessen hast oder nachsehen mußt, ob es auch noch da ist.«

»Was denn zum Beispiel?«

»Herrgott, Tine, das weiß ich doch nicht!« schnaubte Florian ärgerlich. »Der Kaktusstengel oder das Obstmesser oder die Schuhbürste, die wir übrigens nie gebraucht haben. Genausowenig wie deine ganzen Pyjamas. Nicht einen davon hast du angezogen!«

»Hab ich denn wissen können, daß wir in einem Treibhaus schlafen?« maulte sie.

Der Trommelwirbel, mit dem das Mittagessen angekündigt wurde, enthob ihn einer Antwort. Während er am Salatbüffet zwei Tomatenscheibchen auf seinen Teller packte und ein bißchen Gurke – er konnte das ganze Grünfutter nicht mehr sehen! –, trat Karsten an seine Seite. Auch er war sehr wählerisch geworden und stellte nach kurzem Überlegen den noch leeren Teller wieder weg. »Ich nehme nur ein bißchen Roastbeef vom Menü. Solltest du auch tun, Flori, sonst hast du heute abend keinen Hunger.«

»Wieso? Gibt's denn da was Besonderes?«

»Mmmhmm«, machte Karsten geheimnisvoll, »Crevetten oder Lobster, wenn sie welche haben, Fleischbällchen in Kokosnußmilch...«

»Kein Wunder, irgendwie müssen sie das Zeug ja loswerden.«

»Du armer Irrer! Ich rede nicht vom Hotelessen, sondern von unserem Abschiedsdiner im Buku-Buku.«

»Wo?«

»Buku-Buku.«

»Klingt so nach Hawaii und Hula-Hula. Gibt es denn hier so etwas?«

»Das Buku-Buku ist ein Geheimtip. Ein Speiselokal mitten in der Wildnis mit original afrikanischer Küche und ebensolchem Ambiente.«

»Bist du schon mal dort gewesen?« forschte Florian mißtrauisch.

»Nein.«

»Dann kannste auch alleine gehen. Deine Geheimtips kenne ich allmählich. Darf ich dich noch an die Laterna verde erinnern?«

Das war auch so ein Laden gewesen, nach Karstens Aussage nur Insidern bekannt, irgendwo im finstersten Düsseldorf, und entpuppt hatte es sich als Nepplokal mit miserabler Küche, die auch durch den Anblick der fast barbusigen Kellnerinnen nicht besser wurde. Im Gegenteil! Aber was hatte man schon von einem Restaurant erwarten können, das Grüne Laterne hieß? Wer weiß, was Buku-Buku in eine vernünftige Sprache übersetzt bedeutete.

»Wie kommst du überhaupt auf den Gedanken, daß wir dort essen würden? Wie du weißt, bin ich total pleite.«

»Aber ich noch nicht«, sagte Karsten prompt, »und ich lade euch alle ein.«

»Kreditkarten nehmen die da bestimmt nicht.«

»Ich zahle bar.« Zum Beweis ließ er seinen Schwager einen Blick in die Hosentasche werfen.

»Mensch«, staunte der, »wo hast du die ganzen Scheine her? Den Kellnern die Trinkgelder geklaut?«

»Kriminell bin ich nur bei meinen Kunden«, sagte Karsten grinsend, »und da auch nur bei solchen, die sich entsprechende Preise leisten können.« Er schob das Geld in die Tasche zurück. »Nee, die Sache ist ganz einfach. Als ich eben meinen Paß und den ganzen anderen Papierkram geholt habe, ist aus dem Kuvert noch ein Reisescheck gefallen. Ich habe gar nicht gewußt, daß ich noch einen hatte. Den hauen wir heute abend auf den Kopf.«

Damit war Frau Antonie nicht einverstanden. »Du kannst dir den Scheck doch in Deutschland wieder gutschreiben lassen, Karsten«, meinte sie vorwurfsvoll, »weshalb willst du ihn unbedingt noch ausgeben?«

»Geht nicht, hab ihn schon eingelöst.«

»Dann nimmst du eben das Geld mit nach Hause.«

»Erstens ist die Ausfuhr kenianischer Shillinge streng verboten, Mutti, also wenn du noch welche hast, bring sie schleunigst unter die Leute, und zweitens hatte ich den Scheck als bereits verbraten abgehakt. Nee, nee, das Geld geben wir aus, sonst stimmt ja meine ganze Buchführung nicht mehr.«

Frau Antonie zögerte immer noch. Sie habe doch noch ins Dorf gehen wollen, vielleicht sogar zur Fähre hinunter, um frisches Obst einzukaufen. »Diese am Stamm gereiften Früchte haben ein ganz anderes Aroma als die künstlich gekühlten, die wir in Deutschland bekommen.« Außerdem habe sie in ihrer Reisetasche noch Fruchtbonbons gefunden und mehrere Packungen Kaugummi, die sie gerne an die Dorfkinder verteilt hätte. »Allerdings hatte ich vor, diesen Spaziergang erst am Spätnachmittag zu unternehmen, wenn es kühler geworden ist. Sollte ich mich danach für den Restaurantbesuch noch umkleiden müssen, wird die Zeit wohl nicht reichen.«

»Du vergißt schon wieder, wo du bist, Mutti«, sagte Karsten geduldig, »wir gehen in kein Viersternerestaurant, sondern in ein afrikanisches. Das Grünseidene kannst du also im Schrank lassen.«

»Das habe ich bereits in den Koffer gepackt«, antwortete sie pikiert.

Und prompt fiel Tinchen ein, daß bei ihren immer noch die Deckel offenstanden. »Hat jemand vielleicht noch Platz in seinem Koffer?«

»Massenhaft«, behauptete Tobias, »sofern ich den ganzen Schulkrempel hierlassen kann. Wozu brauche ich den Schotter noch? Das Abi ist doch gelaufen!«

»Ja, zur Hälfte«, widersprach Florian, »ich denke, das dicke Ende kommt noch.«

»Und wenn schon. Beim Mündlichen ist an unserer Penne noch nie jemand durchgerasselt. Glaubst du etwa, die machen bei mir 'ne Ausnahme?«

Das glaubte Florian zwar nicht, doch er war entschieden dagegen, daß Tobias die Schulbücher der Primary School in Mombasa spendete.

»Da hat man nun mal 'n sozialen Touch, und dann darf man nicht«, murrte der.

Sie verabredeten sich für Punkt vier Uhr vor dem Kaffeekessel. Später würden sie alle zusammen ins Dorf gehen, und gegen halb acht werde sie der Wagen abholen, sagte Karsten.

»Schon wieder Taxi?« kritisierte seine Mutter.

»Nein, das Buku-Buku hat Kundenservice. Wir werden hingebracht und auch wieder zurückgefahren.«

Auf die Liegewiese wollte Tinchen nicht mehr. Sie habe schon vorhin Abschied genommen vom Pool, vom Meer ebenfalls, und jetzt würde sie sich lieber ein bißchen aufs Bett legen, auf Vorrat schlafen, die kommende Nacht werde ja ziemlich kurz sein.

Im Bungalow putzte der Roomboy die Fenster. Normalerweise war er um diese Zeit längst fertig mit seiner Arbeit, doch heute hatte er absichtlich getrödelt. Morgen war nämlich sein freier Tag, und was die abreisenden Gäste eventuell zurückließen, wollte er haben und nicht etwa seiner Vertretung überlassen.

»You go tomorrow?« begann er, wobei er immer wieder auf der ohnehin schon sauberen Scheibe herumwienerte.

»Yes«, sagte Tinchen und räumte ihr Bett leer.

»Me too. I visit my family in Malindi.«

»So, so.« Es war ihr herzlich gleichgültig, ob der Junge seine Familie oder sonstwas besuchen wollte.

»I start this evening.«

Wie schön für ihn, wenn er schon heute abend fahren konnte, dachte sie und hoffte im stillen, er würde jetzt endlich verschwinden. Nein, er mußte noch den Spiegel polieren. Und als er damit fertig war, machte er Anstalten, die beiden Leselampen einer gründlicheren Reinigung zu unterziehen. Die hatten es zwar dringend nötig, aber doch nicht jetzt!

»Can you finish?« Verflixt, wie sollte sie ihm klarmachen, daß er endlich zu gehen hatte? »Can you come a little bit later? I want to sleep now.«

Später sei er nicht mehr da, sagte er und hängte sorgfältig ein heruntergefallenes T-Shirt über die Stuhllehne. »It's very nice.« Begehrlich strich er über den Stoff.

Jetzt kapierte Tinchen. Er wollte ein Abschiedsgeschenk haben. Aber nicht dieses Hemd, das hatte sie Florian selber gekauft. Wenn sie jetzt bloß wüßte, in welchem Koffer… Hektisch wühlte sie herum und zog schließlich ein zerknittertes und nicht mehr ganz sauberes T-Shirt heraus. Dann lief sie ins Bad und kam mit sämtlichen Flaschen zurück, die Florian zur Seite gestellt hatte. Ihre Plastikbadeschuhe packte sie auch noch dazu. »You can have this all.«

Wie durch ein Wunder ließ der Sauberkeitswahn des Roomboys nach. Schnell räumte er seine Utensilien auf die Terrasse und brachte statt dessen eine Tüte an, in die er alles hineinstopfte, was Tinchen ihm hingelegt hatte. Dann zog er ein Stück Papier aus der Tasche und reichte ihr einen Kugelschreiber. »You must write now!«

»Was soll ich denn schreiben?« Ratlos besah sie den Zettel. Er mußte aus einem alten Taschenbuch herausgerissen worden sein, ganz oben konnte man noch ein paar Buchstaben vom Titel erkennen.

Geduldig erklärte ihr der Boy, daß sie jetzt jeden einzelnen Artikel notieren, seinen Namen druntersetzen und schließlich das Ganze unterschreiben müsse. Wozu er das denn brauche, fragte sie, kritzelte aber gehorsam den gewünschten Text aufs Papier.

Alle Angestellten würden kontrolliert, sobald sie das Hotelgelände verließen, und wenn er nicht beweisen könnte, daß er die Sachen geschenkt bekommen habe, würde man ihn des Diebstahls verdächtigen, sagte er.

Das leuchtete ein. Tinchen setzte ihr Autogramm unter die Liste. »Ready.«

»You forgot my name.«

»Ach so. Wie heißt du denn?«

»Moses.«

»O nein, nicht schon wieder!« stöhnte sie. »Is Moses the onlyest name in Kenia?«

Natürlich habe er einen ganz anderen Namen, einen afrikanischen, sagte er stolz und nannte ihn auch. Er klang so ähnlich wie das Gekrächze von Frau Knopps asthmatischem Wellensittich, und Tinchen sah ein, daß dieser Name sehr hinderlich für Moses' Karriere sein mußte. Sie drückte ihm noch einen Zehnshillingschein in die Hand – den letzten, den sie hatte – und schob ihn zur Tür hinaus. Nach einer weiteren Dankesbezeugung durch das frischgeputzte Fenster zog er endlich ab.

Zum Schlafen kam sie trotzdem nicht. Florian polterte herein und wollte die Koffer schließen. Das mußte er dann aber auf später verschieben, weil Tinchen sich weigerte, schon am Nachmittag den Joggingdreß zu tragen, und wo sie denn mit den Sachen hinsolle, die sie nachher noch anziehen werde? Florian sah das ein und ging wieder. Statt dessen kam Julia. Sie habe noch Platz in ihrem Koffer, Tinchen könne ihr also ruhig ein paar Dinge geben.

»Wie kommt denn das? Als wir abgeflogen sind, war er doch krachend voll?«

Sie habe einiges aussortiert und dem Gartenboy mit den traurigen Augen geschenkt, der doch nie etwas bekäme. »Alle anderen kriegen hin und wieder Trinkgeld, bloß die armen Kerle nicht, die den ganzen Tag in der Sonne schuften und die Anlagen in Ordnung halten.«

»Hoffentlich hat sich deine humanitäre Anwandlung in Grenzen gehalten.«

Drei T-Shirts habe sie ihm gegeben, sagte Julia, natürlich die schon ziemlich ausgeleierten, dazu die beiden alten Handtücher, ihre ganzen Espandrillos, weil die hier alle dreckig geworden seien, und den Gesundheitsbadeanzug.

»Was soll der Junge denn *damit?*«

»Er ist verheiratet, hat er mir erzählt.«

»Der ist doch höchstens zwanzig!«

»Hier heiratet man eben früher als bei uns.«

Da sagte Tinchen gar nichts mehr.

Auf dem Weg zu Tee und Krümelkuchen überholten sie Kasulke. Sein Koffer, den er an einer Schlaufe hinter sich herzog, schlenkerte auf dem unebenen Weg von einer Seite zur anderen, und genauso schwankte auch Kasulke.

»Die sind beide besoffen«, urteilte Florian, doch das stimmte nicht. Bruno Kasulke war stocknüchtern.

»Weshalb bringen Sie Ihr Gepäck denn jetzt schon nach vorne? Das hat doch Zeit bis zum Abend.«

»Ob jetzt oder nachher, is doch ejal. Ick jedenfalls bin marschfertig.« Er deutete auf seine neonfarbenen Bermudashorts, die zweifellos aus der Boutique stammten, und auf das ebenfalls neue Hemd mit dem wilden Dschungelpanorama. Von dem weißen Babyhütchen hatte er sich auch getrennt, statt dessen trug er ein khakifarbenes.

»Ist diese Kostümierung für unsere Breitengrade nicht etwas zu kalt?« fragte Tinchen lächelnd.

»Ach wat. Ick steije ja bloß von ein'n Fliejer in den nächsten, und wenn ick in Berlin ankomme, holt mich mein Bruda ab. Der fährt Daimler, da is die Heizung janz prima.«

Sie wollten schon weitergehen, als Kasulke Florian zurückhielt. »Nachher hängt an de Rezeption 'ne Federwaage. Verjessen Se bloß nich, Ihre Koffer zu wiejen, ooch det Handjepäck, denn sind Se wenigstens vorbereitet. Sonst erleben Se nämlich uff 'm Flugplatz 'ne unanjenehme Überraschung.«

»Warum?«

Kasulke winkte ab. »Erzähle ick Ihnen später. Jehn Se erst mal los, sonst wird der Kaffee kalt.«

Schon am Tag ihrer Ankunft hatte sich Kellner Moses für die kleinen Milchdöschen interessiert, die immer auf dem Tisch standen und dank Karstens offenbar unerschöpflichem Vorrat ergänzt wurden, sobald sie zur Neige gingen. Moses kannte keine Kondensmilch, sie schmeckte ihm auch nicht besonders. Ihm gefielen nur die Deckel so gut, weil sie Abbildungen deutscher Schlösser und Burgen zeigten. Als er jetzt die geleerten Portionsschälchen abräumte, faßte er sich ein Herz. »Ich schon lange Mama fragen will, ob alle Leute in Germany wohnen in so schöne Häuser?«

»Du lieber Himmel, nein«, antwortete Tinchen lachend, »die wären ja viel zu groß. Da haben früher einmal Könige und Fürsten gelebt. Das sind keine Häuser, Moses, das sind Schlösser. Castles, you know?«

Er nickte verstehend. »Dann Sie haben viele Könige in Germany?«

»Das war einmal, jetzt haben wir keinen einzigen mehr. In den meisten Schlössern wohnt auch niemand, die sind alt und kaputt wie das Fort Jesus in Mombasa.«

Moses nickte wieder. »Ich verstehn. War Krieg in Germany.«

Bevor Tinchen den Irrtum richtigstellen konnte, mischte sich der Mann von der Kittelschürzenfrau ein. »Wie wollen Sie denn diesen schwarzen Dummköpfen unsere Kulturdenkmäler erklären? Die wissen doch gar nicht, was Kultur bedeutet.« Gebieterisch winkte er Moses an seinen Tisch. »Komm mal her!« Er griff nach dem Bild, das Moses noch in der Hand hielt, und deutete auf das Bauwerk. »Das ist ganz großes Haus. Kostet viel Geld. Wer will kaufen, muß gehen zu geheimnisvolle Berg. Oben ganz viel Schnee. Muß graben ganz tief in Schnee, weil unter Schnee Berg ist aus Gold. Wenn genug Gold ausgegraben, du kannst kaufen Schloß, kannst kaufen Frau, kannst fahren in andere Länder, wo dumme Eingeborene stellen dumme Fragen.«

»Sie arroganter Schnösel!« brüllte Tinchen los. Empört schob sie ihren Stuhl weg, und Florian hatte seine liebe Mühe, sie von einem tätlichen Übergriff abzuhalten. Beide Fäuste hatte sie geballt, eine davon wäre garantiert in dem süffisant grinsenden Gesicht gelandet. Sie nahm die Hände wieder herunter und legte sie Moses auf die Schulter. »Hören Sie gar nicht hin, was der da drüben« – ein verachtungsvoller Blick traf den Spaßvogel – »redet. Er wollte nur einen Joke machen, aber es ist ein sehr geschmackloser gewesen.«

Noch immer sah Moses etwas verwirrt aus, doch allmählich zog wieder das gewohnte Lächeln über sein Gesicht. »Ich schon verstanden, Mama. Auch in Germany nicht wachsen – wie sagen Sie? – Geld auf Bäume.« Er nahm sein Tablett und ging.

Tinchen hatte sich noch immer nicht beruhigt. Am liebsten hätte sie diesem aufgeblasenen Kerl die Meinung gegeigt, und nur widerstrebend ließ sie sich von Florian auf den Stuhl ziehen, räsonierte aber weiter. »Weshalb müssen ausgerechnet die Leute, die selber kein Hirn haben, alle Eingeborenen wie Trottel behandeln? Ignoranten gibt es in jedem Land, auch hier, aber die verreisen wenigstens nicht.« Plötzlich fing sie an zu kichern. »Ein Glück, daß Toni noch nicht da ist. Wenn sie das eben mitgekriegt hätte, wären wir schon heute aus dem Hotel geflogen. Denk bloß mal an ihren Aufstand in der Moschee.«

Florian dachte daran und war ebenfalls dankbar für Frau Antonies Verspätung. Im übrigen kam sie gerade, flankiert vom Rest der Sippe.

Julia futterte Gummibärchen. »Die hat Oma jetzt erst rausgerückt. Drei Päckchen hatte sie dabei und kein Wort gesagt. Einen halben Bonbonladen hat sie mitgenommen. Wir geiern hier nach was Süßem, und sie hat die ganze Tasche voll.«

Sie habe gar nicht mehr daran gedacht, entschuldigte sich Frau Antonie, erst heute morgen habe sie die ganzen Vorräte gefunden, als sie ihre Reisetasche hervorgeholt hatte. Sie habe die Süßigkeiten vor Urlaubsbeginn gekauft, um eventuell Kinder von Angestellten damit zu erfreuen, nur habe sie gar keine gesehen, und deshalb werde sie die ganzen Sachen jetzt im Dorf verteilen. Nein, danke, Kaffee wolle sie nicht, sie habe bereits Tee gehabt. Wann? Eben an der Bar, zusammen mit Herrn Kasulke. Etwas laut sei er ja und auch ein bißchen gewöhnlich, aber ein herzensguter Mensch und recht unterhaltsam. Deshalb habe sie auch nicht gemerkt, daß es schon so spät geworden war.

»Dann kann's ja losgehen«, sagte Karsten, »also auf zur Bescherung.«

Die Andenkenverkäufer unternahmen nur noch halbherzige Versuche, die sechs Spaziergänger in ihre Buden zu locken. Sie wußten meist ziemlich genau, wer seinen Bedarf an Souvenirs schon gedeckt hatte. Außerdem wiesen diese Gäste hier die typische Langzeitbräune auf, waren also bestimmt schon in Mombasa gewesen, kannten die Preise und ließen sich nicht mehr so leicht übers Ohr hauen. Tüten mit Tauschartikeln hatten sie auch nicht dabei, also würde kaum ein Geschäft mit ihnen zu machen sein. Nur Frau Antonie trug eine, doch als ein Schwarzer neugierig hineinschaute, winkte er ab. An Bonbons war er nicht interessiert.

»Wie hast du dir das eigentlich vorgestellt, Mutti?« wollte Karsten wissen. »Baust du dich vor der Moschee auf und betätigst dich als Marktschreier? Oder wie sonst willst du das ganze Zeug loswerden?«

So genau wußte das Frau Antonie auch nicht. »Ich kann doch den Kindern, die immer vor den Hütten spielen, einige Süßigkeiten zustecken, die können sie dann mit anderen teilen: Seht mal, da sind ja schon welche.«

Schwesterchen und Brüderchen kamen ihnen entgegen, etwa fünf und zwei Jahre alt. »Jambo«, sagte Schwesterchen, und Brüderchen echote: »Jammo.«

»Wait a moment!« Frau Antonie griff in die Tüte und fischte eine Packung Smarties heraus. Sie hatte den Deckel noch gar nicht abgenommen, da sah sie sich plötzlich von johlenden Kindern umringt. Zwanzig, dreißig, vielleicht auch mehr schubsten sich gegenseitig zur Seite, droschen aufeinander ein, trampelten rücksichtslos auf den hingefallenen herum, schrien, brüllten… es sah barbarisch aus. Vergebens versuchten Florian und Karsten, sich zur völlig eingekesselten Frau Antonie durchzukämpfen, sie schafften es nicht. Tobias zerrte ein Kind nach dem anderen aus dem Pulk, aber das nützte wenig, es stürzte sich sofort wieder in das Getümmel. Und es wurden immer mehr. Von allen Seiten kamen sie angerannt, auch Halbwüchsige waren dabei. Langsam wurde die Situation bedrohlich.

»Wirf die Tüte weg!« schrie Karsten, »möglichst weit.« Er glaubte zwar nicht, daß seine Mutter ihn bei dem Höllenlärm verstanden hatte, doch offenbar war sie auf den gleichen Gedanken gekommen. Mühsam gelang es ihr, den rechten Arm, an den sich lauter Kinderhände klammerten, freizukriegen und die fast geleerte Tüte fortzuschleudern. Kaum drei Meter weiter fiel sie ins Gras, aber ihr Inhalt genügte, die Meute von ihrem Opfer abzulenken. Kreischend stürzte sie sich auf das neue Ziel, und die Prügelei ging von vorne los.

»Wo sind die denn so plötzlich hergekommen?« japste Frau Antonie, bevor sie halb ohnmächtig in Karstens Arme sank. »Es waren doch überhaupt keine da.«

»Wahrscheinlich haben sie uns ganz genau beobachtet«, vermutete Julia, »und als du in der Tüte gekramt hast, sind sie aus ihren Löchern gekrochen. Richtig gefährlich hat das ausgesehen. Ich dachte, die bringen dich um.«

»Genau dasselbe habe ich auch gedacht.« Frau Antonie war wieder zu Atem gekommen. »Jetzt kann ich mir vorstellen, wie damals den Weißen zumute gewesen ist, wenn die Mau-Maus anrückten.«

»Mutti, das hier sind Kinder!« sagte Tinchen vorwurfsvoll.

»Eben! Und aus denen werden Erwachsene. Die Mentalität ändert sich nicht.«

Zur Fähre wollte sie nun nicht mehr. Sie wollte überhaupt nicht mehr durchs Dorf gehen, sie wollte zurück hinter die sichere Schranke. Und wie sie aussah! Beschmutzt von oben bis unten, zwei Knöpfe waren abgerissen und ein paar Kratzer hatte sie auch auf dem Arm. Einen großen Bogen machte sie um die Kinderschar, die sich jetzt wieder beruhigt hatte und ihr freundlich zuwinkte. »Thank you, Mama.« Nur die herumliegenden Fetzen der Plastiktüte erinnerten an die vorangegangene Schlacht.

Etwas abseits saß ein kleiner Junge, kaum anderthalb Jahre alt. Dicke Tränen kullerten aus seinen dunklen Augen und hinterließen deutliche Spuren auf dem mit Staub bedeckten Gesicht. Sein linkes Knie blutete.

»Das arme Kerlchen hat bestimmt nichts abgekriegt.« Mitleidig nahm Tinchen den kleinen Knirps auf den Arm. Er schluchzte herzerweichend. »Hast du nicht zufällig ein Bonbon übrigbehalten, Mutti? Sieh doch mal nach.«

Nein, sie habe keins mehr, sagte Frau Antonie, und Julia mußte auch passen. Die Gummibärchen hatte sie längst aufgegessen.

»Vielleicht hilft das hier.« Aus seiner Hemdtasche zog Karsten eine Zehncentmünze. Sie hatte nicht mal den Wert eines Pfennigs, aber sie war groß und glänzte golden. Der Kleine griff sofort danach. Selig betrachtete er das Geldstück, das er mit seiner winzigen Faust gar nicht umschließen konnte, dann strampelte er sich frei. Tinchen hatte ihn kaum auf den Boden gesetzt, als er auch schon loslief. Lachend sah sie ihm hinterher. »Der künftige Kapitalist. Er schätzt Geld mehr als Schokolade.«

Nicht mal was trinken wollte Frau Antonie, als sie wieder im Hotel waren, sie wollte nur unter die Dusche und frische Sachen anziehen.

»In Ordnung«, sagte Karsten, dessen Reinlichkeitsbedürfnis geringer war als sein Durst, »dann treffen wir uns alle um halb acht an der Rezeption.«

18

Im Landesinnern lag das Buku-Buku nun gerade nicht, man konnte sogar noch das Meer rauschen hören, doch die ganze Anlage erweckte den Eindruck, als habe man sie mitten in den Dschungel gesetzt. Exotisches Grünzeug, übermannshoch, flankierte den Fußweg zum weiter hinten liegenden Restaurant, und Tinchen hätte sich nicht gewundert, wäre in dem von Pflanzen überwucherten Teich ein Krokodil aufgetaucht oder hätte ein Riesenschmetterling ihr Gesicht gestreift. Eine Holzbrücke überquerte ein künstlich angelegtes Bächlein, in dem viele bunte Fische schwammen, und gleich dahinter führten mehrere Stufen ins Restaurant. Von außen erinnerte es an eine überdimensionale Grillhütte. Es war rund, ganz aus Holz erbaut bis auf das übliche Makutidach, und wo normalerweise Wände zu sein hatten, gab es nur halbhohe Brüstungen. Man saß praktisch im Freien und hatte lediglich ein Dach über dem Kopf.

Das Innere war eine Mischung aus Afrika und der westlichen Welt. Rustikale, dunkelgebeizte Holztische mit ebensolchen Stühlen, auf denen dicke Sitzkissen in warmem Rot lagen, Tischläufer aus dem gleichen Stoff, an den Wänden handgeschnitzte Masken, Batikbilder, kunstvoll verziertes Holzgeschirr und – etwas stilbrüchig – ein Kalender von Coca-Cola. Von der Decke baumelte ein riesiger hölzerner Leuchter, dessen sanftes Licht durch die auf jedem Tisch stehenden Petroleumlampen ergänzt wurde. Allerdings steckten jetzt Glühbirnen drin.

Der Besitzer des Lokals, der sie auf die Minute pünktlich mit einem Kleinbus abgeholt hatte, führte sie zu einem Tisch direkt neben der Brüstung. Wenn Tinchen die Hand ausstreckte, konnte sie bequem den Ast mit den dunkelroten Blüten erreichen. »Ob ich mir welche abpflücken darf?«

»Na klar«, gestattete Florian großzügig, »sind ja genug da.« Er tat es sogar selber. Ungeschickt fummelte er ihr die Blumen ins Haar.

»Nimm sie wieder raus, Mutti, die beißen sich mit der Rückenlehne«, stellte Julia mitleidlos fest, »rotes Rot und blaues Rot vertragen sich nicht.«

»Rot ist rot«, sagte Frau Antonie und griff nach der Speisekarte, legte sie aber gleich wieder zur Seite. »Afrikanisch kann ich nicht übersetzen.«

Der Wirt mußte helfen. Er kauderwelschte eine Mischung aus Englisch und Deutsch, beides gleich gut oder auch gleich schlecht, und so dauerte es eine ganze Weile, bis sie das Menü zusammengestellt hatten. Beginnen sollte es mit gebackenen Gemüsebällchen, gefolgt von Lobster, danach Nyati-Steaks mit in Kokosmilch gekochtem Reis und als Abschluß flambierte Ananas. Dann sollte es Papayawein geben, nachdem der Wirt versichert hatte, er sei keineswegs süß, sondern müsse nach Ansicht von Kennern sogar ein bißchen wie weißer Burgunder schmecken.

»Lassen wir uns überraschen«, meinte Karsten. »Wohler wäre mir allerdings, wenn ich wüßte, was Nyati ist. Nach den Erklärungen unseres Maître könnte das genauso gut ein Nashorn wie eine Beutelratte sein. Tina, du kannst doch Suaheli. Was heißt Nyati?«

»Weiß ich nicht. Tiere haben wir nicht gelernt. Aber wenn du willst, kann ich mal nach der Toilette fragen. Namibi wanawake stimmt übrigens gar nicht, das heißt choo kiko wapi.«

»Klingt genauso bescheuert«, fand Tobias.

Eine Prozession eingeborener Mädchen näherte sich ihnen. Jedes trug einen flachen Korb in den Händen. Das erste legte bunte, aus Palmblättern geflochtene Sets auf den Tisch, das zweite entnahm seinem Korb das Besteck, das dritte Mädchen brachte die Gläser, das vierte die Weinflasche. Das fünfte hatte lediglich einen Korkenzieher zu transportieren, mit dem es der Flasche zu Leibe rückte.

Bevor das erste Blut fließen würde, nahm Florian sich der Sache an und öffnete selber den Verschluß. Er goß einen Schluck in sein Glas, probierte und nickte zufrieden. »Burgunder habe ich zwar anders in Erinnerung, aber der Wein hier ist durchaus trinkbar. Wollt ihr etwa auch welchen?«

Nachdem er die Gläser vollgeschenkt hatte, blieb nur noch ein kümmerlicher Rest übrig. »Die nächste Pulle geht auf meine Rechnung. Vorausgesetzt, die bezahlst du erst mal, Karsten.« Er hob sein Glas. »Ein Hoch dem Spender dieses hoffentlich lukullischen Mahls. Prosit, Schwager!« Dann setzte er das Glas noch einmal ab. »Nee, Leute, so geht das nicht, wir müssen uns der Umgebung anpassen. Tine, was heißt ›zum Wohl‹?«

»Mschmarfu«, kam es unter dem Tisch hervor, wo sie nach dem heruntergefallenen Ohrclip suchte.

»*Wie* heißt das?«

Sie tauchte wieder hoch. »Mai-sha ma-re-fu.«

»Bis man das rausgebracht hat, haben die anderen ihre Gläser schon leer«, sagte Florian. »Diese Sprache ist nur was für Leute mit viel Zeit.« Noch einmal hob er sein Glas. »Also dann: Maisha marefu.«

Erneut kamen die Mädchen, und wieder brachten sie ihre Körbe mit. Diesmal enthielten sie Teller, Servietten, Brot sowie frischgebackene, noch warme Kartoffelchips. Sofort machte sich Tobias darüber her. »Die schmecken fantastisch«, sagte er mampfend und schon nach den nächsten greifend, »ich hab allmählich unter Entzugserscheinungen gelitten.«

»Kein Wunder. Zu Hause frißt du das Zeug doch tütenweise in dich rein.« Julia nahm sich ein Scheibchen und knabberte daran herum. »Wie kann man sich bloß ständig damit vollstopfen?«

»Genauso wie du mit Gummibärchen. Nur werde ich davon nicht dick!«

Das hatte gesessen! Ihr Kampf gegen die Speckröllchen, die außer ihr allerdings niemand entdecken konnte, war innerhalb der Familie schon Legende, und die Tatsache, daß sie vorhin tatsächlich den Gürtel nur im vorletzten Loch hätte schließen können, hatte sie zu dem sofortigen Beginn einer Nulldiät bewogen, wozu dieser Abend nun denkbar ungeeignet war. Und das ärgerte sie.

Schon wieder kam ein dunkelhäutiges Mädchen an den Tisch. Es war ein anderes, und statt des Körbchens trug es zwei bauchige Holzkrüge, einen davon auf dem Kopf. Vor Frau Antonie kniete es nieder.

»Aber nicht doch«, wehrte die erschrocken ab, »vor mir braucht niemand zu knien.«

Das Mädchen hatte den leeren Krug vom Kopf genommen und vor Frau Antonies Füße gestellt. Jetzt rückte es den zweiten daneben. Er enthielt klares Wasser, aus dem der Stiel einer hölzernen Kelle ragte. Nun wußte Frau Antonie endlich, was diese Prozedur bedeutete. Sie hielt ihre Hände über den leeren Krug und ließ sich Wasser darübergießen. Nach der dritten Dusche raffte die Badefrau ihre Utensilien zusammen und begann das gleiche Ritual bei Tinchen.

»Gibt's denn kein Handtuch?« Mit den triefenden Händen wedelte Frau Antonie in der Luft herum.

»Immer weiter so, dann werden sie auch trocken«, meinte Florian, der nun an die Reihe kam. Allerdings war er von dem tiefausgeschnittenen Kleid des Mädchens und vor allem von dem, was sich darunter verbarg, so fasziniert, daß er nicht auf die Suppenkelle achtete und das Wasser statt in den Krug über seine Füße platschte.

»Samahani«, sagte das Mädchen.

»Sie hat sich entschuldigt«, übersetzte Tinchen.

»Please, please«, antwortete Florian sofort, denn dieses Wasserbad war ja seine Schuld gewesen. Trotzdem empfand er die nassen Socken als ziemlich unangenehm.

Die Gemüsebällchen wurden serviert und schmeckten so vorzüglich, daß Frau Antonie um das Rezept bat. Die Weitergabe scheiterte zunächst an Sprachschwierigkeiten. Doch als der Wirt schließlich mit einem englisch-deutschen Wörterbuch anrückte, mußte sie feststellen, daß sie einen Teil der Zutaten überhaupt nicht kannte und auch in Düsseldorfs feinstem Feinkostladen nicht bekommen würde. »Sehr schade, denn dieses Gericht ist sowohl kalorienarm als auch äußerst schmackhaft.«

»Pack doch welche ein und koch sie zu Hause nach«, empfahl Tobias, »vielleicht kriegst du es diesmal halbwegs hin.« Er würde sie ja nicht essen müssen. Omas Kopien hatten nie auch nur die entfernteste Ähnlichkeit mit den Originalgerichten; das war mit dem jugoslawischen Paprikaeintopf genau das gleiche gewesen wie mit der Paella vom Fernsehkoch. Er, Tobias, hatte den gelben Fladen im Kühlschrank gefunden, für Eierkuchen gehalten und Apfelmus drübergekippt. Es hatte einfach widerwärtig geschmeckt.

Die Langusten waren herrlich. Ohne weiteres hätte Florian noch eine zweite essen können, verkniff es sich aber, weil er sich an Karstens Mahnung erinnerte: »Denkt daran, daß wir pünktlich um 3110 Shillinge das Lokal verlassen müssen.«

Der oder das Nyati ließ auf sich warten, dafür kamen lauter neue Gäste. Ausnahmslos Weiße. Nur ein einziger Tisch war von drei Indern besetzt, Geschäftsleuten, wie Tobias vermutete, denn neben jedem Stuhl stand ein Aktenköfferchen. »Ich denke, das ist ein afrikanisches Restaurant, ich sehe bloß keine Schwarzen. Es ist doch immer das gleiche: Hier ist *ihr* Land, *ihre* Kultur, folglich müßte das auch *ihr* Restaurant sein. Und was ist es in Wirklichkeit?« Er schob sich die letzten Kartoffelchips in den Mund. »Ein Freßtempel für uns reiche Europäer, die die Eingeborenen zu Niggern degradieren, von denen sie sich bedienen lassen. Selber können die sich so was Teures nicht leisten. Und was ist von ihrer Kultur übriggeblieben?« Mit dem Kopf deutete er auf die gegenüberliegende Wand. »Coca-Cola.«

»In gewisser Weise hast du ja recht, Junge«, sagte Florian, »ich wünschte nur, du würdest unsere dekadente, kapitalistische westliche Welt nicht immer mit vollem Mund verdammen!«

Schon eine ganze Weile hatte Tinchen ihre Tochter beobachtet. Ungewohnt still war sie geworden, sah auch blaß aus und hatte Schweißtropfen auf der Stirn. »Fehlt dir was, Julia?«

»Mir ist so schlecht.«

»Wovon denn nur? Du hast doch das gleiche gegessen wie wir.«

»Weiß nicht, jedenfalls ist mir kotzübel.« Kaum hatte sie das gesagt, sprang sie auf und lief zur Tür. Tinchen hinterher. »Zur Toilette geht's da drüben lang!« Sie deutete auf einen schmalen Gang, der sich weiter hinten im Gebüsch verlor. Es war ihr zur Gewohnheit geworden, in jedem unbekannten Gebäude zuerst nach der Toilette zu suchen, weil Frau Antonie meistens unverhofft, dann aber sehr dringend nach den sanitären Installationen verlangte und sie selten auf Anhieb fand.

Bis zu dem separat liegenden Häuschen schaffte es Julia gerade noch. Danach ging es ihr besser. »Ich muß mich überfressen haben«, meinte sie, ihr Gesicht mit Wasser kühlend, »dabei ist doch an so einem Lobster gar nicht viel dran.«

»Möchtest du ins Hotel zurück?«

»Ach bewahre«, winkte sie ab, »jetzt, wo das Zeug raus ist, merke ich überhaupt nichts mehr. Außerdem habt ihr Karstens Scheck noch nicht mal zur Hälfte verfressen.«

Sie waren aber gerade dabei. Nachdem sich die anderen davon

überzeugt hatten, daß Julia weder ärztliche Hilfe noch einen Zinksarg brauchte, sondern im Gegenteil wieder recht munter schien, widmeten sie sich weiter ihrem Nyati. Was es war, wußten sie zwar noch immer nicht, doch da es sich um sehr große Steaks handelte, schied Beutelratte von vornherein aus. Und für ein Nashorn sei das Fleisch zu zart, behauptete Florian, immerhin würden diese Viecher bis zu fünfzig Jahre alt. Da Julia auf ihr Essen verzichtete, erbarmte sich Tobias. Spielend schaffte er auch noch die zweite Portion. Als er das Besteck niederlegte, grinste er hinterhältig. »Soll ich euch mal verraten, was wir gegessen haben? Buffalo!«

»Ach. Und was ist Buffalo?«

»Büffel.«

Nun mußte auch Frau Antonie auf die Toilette.

Julia ging sofort ins Bett. Genau wie ihre Großmutter. Schlafen werde sie wohl kaum, hatte Frau Antonie gesagt, aber wenigstens etwas ruhen, und um die Koffer möge sich bitte Karsten kümmern.

»Stellt sie einfach auf die Terrasse, ich bringe sie dann nach vorne.«

Das empfahl Florian auch seinem Tinchen, wurde jedoch daran erinnert, daß er sie erst einmal zumachen müßte. »Kein Problem, das haben wir gleich.«

Nach einer halben Stunde hatte er es immer noch nicht. Tobias mußte kommen. »Setz dich auf die linke Seite, die rechte habe ich gleich zu.«

»Leg den Koffer doch erst mal auf den Boden, dann geht's besser.« Es half ein bißchen, aber nicht viel. Tinchen mußte sich auch noch auf den Deckel knien. »Na also, jetzt klappt's ja!« Erleichtert zog Florian den Reißverschluß zu. Bbbbsssrrr machte es, dann war er wieder auf. »Nu isser kaputt!«

»Bingo!« sagte Tinchen. »Und was jetzt?«

»Strippe. Ich werde mal sehen, ob ich welche auftreiben kann.« Tobias entwetzte und kam tatsächlich mit einem Stück Seil zurück. »Anscheinend passiert so was öfter. Vorne stehen nämlich schon drei andere Koffer mit Bauchbinde.«

Inzwischen hatte Tinchen den Inhalt umgeschichtet. Obendrauf lagen jetzt die Badetücher, sorgfältig in die Ecken reingestopft. »Es wäre mir nämlich peinlich, wenn nachher die Unterhosen rausfallen.«

Endlich hatten sie es geschafft. Was noch an Kleinigkeiten herumlag, packte sie in die Reisetaschen, obenauf die Jogginganzüge, und dann fiel sie todmüde ins Bett.

Die drei Männer hatten beschlossen, auf die Nachtruhe zu verzichten. Vier Stunden Schlaf seien sowieso zuwenig, hinterher sei man müder als zuvor, und irgendwie müsse man ja noch das letzte kenianische Geld unters Volk bringen. Zu Karstens Überraschung war die Rechnung im Buku-Buku niedriger ausgefallen als befürchtet.

Gemeinsam schleiften sie die Koffer an die Rezeption. Florian hängte den ersten an die Waage. »Zweiundzwanzig Kilo.« Der nächste hatte vierundzwanzig.

»Das sind sechs zuviel. Ich glaube, meiner hat weniger.« Karsten blieb tatsächlich im Limit, Frau Antonie auch. Der von Julia wog gleich sechs Kilo mehr, denn Tinchen hatte ihr die ganzen Souvenirs aufgehalst. Nur Tobias' Koffer hatte Untergewicht.

»Wenn das man gutgeht.« Nachdenklich kratzte sich Florian am Kopf. »Dabei haben wir das Handgepäck noch gar nicht dazugezählt...«

»Fragen wir mal Kasulke, wie das nachher so abläuft. Der kennt sich doch aus«, schlug Tobias vor.

Wie erwartet, fanden sie ihn an der Bar. Er hockte vor einem leeren Bierglas und sortierte Münzen auf der Theke. »Verteilen Sie die letzten Trinkgelder?« fragte Karsten schmunzelnd.

»Von wejen! Ick zähle jrade nach, wieviel Durst ich noch habe.« Er schob das Geld zusammen. »Für zwee Halleluja reicht et, aba die Nacht is ja noch lang. Ick jloobe, ick muß doch noch int Bette jehn.«

Karsten bestellte eine Runde Bier, Kasulke eingeschlossen. »Dafür verraten Sie uns jetzt mal, wie wir nachher zehn Kilo Übergewicht durch die Gepäckkontrolle mogeln können.«

»Au weia, det wird teuer.« Er senkte seine Stimme auf Flüstertonlautstärke. »Der KTK reitet da nämlich ne janz linke Tour. Det is bestimmt ooch der Jrund, warum die uns hier noch vor'm Uffstehen aus die Betten holn und so früh zum Flugplatz karrn. Neckermann und TUI kommen immer erst zwei Stunden später, wenn se uns schon in den Warteraum jeschoben haben. Wir solln nämlich nich mitkriejen, wie det bei die andern looft. Die knalln ihre Koffer uff's Band, kriejen ihren Anhänger dran, und det isset.

Bloß nich beim KTK. Da wird det Jepäck jewogen, und ick hab den Verdacht, det da immer eener von die Schwarzen seinen Fuß mit druffstellt. Letztet Jahr hatte ick hier an die Hotelwaage jenau achtzehneinhalb Kilo, und am Flugplatz waren et plötzlich zweeundzwanzig, bloß beweisen kannste det nich. Und denn darfste löhnen, aba nich zu knapp.«

»Was ist, wenn man kein Geld mehr hat?« Florian war ernstlich beunruhigt.

»Keene Ahnung, habe ick noch nich erlebt. Die Brüder nehmen jede Währung, und 'n bißken wat für zu Hause ham wa doch alle dabei. Die wissen hier janz jenau, det wa keene Shillinge ausführn dürfen, also ham wa ooch keene mehr zu habn, und Devisen sind ihnen sowieso viel lieba.«

»Kann man eventuell mit Kreditkarte bezahlen?«

»Na, det nu janz bestimmt nich, die wolln nur cash. Irjendwie muß det mit die Prozente zusammenhängn, die die Schwarzen hinterher kassiern. Wenn die nischt abkriegen würden, wäre et ihnen doch total schnuppe, wieviel Tonnen Jepäck in den Fliejer jebaggert werdn. Bei die andern Flugjesellschaften kümmern se sich ja ooch nich drum, bloß bein KTK. Irjendwat is da faul an die Sache.«

»Und wenn man dem Mann an der Waage ein Trinkgeld gibt?« bohrte Florian weiter.

»Denn nimmt er det und stellt Ihren Koffer trotzdem druff. Und kassiert zweemal. Is eenem Ehepaar vorijet Jahr passiert. Mein Kumpel hat 'ne andre Tour probiert, is aber ooch schiefjejangen. Der hat versucht, seine Reisetasche mit die janzen Holzfijuren drin abseits zu stelln und denn als Handgepäck mitzunehm, aba det hat eener von die Schwarzen jesehn und ihn sofort zurückjepfiffen. Die passen uff wie Schießhunde. Überall lungern se rum und beobachten jenau, wer mit wieviel Koffer und Taschen anrückt.«

»Das kann ja heiter werden«, sagte Karsten und bestellte vier Kognak auf den Schreck.

»Nich für mich, ick nehm lieba noch 'n Bier«, wehrte Kasulke ab. »Die zwee Kenya Cane vorhin bei die Kwaheri-Party ham mir jelangt.« Plötzlich stutzte er. »Ick hab Sie ja bei det Meeting jar nich jesehn. Warum ham Se sich denn vor die Abschiedsfeier jedrückt?«

»Wir haben auswärts gegessen«, antwortete Florian und erzählte, wo sie ihre Henkersmahlzeit eingenommen hatten.

»Kenn ich«, nickte Kasulke, »is 'n jutet Lokal. Vor allem die Lobster sind eins a.«

Das konnte Florian nur bestätigen. Leider habe seine Tochter sie nicht vertragen. Kasulke wollte Einzelheiten wissen, dann nickte er wieder. »Die hat 'n Eiweißschock jehabt, janz einfach. Kommt öfter vor, is aba nich schlimm. Wir sind det viele Krustenzeuch ebent nich jewöhnt.«

Sie waren nicht die einzigen Gäste, die ohne Umweg über die Betten auf ihre Abreise warteten. Immer wieder tröpfelten neue in die Bar, und bald waren alle Hocker besetzt. Manche Leute kannte Florian gar nicht wieder; er hatte sie nur in Badeanzug oder Freizeitlook gesehen und wunderte sich, wie seriös sie plötzlich wirkten. Bis auf den Gschwandtner-Gustl. Der hatte auch am letzten Tag nicht auf den gewohnten Besuch in der Buschbar verzichtet und schwankte jetzt in seinem üblichen Aufzug durch den Speisesaal – Unterhemd, Plastikshorts, die bis auf ein schon nicht mehr vertretbares Maß über sein nacktes Hinterteil gerutscht waren, und abgelatschte Turnschuhe.

»Der hat Afrika ooch bloß durch's Schnapsjlas jesehn.« Kasulke hob seine Bierflasche. »Na, Tarzoon, so janz alleene? Ick dachte, du hättst dir 'n kleenet Andenken aus de Buschbar mitjenommen. Die Schwarze mit die viele Zöppchen war doch janz wild nach dir. Und deine Olle hätte sich bestimmt ooch jefreut. Oda etwa nich?«

Gustl reagierte gar nicht. Mit glasigen Augen schlurfte er an der Bar vorbei Richtung Bungalows. »Bin mal neujierig, wie se den nachher ausset Bett kriejen.«

Gegen zwei Uhr machte sich allgemeine Müdigkeit bemerkbar. Die letzten Adressen waren ausgetauscht worden, George hatte von den noch finanzkräftigeren Gästen die letzten Trinkgelder kassiert, die Gesprächsthemen waren erschöpft.

»Wie wäre es denn mit einem allerletzten Bad im Meer?« Dieser Vorschlag kam von Tobias und wurde zunächst einmal mit der Begründung abgelehnt, daß alle Badeanzüge in den Koffern und folglich schon auf dem Wege nach Mombasa seien. Vor einer Stunde waren sie abgeholt worden. »Na und? Dann gehen wir eben ohne.« So leicht ließ er sich von seinem einmal gefaßten Entschluß nicht abbringen.

»Ohne ist doch verboten«, sagte jemand.

»Aber nicht nachts, da sieht's ja keiner.«

Dieses Argument war nicht zu widerlegen. Lediglich die weibliche Barhockerbesetzung, ohnehin in der Minderzahl, wollte nicht. Wie sich später herausstellte, war sie auch noch nie in einer Sauna gewesen.

»Handtücher haben wir aber auch nicht mehr«, gab Karsten zu bedenken.

»Denn nehm wir die aus unsere Zimmer«, sagte Kasulke. »Is zwar nich jestattet, bloß kann uns ja nu keener mehr anmotzen.«

Fünf Minuten später tastete sich eine recht aufgekratzte Schar die unbeleuchteten Stufen zum Strand hinunter. »Det mir jetzt aba keener uff die Schnauze fällt! Um die Zeit kriejen wir nie 'n Krankenwagen.«

Sie kamen heil unten an, zogen sich aus und hängten ihre Sachen in die Strandbar. Da waren sie wenigstens etwas vor dem immer wieder aufstiebenden Sand geschützt. Eine einzige matte Glühbirne beschien die Szenerie.

»Dann also hinein ins Vergnügen«, schrie Tobias und rannte los. Nach wenigen Schritten schon stoppte er. »Es ist ja gar kein Wasser da!!«

Das kleine Innenriff lag offen, und erst weit dahinter sahen sie die schwache Brandung. Kasulke schlug sich an die Stirn. »Hätten wir ooch eher dran denken können, det jetzt Ebbe is.«

»Macht doch nichts«, sagte Florian, »dann laufen wir eben ein Stück.«

»Aba nich mit mir! Ohne Schuhe jehe ick nich. Det fehlte jrade noch, mit 'n linken Fuß in 'n Seeigel und mit 'n rechten inne Qualle. Nee, danke. Jetzt im Dustern sieht man die Viecher doch nich.«

Er hatte recht. Und dann fiel ihnen auf, daß nicht nur in dem feuchten Sand, sondern auch weiter oben, wohin die Wellen nie kamen, reges Leben herrschte. Hunderte, ach was, Tausende von winzigen Krabben flitzten durcheinander, verschwanden in Löchern, kamen wieder heraus, rannten zum nächsten und hinterließen ein feinmaschiges Netz von Spuren. »Nichts wie weg hier!« rief Karsten, mit Riesenschritten zurückspurtend. »Ich glaube zwar, daß sie harmlos sind, aber ausprobieren möchte ich das nicht.«

»Verstehe ich nicht«, grübelte Tobias, während er in dem Kleiderhaufen nach seinen Shorts suchte, »ich bin doch schon öfter abends hier unten gewesen. Da ist mir manchmal eine von den großen Wollhandkrabben begegnet, aber dieses wimmelnde Kleinvieh habe ich noch nie gesehen.«

»Vielleicht ist es somnambul, wir haben ja Vollmond«, überlegte Karsten laut, verbesserte sich aber sofort: »Kann auch nicht sein, vor lauter Wolken sieht man ihn gar nicht.« Er musterte den Himmel. »Ich glaube, morgen schlägt es um. Es kommt schlechtes Wetter.«

»Schlechtes Wetter gibt es nicht«, korrigierte ihn Tobias, »es gibt nur verschiedene Arten von schönem Wetter.«

»Also gut, dann gibt es eben schönen Regen.«

Sie trotteten wieder nach oben zur Bar. Die hatte inzwischen geschlossen. Dafür waren in einer Ecke des Speisesaals die Lichter angegangen. Zwei müde Kellner, darunter die Schlaftablette, offenbar regelmäßig zum Frühdienst eingeteilt, deckten ein paar Tische. Ein ebenso müder Küchenhelfer baute ein kleines Frühstücksbüfett auf. Von der Rezeption her kommend, schlurfte ein Askari durch den Mittelgang, in einer Hand die Weckliste, in der anderen den unerläßlichen Holzknüppel. Er werde seine Frau und auch die beiden Ladies in Bungalow fünfundzwanzig selber wecken, sagte Florian. Der Askari nickte nur und schlurfte weiter.

Frau Antonie war nicht nur schon wach, sondern bereits angekleidet.

Sie hatte sogar Julia hochgescheucht, Florian hörte die Dusche plätschern. Tinchen dagegen schlief tief und fest. Zuerst probierte er es mit einem Kuß, danach mit einem sanften Rütteln, worauf sie sich knurrend auf die andere Seite drehte, und dann mit kaltem Wasser. Das half!

»Aufstehen, Tine! Nach Hause fahren zu elf Grad minus und örtlichen Schneefällen. Heute morgen hat Herr Braun noch mit seiner Tochter in Köln telefoniert.«

»Widerling!« Sie schälte sich aus dem Laken und wankte schlaftrunken ins Bad. »Den Wetterbericht hättest du dir wirklich sparen können.«

Sehr munter war keiner von denen, die sich nach und nach im Speisesaal einfanden. Besonders Julia schien völlig geistesabwesend und bekam kaum die Augen auf.

»Sie hat ja immer den Kopf in den Wolken, bloß morgens hat sie überhaupt keinen Kopf«, sagte Tobias beim Anblick seiner Schwester. Die reagierte gar nicht, rührte nur gedankenlos in ihrer Teetasse.

»Nun iß wenigstens eine Kleinigkeit«, drängte Tinchen.

»Hab keinen Hunger.«

»Laß sie doch. Warum soll sie Melonen oder warmen Toast essen, wenn sie nachher im Flieger das schöne eingeschweißte Plastikfrühstück kriegt?« Tobias holte Nachschub.

»Ach ja, diese herrlichen Früchte werde ich am meisten vermissen«, sagte Frau Antonie und nahm sich noch welche.

»Ich auch«, pflichtete ihr Tinchen bei, »und trotzdem freue ich mich auf eine richtige Schwarzbrotstulle mit Leberwurst.« Erst jetzt bemerkte sie Tobias' blaulila schimmernden Daumen. »Wie hast du denn das geschafft? Hat sich dein Veilchen nach unten verlagert?« Von dem war glücklicherweise kaum mehr etwas zu sehen.

»Nee, ich bin gestern mit der Hand ans Tor geknallt.«

???

»Beim Wasserball«, erklärte er ungeduldig, »Gäste gegen Kellner. War urig.«

»Habt ihr wenigstens gewonnen?« erkundigte sich Karsten.

»Das nicht, aber es ist auch keiner ertrunken.«

Herr Brunsli erschien. Der Bus sei da. Ein Handtuch zum Hinterherwinken hatte er nicht dabei, aber für jeden eine verpackte Ananas. Nur die Wedel guckten aus den Tüten heraus.

Tinchen nahm Abschied. Ein letzter Blick durch den Speisesaal hinüber zu dem erleuchteten Pool und den jetzt so herrenlos herumstehenden Liegen, der letzte Gang durch die Lounge an der Rezeption vorbei zum Ausgang. Im Vorübergehen hob sie eine herabgefallene Beinahe-Krokus-Blüte auf. Die würde sie pressen und mit ins Fotoalbum kleben. Noch einmal drehte sie sich um, schaute zum Meer, dann stieg sie entschlossen in den Bus.

Am Flughafen erwartete sie ein Ameisenhaufen. Die Abreisenden der anderen Hotels waren offenbar schon alle da, suchten in den nebeneinander aufgereihten Koffern nach ihren eigenen, traten sich gegenseitig auf die Füße, schimpften, fluchten... es war noch schlimmer als bei der Ankunft, fand Tinchen. Sie schickte ihre Mannen zum Gepäcksammelplatz und stellte sich selber in die immer länger werdende Schlange vor dem Abfertigungsschalter. Ihre Mutter hatte sie auf einer abseits des Getümmels stehenden Bank deponiert und Julia danebengesetzt, wo sie prompt wieder einschlief.

Kasulke pirschte sich heran. »Kommen Se da mal wieda raus!« Er zog Tinchen zur Seite. »Ohne uns jeht der Fliejer nich hoch, und wenn den schwarzen Jeiern nachher die Zeit knapp wird, weil se ja nach uns noch Neckermann und TUI abfertijen müssen, denn ham Se vielleicht Jlück und brauchen Ihr Jepäck nich wiejen lassen.«

Seine Prophezeiung bewahrheitete sich. Noch immer standen gut zwei Dutzend Reisende vor dem KTK-Schalter, als die ersten Busse der anderen Fluggesellschaften vorfuhren. Plötzlich ging die Abfertigung schnell. Zwar wurden die Koffer auch weiterhin auf die Waage geschoben, doch wer nicht genügend Geld bei sich hatte oder das zumindest behauptete, kam mit einem Obolus davon, den er in eine der bereitwillig ausgestreckten schwarzen Hände legte. Endlose Debatten, wie sie Tinchen vorher beobachtet hatte, gab es nicht mehr. Karsten hatte vorgesorgt und verteilte großzügig Zehnshillingscheine. Das Gepäck kam anstandslos durch.

»Jetzt hat uns die ganze Sache noch nicht mal zehn Mark gekostet«, sagte er aufatmend, bevor er sich bei Kasulke bedankte. »Darf ich Sie nachher, wenn wir oben sind, zu einem anständigen Kognak einladen?«

»Aba immer!«

Endlich im Transitraum, steuerte Frau Antonie sofort die Toilette an. Und dann den Stand, wo es frische Mangos, Papayas und all das andere exotische Grünzeug gab, das sie zu Hause immer als ungenießbar abgelehnt hatte. Verblüfft sah Tinchen, wie ihre Mutter mit einem Hundertshillingschein bezahlte. »Hast du den etwa durch die Kontrolle geschmuggelt? Mußtest du dein Portemonnaie nicht öffnen?«

»Doch, aber da war ja nichts drin. Ich hatte das Geld in der Unterhose.«

Die drei Männer inspizierten den Duty-free-Shop. Sie fanden ihn wenig ergiebig, weil er außer Zigaretten, Alkohol und ein paar gängigen Parfümsorten nichts zu bieten hatte. Tinchens Marke war nicht dabei; die von Karstens gegenwärtiger Freundin auch nicht, und Tobias hatte sowieso keine Ahnung, was seine Bettina bevorzugte. »Aber 'ne Pulle Navy-Rum könnten wir doch mitnehmen«, schlug er vor, »ich hab mich an das Zeug direkt gewöhnt. Mit Cola zusammen schmeckt es bombig, nur kriegt man es in Deutschland kaum.«

»Bin pleite«, sagte Florian, auf Karstens bereits gezückte Kreditkarte schielend, »es sei denn, dein Onkel läßt mich an seinem Plastikgeld partizipieren.«

»Aber sicher doch«, gestattete der, »der Betrag wird frühestens in sechs Wochen abgebucht, bis dahin wirst du wohl wieder flüssig sein.« Also nahm Florian zwei Flaschen Rum aus dem Regal, eine Stange Zigaretten, und weil sie ja zu viert waren, was einen großzügigeren Einkauf zollfreier Waren erlaubte, auch noch eine Flasche Kenya Gold. »Der Schnaps ist so hochprozentig, daß man sich direkt eine zünftige Grippe wünscht.«

»Wie willst du dir denn bei dieser Hitze eine Erkältung holen?«

»Ihr habt wohl vergessen, wo wir heute abend sind? In Deutschland ist tiefster Winter!« Er konnte sich das selber kaum vorstellen.

Nach einer weiteren Stunde Wartezeit, während der sie die KTK-Maschine hatten landen und die ankommenden Bleichgesichter aussteigen sehen, durften sie auf das Flugfeld. Noch einmal dreihundert Meter durch die schon wieder glühende Sonne, dann empfing sie die klimatisierte Kühle des Flugzeugs.

Diesmal wunderte sich Frau Antonie nicht mehr über die Kostümierung der Passagiere, hatte sie doch selbst geschwankt, ob sie das Jackenkleid in den Koffer legen und sich etwas luftiger kleiden sollte, aber dann hatte doch die Gewohnheit gesiegt. Man würde ja in Frankfurt durch den ganzen Terminal laufen müssen, da wäre sie sich in einem Sommerkleid doch reichlich deplaziert vorgekommen.

Nur wenige Sekunden lang umklammerte sie während des Starts Tinchens Arm, dann lehnte sie sich entspannt zurück und sah interessiert aus dem Fenster. »Erstaunlich, wie schnell so ein Flugzeug an Höhe gewinnt. Schau einmal, Ernestine, das Flughafengebäude sieht schon wie Spielzeug aus.« Nein, Angst vorm Fliegen hatte Frau Antonie nicht mehr. Sie hatte sich nun selber überzeugen können, daß es funktionierte.

Julia schlief. Tobias schlief. Karsten schlief. Und Florian schnarchte sogar. Nur Tinchen schlief nicht, weil ihre Mutter sich bemüßigt fühlte, sie zu unterhalten. »Guck mal schnell aus dem Fenster, ich glaube, das da unten ist eine Elefantenherde.«

»Mutti, aus zehntausend Meter Höhe kannst du keine Elefanten erkennen.«

»Was sollte es denn sonst sein?«

»Wahrscheinlich Bäume.«

Endlich sah Frau Antonie ein, daß Tinchen gar nicht unterhalten sein wollte. Sie holte ein Buch aus der Tasche und vergrub sich in die Memoiren von Ilse Werner. Das war doch wenigstens noch ein richtiger Filmstar gewesen! Heute gab es so was ja gar nicht mehr.

Erst zum Mittagessen wurden die Siebenschläfer munter. Auch Frau Antonie klappte ihr Buch zu, nicht ohne vorher mit dem Salztütchen, das man ihr zum Tomatensaft gereicht hatte, die Seite zu markieren. Dann schaute sie wieder einmal aus dem Fenster. »Wir sind nicht mehr über dem Urwald, Ernestine, wir sind jetzt über der Sahara.« Und gleich danach, beim Anblick der endlosen Sandfläche: »Endlich mal etwas, wovon es genug gibt.«

Über dem Mittelmeer versperrten erste größere Wolkenfelder die Sicht nach unten, von Kreta sahen sie gar nichts, und als der Pilot via Lautsprecher verkündete, man habe nunmehr das europäische Festland erreicht, war die Wolkendecke zu.

»Ich hätte doch lieber in Kenia bleiben und Tauchlehrer werden sollen«, sagte Tobias, in die graue Soße unter ihm starrend. »Fahren wir nächstes Jahr wieder hin?«

»Ich hoffe doch sehr, daß du nächstes Jahr um diese Zeit in irgendeinem Hörsaal sitzt«, gab Florian zur Antwort.

»Weshalb eigentlich? Nur, um das Heer arbeitsloser Akademiker zu vergrößern? Als Tauchlehrer verdient man gar nicht schlecht, hat Joe gesagt, und man hat das ganze Jahr Ferien. Ich muß mir das echt mal überlegen.« Er fing gleich damit an, indem er den umfangreichen Prospekt der Tauchschule aus seinem Rucksack kramte und sich in die ausführlichen Schilderungen der einzelnen Lehrgänge vertiefte.

Auch Tinchen dachte nach. Sie wußte natürlich, daß solch ein aufwendiger Urlaub so bald nicht wieder in Frage kommen würde, aber wenn sie für ihren eigenen Anteil selbst aufkommen könnte, wäre Florian vielleicht nicht abgeneigt. Gefallen hatte es ihm ja, er hatte selbst gesagt, daß Kenia kein Vergleich sei mit Spanien oder der Türkei. Nur seien im nächsten Jahr höchstens zwei Wochen Sauerland drin, mehr könnten sie sich bei seinem derzeitigen Defizit auf dem Bankkonto bestimmt nicht erlauben. »Urlaub ist der große Gleichmacher«, hatte er behauptet, »wer verreist, ist, wenn er wiederkommt, genauso abgebrannt wie der, der zu Hause geblieben ist, weil er sich eine Reise nicht leisten konnte.«

Tinchen scheuchte Julia auf den Platz neben ihre Großmutter und setzte sich selbst zu Florian. »Wieviel darf ich eigentlich verdienen, ohne Steuern zahlen zu müssen?«

Verwundert sah er sie an. »Wieso fragst du? Willst du etwa arbeiten gehen?« Er schüttelte den Kopf. »Laß das lieber bleiben, Tine. Wenn du zehn Mark in der Stunde kriegst, gibst du im nächsten Laden zwölf davon aus.«

Sie hörte gar nicht hin. »Frau Berlinger von der chemischen Reinigung hat mich nämlich schon öfter gefragt, ob ich nicht hin und wieder aushelfen könnte, samstags oder vor Feiertagen, wenn besonders viel Betrieb ist. Und während der Ferien. Meinst du, ich sollte das mal versuchen?«

»Wenn's dich glücklich macht ...«

»Natürlich würde es mich glücklich machen. Ich brauche mir nur vorzustellen, wie ich im nächsten Jahr wieder über den Strand vom ›Coconutpalmtrees‹ laufe, höre im Geiste die Palmen wispern und das Meer rauschen, und jedesmal, wenn ich mein Selbstverdientes ins Sparschwein werfe, kann ich wieder einen Monat abhaken.«

Jetzt verstand er endlich. »Dann nimm aber eins ohne Schlüssel!« Liebevoll drückte er ihren Kopf an seine Schulter. »Tinchen, wir sind noch nicht mal zu Hause, und du träumst schon vom nächsten Urlaub.«

»Na und? Du weißt doch selber, wie schnell ein Jahr vergeht, wenn man sich auf etwas freut. Diesmal hatten wir viel zuwenig Zeit dafür.«

Wie auf Bestellung kam aus dem Cockpit der neueste Wetterbericht: »Meine Damen und Herren, wir befinden uns im Anflug auf Frankfurt. Es herrscht leichtes Schneetreiben, die Temperatur beträgt acht Grad minus. Der Kenia-Touristik-Klub wünscht Ihnen eine angenehme Heimfahrt und würde sich freuen, Sie bald wieder einmal an Bord begrüßen zu dürfen.«

Die Antwort darauf war ein einstimmiger Aufschrei: »Umkehren! Sofort umkehren!« Doch das hatte der Pilot wohl nicht gehört, denn wenige Minuten später setzte die Maschine auf.

»Hoffentlich ist Ernst die Zeit nicht zu lang geworden«, sagte Frau Antonie, ihre Tasche und die beiden Obsttüten zusammenraffend, »wir haben eine ganze Stunde Verspätung.«

»Wir haben überhaupt keine Verspätung«, kam es aus Karstens Ecke, »du hast nur vergessen, deine Uhr zurückzustellen.«

»Im Hotel trinken sie jetzt Tee«, seufzte Julia sehnsüchtig.

»Ja, und heute abend ist wieder Snake-Show.« Tobias konnte es doch nicht lassen!

Es half alles nichts, sie mußten hinaus in das Schneegestöber, in den Matsch und in die Kälte. »Ob Vati an die Mäntel gedacht hat?« fragte Tinchen zähneklappernd.

Er hatte. Der ganze Gepäckwagen, mit dem er vor der Sperre wartete, hing voller Wintergarderobe, und zwei Blumensträuße hatte er auch mitgebracht. Einen bekam Tinchen, den anderen Frau Antonie. »Doch ja, sehr hübsch«, meinte sie, nachdem die Begrüßungsorgie vorbei war und sie neben ihrem Mann zum Ausgang schritt, »aber natürlich nicht zu vergleichen mit der Blütenpracht in Afrika. Du kannst dir gar nicht vorstellen, was dort alles wächst und gedeiht. Überhaupt ist Kenia ein wundervolles Land. Die Eingeborenen sind freundlich und gar nicht mehr wild, sondern schon richtig zivilisiert, und morgens das Frühstück ... so was findest du hier nicht mal in einem Luxushotel, auch der Flug hat mir sehr gut gefallen, eine äußerst bequeme Art des Reisens ... Weißt du was, Ernst?« Sie blieb stehen und sah ihn durchdringend an. »Nächstes Jahr kommst du mit!«

Doris Jannausch

Ausgerechnet Kusinen

Inhalt

Kurz und schmerzlich 337
Im Schoß der Familie 344
Barnabas 355
Fünf Kusinen zuviel 371
Tonio aus Ottakring 381
Mausi 392
Wurstlprater 401
Freddy und die Folgen 409
Minnie auf Abwegen 418
Onkel Josefs großer Auftritt 428
Schöne Aussichten 440
Lampenfieber 447
Bühne frei 458
Höhere Gewalt 465

Kurz und schmerzlich

Minnie rief zur rechten Zeit an. Genau an dem trostlosen leeren Abend, als Paulus mich verlassen hatte.

»Wir haben uns geeinigt und treffen uns in Wien. Alle Kusinen. Kommst du auch?«

Fein, daß ich davon erfuhr. Bisher waren sämtliche Versuche Minnies gescheitert, uns unter einen Hut zu bringen. Wenn sie endlich alle zusammen hatte, wurde auch ich benachrichtigt und vor die vollendete Tatsache gestellt. Aber dann ging es terminlich bei mir nicht, und das alljährliche Kusinentreffen mußte ohne mich stattfinden.

»Wann?«

»Bald. In zwei Wochen. Kommst du?«

Es wäre nett von Minnie gewesen, wenn sie sich erkundigt hätte, ob ich zu diesem Zeitpunkt auch konnte, denn immerhin war ich berufstätig, im Gegensatz zu den anderen. Bis auf Eugenie. Doch die lebte ohnehin in Wien. Für sie bedeutete das Treffen der ›Leschin-Mädchen‹ keine besondere Umstellung wie Beurlaubung, Terminverschiebungen oder derartiges. Für mich leider schon. Denn Berlin liegt, wie man weiß, nicht in unmittelbarer Nähe von Wien.

»Was versprichst du dir von dem Treffen?«

»Versprechen ...« Ich hörte Minnie abfällig schnaufen. »Was soll man sich davon versprechen? Es wäre eben nett, wenn wir alle zusammenkämen. Oder nicht?«

Fand ich nicht. Doch ich fragte nur: »In vierzehn Tagen?«

»Wir dachten, am dreißigsten August. Wenn ich mich nicht irre, ist das dein Geburtstag!«

Sie wußte, daß sie sich nicht irrte. Minnie irrte sich nie. Sie hielt sich für perfekt und legte Wert darauf, daß es die anderen mit der gleichen Überzeugung taten, wie sie mich für unzurechnungsfähig hielten – halten sollten, wenn es nach Minnie ging. Ihr Weltbild war hoffnungslos eindeutig: Es gab redliche Menschen und Künstler. Künstler waren oberflächlich, ohne sittlichen Ernst. Sie wollten immer nur feiern, andere umarmen und abküssen. Außerdem lebten sie in den Tag hinein. Weiß der Teufel, in welchem Tante-Emma-Blatt sie das gelesen hatte, denn Erfahrung mit dieser Gruppe von ›Außenseitern‹ hatte sie nur wenig.

Früher hatte ich ihr noch zu widersprechen versucht: »Meine Kollegen, weißt du, sind eigentlich recht ernsthafte Leute. Sehr familienbewußt, wie andere auch. Und überall gibt es solche und so 'ne.«

Doch das nützte nichts, denn Minnie hatte wieder einmal gelesen, daß eine Schauspielerehe in die Brüche gegangen war. Grund genug, Bescheid zu wissen.

»Bringst du Paulus mit? An sich kommen wir ohne Männer.«

»Ich auch«, antwortete ich schnell, ehe sie einen ausführlichen Vortrag über das Positive eines Familientreffens ohne Anhang vom Stapel ließ. »Paulus hat mich soeben verlassen.«

»Waaas?«

Sie genoß die Nachricht mit wohliger Gänsehaut. Es folgte ein Redeschwall, weil sie glaubte, mich trösten zu müssen. Ich verstand Worte wie »ohnehin nicht viel getaugt!« und »freier Beruf – typisch!« und »längst verheiratet sein müssen!«

Vielleicht hatte Minnie sogar recht, doch darüber wollte ich nicht nachdenken. In mir war Aufruhr, als hätte ich Pflaumen gegessen und darauf Bier getrunken. Alles tat weh. Und nun meldete sich auch noch Schüttelfrost an.

Paulus und ich hatten jahrelang miteinander gelebt, ganz glücklich, wenn man es näher betrachtet. Ziemlich ehrgeizig, das ja, manchmal ein wenig aneinander vorbei, aber es war viel los gewesen bei uns. Gemeinsame Arbeit, gemeinsame Freunde. Kann sein, daß es ein Fehler ist, zuviel gemeinsam zu tun. Auch die Funksendung ›Lachen, Lieder, Leisetreter‹ machten wir gemeinsam, Paulus als Autor, ich als Moderatorin. Alles war in Butter, bis Eva-Maria auftauchte.

»Schon gut, Minnie, du mußt mich nicht trösten. Ich werde am dreißigsten August in Wien sein. Wo?«

»In Onkel Josefs Haus. Kommst du mit dem Auto?«

»Denke schon. Falls es der alte Knatter noch schafft.«

»Knatter ...?«

»Mein Auto«, erklärte ich und wußte, daß Minnie nun fand, es sei Zeit, mir endlich einen anständigen Wagen anzuschaffen.

»Verdienst du denn so wenig, daß du dir keinen neuen kaufen kannst?«

»Kann man nicht behaupten.«

Ich versuchte, das unbehagliche Gefühl einer Angeklagten loszuwerden, die sich beim Kreuzverhör bewähren mußte. »Bis jetzt hat mir Knatter gereicht. Die kurze Strecke von meiner Wohnung zum Funk schafft er spielend. Gegen Österreich wird er hoffentlich nichts einzuwenden haben.« Dabei verschwieg ich, daß der Wagen uns beiden gehörte: Paulus und mir. Doch er hatte den guten Knatter großmütig vor dem Haus stehenlassen, was soviel bedeutete wie: »Bitte schön, mein Schatz, du sollst nicht leer ausgehen.«

Paulus war immer schon ein vornehmer Charakter.

Minnie redete noch viel Kluges und Wichtiges, ließ mich wissen, wie schwer ihr Leben mit drei Kindern sei, und daß ich das nicht beurteilen könne (obwohl ich gar nicht widersprochen hatte), denn mein Leben sei beneidenswert leicht und unbeschwert.

»Ja, Minnie«, antwortete ich friedlich gestimmt. Ich dachte daran, daß ich seit sieben Jahren keinen Urlaub mehr gemacht hatte, denn freie Berufe laufen nicht ab wie Sanduhren. Man lebt gezwungenermaßen gegen den Rhythmus. Außerdem war mir Teneriffa bisher ebenso egal gewesen wie Wanne-Eickel oder Bocholt.

Minnie war in ihrem Element. Jetzt, da auch ich zum Kusinentreffen kommen wollte, hatte die Aktion für sie erst richtig Sinn bekommen. Seit Jahrzehnten, schon als Kinder, lebten wir gegeneinander; ganz unbewußt. Zwei Antipoden mit grundverschiedenen Auffassungen und Lebensstilen. Manchmal bin ich nicht sicher, ob wir einander nicht beneideten. Es gab noch einige unerbetene Ratschläge von meiner jüngeren Kusine, dann legten wir auf. Minnie zuerst. Sehr energisch.

Es war plötzlich sehr still in der Wohnung. Gedämpfter Autolärm von draußen. Auf dem Schreibtisch ein Bild von Paulus an der Schreibmaschine: blitzende Brille, verschmitztes Schmunzeln. Galgenvogelgesicht. Unwillkürlich mußte man zurücklächeln.

Ich schluckte den Kloß hinunter und ging nach nebenan in sein Arbeitszimmer. Seine Schreibmaschine stand unbedeckt auf dem Tisch, mit eingespanntem Bogen, als sei er nur kurz aufgestanden, um sich einen Kaffee zu machen. Neben der Maschine ein Mädchenbild in Schwarzweiß: Braunes kurzes Haar und dazu ein fast unerträglich blöde vertrauensseliger Blick schräg über die Schulter: Ulrike Leschin. Ich.

Zehn Jahre sind eine lange Zeit. Da steht man wie ein betrogener Clown vor seinem Jugendbildnis und hält es nicht für möglich, daß sich alles so schnell ändert. So schnell.

Wie war denn das überhaupt gekommen? Ich versuchte es mir zu vergegenwärtigen.

Ich war von einer schrecklich überflüssigen Tagung heimgekommen, hatte mich wie verrückt darauf gefreut, mit Paulus Pizza zu essen. Warum, um Himmels willen, eine Pizza, die ich nicht mal besonders gern mochte? Egal. Ich stellte mir vor, ich käme heim. Der häusliche Paulus würde mich empfangen und sagen: »Guck mal, Ulli, ich hab' ganz zufällig einen heißen Kaffee …« Und ich darauf: »Toll! Im Kühlschrank ist eine Pizza mit Oliven und Salami. Mach ich schnell warm.« Paulus begeistert: »Au ja! Ich schenk den Kaffee ein.«

Wir würden zusammensitzen und erzählen. Er von seinen neuen Texten, ich von der Moderatorentagung. Doch die Sache verlief anders, ganz anders.

Paulus war nicht da.

Seit Jahren war es noch nie vorgekommen, daß Paulus nicht zu Hause war. Wo konnte er sein? Noch dazu ohne Auto? Und kein Anruf, keine Nachricht? Mir wurde flau im Magen. Ich mußte mich setzen. Mir fiel ein, daß das Telefon in den letzten Wochen oft geklingelt hatte, und wenn ich dran war, wurde sofort aufgelegt. Nahm Paulus den Hörer ab, murmelte er Unverständliches und erklärte nachher eine Spur zu hastig: »Falsch verbunden!«

Jeder Frau mit gesundem Mißtrauen wäre das aufgefallen. Aber mir nicht! Daß er mich seit Wochen nicht mehr in meinem Zimmer besuchte (wir schliefen getrennt), auch das hatte mich bisher keineswegs argwöhnisch gemacht. »Ich bin ziemlich geschafft, weißt du? Das Wetter …«

Das Wetter hieß Eva-Maria. Schon der Name …! Eva die Verführerische, Maria, die Keusche. Kurz nach acht hörte ich das Auto. Ich sah zum Fenster hinaus und erkannte den roten Flitzer von Eva-Maria Pschok. Er parkte hinter dem braven Knatter und schämte sich nicht. Eva-Maria Pschok war Sängerin. ›Liedermacherin‹ nannte sie sich, doch im Grunde war sie eine ganz gewöhnliche Schnulzenjule, die sich ihre Texte von meinem Paulus machen ließ und dazu auf der Gitarre klimperte. Ungefähr so: »Mein Darling geht heut mit mir aus, nana – nana, nana – nanaaaa, die Nachbarn schaun alle zum Fenster raus, nana, nana, nanana naaa ...«

Weiß der Himmel, weshalb Paulus nichts Geistvolleres für sie einfiel. Vernebeltes Hirn? Soll vorkommen. Merkte er nicht, was die Pschok für ein Antitalent war? Bis jetzt weder in der Hit-Parade, was nichts besagen will, aber auch noch nicht im Fernsehen oder auf der Bühne bei einer der öffentlichen Veranstaltungen, die ich moderierte. Allerdings war sie sonst recht emsig. Vor allem im Anschaffen von bereits vergebenen Herren mit guten Verbindungen, wenn auch nicht mehr ganz taufrisch, doch jung genug, sie zu beglücken. Die Pschok war zwanzig. Behauptete sie. Doch ich schätzte sie auf mindestens einundzwanzigeinhalb.

Ich kannte sie vom Funk. »Ah, Frau Leschin, reizend, Sie zu sehen ...!«

Wie gesagt: Ich sah Paulus also aus dem Renommierflitzer aussteigen, um das Auto herumwetzen und der Pschok aus dem Wagen helfen. Ihr Sommerfummel flatterte im Wind. Zitronengelb.

Lassen wir das. Keine Details. Selbst die diskreteste Frau hätte es nicht über sich gebracht, den Vorhang zuzuziehen und gelassen der Dinge zu harren, die da kommen sollten.

Zunächst kam nichts, vor allem kein Paulus. Ich lief zum anderen Fenster, weil ich von dort besser auf die Straße sehen konnte. Sie küßten sich. Ohne die geringste Hemmung, ganz selbstverständlich. Der Kuß hatte etwas Offizielles, nichts besonders Leidenschaftliches, was mich am meisten erschütterte. Die beiden da unten machten den Eindruck eines sich verabschiedenden Ehepaares: sie mußte zum Supermarkt, er ging auf Weltreise. Bis bald, Liebling. Stell das Bier schön kalt.

Der Weg vom Pschok-Auto zu mir glich tatsächlich einer Weltreise. Armer Paulus! Er kam herein, lächelte mir zu wie sonst und sagte: »Tach, Ulli!«

»Tach, Brandstätter«, antwortete ich wie immer, wenn ich vorübergehend eingeschnappt war, was jedoch keiner von uns ernst nahm. Bei derartigen Szenen setzten wir unser unfehlbares, bewährtes Repertoire ein:

»Hallo, verehrte Frau Leschin«, sagte er darauf. Auch an diesem Abend. »So sparsam heute?« Er ging schlaksig zum Aktenschrank, in dem sich unsere Hausbar befand, holte zwei Gläser heraus und goß ein. »Stoßen Sie mit mir an, meine Dame?«, was ich nach einigem Zieren tat. Doch diesmal fiel das mit dem Anstoßen aus. Er trank allein in hastigen Zügen und goß sich ein zweites Mal ein. Das war neu. Danach kam Paulus unverzüglich zur Sache: »Ich muß mit dir reden.«

Was schließen Sie daraus?

Genau! Ich ebenfalls.

Zuerst fragte ich, ob er Kaffee wolle. Nein? Dann berichtete ich etwas zu geschwätzig von der Tagung, einem Autostau und richtete Grüße von einem gewissen Professor Huxenbluder aus. Ich redete, als wollte ich meinen Kopf retten. Es schüttelfrostete bereits in mir, wie immer vor Katastrophen. Schon in der Schule vor Prüfungen ...!

Also kurz und gut: eine milde lächelnde Paulus-Statue saß auf der Lehne des Sessels, wie ein Besucher, der es eilig hatte. Er ließ mich reden, wartete nachsichtig ab, was kein gutes Zeichen war, denn es gehörte zu Paulus' hervorstechendsten Eigenschaften, anderen spontan ins Wort zu fallen.

Daß Paulus mich ausreden ließ, irritierte mich. Ich kam vom Thema ab und fragte: »Worüber wolltest du mit mir sprechen, Schatz?«

Riemen ums Herz. Ich atmete tief durch. Es klang wie ein Luftholen auf Stottern, kam von ganz tief unten, wo das Herz gewiß nicht sitzt, aus dem Bauch. Dort tat es seltsamerweise am meisten weh.

Paulus schob die Brille mit nervösen Händen gerade, antwortete kurz, sachlich und ohne Umschweife: Etwas Unvorhergesehenes sei passiert, keiner habe vorher damit rechnen können – schließlich hätten wir ausgemacht, zueinander ehrlich zu sein, wenn es soweit sei.

»Wieweit?«

»Trennung, mein Schatz.«

Dann kam die alte Masche vom ewigen Befreundetsein. Dank für glückliche Jahre und ähnliches Gefasel.

Hätte er bloß nicht dabei meine Hand genommen, wie ein Opa, der seiner Enkelin den Tiergarten zeigen will. Ich zog meine Hand zurück, als hätte ich mich verbrannt, entdeckte Mitleid in dem Schalksgesicht, das eiskalt wirken konnte. Narren leben in Iglus, dachte ich in diesem Augenblick. Um sie ist Kälte. Narren sind Zyniker. Wie Paulus. Sie müssen weh tun, ehe sie selbst verletzt werden, denn Zyniker sind unsicher.

Nein, die Wahrheit war simpler: Paulus war verliebt. Leider nicht in mich. Das war vorbei. Er redete tatsächlich von Liebe, vom Wegziehen und über Eva-Maria, die ebenso wie er bedauere, mir weh tun zu müssen. Er sprach wie der Vertreter eines Begräbnisinstituts.

»Sie kann mir nicht weh tun«, sagte ich beherrscht, »dazu müßte sie eine Rivalin sein.«

Paulus zog die Brauen hoch wie ein Bonvivant im Boulevardstück. »Was ist sie denn in deinen Augen?« fragte die gehaßte, weil so sehr geliebte Paulus-Stimme.

»Eine Heulboje.«

Das Schlimmste war das verzeihende Lächeln. Zuviel Zärtlichkeit lag darin. Zärtlichkeit, die nicht mir galt.

Ich ärgerte mich maßlos über meine gehässige Bemerkung, wollte ein guter Verlierer sein und sagte heroisch und völlig verloren, ich stünde ihm gewiß nicht im Weg, er müsse wissen, wohin er gehöre, und ich wünschte ihm alles Glück. Ich tat unbeschwert, wollte, daß es schnell vorüberging. Ich sehnte mich nach einer heißen Dusche, sobald ich die kalte überstanden hatte.

Paulus saß noch immer auf der Sessellehne, schob sich, da seit zwei Jahren Nichtraucher, einen Kaugummi in den Mund und machte keinen geistreichen Eindruck. Er hätte wohl lieber Vorwürfe gehört, um seinen ›Nun-gerade‹-Komplex anzustacheln und sein schlechtes Gewissen zu beschwichtigen. Tobende Ex-Frauen verläßt man leichter als verständnisvolle, was sich auch auf Ex-Männer beziehen kann. Bis zuletzt verhielt ich mich edel. Es klappte wie am Schnürchen. Wer hätte das von mir gedacht?

Auch Paulus fing sich. Er sagte: »Fein, daß du es so auffaßt«, stand auf, ergriff seinen Trenchcoat und warf ihn sich flott über den Arm. Wir hatten nicht umsonst dieselbe Schauspielschule besucht. »Weißt du, wir befürchteten ...«

Wir!

Das Schwert stieß in die Brust. Wir – das waren bisher Paulus und ich, nun aber Paulus und die Pschok. Ich begleitete ihn zur Tür und sagte, als ginge er nur mal schnell Brötchen holen: »Paß auf dich auf, Junge!« Und er: »Tschüs, Ulli, und bohr nicht soviel in der Nase.«

Diesmal hatte es mit dem Repertoire geklappt.

Ich sah ihn aus dem Haus gehen, in den roten Flitzer steigen (das Biest hatte tatsächlich gewartet!) und davonfahren. Unser Abschied hatte keine halbe Stunde gedauert.

Im Schoß der Familie

Vierzehn Tage später kletterte ich in Knatter und startete in Richtung Wien zum Kusinentreffen, denn ich schreckte nun vor nichts mehr zurück. Ich wollte, ich mußte mich über Minnie ärgern. Gegen Zahnschmerzen gibt es nur ein Mittel: Kopfschmerzen.

Fast hätte mir die Geismeiern einen Strich durch die Rechnung gemacht. Sie wollte mich nicht weglassen, gerade jetzt, da doch Ferienzeit sei. Die machte mir Spaß ...! Sie glaubte, als Redakteurin für U-Sendungen könne sie jederzeit auf einen ständig verfügbaren Moderator zurückgreifen: auf mich.

»Sie haben doch keine Familie und brauchen Ihren Urlaub nicht nach den Schulferien auszurichten.«

»Diesmal bleibe ich hart«, gab ich unerbittlich zurück, was sie von mir nicht gewöhnt war, weil ich sonst so gut funktionierte. »Ich muß nach Wien. Eben weil ich Familie habe.«

Die Geismeiern war nicht übel, aber dickköpfig. Sie ließ mich nur unter einer Bedingung fahren: daß ich im ORF eine Gastsendung machte, eine öffentliche Veranstaltung, worum die Leute vom Österreichischen Rundfunk schon mehrmals gebeten hatten. Ich sagte aus Verzweiflung zu. Nun stand mir auch noch eine öffentliche Sendung bevor!

Beim Abschied im Funk störte mich etwas. Jetzt erst, kurz vor München, wußte ich es: das heimtückische Grinsen der Geismeiern! Hoffentlich mußte ich in Wien kein Opernkonzert ansagen, denn bei derart würdigen Angelegenheiten fehlten mir die passenden Worte, und das wußte sie. Die Geismeiern hatte mich schon öfter reingelegt. ›Bewährungsproben‹ nannte sie das. Wen die Chefredakteurin liebt, den züchtigt sie. So ungefähr. Ich war ihre Lieblingsmoderatorin, weiß der Himmel, warum.

In der Wohnung war alles unverändert geblieben, bis auf das Bild auf meinem Schreibtisch. Das hatte ich in die unterste Schublade gesteckt, mit der Absicht, es später meinen Enkelkindern zu zeigen:

»Seht mal, dies ist der Mann, den ich fast geheiratet hätte, bevor ich euren lieben guten Opa kennenlernte ...«

Ich fuhr durch München und dachte zuviel an Paulus, was absolut gefährlich war, denn fast hätte ich bei Rot Gas gegeben. Empörtes Hupen. Nun aber mal langsam und etwas konzentrierter, meine Dame! Erst als ich aus München herausfuhr, kamen die Gedanken zurück wie Mückenschwärme.

Wie hatte es angefangen?

In Wien. In der Schauspielschule: Paulus, ich und Barnabas. Ein unzertrennliches Kleeblatt mit großen, übertrieben großen Hoffnungen. Paulus und Barnabas – die zwei Apostel! Für jeden Bibelkundigen ein Anlaß zum Schmunzeln. Doch die zwei hießen tatsächlich so und waren dicke Freunde.

Wir wohnten in drei Zimmern der Pension ›Enzian‹, und ich war fest entschlossen, den netten Jungen Barnabas zu heiraten. Daß es dann nichts wurde, lag nicht an ihm. Oder vielleicht doch. Denn eines Tages erklärte er rundheraus, er wolle doch lieber kein berühmter Schauspieler werden, sondern Fotograf.

Fotograf – man stelle sich vor!

Leider war es für mich unmöglich, mit einem Fotografen zu leben. Ich war ein Bühnenmensch, genau wie Paulus. Darum hockten wir jetzt am Schreibtisch oder Mikrofon, statt den Hamlet und die Ophelia zu spielen.

Heilige Jugendeinfalt!

Ich wollte mir Barnabas zurückholen. Auf diesen Gedanken kam ich kurz nach Salzburg, so unvermittelt, daß ich annehmen mußte, er sei schon immer dagewesen.

Ich wollte nicht Minnie, nicht die Kusinen, ich wollte Barnabas wiedersehen. Nicht in Onkel Josefs altem, muffigem Haus schlafen, sondern im Bett von Barnabas.

Wie mochte es ihm gehen? Seit Jahren hatten wir nichts mehr voneinander gehört, doch der Stachel war geblieben. Jetzt erst merkte ich, wie sehr.

Rrrrums!

Ich war meinem Vordermann in den Kofferraum gefahren. Ein Wagen aus Frankfurt. Eine Delle grinste mich schadenfroh an. Ich bremste. Aus dem Frankfurter Auto schoß rechts eine Frau, links ein Mann. Sie liefen auf mich zu, als wollten sie mich ermorden. Ich tastete nach den Knöpfen und riegelte vorsichtshalber ab.

»Mußte das sein, Fräulein?« Die Frau schwang in der einen Hand einen Hut, in der anderen eine Tasche. »Das hätte ich nicht gedacht, daß Sie uns kurz vor dem Ziel noch solchen Ärger machen!« Sie sah aus, als wollte sie weinen. »Alles ist bis jetzt so schön gelaufen und ausgerechnet ...« Vorwurfsvoll betrachtete sie die Delle, hatte jedoch keine Hand frei, sie zu befühlen.

»Laß nur, Mama«, tröstete der junge Mann, der recht gut aussah und zusehends freundlicher wurde. »Könnten Sie möglicherweise aussteigen?«

Ich tat es. Nachdem ich mich entschuldigt hatte, tauschten wir die Adressen. Der junge Mann in Jeans und Karohemd betrachtete meine Visitenkarte.

»Leschin?« Er sah total verdutzt drein. »Sie heißt Leschin«, informierte er seine Mutter, die sich inzwischen den abscheulichen Topfhut aufgesetzt hatte und somit eine Hand freibekam. Sie nahm die Karte. »Ulrike Leschin?« Maßloses Staunen beiderseits, als hätten sie soeben Jacky Kennedy kennengelernt. Oder war ich auch in Frankfurt als Moderatorin bekannt?

»Hören Sie viel Rundfunk?« fragte ich geschmeichelt.

Die Frau starrte mich an und fragte im schönsten Hessisch: »Ei, wieso denn Rundfunk?«

Darauf verabschiedete ich mich schnell mit dem Versprechen, nach meiner Rückkehr sofort die Versicherung zu informieren. Als ich ging, hörte ich den jungen Mann unmotiviert auflachen. Im Rückspiegel konnte ich sehen, wie er auf seine Mutter einredete und sie mir verwundert nachblickte.

War noch mal gutgegangen. Abgesehen von der Beule in Knatters Kühler. Nun aber vorsichtig. Keine unangebrachten Gedanken mehr!

Am Spätnachmittag kam ich in Wien an, blieb im Berufsverkehr stecken und zuckelte im Slalom über Hietzing nach Mauer zu Onkel Josefs Haus. Es war ein uralter, verschachtelter Bau in einem verwilderten, nicht allzu großen Garten; die vielen Räume glichen Pappkartons, winzig klein.

Minnie hatte sich in voller Breite vor der Gartentür aufgebaut und befehligte die aufgescheuchten Kusinen, allerdings nur zwei von ihnen. Das erste, was mir Minnie sagte, war kein Willkommensgruß oder Geburtstagswunsch, sondern ein Vorwurf: »Hast du nicht früher kommen können? Außer Eugenie sind alle längst hier. Eugenie muß noch arbeiten, kommt aber gegen Abend. Wo warst du so lange?«

»Sie hat von uns die weiteste Anreise«, wagte Inge, unser ›Zitrönchen‹, schüchtern einzuwenden. Sie sah gelblich und vertrocknet aus, ein ausgedörrtes Zitrönchen, nicht älter als fünfunddreißig, ehemals Lehrerin, nun Hausfrau und Mutter von zwei hoffnungsvollen Sprößlingen, die ihr Ebenbild waren. Dafür sah Hubert, ihr Mann, rund und rosig aus. Ein vergnügtes Spanferkel mit Prokura.

Es ging ans Umarmen.

Ich sank an Minnies weichen, nicht mal unangenehmen Busen. Sie war zwar dick, aber gut gelaunt und hübsch, hatte ein lustiges, kurzes Kinn, helle Strahlaugen und lachte gern. Man muß auch das Positive sehen! Mutter von drei Mädchen. Hausfrau. Lehrers-, nein, Studienrats-, nein, Oberstudienratsgattin. Man hatte es zu was gebracht.

Minnie fuhr mir mit ihrer rundlichen Hand über die Wange, legte Besorgnis in die Miene und meinte, ich sähe schlecht aus. Sooft wir uns im Leben trafen, versicherte sie mir, daß ich schlecht aussähe. Damit hatte sie von vornherein die besseren Karten. Denn wem sollte da das bißchen Selbstbewußtsein nicht in die Binsen gehen? Mit Retourkutsche war nichts zu machen, denn Minnie zu sagen, daß auch sie elend aussähe, hätte eher Lachstürme verursacht.

Zitrönchen im grauen Rock und frischgeflickter Bluse gab mir eine lasche Hand, schenkte mir ein mattes Lächeln. Sie war die wohlhabendste von uns, reiche Schwiegereltern, aber auch die geizigste.

Bambi war aus Innsbruck gekommen. Ihr Mann arbeitete in gehobener Position bei der Post. Auch sie besaß zwei Söhne. Einmal hatten wir Christian, den ältesten, zu uns nach Berlin geholt. Vier Wochen. Da war er gerade dreizehn und so schön, daß die Mädchen stehenblieben und verzückte Gesichter machten. Wir reichten Christian herum wie eine Pralinenschachtel. Nur – er redete nicht. Kein einziges Wort. Christian war derart wortkarg, daß ihn Paulus den großen Schweiger nannte. Auf leisen Sohlen schlich der große Schweiger durch die Wohnung und pflegte urplötzlich aufzutauchen, daß Fantomas vor Neid erblaßt wäre. Einmal stand er überraschend in meinem Schlafzimmer, als Paulus neben mir lag. Paulus schlief zum Glück, die Show war schon gelaufen. Etwas früher – und Christian hätte etwas gesehen, was mir Bambi nie verziehen hätte. So aber drehte sich Christian schweigend um – wie auch sonst – und ging hinaus.

Wir fuhren mit ihm überall dorthin, wovon wir glaubten, daß es Knaben seines Alters interessieren könnte: Zum Fußballplatz, wo eine bekannte Mannschaft gegen eine andere populäre spielte, was uns piepegal war, denn wir verstanden nichts davon. Christian übrigens auch nicht. Mit schläfrigen Augen saß er da und döste gelangweilt vor sich hin. Anfangs versuchten wir ihn durch aufmunternde Rufe in Richtung Fußballfeld zu stimulieren, doch dann gaben wir auf, weil uns ein Sitznachbar ärgerlich darauf aufmerksam machte, daß wir die falsche Mannschaft anfeuerten. Fußball ohne Lokalpatriotismus ist wohl etwas Ähnliches wie Salzburg ohne Jedermann.

Wir führten Christian ins Strandbad, doch er konnte nicht schwimmen. Vom Autofahren wurde ihm immer schlecht. Er saß bei den Mahlzeiten und sprach kein Wort. Wir spielten Alleinunterhalter, und um ein Haar wäre Paulus auf Händen durchs Zimmer gelaufen, um ihn zu amüsieren. Christian sah uns teilnahmslos an und fand uns offensichtlich ziemlich albern. Gesagt hat er nichts.

Erst zum Abschied, ehe Paulus ihn zum Bahnhof brachte, stand er unvermittelt in der Küchentür und sagte zu mir: »Also dann – Servus!«

Das war das einzige, was wir von ihm hörten. Wir litten noch lange unter diesem Besuch. Die erste Konzession, die wir meiner Familie gegenüber gemacht hatten, konnte man als gescheitert ansehen.

Ich brannte nicht darauf, ihn wiederzusehen. Vorläufig bestand auch keine Gefahr. Bambi zeigte sich allein. Sie umarmte mich kühl und sah dabei auf Minnie, woran ich erkannte, daß sie vorher ausführlich über mich gesprochen haben mußten.

»Ich habe gehört, Paulus hat dich verlassen?« Bambi trug die gleiche Besorgnis in den Augen wie Minnie. Sie waren dabei, eine Tragödie daraus zu machen.

»Ja.« Ich wäre gern ins Haus gegangen, doch sie schoben mich in die kleine Gartenlaube in der Ecke und drückten mich auf die feuchte hölzerne Bank. »Paulus hat eine zwanzig Jahre ältere Frau kennengelernt und sich für sie entschieden.«

»Im Ernst?« Das kam von Minnie. Es paßte nicht in ihre Vorstellung, daß ein Mann eine Frau einer älteren wegen verläßt. Darum hatte ich das auch gesagt.

Zitrönchen und Bambi sahen mich gespannt an. Ich dachte mir eine schockierende Geschichte aus, kam aber nicht mehr dazu, sie zu erzählen, denn Jill kam angesprungen.

Jill war die Jüngste und Hübscheste, rotschopfig, mit Bernsteinaugen, ohne Launen.

»Mensch, Ulli!« Wir drückten uns und gaben uns Küsse auf die Wangen. »Wie war die Reise? Bist du von Berlin durchgefahren? Nein? Wäre ja auch viel zu weit gewesen, was für eine Strapaze! Ich bin mit dem Zug von Frankfurt gekommen. Gestern schon. Onkel Josef fragt dauernd nach dir. Warum kommst du nicht ins Haus?«

»Setz dich hin, Jill, und hör zu!« Minnie schuckelte ihre gepflegten Massen zurecht und verschränkte genießerisch die Arme. »Paulus hat Ulrike verlassen, stell dir vor.«

Ich wiederholte langsam, zum Mitschreiben: »Paulus hat mich wegen einer zwanzig Jahre älteren Frau verlassen.«

»Zwanzig Jahre älter als du oder als er?« Das kam von Minnie.

»Als ich.«

Minnie und Bambi rechneten nach, kamen zu dem Resultat, daß die Frau demnach fünfzig sein mußte. Ein beachtliches Alter für die Rivalin einer Dreißigjährigen.

»Dann ist es keine Tragödie«, rief Jill munter. »Stell dir vor, er hätte dich wegen einer Zwanzigjährigen verlassen!«

»Ja«, antwortete ich. Jill kannte offenbar das Leben. »Deinetwegen, zum Beispiel!« Ich legte den Arm um ihre Schulter. »Wie alt bist du?«

»Zweiundzwanzig«, erwiderte sie mit der Würde einer reifen Frau.

»Da ist sie ja!« schmetterte eine Stimme vom Haus her. »Sie ist schon da, Herr Leschin, die Ulli ist schon da!«

Frau Konstantin kam angewieselt, patschte in die Hände, begrüßte mich. Wieder fiel ich an einen weichen, warmen Busen. Ein Mann an meiner Stelle wäre voll auf seine Kosten gekommen.

Frau Konstantin war seit vielen Jahren Onkel Josefs Haushälterin, schon damals, als Tante Maja noch lebte. Sie gehörte so gut wie zur Familie und war, außer Onkel Josef, vielleicht die einzige, die sich auf mich gefreut hatte, obwohl nicht blutsverwandt – oder gerade deshalb.

»Wie geht's denn so, Frau Konstantin?« Ich streichelte ihre roten Bäckchen. Ein Wasserfall von Worten kam über mich. Ich erfuhr, daß Onkel Josefs Bandscheibe muckte und er ein echter Einsiedler geworden sei. Wir sollten ihn, bittschön, ein wenig aufmöbeln, denn »Junges Blut tut immer gut!«, außerdem sei das Abendbrot fertig und es gebe frischen Zwetschgenkuchen.

Dann kam Onkel Josef aus dem Haus.

Onkel Josef hielt sich kerzengerade. Weißes Haar, weißer Oberlippenbart, ein englischer Lord in einem total vergammelten Trainingsanzug. Doch Onkel Josef war kein englischer Lord. Er war ein Hauptmann a. D. und legte großen Wert darauf, daß diese Bezeichnung auf allen Briefumschlägen stand. Wer das a. D. vergaß, war für ihn erledigt.

»Servus, Ulrike«, begrüßte er mich herzlich. In seinem Dialekt klang mein Name heiter und beschwingt wie aus einer Strauß-Operette. Er nahm mich in seine Arme und sagte als erster und einziger an diesem Tag: »Alles Gute zum Geburtstag!«

Ich lag an seiner hageren Brust und kämpfte gegen die aufsteigenden Tränen. »Danke, Onkel Jo.«

War es die endlos lange Autofahrt, die Sehnsucht nach dem ungetreuen Paulus, war es, daß mich Onkel Jo an Papa erinnerte ... ich wollte nur eines: ungestört losheulen. Das ging natürlich nicht. Erstens aus Gründen der Haltung (»eine Leschin tut das nicht!«), zweitens wegen der lauernden Minnie. Die Kusinen standen wie ein Opernchor um uns herum und hatten es plötzlich mit dem Gratulieren eilig. Auch Frau Konstantin schlug sich an die Stirn, daß es klatschte, und knuddelte mich mütterlich. Ich war zu Hause, im Schoß der Familie.

Wenig später saßen wir in Onkel Josefs guter Stube, rund um den alten Tisch, an dem wir bereits als Kinder gesessen hatten, lauter Einzeltöchter von sechs Brüdern. Der siebente, Onkel Josef, blieb kinderlos, weil Tante Maja den Beischlaf als unzumutbar empfand. »Das Kind ist zu zart«, meinte ihre Mutter jahrzehntelang, auch als Tante Maja schon robust und rundlich war. So blieb

Onkel Josef eine Art Ersatzvater für uns, der einzige, der halbwegs ein Herz für uns Mädchen besaß. Nicht, daß unsere Väter schlechte Väter waren – sie starben übrigens alle der Reihe nach, in jedem Jahr einer, korrekt nach Alter geordnet, wie es sich für die Leschin-Brüder gehörte –, nein, unsere Väter waren sogar sehr familienbewußt, doch da sie Söhne einer mächtigen Mutter waren, mächtig allein schon vom Äußeren her, waren sie der Meinung, Frauen seien hart im Nehmen. Sie besaßen kein Ohr für die Probleme ihrer Töchter. Ihre einzige Reaktion war das große Abwinken: »Hilf dir selbst, dann hilft dir Gott!« Mit diesem Spruch waren wir alle aufgewachsen, in verschiedenen Elternhäusern, verstreut in Deutschland und Österreich, und jede hatte darauf anders reagiert: Zitrönchen war eingetrocknet und geizig geworden, Bambi schaffte sich das gleichgültige Gemüt eines Pekinesen an; Eugenie, die Älteste, hatte wie die anderen sehr jung geheiratet, doch die Ehe scheiterte nach zwei kurzen Jahren, sie nahm ihren Mädchennamen wieder an und einen Beruf, zeigte seitdem kühle Zurückhaltung und ließ sich nicht mehr in die Karten sehen. Minnie aber trug dieses übertriebene Geltungsbedürfnis zur Schau und nannte es ›Familientreue‹. Nur Jill und ich hatten nach dem Spruch gehandelt und uns selbst geholfen. Gott mußte in dieser Zeit auf Urlaub gewesen sein.

Kuchen und Wurstbrote schmeckten tadellos. Die Getränke waren schlimm. Wer Onkel Jo besuchte, mußte sich ernstzunehmende Getränke heimlich mitbringen. Es gab Orangensaft, Buttermilch und drei Flaschen Bier für ›Unbelehrbare‹, wie sich Onkel Jo auszudrücken pflegte.

Die drei Flaschen standen als offenkundige Provokation in der Mitte des Tisches. Ich griff mutig danach, erntete verwunderte Blicke.

»Ein Öffner?« fragte ich unbefangen.

Frau Konstantin, gut geschulte Onkel-Josef-Sklavin, machte erschrocken »Ach!«, doch keinerlei Anstalten, den Öffner zu bringen. Ich ging in die Küche, kramte in der Schublade, fand ein verrostetes Metallding. Es tat seinen Dienst. Ungeniert goß ich mir ein.

»Bier ist kein Alkohol«, erklärte ich in die vorwurfsvoll stumme Runde. »Ich habe Durst nach der langen Fahrt.«

Zögernd griff nun auch Minnie nach einer Bierflasche, warf mir einen verschwörerischen Blick zu, der sie mir für Sekunden näherbrachte.

»Kinder …«, sagte Onkel Josef leise mahnend. Für ihn blieben wir die Rotznasenbande, die man mit Buttermilch und Sahnebonbons vollstopfte.

»Wir sind schon über zehn«, erinnerte ich sanftmütig, was sonst durchaus nicht meine hervorstechendste Eigenschaft ist. Die dritte Flasche stand jungfräulich auf dem Tisch. Wer hatte noch Mut?

Natürlich Jill.

Onkel Jo übersah es und erkundigte sich betont leutselig: »Hast du schon einen Freund, kleine Jill?«

Sie lachte. »Einen unverbindlichen.«

Wir amüsierten uns über Onkel Josefs verdutztes Gesicht. Für ihn gab es nichts Unverbindliches. Entweder man heiratete oder man blieb ledig. In beiden Fällen hatte man solide zu leben.

»Du willst ihn nicht heiraten?« erkundigte er sich naiv, was im Gegensatz zu seinem weißen Haar stand.

»Ich will mit ihm Schluß machen«, antwortete Jill. »Er erwartet von seiner zukünftigen Frau, daß sie genauso ist wie seine entsetzliche Mama und mit ihr die Wohnung teilt.«

»Wieso ist sie entsetzlich?« fragte Onkel Jo. Er verstand etwas davon, denn er hatte die schlimmste aller Schwiegermütter bekommen. Tante Majas Mutter, eine Frau von Kusslaff, wohnte bei ihnen. Der arme Onkel Josef hatte nichts zu melden. Die Frauen waren Herr im Haus und blieben es, solange sie lebten.

»Es gibt Schwiegermütter, die muß man mitheiraten«, sagte Jill anzüglich. »Manche können das. Ich kann das nicht. Freddy ist ein netter Kerl, Lehrer an meiner Schule. Seine Mutter holt ihn täglich ab, läßt ihn nicht aus den Augen. Sie will mir beibringen, daß Freddy gern Käsekuchen ißt, und zwar nach ihrem Rezept, vor dem Schlafengehen Kamillentee trinkt und jeden Tag ein frisches Hemd braucht.«

»Arme Jill«, bedauerte ich sie. »Wie gut, daß du mit Freddy Schluß machen willst. Er muß sich entscheiden: Du oder seine Mutter!«

»Das ist keine Alternative«, rügte Onkel Jo, der es zu wissen glaubte.

»Doch«, behauptete Jill. »Das ist eine.« Die Stimmung lockerte sich. Ich holte aus meinem Koffer eine Flasche Wein. Frau Konstantin stellte Gläser auf den Tisch. Minnie beobachtete mich scharf beim Einschenken. Dann knallte ihre Frage in die fröhliche Runde:

»Sag mal, Ulli, trinkst du noch immer soviel wie früher?«

»Täglich drei Flaschen Schnaps zum Frühstück und tagsüber Grog in rauhen Mengen«, gab ich zur Antwort.

Schade, eine Weile hatte ich gehofft, es könnte gut werden zwischen Minnie und mir.

Jill stellte sich taub. Sie sagte: »Ich möchte dich gern in Berlin besuchen, mal sehen, was du arbeitest und wie du lebst. Wenn Frankfurt nur nicht so aus der Welt läge ...!«

»Liegt es gar nicht. Komm doch in den nächsten Ferien«, lud ich sie ein. »Mit oder ohne Freddy. Wir machen es uns gemütlich.« Ich hätte Jill gern für einige Zeit bei mir gehabt, um sie näher kennenzulernen. Doch ehe wir zu einer konkreten Abmachung kamen, mischte sich Minnie ein. So schnell gab sie nicht auf.

»Ulli hat früher tatsächlich ganz schön gesüffelt«, informierte sie die Familienrunde ebenso strahlend wie übertrieben. »Ich weiß noch, wie ihr vor lauter leeren Flaschen kaum noch Platz in der Speisekammer hattet!«

Diese Bemerkung bezog sich auf ein Treffen vor einigen Jahren, als sie uns stolz ihren Heiko vorstellte, einen gemütlichen, dicken Studienrat mit Dauergrinsen im Gesicht, Westfale, der gern aß und Kirchen besichtigte. Beides in harmonischer Abwechslung. Für das leibliche Wohl war ich zuständig, für das Kirchenbesichtigen Paulus. So kamen wir gut miteinander aus.

»War doch recht nett mit uns vieren«, sagte ich freundlich, weil ich keine Lust zum Streiten hatte. »Wir zwei saßen bis zum Abend im Morgenrock beieinander und klönten.« Minnie hatte mich damals ›ein gemütliches Haus‹ genannt.

»Sicher war es nett«, gab sie zu. »Bis auf eure Süffelei. Da konnten wir nicht mithalten.« Der Heiligenschein um ihren Kopf funkelte hinterhältig und für alle deutlich sichtbar. Sie riß die Unterhaltung damit an sich. Das Gespräch kreiste um Kinder, Haushalt, Grippeepidemien, Windpocken und Durchfall. In diese erhitzte Debatte platzte Eugenie.

»Grüß euch, Kinder!«

Eugenie war vierzig. Groß, schlank, rötliches volles Haar. Flache Schuhe gaben ihr etwas Burschikoses. Sie umarmte uns der Reihe nach, hielt Jill und mich etwas länger umfangen als die anderen.

»Schön, dich zu sehen, liebe Eugenie«, sagte Onkel Josef, der galant aufgestanden war und den Eindruck machte, als wolle er seiner ältesten Nichte einen Handkuß geben. Doch er beließ es bei einer Verbeugung. »Setz dich, mein Kind, und trink ein Glas Buttermilch.«

Eugenie schüttelte sich und griff lachend nach einem Weinglas. Sie war nun Mittelpunkt, erzählte von ihrer Arbeit als Dolmetscherin und erheiterte uns mit netten Episoden. Sogar Minnie war verstummt.

»Erlaubst du?« Ich stand auf.

Onkel Jo nickte. Ich wollte in den Garten, die Atmosphäre war drückend, ich konnte kaum atmen. Leschinsche Atmosphäre, ich war in ihr aufgewachsen. Überall in den Wohnungen die Horrorbuffets mit den Glasscheiben und der geschliffenen Delle zum Auf- und Zuziehen. Nicht mehr als zehn Paradebücher dahinter, neben den Sammeltassen und dem Familiensilber, soweit es die Großeltern unter ihren Kindern verstreut hatten. Die artige Sitzecke mit dem runden Tisch, an dem ich schon gesessen hatte, als mich meine Freunde zum Flanieren abholten. Die Standard-Stehlampe dahinter. Damals schwor ich mir: Niemals ein solches Buffet, niemals eine derartige Sitzecke.

Minnie glaubte die Leschinsche Biederheit abstreifen zu können, indem sie ihre Sitzecke ›Wohnlandschaft‹ nannte und das unvermeidliche Buffet aus Teakholz anfertigen ließ. Ihre zehn Bücher waren Sachbücher über Griechenland, die Entstehung der Insel Bornholm, die Psychologie des Kindes und ähnliches, was sie nie richtig las. Minnie nahm immer nur Anlauf. Bevor sie zum Sprung ansetzte, gab sie auf und ging lieber chinesisch essen. Mit vollem Bauch aber kam ihr ganz entfernt zum Bewußtsein, daß da etwas war, was sie vergessen wollte: Das Buffet ihrer Kindheit. Es haftete ihr an, wie es mir anhaftete. Doch ich habe nie eines besessen, weder aus Teakholz noch aus anderem Material, habe nur Regale an den Wänden und Bücher darauf. Auch die Sitzecke sieht anders aus, und viele Jahre haben wir aus Protest auf dem Boden, auf Kissen herumgehockt, weil wir es anders haben wollten als unsere Eltern.

Es dauerte, ehe endlich der Verstand einsetzte und wir uns sagten: »Das Gegenteil von dem zu tun, was man verabscheut, ist bereits wieder Zustimmung.«

Es ist schwer, die Mitte zu finden, ohne mittelmäßig zu sein. Vielleicht war das der Grund, weshalb Bambi und Zitrönchen ihre Wäsche im Schrank noch immer mit rosa oder blauen Schleifen zubanden, wie es ihre Mütter getan hatten.

Ich schlenderte zu der Telefonzelle an der Ecke, denn ich wollte Barnabas anrufen.

Barnabas

»Riekchen!« Er wußte erstaunlicherweise sofort, daß ich von Wien und nicht von Berlin anrief. »Wann bist du eingetrudelt?«

»Du wunderst dich gar nicht«, sagte ich einigermaßen befremdet, denn seit Jahren hatten wir nichts voneinander gehört. Und nun wußte er auf Anhieb, daß ich in Wien war.

»Hast du mit Paulus gesprochen?« Der wußte natürlich von meiner Wienreise, schon durch die Geismeiern.

»Ich habe von Paulus ebensolange nichts mehr gehört wie von dir, Riekchen.«

»Woher weißt du dann, daß ich in Wien bin?«

»Telepathie. Ich habe deinen Anruf sogar erwartet!«

»Du machst mir angst, du Hellseher. Weißt du auch, daß mich Paulus verlassen hat?«

Allmählich kam mir der Satz ziemlich kokett vor. Ich ertappte mich dabei, daß ich den Zustand genoß, das Selbstmitleid kultivierte.

»Wußte ich bis jetzt noch nicht. Was machst du heute abend?«

»Schlafen gehen. Bin den ganzen Tag wie verrückt gefahren. Und nun auch noch die Kusinen.«

»Armes Riekchen!«

Ich hoffte, daß er mir das Schlafengehen ausreden würde. Doch er zögerte, schien nachzudenken. Was war los? Barnabas, der sich seinerzeit entschlossen hatte, mich ein Leben lang unglücklich zu lieben, wird doch nicht etwa eine andere Frau …

»Um neun beim Sacher?« fragte er. Ich sah auf die Uhr. In einer Stunde! Schaffte ich nie. Duschen, umkleiden, frisieren, Make-up, eine gute Ausrede für den Familienclan, von Mauer in den ersten Bezirk – alles in sechzig Minuten?

»Na, was ist?« drängte Barnabas. »Oder morgen dann?«

»Nein, nein!« rief ich schnell. »Um neun im Sacher. Auf der Terrasse?«

»Wenn das Wetter so bleibt.«

Vom Fenster aus sah ich Minnie aus dem Haus kommen, rechts eingehakt Bambi, links Zitrönchen. Dahinter Eugenie mit Jill. Beide gehörten nicht zu Minnies Gefolge, was mich freute.

Ich bürstete mir das Haar schnell und schmerzlos, da nur streichholzkurz, warf mir ein leichtes Kleid über. Schnatternd nahmen die Kusinen am Gartentor Aufstellung. Wie sollte ich an ihnen vorbeikommen?

Jemand fragte: »Wo ist Ulrike?«

Minnie sagte darauf etwas, das wie ›Extrawurst‹ klang.

Als sie sich endlich langsam bummelnd entfernten, lief ich die Treppe hinab. Ich wollte klammheimlich fliehen, doch Onkel Jo erwischte mich im letzten Augenblick.

»Wohin?«

»Zu Barnabas.«

Er sah mich kopfschüttelnd an und fragte mich besorgt, ob ich denn nicht mit den Männergeschichten aufhören könne.

»Das sind keine Männergeschichten«, sagte ich. »Bloß Barnabas. Sonst ist da keiner.«

Er schaute mich lange an, etwas prüfend, aber ohne Vorwurf, als dächte er über etwas nach. »Übertreib's nicht«, warnte er gutmütig.

Es gelang mir, ungesehen zu entkommen, obwohl Knatter beim Start Krach machte, als läge ganz Wien unter feindlichem Beschuß. Die Fußgängerzone rund um die Oper war mir neu. So lange hatte ich Wien nicht gesehen.

Barnabas saß auf der Sacher-Terrasse, malerisch von einer Laterne beleuchtet. Ein Lämpchen auf dem Tisch warf den Schein in sein Gesicht. Im weißen Sporthemd saß er da, mit hochgekrempelten Ärmeln, als säße er in einem Schwarzwaldlokal bei Kirschwasser und Schinkenspeck.

Nichts an ihm deutete auf innere Erregung. Kein ungeduldig ausgehungerter Blick, der sich mir entgegensehnte; nein, zurückgelehnt saß er da und starrte in den Sternenhimmel.

»Hallo, Barnabas!«

Er sprang nicht auf, um mich stürmisch zu begrüßen. Er blieb sitzen, den Schein des neckischen Lämpchens in den grasgrünen, weichen Augen. Er streckte mir eine Hand entgegen, in der anderen hielt er den Fotoapparat. Er war wohl noch immer mit der Kamera verheiratet.

»Hallo, Riekchen!«

Ich zwängte mich durch die Stühle, schüttelte seine Hand, verhauchte zwei Küsse auf seine Wangen und setzte mich ihm gegenüber.

»Wie lange haben wir uns nicht... Herr Ober, eine Flasche Sekt, bitte. Ich hoffe, du trinkst noch immer gern einen Schampus?«

Ich nickte zerstreut. »Wie lange haben wir uns nicht gesehen?«

»Wenn du das nicht weißt...?!«

Er knipste mit Blitzlicht, zuerst den würdevoll davonschreitenden Ober, dann die sommerabendliche Kärntnerstraße, dann endlich mich, aber so, daß noch ein Stück Staatsoper mit draufkam. »Um diese Zeit habe ich noch nie an dieser Stelle... ah, da ist der Sekt. Was hast du am Telefon gesagt? Paulus hat dich verlassen?«

Pflopp! Der Ober hatte den Korken geschickt entfernt, goß ein, stellte die Flasche in den Sektkühler.

»Prost, Riekchen!« Barnabas sah mich fröhlich an, mit Lausbubengesicht, von dem er wußte, daß es ihm gut stand.

»Ja, Paulus kam vor zwei Wochen nach Hause, erklärte mir, es sei zu Ende und ich solle es mir gutgehen lassen. So ungefähr. Prosit.«

Wir tranken.

»Eine andere Frau?«

»Aber ja. Eva-Maria Pschok.«

»Wie bitte?« Er lachte, verschluckte sich fast, stellte das Glas ab.

»Du wirst mir doch nicht einreden wollen, daß Paulus dich mit einer Frau betrügt, die Eva-Maria Pschok heißt?«

»Er betrügt mich nicht mit ihr. Er ist ganz offiziell zu ihr übergelaufen.«

Barnabas wurde ernst. Mit dieser Erklärung hätte ich ihn eigentlich an das Ziel seiner Wünsche bringen müssen. Doch er sagte weise: »Wird schon wieder gut werden. Paulus liebt dich. Der kann gar nicht ohne dich... Wird alles gut, paß auf.«

»Soll es denn gut werden?« Meine Enttäuschung warf mich fast vom Stuhl. Wo blieb die Freude? Das Glück, mich wiederzuhaben?

»Etwa nicht?«

Das ehrliche Staunen war für mich fast schon beleidigend. Wir stießen an und tranken, zunächst einmal. Dann stellten wir die Gläser ab, lächelten uns an und sagten synchron »Na so was!«, schüttelten den Kopf und lachten.

Drüben in der Oper war Pause. Leute in Smoking und Abendkleid schlenderten heraus. Barnabas hob den Apparat, um einen Schnappschuß zu machen, ließ es dann aber.

»Seid ihr noch beim Funk?«

»So ist es. Bis jetzt hat mir Paulus die Texte geschrieben. Jetzt mach ich sie mir allein. Ist schon mit der Redakteurin abgesprochen. Paulus muß jetzt Schlagertexte machen.« Fragender Blick von Barnabas. »Eva-Maria Pschok ist Sängerin. Liedermacherin.«

Barnabas hob die Augenbrauen und ließ sie oben, so sehr staunte er. Was war daran denn so erstaunlich, daß mich Paulus wegen einer Liedermacherin verlassen hatte?

»Vielleicht lernt er jetzt singen«, meinte ich sarkastisch. »Wo er nun mit einer Schnulzentante zusammen ist. Zwanzig Jahre.«

»Zwanzig Jahre ist er mit ihr...«

»Sei nicht albern. Sie ist zwanzig Jahre alt.«

Daß Barnabas ehrfürchtig dreinsah, ärgerte mich maßlos. »Es ist keine Qualifikation, jung zu sein«, sagte ich ungehalten. »Oder doch?«

Barnabas grübelte eingehend. Mit Daumen und Zeigefinger drehte er den Glasstiel hin und her, faltete die Stirn, als überlege er, ob er nicht ebenfalls sein Glück in der Schlagerbranche suchen sollte. Sommerwind zerwuselte sein helles Haar. Ein merkwürdig melancholischer Duft hing in der Luft. Die Kärntnerstraße, die alte Oper, das alles... der Sommerhimmel und Barnabas' altvertraute Stimme, die fragte: »Noch ein Glas, Geburtstagskind?« Die braune Männerhand, die einschenkte, das war schön, viel zu schön für einen total verlassenen, todunglücklichen Menschen.

»Du weißt, daß ich Geburtstag habe?«

Er griff in die Tasche. »Sogar eine Überraschung habe ich für dich!« Er machte ein enttäuschtes Gesicht. »Ich muß es zu Hause vergessen haben!«

»Macht nichts.« Ich legte die Hand auf seinen Arm, sah ihn an. Wir schluckten beide ein bißchen, weil wir uns auf einmal sehr vertraut vorkamen. Ich begriff nicht, daß ich jemals von Barnabas weggerannt war, um mit diesem unmöglichen Paulus Brandstätter ein neues Leben zu beginnen. Bloß weil ich nicht mit einem Fotografen leben wollte!

Wirklich nur deshalb?

Dumme Gans! Wie schön, mit Barnabas auf einer unbewohnten Insel zu leben, ganz allein, bei Sonnenuntergang im Meer zu baden und, wenn wir hungrig waren, Obst von den Bäumen zu schütteln.

»Ach, Barnabas, du hast mir sehr gefehlt.«

»Mhm.« Er nahm sich eine Salzstange aus dem Ständer. »Du mir auch.«

Wir bestellten eine neue Flasche, futterten Salzstangen und ließen die Gläser klingen. Ein Mann am Nebentisch, älteres Semester, weißhaarig, Herr Hofrat persönlich höchst wahrscheinlich, blickte interessiert zu uns herüber. Ich atmete tief durch.

»Was ist denn los, Riekchen? Ich meine, wir haben doch ...«

»Hör auf!« Ich stellte das Glas ab, eine Spur zu energisch. Es zersprang, so feines Glas war das. Der schäumende Sekt ergoß sich über die Tischdecke und mein Sommerkleid. Der Ober kam, tupfte alles trocken, es gab ein betuliches Hin und Her, das ich nur halb mitbekam. Der Gedanke an Paulus war plötzlich aufgetaucht wie der Teufel aus der Flasche. Ich starrte zur Oper auf einen Zauberpunkt, doch ich sah nur Schleier.

»Wenn ich der gnädigen Frau mit meiner Serviette zum Betupfen aushelfen darf?«

Der Herr Hofrat bemühte sich um mich. Auch sein Gesicht sah ich wie durch Nebel.

»Danke«, stammelte ich und betupfte anstandshalber mein Kleid. Ich fand es nicht unangenehm, an einem viel zu warmen Sommerabend mit Sekt beträufelt zu werden. »Entschuldigung.«

Warum ich mich entschuldigte und bei wem war mir selbst nicht klar. Möglicherweise bei mir, denn so albern hatte ich mich noch nie aufgeführt. Dem Herrn Hofrat schien das zu gefallen, er stand noch immer neben mir, halb herabgebeugt, wie Onkel Josef, als er Eugenie begrüßte. Er fragte, ob er helfen könne.

»Schon gut«, sagte Barnabas liebenswürdig. »Es ist ja nichts passiert.«

Jemand stieß gegen ihn, sagte »Verzeihung!« und redete auffallend laut. Eine Frauenstimme. Sie klang unverkennbar hessisch. Neben dem Hofrat, oder was er immer sein mochte, tauchte ein rundfreundliches Matronengesicht auf. Ein kleiner, geschminkter Mund öffnete sich zu einem erstaunten Ausruf.

»Ei, das Fräulein Leschin! Guck doch mal, Bürschi.«

Bürschi guckte. Ich sah wieder klar: Mein Autounfall, mein Aufhüpferl stand vor mir, Mutter und Sohn, wie hießen sie doch gleich? Irgendwo mußte ich ihre Visitenkarte haben.

»So ein Zufall«, freute sich Bürschi und schüttelte mir die Hand. Nun, so ein Zufall war das wieder nicht. Wenn man nach Wien kommt, schlendert man als erstes durch die Kärntnerstraße und geht ins Sacher, was trinken oder essen.

»Das ist Herr Graf«, stellte ich Barnabas vor, der sich von seinem Sitz erhob, amüsiertes Staunen im Gesicht. »Und das …«

Bürschi murmelte einen Namen, den ich nicht verstand. Ich fing Barnabas' prüfenden Blick auf, der zwischen dem jungen Mann und mir hin und her pendelte. Er glaubte wohl an einen Sündenfall. Nach dem Zeremoniell des Vorstellens stand der Hofrat noch immer an unserem Tisch, als warte er darauf, ebenfalls bekannt gemacht zu werden. Bürschi samt Mutter wandten sich ihm zu. Das ging über meine Kraft. Ich war nicht nach Wien gekommen, um die kostbaren freien Stunden mit fremden Menschen zu vergeuden.

»Komm!« Ich stand auf und erreichte den Gehsteig vor der Terrasse wie einen rettenden Hafen.

»Fräulein Leschin!« Bürschi versuchte mir zu folgen, kam aber nicht durch die eng zusammenstehenden Tischreihen. »Eine Frage noch, bitte!«

Ich entfloh. Mochte er beleidigt sein – was kümmerte es mich? Meine Berliner Adresse hatte er. Die Versicherung würde alles erledigen.

Als ich mich nach Barnabas umdrehte, sah ich, wie Bürschis Mutter lebhaft mit dem Hofrat plauderte. Mit einem Sprung holte mich Barnabas ein.

»Mit dir erlebt man nichts als Überraschungen«, stellte er fest und hängte seinen Fotoapparat schwungvoll über die Schulter. »Wer war denn das?«

»Mein Autounfall.« Ich erzählte den Vorgang. Barnabas glaubte mir nicht.

»Warum schreit der junge Mann dann wie ein Irrer hinter dir her?«

»Keine Ahnung.«

»Aber man kann doch einen Menschen nicht stehenlassen, der – immerhin kannte er deinen Namen ...«

»Hör auf!« fuhr ich ihn an, mitten auf der Kärntnerstraße, wo die Spaziergänger friedlich flanierten. Manche drehten sich neugierig um. »Du gehst mir auf die Nerven!« explodierte ich. »Du mit deinen halben Sätzen und dem idiotischen Fotoapparat! Das macht mich wahnsinnig.«

Barnabas war ziemlich verstört. »Deshalb weinst du?«

Es war nicht aufzuhalten. Die Tränen stürzten mir aus den Augen, ich konnte dagegen nichts tun. Ausgerechnet zwischen Hotel Sacher und Staatsoper, wo ich keinerlei Erinnerung an Paulus hatte, ausgerechnet hier, wo ich mir einen vergnügten Abend mit meinem Verflossenen machen wollte, da stand ich und heulte wie ein Gör, das in eine Pfütze gefallen war.

Seit der Trennung von Paulus hatte ich keine einzige Träne vergossen. Warum nicht zu Hause? Da wäre Zeit genug gewesen. Aber in der Kärntnerstraße weint man nicht.

Nur einige Sekunden war die Selbstbeherrschung flötengegangen, dann kam wieder alles ins Lot. Ich entschuldigte mich bei Barnabas. Er winkte ab: »Schon gut. Kann passieren!« Blieb stehen, nahm mich an den Schultern, fragte teilnehmend: »So schlimm?«

»Ziemlich.«

Ich war verlegen. Auch vor einem guten Freund sollte man sich nicht derart gehenlassen, noch dazu, wenn man sich einige Jahre nicht gesehen hatte. Man sollte ihm vielmehr beweisen, daß man reifer geworden ist.

»Was ist mit dem Geburtstagsgeschenk?« fragte Barnabas, der mich aufheitern wollte. »Es liegt bei mir zu Hause.«

»Soll ich denn ...« Meine Güte, mit Autofahren war wohl nichts mehr! Ich hatte den Sekt zu schnell hinuntergeschüttet.

»Du sollst!« Er führte mich behutsam, wie einen Verunglückten, zum Parkplatz, wo sein Auto stand. Zwischen den alten Häusergiebeln hing ein Rest von blauer Dämmerung.

»Knatter steht noch in der Tiefgarage.« Ich überlegte, wie teuer der Spaß sein würde, wenn ich ihn nachtsüber dort stehenließe. Aber gewiß billiger als ein Strafmandat.

»Laß ihn vorläufig dort stehen, Riekchen.« Barnabas war sehr lieb, sehr sanft. Das tat mir gut. »Du bekommst bei mir einen Kaffee, dann fahre ich dich zu Onkel Josef. Einverstanden? Morgen kümmern wir uns um dein Auto.«

Mir war alles recht. Hätte Barnabas vorgeschlagen, einen Trip nach Mallorca oder Posemuckel zu machen, wäre ich auch einverstanden gewesen.

Der Wagen fuhr leise. Ein Mercedesstern am Bug. Der etablierte Barnabas reichte mir ein Taschentuch, sehr sauber und wohlriechend, weil meine Tempos alle waren und ich ohne Erfolg in meiner Tasche kramte.

»Danke.«

Ich brauchte jemanden, der den Arm um mich legte und etwas Tröstliches sagte. Einen Mann, der Paulus so gut kannte wie ich und mir bestätigte, was für ein übler Patron er war. Doch Barnabas tat weder das eine noch das andere.

Ein Altbauhaus nahm uns auf, sehr vornehm, gut in Schuß, was bei alten Häusern in Wien selten ist. Die Wohnung war keine Junggesellenbude, sondern ein gepflegtes Heim, wie man so schön sagt; im Atelier roch es nach Arbeit. Vom Fenster aus konnte man über Dächer und Schornsteine blicken, bis zum Stephansdom.

Barnabas fotografierte zur Zeit Mode für einen Versandhauskatalog. Am liebsten hätte er alles gleichzeitig gemacht: Landschaftsaufnahmen, Fotos für Bücher, Porträts, Werbung und Mode. Darin waren wir uns alle drei ähnlich.

»Ich fürchte, wir zersplittern uns«, hatte Paulus oft gesagt. »Wer sich zersplittert, macht alles nur halb.« Darauf Barnabas in schöner Bescheidenheit: »Wir zersplittern uns nicht, wir sind nur vielseitig.« Mit dieser Einstellung hatte er mich damals für sich gewonnen. Aber eben nicht sehr lange. Als Paulus zum Rundfunk nach Berlin ging, ging ich mit.

»Kurzdrink, Longdrink oder was?« bot mir Barnabas an und wirtschaftete in der Wohnung herum.

»In dieser Reihenfolge«, antwortete ich und streckte mich auf der bequemen Couch aus. Fast wäre ich eingeschlafen. Ein Schmetterling weckte mich. Er saß auf meinen Lippen. Nein, kein Schmetterling. Barnabas hatte mich geküßt.

Ich rappelte mich verschlafen auf und bestaunte den Tisch: Barnabas hatte tatsächlich dreierlei Getränke bereitgestellt: einen Cocktail, einen dreifachen Mirabellenschnaps und einen Humpen Bier.

»Du Halunke!« Ich lachte. »Das sieht dir ähnlich.«

Er saß im Sessel mir gegenüber. Das störte mich plötzlich, denn es gab meinem Besuch etwas Distanziertes. Warum saß er nicht neben mir? Ich brauchte dringend eine Aufmöbelung meines Selbstbewußtseins. Zum Beispiel einen Mann wie Barnabas, der mir mit weicher Stimme erklärte, wie sehr er diesen Augenblick herbeigesehnt habe.

Er war befangen, ganz sicher.

»Barnabas!« Ich streckte ihm die Hände entgegen. Entgegengestreckte Hände machen sich gut, sie haben etwas von Reife, Überlegenheit, fast mütterlicher Nachsicht. »Du bist so weit weg.«

Er nahm meine Hand, küßte sie flüchtig und legte statt seinem Kopf den Henkel des Bierglases hinein. Da saß ich nun, den Humpen feierlich erhoben. »Prost«, sagte ich.

Wir stießen an. Wumm! Ein unmelodischer Klang, aber herzhaft. Na schön, auch ein Anfang für eine Stunde der Zärtlichkeit. Er entsprach unserem langjährigen, wenn auch längst verflossenen Zusammensein.

Als wir getrunken hatten, ging es nicht recht weiter mit uns. Ich ruckelte mich zurecht, verschränkte die Arme und sagte: »Nicht, daß ich's wissen möchte, ich frage bloß aus Neugier.«

»Was denn, Riekchen?« Barnabas angelte nach einer Pfeife und zündete sie bedächtig an. Dabei betrachtete er mich nachdenklich.

»Hast du eine Freundin?« Er zog amüsiert die Brauen hoch. »Kein weibliches Wesen?« Bisher war mir nichts Verdächtiges in der Wohnung aufgefallen, kein gerahmtes Bild mit der Unterschrift: ›Deine dich ewig liebende Belinda‹, oder ähnliches. Kein lässig hingeworfener Morgenrock, nichts.

»Siehst du eines?« fragte der schurkische Barnabas zurück.

»Kein zur Zeit anwesendes.«

»Schau in den Spiegel!«

So war das also. Es gab keine wichtige Frau für ihn, außer mir. Sehr anständig.

Ich antwortete mit einem verständnisinnigen Blick. »Ich Idiot!« murmelte ich und hoffte, Barnabas würde wissen, worauf sich das bezog. Auf meine Fehlentscheidung, ihn verlassen zu haben! Mit seinem Freund auf und davon gerannt zu sein. Weg von Wien. Ins feindliche, kalte Berlin. Fern der Heimat, fern von Freund Barnabas. Doch der Esel verstand meinen Seufzer nicht, war nur erstaunt.

»Warum bist du ein Idiot in deinen Augen?« Er paffte vergnügt, hüstelte, sah die Pfeife vorwurfsvoll an, klopfte sie aus. Schob sein Oberteil vor, faltete die Hände zwischen den Knien und betrachtete mich mit dem nachsichtig-milden Blick eines Gynäkologen, der seiner Patientin die Abtreibung ausreden will. »Sag schon. Bist du mit dir unzufrieden?«

Ich nickte. »Weil ich dich verlassen habe. Wir hätten es schön miteinander haben können.«

»Du konntest es doch nicht leiden, wenn ich fotografierte. Wolltest du nicht einen Partner für die Bühne? Als Gretchen den eigenen Faust mitbringen?«

Wir schwiegen eine Weile.

»Ich habe weder das Gretchen noch eine andere bedeutende Rolle gespielt. Statt dessen moderiere ich Unterhaltungssendungen.«

»Aber, wie ich höre, recht anständig.«

»Nun ja«, ich zuckte die Achseln. »Du kannst dich davon überzeugen. In einigen Tagen habe ich eine öffentliche Sendung in Wien. Du bist herzlichst eingeladen. Aber nur, wenn du nicht mit faulen Eiern wirfst.«

»Das hängt davon ab, wie gut du bist«, meinte Barnabas. Diesmal streckte er mir die Hand entgegen. Ich überlegte, ob ich sie nehmen sollte, ließ es dann aber, damit die Positionen ausgeglichen waren. Er schüttelte ganz leicht, aber schmunzelnd den Kopf. Sehr nachsichtig. Wenn ein Mann den Kopf nachsichtig über eine Frau schüttelt, ist sie entweder alt oder ohne Bedeutung für ihn. Auch Paulus hatte bei unserer Trennung den Kopf geschüttelt.

»Herrgott!« Ich sprang auf, lief zu einer Tür, riß sie auf.

»Wohin?« staunte Barnabas.

»Ins Bad, mich frischmachen.«

»Du bist in meinem Schlafzimmer«, erklärte er seelenruhig.

Wenn er ein entsetzt zickiges »Huch!« erwartet hatte, war er auf dem Holzweg. Ich trat ein, machte Licht und sah mich neugierig um. Ein Doppelbett. Aha. Das ließ auf allerhand schließen. Ansonsten kein Hinweis auf eine Frau, auch hier nicht. Vielleicht im Schrank. Ihn zu öffnen und einen Blick hineinzuwerfen, traute ich mich nicht. Barnabas stand im Türrahmen und sah mir gespannt zu.

»Hübsch«, sagte ich heiter. »Wenn ich an unsere Bude in der Pension Enzian denke ...!«

»Ihr habt bestimmt auch eine hübsche Wohnung in Berlin«, tröstete er mich milde. »Paulus hat schon immer viel Geschmack bewiesen. Ich erinnere mich, daß seine Bude am nettesten eingerichtet war, mit selbstgezimmerten Regalen, gebastelten Lampen und Matten aus Bambus an den Wänden.« Sein Blick bekam etwas Schwärmerisches.

»Paulus und Geschmack?« Meine Stimme klang fast schrill, drum hängte ich flugs ein wohlklingendes »O nein, mein Lieber« an. »Paulus besitzt keinen Funken Geschmack.«

»Obwohl er sich für dich entschieden hat?«

»Wie du siehst, hat er inzwischen seine Meinung korrigiert. Sonst wäre ich nicht hier.«

»Immerhin hat er viele Jahre dazu gebraucht«, warf Barnabas ein, nahm mich mit gekonntem Griff um die Taille, daß mich ein elektrischer Schlag durchfuhr, und führte mich hinaus. Ohne ein Wort. Ich verschwand im Bad, verriegelte die Tür und betrachtete mich im Spiegel. Schatten unter den Augen, Lippenstift verwischt, Kleiderausschnitt verrutscht, das Haar ...

Ich erneuerte mich rundum. Beduftete mich mit Kölnisch und betrat etwas munterer das Wohnzimmer. Ganz verrucht. Doch etwas schien nicht zu klappen, denn Barnabas lachte laut. Er dachte, ich wollte jemanden kopieren. »Paulus' neue Freundin?« erkundigte er sich amüsiert. »Hat die einen Schlafzimmerblick?«

Ich setzte mich seufzend. »Eigentlich sollte das keine Parodie sein«, sagte ich und griff nach dem zweiten Glas. Es war der dreifache Mirabell (ich hörte Minnie im Geiste sagen: ›Da seht ihr, wie sie ist!‹). »Aber ich merke schon, du machst dir nichts aus mir.«

»Das darfst du nicht sagen, Riekchen«, kam der schwache Widerspruch. »Wie geht es deiner Familie?«

Ich schnaufte verächtlich. »Interessierst du dich wirklich für meine Familie?« Er nickte. »Sie ist wie immer. Unverändert. Minnie regiert und dirigiert, Bambi schiebt sich phlegmatisch durch die Gegend, Zitrönchen macht ihrem Spitznamen Ehre ...«

»Wieso?«

»Zerknautscht und sauer.« Wir lachten. »Onkel Josef, du weißt ja, spielt den Pedantischen und gibt einem nichts zu trinken, wobei ihn Frau Konstantin eifrig unterstützt.«

»Ich habe ihn lange nicht mehr gesehen«, sagte Barnabas. »Und eure Jüngste?«

»Jill? Die ist süß. Unterrichtet in Frankfurt in einer Sonderschule. Hat manchmal einen knappen Ton, wahrscheinlich berufsbedingt, aber sonst ist sie süß, wirklich.«

»Und Eugenie?«

»Gott, Eugenie ...« Was gab es über sie zu sagen? Wir hatten uns nur wenige Minuten gesehen, Küsse aufgeknallt und uns gegenseitig versichert, daß wir uns nicht verändert hätten. »Höflich zurückhaltend, wie immer.«

Barnabas war früher öfter mit in Mauer gewesen, in Onkel Josefs Haus, zusammen mit Paulus, kannte die Verwandtschaft, auch Mama, die hastige, nervöse, die nie zur Ruhe kam und alles bereute, kaum daß sie es getan hatte. Sie lebte nun in Innsbruck, und wir beide hatten kein Verlangen, uns zu sehen. Seit Papas Tod beschäftigte sie sich mit der Aufzucht von Pudeln, das einzige, was sie wohl noch nicht bereut hatte. Die Pudel ersetzten ihr Mann, Tochter und versäumte Gelegenheiten, denn sie hatte schon mit siebzehn geheiratet und mit achtzehn das erste Kind gekriegt: mich.

»Wenn du sie alle nicht magst, warum bist du dann nach Wien gekommen?« fragte Barnabas mit Recht.

»Weil ich zu dir wollte«, gab ich zu und schielte zum jungfräulichen Cocktail. »Ich wollte dich sehen, mit dir reden.«

»Über Paulus?«

»Auch das.«

Barnabas lehnte sich zurück, als hätte er den Fernsehapparat eingestellt und wartete nun auf das Programm.

»Also rede«, forderte er mich auf und griff nach seiner Pfeife, um sie neu zu stopfen, vermutlich mit dem Tabak, der ihm nicht schmeckte. »Wie ist das mit der – wie heißt sie? Pschok, ganz recht. Wie ist er an die geraten?«

»Weiß ich's? Sie war einige Male im Funk, sang vor, durfte anläßlich der Funkausstellung im Nachwuchsprogramm auftreten, sang zwei dünnblütige Songs, die Paulus auf die Palme brachten. Er meinte, diesem Kind müsse geholfen werden. Also half er ihr.«

»Komisch.« Barnabas schüttelte verständnislos den Kopf, rauchte, diesmal mit Genuß. »Paulus liebte immer das Vielversprechende. Hohe Kapazität, auf ein Minimum reduziert, aber doch nicht umgekehrt.«

»Inzwischen ist er in dem Alter, in dem er seinen pädagogischen Komplex hätschelt. Er befindet sich auf dem Pygmaliontrip. Das klappt natürlich nicht bei mir.«

»Und bei der – wie heißt sie? Bei der Pschok, da klappt das?«

»Sie hat wiederum einen ausgeprägten Vaterkomplex. Gute Mischung, nicht? Fundament für eine dauerhafte Beziehung.«

»Sofern die Komplexe dauern«, sagte Barnabas. Ich hob den Kopf, sah ihn an. Zum erstenmal spürte ich so etwas wie Hoffnung. Stimmt, Komplexe halten nicht sehr lange, es sei denn, man macht sie zum Lebensinhalt. Wenn Paulus sich tatsächlich in der Selbstmitleidkrisis befand, konnte das eine so gut wie das andere geschehen.

»Jedenfalls ist er entschlossen, das Repertoire der Pschok aufzumöbeln.«

»Ist sie klug?«

»Wer?«

»Die – wie heißt sie? Die Pschok?«

»Dämlich wie eine Fliege im Schnapsglas.«

»Komischer Vergleich.« Barnabas hing noch immer hingebungsvoll an seiner Pfeife. Er hatte aufgehört, nur halbe Sätze zu sprechen, was bei ihm auf innere Ruhe deutete. Nur wenn er unsicher, verlegen war, sprach er nicht zu Ende. »Früher mußte Paulus, ehe er mit einer Frau schlief, zuerst mit ihr diskutieren. Gefährlich war für ihn zunächst nicht ihr Sex, sondern ihr Diskutiervermögen.«

»Wie du siehst, hat sich das geändert. Die Pschok diskutiert nicht. Sie singt oder schweigt oder küßt ihn.«

Ich täuschte mich nicht: In Barnabas' Miene kam wieder der Anflug von Bewunderung, wie schon einmal an diesem Abend. Das gefiel mir nicht. Es war Feindschaft gegen mich, eine Solidaritätserklärung für Paulus und somit auch für die Pschok. Kein Mensch konnte verlangen, daß ich darüber vor Freude an die Decke springen sollte.

»Ich bin längst kein Diskutierer mehr«, sagte ich fast entschuldigend. »Dazu habe ich zuviel praktische Arbeit. Ich hasse Tagungen, wo nur diskutiert und eine Fehlentscheidung nach der anderen getroffen wird. Ich mag diese Art von gekünsteltem Intellekt nicht, der nur vom Theoretischen lebt. Aber mich widert ebenso Talentlosigkeit an, die sich anspruchsvoll gibt, Pseudoerfolge hat – und keiner kann sagen warum. Wie die...«

»Pschok«, ergänzte Barnabas. »Gab es keinen Streit zwischen euch? Keine Spannungen?« Er sah mich ungläubig an. »Kein einziges Anzeichen, daß eure Beziehung brüchig geworden war?«

»Nichts. Im Gegenteil. Wir hatten uns gut zusammengerauft. Es war sogar Paulus' Idee, zu Weihnachten zu heiraten.«

»Und?«

»Nichts und. Ich will nicht heiraten, das weißt du. Die meisten Leute heiraten, um sich zu binden, und werden dadurch voneinander gelöst.«

»Klingt skeptisch.«

»Ist es auch. Trotzdem habe ich nicht gleich nein gesagt, aber auch nicht ja. Vielleicht hätte ich mich breitschlagen lassen, wer weiß. Bis Weihnachten ist es noch lange hin. Ich habe ohnehin nicht geglaubt, daß wir als Ehepaar in die Geschichte der unglücklich Liebenden eingehen. Da kommt noch was dazwischen, dachte ich und wünschte es sogar ein bißchen. Aber nicht das. Doch nicht eine andere Frau.«

Barnabas grübelte vor sich hin. Dann sagte er, elegisch aufseufzend: »Tja, die Liebe, weißt du...«

Ich stand auf und ging ins Atelier. »Fotografier mich!« Ich zog das Kleid über den Kopf. »Bring mir den Cocktail und fotografier mich.«

Den Cocktail brachte er. Doch fotografieren wollte er mich nicht. Er sah mich nicht an, hielt mir das Glas mit abgewandtem Gesicht entgegen. Sah ich so abscheulich aus?

Ein großer Spiegel schmückte die Längsseite der Wand. Ich sah mich stehen, im Slip und ohne BH, ich fand mich eigentlich nicht besonders abstoßend. Vielleicht empfand er mein Verhalten als schamlos? War etwas von Minnie in ihm – von allen Minnies der Welt? Was ist daran schamlos, wenn eine ungebundene Frau zu einem alten Freund zurückkehrt und sich vor ihm auszieht? Beide waren wir frei. Wozu also das gschamige Verhalten?

Ich fragte Barnabas danach und sagte meine Meinung dazu. Langsam drehte er sich um. Unwillkürlich zog ich den Bauch ein, der eigentlich nicht vorhanden war, denn ich bin schon immer ziemlich dünn gewesen. Sein Blick war kritisch, zunächst ablehnend, ich war ihm ausgeliefert, weil ich es wollte.

»Riekchen!« Barnabas schüttelte bekümmert den Kopf, denn so war ich früher nie gewesen. So war ich auch jetzt nicht. Nur im Augenblick. Ich wartete auf Barnabas' zärtliche Hände.

Was aber tat er? Er ging zu seinem Fotoapparat, um das zu tun, wozu ich ihn vorher aufgefordert hatte, der brave Junge. Sein kritischer Blick galt nur dem Modell. Auch gut. Ich posierte. Es machte mir Spaß. Ihm auch, aber nur künstlerisch, wie ich befürchtete. Er kam derart in Rage, daß er mir zurief: »Bleib so!«, in die Küche lief und mit einer Flasche Schampus zurückkam. Ich stand wie eine Statue da, mit erhobenem Kopf, und starrte albern zur Decke, ein Bein lässig vorgestellt. Venus in Slip und Pumps. Unterbrach nur kurz, um das Glas auszutrinken.

»Eine Spur verworfener vielleicht?« bat Barnabas zaghaft.

Das brachte mich blitzartig wieder auf den Teppich zurück. In mir kämpften Bier, Cocktail, Mirabellengeist und Sekt. Mir war ganz einfach hundeelend. Ich ergriff hastig einen Bademantel, den ein Mannequin achtlos auf den goldenen Stuhl geworfen hatte, warf ihn über und entschwebte in Richtung Bad. Der Mantel duftete aufdringlich nach türkischem Basar: Honigkuchen mit Moschus.

Bald kehrte ich zurück. Ich hatte mir kaltes Wasser über den Puls laufen lassen, das half sonst immer, aber diesmal ...

Ich zitterte so heftig, daß ich mir Mühe geben mußte, nicht mit den Zähnen zu klappern. Ich schlotterte am ganzen Leib. Diesen seelischen Schüttelfrost hatte ich öfter, eigentlich erst, seit ich Paulus kannte. Paulus war der einzige Mensch, der mich verletzen konnte. Außer Papa. Doch Papa war tot.

Paulus aber lebte! Ich wollte nicht, daß Paulus lebte, schon gar nicht mit der – wie hieß sie gleich? – Eva-Maria Pschok.

Barnabas kam zu mir, legte den Arm um mich und gab Wärme ab. Wir setzten uns auf den Boden: ein Zitterrochen und ein Menschenofen. Warum war ich weggelaufen von diesem fabelhaften Kerl, der noch dazu ein großartiger Liebhaber war? Viel zärtlicher und einfühlsamer als der unterkühlte Paulus.

Gegen Barnabas war Paulus ein Stacheligel. Vor ständiger Aktivität kam er nicht dazu, zärtlich zu sein. War ich nicht ähnlich?

Um so mehr brauchte ich Barnabas.

»Ach, Riekchen.« Es klang wie in alten Zeiten, die so lange nun auch wieder nicht vorbei waren. Und dann sagte er meinen Namen, wie er ihn früher ausgesprochen hatte, weil er fand, es hießen zu viele Leute Ulrike oder Ulli. »Riiiekchen ...«

Nichts ist rührender als eine wiederaufblühende alte Liebe. Barnabas küßte meinen Hals, schlug den Bademantel auseinander, liebte mich mit den Augen, dann mit den Händen, dann ...

Dann klingelte das Telefon. Er entschwand ins Wohnzimmer. Auf mich gerichtet war der volle Scheinwerfer. Mein Schüttelfrost ging wieder los, trotz der siedenden Hitze.

Ich hörte Barnabas' verhaltene Stimme von nebenan. War es Paulus, der sich nach mir erkundigte? Hatte er bei Onkel Josef angerufen und kombiniert?

Ich blickte auf die Armbanduhr: halb eins. Wer rief so spät noch an?

»Nein, ich vergesse es nicht«, hörte ich Barnabas sagen. Er legte auf. Kurz darauf stand er im Atelier und sah mich an. Seine Augen sahen hungrig aus. In der Hand hielt er zwei Mirabellenschnapsgläser. Einen doppelten für sich, für mich vorsichtshalber einen einfachen. Er gab ihn mir.

»Wer war's?« fragte ich.

»Paulus nicht«, antwortete er. Er wußte, was ich vermutete. »Nichts, was dich interessieren könnte. Berufliches.«

Um halb ein Uhr nachts?

Ich stand auf, gähnte, wollte ins Bett, möglichst in mein eigenes, in mein Pappkartonzimmer bei Onkel Josef. Doch Barnabas meinte, nun könne er mich nicht mehr fahren und mit Taxen sei das so eine Sache um diese Zeit.

»Du kannst in meinem Zimmer schlafen«, bot er mir an. »Wenn du moralische Bedenken hast, übernachte ich im Wohnzimmer.«

»Du darfst ruhig in dem breiten Bett neben mir Platz nehmen«, erlaubte ich großmütig. »Hauptsache, du schnarchst nicht.«

»Schnarcht Paulus?«

»Wir schlafen getrennt.«

»Oho.«

Warum oho? Nichts läßt die Menschen schneller Fehlschlüsse ziehen als getrennte Schlafzimmer. Wenn in den kleinen, scheußlich bedrückenden Doppelschlafzimmern die Ehen längst brüchig geworden sind, fällt das den anderen nicht auf. Aber getrennt schlafen ...?

»Seit wann hast du Vorurteile?«

Er hob entschuldigend beide Hände. Dabei sah er sehr lieb aus, daß ich fast wieder das heulende Elend bekommen hätte. Doch ich war zu erschöpft dazu. Trotzdem blieb ich meinem Grundsatz treu, ging ins Bad und duschte heiß. Im Spiegelschrank entdeckte ich eine zweite Zahnbürste und über einem Halter ein rosa Handtuch, auf dem das Wort ›Sie‹ maschinengestickt war. Ein weibliches Handtuch also, das wie der Bademantel nach Honigkuchen und Moschus roch.

»Wer übernachtet denn sonst noch bei dir?« forschte ich, als wir nebeneinander, bis zur Nase zugedeckt, im Doppelbett lagen. »Sag bloß nicht, keiner. Da ist eine Zahnbürste und ein Handtuch, das ›Sie‹ heißt.«

»Ab und zu mal eine Freundin.« Barnabas wälzte sich auf die Seite, umarmte mich, roch nach Lavendelseife. So viel Mann neben mir, so viel Vertrautheit.

»Weißt du was, Riekchen?« flüsterte er mir ins Ohr. »Du bist ein durchtriebenes kleines Biest.«

»Wie die Pschok?« nuschelte ich in die Haare auf seiner Brust.

»Ich fürchte, noch viel schlimmer, daß ich ...« Er verstummte.

»Du und deine angefangenen Sätze«, seufzte ich und versank in seinen Armen.

Fünf Kusinen zuviel

Lieber Himmel, halb zehn! Die sonnengelben Vorhänge waren noch zugezogen, das kuschelige Daunenbett angenehm warm. Kein Schüttelfrost mehr. Jemand wirtschaftete in der Küche und trug aufregende Dinge ins Wohnzimmer; Geschirrgeklapper und Kaffeeduft. Eine Kuhglocke bimmelte, und eine Stimme rief: »Früüüh-stück!«

Barnabas stand vor dem Bett. Frisch und ausgeschlafen, mit hellem Haar und weichem Sommerpulli, rostrot, zu engen Jeans.

»Wenn gnädige Frau sich erheben wollen? Es wäre angerichtet.«

»Danke, Johann!« Ich hievte mich gähnend und schreckliche Laute ausstoßend aus dem Bett, angelte nach dem Moschusduftmantel, verzog angewidert das Gesicht und schlurfte in den viel zu großen Barnabas-Pantoffeln ins sonnenlichtüberflutete Wohnzimmer. Die Fenster waren geöffnet, Autolärm drang herein, aber nicht sehr laut, weil es sich um eine Nebenstraße handelte und wir ganz oben waren. Unter dem Dach.

»Mach zu«, brummte ich vergrämt. Vor der ersten Tasse Kaffee bin ich so gut wie besinnungslos, und was an Sinnen wach ist, zeigt sich zunächst aggressiv.

Barnabas schloß folgsam das Fenster. Er tat lieb-kameradschaftlich, als sei nichts zwischen uns vorgefallen. Er schmierte die Brötchen, er goß mir Kaffee ein, lief zwischendurch zum Telefon, das einige Male bimmelte. Endlich war ich voll wach.

Dann brachte er mich in den Ersten Bezirk zur Tiefgarage, wo Knatter stand.

»Tschüs, Barnabas!« Wir küßten uns auf den Mund. Es tat uns gut. Barnabas schmeckte nach jungem Sommertag.

»Servus, Riekchen!« Er wartete, bis ich an ihm vorbeifuhr, salutierte und winkte mir nach.

Was wollte ich denn gestern bloß vergessen? Während ich hinaus nach Mauer fuhr, zerbrach ich mir den Kopf. Ich war doch zu Barnabas gegangen, weil ich etwas vergessen wollte? Was war das denn? Ach ja – Paulus.

Daß ich vergessen hatte, was ich vergessen wollte, war ein gutes Zeichen.

Daß die Kusinen vollauf versammelt vor der Gartentür standen, ein schlechtes.

Mit einem Blick erkannte ich, daß sie übelnahmen. Jetzt erst sah ich, daß Eugenie fehlte. Die hatte sich also keinen Urlaub genommen. Sehr klug von ihr.

»Entschuldigt bitte.« Ich begrüßte sie der Reihe nach, nur mit den Augen, denn die Hände hatten sie vor der Brust verschränkt oder in die Hüften gestemmt. »Ich wußte nicht, was ihr vorhabt und wann ihr aufbrechen wolltet.«

Minnie, entgegen ihrer Natur, schwieg noch immer. Bambi sagte mit leichtem Vorwurf: »Du warst gestern nicht bei der Programmfestlegung dabei.«

Programmfestlegung! Das klang nach Minnie. Große Worte für Banalitäten.

»Wie fiel die – Programmfestlegung aus?« Nun war ich nicht mehr ganz so nett.

Zitrönchen antwortete mit weinerlichem Unterton: »Mittagessen im Römerkastell, aber vorher wollten wir noch durch die Ringstraße bummeln. Dazu ist es zu spät. Wir wußten nicht, sollten wir auf dich warten oder losgehen.«

»Und heute abend«, Bambis Stimme schepperte vor Erregung, »wollen wir in die Staatsoper: *La Bohème.* Morgen dann …«

Minnie unterbrach sie: »Laß mal, ich habe den Plan im Eßzimmer ans Buffet gehängt.« Dann zu mir: »Willst du dich umziehen oder gleich mitkommen?«

»Umziehen«, sagte ich. »In fünf Minuten bin ich bei euch.«

Ich wollte ins Haus, begrüßte schnell noch Onkel Josef, der in der Laube saß und seine Briefmarken, sein einziges Hobby, liebevoll hegte. Da rief Minnie sehr despotisch: »Wir fahren mit meinem Wagen.«

Das riß mich buchstäblich herum. »Alle fünf?«

»Mein Wagen ist groß genug. Wir müssen uns nur ein bißchen dünn machen.«

Angesichts ihrer beachtlichen Massen sah ich schwarz. Mir paßte auch der Ton nicht. Ich wollte, zum Donnerwetter, gefragt werden. Die ausgewogene Entspanntheit wich.

»Ich fahre mit Knatter!«

»Kommt nicht in Frage. Das ist so ausgemacht, und dabei bleibt's!«

»Was ist ausgemacht?« Ich hob wider Willen die Stimme und merkte, wie mir ein rotes Tuch vor die Augen schoß. »Mit wem ist das ausgemacht?«

»Wir haben das gestern abend beschlossen, als du ausgerückt bist.«

»Ich bin nicht ausgerückt«, rief ich ärgerlich. »Ich kann gar nicht ausrücken, denn ich bin keine Gefangene. Ich bin hergekommen, um euch zu treffen, und nicht, um mich schikanieren zu lassen.«

Minnie hatte mich da, wo sie mich haben wollte. Je erregter ich wurde, um so mehr biedere Ruhe strahlte sie aus. Sie sah die anderen mit unschuldig erschrecktem Blick an, als wollte sie sagen: »Da seht ihr, wie sie ist! Nimmt keine Vernunft an.« Was Vernunft war, bestimmte Minnie. Bei ihren Kindern, ihrem gutmütigen Mann, der sich dem Matriarchat versöhnlich unterwarf, bei ihren Kusinen.

Aber nicht bei mir!

Ich wehrte mich. Zum erstenmal wehrte ich mich gegen Minnie, und das vor Onkel Josef, der Streit wie die Pest haßte. Er sah von seinen Briefmarken auf und rief mahnend: »Ulrike!«

Warum nicht ›Minnie‹?

Wenn mich jemand von der Familie rief, dann höchstens zur Ordnung. Als ob ich das nicht ständig selbst täte! Doch in diesem Moment explodierte ich. Die schöne Stimmung zerfloß. Die Nerven flatterten.

Ich warf Minnie alles an den Kopf, was mir in diesen Minuten einfiel: Daß sie schon als Kind Unruhe gestiftet hatte und sich dann großmütig anbot, alle miteinander zu versöhnen. Daß sie sich an Papa, meinen Vater, herangemacht und er sie mir zeitlebens als Vorbild hingestellt hatte: »Sieh mal Minnie, die packt das Leben richtig an. Sie ist so praktisch.« Minnie hatte das Leben nie angepackt, höchstens mal ein Bett, um es kräftig zu schütteln, oder einen Kochtopf, um ihn zu scheuern. Ich kochte besser, doch sie besaß die blankeren Töpfe. Das zählte in meiner Familie mehr.

Ich brüllte sie an: »Ich habe dein Getue satt! Du prahlst mit deinem Zeitmangel und deiner Unermüdlichkeit, du dressierst deine Kinder wie kleine Affen, jagst sie in die Ballett- oder Klavierstunden, und wenn sie dann heulend klimpern oder herumhopsen, freust du dich und hältst das für musisch. Du terrorisierst deine Umgebung.«

Zitrönchen und Bambi rückten näher an Minnie. Eine Weile stand Jill unentschlossen zwischen uns, dann schlug auch sie sich auf die andere Seite. Ich besann mich auf meine gute Erziehung und sagte ruhig: »Ich gehe mich umziehen. Wenn ihr wollt, könnt ihr warten.«

»Arme Ulli«, hörte ich Minnie sagen. Sie redeten verhalten miteinander, mit besorgten Stimmen, als beratschlagten sie über das Schicksal einer Geisteskranken.

In genau drei Minuten war ich umgezogen: Hosenanzug, bequeme Schuhe. Um pünktlich unten zu sein, schoß ich wie ein gefangener Sperling herum: Tasche, Sonnenbrille, Mantel, falls es regnete.

Es klopfte. Onkel Josef trat ein. Der hatte mir noch gefehlt!

Onkel Josef hatte seinen vergammelten Trainingsanzug mit einem schmucken Jägerjankerl vertauscht. Er schmunzelte.

»Mistkruke!« sagte der vornehme Onkel Josef.

»Wer?« fragte ich fassungslos.

»Deine Kusine Minnie.«

»Ach ...« Da meldeten sich schon wieder die Tränen. Wenn jemand überraschend nett zu mir ist, heule ich los. Doch diesmal riß ich mich zusammen. Es war nicht wie am Abend vorher auf der Kärntnerstraße, als ich wie verrückt aus mir herausweinte. »Ich hätte nicht kommen dürfen. Es geht eben nicht mit ihr und mir. Wir provozieren uns gegenseitig, wir sind zu verschieden. Sie will kommandieren und ich meine Ruhe.«

Onkel Jo trat ans Fenster und sah hinaus. Ich stellte mich neben ihn. Vor dem Gartentor warteten die vier. Jill wieder etwas abseits. »Es klappt nie, wenn man über seinen Schatten springen will«, antwortete Onkel Jo. Etwas war in seiner Stimme, als erwarte er Widerspruch.

»Es klappt bestimmt«, sagte ich. »Wir müssen es nur versuchen. Ich werde mich mit Minnie arrangieren.«

Er wandte verwundert den Kopf und betrachtete mich, als sähe er mich zum erstenmal. Dann meinte er: »Du bist eine Kämpfernatur.«

»Gezwungenermaßen«, seufzte ich. »Es gibt Resignierende und Kämpfernaturen. Zum Resignieren muß man intelligent sein, damit nicht Verbitterung daraus wird. Ich möchte es nicht auf einen Versuch ankommen lassen.«

»Zum Kämpfen darf man auch nicht dumm sein«, versetzte Onkel Jo. »Sonst wird man zum Dauerverlierer.« Wir dachten darüber nach. Dann meinte Onkel Josef: »Weißt du was?« Er schmunzelte wieder und wies auf die wartenden Kusinen. »Zeig's ihnen!«

»Wie denn?«

»Dir wird schon etwas einfallen. Übrigens – falls in den nächsten Tagen etwas Außergewöhnliches geschehen sollte, wundert euch nicht, ich bin nämlich ebenfalls im Begriff, über meinen Schatten zu springen.« Er verließ das Zimmer, wie er gekommen war: schnell und leise.

»Onkel Jo?« Ich lief ihm nach, dachte plötzlich an Paulus. »Hat jemand für mich angerufen? Heute nacht, meine ich?«

Nein, keiner hatte angerufen. Meine Vermutung, Paulus könnte in der vergangenen Nacht bei Barnabas angerufen haben, meinetwegen, war falsch. Bestimmt hätte er zuerst versucht, mich bei Onkel Jo zu erreichen. Auch gut.

Ich stieg ins Auto – in meines natürlich. Frau Konstantin kam die Straße entlang, schleppte Taschen, hochrot im Gesicht, und rief uns zu: »Ihr hättet doch zu Hause essen können, Kinder! Warum ausgerechnet in das teure Römerkastell?«

Warum eigentlich? Weil Minnie es so wollte. Eugenie hatte das Lokal empfohlen, und Minnie aß gern ausländisch.

»Morgen dann«, rief Minnie zurück und startete durch. »Morgen essen wir zu Hause.« Sie sah die anderen fragend an.

»Ja«, schallte es artig zurück.

Im letzten Augenblick öffnete sich Minnies Autotür, Jills rötlichblonder Schopf erschien und huschte zu mir in Knatter. »Ich fahr mit dir«, erklärte sie. Ihr Grinsen erinnerte mich an Onkel Jo. »Und wenn sie platzt ...!«

Wir fuhren hinter Minnies Wohlstandsschlitten her. Der Herr Oberstudienrat hatte ihn ihr gekauft. Alles, was Minnie an sich trug, was sie futterte und besaß, war Heikos Werk. Minnie gehörte zu den Leuten, die alles bestreiten, außer ihren Lebensunterhalt.

»Sie geht mir auf die Nerven«, gestand Jill. »Ich bin doch nur gekommen, um Freddy zu einer Entscheidung zu zwingen. Du weißt schon: Wegen seiner Mutter.«

»Weiß er, wo du bist?«

»Nur annähernd. Familientreffen bei Onkel Josef in Wien. Basta. Wenn ich nach Frankfurt zurückkomme, bin ich gespannt, wie er das Problem gelöst hat.«

»Ich drück dir die Daumen.«

Minnie entkam uns. Sie fuhr rechts ab, was zweifellos ein Umweg war. Ich fuhr geradeaus weiter, die Strecke, die ich vor einer Stunde gekommen war.

Wir sprachen über Freddy, den jungen Lehrer, den Jill liebte und der von seiner Mutter nicht loskam wie damals Tante Maja von der schlimmen Frau von Kusslaff, Onkel Josefs Schwiegermutter. Durch ihn wußten wir, wohin so etwas führen kann.

»Wenn wir heiraten sollten«, erklärte Josefa Isolde Lieselotte Leschin – so war Jills ganzer Name! – »werde ich auf alle Fälle im Schuldienst bleiben. So wie Minnie möchte ich nicht leben!« Sie rutschte tiefer in den Sitz, die langen Beine an den Handschuhkasten gestemmt. »Wenn Babys kommen, wird sich eine Lösung finden. Ohne die werte Großmama!« Nach einer Pause: »Weißt du, was ich glaube? Sie ist unbefriedigt.«

»Wer? Die Großmama?«

»Wenn du Freddys Mutter meinst – die auch. Aber ich dachte an Minnie. Ihr Geltungsbedürfnis kann sich nicht auf normale Weise austoben, kein Erfolgserlebnis, nichts, deshalb der erbitterte Kampf um die erste Stimme im Chor.«

»Vielleicht«, gab ich zu und nahm knatternd die Kurve. »Was aber nicht bedeutet, daß in jeder Weise befriedigte Leute bescheiden sind.«

»Neulich habe ich gelesen«, versetzte Jill und nuckelte an ihrem Daumen wie ein Lutschbaby, »Bescheidenheit ist mit Zufriedenheit angereicherte Armut. – So gesehen, ist Unzufriedenheit auch nicht gerade die ideale Lösung.«

Krack! machte der dritte Gang. Der Motor blubberte. Wir haben etwas gegen höhere Philosophie, Knatter und ich, vor allem, wenn wir plötzlich in einen Stau geraten. Es dauerte eine Weile, ehe wir weiterfahren konnten. Wir kamen zehn Minuten später als die anderen im Römerkastell an.

Die Kusinen saßen um einen Ecktisch, vertieft in die Speisenkarte, und kümmerten sich nicht um uns. Ab und zu gab es Verzückungsrufe. Alle drei wirkten auffallend kleinbürgerlich. Bambi und Zitrönchen wie zwei heimlich entwischte Hausfrauen, die glauben, etwas schrecklich Verbotenes zu tun. Minnie thronte zwischen ihnen wie eine mächtige, gutgelaunte Glucke.

»Da sind wir«, begrüßte Jill die Verwandtschaft munter. Minnie sah kurz auf, lachte, versäumte aber nicht, einen vorwurfsvollen Blick auf ihre Armbanduhr zu werfen; zehn Minuten Verspätung! Sie war natürlich in keinen Autostau geraten. Alles hatte sie bereits vorher gewußt. Perfekte Minnie.

Auch die Bestellung beim Wirt ging knapp und präzise. Der dunkellockige, füllige Mann nahm die zurückgereichte Karte mit Verbeugung entgegen, gefangen von Minnies strahlenden Blauaugen. Wenn das Essen näherrückte, lebte sie auf.

»Danke, Herr Wirt.« Minnie nickte ihm zu. Der Wirt nickte zurück und sagte wohlklingend: »Tonio. Für Sie – Tonio aus Sizilien. Messina.«

»Oh, Sizilien!« Man hörte Minnies Herz fast höher schlagen. »Viel Sonne dort, milde Luft...«

»...und viel gutes Essen!« unterbrach er sie glücklich. Sie sahen sich an, sie gefielen einander, und dabei hatte ich bisher geglaubt, Minnie verstünde nichts von Männern. Ihr erster und einziger war der blonde Westfalenjunge Heiko gewesen, der in seiner Studienzeit bei ihren Eltern wohnte. So lernten sie sich kennen. So heirateten sie bald darauf, und so bekamen sie schnell nacheinander die drei Mädchen, Minnies Alibi für ein tätiges Leben. Und jetzt entdeckte sie Tonio aus Sizilien, wenn auch nur mit einem leicht verwunderten Blick, der weniger Tonio als Sizilien galt. Erst als er sich entfernt hatte, geriet das Gespräch wieder ins richtige Gleis. Es kreiste um die Kinder, Schnellkochtöpfe und darum, daß Eugenie sich nichts gönnte und ein Arbeitstier sei.

Das Arbeitstier erschien nach der Schildkrötensuppe. Im strenggeschnittenen Kostüm und flachen Absätzen, den Körper beim Gehen leicht vorgeneigt.

»Mir ist ein Kind auf dem Fahrrad um ein Haar ins Auto gefahren«, erklärte sie ihr Zuspätkommen. »Ein ganz nervöser Zappelphilipp, der die Verkehrsregeln nicht kannte. Ist aber alles noch gutgegangen! Der Junge hat nur vor Schreck so laut geschrien, daß die Leute dachten, es hätte ihn erwischt.«

»Diese Kinder.« Minnie schüttelte wissend den Kopf. »Ulli war früher auch ein sehr nervöses Kind.« Sie lächelte mir unbefangen zu. »Weißt du noch, wie du damals dachtest, du hättest Tante Majas Dackel den Schwanz abgeklemmt?«

Was war das für eine Geschichte? Ich wollte sie hören, sie interessierte mich. Wie alle Geschichten von Minnie über mich, mußte sie recht peinlich sein. Trotzdem sagte ich: »Erzähl mal!«

Minnie ließ sich nicht lange bitten. »Du hast die Tür hinter dir zugeschlagen. Der Dackel war dir nachgelaufen, alle Hunde liefen dir nach, das weißt du doch, nicht?«

»Und die Tür?« half ich nach.

»Der Dackel war noch nicht ganz durch, die Tür erwischte ihn am Schwanz. Er jaulte auf. Du heultest mit, wie ein Schloßhund ...«

»Wie ein Dackel«, warf ich korrigierend ein.

»Schlimmer«, fuhr Minnie fort. »Wie ein Schloßhund. Du brülltest das ganze Haus zusammen und schriest wie am Spieß: ›Ich habe Waldis Schwanz abgeklemmt!‹«

Die anderen lachten. Bambi und Zitrönchen um eine Spur zu laut, als wollten sie Minnie einen Gefallen tun.

»Das muß was für Tante Maja gewesen sein!« schnaufte Zitrönchen und trocknete sich die Augen.

»Tante Maja kam mit ihrer Mutter angerast«, berichtete Minnie exakt. »Sie sahen nach und versuchten, Ulli zu beschwichtigen. Nein, nein, der Schwanz sei noch dran! ›Sieh doch selbst, Ulli!‹ Doch Ulli wollte nicht sehen, sie hielt sich die Hand vor die Augen und brüllte. Der Dackel, und das war das Ulkigste, der stand vor ihr, schwenkte seinen langen Schwanz vergnügt wie eine Fahne und schaute sie erstaunt an. Der hatte den Zwischenfall längst vergessen.«

»Im Gegensatz zu dir«, fügte ich freundlich hinzu.

Ich dachte daran, daß Minnie ihren Dackel töten ließ, als das erste Kind kam. Der Dackel war jahrelang ihr Gespiele gewesen, sie hingen aneinander, schliefen zusammen – und dann ließ sie ihn töten. Sie sagte: aus Fürsorge. Kinder und Tiere – das passe nicht, wegen der übertragbaren Krankheiten.

Zwischen Suppe und Hauptgang wollte ich frische Luft schnappen, nur eine Minute. Seit ich mit den Kusinen zusammen war, fiel mir das Atmen manchmal schwer. Ich wollte anrufen. Wen? Barnabas? Der machte zur Zeit Modeaufnahmen.

Ich ging in die Zelle im Flur, steckte Münzen hinein.

»Hallo, Barnabas?«

»Riekchen!«

»Ich störe bei der Arbeit, ja?«

»Ziemlich sehr«, gab er zu. »Gibt's was Neues?«

»Nur Kusinen. Fünf zuviel.«

»Armes Riekchen. Sind wirklich alle fünf so schlimm?«

»Zwei sind etwas besser. Die jüngste und die älteste.«

»Jill und Eugenie«, setzte er hinzu. Woher wußte er das so genau?

Damals war Jill noch ein Kind gewesen, als er und Paulus öfter bei Onkel Jo aufkreuzten. Eugenie sah er nur selten.

»Du sagst es«, antwortete ich. »Wie gut du meine Familie kennst.«

Als ich auflegte, sah ich Eugenie vor der Zelle stehen. Sie blickte mich mit ihren großen dunklen Augen aufmerksam an. Ein wenig zu ernst.

»Willst du auch telefonieren?«

Sie nickte, ganz und gar eine guterzogene Leschin. Ich wußte nicht mal, wie sie als Verehelichte geheißen hatte. Wir kannten uns so wenig. Das lag wohl daran, daß sich keiner bemühte, dem anderen näherzukommen, wie das eben oft so ist in Familien. Plötzlich hatte ich den Wunsch, Eugenie kennenzulernen, etwas über ihr Leben zu erfahren. Heute abend – nach der Oper?

Als wir am Nachmittag nach Mauer zurückkehrten, war Onkel Josef verschwunden. In den letzten Jahren, so erklärte Frau Konstantin verzweifelt, habe er das Haus niemals für längere Zeit verlassen. Nun aber sei er heimlich mit einer Reisetasche und seiner Zahnbürste auf und davon.

»Mit der Taxe ist er losgefahren«, berichtete Frau Konstantin schluchzend. »Ich war gerade hinten im Garten und hörte das Auto aufheulen. Nicht mal verabschiedet hat er sich! Was soll man davon halten? Läuft heimlich davon wie ein Schulbub, der ein schlechtes Zeugnis hat.«

Ich dachte an unser Gespräch, als wir uns überlegten, ob man über den eigenen Schatten springen könne oder nicht. Sollte er es, kaum daß wir abgefahren waren, tatsächlich getan haben? Die Auseinandersetzung zwischen Minnie und mir – hatte sie ihm Mut gemacht? Wie schön das wäre, wie richtig. Gab es eine Freundin, eine langjährige unerfüllte Liebe, die er sich ins Haus holen wollte – ohne Rücksicht auf die Familie? Ich wünschte es sehr für ihn.

In meinem Zimmer fand ich einige Zeilen von Onkel Jo, fast eine Bestätigung meiner Vermutungen. »Ulrike, mein Liebes! Ich tauche für einige Tage unter. Sage den anderen, vor allem Frau Konstantin, sie sollen sich keine Sorgen um mich machen. Vermutlich werde ich vor Eurer Abreise zurück sein. Es ist alles in Ordnung. Liebe Grüße, Dein Onkel Jo«, darunter in Klammern: »Josef Leschin, Hauptmann a. D.«

Ich steckte den Brief in meine Reisetasche, zog mich wieder mal im Trab um, weil es ziemlich spät war. Wir sollten vor der Oper noch nachtmahlen, weil Frau Konstantin etwas ›gerichtet‹ hatte.

Tonio aus Ottakring

Die *Bohème* in der Wiener Staatsoper! Wer kann da kühl bleiben! Minnie machte einen aufgewühlten Eindruck, den sie jedoch durch eine weltmännische Miene abschwächte. Ungefähr so: »Das erlebt man alle Tage!« Minnie wußte Bescheid. Beethoven, Puccini und ich! Bambi und Zitrönchen, die von Musik so viel verstanden wie ich von der Relativitätstheorie, besannen sich ebenfalls an ihre Höhere-Töchter-Erziehung, an die Zeit, in der man sie ans Klavier gescheucht hatte und sie eine Etüde nach der anderen spielen mußten, dazu ›Der fröhliche Landmann‹ und ›Albumblatt für Elise‹. Heftig diskutierten sie in der Pause über die Aufführung, sprachen sachkundig über Regie und Kostüme, dann bekamen sie Hunger.

Nach der Oper zogen wir nochmals ins Römerkastell. Tonio, der schwarzgelockte Sizilianer, kam uns mit ausgestreckten Armen entgegen. Sein Gesicht leuchtete auf, als er Minnie entdeckte.

Während wir futterten – pardon: speisten –, sah Tonio wiederholt zu unserem Tisch herüber, vor allem zu Minnie. Sie bemerkte seinen Blick und lief feuerrot an. Ich sah es mit heimlicher Schadenfreude. Zweifellos war der Umgang mit Männern eine schwache Stelle bei Minnie. Immer nur der gemütlich dicke, sich gern unterordnende Heiko – und nun dieser schwarzgelockte, wenn auch nicht mehr ganz junge, nicht mehr ganz schlanke Apoll aus Sizilien, mit seiner weichen, verführerischen Aussprache!

Er kam an unseren Tisch, zählte die Nachspeisen auf. Minnie strahlte ihn beglückt an, das klang in ihren Ohren besser als drei Stunden Puccini; auch er versank in ihren Augen. Sie nickte, er notierte, sie nickte, er notierte. Minnie war hingerissen, er auch.

Ich mußte wieder an das Gespräch mit Onkel Jo denken. »Zeig's ihnen!« hatte er gesagt. Und: »Dir wird schon was einfallen.«

Sollte ich es Minnie zeigen? Eine kleine Lektion könnte ganz heilsam für sie sein: ihre satte Selbstzufriedenheit ein wenig unterminieren, ihr Geltungsbedürfnis durch eine kleine Emotion ins Wanken bringen. Offensichtlich hatte Minnie noch niemals geliebt. Das mit Heiko – das war keine Liebe. Nur Zweck, um Kinder zu bekommen. Sollte ich sie an den Mann aus Messina verkuppeln? Rachegedanken wirbelten durch mein eben noch musisch durchdrungenes Hirn. Die Trauer um Mimis Tod wich einem Plan für Minnies Vernichtung. Über die gemeinsame Brücke lukullischer Genüsse – könnte man so die beiden nicht zusammenbringen?

»Wo bist du mit deinen Gedanken?« erkundigte sich Eugenie, die erst nach der Oper zu uns gestoßen war, weil sie die *Bohème* schon gesehen hatte. Ich wachte auf, kam aus den Abgründen meiner dunklen Pläne in das freundliche, mit Weinblättern geschmückte Lokal zurück. »Wollen wir verschwinden?« Eugenie lächelte mich verschwörerisch an. »Ein bißchen miteinander reden?«

Genau das, was ich wollte.

Zuerst ging Eugenie hinaus, dann ich. Wir winkten Tonio mit den Augen. Er kam uns nach, um zu kassieren, die anderen futterten und redeten hitzig drauflos, daß sie unseren Abgang gar nicht bemerkten.

»Küß die Hand«, verabschiedete sich Tonio mit einer Verbeugung und im schönsten Dialekt.

Eugenie war bereits auf der Straße. Ich konnte es mir nicht verkneifen und sagte leise zu Tonio: »Bringen Sie unserer lieben Kusine das Beste, was Sie auf der Speisenkarte haben!«

Sein Gesicht sprach Bände. »Kusine?« hakte er nach. Ich nickte.

Das rachedürstende Biest in mir fügte hinzu: »Sehr verliebt in Sie!«

»In mich?« Er legte die Hand aufs Herz, als wollte er fühlen, ob es noch schlug. Dabei machte er ein verklärtes Gesicht.

Ich tippte mit dem Finger an meine Lippen und ließ ein mahnendes »Pst!« hören. Eugenie stand in der Tür und sah es.

»Was hast du für Geheimnisse mit dem Wirt?« erkundigte sie sich, als wir in Richtung Stephansdom spazierten, eine der verbauten winkeligen Straßen entlang, die in seinem majestätischen Schatten lagen, und wo sich das Römerkastell befand.

Ich überlegte, ob ich Eugenie einweihen sollte, ließ es jedoch und log: »Er gestand mir, daß er in eine von uns mit glühendem Herzen verliebt sei.«

»Mit glühendem Herzen hat er gesagt?«

»Auf italienisch«, schwindelte ich.

»Italienisch? Der Schani?«

Eugenie kannte den Wirt schon ziemlich lange. Von Anfang an war sie Stammgast im Römerkastell gewesen, hatte erlebt, wie der unheimlich tüchtige Schani aus Ottakring sich eifrig bemühte, italienische Küche und italienische Eigenarten zu produzieren, weil Ausländisches eben besser ankam als Einheimisches. So beherrschte er auch das Gehabe eines Sizilianers nach eingehendem Studium fast perfekt. Keiner seiner Gäste wäre auf die Idee gekommen, daß dieser Mann nicht aus italienischer Sonne kam, sondern aus Ottakring, was für Wien das gleiche ist wie für Berlin der Stadtteil Gesundbrunnen, ehemals ›die Plumpe‹ genannt.

Schani aus Ottakring. Und Minnie. Zu schön, um wahr zu sein! Die beiden mußten zusammenkommen, immerhin lagen noch vier volle Tage vor uns. Aber wie? Ich hoffte auf eine gute Idee.

»Alle Achtung«, ich blieb vor dem ›Steffl‹ stehen und betrachtete – zum wievielten Male in meinem Leben? – bewundernd sein gemustertes Kirchendach, »immerhin hat er es weit gebracht, der Schani. Exklusives Lokal, teuer, bekannt – ist er verheiratet?«

»Ich kenne sein Privatleben nicht«, erwiderte Eugenie. »Ich weiß nur, daß er ständig bemüht ist, die Rolle des Sizilianers durchzuhalten, bis zu dem Punkt, wo er es leider nicht mehr schafft.«

»Wann ist das?«

»Wenn er zuviel getrunken hat oder in Wut kommt. Dann spricht er hemmungslos im Ottakringer Dialekt. Darum versucht seine Mannschaft, vor allem sein Oberkellner Robert, eifrig, ihn von beidem abzuhalten. Robert war von Anfang an dabei, hat ihm geholfen, das Lokal einzurichten, und ist so quasi der moralische Verwalter von Haus und Herrn.«

Ich stellte mir vor, wie Minnie hingebungsvoll in Schanis Armen von Sizilien träumte, und er, schon einige Whiskys – oder was immer! – zuviel in sich, raunzend zu ihr sagte: »Geh heerst – du bist ma z'schwer!« und sie murrend wegschob.

Ich mußte lachen. »Hast du ihn schon mal als Ottakringer erlebt?« fragte ich Eugenie.

»Erst vor kurzem«, erwiderte sie amüsiert, »als ich mit...« Sie unterbrach sich, wechselte das Thema.

»Eugenie.« Ich sah sie an. Die Laternen warfen gedämpftes Licht auf ihr hübsches, ruhiges Gesicht, in dem nichts Hektisches war, nichts Angespanntes, Nervöses, wie in meinem Spiegelbild. »Hast du einen Freund?«

»Ja«, gab sie ohne Umschweife zurück. »Findest du mich zu alt dazu?«

»Keine Spur!« Eugenie wirkte durchaus nicht alt. Und überhaupt – wann, bitte schön, ist eine Frau für die Liebe zu alt?

Vom Stephansdom schlug es Mitternacht. Ein Fiaker fuhr heimwärts, Seite an Seite mit einem Auto. Wir amüsierten uns über diesen Anachronismus und spazierten weiter.

»Ich möchte deinen Freund gern kennenlernen«, sagte ich.

In Eugenies Gesichtsausdruck kam etwas Abweisendes, das mich stutzig machte. Ihre Zurückhaltung ließ kein rechtes Gespräch aufkommen, dabei waren wir doch von den anderen weggegangen, um mehr über einander zu erfahren.

Wir flanierten über den Graben, an der Pestsäule vorbei. Nächtlich milde Bläue lag in der Luft. Die alten, würdevollen Kandelaber reckten sich zum Himmel, vermittelten die Illusion des ehemaligen prächtigen Wien, in dem der Kongreß getanzt hatte. Damit das Herz nicht zu weit wurde, nicht zu glücklich im fantasievollen Zurückerinnern, als Stimmungsbremse daneben ein Kran, häßlich, gelb und riesig wie ein gefräßiger Dinosaurier.

Ich war weit weg mit meinen Gedanken. Eine Sehnsucht quälte. Nach Paulus? Nach Barnabas? Vielleicht nach meiner Arbeit, wer weiß. Es war so fremd, dieses Ausruhen, das Dahinschlendern ohne Ziel.

Eugenie wohnte ganz in der Nähe der Pestsäule. Sie sagte: »Ich habe noch eine Flasche Sekt im Kühlschrank. Wollen wir?«

Aber ja, gern. Vor einem dunklen Haus mit großem Eingangstor blieb sie stehen, holte den Schlüssel aus ihrer Tasche und schloß auf. Mir fiel ein, daß ich noch nie in Eugenies Wohnung gewesen war. Im ersten Stock befand sich ihre Junggesellenbude. Nicht sehr groß, aber gemütlich, mit vielen Büchern. Im Schlafzimmer, das sie mir stolz vorführte, fiel mir etwas auf, doch ich vergaß sofort, was es war.

Wir tranken den Sekt. Nachts um eins klingelte das Telefon. Gestern, als mich Barnabas fotografierte, hatte es ebenfalls geklingelt. Duplizität der Ereignisse.

»Das wird Minnie sein«, sagte ich und wurde den Gedanken nicht los, daß Paulus hinter mir her sei. Vielleicht war Minnie schon zu Hause, und Paulus hatte angerufen, um mich zu sprechen. »Sie ist bei Eugenie«, würde Minnie geantwortet haben, und nun rief sie oder er hier an.

Es war weder Minnie noch Paulus. Eugenie redete eindeutig mit einem Mann. Sie wandte sich ab und gab gurrende, verhaltene Töne von sich. Vertrautheitssprache. »Ja, nein, schon recht, erzähle ich dir morgen …« Sie legte auf. Mich hatte sie unterschlagen. Und mir unterschlug sie ihren Freund. War er verheiratet? Ganz bestimmt.

Damals hatte sie uns nicht mal ihren Ehemann vorgestellt, keiner kannte ihn, außer Onkel Josef, und der auch nur ganz flüchtig. Er soll Tscheche gewesen und nach Prag zurückgekehrt sein. Ich hätte gern mehr darüber erfahren. Doch Eugenie schwieg.

»Auf unser Kusinentreffen!« Sie hob ihr Glas, nickte mir zu, trank aus, langsam, genüßlich. Ihre Hand war schmal und schön geformt, das Handgelenk brav mit einer weißen Manschette umschlossen. Bluse zugeknöpft bis obenhin. Immer sah Eugenie wie frisch gebadet aus, schon damals, als wir noch Kinder waren und sie bereits ein junges Mädchen, das wir heimlich bewunderten.

Ich bestaunte sie unverhohlen. »Du siehst verdammt gut aus!«

Sie bedankte sich lächelnd für das Kompliment. »Onkel Josef behauptet, wir beide sähen uns ähnlich.« Wir musterten uns neugierig.

»Ich bin nicht so ruhig wie du«, seufzte ich. »Mir fehlt deine Ausgeglichenheit. Ich schieße immer übers Ziel hinaus. Zuviel Begeisterung, zuviel Leidensfähigkeit. Vielleicht war ich darum zu anstrengend für Paulus.«

Eugenie dachte nach. Dann meinte sie: »Dafür bin ich konservativer als du. Das kann auch auf die Nerven gehen.«

»Wir haben eben alle unsere Macken«, sagte ich. Wir schwiegen nachdenklich, dann sahen wir uns an und mußten lachen, weil wir wie die betrübten Hühner herumsaßen.

Als ich mich von ihr verabschiedete – sie hatte mich zu Knatter gebracht, der auf einem Parkplatz in der Nähe der Oper stand –, wußten wir ein wenig mehr voneinander, wenn auch nicht alles: berufliche Pleiten, zerschlagene Hoffnungen, flötengegangene Träume, neue Pläne, doch nichts von ihrem, nichts von meinem Freund. Sie hatte mich nicht mal gefragt, wie das mit Paulus gekommen war. Dabei kannte sie ihn, genau wie Barnabas. Wie man sich eben so kennt, wenn man einander in Onkel Josefs Haus zufällig trifft. Im Vorübergehen. Nein, im Vorübersitzen, bei Frau Konstantins Käsekuchen.

Dann, als ich abfuhr und herauswinkte, machte Eugenie unvermittelt einen ihrer langen Schritte und fragte: »Wenn du Paulus wiederhaben könntest – würdest du ihn nehmen?«

Ich trat auf die Bremse und antwortete: »Bestimmt nicht. Jetzt hole ich mir Barnabas zurück.«

»Gratuliere.« Eugenie lächelte. »Gibt es gute Resultate?«

»Wenn man der vergangenen Nacht glauben darf, ja«, plauderte ich aus.

Ich trat aufs Gaspedal und fuhr, munter vor mich hin pfeifend, durch die nächtlichen Wiener Straßen.

Es lohnte sich, Eugenie zu kennen – obwohl sie meine Kusine war.

Das Haus war leer, als ich ankam. Minnie und ihr Anhang saßen noch irgendwo fest, nicht schwer zu erraten, wo: im Römerkastell. Auf dem Wohnzimmertisch lag eine Nachricht von Frau Konstantin:

»Ein Herr hat angerufen und wollte Fräulein Leschin sprechen. Seinen Namen hat er nicht genannt.«

Paulus …? Der Gedanke, daß der Anruf ebensogut auch für Jill hätte sein können, kam mir gar nicht. Oder Barnabas? Eine Weile überlegte ich, ob ich zurückrufen sollte. Ich sah auf die Uhr: kurz nach eins. Na, wenn schon. In der vergangenen Nacht hatte sein Telefon auch ziemlich spät noch geklingelt. Ich wählte seine Nummer – besetzt. Was führte er für nächtliche Gespräche? Möglicherweise mit einem Fotomodell, das an Schlaflosigkeit litt.

Ich wollte es etwas später noch einmal versuchen und inspizierte die unteren Wohnräume. Ein kleines Zimmer zum Garten hinaus war abgeschlossen und wurde nie benutzt. Der Schlüssel steckte. Ich öffnete die Tür, machte Licht. Trübes Kronleuchterlicht, trostlos und deprimierend. Schränke mit edlem Geschirr. An der Wand hing das Porträt einer hageren Frau mit Hochfrisur, starren, kalten Augen und einem Samtband um den verwelkten Hals: Frau von Kusslaff, Tante Majas Mutter, Onkel Josefs Schwiegermama. Beide Frauen waren vor einigen Jahren schnell hintereinander gestorben, wie verabredet, so schnell, daß Onkel Josef seine Freiheit bis heute nicht fassen konnte. Das Zimmer, in dem das Konterfei überlebensgroß hing, gehörte noch immer der Frau mit den kalten Augen.

»Diese Leschins«, hatte sie früher, als wir noch Kinder waren, oft gesagt, »die taugen nichts. Man muß sich vor ihnen in acht nehmen!«

Sie schloß uns Mädchen in ihre Abneigung ein: Wenn wir Onkel Jo besuchten, schickte sie uns bald wieder nach Hause. Wir bekamen auch nichts vorgesetzt, keine Schokolade und keinen Kuchen. Einmal fragte ich sie, warum ›die Leschins‹ denn so schlimm seien. Frau von Kusslaff antwortete mit ihrer harten Stimme: »Weil sie herrschsüchtig sind.«

Onkel Josef war sehr gläubig, die Ehe war für ihn ein geheiligter Bund, den man zu ertragen hatte, ganz gleich, wie er sich anließ. Herrschsüchtig war er nie gewesen, sonst hätte er es wohl nicht geschehen lassen, daß die beiden Frauen Jahrzehnte in seinem Haus ein strenges Regiment führten. Lieber ließ er sich versetzen, der Herr Hauptmann, viele Jahre lebte er in der Garnison Tulln, kam aber übers Wochenende regelmäßig nach Hause, wovon die Damen kaum Notiz nahmen. Warum hatte er das Bild nicht längst abgenommen, das Zimmer gelüftet und wie die anderen Räume in sein Leben einbezogen? Ehrfurcht – oder Angst? Gutmütigkeit, Nachsicht oder Labilität?

Während ich darüber nachdachte, hörte ich ein Auto vorfahren. Ich löschte schnell das Licht und ging in mein Pappschachtelzimmer. Fröhliches Geschnatter näherte sich: Die Kusinen waren zurück.

Und Barnabas hatte ich nun doch nicht angerufen.

Am nächsten Morgen glänzte Onkel Josef noch immer durch Abwesenheit. Frau Konstantin wollte die Polizei benachrichtigen. Ich konnte nicht anders und zeigte ihr seinen Brief an mich.

»Warum ausgerechnet an dich?« Minnie schluckte den Brocken des Marmeladenbrötchens hinunter. Ihre Augen funkelten. »Kann er uns denn nicht alle benachrichtigen?«

»Offensichtlich nicht«, gab ich sparsam zurück. »Übrigens soll ich euch von Eugenie grüßen. Sie hat mich gestern abend zu sich eingeladen.«

Zitrönchen und Bambi machten Gesichter. Die eine säuerlich, die andere abweisend. Sie sahen Minnie an, die mich scharf musterte.

»Ihr habt euch auf französisch verabschiedet«, sagte sie und schüttete Kaffee in sich hinein. »Warum habt ihr uns nicht gesagt, daß ihr euch selbständig machen wollt?«

»Eben«, rief Jill. »Ich wäre gern mitgekommen.«

»Entweder sind wir eine Gruppe, oder jeder macht, was er will. Wird ja immer besser.« Nun brauste Minnie auf. »Zu allem Übel verschwindet nun auch noch Onkel Josef. Was ist denn eigentlich los? Jedes Jahr klappt unser Treffen wie am Schnürchen, und seit Ulrike dabei ist, geht alles drunter und drüber.«

»Ach«, ich legte das Buttermesser auf den Teller, »ich bin schuld, daß Onkel Jo verschwunden ist?«

»Muß ja wohl so sein.« Minnie zerknüllte die Serviette und warf sie auf das Marmeladenbrötchen. Es war ein ernstes Zeichen, daß sie nicht weiteraß. »Du kommst hier an und verschwindest gleich in der ersten Nacht zu einem Liebhaber, weigerst dich, mit meinem Auto zu fahren, lockst Eugenie von uns weg, mitten aus der geselligen Runde ...«

»Eugenie wollte als erste aus eurer geselligen Runde«, gab ich zurück, wurde schärfer im Ton. »Ihr habt dagesessen und gefuttert wie ausgehungerte Ziegen.« Jetzt mußte ich zum Angriff übergehen. »Und dabei läßt du dich von dem Kneipenwirt anstarren und starrst zurück, daß einem die Spucke wegbleibt. O Minnie, deine Koketterie ist geschmacklos.« Ich verfiel bewußt in den moralisierenden Ton, den sie selbst so gern benutzte. »Wenn das dein Heiko wüßte ...! Von deinen Kindern gar nicht zu reden. Weißt du, was dieser Mann zu mir gesagt hat? Er sagte: ›Schöne Frau, die Dame an Ihrem Tisch.‹ Ich habe ihm geantwortet: ›Wen immer Sie meinen, es ist meine Kusine.‹ Weißt du, was er machte? Er fuhr mit seinen Händen durch die Luft, deutete üppige Formen an und erklärte: ›Runde Dame mit roten Backen!‹ – Schön, das über seine Kusine zu hören!«

Minnie war feuerrot angelaufen, bis hinter die Ohren. Nun saß sie verlegen da, neugierig angestarrt von ihren Anhängerinnen Bambi und Zitrönchen, bekichert von Jill, abgeurteilt von mir. Der Heiligenschein ums Haupt der vorbildlichen Mutter und Ehefrau verlor das Gleichgewicht.

»Hör mal«, stammelte Minnie, mehr fiel ihr nicht ein. Ich stand auf. Beste Gelegenheit zu verschwinden. Sie wollten ins Demel, die Konditorei Maria-Theresias, in der man auf harten Stühlen Schulter an Schulter mit Touristen aus aller Welt sitzen kann, umrahmt von teuren Tapeten und großen Spiegeln, bedient von ältlichen Damen mit weißen Schürzen und neckischen Häubchen auf dem Kopf.

Ich wollte nicht ins Demel. Ich wollte zum Funk, mit der Redaktion über die bevorstehende Veranstaltung sprechen und dann ...

»Hat jemand für mich angerufen?« fragte ich Frau Konstantin, die mit rotgeweinten Augen – sie sah Onkel Josef auf dem Grund der schönen blauen Donau liegen – im Zimmer herumwirtschaftete.

»Nur der Herr gestern, der seinen Namen nicht nennen wollte. Sonst keiner. Wer soll denn anrufen? Ihr seid doch alle beieinander.«

»Bis auf Onkel Jo«, warf Bambi ein. Sie sah auch sehr sorgenvoll drein.

»Und Eugenie«, kam es von Zitrönchen. Warum klang alles, was sie sagte, weinerlich? »Meine Leute könnten auch einmal anrufen. Jetzt bin ich den dritten Tag fort, und keiner rührte sich.«

»Die kommen auch ohne dich aus.« Ich half Frau Konstantin den Tisch abräumen. »Habt euch nicht immer so mit euren Familien.«

»Das kannst du überhaupt nicht nachfühlen.« Hoppla, Minnie hatte sich wieder gefangen. Hoch aufgerichtet saß sie da, ganz Familienmutter. Sie strahlte den großartigen Kerl, der gern lachte, aus allen Poren. Ich mißtraute Minnies jeweiligen Rollen.

»Wenn jemand für mich anruft«, bat ich Frau Konstantin, »sagen Sie, daß ich im ORF bin.«

»Und Demel?« fragte Minnie streng.

»Schwänz ich. Habt ihr sonst noch was vor?«

Minnie holte eine Liste aus der Tasche, wie ein Industrieboß, der die nächste Tagung anberaumen will. »Also ...«, sagte sie. Erwartungsvolles Schweigen. Jill kam ihr zuvor, ohne Notizblatt:

»Vormittags Demel. Mittagessen im Hofburgrestaurant, nachmittags Uhrenmuseum, abends Konzert, nachher Schoppen im ...«, sie unterdrückte ein Grinsen, »im Römerkastell.«

»Sehr schön«, sagte ich. »Ich schenke mir Demel und das Hofburgrestaurant. Sagt mal, wo wollt ihr den Appetit hernehmen, wenn ihr vorher Sahne und Torte futtert und nachher gleich essen geht?« Mir fiel auf, daß nun Bambi errötete. Sie war auf dem besten Weg, Minnie Konkurrenz zu machen, zumindest was das Futtern und das

Erröten betraf. »Ins Konzert gehe ich sehr gern. Sind schon Karten bestellt?«

»Was denkst du denn?«

Minnie hatte wieder ein wenig Oberwasser, war aber nicht mehr ganz so vorlaut. Nun blickte sie wieder in ihre Notizen, furchte die Stirn. »Was das Römerkastell betrifft...«, Jill und ich zogen erwartungsvoll die Brauen hoch, »wir sollten lieber in ein anderes Restaurant gehen.«

»Warum auf einmal?« Ich bestand auf Römerkastell. Jill assistierte, sie wollte auch dorthin.

Wir trieben Minnie ganz schön in die Enge. Sie wußte weder aus noch ein. Ich stellte eine ihrer selbstgerechten Fragen, sie mit ihren eigenen Waffen schlagend: »Hast du Angst vor Tonio?«

Sie wuchs um Millimeter. »Wie kommst du darauf?«

»Weil du den Plan ändern willst.«

»Das hat nichts mit dem...«

»Natürlich hat das mit Tonio zu tun!«

Sie sah mich entgeistert an, vielleicht weil ich gewagt hatte, ihr ins Wort zu fallen. »Du hast ihn einen Kneipenwirt genannt.«

»Nehme ich reuevoll zurück. Er ist ein Mann mit Verstand und Geschmack. Er hat Lebensart, sonst könnte er nicht ein derartiges Restaurant führen. Eigentlich ist dieser prachtvolle Sizilianer ein Künstler, und ich...«, ich machte schmale Augen, »ich beneide dich ein wenig um ihn.«

»Red kein dummes Zeug.« Minnie war unsicher geworden, meine Eifersucht mobilisierte sie zu Tatenlust. »Also gut, es bleibt beim Römerkastell.«

Ich stand auf und verließ das Zimmer. »Bis heute abend dann. Tschüs, Frau Konstantin.«

»Ach, Kindchen...«, seufzte sie nur. Ich nahm sie, beim Hinausgehen, in die Arme.

»Nun machen Sie sich keine Sorgen um Onkel Josef! Sie sind nicht sein Kindermädchen. Vielleicht hat er eine Freundin, zu der er gefahren ist?«

»Freundin?« Sie sah mich an, als hätte ich ›Atombombe‹ gesagt.

»Oder etwas anderes, was er längst hatte machen wollen?« Damals wußte ich noch nicht, wie nahe ich der Lösung war.

Frau Konstantin schluchzte: »Er hat sich das Leben genommen, ich fühle es. Ich spüre es im rechten Kniegelenk. Da kribbelt's immer, wenn eine Katastrophe kommt.«

Ich führte sie vor das Bild der Frau von Kusslaff. »Sehen Sie sich das mal an!«

Frau Konstantin starrte angsterfüllt auf das Gemälde, als fürchte sie, es könne jeden Augenblick lebendig werden. Sie hatte Frau von Kusslaff gut genug gekannt. Und gemieden wie einen Grippebazillus.

»Warum soll ich mir das ansehen, Fräulein Ulrike?«

Sie würde mich noch ›Fräulein Ulrike‹ nennen, wenn ich fünfzig war. Es ging nicht in ihren Kopf, daß eine erwachsene Frau ohne Ehering kein Fräulein sein sollte.

»Wer diese Frau als Schwiegermutter hatte«, sagte ich, »der nimmt sich nicht das Leben, wenn die Gefahr vorbei ist. Im Gegenteil! Der fängt an.«

»Womit?«

»Zu leben.«

Ich glaubte noch immer an eine Freundin, eine alte Liebe von Onkel Josef. Das hätte mir gefallen.

Frau Konstantin sah mich dankbar an. »Sie glauben wirklich, daß ihm nichts zugestoßen ist?«

»Haben Sie schon mal einen Selbstmörder gesehen, der die Zahnbürste mitnimmt?«

Das überzeugte sie. Froh drückte sie mir die Hand. Als ich endlich aus dem Haus wollte, schon im Garten war, klingelte das Telefon. Frau Konstantin rief mich zurück. Mir wurde siedend heiß, weil ich dachte, Paulus …

»Herr Graf ist dran!« informierte mich Frau Konstantin.

Barnabas wollte mich sehen, heute noch, er war fertig mit seiner Arbeit. »Kommst du her?«

»Ich muß zum Funk, bin schon angemeldet.«

»Und am Nachmittag?«

»Da geht's. Um drei?«

»Ja, um drei.«

Im Rundfunk empfing mich Herr Novotny, der Unterhaltungsredakteur. Er war schon vorgewarnt, Frau Geismeier hatte ihn angerufen. Ich versuchte, den bunten Nachmittag loszuwerden, drohte mit Heiserkeit, Mangel an Texten und anderen Katastrophen. Doch Herr Novotny war im Umgang mit Moderatoren geübt.

»Sie machen das«, erklärte er kurz angebunden. »Sie werden doch wohl einen Text für eine öffentliche Live-Veranstaltung haben?«

Natürlich hatte ich das, nicht nur von Paulus, sondern auch genügend eigene, teils zusammengesucht aus Büchern (Histörchen und Bonmots), teils selbstgedichtet oder auch von bewährten Humoristen geklaut. Eine Menge Stoff, der stets gut ankam.

»Warum muß das so kurzfristig sein?« fragte ich nicht sehr begeistert. »Wäre ich nicht in eigener Sache nach Wien gefahren, hätte ein anderer durch die Veranstaltung führen müssen.«

Herr Novotny, ein notorischer Phlegmatiker, nickte. »Doch der ist im Austausch nach Berlin gefahren. Die Sender brauchen halt öfter mal frisches Blut, net wahr? Das haben sie mit den Fürstenhäusern gemeinsam.«

Da stand ich nun mit meinem aufgefrischten Wiener Blut, eine gebürtige Österreicherin, und fand, daß es keine sehr glückliche Lösung war, herzukommen. Lauter angefangene, halbfertige Dinge. Torsos. Keine ganze Familiensache, nichts Perfektes in puncto Liebe, außer ein bißchen nächtliches Gekuschel mit Freund Barnabas, und beruflich …?

Diese Veranstaltung war auch nur eine lauwarme Angelegenheit und für mich völlig überflüssig. Alles nur, um von Paulus und seiner bedrohlichen Nähe wegzukommen. Als ob da acht oder zehn Tage etwas ausmachten!

»Wer ist denn noch im Programm?«

Müdes Achselzucken. Bis jetzt wisse man noch nichts. Vielleicht von der Staatsoper dieser oder jener Sänger, zwei Kabarettisten möglicherweise, mit Wiener Lokalkolorit, »und bitte, Frau Leschin, sein S' so gut und sagen S' a bissl Wienerisch an, berlinern S' net zu sehr! Es müssen nicht alle gleich merken, daß Sie jetzt in Berlin zu Hause sind. Entsinnen Sie sich Ihrer Heimatstadt beim Moderieren.«

Ich versprach es. Wenn ich wollte, konnte ich auf Anhieb mindestens fünferlei österreichische Dialekte sprechen, vom gepflegten Kaiser-Josef-Singsang über den müde-gebrochenen André-Heller-Slang bis zum pseudo-charmanten Operetten-Wienerisch. Sogar das breit-ordinäre Wiener Hinterhofgeplärr hatte ich auf dem Kasten.

»Wann erfahre ich Näheres über das Programm?«

»Sobald es feststeht, rufen wir Sie an, liebe Frau Leschin.«

Ich schrieb ihm Onkel Josefs Telefonnummer auf und rechnete fest damit, daß sie es vergessen würden, mich zu verständigen. Auch kein Beinbruch. Zur Not genügte es, wenn ich eine Stunde vor der Veranstaltung davon erfuhr. Ich verabschiedete mich von Herrn Novotny, der kurz sein Hinterteil lupfte.

Mein Magen knurrte, und ich hielt an einer Würstchenbude, um mich zu stärken. Eine der schönsten Erfindungen sind die Würstchen von Wien, von denen der Banause Paulus behauptete, sie schmeckten nicht.

Sie schmecken paradiesisch. Hätte Eva es bei Adam nicht mit einem Apfel geschafft, dann bestimmt mit einem Wiener Würstchen.

Auf dem Weg zu Barnabas fühlte ich mich leichtbeschwingt. Ich kaufte Blümchen, eines von den hübschen Biedermeiersträußchen mit weißer Spitzenmanschette gebunden, und lief die Straße entlang, als hätte ich es eilig. Ich freute mich auf ihn, ich hatte ihn in der vergangenen Nacht wiederentdeckt und begriff nicht, warum ich ihn verlassen hatte, um mit Paulus zu gehen. Was für ein anderes Leben hätte ich gehabt, hier mit Barnabas in Wien, beim ORF hätte ich meine Würstchen verdienen können und einiges mehr.

Plötzlich fand ich, daß mein Leben in Berlin überhaupt nicht zu mir paßte. Hier waren meine Wurzeln, hier wollte ich bleiben. Mit und bei Barnabas.

Gleich zwei Stufen auf einmal nehmend, rannte ich die Treppe hinauf, ließ den Fahrstuhl Fahrstuhl sein, klingelte Sturm, streckte das Sträußchen zur sich öffnenden Tür. Eine junge, auffallend schöne Dame stand vor mir und sagte: »Guten Tag. Sie sind gewiß Frau Leschin.«

Ich nahm das Sträußchen wieder zurück und auch meine atemlose Freude. »Ja«, antwortete ich. Mehr fiel mir augenblicklich nicht ein.

»Kommen Sie doch herein«, sagte die junge Dame und lächelte mich an. Rassige, dunkle Mandelaugen betrachteten mich neugierig. »Barnabas hat mich gebeten, Ihnen zu sagen, daß er Sie erst um vier erwartet. Er konnte Sie telefonisch nicht erreichen, auch nicht im Funk, da waren Sie wohl schon weg. Wir haben Aufnahmen gemacht...« Aha, Aufnahmen! War es das Mannequin mit dem Honigkuchen-Moschus-Duft? »Er mußte sofort zum Verlag wegen dem Bildband über den Neusiedler See. Da stimmt was nicht. Jedenfalls wird er eine Stunde brauchen. ›Bleib mal schön da, Mausi‹, hat er gesagt, ›warte auf die Frau Leschin und sag ihr, daß ich erst um vier Uhr kann.‹ Also hab' ich auf Sie gewartet.«

Mausi, soso. Wessen Mausi? Barnabas' Mausi?

»Ich bin die Jasmin Lederer«, erklärte die Mandeläugige, die von meinem sprachlosen Dauerstaunen nicht die geringste Notiz nahm. »Jasmin heiße ich nur so, als Pseudonym. Mausi sagen die anderen zu mir.«

Nun verfiel Mausi-Jasmin von ihrer mühsam gepflegten Sprache in einen breiten Dialekt. »Der Barni hat mir schon viel von Ihnen erzählt. Ich war echt gespannt auf diese geheimnisvolle Frau Leschin.«

Meine Verwunderung nahm begreiflicherweise nicht ab. Geheimnisvoll war ich mir bisher nicht vorgekommen. Außerdem konnte Barnabas so viel von mir auch nicht erzählt haben, da ich erst seit knapp zwei Tagen in Wien war. Oder sollte er von unserer Bohemienzeit berichtet haben, die er, die ich, die wir alle einschließlich Paulus nicht vergessen hatten?

»Seit wann erzählt Barnabas von mir?«

»Oje.« Mausi-Jasmin winkte ab, hockte malerisch hingehaucht auf der Sessellehne und verdrehte die Augen zur Decke. Sie rechnete nach. »Drei, vier Jahre schon.«

»So lange kennen Sie sich?«

»Wir kennen uns sogar noch viel länger«, plauderte Mausi unbefangen, »eigentlich sind wir echt befreundet, seit...«

Nun war ich aber doch gespannt. »Seit...?«

»Na ja.« Sie lachte und sah reizend dabei aus. »Wir sind mal ein Pärchen gewesen, aber das wurde nichts mit uns. Ich bin sehr ehrgeizig, wissen Sie? Er leider auch.«

»Ich auch«, warf ich ein und fügte schnell hinzu: »Ein bißchen.«

»Ein Glück für Sie«, lächelte Jasmin. »Zwei fast neurotisch Ehrgeizige sind nichts, das geht nicht zusammen, da läuft auf die Dauer nichts.«

Daß Barnabas neurotisch ehrgeizig sein sollte, war mir noch nicht aufgefallen. Vielleicht hatte er sich verändert oder Jasmin sah ihn anders, oder sie brauchte für die Trennung eine gute Ausrede, einen plausiblen Grund.

»Jetzt habe ich vorläufig überhaupt keinen Freund«, gestand sie offenherzig. »Ich hab' mir gesagt: Mausi, mach du mal deine Karriere, so jung bist du nicht mehr, die paar Jahre noch mußt du durchhalten. Heiraten kannst du immer noch.«

»Haben Sie auch einen richtigen Vornamen?« erkundigte ich mich, als Jasmin-Mausi mir einige Salzstangen hinschob.

»Klar. Evi.«

Evi. Für einen so kurzen Vornamen war sie zu lang. Viel größer als ich, viel dünner. Mannequinhaltung: Bauch und Becken vorgeschoben, flache Brust, langer Hals. Evi Lederer. Eine meiner Nachfolgerinnen. War sie eine ernsthafte Rivalin? Dann hätte Barnabas sie mir doch nicht entgegengeschickt. Oder wollte er andeuten, daß er nicht mehr ganz frei war?

»Haben Sie ein Parfüm, das nach türkischem Basar riecht?« erkundigte ich mich nicht besonders geschickt.

Mausi war auf der Hut. »Wieso?« fragte sie.

»Oder können Sie nachts nicht schlafen und telefonieren viel?«

In ihren dunklen Augen blitzte es amüsiert auf.

»Ich habe ein Parfüm, das nach Heu riecht, manchmal eines nach Tabak. Und schlafen tu ich wie ein Murmeltier.«

»Der weiße Bademantel«, ich ließ nicht locker, »der da über dem Stuhl liegt – gehört er Ihnen?«

Mausi sah mich überrascht an. »Ist das nicht Ihrer?«

»Keine Spur. Der riecht nämlich ganz stark nach Honigkuchen und Moschus.«

Mausi wühlte ihre klassisch-schöne Nase in den weichen Stoff des Bademantels und stimmte mir zu. »So was«, wunderte sie sich. »Der Barni hat gesagt: Der Mantel gehört der Frau Leschin. Weil wir den doch bei schnellen Umzügen immer schnell überstreifen.«

»Das muß ein Irrtum sein«, sagte ich. »Kommt er um vier hierher?«

»Wir gehen zu ihm. Das heißt, ich liefere Sie ordnungsgemäß ab...«, sie redete wie ein Postbeamter von einer Eilsendung, »ich habe heute noch eine Modenschau.« Sie sah auf die Armbanduhr, nahm die Tasche vom Tisch, lila-rosé, in der gleichen Farbe wie ihr seidener Hosenanzug. »Barni erwartet Sie im Römerkastell.«

Als gäbe es kein anderes Lokal in Wien!

»Ausgerechnet ins Römerkastell«, lachte ich. »Da gehen meine Kusinen immer hin.«

»Unser Stammlokal«, erklärte Mausi beschwingt und verschloß die Wohnungstür. »Der Schani ist so lieb.«

»Tonio aus Sizilien«, warf ich ein.

Mausi grinste durchtrieben. »Der hat den Bogen raus, der Junge! Ich kenne ihn noch aus der Zeit, als er in der Mariahilfer Straße zum Überpreis Würstchen verkaufte. Sein Vater war Fleischhauer, wissen Sie. Ein guter, gewiefter Geschäftsmann, der Schani. Hat eine echt gute Kochschule absolviert und sich dann das Lokal aufgebaut. Ich habe den Schani gern, wirklich, wir wollten sogar heiraten.«

Mausi kannte allerhand Männer, vor allem jene, an denen ich – wenn auch aus unterschiedlichen Gründen – interessiert war. Im Unterbewußtsein rumorte eine teuflische Idee. Noch ließ ich sie nicht hochkommen.

»Trinken Sie mit uns einen Kaffee«, bat ich Mausi, obwohl ich selbst noch nicht wußte, wohin die Idee wollte.

Sie schaute wieder auf die Uhr und seufzte. Wir beschleunigten den Schritt.

Barnabas war noch nicht im Römerkastell. Tonio kam uns gestikulierend entgegen, als er Mausi entdeckte. Sie fielen sich mit Hallo in die Arme. Er sprach schnell und fuchtelte dabei mit den Händen in der Luft herum, daß man ihm den Italiener ohne weiteres glaubte. Dann besann er sich, schlug sich auf den Mund, zog ein zerknirschtes Gesicht und wandte sich mit einer Verbeugung an mich.

»Schöne Frau verzeihen«, radebrechte er überzeugend, »aber gute alte Freundin von mir ...«

»Ich werd' dir gleich geben – von wegen alt«, entrüstete sich Mausi im Spaß.

Ich lachte. Die beiden waren ein herrliches Pärchen. Wie schaffte es Mausi nur, mit allen verflossenen Liebhabern so gut befreundet zu sein?

Der Oberkellner Robert stand an der Theke und machte ein hoheitsvolles Gesicht, wie ein Butler, dessen Herr seine Würde verletzte. Ich nickte ihm freundlich zu, er nickte gemessen zurück.

Um diese Zeit war nicht viel los im Römerkastell. Tonio führte uns in eine Nische, in der ein rotes Lämpchen brannte.

»Lieblingsplatz von Barni«, erklärte er augenzwinkernd.

Wir bestellten zwei Kännchen Mokka.

»Könnten Sie sich vorstellen, mit Tonio – mit Schani – noch immer befreundet zu sein und ihm eine gekonnte Eifersuchtsszene zu machen?« fragte ich.

Mausi sah mich verwundert an, was ich ihr nicht verdenken konnte.

»Wenn der Schani mit einer anderen Frau, sagen wir, mit einer meiner Kusinen, wegfahren würde …«

»Verstehe.« Mausi schaltete unheimlich schnell. »Donnerstag könnte er. Da hat das Römerkastell geschlossen.«

»Sehr gut. Nehmen wir einmal an, der Schani fährt mit einer Dame irgendwohin. Und Sie tauchen dann überraschend auf, spielen die Eifersüchtige und legen ihm eine Szene hin. Sie spielen das wie eine Rolle auf der Bühne.«

»Hm.« Mausi dachte nach. »Dann würde sich der Schani wahrscheinlich kaputtlachen.«

»Kann sein. Er wird vor allen Dingen mit Ihnen Ottakringisch reden. Oder?«

»Bestimmt.« Mausi kicherte. »Und warum das Ganze?« Sie antwortete sich selbst: »Weil Sie einer Kusine, die Sie nicht mögen, einen Streich spielen wollen.« Ich nickte. »Vorausgesetzt, der Schani steigt auf sie ein, und sie auf ihn.«

»Sie steigen«, erklärte ich mit Überzeugung und überhörte die mahnende Stimme meines Gewissens, das mir wie immer jeden Spaß verderben wollte. »Wir müssen nur ein wenig nachhelfen.«

Mausi nickte sachverständig. »Schaffen wir! Allerdings dürfen wir ihn nicht einweihen. Schani besitzt ein unschuldiges Gemüt.«

»Besitzt er auch eine Frau?«

»Eine Freundin«, erwiderte Mausi. »Eine Italienerin. Durch sie kennt er den gängigen Dialekt, den er uns oft genug serviert. Gina ist Wirtin einer Pizzeria, ganz in der Nähe. Die Pizzeria hat auch am Donnerstag Betriebsruhe. Darin sehe ich eine Schwierigkeit, denn die beiden verbringen den freien Tag natürlich zusammen. Wir müssen dem Schani zu einer guten Ausrede verhelfen.« Nach einer Weile erklärte sie optimistisch: »Das schaff' ich schon.«

»Was für ein Komplott wird hier geschmiedet?« Vor uns stand Barnabas, fast hätte ich ihn vergessen. Mausi verwandelte sich übergangslos in Jasmin. Wollte sie ihm imponieren? Ein bißchen Eifersucht stieg in mir hoch, doch ich schluckte sie gleich wieder hinunter.

»Servus, Riekchen.« Er gab mir einen Kuß. »Danke, Mausi, daß du auf sie gewartet hast. Mußt du nicht zu deiner Modenschau?«

»Ich flitze! Zahlst du meinen Mokka?«

Mausi verabschiedete sich, verschwand mit Schani hinter der Theke und redete leise auf ihn ein. Was mochte sie ihm sagen? Daß meine liebe Kusine in ihn verliebt war und am Donnerstag mit ihm beisammen sein wollte? Was auch immer – Mausi war ein gescheites Mädchen. Und äußerst geschickt dazu. Ich sah Schani beglückt nicken, er hörte gar nicht mehr auf damit, drückte ihr dankbar die Hände, sah zu mir herüber und zwinkerte. Die Lawine rollte. Als Mausi das Lokal verließ, machte sie mit den Fingern das Siegeszeichen und entschwebte.

»Was habt ihr vor?« erkundigte sich Barnabas und ließ sich von Robert, dem Oberkellner, ebenfalls einen Kaffee kommen. Nein, einen zünftigen Mokka. »Darf man das erfahren?«

Statt einer Antwort fragte ich zurück: »Mausi nennt dich Barni. Seit wann?«

Er lachte. »Schon lange. Ungefähr seit fünf Jahren.«

»Habt ihr euch geliebt?«

Ich dachte, Barnabas würde etwas Oberflächliches erwidern, doch manchmal konnte er sehr gründlich sein. Er überlegte eingehend, ehe er antwortete: »Es muß eine Art Schmetterlingsliebe gewesen sein.«

»Schmetterlingsliebe?«

»Wir flatterten buchstäblich aufeinander zu wie zwei Falter in der Sonne. Wir tanzten uns müde. Dann wollten wir nicht mehr. Weil wir beide mit dem Wollen im gleichen Augenblick aufhörten, sind wir Freunde geblieben.«

So einfach war das also. Ich sagte: »Wenn einer früher aufhört als der andere, geht das nicht mit der Freundschaft. Da bleibt Bitterkeit auf der einen, Ungeduld auf der anderen Seite.«

»Schmetterlingslieben sind schön.« Barnabas strahlte mir etwas zu sehr in Erinnerung an die Zeit mit Mausi. »Sie belasten nicht.« Eine Anspielung? Seit der Trennung von Paulus grübelte ich zuviel, war überempfindlich geworden, bezog alles auf mich.

»Ein Glas kaltes Wasser?« fragte ich trocken.

Er kam zu sich, schüttelte lachend den Kopf, bestellte eine Flasche leichten Rotwein. Ich sah schwarz für diesen Nachmittag, den Barnabas einen ›frühen Abend‹ nannte. Ich sagte ihm, daß ich mit den Kusinen ins Konzert müsse, was er mir unbedingt ausreden wollte.

»Wenn ich nicht gehe, werde ich wortbrüchig. Das wäre für Minnie ein gefundenes Fressen. Nach dem Konzert wollen alle ins Römerkastell.« Ich wäre gern dabeigewesen, wenn sich Minnie und Tonio begegneten.

»Man wird nicht wortbrüchig, wenn man telefonisch unter einem plausiblen Grund absagt.«

Ich überlegte. Um diese Zeit waren die Kusinen wohl noch unterwegs. Vielleicht aber zogen sie sich bereits um für das Konzert. Ich wollte es versuchen, ging zur Telefonzelle im Flur und rief an.

Frau Konstantin war dran. »Ist Minnie da?« fragte ich.

Soeben heimgekommen. Nach wenigen Sekunden hatte ich Minnie am Apparat, erzählte ihr eine Geschichte vom ORF, wo ich aufgehalten worden sei wegen der Veranstaltung am Samstag – während ich ihr das vorflunkerte, ärgerte ich mich maßlos, daß ich nicht einfach bekannte: »Ich bin mit Barnabas zusammen. Das macht mir mehr Spaß als mit euch.«

Wider Erwarten sagte Minnie fast erleichtert: »Das macht nichts, Ulli, Arbeit ist wichtiger. Die bestellte Karte für dich können wir zurückgehen lassen. Bis morgen dann.«

Offensichtlich war sie froh, mich nicht sehen zu müssen. Um so besser. Das beruhte auf Gegenseitigkeit.

»Es klappt«, teilte ich Barnabas freudig mit. »Minnie entließ mich für heute aus ihren Diensten.«

»Dann gehen wir nachher in den Prater«, verkündete Barnabas strahlend wie ein kleiner Junge, der aufs Karussell durfte.

Tonio kam an unseren Tisch, plauderte mit ›Barni‹, wandte sich an mich und fragte mit dem Blick eines glücklich Verlobten:

»Heute abend – alle wieder da?« Er spielte die Rolle des Sizilianers, ahnte nicht, daß ich längst eingeweiht war. Ich nickte vielsagend. »Auch hübsche Dame?« Wieder nickte ich.

»Wen, um Himmels willen, meint er?« erkundigte sich Barnabas verblüfft.

»Minnie«, antwortete ich kurz.

»Minnie auf Abwegen!« Ich stieß ihn an, er verstummte und verschluckte sich an dem Wein. Um Tonio-Schani einen Gefallen zu tun, spielte er mit und fragte in gebrochenem Deutsch: »Du verliebt in Kusine?«

Tonio verdrehte schwärmerisch die Augen und legte wieder die Hände aufs Herz, als hätte er Schmerzen und die Pillen vergessen. »Sie auch in mich«, gestand er überwältigt. Barnabas staunte. »Woher weißt du das? Hat sie es dir ins Öhrchen geflüstert?«

»Signorina Mausi mir gesagt!«

Mich traf ein Blick von Barnabas, der mich abgrundtief zerschmetterte. »Das war es also ...!« murmelte er. »Du verkuppelst deine unschuldige Kusine.«

»So ist es.« Ich lachte ihn herausfordernd an. »Und nur weil ich sie glücklich machen will!«

»Intrigantin«, sagte Barnabas, doch es klang eher amüsiert als böse. »Hoffentlich beißt sie an.«

»Übermorgen«, teilte uns Tonio geheimnisvoll und strahlend lächelnd mit, »werden wir zusammen wegfahren. Ich sie heute fragen. Hoffentlich alles klappt.«

»Hoffentlich!« seufzte ich. Mehr konnte ich vorläufig für die beiden nicht tun. »Führen Sie ›schöne Frau‹ in ein gutes Eßlokal, dann kann nichts schiefgehen. Kennen Sie eines?«

Er dachte nach, nickte eifrig. »In Rust, Burgenland, ein Garten-Speiselokal«, versicherte er begeistert und legte Daumen und Zeigefinger kreisförmig aneinander. »Tipptopp!«

»Na wunderbar! Viel Glück.«

»Burgenland.« Barnabas machte ein bekümmertes Gesicht. »Da müßte ich auch hin, wegen dem Bildband.«

»Na fein«, sagte ich, »dann fahren wir doch auch am Donnerstag!«

Ich wollte mir Mausis Auftritt nicht entgehen lassen, falls Minnie tatsächlich schwach werden sollte.

»Darüber läßt sich reden«, meinte Barnabas. »Und jetzt gehen wir in den Prater.«

Wurstlprater

Nichts wünschte ich mir sehnlicher, als mit Barnabas Geisterbahn zu fahren. Schon als Kind hatte ich das gern mit Mama getan, die nicht schwindelfrei war und nach der zweiten Runde draußen stehenbleiben mußte, um mir zuzuwinken, wenn ich mit der Gondel aus der unheimlich dunklen Höhle ins Freie kam. Manchmal fuhr Papa mit.

»Schrei nicht so, Ulli! Ein Mädchen muß sich beherrschen können.«

»Ein Junge nicht?«

»Der tut es sowieso.«

Stimmte gar nicht. Die Knaben in meinem Alter schrien genauso laut wie ich. Also schrie ich auch. Weil Papa ein gutmütiger Mensch war, ließ er mich schreien – und schrie mit.

Barnabas und ich stürzten uns ins Vergnügen. Zuerst eine Runde Riesenrad mit Ausblick auf Wien und Umgebung. Schön, schön! Wir saßen eng nebeneinander, und Barnabas hatte seine Hand auf meine gelegt. Früher saß Paulus auf der anderen Seite. Von dort wehte jetzt ein kühler Wind.

Noch war der Abendbetrieb nicht losgegangen. Die Wege zwischen den Buden und Karussells blieben nur spärlich belebt. Auf einer Tribüne vor der Geisterbahn stand ein Ausrufer mit einem Megaphon, visierte uns von weitem lauernd an, wie die Spinne ihr Opfer.

»Kommen S' näher, meine Herrschaften, treten S' ein«, rief er uns zu, »verpassen S' nichts, jeder muß mal Geisterbahn gefahren sein, vor allem, wenn er aus Deutschland kommt!«

Ich zuckte zurück. Sah man mir das an?

Barnabas lachte schallend, so sehr, daß er stehenbleiben mußte, sich zurückbog und ihm fast die Luft wegblieb.

»Sei nicht albern! Wieso sieht der Mann mir an, daß ich aus Deutschland komme?«

Statt mir zu antworten, fragte Barnabas den Ausrufer: »Warum glauben Sie, daß die Dame eine Deutsche ist?«

»Sieht man«, erwiderte der Mann kurz angebunden, hob das Megaphon an den Mund und brach in neues Animiergeschrei aus.

»Das ist ja reizend!«

Nicht, daß ich mir etwas daraus machte, als Deutsche zu gelten, aber ansehen mußte man das einem doch nicht gleich. Ich hatte einen Hosenanzug an. Wie viele andere auch. Mein Haar war kurz wie das von tausend Österreicherinnen. Ich hatte braune Augen und haselnußfarbenes Haar – was, bitte schön, ist daran typisch deutsch?

»Dein entschlossen strenger Blick«, beantwortete Barnabas mir amüsiert die Frage. »Der Erlebnishunger, mit dem du durch den Prater steuerst. Die Wiener sind etwas gesättigter, vor allem, was den Prater betrifft.«

Kein stichhaltiges Argument. »Du willst mich nur trösten«, sagte ich und stieg in die Gondel der Geisterbahn.

Es war schön und aufregend wie früher mit Papa. Ich schrie wie am Spieß und freute mich, daß keiner sagte, ich solle gefälligst nicht so brüllen. Freilich, Barnabas neben mir war still und begnügte sich damit, seinen Arm schützend um mich zu legen.

Drei Fahrten machten wir auf der Geisterbahn. Dann aßen wir Schaschlik, Hähnchen und Pommes frites, die tranig schmeckten, in altem, verbrauchtem Öl zubereitet. Auch Kartoffelpuffer futterten wir, tranken Wein dazu und gingen zu den Automaten, um zu spielen.

»Es riecht nach gebrannten Mandeln«, stellte ich fest, und Barnabas, der gute, liebe Barnabas, meinte: »Ich besorge dir welche«, womit er davonging.

»Fräulein Leschin!« rief eine Frauenstimme, als ich gerade zu einem neuen Autorennspiel ansetzte. »So ein Zufall, als würden wir uns verfolgen.«

Ich sah auf. Meine Teleautos knallten zusammen, und der Automat knatterte wie ein Maschinengewehr. Allmächtiger – mein Verkehrsunfall von der Autobahn! Wie hießen die beiden doch gleich? Irgendwo mußte ich die Visitenkarte haben. Der junge Mann lächelte auf mich herab, er war viel größer. Seine Mutter war kleiner als ich, mit einem gutmütigen Mopsgesicht. Wieder trug sie einen ihrer Nachttopfhüte. Verzückt blickte sie mich an.

»Ach.« Die Freude auf meiner Seite war sparsam. Wo steckte Barnabas? »Wirklich ein Zufall! Vorgestern im Sacher und heute ...«

»Da wäre etwas, das wir Sie fragen wollten«, begann die Topfhut-Mama, doch ehe sie weitersprechen konnte, wurde sie unterbrochen. Ein älterer Herr kam anspaziert. Als ich genauer hinsah, erkannte ich den ›Herrn Hofrat‹ vom Nachbartisch im Sacher, der mir unbedingt das sektbekleckerte Kleid hatte trockentupfen wollen. Er befand sich offensichtlich in Begleitung der beiden anderen. Es folgte eine stürmische Begrüßung, denn der Hofrat erkannte mich ebenfalls sofort. Ich machte mir Sorgen, daß ihn die Freude überwältigen und an den Rand eines Schlaganfalls bringen könnte. Ich bekam einen Handkuß. »Wo ist denn Ihr werter Gatte?«

Er meinte zweifellos Barnabas. Ja, wo war denn der?

Da kam er an, einige Tüten im Arm, als gelte es, einen Kindergarten damit zu versorgen. »Gebrannte Mandeln!« strahlte er und legte mir die Tüten wie ein Baby in den Arm. Zwei fielen herunter und verbreiteten ihren knusprig-duftenden Inhalt auf den schmuddligen Boden des Spielsalons.

»Heb das auf, Bürschi!« befahl die Mama. Zum Glück folgte Bürschi nicht, stieß nur die braunen Kullern mit der Fußspitze zur Seite.

»Kennen wir uns nicht?« fragte Barnabas und überlegte scharf. Er besaß ein gutes Gedächtnis: »Ah, Hotel Sacher!« Und dann zu mir: »Dein Aufhüpferl, was?«

Begrüßung, Händegeschüttel, Beteuerungen. Eine Minute lang hatte es den Anschein, als sprächen alle gemeinsam. Ich flüchtete mit einem schnellen Abschiedsgruß und vielen guten Wünschen für einen amüsanten Abend.

Die Frau kam mir nach. »Wir wollten Sie etwas fragen, Fräulein ...«

»Frau«, korrigierte Bürschi.

»Frau Leschin«, sagte seine Mutter. »Haben Sie zufällig eine Schwester?«

»Nein«, gab ich zur Antwort. Ich dachte: Hätte ich eine, dann gewiß nicht zufällig! Doch das sagte ich nicht. Eilig zog ich Barnabas fort, hinein ins wilde Karussellgedudel.

Es wurde spät. Mein Magen rebellierte, weil ich alles durcheinandergefuttert hatte. Pommes frites, Schaschlik, Salzgurken, Hähnchen und gebrannte Mandeln gurgelten aufsässig in mir.

»Mein Innenleben ist total in Aufruhr«, stöhnte ich, als wir zum Parkplatz schoben. »Ich brauche eine erholsame Nacht.«

»Meinst du dein seelisches oder organisches Innenleben?« erkundigte sich Barnabas liebevoll, den Arm um meine Schulter gelegt.

»Beides.«

Ein Kräuterlikör hätte mir gutgetan. Wir schwenkten in eine kleine Seitengasse und setzten uns in ein trostloses Beisl, gemütlich wie der Wartesaal eines Kleinstadt-Bahnhofs. Hier tranken wir dann zwei brave Kräuterliköre.

»Morgen muß ich arbeiten«, erklärte Barnabas vorausschickend.

»Ich müßte mich meiner Familie widmen«, sagte ich.

Barnabas lächelte. »Du sagst das, als müßtest du aufs Schafott.«

»So ähnlich ist mir auch zumute. Immerhin können Todesurteile aufgeschoben werden, denke ich.«

»Darüber läßt sich reden«, meinte Barnabas. »Ich mache morgen nur Atelieraufnahmen.«

»Mit Mausi?«

»Mit der auch. Mausi ist mein Starmodell.«

Als wir uns verabschiedeten, schlossen sich seine Finger um meine Hand wie ein warmes Nest. Es tat mir gut.

Zu Hause lag ein Zettel von Frau Konstantin: »Noch immer keine Nachricht von Onkel Josef! Der Herr ohne Namen hat wieder angerufen. Er will es morgen noch einmal versuchen.« Der Gedanke, daß es sich um Paulus handeln könnte, ließ mich nicht wie sonst in Fahrt kommen. Der Schmerz war kalt geworden und somit erträglich, heruntergebrannt wie ein Streichholz. Ich schlief gut in dieser Nacht, wie lange nicht mehr.

Am nächsten Morgen saßen die Kusinen bereits versammelt um den Frühstückstisch. Auf den ersten Blick erkannte ich, daß sie eingeschnappt waren, mir übelnahmen, daß ich weder im Konzert noch im Römerkastell aufgekreuzt war. Sie verstummten, als ich eintrat, und sahen übermäßig interessiert auf ihre Teller. Nur Jill lächelte mir freundlich zu.

»Guten Morgen«, grüßte ich fröhlich, denn ich war mir keiner Schuld bewußt.

»Morgen.« Das war kein Gruß, sondern ein dumpfes Gemurmel.

»Wie war's, Rumtreiber?« erkundigte sich Jill gespannt.

»Es war herrlich«, antwortete ich begeistert. »Barnabas und ich waren im Prater und haben zum Abschied einen Kräuterlikör getrunken.«

Minnie legte den Löffel, mit dem sie bisher ein wenig zu eifrig im Kaffee herumgerührt hatte, mit klirrendem Nachdruck auf den Unterteller. »Eigentlich haben wir ja Kusinentreffen«, sagte sie und sah mich strafend an.

»Ganz recht«, stimmte ich ihr zu. »Darum freue ich mich darauf, mit euch den heutigen Tag zu verbringen.«

»Welche Ehre«, brummte Zitrönchen patzig. »Darauf waren wir nicht gefaßt.«

»Wirklich nicht«, mischte sich Bambi ein und ließ Honig auf ihr Brötchen träufeln. »Hattest du Minnie nicht gesagt, du seist im ORF?«

»Ich habe geschwindelt, um Diskussionen zu vermeiden«, gab ich beherzt zurück. »Natürlich war ich mit Barnabas zusammen.«

»Wieso natürlich?« bohrte Minnie und verweigerte noch immer Essen und Trinken.

»Weil ich gern mit ihm zusammen bin«, erwiderte ich, noch immer freundlich. »Wie war's im Römerkastell?«

Merkwürdigerweise folgte Schweigen. Ich sah auf, betrachtete eine nach der anderen. Minnie senkte den Kopf. Sie sagte etwas kleinlaut: »Übrigens müßt ihr morgen ohne mich auskommen, ich fahre ins Burgenland.«

»Mit Tonio?« fragte ich triumphierend.

»Wieso gerade mit dem?« fragte Minnie gereizt zurück.

Ich zuckte die Achseln, tat harmlos. »Ich dachte nur so. Mit wem sonst?«

Nach einer Weile gestand sie: »Ja, mit Tonio. Wir wollen nach Rust, zum Neusiedler See. Herr Tonio kennt ihn sehr gut, er will mir einiges zeigen, was ich noch nicht kenne.«

Das Gartenrestaurant! dachte ich schadenfroh. Die Sache hatte geklappt. Bravo, Mausi! Und auch Tonio verdiente Beifall, so geschickt, wie er die Sache anstellte. Er war zweifellos ein guter Menschenkenner.

Minnie fuhr beflissen fort, und ich war nicht sicher, ob sie das, was sie sagte, selbst glaubte oder sich und uns etwas vormachte: »Herr Tonio will mir einiges über die Beschaffenheit des österreichisch-ungarischen Gewässers erzählen. Er meint, er habe etwas Interessantes herausgefunden.« Sie dozierte im bewußt wissenschaftlich gehaltenen Ton, der Respekt abverlangen sollte. »Ich könnte Heiko darüber berichten; ihr wißt ja, wie sehr er sich für alles Geographische interessiert.«

Ich tat, als nähme ich ihr das Argument ab. »Sehr klug von dir, Minnie! An deiner Stelle würde ich mir einen herrlichen Tag mit dem netten Herrn Tonio machen!«

Ihr Blick gab mir zu verstehen, daß sie den Tag anders zu verbringen dachte, als ich ihn mir in meiner nicht ganz superreinen Fantasie ausmalte. Ich hielt dem Blick stand und dachte daran, daß ich Mausi verständigen müsse. Sie war heute bei Barnabas. Kein Problem.

»Wann fahrt ihr los?« erkundigte ich mich.

»Wir treffen uns um neun am Steffl«, erwiderte Minnie, die sich inzwischen gefangen hatte. »Von dort fahren wir weiter mit dem Auto des Herrn Tonio ...«

»Wie heißt er überhaupt mit dem Zunamen?« Wenn er Schani hieß, mußte sein Nachname entsprechend sein. Mit meiner Frage hatte ich unbewußt den ersten Pfeil abgeschossen. Minnie sah mich irritiert an. Sie hatte sich mit einem Mann verabredet, dessen Nachnamen sie nicht kannte! Das war peinlich. Wenn das Heiko wüßte ...! Nicht mal um sich wissenschaftlich orientieren zu lassen, durfte man mit einem nachnamenlosen Mann den Tag verbringen.

Sie lächelte flüchtig. »Hab' ich vergessen. Etwas Schwieriges, Italienisches, ihr wißt ja, so was merkt man sich nicht.

Zuerst wollen wir Eisenstadt besichtigen«, erklärte Minnie im Ton einer Lehrerin, die einen Klassenausflug plant, »das Schloß, die Kirche, Haydns Mausoleum. Ich will fotografieren. Dann nach Rust zum See, anschließend in ein erstklassiges Restaurant im Park.« Dann, belehrend: »Wißt ihr, daß der Neusiedler See derart seicht ist, daß man ihn zur ungarischen Grenze durchwaten kann?«

»Falls man sich etwas davon verspricht«, warf ich ein. Das mit dem Durchwaten hatten wir schon in der Schule gelernt.

In dem Augenblick kam Frau Konstantin hereingewirbelt, die wir an diesem Morgen noch nicht zu Gesicht bekommen hatten. Sie schien vor Freude außer sich.

»Kinder!« rief sie und stellte zwei schwere Einkaufstaschen ab – immer kam sie mit vollen Taschen, als hätte sie eine Schar hungriger Krokodile zu füttern. »Ich habe eine Überraschung.«

»Onkel Josef?« fragten wir im Chor.

Sie nickte. »Er hat gestern abend noch angerufen – nicht hier, in meiner Wohnung, denkt nur, und er hat gesagt…« Die Freude verschlug ihr glatt die Sprache.

»Eine Freundin?« erkundigte sich Jill gespannt.

»Ich will nichts weiter sagen als – morgen abend!« antwortete Frau Konstantin geheimnisvoll, schnappte die Taschen und verschwand in der Küche. »Morgen abend«, wiederholte sie, während ihr Kopf im Türrahmen erschien. »Was immer ihr euch auch vornehmt…«, mit erhobener Stimme: »Morgen abend um acht Uhr muß alles vollzählig versammelt sein!«

Das klang sehr aufregend. Warum hatte Onkel Jo das nicht mir gesagt? Warum Frau Konstantin? Ich war enttäuscht, denn ich hatte mir eingebildet, wir seien uns etwas nähergekommen, Onkel Josef und ich, doch das war wohl ein Irrtum. In meiner Familie gibt es kein Sichnäherkommen für längere Zeit. Wir berühren uns zeitweilig, sehr selten, nur ganz kurz, wie Blätter im Wind. Das war schon bei den Eltern so.

Wir fragten Frau Konstantin aus. Würde Onkel Jo denn morgen abend zu Hause sein, etwa mit einer Braut? Ein junges Glück im vorgerückten Alter! Wohin war er gereist, der unternehmungslustige Onkel Josef? Nach Tulln? Lebte dort eine Braut von früher, als er in Tulln stationiert war?

Soviel wir auch fragten, Frau Konstantin schwieg. Sie lachte nur glucksend vor sich hin und klapperte mit den Töpfen. Das konnte ja ein ereignisreicher Donnerstag werden! Vorausgesetzt, daß Barnabas mit mir zum Neusiedler See fuhr und Mausi Zeit für ihren dramatischen Auftritt als betrogene Braut hatte.

Die ›Angelegenheit Onkel Josef‹ wurde eingehend beredet. Diese allgemeine Aufregung nahm ich zum Anlaß, mich zurückzuziehen, diesmal aber nicht auf französisch. Minnie war milde gestimmt. Großmütig, mit einem anzüglichen Lachen, sagte sie: »Geh du nur zu deinem Barnabas!« Fast hätte ich einen Knicks gemacht und ›danke schön‹ gesagt.

Barnabas und Mausi saßen auf dem Dachgarten vor dem Atelier. Sie tranken Tee. Barnabas rauchte Pfeife und sah sehr lieb aus. Er umarmte mich herzlich. Wir küßten uns. Mausi nickte verständnisinnig.

»Ihr Turteltauben!« sagte sie. Es war kein Unterton dabei. Es klang sauber.

»Minnie fährt morgen mit Tonio zum Neusiedler See«, berichtete ich, als wir hoch über den Dächern Wiens thronten und die Aussicht genossen. »Zuerst Eisenstadt, dann Rust. Dort wollen sie in einem bekannten Gartenrestaurant essen. Barnabas«, ich sah ihn bittend an. Er machte eine ablehnende Miene, denn er wußte, was ich wollte, Mausi hatte es ihm in Stichworten gesagt. »Gönne es mir bitte!«

Er meinte, er gönne es mir nicht. Das sei kleinlich und entspreche nicht meiner Natur.

»Was weißt du von meiner Natur«, gab ich ungeduldig zurück. »Ich bin nun mal, wenn man mich lange genug gereizt hat, rachsüchtig und jähzornig. Frau von Kusslaff hatte recht: Wir Leschins sind mit Vorsicht zu genießen.«

»Du spinnst«, sagte Barnabas seelenruhig und paffte vor sich hin. »Das weißt du auch.«

Wieder hatte er recht. Ich war dabei, eine Mücke zu einem Elefanten zu machen. Mausi sprang mir bei. »Laß sie doch, Barni, du kannst ihr doch den Gefallen tun und mit uns morgen zum Neusiedler See fahren, wo du eh dort was zu tun hast. Ich kann das nachfühlen, ich habe auch so eine blöde Kusine.«

»Minnie ist nicht blöd«, verteidigte ich sie. »Ich möchte eben nur gern morgen mit euch nach Rust.«

»Jawoll«, quittierte Mausi. Sie war ein Mordskumpel. So einer, wie Minnie gern gewesen wäre.

»Also gut.« Barnabas gab endlich nach, wenn auch mit der Einschränkung, daß er mit unserer Sache nichts, aber auch gar nichts zu tun haben wollte. Wir fielen ihm dankbar um den Hals, wie zwei Kinder, denen Papa einen Sonntagsausflug mit Eisessen versprochen hatte.

Nachdem Mausi gegangen war, machten wir es uns gemütlich, kuschelten uns auf dem Sofa aneinander, hörten die ›Rhapsody in Blue‹ wie in unserer guten alten Zeit, hörten ›Bilder einer Ausstellung‹ und fühlten uns rundum wohl. Lange hatten Paulus und ich so etwas nicht mehr gemacht, die Zeit war knapp geworden in den letzten Jahren. – Oder war es nicht nur die Zeit?

»Grübel nicht wieder über Paulus und dich«, hörte ich Barnabas an meinem Ohr sagen. »Du bist jetzt bei mir.«

»Reine Gewohnheit«, entschuldigte ich mich. »Paulus ist ganz weit weg, so weit wie die Pschok – und Berlin.«

»Wie schön.« Er gab mir einen Kuß auf die Nasenspitze. »Vernünftiges Riekchen.«

Freddy und die Folgen

Als ich abends nach Hause kam – oder besser: in Onkel Josefs Haus, war Frau Konstantin längst fort und die Kusinenschar noch nicht zurück. Es roch muffig im Haus. Ich öffnete weit das Fenster.

Drüben unter dem Baum, vor dem Garten des Hauses gegenüber, stand jemand. Paulus? – das war das erste, was mir durch den Kopf fuhr. Mir wurden die Knie weich. Bitte nicht Paulus, nicht jetzt, wo alles mit Barnabas so schön, so heiter ist... nicht wieder die Angst vorm Verletztwerden, nicht jetzt, nicht Paulus.

Es war ein Mann im hellen Sommermantel, der sich nicht rührte und herübersah.

Wenn es Paulus ist, dachte ich, dann will ich harmlos fragen: »Warum kommst du nicht herein?« und so tun, als sei zwischen uns nichts vorgefallen. Will wie ein Kumpel zu ihm sein, wie Mausi zu Barnabas, wie Barnabas zu Mausi. Leute, die ihre Schmetterlingsliebe überwunden haben, sollten sie nachsichtig belächeln und Freunde sein.

Der Mann auf der anderen Seite löste sich vom Baum, kam langsam näher. Ich hatte die Hände auf den Fenstersims gestützt und wartete. Mehr konnte ich augenblicklich nicht tun.

Der Mann zögerte, schien zu überlegen. Nun, ich hatte Zeit, wenn mir nicht die Kusinen dazwischenplatzten, womit man jede Sekunde rechnen mußte.

Die Blätter der Bäume rauschten im Abendwind, es roch nach Rosen. Nun kam der Mann vor das Gartentor, öffnete es und ging den Kiesweg entlang. Mein Herz schlug wie verrückt, in den Ohren sauste es, weil ich dachte, Paulus würde gleich rufen: »Hallo, Ulli, mein Schatz! Hast du einen labenden Schluck für einen müden Wandersmann?« oder ähnlichen Unsinn. Doch eine fremde Stimme sagte:

»Guten Abend, Frau Leschin!«

Das Licht aus dem Zimmer beleuchtete mich. Wer war der Mann, der mich kannte?

Er trat unter das Fenster.

Mein Aufhüpferl von der Autobahn, ›Bürschi‹ war es, der da vor mir stand, mit sympathisch widerspenstigem Haar, ein bißchen Bart im Gesicht. Du meine Güte – woher wußte der, daß ich ... Hatte er Adreß- und Telefonbücher durchstöbert, um herauszufinden, wo ich sein könnte? Unmöglich. Der wußte doch gar nicht, daß ich bei Verwandten war.

»Sie wundern sich wahrscheinlich, wie ich herkomme«, sagte Bürschi.

»Und wie«, gab ich zu.

»Könnten Sie kurz mal rauskommen, oder darf ich rein, damit wir sprechen können?«

»Wenn es wirklich nur kurz ist«, erwiderte ich, »dann kommen Sie herein.«

»Sind Sie allein?«

Der ging aber aufs Ganze. Ich antwortete, ja, ich sei allein und öffnete ihm die Tür. Fieberhaft wühlte ich in meinem Gedächtnis nach seinem Namen, der irgendwo auf einem Kärtchen in meiner Tasche stand, doch ich kam nicht drauf.

»Ja also«, sagte der junge Mann und saß, samt Mantel, auf der Kante eines der unbequemen Stühle, die Onkel Josef so sehr liebte. Dabei sah er mich hilflos an.

»Ist etwas mit dem Auto?« erkundigte ich mich besorgt.

»Ach, das Auto!« Er winkte ab. Sein Mut, falls er überhaupt welchen besessen hatte, verließ ihn nun völlig. Er senkte den Kopf.

»Ein Schluck ...« Ich überlegte, was im Haus vorrätig sein könnte. Diätbier, das Onkel Josef zu trinken pflegte, konnte ich nicht anbieten. Also lief ich zum Eisschrank – leer. Sonst nur Milch. »Ein Schluck Milch?« fragte ich mit Todesverachtung.

Überraschenderweise erklärte der junge Mann, der von seiner

Mutter ›Bürschi‹ genannt wurde: »Ja, bitte, sehr gern!« Es klang begeistert.

Er bekam ein Glas Milch. Ich setzte mich in den anderen Sessel und wartete, was er zu sagen hatte. Lange kam nichts.

Ich versuchte, ihm auf die Sprünge zu helfen. »Sagen Sie, was Sie sagen wollen – ich kann es möglicherweise verstehen!« Ich nahm an, daß er sich in mich verliebt hatte, so was gibt's ja.

Es folgte ein tiefer Seufzer. »Wer kann das schon verstehen«, meinte er und schwieg wieder. Sollte ich mich näher an ihn heransetzen? Keine Lust: Er war noch so jung, sechsundzwanzig ungefähr. Junge Männer – ich weiß nicht, ich hatte etwas gegen sie. Nichts Bestimmtes, doch dieser da, gewiß, er war nett, sympathisch, aber – lassen wir's. Es stand ja auch nicht zur Debatte.

»Es ist wegen Jill«, begann er.

»Wegen Jill?« fragte ich verblüfft. Endlich kapierte ich: Der nette Junge kam aus Frankfurt, hatte seine Mutter bei sich und wollte seit Tagen ›Fräulein Leschin‹ sprechen, die er nie antraf, sondern nur Frau Konstantin. Die Anrufe hatten Jill gegolten, nicht mir. Kein Paulus, sondern Freddy, der Lehrer mit dem Ödipuskomplex. Ausgerechnet dessen Wagen mußte ich auf der langen, dichtbefahrenen Autobahn rammen! Freddy war nach Wien gekommen, weil er wußte, daß Jill bei einem alten Onkel ihre Kusinen treffen wollte. Er kam mit der Absicht, sie zu versöhnen, einen letzten Versuch zu wagen, sie mit der Mutter, die ›ein goldiger Mensch‹ sei, zusammenzubringen. Dies erzählte er mir mit Trauerflor in der Stimme, zwischendurch an seiner Milch nippend.

O Freddy ...!

»Ich glaube nicht, daß Jill sich darauf einläßt«, sagte ich behutsam, als kündigte ich einem Ahnungslosen einen Unglücksfall an. »Sie braucht einen Kompromiß.«

»Warum schließt sie keinen?«

»Sie meint – sie habe es getan, doch es sei schiefgegangen. Offengestanden würde ich auch nicht mit der Mutter meines Partners in einer Wohnung leben wollen. Kommen Sie bitte mal?«

Freddy – ich wußte noch immer nicht seinen Nachnamen – stand zögernd auf und ließ sich von mir ins Nebenzimmer führen, zu dem Bild von Frau von Kusslaff.

»O Gott!« Er wich entsetzt zurück. »Was ist denn das?«

»Die Schwiegermutter unseres Onkels Josef, der sein Leben mit dieser Frau und ein wenig auch mit seiner eigenen verbringen durfte.«

»Durfte?«

»Mußte. Beide Damen machten ihm das Leben zur Hölle. Er ist ein sanfter Mann, der es mit sich geschehen ließ.«

Freddy starrte zuerst das Bild, dann mich entgeistert an. »Sie wollen doch diese Frau nicht mit meiner Mutter vergleichen?«

»Ich kenne Ihre Mutter nicht«, erwiderte ich achselzuckend, »oder nur sehr flüchtig. Natürlich bin ich überzeugt, daß sie ein netter Mensch ist.« Hier log ich, denn ich war durchaus nicht davon überzeugt. Wenn sie sich derart darauf versteifte, bei den jungen Leuten zu wohnen, konnte sie so nett auch wiederum nicht sein. »Aber verstehen Sie doch, Jill möchte mit Ihnen allein leben! Schließlich ist es doch Ihrer beider Zukunft.« Ich sprach wie eine Briefkastentante in einem Frauenblatt.

»Und was soll ich mit meiner Mutter machen?« Freddy ging ins Wohnzimmer zurück und tupfte sich den Schweiß von der Stirn.

»Wie sind Sie ihr denn jetzt entkommen?«

Er schmunzelte pfiffig. »Sie ist mit dem Herrn von Meiering zum Heurigen gefahren. Das ist der nette ältere Herr, der Ihnen im Sacher helfen wollte, als Sie Ihr Kleid mit irgendeiner Flüssigkeit getränkt hatten.«

»Mit Sekt«, erklärte ich der Ordnung halber.

Sein Schmunzeln vertiefte sich. »Eigentlich haben wir Ihnen diese Bekanntschaft zu verdanken.«

»Meiner Ungeschicklichkeit«, verbesserte ich – und dachte ergänzend: mehr noch dem ungetreuen Paulus, dessentwegen ich an jenem Abend so verzweifelt war! Kettenreaktion.

Wir sahen uns an und dachten wohl beide dasselbe. Freddy sagte: »Herr von Meiering ist entzückt über Mamas hessischen Dialekt. Er sucht unsere Gesellschaft.«

»Und Ihre Mutter? Mag sie ihn?«

»Ich denke schon. Aber sie will mich eben nicht allein lassen.«

»Freddy!« Nicht zu glauben, wie dumm sich dieser Junge anstellte, der doch immerhin Lehrer in einer Sonderschule war, bestimmt kein schlechter, nur vor seiner Mutter zitternd in die Knie ging. »Überlegen Sie doch mal: Ihre Mutter ist froh, mit dem Herrn von – von …«

»Meiering«, warf Freddy ein, »ehemaliger Steuerbeamter.« Also nicht Hofrat, wie ich vermutet hatte.

»… mit diesem netten Herrn zusammen zu sein, möglichst sogar zusammenzubleiben, falls man das nach so kurzer Bekanntschaft schon sagen kann. Sie wiederum wollen mit Jill zusammenleben. Nur den Mut, das Ihrer Frau Mama zu sagen, die vielleicht sehnlichst auf diese Lösung wartet, den haben Sie nicht!«

Ich wäre wohl doch eine ganz gute Briefkastentante, denn die Worte wirkten. Freddy sah mich erleichtert an. »Ja«, erwiderte er nach eingehendem Nachdenken. »Sie haben recht. Ich werde es ihr sagen. Morgen schon.«

»Heute abend noch«, korrigierte ich. »Wollen Sie mit Jill sprechen?« Er schüttelte den Kopf. »Ich höre aber die Kusinen kommen.« Minnies Wagen fuhr geräuschvoll vor. »Wenn Sie jetzt durch den Garten gehen, laufen Sie ihnen in die Arme.«

»Hinterausgang?«

»Keiner.«

»Wenn Jill erfährt, daß ich mit Ihnen gesprochen habe, wird sie endgültig einschnappen, weil sie mich für einen Feigling hält.«

»Nicht ganz zu Unrecht«, gab ich zu. Der arme Kerl tat mir leid. »Gehen Sie die Treppe hinauf, das letzte Zimmer auf der rechten Seite, das ist meines. Dort warten Sie, bis alles im Bett ist. Dann können Sie hinaus.«

Er tat, was ich sagte. Kaum war er oben, quollen die Kusinen plaudernd herein.

»Du bist noch wach?« fragte Minnie enttäuscht. Ich störte ihr Renommee, denn die Haltung der Kusinen ihr gegenüber hatte sich geändert. Sie wollten einen kleinen Schimmer von Minnies Abenteuer abhaben, wie hungrige Krähen im Winter, wenn eine von ihnen einen großen Brocken gefunden hat. Minnie verteilte Glück in kleinen Portionen. Vor mir fühlte sie sich gehemmt. Doch Jill strahlte, als sie mich sah.

»Fein, daß wir uns noch sehen«, sagte sie. »War was?«

Sie sah mir wohl an, daß ›was war‹.

Ich antwortete nicht. Fragte statt dessen: »Wo seid ihr denn gewesen? Wieder im Römerkastell?«

»Zuerst aber im Prater.« Zitrönchen sah bei dieser Mitteilung ehrbar triumphierend aus, als habe sie eine hehre menschliche Pflicht erfüllt. »Wir sind Geisterbahn gefahren.«

Bambi kicherte. »Minnie hat geschrien, als ihr ein feuchter Lappen übers Gesicht fuhr. Ich hatte Angst vor dem Gerippe.«

»Und ein Mann hing am Galgen und stöhnte«, verkündete Zitrönchen schaudernd.

Sie waren wie Kinder, die von der Geburtstagsparty einer Schulfreundin heimkamen.

»Am Galgen stöhnt keiner mehr«, sagte ich. »Wer hängt, der hängt. Der hat keine Zeit mehr zum Stöhnen.«

»Warst du schon mal dabei?« erkundigte sich Minnie spitz.

»Ich habe es oft genug in Western gesehen. Auch ist das biologisch nicht möglich.«

Minnie zuckte die Achseln. Von Biologie verstand sie nichts, und Western sah sie sich nicht an, weil sich das für einen gebildeten Menschen nicht gehörte.

Nicht wieder streiten, dachte ich, wünschte allerseits eine gute Nacht und ging hinauf zu Freddy. Der saß auf meiner Bettkante und ließ den Kopf hängen. Ich mußte lachen. Da konnte er nicht länger ernst bleiben und lachte mit. Wir sahen in den mondbeschienenen Garten hinaus und entdeckten Jill, die im Gras saß und in den Sternenhimmel schaute. Sie dachte wohl an ihren Freddy, an Bürschi mit seiner Mutter. Hätte sie gewußt, wie nahe er ihr war!

Es war fast Mitternacht, ehe sich Jill bequemte, den Garten zu verlassen. Minnie saß mit Bambi und Zitrönchen noch in der Wohnstube und redete mit ihrer durchdringenden hellen Stimme unentwegt.

»Daß wir keine einzige Flasche Wein im Haus haben!« seufzte ich resigniert – da fiel mir der Kräuterlikör im Koffer ein, den ich Frau Konstantin mitgebracht und total vergessen hatte. Ich angelte ihn heraus, holte das Zahnputzglas und reichte es Freddy.

»Prost!« sagte er. »Wenn ich heimkomme, wird Mama staunen.«

»Wohnen Sie in einem Zimmer mit ihr?«

»Wand an Wand in einer Pension. Sie hört alles. Mama wartet auf mich, eher kann sie nicht einschlafen. Das wird was werden!« Er genehmigte sich noch einen tiefen Schluck, diesmal gleich aus der Flasche.

»Nehmen Sie das für einen Neubeginn.« Ich hielt ihm mein Zahnputzglas hin, damit er mir eingoß. Er tat es sparsam.

»Ist der Likör nicht zu süß?« fragte ich anzüglich, doch er fand ihn ›himmlisch‹, rückte näher an mich heran, legte den Arm um meine Schulter, betrachtete mich wie ein seltenes Insekt, das er seinen Kindern zu erklären gedachte, und stellte fest, daß ich Jill ähnelte. »Sind Sie noch frei?« wollte er wissen.

»Teils, teils«, antwortete ich ausweichend und reichte ihm das Zahnputzglas zum Nachfüllen. »In Berlin sitzt ein Mann, der mich nicht mehr will, in Wien ein alter Freund, der mich ganz gern haben möchte. Morgen fahre ich mit ihm ins Burgenland. Und mit einer Verflossenen von ihm. Sie heißt Mausi, ist Fotomodell und bildschön.«

»Zu dritt also«, stellte Freddy fest und zwinkerte mir verständnisvoll zu. »Ganz gute Lösung.«

»Sie haben eine schmutzige Fantasie«, tadelte ich. »Wir fahren wegen meiner Kusine Minnie hin.«

»Das ist mir im Augenblick zu hoch«, entschuldigte sich Freddy und trank. »Was ist mit Jill?«

»Die ist morgen den ganzen Tag über frei«, antwortete ich, denn ich konnte mir nicht gut vorstellen, daß sie mit Bambi und Zitrönchen gemeinsame Unternehmungen vorhatte. »Sie könnten ungestört mit ihr sprechen. Aber bitte kein Wort, daß wir uns heute gesehen haben, irgendwann werde ich es ihr schonend beibringen. – Soso«, sagte ich nach einer Pause. »Sie waren also der unentwegte Anrufer. Warum haben Sie denn Ihren Namen nicht genannt?«

Er meinte, er habe sich nicht getraut, weil Jill mitunter sehr energisch sein könnte.

Ich seufzte. »Und ich dachte, der geheimnisvolle Anrufer sei mein Freund aus Berlin.«

»Der Sie nicht mehr will?«

»Derselbige.«

»Sie lieben ihn noch?« Es war mehr eine Feststellung als eine Frage.

Stimmt es, daß Betrunkene und Kinder die Wahrheit sagen? Es stimmt nicht! Kinder sind Meister im Mogeln und Schwindeln. Und Betrunkene? Die schwafeln das Blaue vom Himmel und finden sich stärker, als sie sind. Nein, es stimmt nicht.

»Sie sind blau«, sagte ich schroff.

Freddy wollte mich beschwichtigen. Im Eifer hatten wir nicht darauf geachtet, daß sich der Gang belebte. Es klopfte an die Tür.

»Ist jemand bei dir?« Es war Minnie.

»Ja«, antwortete ich. »Ein Mann.«

Betroffenes Schweigen. Ich spürte die Neugier durch die geschlossene Tür. Bambi kicherte ein wenig, sie dachte wohl an einen Spaß.

»Barnabas?« fragte die hartnäckige Minnie.

»Nein«, gab ich zurück.

Eine Weile blieb es still, dann etwas lauernder: »Paulus?«

»Auch nicht«, rief ich zurück. »Viel jünger.«

Offensichtlich schwankte Minnie zwischen Neugier und Entrüstung, gab das Raten auf und zog sich mit ihren Vasallinnen zurück. Ich war davon überzeugt, daß sie eine schlaflose Nacht vor sich hatte, denn sie besaß als Kind bereits eine unheilvolle Neugier. Zweimal hatte sie sogar die Tür der Nachbarn an den Kopf bekommen, weil sie es nicht lassen konnte, daran zu lauschen und durchs Schlüsselloch zu schauen.

Ich schlich durch das Zimmer, sah in den Gang – er war leer. Die Kusinen befanden sich in ihren Pappschachteln.

Freddy stellte die halbgeleerte Flasche mit Nachdruck auf den kleinen runden Wackeltisch mit der Häkeldecke und erklärte: »Mir ist schlecht!«

»Sie haben zu schnell getrunken, mein Herr.« Ich setzte mich neben ihn. Er legte den Kopf an meine Schulter.

»Sie sind wie Jill«, sagte er. Ich fürchtete, er könnte zu weinen anfangen.

»Nur, daß ich zehn Jahre älter bin.«

»Aber genau wie Jill!« Das klang störrisch.

»Ich kann Jill aber nicht vertreten – Bürschi!«

Bei diesem Kosenamen fuhr er zusammen und sah entsetzt in sämtliche Zimmerecken, als vermute er in jeder seine Mutter.

Ich mußte lachen. Diesmal lachte er nicht mit. Ganz gut, wenn Freddy über Nacht wegblieb, dachte ich, gut für ihn und die Frau Mama. Eine Aussprache schien unvermeidlich. Ich tat es für Jill.

»Legen Sie sich hin, Freddy.« Ich stipste an seine Brust, er fiel um wie eine Gipsfigur. Dann hievte ich seine Beine auf das Bett, zog ihm die Schuhe aus und dachte daran, daß ich zeitig am Morgen zum Neusiedler See fahren wollte, und das möglichst ausgeschlafen. Wo sollte ich meinen verwirrten Kopf zur Ruhe legen?

Das Zimmer bot keine Möglichkeit, war zu winzig. Also schlich ich hinunter in die Wohnstube. Dort packte ich mich auf das unbequeme altmodische Sofa, dessen Sprungfedern aufsässig knarrten. Das Kleid hatte ich ausgezogen. Duschen wäre schön gewesen! Scheußlich, ungewaschen ins Bett zu gehen. Aber ein Bett war das nicht, und was das Duschen betraf, konnte ich es am Morgen nachholen. Vorher Freddy rausschmeißen.

Ich mußte kurz eingeschlafen sein, als ich merkte, daß sich jemand im Zimmer befand. War Onkel Josef überraschend zurückgekommen? Ein Einbrecher ...?! Das Licht ging an. Ein Aufschrei. Ich sah Jilis entsetztes Gesicht. Sie war im Schlafanzug, mit verwuscheltem Haar.

»Was machst du denn hier unten?« fragte sie fassungslos.

»In meinem Bett schläft ein Mann«, murmelte ich gähnend.

»Also doch!« Sie betrachtete mich kopfschüttelnd. »Warum legst du dich nicht zu ihm?«

»Der Mann gehört nicht mir«, gestand ich seufzend.

»Was macht er dann in deinem Bett?«

»Er ist betrunken – nein, leicht beschwipst. Von Frau Konstantins scheußlichem Kräuterlikör.«

»Wenn dir weder der Mann noch der Likör gehört, warum ...«

»Frag nicht soviel! Was machst du hier unten?«

»Ich kann nicht schlafen. Ich habe Durst. Ich such was zu trinken. Selters oder so.«

»Ich suche mit.«

Wir fanden eine Flasche Apollinaris in der Speisekammer.

»Hast du eine Zigarette?« fragte Jill.

»Oben im Zimmer.«

»Ich auch.«

Da wir beide nicht hinaufgehen wollten, saßen wir mit angezogenen Beinen auf dem Sofa und redeten. Das Apollinaris tat uns gut. Langsam kam ich zu mir.

»Du könntest in mein Zimmer gehen und dich in mein Bett legen«, schlug ich vor.

Jill blinzelte unsicher. »Ich denke, da liegt ein Mann drin?«

»Eben. Einer, der sich bei mir ausgeweint und versprochen hat, sich mit seiner Mutter zu arrangieren. Er entschied sich endgültig für seine Freundin. Darum habe ich ihm auch den Likör eingeflößt, damit er den Mut hat, über Nacht wegzubleiben. Wenn er zurückkommt, wird es ein Mordstheater geben. Hoffentlich ein heilsames.«

Während ich sprach, wurden Jills Augen immer größer. »Du sprichst doch nicht etwa von ...«

»Von Freddy, ja«, antwortete ich und wurde schlagartig wieder müde. Ich gähnte. »Geh zu ihm oder nicht, ich muß jetzt endlich schlafen. Für heute nacht trete ich dir großmütig mein Zimmer ab.«

»Dann könntest du doch in meinem ...«

»Lieber nicht«, lehnte ich ab. »Falls du es dir anders überlegst. Und sei nicht so streng mit ihm, er fürchtet sich vor dir.«

Jill ging steifbeinig zur Tür, blieb stehen, fuhr sich durch das rötlich-braune Haar, sah mich ratlos an.

»Mach das Licht aus!« sagte ich und zog die Decke über den Kopf.

Minnie auf Abwegen

Am nächsten Morgen, kurz nach sechs, hörte ich leise die Haustür ins Schloß schnappen. Barfuß schlich ich die knarrende Treppe hinauf. Mein Zimmer war leer. Der Alkoholdunst verflüchtigte sich durch das offene Fenster. Freddy war fort, Jill ganz sicher in ihrem Zimmer. Sie hatte mein Bett säuberlich aufgeschüttelt und glattgestrichen, als sei es nicht benutzt worden. Frau Holle hätte ihre Freude daran gehabt.

Ich brach zeitig auf, noch ehe die anderen wach wurden, um mit Barnabas zu frühstücken, wie es verabredet war. Doch als ich abfuhr, entdeckte ich Minnies Kopf am Fenster, bereits geschniegelt und gestriegelt für den Ausflug mit Tonio. Ich hob die Hand, um ihr zuzuwinken – sie sah schnell weg.

Der Tag versprach warm und sonnig zu werden. Feiner Dunst hing in der Luft. Die Kuppeln der Kirchen und Palais leuchteten grün-golden. Mein Herz schlug höher, ich mußte an meine Kindheit denken, wenn wir an solchen frühen Sommermorgen zur Straßenbahn pilgerten, um in den Wienerwald zu fahren oder sonstwohin, wo es ruhig und idyllisch war. Papa trug den Rucksack, meine Mutter und ich hatten Dirndln an. Meine weißen Söckchen rutschten mit den Fersen in die Schuhe. Zog man die Socken aus, bekam man wunde Füße, weil das Leder scheuerte. Wenn wir rasteten, gab es Salamiwurst und Gurken. Meist lagerten wir auf einer stillen Waldwiese, über der die Hummeln summten. Ich lag lang ausgestreckt da, starrte in die rauschenden Baumkronen und freute mich auf das Leben. – Das war lange her. Alles geht so schnell vorbei, ehe man es festhalten kann.

Diesen Tag aber wollte ich festhalten. Ein Tag mit Barnabas – und Mausi.

Noch war sie nicht bei ihm. Wir frühstückten auf dem Dachgarten. Barnabas hatte ein kurzärmeliges Baumwollhemd im Farbton seiner Augen an und weiße Jeans. Er war schlank, mehr als sein etwas rundes Gesicht vermuten ließ.

»Riekchen«, er betrachtete mich, als hätte er mich eben erst entdeckt, »erinnerst du dich, wie wir an einem Sonntagmorgen alle drei zum Neusiedler See gefahren sind?«

»Ich erinnere mich an diesem Morgen pausenlos an die Vergangenheit«, gab ich elegisch zurück. »Das ist nicht gut und kommt davon, wenn ich zu zeitig aufstehen muß. Entweder ich stehe früh auf und gehe ins Studio, oder ich schlafe mich tüchtig aus. In beiden Fällen habe ich keine Zeit, mich zu erinnern. Heute ist eine Ausnahme.«

»Eben«, stimmte mir Barnabas lächelnd zu. »Erinnerst du dich?«

Ich wußte es noch genau. Wir besaßen zu dritt ein uraltes Vehikel, einen Adler mit Schiebedach, der 60 km/h Spitze fuhr. Paulus gab sich witzig und versprühte eisgekühlten Charme. In seiner Nähe überkam mich ein prickelndes, erfrischendes Gefühl, das schnell in quälende Unruhe überging. Ich lernte in dieser Zeit die Angst kennen, Angst, verletzt zu werden, nicht schnell genug auf seine Sticheleien reagieren zu können, ihn zu langweilen. Doch ich langweilte ihn nicht. »Du bist wie eine flackernde Flamme«, hatte er öfter gesagt, anfangs begeistert, später wie eine Ansage. Barnabas ließ Paulus brillieren, leerte unterdessen unseren Picknickkorb, verteilte Getränke und Imbiß, hielt sich ansonsten zurück, nur ab und zu traf mich ein Blick. Sehr liebevoll. Er sagte nichts, obwohl er sonst durchaus nicht schweigsam war... Ich saß neben Paulus, lehnte den Kopf gegen seine Schulter, er sprach und sprach. Nach Jahren hatte er mir gestanden, daß er nur redete, weil er befangen war. Er wollte, daß ich neben ihm blieb, ganz eng, aber er scheute sich, den Arm um mich zu legen oder mich gar zu küssen. Er wollte sich nicht ausliefern, so nannte er es tatsächlich. Als ich aufstand, um das Tischtuch auf der Erde auszubreiten, fing mich Barnabas ab, umarmte mich und gab mir einen langen Kuß. Paulus sah zu und machte Bemerkungen, lachend, als ginge ihn das nichts an, als gratuliere er einem verlobten Paar. Er stellte keine Besitzansprüche. So blieb ich bei Barnabas, zunächst nur in der zweiten Tageshälfte. Am Abend gab es eine Aussprache zu dritt.

»Nimm sie«, sagte Paulus. Es klang kühl, ich mußte annehmen, er mache sich nichts aus mir. Damals kannte ich ihn noch nicht gut genug.

»Riekchen ist kein Gegenstand, den man sich nimmt«, hatte Barnabas ärgerlich erwidert.

»Macht, was ihr wollt«, sagte ich und ging in mein Zimmer. »Vielleicht mag ich euch beide nicht.«

Dann aber doch Barnabas. Paulus akzeptierte, gab sich unbefangen, war der Dritte im Bunde, auch noch, als wir unser Theaterstudium abgeschlossen hatten und beim Funk kleine Rollen sprachen, Synchron machten oder Wurzen am Theater spielten. Erst als Barnabas erklärte, er wolle Fotograf werden ...

»Wohin hast du dich verirrt?« Barnabas reichte mir die Marmelade über den Tisch.

»In unsere Vergangenheit.« Ich war traurig geworden, eine Spur sentimental, doch zum Glück kam Mausi und scheuchte uns auf. Wir kletterten in Barnabas' Auto und fuhren los. Nach Eisenstadt.

Zuerst sangen wir. Mausi hatte es sich auf dem Rücksitz bequem gemacht, ein buntes Tuch fest um den Kopf gewickelt, große Baumelohrringe über den nackten Schultern. Wir sprachen nicht über die geplante Untat. Barnabas tat, als gäbe es kein Komplott, er dachte höchstwahrscheinlich, wir würden es uns während der Fahrt anders überlegen. Als er an einer Selbstbedienungstankstelle ausstieg, besprachen wir uns.

»Schani ist völlig ahnungslos«, sagte Mausi. »Er hat seiner Gina vorgeflunkert, er sei bei einem Klassentreffen, bei dem Partner unerwünscht sind. Die Ausrede ist von mir. Gina hat sauer reagiert, doch das ist ihm Wurscht, hat Schani gesagt.«

»Er ist ein Filou«, stellte ich fest.

»Ein ganz großer«, pflichtete Mausi mir bei. »Darum hat er einen Denkzettel verdient. Nur hat die Sache einen Haken. Der Robert, du weißt schon, der Kellner, der spioniert ihm immer nach.«

»Was kann schon groß passieren?«

»Schani ist ein Plappermaul, vor allem, wenn er sich freut. Wenn der dem Robert verraten hat, wohin er wirklich fährt und vor allem mit wem – und wenn der Robert es der Gina weitererzählt hat, dann gute Nacht! Sie ist eine typische Italienerin. Was die mal hat, hält sie fest! Dann noch der Familienclan: Brüder, Onkel und so was!«

»Malen Sie den Teufel nicht an die Wand«, rief ich erschrocken.

»Wie wär's mit ›du‹?« fragte Mausi.

»Gern, ich bin Ulli oder Riekchen, wie Sie wollen.«

»Riekchen gehört Barnabas«, entschied Mausi einsichtig. »Ich nenn' dich Ulli.«

»Ich dich Mausi, wenn's recht ist.«

Wir umarmten uns.

Barnabas kam zurück, schaute ziemlich verständnislos aus seinem Baumwollhemd und fragte: »Was ist denn hier los?« Wir taten ziemlich geheimnisvoll und antworteten nicht. Männer brauchen nicht alles zu wissen.

In Eisenstadt machten wir erste Station. Barnabas wollte hier für seinen Bildband noch einige Aufnahmen schießen. Wir schlenderten durch den Schloßpark derer von Esterházy, posierten als Zugabe für das fotografische Kunstwerk. Wir besichtigten das Haydn-Museum, Barnabas machte Innenaufnahmen; dann knipste er auch noch das Mausoleum.

Ich hielt derweil Ausschau nach Minnie. »Weißt du, was Schani für einen Wagen fährt?« fragte ich Mausi.

»Alle naselang einen anderen«, antwortete sie. »Meist supergrelle Kisten. Er hält das für ein typisch italienisches Markenzeichen.«

An uns fuhren knallrote, giftgrüne und zitronengelbe Autos vorbei, doch in keinem saß Minnie. Hatte sie es sich im letzten Augenblick anders überlegt?

Barnabas war mit Fotografieren beschäftigt, Mausi mit der kosmetischen Erneuerung ihres Gesichts, ich mit meinen Gedanken an

Minnie. So kamen wir uns nicht nahe, drehten uns wie Satelliten umeinander.

»Schau mal, die Störche!« rief Mausi, als wir in Rust einfuhren. Seit meiner frühesten Kindheit wußte ich, daß irgendwer an derselben Stelle »schau mal, die Störche!« rief. Sie saßen auf den Dächern, klapperten mit den Schnäbeln, brüteten oder fütterten die Jungen, flogen auf und schwebten elegant über den Giebeln.

Barnabas parkte seinen Wagen auf dem Marktplatz, stieg aus und lief mit schußbereiter Kamera zum Rathaus, auf dessen Dach eine besonders attraktive Storchenfamilie thronte.

»Ich habe zwar schon einige Schnappschüsse davon gemacht«, rief er uns halb über die Schulter zu, »aber der Lektor will noch andere. Er meint, die Leute lieben Bilder von Tieren mehr als von Häusern oder Landschaften. Ich weiß nicht, ob er recht hat.«

»Knips mal schön, mein Junge«, sagte Mausi und hängte sich bei mir ein. »Dort drüben ist übrigens das Gartenrestaurant, von dem Schani gesprochen hat.«

Die Rathausuhr schlug halb eins. Wie ich Minnie kannte, legte sie Wert auf pünktliche Mahlzeiten, selbst wenn sie noch so verliebt war.

Und dann entdeckte ich sie.

Minnie hatte eine ihrer auffälligen, großgemusterten Blusen an, die sie breiter erscheinen ließ und lose über den prallsitzenden Hosen hing. Mächtig, mit erhobenem Kopf, schritt sie einher und lachte. Ihr Lachen klang tief und volltönend wie eine Münsterglocke. Neben ihr Tonio-Schani im Italien-Look, papageienbunt, rundlich und quietschvergnügt. Er erklärte ihr etwas. Sie bestaunte es.

Minnie auf Abwegen. Eine gelöste, glückliche Minnie, die mir plötzlich leid tat. Ich hatte nicht das Recht, ihr einige frohe Stunden zu vergällen. Ganz gleich, wie sie sich mir gegenüber verhielt.

»Das ist sie, ja?« Mausi, die neben mir in einer Toreinfahrt stand, begutachtete die beiden. »Sie passen zueinander«, stellte sie fest. »Vorausgesetzt – Schani wäre Tonio.«

»Ja«, gab ich zu. »Schade eigentlich. Sie schleppt ganz Sizilien durchs Burgenland.«

»Meint sie«, ergänzte Mausi.

»Ja«, sagte ich wieder und trat in den Schatten, damit ich unentdeckt blieb.

Barnabas war mit seinen Aufnahmen fertig, kam mit befriedigtem Gesicht zurück.

»Kinder«, er bestaunte uns hingerissen, »ihr seid die zwei hübschesten Mädchen weit und breit!« Klack – ein neuer Schnappschuß war im Kasten.

»Kunststück«, brummte ich, »außer uns ist kein anderes weibliches Wesen zu sehen!«

Minnie und Schani waren ins Gartenrestaurant gegangen, die Straßen menschenleer. Die Hitze nahm zu. Man saß in den hübschen Hinterhöfen beim Wein oder unter schattigen Bäumen beim Essen. Viele hielten sich am See auf.

»Wie wär's mit einer Ruderpartie?« fragte Barnabas und tat, als hätte er nicht die geringste Ahnung von unserem Vorhaben. Ich war nicht sicher, ob auch er Minnie und Schani gesehen hatte, wenn ja, tat er alles, um uns abzulenken. Er drängte uns geradezu zum See. Fast hätte ich nachgegeben, denn der Plan erschien mir nun recht albern. »Vergib deinen Feinden; nichts verdrießt sie so«, meint Oscar Wilde.

Aber Minnie war nicht meine Feindin, jedenfalls nicht offiziell. Was ich an ihr verabscheute, war ihre Geltungssucht. Gut. Oder besser – schlecht. Was noch? Ihre Besserwisserei. Ihre Gängelei. Die typische Herrschsucht der angeblich Hilfsbereiten. Die Intoleranz ...

Minnie hatte sich von einer langjährigen Freundin, die bei ihr verzweifelt Trost suchte, losgesagt, weil diese ein Verhältnis mit einem verheirateten Mann unterhielt. In ihrem entrüstet-selbstgerechten Ton verkündete sie es mir am Telefon. »Ich denke an die arme betrogene Ehefrau!«

»Und deine Freundin?« hatte ich gefragt.

»Die kommt schon zurecht. Hoffentlich ohne den verheirateten Mann! Dann ist sie auch bei uns wieder ein gerngesehener Gast.«

Die Abneigung stieg in mir hoch und nahm mir fast die Luft.

»Kommt essen!« Mausis Stimme holte mich zurück. »Nachher können wir uns auf dem See tummeln.« Mausi musterte mich nachdenklich. Ihre goldenen Ohrringe funkelten mit den Augen um die Wette.

Barnabas zögerte noch, sein Blick wanderte zwischen Mausi und mir hin und her. »Also gut«, sagte er schließlich. »Dann kommt, ihr zwei.«

Im Garten des Restaurants wimmelte es von Menschen. Wir fanden drei Plätze unter einem himmelblauen Sonnenschirm mit weißen Fransen. Minnie konnten wir nicht entdecken.

Barnabas reichte mir die Speisenkarte, sah mich dabei prüfend an, als traue er mir nicht. Ich schenkte ihm ein zaghaftes Lächeln, doch sein Gesicht blieb ernst. Als ich die Karte studierte, merkte ich, daß ich zwar Hunger, doch keinen Appetit hatte. Dazu war ich zu aufgeregt.

Barnabas bestellte für uns irgendwas, schien unruhig, ließ mich nicht aus den Augen. Seine Miene sagte: »Laß das sein! Das paßt nicht zu dir. Freu dich lieber an dem Tag, Riekchen.«

Ich wollte nicht verstehen. In mir rebellierte ein ›Nun-gerade!‹-Gefühl. Mausi und ich steckten die Köpfe zusammen.

»Wenn du hingehst, möchte ich zusehen«, sagte ich leise zu ihr.

»Du stellst dich hinter einen Baum. Es sind ja genügend da«, riet sie mir. Sie vibrierte vor Unternehmungslust. »Am besten, wir bringen es gleich hinter uns.«

Als wir aufstanden, schnappte Barnabas meine Hand. Er warnte mich mit den Augen. Wenn er wollte, hatte er einen harten Kopf. Meiner war auch nicht weicher.

»Riekchen ...«

»Laß mich.«

»Geht es dir wirklich nur um Minnie?«

»Worum denn sonst?«

»Wenn es nur ein Ventil ist – wegen Paulus?«

»Du bist wohl übergeschnappt! Warum sollte ich mich ausgerechnet wegen Paulus an Minnie rächen wollen?«

»Aus Bitterkeit vielleicht?«

»Ich kann deinen psychologischen Winkelzügen nicht folgen!« Energisch riß ich mich los und ging hinter Mausi her.

Wir zwängten uns durch die engen Stuhlreihen. Unter einer Weide mit tiefhängenden Zweigen nahmen wir Aufstellung.

»Dort sitzen sie.« Mausi wies auf einen Tisch in der Mitte des Gartens.

Minnie hob das Glas und prostete dem vermeintlichen Tonio zu. Mit ihrem lustigen kurzen Kinn und den hellen Strahlaugen, mit den runden Wangen und der Himmelfahrtsnase sah sie jung und hübsch aus. Tonio redete. Ich hörte seinen italienischen Dialekt, Mausi ebenfalls. Sie stieß mich an und grinste.

»Wenn, dann jetzt!« sagte sie und wollte los.

Ich hielt sie zurück, bekam Angst. Wenn Minnie merkte, daß dies eine abgekartete Sache war und ich dahintersteckte, dann war meine schöne Verachtung für sie im Eimer. Ein Leben lang würde ich ihr gegenüber schuldbewußt sein.

Mausi segelte trotzdem los, langsam, wie es ihre Art war, sie wippte elegant in den Hüften, nicht aufdringlich, aber doch sehr feminin. Sie näherte sich dem besagten Tisch, stutzte, bremste. Was war los? Mit einem Satz rettete sie sich zurück unter die Weide.

»Gina!« stammelte sie fassungslos.

Eine rundliche, dunkelhaarige Frau steuerte von der anderen Seite Tonios Tisch an, baute sich davor auf, stemmte, wie in einer Szene im Volkstheater, die Hände in die Hüften und redete lautstark auf Tonio ein. Der wurde blaß wie die Wand. Die Frau redete italienisch.

»Robert!« keuchte Mausi entrüstet. »Der hat den Mund nicht gehalten und ihr alles verraten. Verdammte Sch...« Hier folgte ein Wort, das im Wiener Dialekt dieselbe Bedeutung hatte wie im Berliner Jargon.

Nun steigerte sich die Stimme der Frau, wurde eine Oktave höher. Hinter ihr hatten sich drei drohend blickende Männer aufgebaut.

»Ihr Onkel Roberto und ihre Brüder Carlo und Giovanni«, erklärte Mausi und faßte sich an den Hals, weil ihre Kehle wohl genauso trocken war wie meine.

Nun schimpften alle zusammen auf den armen Tonio ein. Minnie saß wie versteinert daneben, blutrot, mit verlegenem Gesicht. Die Leute wendeten die Köpfe. Gina begann zu schreien. Sie brüllte Minnie an, was das Zeug hielt. Sollte ich eingreifen, Minnie wegbringen? Sie würde mir nie verzeihen, daß ich Zeugin dieser peinlichen Szene gewesen war.

Noch immer saßen Tonio und Minnie reglos da. Gina versuchte Tonio wegzuziehen. Das war ihm anscheinend zuviel. Mit einem energischen Ruck machte er sich frei, kam zu sich und wurde auf der Stelle Schani.

Schani holte tief Luft und sagte ganz laut, daß es die gesamte Umgebung hören mußte: »Jetzt halt endlich die Goschen, du blöde Schnepfen!«

Bei Minnie schlug der Blitz ein. Die peinliche Szene hätte sie noch überstanden, aber nicht diesen Dialekt. Er war vulgär. Sie erhob sich fassungslos, murmelte etwas und stolperte davon. Leider war sie zu dick, um durch die Stuhlreihen zu kommen. Die Leute lachten hinter ihr her. Minnie hatte den schlimmsten Abgang, den man sich denken konnte.

Schani machte einen vergeblichen Versuch, ihr zu folgen, wurde jedoch von Gina und ihren drei männlichen Sippenmitgliedern mit Beschlag belegt.

»Ob ich ihr nachgehen soll?« fragte ich Mausi ratlos.

»Das wird sie dir übelnehmen«, sagte sie.

Mausi dachte genau wie ich.

Und Barnabas?

Wir gingen zurück zum Tisch. Er hatte ein wenig von der Szene mitbekommen, tat aber so, als sei es ihm völlig gleichgültig.

»Na, ihr Helden?« empfing er uns und schob uns zur Stärkung ein Glas Burgenländer Wein vor die Nase.

Wir aßen mit gesenkten Köpfen unsere Teller leer, zumindest bemühten wir uns, es zu tun, doch wir schafften es nicht. Triumph fühlte ich keinen.

Nach einer Weile fragte Barnabas: »Soll ich Minnie holen?«

Ich schüttelte den Kopf. »Damit muß sie allein fertig werden. Es ist eine neue Erfahrung für sie.«

Etwas später sahen wir Tonio-Schani im Kreis der Italiener zum Ausgang streben. Gina, noch immer schmollend, aber siegesbewußt, hielt ihn am Handgelenk gefaßt und führte ihn ab. Die drei Männer folgten wie eine Eskorte.

Mausi lachte. »Armer Schani! Aber ich gönne es ihm.«

»Warum?«

Ein Schatten huschte über ihr breitflächiges, fotogenes Gesicht, nur ganz kurz. »Er hat mich sitzenlassen«, verkündete sie leichthin.

Ich sah sie verblüfft an. »Hättest du ihn denn gewollt?«

»Ja«, gab sie unverblümt zu. »Ich wäre gern die Wirtin vom Römerkastell geworden. Aber – wie das Leben so spielt…« Sie polkte den Lippenstift aus dem Velourstäschchen und bemalte sich mit einer Sorgfalt, als gäbe es nichts Wichtigeres auf der Welt.

»Gibt es eine Verjährung für Seelenschmerz?« fragte ich sie.

»Bestimmt nicht«, erwiderte Mausi. »Wenn etwas ganz schlimm

ist, dann soll man lächeln oder weinen. Dazwischen darf man nicht bleiben.«

Bei diesen Worten lächelte sie mich strahlend an.

Wir zahlten unser halbaufgegessenes Mittagessen, um Minnie sicherheitshalber zu folgen. Weit konnte sie nicht sein. Es dauerte nicht lange, da entdeckten wir sie. Sie lief, als sei der Teufel hinter ihr her, die Straße entlang, überquerte sie am oberen Ende und kam wieder zurück. Wer weiß, wie lange sie das schon so machte. Sie mußte ihrer Enttäuschung, der Scham, der Wut Herr werden. In diesem Punkt glichen wir uns: Gegen Aufruhr gab es nur eines: Laufen! Dann verschwand sie in der nächsten Toreinfahrt. Wir gingen hin und hörten sie weinen. Am liebsten hätte ich sie in die Arme genommen und getröstet.

Nein, ich ließ es. Sie mußte wissen, was sie tat. Keiner hatte sie mit vorgehaltener Pistole gezwungen, mit Tonio ins Burgenland zu fahren. Keiner! Ganz gut, wenn auch sie mal einen Tiefpunkt erlebte. Im Gleichmaß ihres familienbewußten Lebens war das ganz gut. Sollte sie sehen, wie das ist, wenn man sich am eigenen Schopf aus dem Schlamassel ziehen muß.

»Kommt«, sagte ich. »Wir wollten doch zum See.«

Es dauerte eine Weile, ehe ein wenig Stimmung aufkam. Barnabas verschanzte sich hinter seinem Fotografierblick. Mausi grübelte vor sich hin und philosophierte: »Die Männer«, dabei betrachtete sie Barnabas abschätzend, der uns über den See ruderte und eigentlich sehr lieb war, »die sind ganz schöne Pfeifen. Da spielen sie den Casanova und haben doch nicht das Format dazu. Kleine Würstchen, das ist es, kleine Würstchen ohne Kren, das sind die Männer.«

»Sag bitte nichts gegen Würstchen«, rief ich sie zur Ordnung. »Ich finde sie lebensnotwendig.«

»Die knackigen, ja«, gab Mausi zu. »Die können ein Genuß sein. Aber die laschen, ohne Salz und Pfeffer …« Sie schüttelte sich vor Abscheu.

»Jetzt weiß ich nicht«, sagte Barnabas und blickte uns fragend an, »sprecht ihr von Männern oder tatsächlich von Würstchen?«

»Wenn ich das wüßte«, meinte Mausi grüblerisch.

Auch ich wurde nachdenklich. Und Barnabas ruderte.

Ich durfte nicht zu spät heimkommen, denn Onkel Josef hatte ja eine Überraschung für uns bereit.

»In eurer Familie ist dauernd was los«, staunte Barnabas, als ich ungeduldig zum Aufbruch drängte.

»Zum erstenmal«, sagte ich. »Sonst passiert jahrelang nicht das geringste.«

Onkel Josefs großer Auftritt

Punkt halb acht kam ich in Mauer an. Frau Konstantin empfing mich mit allen Zeichen höchster Erregung. Sie hatte Streuselkuchen gebacken. Den Tisch liebevoll gedeckt. Für sieben Personen. Für die Kusinen und für mich.

»Wo soll Onkel Josef mit seiner Braut sitzen?« erkundigte ich mich, denn ich war noch immer felsenfest davon überzeugt, daß wir Familienzuwachs bekommen würden.

Frau Konstantin schwieg vielsagend.

»Mann, bist du braun!« rief Jill, als sie mich sah. »Warst du am Neusiedler See?«

Ich nickte und hob den Finger an die Lippen.

»Hast du Minnie dort getroffen?«

Ich verneinte.

»Komisch«, fuhr Jill fort. »Sie kam völlig verheult nach Hause. Ging gleich in ihr Zimmer, ohne ein Wort zu sagen. Ich dachte, du wüßtest was. Warum hast du den Finger an die Lippen gelegt, als ich dich fragte, ob du am Neusiedler See gewesen bist?«

»Erzähle ich dir später, vielleicht. Wie habt ihr den Tag verbracht?«

»Ich im Garten, habe mich geaalt, ach, das war herrlich. Wenn ich daran denke, daß ich nächste Woche wieder in der Tretmühle stecke ...!«

Bambi und Zitrönchen kamen die Treppe herab und hatten sich für das bevorstehende Ereignis feingemacht. Sie wirkten satt und zufrieden, denn sie hatten mit ihren Familien telefoniert. Den Kindern gehe es gut. Den Männern auch. Sie wurden zu Hause vermißt, weil sich das gebrauchte Geschirr in der Küche stapelte – erklärte mir Bambi allen Ernstes.

Jill winkte mich mit den Augen hinaus. Auf der winzigen alten

Veranda mit den vertrockneten Topfblumen und Tante Majas knirschenden Korbmöbeln aus der Jugendzeit sagte Jill: »Freddy war heute nacht nicht mehr ansprechbar. Ich habe neben ihm gelegen, und er merkte es nicht. Früh habe ich ihn dann weggeschickt.«

»Und?«

»Nichts und«, gestand Jill niedergeschlagen. »Seither kein Mucks.«

»Willst du damit sagen – Freddy ist verschwunden und hat sich seither nicht gemeldet?«

»Genau das!«

Man braucht kein Prophet zu sein, um sich auszumalen, was passiert sein mochte: Er hatte sich endgültig für die Frau Mama entschieden.

»Arme Jill«, sagte ich leise. Sie starrte an mir vorbei in den Garten und bemühte sich krampfhaft, nicht zu heulen. Es gelang ihr sogar. Jill besaß Disziplin. Leschinsche Haltung, die uns oft genug gepredigt worden war. Keine leichte Sache bei einem stürmischen Herzen!

»Was nun?« fragte ich sie.

»Wie gehabt.« Jill versuchte ein Lächeln. »Ich werde es sicher überleben. Die Sache kommt zu den Akten.«

In diesem Augenblick erinnerte sie mich an Mausi. Was für tapfere Frauen es gibt, dachte ich. Nur wissen es viele Männer nicht, weil sie sich für die falsche Partnerin entscheiden. Für eine, die sie für schwächer halten und die doch nur die gewieftere ist.

»Hoffen wir, daß Onkel Jo ein bißchen glücklich ist«, meinte Jill und zog mich zurück ins Wohnzimmer. »Auf alle Fälle – danke für deine Unterstützung. Du hast es gut gemeint.«

»Wer es gut meint, der tritt meist ins Fettnäpfchen«, erwiderte ich. Es tat mir so leid. Alles tat mir leid. Am meisten: ich mir selbst.

Kurz vor acht kam Eugenie. Sie sah blaß und überarbeitet aus, mit tiefen Ringen unter den Augen. Wir setzten uns zu Tisch. Da erst gesellte sich Minnie zu uns. Sie zeigte erstaunliche Beherrschung, gab sich aufgesetzt fröhlich, eine Spur zu laut. Nichts deutete darauf hin, daß sie noch vor einigen Stunden weinend in einer Toreinfahrt gestanden hatte.

»War's schön?« fragte ich sie, weil ich sie das normalerweise auch gefragt hätte.

»Sehr schön.«

»Seid ihr in Rust gewesen?«

»Am See, ja«, schwindelte sie. »Vorher haben wir fantastisch gegessen.« Sie wechselte ganz schnell das Thema. »Können wir den Kuchen schon anschneiden, Frau Konstantin? Ich mach das gern.« Sie stürzte sich in Geschäftigkeit, das half ihr über die Klippen.

»Wie geht es Barnabas?« erkundigte sich Eugenie.

»Prächtig«, erwiderte ich. »Er fotografiert wie besessen. Wir haben eine Fahrt nach ...«, ich verschluckte das Wort ›Rust‹, um Minnie nicht aus der Fassung zu bringen, »ins Blaue gemacht. Seine ehemalige Freundin war mit. Sie ist sein Starmodell.«

»Nett?« wollte Eugenie wissen.

»Sagenhaft nett«, schwärmte ich. »Sie verkehrt ab und zu im Römerkastell, aber nur noch selten, sie hat viel zu tun.«

Es war mir nur so herausgerutscht. Minnie wurde schlagartig knallrot und hätte sich um ein Haar in den Finger geschnitten.

Minnie verteilte Kuchen, Frau Konstantin goß uns heiße Schokolade in die Tassen, als seien wir noch Kinder. Bis jetzt keine Spur von Onkel Josef.

Es war gleich acht. Und was tat diese verrückte Frau Konstantin? Sie schaltete den Fernsehapparat ein! Wir protestierten vielstimmig.

»Seid still, Mädchen!« Sie winkte heftig ab. »Seid still und schaut zu. Eßt schön euren Kuchen. Laßt die Schokolade nicht kalt werden.«

Wir sahen irritiert auf die Mattscheibe. Ansage der Sprecherin: Es folgt das Spiel ›Wer es weiß, gewinnt!‹ Musik, Applaus, der Quizmaster erschien und begrüßte das Publikum in der Linzer Stadthalle. Die erste Kandidatin, eine Hausfrau aus Graz, wurde vorgestellt. Ihr Thema: ›Cromwell und das Unterhaus‹. – Der zweite Kandidat war kurzfristig für den erkrankten Champion der letzten Sendung eingesprungen.

»Zweimal bereits hatten wir ihn eingeladen«, verkündete der Quizmaster lächelnd in die Kamera, »und zweimal sagte er im letzten Augenblick ab, doch dafür kam diesmal spontan seine Zusage. Es geht um seltene Briefmarken im Laufe der letzten zweihundert Jahre.« Große Geste: »Wir begrüßen nun Herrn Josef Leschin aus Wien, Hauptmann im Ruhestand.«

Ein schlanker älterer Herr im flotten Jagdanzug kam aufrecht, gemessenen Schrittes, den Mittelgang entlang, lächelte mit unnachahmlichem Charme und verbeugte sich.

Frau Konstantin klatschte mit dem Publikum um die Wette. »Kein Wort hat er uns vorher verraten«, rief sie mit sanftem Vorwurf. »Jetzt ist es also soweit.«

Keine Braut – sondern Briefmarken!

Onkel Jo war über seinen Schatten gesprungen, nach zwei vergeblichen Anläufen.

Tapfer schlug er sich mit den beiden anderen Kandidaten (außer Cromwell noch Friedemann Bach), doch er schaffte es nicht zum Champion. Siegerin wurde die Hausfrau aus Graz. Onkel Jo nahm den zweiten Platz ein und gewann außer einem ansehnlichen Picknickkorb noch ein Kistchen wertvoller Briefmarken. Als er den Preis überreicht bekam, sah er in Großaufnahme voll in die Kamera. Seine Augen funkelten spitzbübisch, gewiß dachte er an uns und unsere maßlose Verblüffung. Die Überraschung war ihm gelungen! Zum Schluß klatschten wir alle Beifall, als säßen wir in der Linzer Stadthalle.

Das gab ein Gelächter und Gerede, ein aufgeregtes Hin und Her. Frau Konstantin brachte sogar eine Flasche Sekt für uns alle sieben und meinte warnend: Wir sollten aber nicht übermütig werden! Wir wurden es dennoch und gerieten in Fahrt. Aber etwas fehlte. Erst später kam ich dahinter: Minnie hatte sich wortlos zurückgezogen.

Am nächsten Morgen, ich lag noch in tiefem Schlummer, klingelte das Telefon. Die unermüdliche Frau Konstantin waltete ihres Amtes, ich hörte sie herumwirtschaften, dann ins Telefon schreien. Es war ihre Art, in den Hörer zu brüllen, als müsse sie sich ohne Kabel verständlich machen. Dann rief sie mit Feldherrnstimme: »Ulriiike!«

Ich sprang aus dem Bett, knallte mit dem Kopf an die schräge Decke, an die ich mich offensichtlich nie gewöhnen konnte, hörte die Engel singen und dachte, während die Funken sprühten: Paulus! Mir wurde noch elender, ich angelte nach dem Morgenrock.

Oder war es Barnabas? Er pflegte um diese taufrische Morgenzeit nicht anzurufen. Barnabas war ein Nachtmensch.

Es war der Rundfunk, der mich zu nächtlicher Stunde zu sprechen wünschte. »Wieso denn so früh?« brummte ich ins Telefon.

»Früh?« Herrn Novotnys monotone Stimme war ein einziger Vorwurf. »Es ist halb neun.«

»Ich habe Urlaub«, wandte ich mürrisch ein.

»Jetzt nicht mehr«, gab Herr Novotny liebenswürdig zurück. »Wir müssen das Programm für morgen besprechen.«

Sie hatten es also doch nicht vergessen! Nicht mal auf die schöne Schlamperei konnte man sich mehr verlassen. Es schien, als sei die ganze Welt in Unordnung geraten.

Herr Novotny empfing mich mit müdem Blick unter tiefhängenden Lidern. »Das Programm.« Er reichte mir einen Zettel über den mächtigen Schreibtisch. »Wir machen morgen früh eine Probe in der Konzerthalle. Die Gestaltung ist Ihnen überlassen. Machen Sie schön auf Österreichisch, das habe ich Ihnen ja schon gesagt. Testen Sie die Länge der Darbietungen und Ihrer Texte. Vor allem letztere. Die Minuten der Dauer der einzelnen Darbietungen sind angegeben. Bis morgen dann.«

Das war schon alles. Ich schwirrte lustlos ab, entdeckte im Gang ein druckfrisches Plakat:

RHYTHMUS DER FREUDE
Ein buntes Programm mit
Ulrike Leschin

Sieh an – ich als Star, das hatte bestimmt die Geismeiern veranlaßt. Die spielte gern ein wenig lieber Gott. Da konnte man nur hoffen, daß ich dem Publikum ein Begriff war. Einige Veranstaltungen hatte ich in den letzten Jahren hier moderiert, war aber gleich wieder zurück nach Berlin gefahren, manchmal ohne Onkel Josef zu besuchen. Meist war Paulus dabeigewesen, als Texter, oft auch als Regisseur.

In der Kantine bestellte ich mir einen Mokka und studierte das Programm. Kein Name der Mitwirkenden, außer meinem, nur:

Humorist	– 20 Minuten
Gesangsquartett	– 12 Minuten
Sängerin	– 10 Minuten
Marimbaphon-Virtuose	– 13 Minuten.

Ein fix und fertiges Programm von Berlin, verpackungsfrisch von Frau Geismeier überreicht. Ich war auf die Probe am nächsten Morgen gespannt.

Barnabas war telefonisch nicht zu erreichen. Wir hatten für diesen Tag nichts ausgemacht. Also bummelte ich durch die Innenstadt, aß Eis im Stadtgarten, Würstchen an einer Bude am Steffl und fuhr zurück nach Mauer.

Onkel Josef war noch nicht wiedergekommen, er genoß seine neuentdeckte Freiheit. Ich gönnte es ihm. Es war ihm gelungen, über seinen Schatten zu springen. Allein das Vergnügen, wenn er daran dachte, was wohl Tante Maja und Frau von Kusslaff zu seinem Fernsehauftritt gesagt hätten, lohnte den Spaß.

Bambi lag auf einer Decke im Garten und döste in der Sonne. Zitrönchen befand sich in heller Aufregung; sie hatte einen Anruf von zu Hause bekommen und erfahren, daß ihr Ältester die Großmutter schikanierte.

»Ich muß heim«, verkündete sie weinerlich, »es geht eben nicht ohne mich.«

»Wir wollten aber bis zum Sonntag beisammenbleiben«, versuchte ich sie zu beruhigen. »Was wäre, wenn du im Krankenhaus lägest? Dann müßte es doch auch gehen.«

Sie sah mich mit einem langen, vorwurfsvollen Blick an. »Kinder brauchen die Mutter«, belehrte sie mich. »Und ich liege nun mal nicht im Krankenhaus.«

»Deine Jungs sind schon groß. Wenn du zu Hause bist, gibt es dann keinen Krach zwischen ihnen und deiner Mutter?«

Zitrönchen überhörte die Frage, seufzte herzzerreißend und ging packen. Da war nichts zu machen. Und weit und breit keine Minnie, die ihr sagte, was sie tun sollte. Auf mich hörte sie nicht. Ich hatte keine Kinder. Mich konnte man nicht für voll nehmen.

»Wenn du willst«, rief ich ihr nach, »bringe ich dich zum Bahnhof.«

»Das wäre nett von dir«, antwortete sie. Nachdem sich Zitrönchen von den anderen verabschiedet hatte, verfrachtete ich sie samt Gepäck in Knatter. Während der Fahrt sprachen wir kein Wort. Wir hatten uns nichts zu sagen. Sie bedauerte nicht einmal, daß sie meine Sendung nicht hören konnte. Als sie abgefahren war – ich hatte ihr sogar noch nachgewinkt –, fuhr ich zurück. Noch immer kein Onkel Jo. Nur Bambi auf der Decke im Garten.

»Ist sie gut weggekommen?«

»Ich denke schon. Wo ist Jill?«

»In die Stadt gefahren. Minnie ist auf ihrem Zimmer.«

Ich klopfte an Minnies Tür. Sie saß im Sessel und las.

»Was ist los, Minnie? Der Haufen zerstreut sich. Willst du ihn nicht zusammenhalten?«

»Was kann ich schon groß tun?« Sie sah noch immer verheult aus. Ich wollte ihr gern helfen, wußte aber nicht, wie ich es anstellen sollte, ohne aufdringlich oder neugierig zu wirken.

»Minnie...« Ich setzte mich auf die Bettkante, weil kein zweiter Stuhl vorhanden war. »Was ist gestern mit Tonio passiert?«

»Hör auf.« Die Tränen rollten über ihr Gesicht, sie legte das Buch beiseite. »Wußtest du, daß Tonio kein Sizilianer ist?«

»Eugenie hat es mir gesagt.«

»Warum hast du mich nicht darüber aufgeklärt?«

»Hätte das etwas geändert?«

»Bestimmt. Mit einem Wiener Hinterhofjungen wäre ich nicht weggefahren.«

»Ach, Minnie!«

Wie sollte ich ihr begreiflich machen, daß man eine Sache nicht nur schwarz oder weiß sehen darf, daß es vielerlei Schattierungen gibt, nicht bloß ein Oben oder Unten, sondern mehrere Schichten, die sich vermischen und verändern. Es wäre zu weitschweifig gewesen, mit Minnie darüber zu sprechen, sie hätte mich ohnehin nicht verstanden.

»Du hättest es mir sagen müssen«, sagte sie anklagend, »du hattest die Pflicht, es mir zu sagen, als ich euch mitteilte, daß ich mit ihm ins Burgenland fahren würde.«

Mit der ›Pflicht‹ ist das eine umstrittene Sache. Ich ließ Minnies Vorwürfe über mich ergehen und dachte daran, daß keiner weder die Pflicht noch das Recht hatte, den anderen über etwas aufzuklären, das er im Grunde gar nicht wissen wollte.

»Ist es denn so wichtig, woher ein Mensch wie Tonio stammt – ist es nicht wichtiger, wie er sich benimmt?«

»Er gab sich als etwas aus, was er nicht ist.«

Ich nickte. »Du wolltest die Sonne von Sizilien und hattest nur den Mond von Ottakring.«

»Wenn du es so poetisch ausdrücken willst – ja.«

Minnies Neugier wurde wach. »Sagtest du: aus Ottakring? Ist dieser Mensch aus Ottakring?« Sie verzog angewidert das Gesicht.

»Keine Ahnung. Aber ich kenne jemand von dort, das ist ein prächtiger Mensch, und ich wünschte, wir wären so wie sie.«

»Eine Frau aus Ottakring?« fragte Minnie fassungslos, als hätte ich von einem Menschen mit zwei Köpfen gesprochen.

Ich lächelte mutlos. »Siehst du, wie du alles mit deinem Maßstab mißt? Du verurteilst, ohne zu kennen.«

»Ich verabscheue alles Primitive«, erklärte sie kategorisch und suchte ihr Taschentuch. Ich ließ sie suchen.

»Du bist überheblich, Minnie.«

Ihr Blick wurde feindselig. »Ich stelle nur Ansprüche. Aber du begreifst das nicht.«

»Mit anderen Worten – du hältst mich für anspruchslos.«

»Das habe ich nicht gesagt, aber ...«, natürlich meinte sie das, auch wenn sie es nicht zugeben wollte. »Die Welt, in der du lebst, ist eben anders als meine.«

»Stimmt. Und ich bin froh darüber. Obwohl die Menschen in meinem Beruf nicht anders sind als in euren – Kreisen.« Ich sprach das Wort nur zögernd aus, es schien mir albern. »Sie sind gute Familienväter und -mütter, nur machen sie nicht so viel Aufhebens davon. Da kommt nämlich noch der Beruf, ich spreche jetzt nur von den Frauen. Hättest du einen, wäre manches anders.«

»Bei drei Kindern?« Einen Augenblick sah es so aus, als wollte sie auf mich losgehen. Das genau war ihre wunde Stelle. Auch sie kannte Frauen, Kolleginnen ihres Heiko – sie selbst hatte mir mit einer Mischung aus Abneigung und Bewunderung davon erzählt –, die waren Studienrätinnen und hatten ihre Kinder großzuziehen, waren Eltern und Ernährer zugleich, standen außerdem noch im Beruf voll ihren Mann, nein, ihre Frau. Ganz selbstverständlich, ohne großes Getue, doch mit unsäglicher Mühe. »Was hat das mit dem Wirt vom Römerkastell zu tun?« fragte Minnie spitz.

»Sehr viel. Du wärst anders an die Sache herangegangen. Nicht mit so viel Dampf, so viel dekorativem Aufwand. Du beschwerst alles so sehr – und dabei bist du glücklicherweise unkomplizierter als ich.«

»Glücklicherweise«, stimmte sie mit Würde zu. Eine Weile schwiegen wir, unsere Gedanken liefen in verschiedene Richtungen.

»Du warst in Tonio verliebt«, sagte ich. »Gib es zu.«

»Verliebt in einen Hinterhofjungen«, stieß sie verächtlich hervor.

»Immerhin ist er ein Mann, der es zu etwas gebracht hat und der dich reizend fand. Was hast du dagegen, wenn dich ein Mann reizend findet?«

Ein kurzes Lächeln erhellte Minnies zorniges Gesicht. »Gar nichts«, antwortete sie friedlicher. »Es ist nur so ungewohnt. Heiko, weißt du – wir haben damals viel zu schnell geheiratet. Daß ich«, sie stockte, setzte neu an, »daß ich reizend bin, hat er mir nie gesagt, auch damals nicht. Es wäre mir übrigens ziemlich albern vorgekommen.«

Ich nahm ihre Hand, sie ließ sie mir. »Du hast wie jede andere Frau das Recht, einem Mann zu gefallen und von ihm zu hören, daß er dich reizend findet. Man nimmt es einander übel, wenn man sich nicht zeitweilig auch mal was Gutes sagt, selbst wenn es banal klingt. Versäumt es der Partner, muß man es von einem anderen hören.« Ich dachte, daß ich möglicherweise in den vielen Jahren versäumt hatte, Paulus zu sagen, daß ich ihn liebte. Man denkt, der andere merke es ohnehin, aber dem ist leider nicht so. Worte sind wohl oft überzeugender als eine Tat. Die Pschok hatte es ihm ganz sicher gesagt. Mein Versäumnis war ihre Chance. Man nimmt alles zu selbstverständlich, wenn man miteinander lebt, und kommt erst dahinter, welches Wunder es ist, wenn man den anderen verloren hat. Ich pfiff meine wandernden Gedanken zurück. Hier ging es nicht um mich, sondern um Minnie. »Manchmal denke ich, du gibst dich nur deshalb so moralisch, weil dir die Gelegenheit fehlt.«

»Ulli!« Sie zog ihre Hand zurück und sah mich strafend an.

»Siehst du«, meinte ich seufzend, »schon wieder diese moralische Entrüstung. – Was ist in Rust passiert?« Ich wollte sie zwingen, darüber zu sprechen, vor allem, sich selbst zuliebe, damit sie es loswurde.

»Wer sagt dir, daß es in Rust passiert ist?«

»Oder in Eisenstadt. Wo auch immer – was ist geschehen?«

Minnie schluckte, suchte wieder ihr Taschentuch, ich reichte ihr ein frisches Tempo. Sie schnaubte sich energisch die Nase. Dann sprudelten die Worte aus ihr heraus; ich erfuhr alles, was in jenem Gartenrestaurant vorgefallen war und ich sowieso schon wußte: Wie die ›tobsüchtige‹ Italienerin auf Minnie einschrie und wie Tonio im breiten wienerischen Slang etwas Schreckliches, ganz und gar Unaussprechbares zu seiner eifersüchtigen Braut sagte, und wie sie, Minnie, davonstolperte. »Ich bin völlig kopflos durch die Straßen gerannt, immer um den Marktplatz herum, statt zum Bahnhof zu gehen und mich um die Rückfahrt zu kümmern.« Sie schluchzte und flüsterte in das nasse Tempotuch: »Ich kann meinen Kindern und Heiko nie mehr in die Augen sehen.«

»Dramatisiere die Sache nicht!« Ich rüttelte sie an den Schultern, um sie zu sich zu bringen. »Was hast du denn verbrochen? Du bist mit einem Mann, der ein Faible für dich und für gutes Essen besitzt und dir einiges übers Burgenland erzählen wollte, nach Rust gefahren. Weder hattest du eine unehrenhafte Absicht, noch wollte er dich verführen. Warum bist du also so verzweifelt?«

»Ich schäme mich so«, raunte Minnie kaum hörbar.

Ich setzte mich auf die Sesselkante und legte den Arm um sie. »Da gibt es nichts zu schämen«, redete ich ihr beruhigend zu. »Wir alle haben unsere Tiefpunkte, werden gedemütigt und müssen damit fertig werden. Man bekommt eine gewisse Routine darin.«

»Das klingt ja ungeheuer erfahren«, sagte Minnie.

»Ist es auch. Ich bin Weltmeisterin im Einstecken von Tiefschlägen. Wußtest du das nicht?«

Sie machte sich aus meiner tröstenden Umarmung frei. »Du...!« Es klang fast verächtlich. »Du stehst auf irgendeiner Bühne oder sitzt vor deinem Mikrofon und jeder weiß, wer Ulrike Leschin ist.«

»Das ist ein gewaltiger Irrtum«, widersprach ich ärgerlich, »wie du überhaupt ein Leben lang falsche Vorstellungen von mir und meiner Arbeit hast.« Sie blickte mich erstaunt an. »Weder bin ich eine Berühmtheit, noch führe ich das unbekümmerte Leben, das dir vorschwebt. Da ist überhaupt nichts von goldener Freiheit oder geheimnisvollem Glanz, da ist nur finsterer Alltag wie woanders auch. Muffige Studios, schlechtgelaunte Redakteure, mißgünstige Kollegen, langweilige Tagungen, weite Strecken mit dem Auto und oft Pannen auf allen Gebieten. Solltest du mich morgen auf der Bühne sehen – ich weiß nicht, ob du Wert darauf legst...«, Minnie nickte eifrig, »dann ist mir bestimmt nicht nach guter Laune zumute, die ich aber doch vermitteln muß. Am liebsten möchte ich mich in eine Ecke verkriechen oder auf einen Bordstein setzen und laut losheulen, daß die Leute stehenbleiben und mich fragen: ›Was hast du denn, Kleine?‹ So jedenfalls fühle ich mich.«

»Aber warum denn?« fragte Minnie verständnislos. »Aus welchem Grund fühlst du dich so miserabel?«

»Weil ...« Es hatte keinen Zweck, es ihr auseinanderzusetzen.

»Du leidest wegen Paulus, stimmt's?« Da war er wieder, der genießerisch bedauernde Ton. »Es lohnt nicht, um so einen zu leiden, er hat sich abscheulich benommen.«

»Das ist durchaus menschlich und passiert alle Tage«, gab ich achselzuckend zurück. »Jedem von uns ein anderes Mal und in anderer Form. Es ist nur die Frage, wie wir es überstehen.«

Minnie legte die Arme um mich. »Ein Glück, daß du Barnabas hast«, sagte sie.

»Ein Glück«, quittierte ich. Wir verharrten in der Umarmung, eng aneinandergepreßt. Ich spürte Minnies Atem. Ich hätte gern eine Schwester gehabt, ein Leben lang habe ich mich nach einer Schwester gesehnt. Doch ich sagte es nicht.

Wir hörten ein Auto vorfahren, dann Frau Konstantins freudigen Ruf: »Kinder – Onkel Josef ist da!«

Wir liefen hinunter, ihm entgegen. Onkel Josef stieg aus der Taxe, kam kerzengerade den schmalen Kiesweg entlang, den Koffer in der Hand und strahlte. Wir küßten ihn auf beide Wangen. Dann nahm er mich an seine freie Hand und ging mit mir Seite an Seite ins Haus.

»Bin ich gut gesprungen?« Er neigte sich lächelnd zu mir herab. »Über meinen Schatten, meine ich.«

»Grandios!«

Der Taxifahrer folgte mit dem Präsentkorb. Er ächzte unter der Last, den Kopf hinter all den lukullischen Köstlichkeiten verborgen, die Beine krumm vor Anstrengung, weich in den Knien.

Dann feierten wir unseren siegreichen Onkel. Sogar Eugenie hatte sich freigenommen und brachte Blumen für Onkel Jo. Es war ein friedlicher, harmonischer Nachmittag, an dem Minnie nicht von meiner Seite wich und wir uns verständnisinnig zulächelten, wenn Onkel Jo etwas sagte, das uns an unsere Väter erinnerte.

»Du solltest heiraten, Onkel Jo«, rief ich aus meiner frohen Stimmung heraus, »es ist nicht gut für dich, auf die Dauer so einsam zu leben!«

»Ich bin nicht einsam.« Er sah gut gelaunt zu, wie wir den Präsentkorb plünderten, den wir schon auf der Mattscheibe respektvoll bewundert hatten. »Ich habe wirklich alles, was ich mir wünsche. Wer schafft es schon, in dem Haus, wo er geboren wurde, ein Leben lang zu wohnen und hoffentlich darin auch zu sterben? Das ist ein Wunder in unserer unruhigen Zeit.«

»Das stimmt«, antwortete ich überzeugt. »Schön zu wissen, daß dir nichts fehlt, in keiner Beziehung.«

»Überhaupt nichts«, beteuerte Onkel Josef schmunzelnd. »Außerdem habe ich noch unsere liebe Frau Konstantin!« Die Haushälterin, die sich, wenn auch innerlich widerstrebend, mit dem Öffnen einer Präsentkorb-Weinflasche beschäftigte, errötete vor Freude.

»Das will ich meinen«, stimmte sie munter zu. »Mich werden Sie nicht so schnell los!«

»Und euch habe ich ja auch noch.« Onkel Jo tätschelte mir und Jill zärtlich die Hand, weil wir in seiner nächsten Nähe saßen. »Einen Korb voller Haselnüsse.«

Er spielte auf unsere rotbraunen Haarschöpfe an, das Markenzeichen aller Leschins. Wenn wir als Kinder, zu diversen Familienfeiern, um ihn versammelt waren, dann lachte er und meinte: »Da habe ich nun meinen Korb voller Haselnüsse!«

Ich genoß ein ungewohntes Nestgefühl, fand es wunderschön, eine Sippe zu haben, in deren Schoß man sich verkriechen konnte, wenn einem mulmig zumute war. Ich bedauerte sogar, daß Zitrönchen schon abgereist war. Eine Zeitlang schien die Welt in Ordnung, und wir hatten uns alle gern. Die Unruhe, die Schwierigkeiten blieben draußen. Doch dann klingelte das Telefon. Ich sah, wie Jill auffuhr. Sie wartete noch immer auf Freddys Anruf.

»Herr Graf ist dran«, rief Frau Konstantin.

Ich sprach mit Barnabas. Er fragte mich, ob ich Lust hätte, die Illuminierung des Schlosses Belvedere mit ihm anzusehen. Das war alljährlich ein romantisch-schwelgerisches Ereignis. *Son et Lumière.*

»Du hast dein Geburtstagsgeschenk noch immer nicht«, sagte Barnabas, der mein Zögern merkte.

»Dann gib es mir doch, Geizkragen!«

»Dazu müßtest du erst mal hier sein.«

Ich seufzte. »Du lenkst mich bewußt ab, damit ich das Geschenk vergesse«, beschwerte ich mich. »Ein armes unschuldiges Mädchen verführen und ihm nie etwas Hübsches schenken!«

»Ich bereue«, flüsterte Barnabas in mein Ohr.

»Das nützt mir nichts. Auch habe ich noch nicht an meinen Texten für morgen gearbeitet. Dauernd kommt etwas dazwischen. Erst Minnie, dann Onkel Jo ...«

»Und jetzt ich«, gab Barnabas in gespielter Reue zu. »Was machen wir da?«

»Wir lassen die Texte schmoren«, beschloß ich und legte auf.

Schöne Aussichten

Prinz Eugen, der edle Ritter ...

Er hatte das Schloß gebaut, beziehungsweise bauen lassen, und als es vollendet war, geruhte Kaiser Karl VI. es gnädig zu besichtigen und davon begeistert zu sein. So steht es in den Annalen. Bis zu seiner Todesstunde lag Schloß Belvedere dem wackeren Prinzen am Herzen, wie dem schwäbischen Häuslebauer sein Kleinod aus Stein mit dem braven Gärtle rundum. Nach seinem Tod erwarb Kaiserin Maria Theresia das stolze Belvedere und arrangierte hier die Verlobung ihrer Tochter Marie Antoinette mit dem König von Frankreich, der sie in sein Land brachte, wo die Guillotine auf sie wartete. Wäre sie mal lieber im schönen Wien geblieben! Etwas später bewunderten Napoleons Offiziere den Prunkbau und richteten sich darin häuslich ein. Dann kam der Wiener Kongreß, von dem behauptet wurde, er habe unentwegt nur getanzt, doch ab und zu liefen die hohen Herrschaften auch Schlittschuh, und zwar auf dem Teich des Parks von Schloß Belvedere. Gegen Ende des 19. Jahrhunderts verbrachte Anton Bruckner, der wie ein Genie komponierte und wie Herr Niemand aussah, seine letzten Lebensjahre in einem Kustodenhäuschen neben dem Schloß.

Das Kustodenhäuschen ist jetzt ein exklusives Speiselokal mit Garten, in dem ich nun saß, mit Barnabas, der meine Hand hielt und mich nicht essen ließ. Über uns rauschten die Blätter einer mächtigen Kastanie im Sommerwind. Bunte Lämpchen an Ketten tanzten über uns – und alles war viel zu schön, um wahr zu sein.

»Mein Schnitzel wird kalt«, sagte ich und versuchte mich zu befreien.

»Deine Hände zucken wie verängstigte Vögel«, stellte Barnabas fest und gab mir einen Kuß aufs Ohr, wo ich besonders empfindlich bin.

»Das ist unfair«, sagte ich. »Wo ist mein Geburtstagsgeschenk?«

»Bei mir zu Hause. Wenn du es haben willst, mußt du es dir holen.«

»Erpresser!«

Er ließ mich los, ich griff zum Besteck und begann mein Schnitzel zu essen. Es schmeckte mir nicht. Mein Herz war unruhig, ich wußte nicht, warum. Etwas Unbestimmtes schnürte mir den Hals zu, vielleicht war es einfach nur das Glück, das manchmal weh tun kann. Oder eine Art von Vorangst. Wie es Vorfreude gibt, so überfällt einen oft auch Vorangst, die schwer zu deuten ist, weil man nicht weiß, wem sie gilt, welcher bevorstehenden Gefahr.

Barnabas lehnte sich zurück, auch er konnte nicht essen, er sah mich an. Dann hinauf zum Himmel. Von irgendwoher wehte Musik.

»Eine Sternschnuppe«, sagte Barnabas nach einer Weile andächtig. »Ich habe mir etwas gewünscht. Jetzt brauchen wir noch eine für dich.«

Ich starrte in die Erbsen auf meinem Teller. Von da konnte natürlich keine Sternschnuppe kommen. Wozu auch? Ich hätte nicht gewußt, was ich mir wünschen sollte. In mir war Aufruhr, den ich nicht ordnen konnte.

»Schau hinauf«, bat Barnabas und richtete mit dem Zeigefinger mein Kinn nach oben. »Denk dir einen Wunsch. Die Sternschnuppe wird nachgeliefert.«

Ich dachte laut: »Daß die Veranstaltung morgen klappt!«

»Das war eine ziemlich kalte Dusche«, lachte Barnabas. »Und sonst?«

»Daß ich weiß, wohin ich gehöre«, antwortete ich leise. »Daß ich lerne, nein zu sagen, wenn ich nein denke.«

»Ist das so schwer?«

»Ziemlich schwer.«

»Was denkst du jetzt?«

Nach kurzem Überlegen antwortete ich: »Jetzt denke ich – ja!«

Der Sternenhimmel hinter den dichten Baumkronen funkelte. Ob es noch die Bäume Anton Bruckners waren? Hatte er unter ihnen gesessen und komponiert? Wenn man Musik erfand, konnte einem an dieser Stelle wohl allerhand einfallen. Ich fühlte mich heimisch hier, ganz und gar, an der Seite von Barnabas. Hier hatte ich als Kind mit meinen Eltern gesessen (»Ulli, schaukle nicht mit dem Stuhl!« oder: »Das Kind ißt wieder nichts! Wenn du nicht ißt, darfst du auch nicht...«).

»Wenn ich mein Schnitzel nicht aufesse, darf ich dann nicht zur Illuminierung?« fragte ich.

Barnabas zog die Stirn kraus, als überlege er angestrengt. »Wir wollen nicht so autoritär sein«, erwiderte er im Ton eines einsichtigen Vaters. »Trink nur schön dein Glas aus, damit du nachher nicht frierst.«

»Ja«, sagte ich folgsam und trank.

Die Stühle im Schloßpark wirkten ein wenig desillusionierend; sie standen hinter dem Teich, auf dem zum Wiener Kongreß hochgestellte Persönlichkeiten Schlittschuh... na ja. Noch war alles dunkel. Der Springbrunnen nur plätscherte rötlich angestrahlt. Viele Zuschauer waren gekommen, auch Ausländer, die ihr Programm vorbildlich absolvierten: Prater, Hotel Sacher, Demel, Staatsoper, Schönbrunn und Schloß Belvedere im Lichterglanz. *Son et Lumière.*

Wir saßen ganz hinten, etwas abseits, behielten so die Illusion, allein zu sein. Wir rückten nahe zusammen, auf Tuchfühlung, wir hielten uns an den Händen wie Kinder, die Angst hatten, sich im Gedränge zu verlieren. Ich wurde unruhig. Der munter plätschernde Springbrunnen verstummte, die Scheinwerfer erloschen. Schloß und Park lagen im Dunkel, nur von Mond und Sternen bestrahlt.

Das Tonband wurde angestellt; ich verdrängte den Gedanken an die technische Produktion dieser Show, bei der ich vor vielen Jahren mitgewirkt hatte. Ich wollte es zum erstenmal erleben, an der Seite von Barnabas.

Musik erklang: »Prinz Eugen, der edle Ritter...«, ein Chor; langsam gingen die Scheinwerfer an, das Schloß erstrahlte.

Barnabas' Finger schlossen sich um meine Hand.

War das schön!

Eine Stimme erzählte die Geschichte des Schlosses, die Scheinwerfer spielten mit. Wildes Geflacker während der Türkenbelagerung, Sturmglocken, Schüsse, Flammen, ganz Wien brannte. Dann Friede. Mächtig und ruhig steht das Schloß da, Prinz Eugen zieht ein. Der Kaiser ist zu Gast, die Festsäle sind erleuchtet, man hört entfernte Walzermusik, glaubt, die illustren Herrschaften tanzen zu sehen. – Als der Prinz stirbt, geht das Licht aus. Es bleibt eine Weile dunkel. Trauer, Orgelmusik. Doch bald zieht Madame Royal, eine Tochter Maria Theresias, hier ein, findet keine Ruhe, irrt des Nachts wie ein Geist durch die Zimmer, weil sie die Schrecken der Französischen Revolution nicht vergessen kann. Der Kerzenschein hinter den Fenstern wandert bedrohlich hin und her – kurz darauf gibt sich das Schloß kokett und leichtfertig. Man feiert Feste, man tanzt, man liebt. Noch einmal bietet es einem Herrscherpaar Gastfreundschaft: Franz Ferdinand und seiner Frau, ehe sie die Reise nach Sarajevo antreten – ihre Reise in den Tod. Dann vergeht die stolze Pracht, der Zweite Weltkrieg vernichtet vieles, Schloß Belvedere aber überlebt und gewährt den vier Siegermächten Gastrecht. Hier werden die Verträge unterzeichnet.

Gelb angestrahlt steht das Schloß vor uns, spiegelt sich im Teich, und alle Springbrunnen gehen an. Wir sind wieder in der Gegenwart.

Am liebsten wäre ich sitzen geblieben, für alle Zeit, verbunden mit diesem Park. Doch Barnabas ließ mich nicht.

»Riekchen ...«, seine Stimme an meinem Ohr, ich lehnte den Kopf an seine Schulter und fühlte mich kindisch, kitschig und äußerst albern verliebt.

»Letzten Endes«, sagte ich und kroch im Bett näher an Barnabas heran, »letzten Endes ist alles nur Werbung der Tonbandindustrie. Hast du das Programm gelesen?«

»Sei nicht so realistisch, Riekchen.«

Barnabas verstreute Küsse über mich, aber etwas lief nicht ganz richtig. Ich fühlte mich wie in eine Eiskugel gehüllt, die wollte und wollte nicht auftauen. Jeder andere Mann wäre enttäuscht oder verstimmt gewesen, doch nicht Barnabas.

»Du bist ziemlich weit weg, Riekchen«, sagte er und strich mir das Haar aus der Stirn. »Gibt es einen Ruf, der dich zurückbringt?«

»Heute nicht«, antwortete ich schuldbewußt, denn ich war mit klopfendem Herzen und viel Sehnsucht zu ihm gegangen, wollte bei ihm sein, mit ihm die Nacht verbringen. »Ich muß soviel an morgen denken. Lampenfieber, weißt du, das übliche.«

»Kenne ich nicht.« Barnabas lachte, ließ mich los und streckte sich neben mir aus, damit ich Luft zum Atmen bekam. »Obwohl ich weiß Gott eine Menge Lampen um mich habe.«

»Diese Lampen sind nicht auf dich gerichtet«, sagte ich. »Du stehst dahinter. Das ist der Unterschied zwischen unseren Berufen.«

»Soll ich Musik machen?«

»Bitte, ja. Spiel die Moldau von Smetana. An meinem Grab muß die Moldau gespielt werden, versprichst du mir das?«

»Hätte das vielleicht noch etwas Zeit?« erkundigte sich Barnabas freundlich.

»Eine Weile schon.« Ich zog die Zudecke über mein Gesicht und stellte mir vor, ich sei gestorben. Barnabas machte den Plattenspieler an, wir hörten die Moldau. Ich war glücklich, bei ihm zu sein, und wollte ihn doch nicht ganz in dieser Nacht. Als hätte ich geahnt, was am nächsten Morgen auf mich zukam.

Im Konzerthaus war das Orchester bereits eingetroffen. Auch Herr Novotny war da, außerdem der Humorist, den ich von früher her kannte. Und dann ...

»Nein!«

»Was ist denn?« Herr Novotny lupfte kurz seine tiefhängenden Lider. »Habe ich Ihnen nicht gesagt, daß Herr Brandstätter die Regie hat? Es ist das Programm von Frau Geismeier. Haben Sie das nicht gewußt? Was ist denn überhaupt – seid's ihr bös miteinander?«

Auf der Bühne stand Paulus.

Lebhaft gestikulierend, hin und her sausend, in den Zuschauerraum springend und wieder zurück auf die Bühne, mit den Technikern tobend, zwanzigmal zwischendurch auf die Uhr sehend und lauthals brüllend: »Wo, zum Teufel, steckt die Moderatorin?«

Ich stand noch immer wie festgenagelt im Zuschauerraum, neben mir Herr Novotny. Seit unserer Trennung hatten wir uns nicht wiedergesehen. Es war uns gelungen, einander aus dem Weg zu gehen. Und auf einmal das! Die Geismeiern hatte zugeschlagen. Ich nahm mir vor, ihr gehörig die Meinung zu sagen, sie nachher anzurufen. Was gab ihr das Recht, sich in anderer Leute Leben einzumischen?

Doch zunächst mußte ich ins kalte Wasser springen – und das möglichst mit Haltung.

»Hier ist sie«, rief Herr Novotny und schob mich fort. »Seien Sie so lieb und gehen Sie hinauf. Haben Sie die Zeit für Ihre Texte gestoppt?«

Ich erkletterte die Stufen zur Bühne. Es war wie der Weg ohne Seil aufs Matterhorn. Meine Knie machten fast schlapp. Die Hände waren feucht. Paulus, offensichtlich vorgewarnt, hatte die Zügel in der Hand.

»Hallo, Ulli!« rief er mir zu und kam mir mit entsetzlich jovial ausgestreckten Händen entgegen, lächelnd, freudig, umarmte mich kollegial.

»Servus, Paulus«, sagte ich mit gekünstelter Lässigkeit. »Ich wußte nicht, daß du – man hat mir zwar ein Programm, aber keine Namen gegeben. Brauchst du mich eigentlich zur Probe? Du kennst doch meine Texte.«

»Natürlich brauche ich dich«, erwiderte er schwungvoll und ließ seine Augen hinter der Brille leuchten. »Du veredelst sozusagen das Programm! Was macht die Familie? Wie geht es Onkel Jo?«

»Alles okay«, gab ich munter zurück und begrüßte das Orchester, lauter Bekannte aus Berlin. Paulus dirigierte mich ans Mikrofon und forderte mich auf: »Sag was!« Ich schwieg. Mein Hals war wie ausgedörrt. Er half nach, sagte vor wie einem Abc-Schützen: »Eins, zwei, drei ...« Ich öffnete den Mund und wiederholte mechanisch ins Mikrofon: »Eins, zwei, drei ...«

»Sprich was! Los, Ulli, wir wollen mit der Probe beginnen.«

Im Zuschauerraum wimmelten Leute herum. Ich entdeckte einen blonden Kopf, der die Mähne nach hinten warf. Es dauerte eine Zeitlang, ehe ich begriff, daß dies die Pschok war. Eva-Maria Pschok.

Sie schlenderte aufreizend langsam vor zum Orchester, blieb stehen und sah, ohne eine Miene zu verziehen, herauf. Paulus hatte seine Hand noch auf meiner Schulter.

»Tach, Frau Leschin«, grüßte die Pschok mit einem triumphierenden Grinsen in ihrem hübschen Gesicht. Laut, wie eine Sprechübung, sagte ich ins Mikrofon: »Guten Tag, Fräulein Pschok!«

Der Techniker drehte auf, drehte zurück, es pfiff, heulte und quietschte, so vergingen einige Minuten. Wie ein Automat sprach ich probeweise die Begrüßung ans Publikum. Paulus neben mir, die Pschok vor mir. Wie Schachfiguren auf einem Brett. Wer war am

Zug? Noch stand der König neben der schwarzen Dame, falls man Paulus als einen solchen bezeichnen konnte. Und was die Dame betraf – auch darüber herrschte geteilte Meinung. Paulus hatte oft genug behauptet, ich würde niemals eine werden. Egal – die weiße Dame vor uns war ungedeckt, blieb aber am Zug, allein durch ihre unerschütterliche Gegenwart.

Mich überkam ein sportlicher Ehrgeiz, das Spiel zu riskieren. Die Geismeiern, die mich seit Jahren kannte, mußte damit gerechnet haben.

Als ich mit der Mikroprobe fertig war, begrüßte ich die Pschok mit Handschlag. Sie war größer als ich, aus der Nähe sah ich, daß ihr Gesicht unter der fülligen Mähne hart war. Ohne das blonde, lockige Haar hätte es dem eines griechischen Jünglings geähnelt. Sie blickte mich ohne Lächeln an. Ihr Händedruck war lasch und feucht.

Auf einmal kam alles unvermittelt zurück, wovor ich davongelaufen war. Weit weg war der Ärger mit Minnie, Schloß Belvedere, Prinz Eugen, der edle Ritter, weit weg war Barnabas. Am liebsten wäre ich zu ihm gelaufen, hätte mich in seine Arme verkrochen und mich bei ihm ausgeheult. Doch das ging nicht. Ich mußte die Probe überstehen, ins Mikro sprechen, die Zeit stoppen lassen. Ich war ganz gut, alles lief wie am Schnürchen. Ich sagte die Pschok mit herzlichen Worten an, nicht zu groß herausgestellt, nicht in unglaubwürdigen Superlativen, auch nicht zu nebensächlich. Wie man eben ein ›junges, vielversprechendes Talent‹ ansagt. Als sie auftrat, an mir vorbei, schenkte sie mir keinen Blick, als sei ich diejenige, die ihr etwas weggenommen hatte, sofern man überhaupt einen Menschen dem anderen wegnehmen kann.

In der Pause standen sie beisammen.

»Gehst du mit essen?« hörte ich die Pschok fragen.

»Wenn du wartest, ich muß nur noch kurz …«

Mit langen Schritten lief Paulus zurück auf die Bühne, gab Anweisungen, sah mich, besann sich, stutzte und fragte: »Bleibst du hier?«

»Möglich, ich möchte telefonieren.«

Er schmunzelte. »Onkel Jo?«

»Kann sein.« Ich gab das Lächeln zurück, fand nicht mehr den leichten Ton, spürte in der Herzgegend eine ziehende Schwäche.

Die Pschok ließ keinen Blick von uns. »Du wirst erwartet«, sagte ich ohne Emotion.

Er trödelte herum, wollte ein Gespräch mit mir anfangen, die Augen hinter der Brille wirkten vertraut, fragend, etwas wehmütig. Sein Mund war schmal. Etwas hart, wie das Gesicht der Pschok. Gaben sie einander Kälte ab – oder was war es?

Es kam kein Gespräch zustande. Unsere Worte klangen hölzern. Ich sagte: »Entschuldige«, und ging ab, vorbei an der Pschok, schaffte es sogar noch, »guten Appetit« zu wünschen. Sie murmelte etwas Unverständliches.

Lampenfieber

»Barnabas?«

Nur Mausi war am Apparat.

»Ulrike«, sagte sie, »was ist denn? Klappt es mit der Probe? Ich komme zur Vorstellung, kannst du mir eine Karte hinterlegen lassen? Das ist nett von dir. Ich bin hier, um Aufnahmen zu machen, wie üblich. Wir sind fünf Mädchen. Barni ist weg, bei irgendeinem Verlag, der hat noch immer Schwierigkeiten wegen dem Bildband vom Burgenland... Was gibt's denn, Ulrike? Kann ich etwas ausrichten? Was macht deine Kusine?«

»Minnie war zwei Tage sehr unglücklich«, erwiderte ich, »hat sich bei mir ausgeheult; ich glaube, der Schock war heilsam. Wir sind uns nähergekommen. Aber das ist nicht mehr das Problem.«

»Sondern...?« Mausi witterte die Katastrophe, sie besaß genug Nase dafür. Ich hatte keine Lust, mit ihr darüber zu sprechen.

»Sag Barnabas einen schönen Gruß. Ich rufe später noch mal an, falls ich kann.«

Danach wählte ich die Nummer von Frau Geismeier in Berlin. Ich erreichte sie im Büro.

»Hallo, Ulli!« rief sie höchst erfreut aus. Denn wen sie liebte, den duzte sie, wenigstens zeitweilig. »Wie läuft's denn so?«

»Bescheuert«, antwortete ich ärgerlich. »Sie haben mir da was eingebrockt.«

Wenigstens war sie nicht so taktlos, sich unwissend zu stellen und mich alles herbeten zu lassen.

Energisch sagte sie: »Jetzt sei mal nicht so übelnehmerisch, das mußte sein, mein Kind, man soll sich den Gegebenheiten stellen.«

»Aber Sie hätten nicht beide Gegebenheiten nach Wien schicken sollen! Unvorbereitet wie ich war – wie soll man das durchstehen?«

»Haben Sie schlappgemacht?«

»Das nicht, aber ...«

»Na also!« Pause. Ich hörte sie tief durchatmen. »Jetzt hören Sie mir mal zu, Ulrike: Sie sollen eine neue Sendereihe übernehmen, Sie und der Brandstätter. Ich kann kein verfeindetes Paar brauchen, ist das klar? Entweder Sie versöhnen sich – oder ...«

»... ich bleibe in Wien«, ergänzte ich wütend.

»Das werden Sie gefälligst sein lassen. Der Novotny will Sie gar nicht, weil er weiß, daß ich Sie hier brauche. Ich wollte, falls ich den Satz zu Ende sprechen darf, nur noch sagen: Sie versöhnen sich oder Sie arrangieren sich. Das müßte doch möglich sein bei zwei erwachsenen Menschen. Die Sache ist auseinandergegangen, gut und schön ...« Die hatte leicht reden! »... obwohl wir hier das Gefühl haben: mit den beiden ist das nichts Rechtes. Die passen nicht zusammen. Die reden ständig aneinander vorbei, die haben einen unterschiedlichen Intelligenzquotienten.«

So kann man die Sache auch nennen, dachte ich erbittert, und laut sagte ich: »Die meisten Paare passen nicht zusammen. Sie wissen, daß viele den falschen Partner heiraten.«

»Ich will weder kuppeln noch mich einmischen«, sagte sie, »ich will eine gute Sendereihe machen, und ihr seid nun mal die besten Pferde im Stall, worauf Sie sich nichts einzubilden brauchen. Nun haben Sie das Schlimmste überstanden. Sprechen Sie sich mit dem Brandstätter aus.«

»Da gibt's nichts mehr zu sagen.«

»Um so besser. Dann erwarte ich Sie Montag vormittag in meinem Büro. Gute Heimfahrt.«

»Aber ...« Sie hatte aufgelegt. Da wollte ich ihr die Meinung sagen, und jetzt war es umgekehrt gewesen. Verdammt noch mal! Meine Wut wurde größer als mein Schmerz. Genau die richtige Stimmung, um in den zweiten Teil der Probe zu gehen.

Kurz vor zwei – sprich vierzehn Uhr – rief der Portier nach mir. Die Pschok sang eines ihrer Paulus-Liedchen, ohne das übliche

›Nanaaananaaa‹, es klang sehr hübsch: Etwas vom anderen Gesicht, das sie nicht vergessen konnte und das sich dazwischenschob, wenn er – wer? – na, ihr Typ, sie küßte. Dekorativ saß sie auf einem Versatzstück, die Gitarre über dem Knie, und spielte recht gut.

Als ich zum Telefon ging, sah mir Paulus nach, machte einige Schritte, als wollte er mir folgen. Ich tat, als merkte ich es nicht.

»Riekchen, hast du angerufen?«

Mausi hatte Barnabas Bescheid gesagt. »Du, ich kann heute nicht in die Vorstellung kommen, noch immer die Bildbandaffäre, heute abend treffen wir den Autor, große Besprechung, damit die Texte besser auf den Bildern sitzen – oder umgekehrt. Der Lektor ist ein Esel. Neue Esel kehren gut.«

»Besen«, verbesserte ich.

»Wie?« fragte Barnabas irritiert.

»Es heißt: Neue Besen kehren gut. Übrigens ist es ganz günstig, daß du nicht kommen kannst. Paulus ist hier. Er führt Regie.«

Atemlose Stille. Dann Barnabas: »Weißt du, was ich soeben verstanden habe? Paulus sei hier.«

»Du hast richtig verstanden. Die Pschok ist ebenfalls hier, sie tritt auf, ich muß sie ansagen, stell dir vor.«

Wieder teilnehmendes Schweigen. »Armes Riekchen«, sagte Barnabas leise. »Was wird jetzt?«

»Ich muß mich halt durchbeißen. Keine Angst, das schaff ich schon. Seh ich dich noch?«

»Wann fährst du zurück?«

»Spätestens morgen mittag. Ich muß Montag früh im Funkhaus sein.«

»Dann sehe ich dich noch bei Onkel Jo. Oder wirst du nach der Veranstaltung zu mir kommen? Mausi gibt dir den Schlüssel. Ich will sehen, daß ich spätestens um elf ...«

»Vielleicht, Barnabas«, unterbrach ich ihn. »Ich möchte ganz gern zu dir kommen. Bei uns wird es auch etwas später, wir feiern nachher ein wenig. Der alte Novotny hat schon ein Clubzimmer im Konzerthaus bestellt. – Du, Barnabas?«

»Mhm?«

»Ich fürchte, ich brauche dich ziemlich sehr.«

»Ach, Riekchen ...«

Warum sagte er nicht: ›Ich dich auch‹? Warum nicht: ›Bleib hier, häng Berlin an den Nagel, bleib hier und verlaß mich kein zweites Mal‹, warum schwieg er jetzt, im entscheidenden Augenblick?

»Wir werden heute abend ... du wirst sehen ...« Barnabas redete, lauter halbfertige Sätze, er war also verwirrt. Warum, zum Teufel, war Barnabas verwirrt, wenn ich Paulus und die Pschok am Halse hatte? Warum warf er nicht alle Verabredungen über Bord und blieb an meiner Seite, als Mitstreiter gegen Paulus?

»Schon gut«, sagte ich, »bis heute abend dann, wenn nichts dazwischenkommt.«

»Was soll denn dazwischenkommen? Ach so, du meinst Paulus.«

»Der bestimmt nicht!« rief ich mit halbem Lachen. »Wir sind auf dem besten Weg, Freunde zu werden, wie du und Mausi. Überwundene Liebe ist die beste Voraussetzung für gute Freundschaft.«

»Falls sie tatsächlich überwunden ist«, fügte Barnabas skeptisch hinzu.

War das der Grund, weshalb er mich nicht zum Bleiben aufforderte? War es nur Zartgefühl oder Verständnis? Das sah ihm ähnlich.

Wir legten auf. Seine zärtlichen, ruhigen Worte noch im Ohr, kehrte ich zur Bühne zurück, milde gestimmt. Dort tobte ein außer sich geratener Regisseur. Paulus brüllte, daß die Wände wackelten.

»Warum ist die Sprecherin nie da, wenn man sie braucht?« Er sah mich, ich wunderte mich, daß er mich erkannte, denn er schien ein rotes Tuch vor den Augen zu haben. »Wäre es möglich, daß ihr euer Privatleben außerhalb der Probezeit erledigt?« schrie er, sprach in der Mehrzahl, wobei sich alle getroffen fühlten, kleinlaut herumstanden oder -saßen, bewegungslos wie in Dornröschens Schloß, nachdem sie sich mit der Spindel gestochen hatte. Nur einer tobte: Paulus. Langsam ging ich zur Bühne, mit erzwungener Ruhe und zielbewußt, nahm vor dem Mikrofon Aufstellung und wartete, bis er mit seinem zornigen Monolog zu Ende war. Doch er dachte nicht daran, steigerte sich immer mehr, entzündete sich an der eigenen Wut. »Ob du es glaubst oder nicht«, brüllte er mich an, »wir alle wollen noch vor Weihnachten hier raus und zu Hause sein! Es wäre sehr freundlich, wenn auch du dich danach richten würdest.«

Nun platzte mir der Kragen, obwohl ich ein ausgeschnittenes T-Shirt anhatte. Eine Rakete schoß mir in den Kopf und explodierte.

»Jetzt reicht's aber«, schrie ich zurück, und zwar voll ins Mikrofon. Die Kulissen schepperten. »Was habe ich denn getan? Ein Anruf ist für mich gekommen, und ich bin ans Telefon gegangen. Für zwei Minuten!«

»Für *zwölf* Minuten!« schrie der pedantische Paulus und klopfte mit dem Zeigefinger rechthaberisch auf seine Armbanduhr. »Geschlagene acht Minuten!« Er zog die Vokale in die Länge, es klang wie ein Klagelied aus der griechischen Tragödie. »Acht Minuten müssen fast hundert Leute warten, bis die Dame geruht, zurückzukommen.«

»Es sind keine hundert Leute«, gab ich volltönend zurück, und nun fing das sensible Mikrofon auch noch zu pfeifen an. »Außerdem brauchst du das Wort ›Dame‹ nicht so verächtlich auszusprechen. Ich bin keine Dame und will auch keine sein ...« Nun grinsten alle, und ich merkte, daß ich mich verheddert hatte, trotzdem fuhr ich unverdrossen fort: »Ebensowenig wie du ein Herr bist. Herren pflegen sich nicht so aufzuführen.«

Ein leichenblasser Techniker stürzte auf die Bühne, um das Mikrofon auszuschalten. Ich mußte mich nun mit der eigenen Lautstärke bemühen. Die Zuhörenden im Zuschauerraum und auf der Bühne kamen fasziniert immer näher und lauschten entzückt. Ich merkte es eher als Paulus, pfiff mich schleunigst zurück und sagte mit aller zur Verfügung stehenden Beherrschung: »Wenn wir keine Zeit verlieren wollen, sollten wir weitermachen.«

Ringsum enttäuschte Gesichter. Paulus raste noch eine Weile weiter, wie eine zu stark in Schwung geratene Maschine; er lief mit weitausladenden Schritten hin und her, drückte die Brille fest an die Nase und erging sich in Übertreibungen wie: »Hundert-, nein, tausendmal schon gesagt und trotzdem immer wieder ...«

Ich wartete höflich ab. Seit wann neigte Paulus zu Jähzorn? Nervös war er schon immer gewesen, unruhig und oft hektisch – aber derart aufbrausend?

»Hör auf, Schatz«, jammerte die Pschok und lief hinter ihm drein wie ein heimatloser Hund. »Beruhige dich, Schatz, das bringt doch nichts.«

Damit zog sie seinen noch nicht entladenen Ärger auf sich, denn nun zeigte er mit ausgestrecktem Arm auf das Versatzstück, wo ihre Gitarre lag, und brüllte sie an: »Du setzt dich dahin und wiederholst den letzten Song! Hör auf, mir nachzulaufen, das kann ich jetzt nicht haben.«

Mit gekränkter Miene nahm die Pschok samt Gitarre ihren Platz wieder ein. Nun begann sie zu heulen. Am liebsten hätte ich schadenfroh gegrinst, doch ich beherrschte mich, verzog keine Miene. Das hatte sie nun davon! Wenn Paulus auf Hochtouren lief, durfte man ihm nicht in die Quere kommen, es sei denn, man wollte ihn provozieren. Wußte sie das nicht? Kannte sie Paulus so schlecht? Ein freudiger Funke tanzte in meinem Herzen – und gehörte dort gar nicht hin.

Nachdem sich Paulus beruhigt hatte – jetzt erst merkte ich, wie elend er aussah –, ging die Probe weiter, reibungslos bis zum Ende. Es war halb drei.

»Fährst du zurück nach Mauer?« fragte mich Paulus und ging neben mir her, als sei nichts gewesen.

»Natürlich, ich muß die Bühnenkleider holen und vieles andere noch. Zum Beispiel Onkel Jo und so viele Kusinen, wie in Knatter hineingehen.«

Er vermied es, mich anzusehen. »Wäre es unverschämt, dich zu bitten, einen Kaffee mit mir zu trinken?«

»Unverschämt nicht, aber ziemlich sinnlos. Ich habe keine Lust auf Kaffee.«

»Tee?«

»Auch keinen Tee.«

»Wein? Bier? Sherry?«

»Hör auf, die Getränkekarte herzubeten, ich habe keine Zeit.«

Er blieb bei mir stehen, ich vermied es, ihn anzusehen. Mein Herz schlug bis zum Hals, und ich wollte Haltung bewahren.

»Du bist böse wegen vorhin, stimmt's?« fragte Paulus.

Du meine Güte, nein, das hatte ich längst vergessen, das war völlig bedeutungslos. Doch ich brauchte ein Alibi für meine Trauer, die mir fast den Atem nahm. »Man brüllt nicht so drauflos«, sagte ich vorwurfsvoll.

»Du hast auch gebrüllt.«

»Aber du hast angefangen.«

Wir sahen uns feindselig an. Er fragte: »Wer war das am Telefon? Barnabas?«

»Ja, Barnabas«, antwortete ich.

Die Pschok stand am Ausgang und lockte: »Komm endlich, Schatz! Ich möchte mich noch ein Stündchen hinlegen.«

»Da hast du es«, sagte ich. »Von wegen Kaffee trinken.«

Er ging nicht, tat, als höre er nicht, stand noch immer dicht vor mir, Brust an Brust.

»Hast du Barnabas oft gesehen? Ich möchte ihn gern besuchen.«

»Ich war jeden Tag mit ihm zusammen«, sagte ich. »Leider hat er heute abend eine Besprechung wegen dem Bildband, der nicht klappen will. Darum kann er nicht zur Vorstellung kommen. Du könntest ihn aber gleich mal anrufen. Er fotografiert Modelle für einen Versandhauskatalog. Barnabas ist ungeheuer aktiv.«

Paulus musterte mich prüfend. Etwas wirkte an ihm kühl distanziert, obgleich es scherzhaft klingen sollte, als er fragte: »Hast du ihm geholfen – beim Aktivsein?«

»Ein wenig schon.« Ich lächelte anzüglich. »Allerdings nicht, was das Fotografieren betrifft.«

Die Pschok stand mit wehendem Haar in der Sonne und öffnete den Mund zu neuen Lockrufen.

»Geh zu deinem Schatz«, sagte ich zu Paulus, »ehe sie ganz Wien zusammenschreit.«

Sie saßen um den Tisch und tranken Kaffee. An der Schmalseite thronte ein gutgelaunter Onkel Josef. Als mich Minnie kommen sah, leuchteten ihre Augen auf, sie streckte den Arm nach mir aus und sagte: »Setz dich neben mich!« Bambi mußte eins weiterrücken.

»Aufgeregt?« erkundigte sich Minnie zum erstenmal nach einer meiner Stimmungen. Wir sprachen miteinander, sie ließ sich ohne spitze Zwischenbemerkungen von meiner Arbeit berichten. Mir war das fast ein wenig unheimlich. Es war so ungewohnt. Doch ich tat ihr den Gefallen.

Jill sah bedrückt aus, weil der ungetreue Freddy sich noch immer nicht gemeldet hatte, wie sie mir bei passender Gelegenheit zuraunte. Gegen sechs rief Eugenie an und sagte mir, daß sie etwas später kommen werde; der französische Botschafter sei eingetroffen, und sie werde zum Empfang gebraucht, wolle sich aber, sobald sie könne, freimachen. Ich sagte ihr, daß Karten auf meinen Namen an der Kasse bereitlägen.

Bald darauf fuhren wir zum Konzerthaus. In meinem Knatter

saßen Jill und Onkel Jo. Mit Minnie fuhren Bambi und Frau Konstantin, die es sich nicht nehmen ließ, mich auf der Bühne zu sehen.

Ich holte die Karten an der Kasse ab, ließ die von Eugenie zurück und begleitete die Kusinen samt Onkel Jo und Frau Konstantin ins Restaurant, wo sie sich stärken wollten. Ein Bekannter kam auf Onkel Jo zu und begrüßte ihn freudig. Jill kniff mich in den Arm und zog mich beiseite.

»Weißt du schon das Neueste?« fragte sie mich. »Das Bild ist weg.«

»Welches Bild?«

»Frau von Kusslaff. Er hat es einfach ohne ein Wort abgenommen und auf den Speicher getragen. Dann hat er das Fenster aufgemacht, uns ins Zimmer gerufen und mitgeteilt, daß dies künftig der Raum für seine Briefmarken sein würde. So lange hat er damit gewartet. Ausgerechnet jetzt entscheidet er sich dazu. Verstehst du das?«

»Aber ja«, antwortete ich. »Er hat sich endlich von einem Alptraum befreit.«

»Durch diese lächerliche Fernsehsendung?«

»Sie war für ihn mehr als das: der Beweis, daß er imstande war, das zu tun, was er will. Ein Leben lang hat er sich angepaßt. Diesmal ist er ausgebrochen. Er fühlt sich frei.«

»So siehst du das also«, staunte Jill. Plötzlich stieß sie einen unterdrückten Schrei aus. Ich folgte ihrem entsetzten Blick und entdeckte Freddys Mutter, die soeben ihren Hut an der Garderobe abgab. Allein. Nein, doch nicht allein! Herr von Meiering war bei ihr und umtänzelte sie. Weit und breit kein Freddy.

Als ich kurz darauf in die Garderobe kam, saß er da und wartete auf mich.

»Sie haben lange nichts von sich hören lassen«, sagte ich. »Seit Sie aus meinem Bett aufgestanden sind, blieben Sie verschollen.«

Er sah abgekämpft aus und seufzte in Raten. »Ich habe schwere Stunden hinter mir«, dabei sah er mich an, als erwarte er Absolution. »Es ging nicht so leicht, wie ich dachte. Einer Mutter zu sagen, daß man sie nicht mehr haben will, einfach: ›Bleib du mal schön im Haus, wir suchen uns eine andere Wohnung, Jill möchte es so und ich auch!‹« Er schüttelte den Kopf. »So ging das nicht.«

»Nein, so nicht«, gab ich ihm recht. »Ihre Mutter hätte selbst darauf kommen sollen.«

»Ich wollte ihr längst alles beichten ...«

»Sie haben ihr nichts zu beichten«, unterbrach ich ihn. »Ihre Mutter ist weder ein Pfarrer noch Gott.«

»Das stimmt, aber sie hatte immer nur mich.«

»Sie waren ihr Bürschi, ich weiß.« Das klang ironisch und tat ihm anscheinend gut. »Aber wäre es nicht fair gewesen, Jill zu sagen, für wen Sie sich entschieden haben?«

»Ich hatte mich ja noch gar nicht entschieden!«

»Seit Tagen wartet sie auf Ihren Anruf.«

»Sie wartete auf meinen Anruf?« Nie zuvor hatte ich ein dümmeres Gesicht gesehen.

»Na, Sie sind gut! Was glauben Sie denn? Sie kommen nach Wien, um mit Jill zu reden, und meiden keinen Menschen mehr als sie. Glauben Sie, das kränkt eine Frau nicht, die einen Mann liebt?«

»Sie liebt mich?« fragte er töricht.

»Warum würde Jill Sie sonst heiraten wollen und vor die Wahl stellen?«

Er redete pausenlos. Ich bekam den Eindruck, er wollte Zeit gewinnen, weil er nicht den Mut besaß, Jill zu sagen, daß er sich für sie entschieden hatte, und das auch nur, weil die Frau Mama sich anderweitig vergnügte. Das entnahm ich seinen hastigen Worten. Die Zeit verging, ich wollte mich auf die Sendung vorbereiten.

»Sie bringen mich und meinen Zeitplan durcheinander«, sagte ich zu ihm. »Warum gehen Sie nicht endlich zu Jill? Sie ist mit den anderen im Restaurant. Ich kann leider nichts für Sie tun. In einer knappen Stunde muß ich vors Mikrofon. Es ist eine Live-Sendung. Ich bitte Sie, lassen Sie mich allein.«

Er stammelte: »Ja, verzeihen Sie ...« und blieb sitzen.

»Jedenfalls nett von Ihnen, daß Sie zu meiner Sendung gekommen sind«, sagte ich, um zu einem höflichen Abschluß zu gelangen. »Woher wußten Sie ...?«

»Die Plakate«, erwiderte er. »Ich mußte mit Ihnen sprechen. Mama wollte sich anschließen – und Herr von Meiering ebenfalls. Er ist sehr anhänglich.«

»Wie schön für Ihre Frau Mama«, sagte ich. »Warum fürchten Sie sich denn so, mit Jill zu sprechen?«

Er sah mich ratlos an. »Sie kann sehr hart sein, sehr unnachgiebig. Jetzt, da ich weiß, wie sehr sie auf meinen Anruf gewartet hat ...«

»Ach, Freddy«, rief ich, »Sie sind ein hoffnungsloser Fall! Da haben Sie sich nun für ein so prächtiges Mädchen wie Jill entschieden und trauen sich nicht, ihr das zu sagen. Außenstehende können da nichts tun, außer Ihnen Glück zu wünschen.«

»Danke.« Er dachte nicht daran, sich zu erheben. Dann ging die Tür auf, und Minnie kam herein.

»Ulli ...« Sie blickte fragend auf Freddy, dessen Nachnamen ich mir noch immer nicht gemerkt hatte, »ich wollte dir ein wenig Gesellschaft leisten, damit du nicht zuviel Lampenfieber hast.«

Allmächtiger, sie war wirklich ein Elefant im Porzellanladen! Als ob man vor einer derartigen Sendung einen Kaffeeklatsch brauchen könnte! Selbst wenn sie es gut meinte, ging das noch schief.

»Das ist Freddy«, stellte ich kurz vor. »Und das ist meine Kusine Minnie.«

Sie drückten einander die Hand, Minnie ihn neugierig musternd, er geistesabwesend. Ich saß ratlos auf meinem Stuhl vor dem Spiegel und wußte nicht, wie ich die zwei aus der Garderobe bringen sollte.

Paulus erschien, rief »'n Abend, Ulli – toi, toi, toi!« und warf einen erstaunten Blick auf die Anwesenden. »Ah, bist du nicht Minnie? Lange nicht gesehen.«

»Paulus!«

Er umarmte sie herzlich, knallte zwei Küsse auf ihre prallen Wangen, Minnie errötete und trat fast erschrocken zurück. Paulus lachte. »Noch immer so prüde? Wie geht's euch denn?«

Bevor Minnie zu einem längeren Bericht ansetzte, flehte ich Paulus an, Minnie zu den anderen zu bringen, die im Restaurant saßen. »Oder habt ihr etwa eure Plätze im Saal schon eingenommen?«

»Nein, nein«, rief Minnie glücklich, »ich habe Kalbsschnitzel mit jungen Gemüschen bestellt.«

»Na fein.« Sie war wieder in Ordnung, der Eklat von Rust vergessen, das Essen schmeckte wieder. »Und diesen jungen Mann bring' bitte zu Jill, er hat ihr etwas Wichtiges zu sagen.«

»Zukünftiger Schwager, was?« schmunzelte Paulus. »Dann kommt mal, ihr beiden. Da kann ich gleich die anderen Leschins begrüßen.« Er schob sie buchstäblich hinaus. Minnie drehte sich an der Tür um, sah mich mit leichtem Vorwurf an: »Ich wollte aber doch ...«

»Schon gut, Minnie«, ich nickte ihr zu, »ich muß jetzt wirklich ein bißchen allein sein.«

Kaum war die Tür hinter ihnen zugegangen, öffnete sie sich wieder, ohne daß ich ein Klopfen gehört hätte. Herr Novotny kam und wollte mir alles Gute wünschen. Der Form halber. Er erledigte das mit aufreizender Routine.

»Herr Novotny?«

Er sah mich ohne die geringste Regung an, wie ein schläfriger Bernhardiner.

»Wenn ich zum ORF wollte – würden Sie mich nehmen? Ich meine«, kam ich seiner Antwort schnell zuvor, »Sie sollten sich Frau Geismeier mal wegdenken. Würden Sie mich nehmen?«

»Ich kann mir Frau Geismeier nicht wegdenken«, antwortete Novotny mit klagender Stimme. »Sie ist allgegenwärtig.«

»Versuchen Sie's.« Ich stand auf, legte die Hände auf seine Schultern, sah ihn bittend an, ganz nahe. Dieser phlegmatische Eisblock mußte doch zum Schmelzen kommen!

»Tja«, er sah mich melancholisch an, »wenn Sie mich so fragen: Nehmen tät ich Sie gern.«

»Danke!« Ich gab ihm einen Kuß auf die Nasenspitze, auf der Schweißperlen standen. Es war ein großes Opfer, aber ich tat es für meinen Beruf. »Das mit Frau Geismeier bringe ich in Ordnung. Wann könnte ich – falls wir einen Vertrag machen –, ich meine, ab wann wäre ...« Ich sprach wie Barnabas in halben Sätzen.

Novotny stand noch unter dem gewaltigen Eindruck des Nasenspitzenkusses. »Sagen wir: Erster Oktober. Wenn die Frau Geismeier – na, Sie wissen schon. Das ist Ihre Sache.«

Ich sagte nochmals »Danke!« als er ging und stürzte mich auf den Schminkkoffer. Nur wenig Make-up. In der Schauspielschule pappten wir uns das Gesicht wie eine bunte Maske voller Schminke. Schwarzumrandete Lippen, schwere Tuschklunkern an den Wimpern, Nasenrücken hell, Nasenflügel dunkel, von wegen schmaler, edler Form, fünferlei Rotschattierungen, aufmunterndes Weiß in die Lidwinkel. Alles Unsinn. Ich machte das längst nicht mehr. Etwas farbgetönte Creme, ein wenig Wimperntusche, ein Tupfer Lippenstift. – »Ick kann mir nich helfen, ick finde mir scheen!« pflegte eine Berliner Kollegin in solchen Augenblicken zu ihrem Spiegelbild zu sagen und klimperte sich verführerisch mit den Augendeckeln zu.

Noch zwanzig Minuten bis zum Anfang. Es klopfte – Mausi kam. Sie brachte den Schlüssel zu Barnabas' Wohnung, legte den Kopf schief, musterte mich kritisch aus ihren Mandelaugen. »Hübsch«, stellte sie sachlich fest. »Der Barni freut sich auf heute abend – das heißt, auf heute nacht.«

»Ich freu mich auch.« Wir grinsten uns an. Dann überraschte mich Mausi mit einer Neuigkeit.

»Weißt du, daß der Schani mit Gina Schluß gemacht hat? Die Sache wurde ihm zu aufregend. Er meinte, da könne er ja gleich in die Mafia einheiraten. Und dem Kellner, dem Robert, hat er die Meinung gesagt, weil der den Mund nicht halten konnte. Rausschmeißen kann er ihn nicht, dazu ist der Robert zu lange bei ihm, quasi von Anfang an. Dann hat mich der Schani angerufen und eingeladen. Ich glaube, es wird wieder was mit uns.«

»Gratuliere!« Ich freute mich für Mausi, sie hatte es verdient. »So war die Tragödie von Rust wenigstens nicht umsonst. »Komisch, da wollte ich meiner Kusine einen Streich spielen, das ging schief, und dafür kriegst du deinen Schani – und vielleicht das Römerkastell dazu.«

»Wie das Leben so flötet«, lachte Mausi. »Sei gut auf der Bühne, ich werd' fest applaudieren. Falls wir uns nicht mehr sehen – viel Glück mit Barni. Er ist ein Volltreffer.«

»Ich weiß, Mausi.« Wir verabschiedeten uns mit zwei Wangenküssen. »Alles Gute mit Schani. Gehst du nach der Vorstellung zu ihm?«

»Aber sicher. – War nett, dich kennengelernt zu haben, Ulrike. Wenn du bei Barni bleibst, werden wir uns öfter sehen. Ziehst du nach Wien?«

»Ja. Ab ersten Oktober. Der ORF will mich haben.«

»Siehst du«, sagte Mausi, »der auch.«

Bühne frei

Nur noch wenige Minuten bis zum Beginn der Sendung. Ich machte mir noch einige Notizen, bereute, daß ich nicht wie viele andere einen Talisman besaß, an den ich mich klammern konnte, saß mit geschlossenen Augen still und wartete. In mir tobte das Lampenfieber wie Paulus auf der Probe. Ich machte schnell noch einige Sprechübungen, Hilfe, im Hals kratzte ein Frosch, ich räusperte ihn weg. Der Inspizient klopfte, steckte den Kopf herein und gab mir einen Zettel.

»Das sollen Sie gleich lesen«, sagte er. »Noch zwölf Minuten.«

Ich dachte, es sei eine Notiz für die Sendung. Doch es war eine Nachricht von Paulus.

Lauf nach der Sendung nicht gleich davon, Ulli, ich muß mit dir sprechen.

Ratlos drehte ich den Zettel hin und her, legte ihn unter den Schminkkasten und stützte den Kopf in die Hände. Das auch noch!

Fünf Minuten vor acht ging ich zur Bühne. Paulus stand mit der Pschok in der Seitenkulisse und redete auf sie ein. Als er mich sah, hob er fragend den Kopf, ich sah schnell weg, ging vorbei zum Mikrofon. Er kam mir nach.

»Bleib da!« hörte ich die Pschok zu ihm sagen.

Er spuckte mir dreimal auf die Schulter. »Mach mir keine Schande, mein Herz. Wir sehen uns nachher, ja?«

Nachher ...! Ich sollte gehorsam antreten, weil er es so wollte.

»Ich glaube nicht, daß ...«

»Pst.« Er wies warnend auf das Mikrofon. »Es wird gleich eingeschaltet.«

Die Musik spielte einen flotten Titel. Das ging bereits über den Sender. Kurz darauf begrüßte ich das Publikum und die Hörer zu Hause, äußerte meine Freude darüber, daß es noch Leute gab, die dem guten, alten Dampfradio die Treue hielten und unsere Sendung dem Krimi auf der Mattscheibe vorzogen. Wie durch einen Nebel sah ich in der ersten Reihe die Kusinen sitzen, Onkel Josef, Frau Konstantin und Mausi. *Meine Leute.* Kopfüber war ich ins kalte Wasser gesprungen und mußte nun schwimmen oder untergehen.

Ich ging nicht unter, im Gegenteil, die Sendung lief ausgezeichnet.

Eine besonders hübsche Ansage bekam Eva-Maria Pschok. Sie kam auf die Bühne im lila Hosenanzug mit Glitzergürtel, sah ungeheuer attraktiv aus und bekam viel Beifall. Während sie sang, stand Paulus neben mir.

»Aufgeregt?« fragte er mit einem leichten Lächeln.

»Jetzt nicht mehr.«

»Ein hübsches Kleid hast du an, kenne ich noch gar nicht.« Ich ließ ihn das Kleid bewundern, es sah ein wenig jugendstilig aus, beigefarben mit Spitzenbluse. »Die feiern nachher alle im Clubzimmer«, sagte Paulus nach einer Weile. »Ich möchte dich aber bitten, mit mir woanders hinzugehen. Da ist ein kleines, sehr gemütliches Beisl an der Ecke.« Ich schüttelte den Kopf. »Nur eine Stunde, Ulli, bitte ...«

»Es geht nicht, Paulus. Barnabas wartet auf mich. Es ist unser letzter Abend.« Daß Barnabas wohl kaum vor Mitternacht zu Hause sein würde, ging Paulus nichts an.

»Donnerwetter.« Er trat einen Schritt zurück, einen ganz kleinen nur, eigentlich war es mehr eine verblüffte Bewegung. »Das klingt ja sehr vertraut.«

»Ist es auch, Paulus. Weißt du, ich möchte zu dir gern ebenso ehrlich sein, wie du es zu mir warst: Daß ich Barnabas wiedergefunden habe, verdanke ich – ihr!« Ich warf einen Blick auf die Pschok, die ihr erstes Lied beendet hatte und sich verneigte. »Und ich denke nicht daran, ihn wieder aufzugeben. Nicht ein zweites Mal.«

Paulus drehte sich auf dem Absatz um und verschwand. Ich sah ihn bis zum Schluß der Vorstellung nicht mehr.

Die Absage klappte ausgezeichnet, nicht der kleinste Versprecher, sogar die Zeit kam auf die Minute hin. Großes Finale, alle kamen noch einmal auf die Bühne.

»Regie führte als Gast aus Berlin – Paulus Brandstätter.« Paulus betrat die Bühne mit langen, schnellen Schritten, armschlenkernd, wie es seine Art war, stellte sich neben mich und nahm mir das Wort ab: »Durch die Sendung führte Ulrike Leschin.« Und weil es die Wiener gar so gern mögen, garnierte er die Absage mit einem Handkuß.

Wir verneigten uns gemeinsam, Hand in Hand, die Sendung war zu Ende.

Erst in der Garderobe merkte ich, wie erschöpft ich war. Ich schminkte mich ab, wollte das Zeug vom Gesicht haben und mich mit kaltem Wasser erfrischen. Es klopfte. Onkel Jo kam herein, um mir zu gratulieren. Das war ein völlig überraschender Einfall von ihm. Nie hatte eines der Familienmitglieder Notiz von meiner Arbeit genommen, meine Eltern eingeschlossen. Ich war ziemlich verwirrt.

»Du kannst was«, sagte Onkel Jo und drückte mir etwas in die Hand: einen schweren Ring mit einem mächtigen Goldtopas. »Der ist von meiner Mutter, deiner Großmutter. Ich möchte, daß du ihn trägst.«

Ich steckte ihn an den Finger, er fiel gleich herunter, erst als ich zwei Finger auf einmal hineinsteckte, hielt er. Wir lachten.

»Du kannst ihn enger machen lassen«, schlug Onkel Jo vor. »Oder als Andenken aufheben. Zum Anschauen. Unsere Mutter war eben eine starke, energische Frau.«

Ich gab Onkel Josef einen Kuß und bedankte mich. »Fahrt ihr gleich nach Hause?« fragte ich.

Nein, sie wollten noch ein wenig im Restaurant feiern. »Wir möchten außerdem auf Eugenie warten, die glänzt noch immer durch Abwesenheit. Außerdem ist da noch ein verdrehter junger Mann, der Jill unbedingt davon überzeugen will, daß er für sie der einzig Richtige ist.«

»Freddy mit dem Ödipuskomplex!« rief ich lachend. »Ich hoffe, er ist dabei, ihn endlich abzulegen. Wie verhält sich Jill?«

»Störrisch wie ein Esel. Ich werde sehen, was sich machen läßt. Hoffentlich hört sie auf einen alten Onkel!« Er fuhr mir flüchtig über den Kopf, als schäme er sich, Gefühl zu zeigen. »Wie ist das mit dir? Paulus hat uns sehr herzlich begrüßt, wie in alten Zeiten. Er sieht elend aus, ist mager geworden.«

Ich seufzte. »Er will mich, glaube ich, wiederhaben.«

»Und …?«

»Ich weiß nicht… ich möchte bei Barnabas bleiben. Er ist wie ein angenehm warmes Bad nach einer Winterwanderung.«

»Sehr poetisch ausgedrückt«, lobte Onkel Jo, als höre er einem Rezitator zu. »Und Paulus? Du hast fast ein Jahrzehnt mit ihm gelebt.«

Ich zuckte hilflos die Achseln. »Ich friere bei ihm. Da ist so ein blöder Schüttelfrost, der immer wiederkommt. Unruhe, Angst, verlorenes Vertrauen – was weiß ich.«

»Auf einmal?« Onkel Josef betrachtete mich zweifelnd. »Du gibst Temperaturanzeigen wie ein Thermometer. Und wie steht's damit?« Er tippte sich aufs Herz.

Im Restaurant bot sich mir ein merkwürdiges Bild. Sie saßen alle in einer gemütlichen Nische, aber …

Minnie aß als einzige. Onkel Jo, Frau Konstantin und Bambi

machten betroffene Gesichter, als hätte ihnen etwas Ungeheuerliches die Sprache verschlagen. Jill versuchte mit der Haltung einer Salzsäule krampfhaft an Freddy vorbeizusehen, als sei er Luft.

Das konnte heiter werden! Ich gab mir einen Ruck, setzte eine möglichst unbefangene Miene auf und trat an den Tisch: »Einen schönen guten Abend, ihr Lieben«, sagte ich im Ton eines Alleinunterhalters, der wußte, daß er ein undankbares Publikum vor sich hatte. »Habt ihr einen Platz für mich?«

Minnie deutete auf einen Stuhl. »Möchtest du Geflügelsalat?« fragte sie genüßlich essend. »Koste mal!«

»Danke, ich habe keinen Hunger. Na, Freddy?« Ich setzte mich nicht, die Stimmung war zu spannungsgeladen. »Kein Glück gehabt?«

Er schüttelte verzweifelt den Kopf, sah Jill dabei an, die sich nicht rührte. Sie enttäuschte mich. Warum trug sie ihren Kummer, den sie bisher so tapfer für sich behalten hatte, in aller Öffentlichkeit zur Schau? Warum nahm sie ihren Freddy nicht an den Ohren, sagte ihm tüchtig die Meinung und gab ihm anschließend einen Kuß?

»Freddy hat sich für dich entschieden, Jill«, sagte ich mit Nachdruck, falls sich Freddy möglicherweise nicht deutlich genug ausgedrückt hatte. »Ist das Problem damit nicht gelöst?«

»Zu spät«, antwortete sie und gab sich Mühe, eiskalt zu wirken. »Drei Tage zu spät.«

»Herrgott.« Auch ich war nur ein Mensch und verlor langsam die Geduld; es wäre nett gewesen, wenn sich einer von ihnen zu meiner Veranstaltung geäußert hätte, bis jetzt war Onkel Jo der einzige. »Was sind denn drei idiotische Tage gegen ein ganzes Leben? Jetzt sei nicht so dickköpfig, Jill, und sage was Nettes zu Freddy.«

»Das versuche ich ihr schon die ganze Zeit beizubringen«, bemerkte Onkel Jo, dessen gute Laune verflogen war.

»Koste doch mal den Geflügelsalat.« Minnie hielt mir wieder die Gabel entgegen, ohne Notiz von der Tragödie zu nehmen. »Er schmeckt fabelhaft.«

»Danke, ich will nicht!« Ich sagte es schärfer, als ich wollte, und wandte mich an den Unglücksraben Freddy: »Wo ist denn Ihre Mutter?«

»Mit Herrn von Meiering beim Heurigen.«

»Als Lückenbüßer gebe ich mich nicht her«, stieß Jill wütend hervor. »Da sage ich doch glatt: Danke für die Blumen, mein Herr!«

»Kommen Sie.« Ich zupfte Freddy am Ärmel. »Lassen Sie uns bei meinen Kollegen feiern. Dort ist es lustiger.« Ich warf Onkel Jo eine Kußhand zu und winkte Frau Konstantin zum Abschied. Jill, die bisher ihr Weinglas mit stummer Feindseligkeit fixiert hatte, hob den Kopf und sah mich mit weit aufgerissenen Augen an.

»O Jill, du Ärmste«, hörte ich Minnie sagen. »Möchtest du den Geflügelsalat kosten?«

Das Clubzimmer war gerammelt voll. Herr Novotny hatte einen Platz für mich freigehalten. Ein Stuhl für Freddy wurde geholt, sie dachten alle, er sei mein neuer Freund.

»Spielen Sie mit«, flüsterte ich ihm zu. »Wir zwei sind in der gleichen Situation.«

Langsam taute Freddy auf. Als der Kapellmeister einen Witz erzählte, lachte er laut und herzlich. Dabei sah er rührend jung und begeisterungsfähig aus. Jetzt erst konnte ich mir vorstellen, wie er als Lehrer sein mochte und wie gern ihn die Schüler hatten.

Schorschi, der Pianist, setzte sich an den Flügel, der leicht lädiert aussah, und ›haute rein‹. Die Stimmung wurde ausgelassen.

Paulus und sein Schatz kreuzten glücklicherweise nicht mehr auf. Ich fühlte mich unbeschwert, wie seit langem nicht.

Freddy schien es ähnlich zu gehen. Er stand auf, riß mich hoch und wollte mit mir einen zünftigen Rock 'n' Roll hinlegen, der bei mir einigermaßen auf Schwierigkeiten stieß, denn ich war außer Übung. Männer, mit denen man lebt, können fast nie tanzen. Vielleicht gibt es Ausnahmen, ich kenne keine. Wenn man tanzen will, muß man das mit den Männern anderer Frauen tun; das allerdings scheint mir ein Phänomen, denn auch sie sind Ehemänner, die angeblich nicht tanzen können. Zufall oder Schwindel, wer weiß.

Wir tanzten einen Rock 'n' Roll, bei dem sogar Elvis vor Neid erblaßt wäre. Zwischendurch reichte uns Herr Novotny, der ebenfalls auf Touren kam, die Gläser.

Ganz nahe sah ich Freddys nettes Gesicht, wie es mich anlachte, mit dunklen, klugen Augen, wie er die Lippen spitzte; und dann, unvermittelt, blieb er stehen, nahm meinen Kopf, wühlte sich mit der rechten Pranke in mein Haar und küßte mich. Lange.

»Hohoooo«, riefen die Musiker, und der Humorist machte eindeutige Bemerkungen. Schorschi spielte einen Tusch.

Freddy ließ mich nicht mehr los, und ich legte keinen Wert darauf, den Kuß abzukürzen. Er konnte das ausgezeichnet. Dann hörte ich meinen Namen rufen. Wir lösten uns voneinander und blickten zur Tür. Dort standen Jill und Eugenie. Jill war blaß.

»Komm, Freddy!« sagte sie im Befehlston, doch Freddy blieb stehen. Erstaunt und etwas irritiert funkelten Jills Augen. »Du sollst kommen!«

»Ooooooo«, machten die Männer enttäuscht, erstens weil die Musik aufhörte, zweitens auch der Kuß, und drittens, weil die hübsche Jill einen derartigen Kommando-Ton anstimmte.

Freddy blieb stehen, eine Hand um meine Schulter. Ich nahm sie und tat sie dorthin, wo sie hingehörte. Jill kam auf uns zu. Sie sah mich an, als wollte sie mir an den Hals springen.

»Na endlich«, rief ich und lachte. »Das war schon lange fällig.«

»Was?« fauchte sie.

»Daß du eifersüchtig bist.«

»Ich bin schon seit Jahren eifersüchtig! Eine Mutter ist auch eine Frau.«

»Die gilt nicht«, sagte ich. »Es ehrt mich, daß *ich* es bin, auf die du eifersüchtig bist. Einfach deshalb, weil es dich zur Vernunft bringt.«

»Kommst du endlich, Freddy?« Ihre Stimme klang schneidend. Nie hätte ich gedacht, daß Jill ein solcher Despot sein konnte.

»Gehen Sie mit«, sagte ich zu Freddy. »Wir haben unsere Vorstellung hinter uns.«

Doch diesmal wollten die Bühnenleute Zuschauer sein, das ließen sie sich nicht nehmen. Schorschi gab sinnigerweise Musikuntermalung, würzte die Auseinandersetzung mit zartem ›Plimm, plimm‹.

Freddy aber blieb erstaunlich hartnäckig. »Nein«, antwortete er ruhig. »Ich komme nicht. Ich habe es mir anders überlegt. Ich möchte nicht einen Hausdrachen gegen den nächsten eintauschen.«

»*Was* bin ich?« Jill schnappte nach Luft.

»Du bist ein unerträglich herrschsüchtiges Geschöpf, das hartnäckig seinen Willen durchsetzen will. Du kannst also triumphieren.« Freddy richtete sich kerzengerade auf und blickte Jill ernst in die verwunderten Augen. »Ich werde nämlich ausziehen und meiner Mutter die Wohnung überlassen. Aber eines sage ich dir: Ich werde niemals heiraten! Bis an mein Lebensende will ich Junggeselle bleiben.«

»Und ins Kloster gehen«, ergänzte ich erschüttert.

»Du willst ausziehen?« Er nickte mit verschlossenem Gesicht. »O Freddy!« Sie flog ihm in die Arme.

»Aaaaaa«, assistierten die Musiker und applaudierten.

Dann fiel sie auch mir um den Hals, ihr Gesicht war naß von Tränen, sie sagte immer wieder: »Danke, danke, ach war ich blöd – danke, danke ...«

Als sie abzogen, spielte Schorschi den Hochzeitsmarsch aus dem Sommernachtstraum.

»Eine eindrucksvolle Szene«, sagte Herr Novotny. »Ich werde sie in die nächste Sendung einbauen. Kann ich Ihre Kusine engagieren?«

»Sie ist bereits anderweitig engagiert«, antwortete ich lachend. »Na endlich, Eugenie, eigentlich habe ich nur auf dich gewartet.«

»Hast du noch etwas vor?«

»Ich will nachher zu Barnabas.«

»Vorher trinkst du bei mir einen Schampus. Einverstanden?«

»Zum Abschied, ja.«

Das Restaurant hatte sich geleert. Auch Onkel Jo samt Anhang war aufgebrochen, der Nischentisch leer. Nur dort, wo Minnie gesessen hatte, standen einige Teller herum.

Höhere Gewalt

Ich ging mit Eugenie zu Knatter, der vertraut und leicht vergammelt auf uns wartete. Wir stiegen ein, ich trat auf das Gaspedal.

»Es tut sich so allerhand in der Familie«, meinte Eugenie und steckte sich eine Zigarette an. »Du auch eine?« Ich dankte, meine Kehle war etwas lädiert, was wohl vom vielen Reden kam. Genüßlich lehnte sich Eugenie zurück. »Ich habe gehört – Paulus war im Programm?« Ich antwortete mit einem Seufzen. »Gab es eine Aussprache?«

»Ich will ihn nicht mehr«, antwortete ich störrisch. »So wie er sich verhalten hat, einfach zu einer anderen überzulaufen, das ist Vertrauensbruch. Da kann man hinterher nicht so tun, als sei nichts gewesen.«

Eugenie blieb gelassen. »Wenn er aber doch dachte, das Mädchen sei das richtige für ihn, wenn sie es beide für kurze Zeit annahmen?«

Ich ließ Knatter an meiner Stelle wütend aufheulen. »Auf welcher Seite stehst du eigentlich?« fuhr ich sie an.

»Hauptsache, es kommt alles wieder an seinen Platz«, erwiderte Eugenie ausweichend. »Bist du nicht auch der Meinung?«

Ich zuckte die Achseln und schaltete den Gang zurück, denn nun waren die Theater aus, und der Verkehr in der Innenstadt nahm zu. »Wo ist mein Platz? Bei Paulus? Bei diesem widerlichen ...« Die Tränen stiegen hoch, ich war am Ende, das machte wohl die Veranstaltung: Eugenies Hand legte sich beruhigend auf meine Finger.

»Das kann uns doch allen ganz plötzlich passieren«, sagte sie.

»Was?!«

»So eine Schmetterlingsliebe.«

Ich stutzte. Barnabas hatte den gleichen Ausdruck benutzt. Hatte er ihn von ihr oder sie von ihm? Merkwürdig: Eine Weile grübelte ich düster vor mich hin. Dann fragte ich:

»Hast du eigentlich Barnabas wiedergesehen? Ihr verkehrt doch beide im Römerkastell. Dann müßtet ihr euch doch schon mal zufällig getroffen haben?«

»Natürlich haben wir uns getroffen«, Eugenie nahm ihre Hand von meinen Fingern, »vor drei Jahren.« Sie lächelte nachsichtig. »Weißt du, was er zu mir sagte? ›Du siehst Ulrike sehr ähnlich!‹ Als ob er dein Ebenbild suchte.«

»Vielleicht haben wir uns nie ganz verloren.« Ein zärtliches Gefühl kam über mich. Ich hüllte mich darin ein und gab es auf, darüber nachzugrübeln. In meinem Hirn herrschte absolutes Vakuum. Ich wollte keine Probleme wälzen, nicht jetzt, das war am Steuer zu gefährlich, noch dazu, wenn das Auto wie Knatter war und seine Mucken hatte.

»Halt an«, bat Eugenie, »hier kannst du parken.«

Ihre Wohnung strahlte Wärme aus, die mich beschützend umfing. Ich ließ mich in den nächststehenden Sessel fallen und streckte die Beine aus. Mir taten die Füße weh. Ich hatte das Gefühl, als könne ich nie wieder aufstehen.

»Hast du etwas dagegen, wenn ich es mir bequem mache?« fragte Eugenie. »Ich stecke seit heute morgen in den Kleidern. Wir hatten einen stürmischen Tag.«

»Mach nur«, sagte ich. »Es tut mir gut, ein wenig zu dösen.«

Eugenie sah wirklich überarbeitet aus. Nie sprach sie von sich. Wenn man sie fragte, gab sie ausweichende Antworten. Sie zog sich zurück und war doch jederzeit für andere da. Ich hatte keine Ahnung, wie ihr Arbeitstag verlief. Sie klagte nie. Sie war ganz anders als Minnie, die bei jedem Handgriff ihre Unentbehrlichkeit beweisen wollte.

»Nett von dir, daß du doch noch ins Konzerthaus gekommen bist!«

»Das war doch abgemacht«, rief sie aus dem Schlafzimmer, wo sie sich umzog. »Schade nur, daß ich dich nicht auf der Bühne sehen konnte. Aber das nächste Mal bestimmt.«

»Bestimmt«, bekräftigte ich. »Kann sein, daß ich nun öfter hier auftrete, der ORF will mich haben. Der allmächtige Novotny hätte nichts dagegen, wenn ich wieder nach Wien zöge und mit ihm arbeitete.«

Eugenies überraschtes Gesicht erschien unter der Tür. »Du willst wieder hier leben?«

»Um näher bei Barnabas zu sein.«

Eugenie kam umgekleidet zurück, das Haar mit einem weißen Band aus der Stirn gehalten, angetan mit einem langen weißen, sehr legeren Morgenrock, der ihr gut stand. Sie trug gern Weiß, das paßte zu ihrem dunklen Typ. Es war beruhigend, ihr zuzusehen, wie sie den Champagner öffnete, einen Imbiß aus der Küche brachte und das Besteck verteilte.

»Laß es dir schmecken«, forderte sie mich lächelnd auf. »Du wirst Hunger haben.«

Ich griff zu. Wir tranken. Eugenie wäre eine gute Mutter geworden, eine viel bessere als meine. Was hatte sie nur ein Leben lang getrieben? Ich fragte sie.

»Ich habe gelebt«, erwiderte Eugenie. »Das ist eine ziemlich anstrengende Beschäftigung.«

»Hat in deinem Leben kein Mann für eine längere Zeit eine Rolle gespielt?« erkundigte ich mich indiskret.

»Spielt er noch immer«, erwiderte Eugenie überraschenderweise.

»Das wird hoffentlich auch so bleiben. Trotz aller Schmetterlingslieben.« Sie hob das Glas und prostete mir zu. Wieder fiel mir etwas Bestimmtes auf, wie bei meinem ersten Besuch, doch ich war zu erschöpft, um darüber nachzudenken.

»Du bist zu beneiden«, seufzte ich. »Du weißt wenigstens, zu wem du gehörst. Aber ich? Zum zweitenmal habe ich die Wahl zwischen Paulus und Barnabas.«

»Soll das heißen, daß Paulus als reuiger Sünder zu dir zurückkehren will?«

»Zurückkehren, ja«, gab ich zur Antwort. »Doch nicht reuig und schon gar nicht als Sünder. Diesmal möchte ich mich ganz gern richtig entscheiden.«

»Dann tu es gleich heute abend«, rief Eugenie und bedachte mich mit einem seltsam prüfenden Blick.

Ich nickte. »Es gäbe allerdings noch eine dritte Möglichkeit: Allein zu bleiben, vorerst. Ich habe genügend Arbeit, um zu vergessen.«

Eugenie, die strebsame, ernsthafte Eugenie, aber sagte: »Arbeit ist kein Ersatz für Liebe. Sie hilft auch nicht vergessen. Das ist Unsinn. Man soll die Beziehung zu einem Partner nicht überbewerten, aber auch nicht unterschätzen.« Sie stellte das Glas auf den Tisch, faltete die Hände im Schoß und wartete. Als ich nichts sagte, half sie nach. »Also entscheide dich!«

»Gut.« Ich holte tief Luft. »Dann bleibe ich bei Barnabas.«

»Obwohl du Paulus liebst?«

»Wie kommst du darauf?« fragte ich empört.

»Du denkst immerzu an ihn. Sogar deine Wut klingt wie eine Liebeserklärung. Das solltest du einkalkulieren.«

Sie sprach wie der verantwortliche Buchhalter bei einer Betriebsratssitzung. Ich hingegen wartete auf die von Onkel Jo prophezeite höhere Gewalt. Da klingelte das Telefon.

Eugenie ging in den Flur und sprach mit jemandem. Ich hörte sie sagen: »Ja, sie ist hier. Augenblick!« Dann kam sie herein: »Barnabas ist am Apparat. Wenn du ihm sagen willst, daß du bei ihm bleibst, dann sag's ihm jetzt.«

Ich zögerte. Es war zu spät, um derart entscheidende Erklärungen abzugeben. »Sag ihm bitte, daß ich nachher zu ihm komme. Ich habe ja den Schlüssel. Er soll nicht auf mich warten und kann sich ruhig hinlegen. Ist er denn schon zu Hause?«

»Er ist schon zu Hause.« Eugenie ging wieder in den Flur. Sie teilte Barnabas mit, daß ich nachher kommen würde. Dann legte sie auf. Ihr Gesicht war weiß wie eine gekalkte Wand, als sie sich wieder setzte. Der Tag war eben doch zu anstrengend für sie gewesen.

»Hat er meinetwegen angerufen?«

Statt einer Antwort fragte Eugenie zurück: »Möchtest du ein Kissen in den Rücken?« Sie wartete meine Antwort nicht ab, stand auf und stopfte mir etwas angenehm Weiches ins Kreuz. Als sie sich über mich beugte, merkte ich es mit einem Schlag: der Duft! Es war der Duft, der mich irritierte. Ein Geruch, den Eugenie sonst nicht an sich hatte, nur zu Hause, in ihrem Schlafzimmer, im Morgenrock, da haftete er. Ein schwerer Duft nach Honigkuchen und Moschus. Wie an dem weißen Bademantel, der bei Barnabas lag.

»Hast du etwas?« fragte sie verwundert.

»Dein Parfüm«, stammelte ich. »Es kommt mir bekannt vor.«

Über Eugenies Gesicht ging ein Lächeln, vermischt mit Bedauern und Verschmitztheit. In mir stieg eine Ahnung hoch, die ich zunächst für ein Hirngespinst hielt. Eugenie sagte kein Wort, sie wartete nur, goß mir neu ein und nahm Platz. Der Schampus schäumte sprudelnd und machte ein leises Geräusch.

»Trink«, sagte Eugenie sanft, als wolle sie ein Kind beruhigen. »Dieses Parfüm ist ein kleiner Hauch von meinem zweiten Ich. Das kommt wohl daher, daß ich ganz gern eine verführerische Frau wäre, eine Orientalin mit feurigen Augen und geschmeidigem Panthergang.« Sie lachte entschuldigend. »So hat eben jeder seine albernen Träume.«

»Träume sind nie albern«, widersprach ich matt. Der Bademantel bei Barnabas, so hatte Mausi behauptet, gehöre einer Frau Leschin. Sie dachte dabei an mich. Doch es gab noch eine zweite: Eugenie. Die Erleuchtung kam ganz plötzlich, als hätte man sämtliche Scheinwerfer aufgedreht.

»Du und Barnabas...« Die Stimme, die mir den ganzen Abend lang gehorcht hatte, versagte mir. Aber warum hatte Mausi die beiden niemals zusammen gesehen? Im Römerkastell hätten sie sich doch treffen müssen! »Wieso weiß kein Mensch davon?«

Sogar jetzt, in diesem Augenblick, sprach Eugenie nur ungern darüber. »Wir treffen uns bei mir oder auch bei ihm und gehen fast nie irgendwohin. Wir möchten, daß...«

»Daß?«

Sie wollte mich offensichtlich schonen. »Daß wir alles allein für uns haben. Jede Stunde vor allem. Wir sind schon seit drei Jahren zusammen, seit damals, als wir uns zufällig im Römerkastell getroffen hatten. Ich kann dir nicht sagen, wie alles passieren konnte. Vielleicht lag es eben daran, daß er eine zweite Ulrike suchte, nachdem einige Schmetterlingslieben scheiterten.«

»Zum Beispiel mit Evi Lederer, die sich Mausi nennen läßt. Hast du sie nie kennengelernt?«

Eugenie verneinte. »Wir sind nicht sehr oft zusammen, Barnabas und ich«, sagte sie. »Aber wir denken unentwegt aneinander.«

Mein Herz machte für einige Sekunden Pause. Die Anrufe! Nachts bei Barnabas, nachts bei Eugenie. »Ihr ruft euch regelmäßig an!« rief ich und fiel aus allen Wolken. Eugenie gab es zu.

Also hatte Barnabas, der mich heute nacht erwartete, auch jetzt bei Eugenie angerufen und bestimmt nicht meinetwegen!

»Großer Gott, Eugenie!« Darum hatte sie so blaß und elend ausgesehen, hatte alles gewußt, geschwiegen und abgewartet. »Hättet ihr doch wenigstens eine Andeutung gemacht.«

Sie schüttelte lächelnd den Kopf. »Wir wollen uns nicht belasten oder gar im Wege stehen«, sagte sie langsam. »Passiert einem von uns eine …«, sie machte eine zögernde Pause, »eine Schmetterlingsliebe, soll der andere abwarten, was daraus wird – und vor allem nicht übelnehmen. Solange wir uns gegenseitig anrufen, wann auch immer, hält das Band.«

Ich stand auf, ging zum Fenster, öffnete es weit. Mir war, als müsse ich ersticken. Alles hatte sich verändert, von einer Minute zur anderen.

Eugenie trat neben mich, legte den Arm um meine Schulter und zog mich an sich. Eine Weile standen wir so. Dann sagte sie: »Im Grunde wolltest du Barnabas gar nicht.«

»Hast du mich deshalb eingeladen?« fragte ich. »Um das herauszufinden?« Sie nickte. »Wenn mir der Duft nicht aufgefallen wäre, hättest du es mir gesagt?«

»Nein«, antwortete sie. »Ich hätte nichts getan, um dich zurückzuhalten. Ich wollte nur mit dir reden; ich gebe zu, ich hatte gehofft, daß du selber dahinterkommen würdest. Heute abend noch.«

Plötzlich überkam mich eine heftige Sehnsucht nach zu Hause.

Ich wollte Wien ebenso fluchtartig verlassen wie vor einigen Tagen Berlin. Diese Reise war eine einzige Pleite.

Langsam ging ich zum Tisch zurück, angelte den Schlüssel zu Barnabas' Wohnung aus der Tasche und legte ihn auf den Tisch neben die leere Champagnerflasche. »Sag ihm bitte, daß ich nicht komme.«

»Willst du es ihm nicht selbst sagen?« fragte Eugenie. Sie war verlegen. Ich schüttelte heftig den Kopf und wandte mich ab. »Hilft es dir, wenn ich dir sage, daß Barnabas ganz ernsthaft daran denkt, mit dir zusammenzubleiben?«

»Um dich nebenher regelmäßig anzurufen!« warf ich erbittert ein.

Eugenie ließ sich nicht beirren. »Ich finde, du solltest mit ihm sprechen, das bist du eurer alten Freundschaft schuldig – und allem, was zwischen euch gewesen ist«, fügte sie zögernd hinzu.

»So viel war das gar nicht.« Ich drehte das Glas in den Händen und nahm den letzten Schluck. Der Champagner schmeckte schal. »Also gut, ich werde ihn morgen vor der Abfahrt anrufen. Laß mich jetzt gehen, Eugenie, ich möchte allein sein und ein bißchen nachdenken.«

Ich warf einen letzten Blick auf den provozierend daliegenden Schlüssel und ging. Die höhere Gewalt war eingetreten. Sie hieß Eugenie. Morgen, wenn Paulus anrief oder gar selbst in Mauer aufkreuzte, wovon ich überzeugt war, sollte er erfahren, für wen ich mich endgültig entschieden hatte: für ihn. Dann konnte er die Pschok zum Teufel oder sonstwohin schicken!

Auf der Straße drehte ich mich um und sah Eugenie am Fenster stehen. Ich hob den Arm, um ihr zuzuwinken. Sie winkte zurück.

Paulus rief am nächsten Morgen weder an, noch ließ er sich blicken. Rund um mich unerträglich frohe Gesichter. Minnie in voller Aktion. Sie freute sich auf zu Hause, auf ihren Heiko und ihre ›musischen Mädchen‹. Die Herbstsaison für gute Haustöchter begann. Die mißglückte Fahrt ins Burgenland war verdrängt worden und vergessen. Als ich von den zahlreichen Störchen in Rust sprach – Onkel Jo hatte mich gefragt, ob es immer noch so viele seien –, da staunte Minnie über das, was ich erzählte, als hätte sie es nicht auch selbst gesehen und niemals unter den Dächern, auf denen die Klapperschnäbel saßen, geweint.

»Nächstes Jahr werde ich mit Heiko und den Mädchen hinfahren«, erklärte sie. »Wenn du Lust hast, Jill, kannst du dich anschließen; ich meine nur, weil du doch so allein bist.«

Das war wieder ganz die alte Minnie. Sie drückte mich an ihren Busen, betrachtete mitleidig mein Gesicht und meinte: »Schlecht siehst du aus, meine Kleine!« Dann ging sie ab durch die Mitte, Bambi im Schlepptau, die sich von Minnie zum Bahnhof bringen lassen wollte.

Und Jill?

Die fuhr mit Freddy zurück nach Frankfurt. Ich war heilfroh, daß wenigstens dies in Ordnung gekommen war.

»Sein Wagen hat ein Andenken an mich«, sagte ich zu Jill. »Immer wenn du die Delle auf seinem Hinterteil siehst...«

»... werde ich an dich denken müssen!« ergänzte Jill lachend.

»Was ist mit der Frau Mama?«

»Bleibt noch einige Tage in Wien. Wir haben uns ausgesprochen. Sie ist mit Freddys Wohnungswechsel einverstanden. Herr von Meiering hat sie von uns abgelenkt. Sie sieht ja auch noch recht gut aus.«

»Bis auf die Topfhüte«, warf ich ein.

Jill fiel mir stürmisch um den Hals. »Jedenfalls hast du meinen lahmen Freddy wie einen erkalteten Ofen angefeuert«, gestand sie glücklich. »Ohne dich hätte das noch ewig gedauert.«

Auch Freddy drückte mir etwas später strahlend die Hand. Ich wünschte ihnen alles Gute – dann fuhren sie ab. Das Kusinentreffen war zu Ende.

Kurz vor elf klingelte das Telefon. Paulus! dachte ich sofort und ganz automatisch. Doch es war Barnabas. Seiner Stimme hörte ich an, daß er niedergeschlagen war oder ein schlechtes Gewissen hatte.

»Wolltest du dich denn nicht von mir verabschieden, Riekchen?«

»Doch«, erwiderte ich. »Aber ich fahre erst nach dem Mittagessen.« Ich hatte Zeit, verpaßte nichts in Berlin.

»Eugenie hat mir alles gesagt.« Er sprach stockend, als überlege er sich jedes Wort. »Auch wie du dahintergekommen bist.«

»Moschus mit Honigkuchen, du Heimlichtuer!«

Eine Weile konnte keiner von uns etwas sagen. Dann Barnabas, sehr leise: »Es war schön mit dir, Riekchen. Was ist das nur... ich meine, wieso...«

Aha, die halben Sätze! Ich ließ ihm Zeit, bis er sich etwas gefangen hatte. Dann fragte er rundheraus: »Was ist das eigentlich, was wir füreinander empfinden?«

Ich überlegte kurz, ehe ich antwortete: »Wir finden uns sympathisch und bemühen uns, mehr daraus zu machen. Das passiert, wenn man nicht bei dem Menschen ist, den man liebt.« Ich fühlte mich müde und schlapp, wie man sich eben fühlt, wenn etwas für immer vorbei ist.

»Zum zweitenmal – adieu«, sagte Barnabas. »Das, was du eben gesagt hast, muß ich mir noch gründlich überlegen. Aber ich glaube, du hast recht.«

»Adieu.« Ich weinte ein wenig. »Das Geburtstagsgeschenk habe ich auch nicht bekommen! Was ist es denn?«

»Hauffs Märchen. Eine Ausgabe von 1888, mit ganz tollen Illustrationen. Magst du doch, oder nicht?«

»Doch«, gab ich zu, »sehr.«

»Ich schick es dir.«

»O ja.«

Ich dachte an *Son et Lumière* und wie harmonisch es mit Barnabas gewesen war. Ich dachte an die zehn Jahre mit Paulus. Meine Hände waren leer.

»Servus, Graf Barnabas«, sagte ich. »Hoffentlich schaffst du den Bildband vom Burgenland.«

»Ich denke schon. Servus, Riekchen.«

Onkel Josef war unzufrieden mit mir, als er mich derart niedergeschlagen herumstehen sah. Er war der Meinung: Eine Frau, die ihren Beruf und alles andere fest im Griff habe, solle auch ihr Liebesleben disziplinieren.

»Ich bin allein, weißt du«, versuchte ich mich zu verteidigen.

»Ich auch.« Er lächelte mich an. Sein Charme war in diesem Augenblick unwiderstehlich. »Darum fühle ich mich so wohl.«

»Da kannst du sehen, wie relativ das ist«, seufzte ich. »Außerdem bist du älter, Onkel Jo.«

»Und kälter, meinst du wohl.«

»Das nicht. Aber dein Leben verlief eben so, daß du Grund hast, dich über dein Alleinsein zu freuen.«

»Deines nicht?«

»Nein.«
»Dann mußt du mit Paulus glücklich gewesen sein!«
Dieser Argumentation konnte ich mich leider nicht verschließen, wagte dennoch schwachen Widerspruch.
»Das nennt man eben Liebe«, stellte Onkel Josef in einem Ton fest, der keinen Protest zuließ. »Ehrlich gesagt, beneide ich dich darum. Ob ich das auch noch mal kennenlerne?«
Ich mußte lachen. »Versuch's doch mal mit Frau Konstantin!«
»Was ist mit mir?« erschallte ihre Stimme hinter mir. Sie hatte alles mit angehört. »Diesen widerspenstigen Briefmarkensklaven soll man lieben können?« Ihre gutmütigen Augen funkelten angriffslustig und straften ihre Worte Lügen. »Wie wäre es mit einem Gulasch und Knödeln?«
Wir fanden, dies sei eine gute Idee.
Um ein Uhr verabschiedete ich mich. Die Tür zum Nebenzimmer stand weit offen. Wo das Bild der Frau von Kusslaff gehangen hatte, sah man auf der Tapete einen hellen Fleck. Auf dem bisher unbenutzten altmodischen Sekretär lagen Onkel Josefs Briefmarken. Im Geiste hörte ich Frau von Kusslaffs scharfe Stimme: »Diese heimtückischen Dinger tauchen überall dort auf, wo man sie nicht erwartet. Und dann soll man sie auch noch wie Gold behandeln!« Der wahre Grund ihres Unmuts war gewiß ein anderer. Sie haßte es, wenn Onkel Jo zufrieden war. Nun hatte er gesiegt.
Bevor ich in Knatter stieg, umarmten wir uns herzlich, knallten Abschiedsküsse auf unsere Wangen.
»Bis zum nächsten Jahr dann! Kommst du wieder zum Kusinentreffen?«
»Wohl kaum. Aber ich werde dich bestimmt besuchen!«
Er verstand. Als Knatter durch die stille Straße mit den alten hohen Bäumen und den grünen Gärten dröhnte, winkte Onkel Jo uns nach. Frau Konstantin stand neben ihm und nahm beide Arme zu Hilfe.

Gegen Mitternacht kam ich in Berlin an. Außer einigen kurzen Trimm- und Imbißpausen war ich durchgefahren. Wie zerschlagen stieg ich aus und dachte sehnsüchtig an eine heiße Dusche und an mein warmes Bett. Mit Koffer und Reisetasche polterte ich in den Fahrstuhl. Dritter Stock. Den Außengang entlang bis zur vierten

Tür. Hatte ich den Schlüssel? Gestern um diese Zeit saß ich bei Eugenie. Vorgestern im Park von Schloß Belvedere. Ich kam aus einer anderen Welt in meinen tristen Alltag zurück.

Nach langem Suchen fand ich den Schlüssel in meiner Jackentasche, wo ich natürlich zuletzt nachgesehen hatte. Im Windfang meiner Wohnung roch es nach Kaffee, wahrscheinlich hatte ich die Büchse nicht verschlossen. Schade um das Aroma.

Jemand kam mir mit ausgebreiteten Armen entgegen, nahm mir das Gepäck ab und rief: »Tach, Ulli! Guck mal, zufällig habe ich eine Kanne heißen Kaffee.«

Darauf ich, nach dem ersten Schreck: »Tach, Brandstätter! Ist ja toll. Im Kühlschrank muß noch eine Pizza liegen, mit Oliven und Salami. Die mach ich mal schnell heiß.«

»Au ja«, sagte der Mann in meiner Wohnung. »Ich gieße inzwischen Kaffee ein.«

Als wären wir beide von einem arbeitsreichen Tag nach Hause gekommen! Paulus wirtschaftete in der Wohnung herum, als sei er nie fortgewesen. Wir tranken Kaffee und aßen Pizza. Wir erzählten und redeten über die gelungene Veranstaltung und die neue Sendereihe. Wir stritten ein wenig. Dann lehnte sich Paulus zurück, tupfte sich mit der Serviette den Mund und grinste.

»Die Geismeiern wird sich freuen.«

»Über die Veranstaltung?«

»Über die auch.«

Sein Gesicht zeigte eine Spur zuviel Schadenfreude. Das ärgerte mich.

»Woher wußtest du überhaupt, daß ich dich nicht hinauswerfen würde?« fragte ich.

»Wußte ich gar nicht«, gab er munter zurück. »Darum bin ich auch zuerst zu mir gefahren.«

»In die Wohnung der Pschok?«

»Ich wollte meine Sachen abholen und ins Hotel ziehen.« Hier machte er eine bedeutsame Pause, auf daß ich Mitleid bekommen sollte.

»Ist die Geschichte denn aus?« fragte ich, nicht ohne Triumphgefühl.

»Ganz und gar.«

»Wie schön!« Ich schnitt ihm ein besonders großes Stück von der

Pizza ab, weil er mir den Teller bittend entgegenhielt. »Was hat dich bewogen, statt ins Hotel zu ziehen lieber hierherzukommen?«

»Ein Anruf von Barnabas.«

»Von Barna ...«

»Er sagte mir, daß du ihn verlassen hättest, um lieber bei mir zu sein.«

»Das hat Barnabas gesagt?« Ich war eine Weile völlig sprachlos. »Was noch?«

»Nichts weiter. Er hat uns Glück gewünscht und kündigte irgendein Päckchen an, ich weiß nicht, was für eins.«

»Hauffs Märchen, eine Ausgabe von 1888, großartig illustriert. Es ist mein Geburtstagsgeschenk von ihm.«

Paulus pfiff anerkennend durch die Zähne. »Was hat dich denn eigentlich anderen Sinnes werden lassen?« Er wählte bewußt den gestelzten Ton.

»Eine Kusine«, antwortete ich ausweichend. Mehr brauchte er nicht zu wissen. Irgendwann würde er es ohnehin erfahren, daß Barnabas und Eugenie ein Paar waren, dachte ich.

»Minnie?« Paulus hob ungläubig die Augenbrauen. »Hat sie dir etwa eine Moralpredigt gehalten?«

»Nicht Minnie«, korrigierte ich. »Um mich wieder auf dich aufmerksam zu machen, braucht mir kein Mensch Moral zu predigen. Am allerwenigsten diese Minnie.«

»Wer dann?«

»Sage ich dir später – irgendwann. Küß mich um Himmels willen, Paulus, sonst überlebe ich diese Nacht nicht!«

Trude Egger

Fänd ich den Richtigen doch im Küchenschrank …

Gewidmet meinen Freundinnen,
ohne die das Warten auf den Richtigen
eine traurige Angelegenheit wäre.

Inhalt

O Herr, laß es gleich nach dem Samstagnachtkrimi Montag werden! 481

Zu allem bereit – und keiner kommt! 490

Wie du den Traummann bestimmt *nicht* findest 499

Für dich, mein Schatz, leb' ich von Luft und Liebe 508

Für die Liebe ist Platz in der kleinsten Hütte. Aber was mach ich mit den Kindern? 517

Zwei in einem Zelt – und Amor schießt daneben! 527

Kein Mann im Haus – und der Wasserhahn tropft 531

Gute Männer haben immer den gleichen Fehler: Sie sind verheiratet 542

Signora, du wollen *amore?* 552

Mein Traumberuf 565

So richtig Weihnachten! 577

Er ist ein bißchen jünger. Na und? 587

Zugegeben, das war ein Reinfall 596

... aber das nächste Mal wird's wunderbar 602

Daß es bei mir mit den Männern seit der Scheidung nicht mehr so recht klappt, mag daran liegen, daß die vielen Jahre von Ehe und Mutterschaft das zarte Gespinst meiner Gefühle mit einer soliden Schutzschicht aus gesundem Mißtrauen und praktischem Hausverstand umgeben haben.

Jawohl, gib's zu: Von einigen kurzen schwachen Momenten abgesehen, bist du einfach nicht mehr romantisch genug.

Sollte mir ein Märchenprinz ins Ohr flüstern: »Komm mit auf mein Schloß, Geliebte!« wüßte ich genau, was passieren würde. Meine Augen würden sich zu Schlitzen verengen, meine Gehirnzellen würden Alarm schlagen, und meine Frage käme ganz automatisch: »Und wer putzt dort die Fenster?«

O Herr, laß es gleich nach dem Samstagnachtkrimi Montag werden!

»Weißt du, was mich fix und fertig macht, seit ich geschieden bin? Die Sonntage. Ich sehe überall nur glückliche Pärchen«, klagte ich, »wohin du schaust, nichts als Pärchen. Es macht mich krank. Ich habe schon Wahnideen. Sogar die Ameisen sehe ich Händchen halten. Ich getrau mich nicht mehr aus dem Haus, allein, ohne Mann.«

»Hast du ›glückliche‹ gesagt? Daß ich nicht lache! Die Hälfte von ihnen langweilt sich miteinander zu Tode. Die andere Hälfte zerstreitet sich, bevor der Tag um ist. Oder beides. Das alles bleibt *uns* erspart. Ich sage mir immer: Luise, sei froh, daß die Sonne scheint und die Vöglein singen. Sie singen auch für dich. Was willst du mehr?«

Ich beugte mich über den Einkaufswagen und flüsterte meiner ehemaligen Schulkollegin Luise zu: »Wenn es nur um Vöglein und Sonne ginge! Es ist viel schlimmer. Immer, wenn ich wie ein einsamer Köter durch die Gegend streune, höre ich im Geist die Leute tuscheln: ›Dort drüben geht sie, allein. Komisch, warum findet die keinen? Irgendwas stimmt mit der doch nicht.‹«

»Unsinn. Ich sag dir, was mit dir nicht stimmt. Du hast so wenig Selbstbewußtsein wie ein aufgespießter Regenwurm. Du mußt schleunigst was dagegen tun. Lenk dich ab …«

»Neulich habe ich einen kleinen Aufsatz geschrieben, als mir langweilig war«, murmelte ich.

»Ach ja? Über was?«

»Über den Wandertrieb gewöhnlicher Hausteppiche.« Es war ein Thema, das mich faszinierte, und eifrig fuhr ich fort: »Ist dir schon mal aufgefallen, daß Teppiche wandern? In einer Woche ungefähr zehn Zentimeter und immer in Richtung Tür. Es ist ein Phänomen …«

Luise sah mich sonderbar an und kritzelte etwas auf die Rückseite ihres Einkaufszettels. »Geh dort hin. Eine Selbsterfahrungsgruppe für Singles. Fantastisch, sag ich dir. Ich war da – und heute bin ich ein anderer Mensch.«

Ich schaute Luise an. Sie sah aus wie immer: klein, füllig und schlecht frisiert. Der Wandel hatte zweifellos mehr innerlich stattgefunden.

»Du hättest mich sehen sollen, als ich das erste Mal hinkam. Depressionen, eingeschüchtert, kein Selbstwertgefühl – genau wie du. Wir waren alle so. Schrecklich. Du kannst dir nicht vorstellen, was wir sonntags alles taten, um die Zeit rumzukriegen. Was machst du?«

»An Sonntagen? Ich putz' das Silber oder erledige sonst etwas Unaufschiebbares«, murmelte ich.

Luise schnaubte durch die Nase, um mir zu zeigen, was sie davon hielt.

»Alles besser, als die Leute tuscheln zu hören, mit mir wäre etwas nicht in Ord ...«

»Wer kümmert sich schon darum, was die Leute sagen?«

Ich sah Luise nachdenklich an. »Sag mal, was machst du nächsten Sonntag? Wir könnten doch gemeinsam ...«

»Am nächsten Sonntag geht's nicht. Da streiche ich die Küchenwände.«

»Dann vielleicht den darauffolgenden?«

Aber auch das war nicht möglich. Jeden zweiten Sonntag hat Luise ihren Wasch- und Flicktag.

Ich machte aus dem Zettel mit der Adresse der fantastischen Selbsterfahrungsgruppe ein hübsches Knödelchen und warf es in den Korb mit den verbilligten Bananen.

Früher hatte ich mir in meiner Unerfahrenheit gesagt: Wart's ab, bis die Kinder größer sind. Dann hast du nette Begleiter. Ich sah mich durch die sonntäglichen Fluren schreiten, an meiner Seite einen hübschen, hochgewachsenen Sohn, der mit mir plaudern und vielleicht sogar meinen Rucksack tragen würde.

Von wegen.

Mit Kindern ist ab dem Moment, wo man sie nicht mehr im Wägelchen schiebt, in der Regel nichts mehr anzufangen. Ob die jemals über Mütter und ihre Gefühle nachdachten? Wohl kaum. Sonst würden sie es mir ab und zu einmal zeigen. Und wenn es nur mit einem winzigen Blümchen wäre. »Die einzige Rose, die ich je von euch erhalten werde, wird auf meinem Grab liegen«, klagte ich, während sie dabei waren, sich in alle Winde zu zerstreuen.

Der Ältere hielt kurz inne. »Und damals der Flieder?«

»Der Flieder? ... Ah ja, der Flieder! Laß mich nachdenken, es ist schon eine Weile her, eine ganze Weile ... jedenfalls hast du damals noch ›Muttertag‹ mit nur einem t geschrieben.«

Mit den Männern ist das auch so eine Sache: Du triffst einen, der dir wunderbare Dinge ins begierig lauschende Ohr flüstert, etwa: »Du bist wunderbar. Habe ich dir schon gesagt, daß ich mich unsterblich in dich verliebt habe?«

»Fünfundzwanzigmal seit neun Uhr dreißig«, flüsterst du hingerissen zurück.

»Ich muß dich unbedingt wiedersehen!« Sein melancholischer Seufzer deutet an, daß er ohne dich nicht weiterleben kann. »Ich möchte die Sonne deines Lebens sein!«

Derart ermutigt, wagst du zu fragen:

»Wie wär's denn mit einem Ausflug am nächsten Sonntag?«

Und was passiert? Die eben aufgegangene Sonne deines Lebens schießt zur Hintertür hinaus, und du siehst sie nie wieder. Was hast du schließlich auch erwartet? Einen ganzen Tag, noch dazu einen Sonntag? Du meine Güte! Da fühlt sich doch jeder Mann vollkommen vereinnahmt.

Nicht nur die einsamen Sonntage sind es, die mich daran hindern, auch als Alleinstehende jenes erfüllte, positiv geprägte Leben zu führen, das von einer intelligenten, emanzipierten Frau erwartet wird. Auch Eva-Maria trägt dazu bei. Jeder Besuch meiner Kusine mit ihrem neuen Ehemann und ihrem neuen Kind wirft mich um Welten zurück. Eva-Maria zieht mit ihrem jungen Mutterglück eine Show ab, daß einem schlecht wird. Und Egon – den kann man wirklich nicht ernst nehmen. Der tut, was sie will, noch *bevor* sie den Mund aufmacht!

Die beiden haben vor etwas über einem Jahr geheiratet, kurz nach meiner Scheidung. Und sie haben sich auch gleich ein Kind angeschafft, obwohl Eva-Maria ein Jahr älter ist als ich, nämlich vierundvierzig, und Egon um die fünfzig.

Ist das nicht verrückt?

Egon stand beim letzten Besuch ohne Eva-Maria vor der Türe. Er hatte sich Rosalindchen in einem Traggestell vor den Bauch geschnallt.

»Leg sie doch ab«, sagte ich.

Er wehrte entsetzt ab: »O nein! Es ist wichtig, mit dem Kind in ständigem Körperkontakt zu bleiben.«

Ich nickte verständnisvoll und meinte beruhigend: »Ich koch uns mal einen Kaffee. Wo ist eigentlich die junge Mutter?«

Egon sagte mir, wo sie war, in welchen Geschäften und warum und das alles ganz genau, denn Egon ist ein sehr gründlicher Mensch. Das mag auch mit seinem Beruf zusammenhängen. Er ist Finanzbeamter. Momentan arbeitet er nur halbtags, um genügend Zeit mit seiner Tochter verbringen zu können und um Eva-Maria bei der Hausarbeit zu entlasten.

Ist es ein Wunder, wenn einer Frau, die nicht mal jemanden findet, der ihr einen Nagel in die Wand schlägt, bei dem Theater übel wird?

»Kaffee? Den üblichen bitte, du weißt schon.«

Egon trinkt nur noch Caro-Kaffee, eine Art Gerstengebräu. Sie leben jetzt beide sehr bewußt, um sich für Rosalinde gesund zu erhalten. Dabei hat Eva-Maria vorher von Espresso und Zigaretten gelebt und das einzige Mal, als sie ein Birchermüsli aß, einen Gallenanfall bekommen.

Ich stellte den Rest Marmorkuchen hin. Egon wehrte jedoch ab. Er war nicht aus Vollmehl. Und ich hatte gebleichten Zucker verwendet. Genausogut, klärte er mich auf, könnte ich Strychnin nehmen. Damit ginge es nur schneller. Statt von meinem Giftzeug zu essen, unterrichtete er mich über die Vorzüge der neuen Pampers, die an verschiedenen Stellen eine extra saugfähige Auflage hätten für Jungen vorne, für Mädchen in der Mitte. Er fand das revolutionär. Ich auch. Kam gleich nach der Erfindung der kernlosen Mandarinen.

Rosalinde hatte sich bis jetzt lobenswert ruhig verhalten. Aber nun fing sie an zu quaken und mit den kleinen Fäusten in der Luft herumzurudern.

Egon sah besorgt auf die Uhr.

»Es ist ihre Zeit. Ich verstehe nicht, warum Eva-Maria sich verspätet. Sie weiß doch, daß Rosalinde gestillt werden muß.«

»Das Kind wird nicht verhungern«, sagte ich.

»Es geht nicht ums Verhungern. Weißt du nicht, welch wichtiger Aspekt das Stillen für die frühkindliche Entwicklung ist? Ein Großteil der Neurosen hat ihre Ursache darin, daß Kinder nicht oder nicht lange genug gestillt wurden…«

Ich ließ Egon weiterbrabbeln, weil ihn das von der säumigen Eva-Maria und dem Baby ablenkte, in dem womöglich in diesen Minuten der Keim zu späteren Neurosen gelegt wurde. Gern hätte ich Egon wenigstens einen Schnuller für die Kleine gegeben, so, wie ich meinen Haushalt kannte, lag auch garantiert noch irgendwo einer herum. Aber vermutlich hätte ihn Egon ohnehin als verdammenswertes Relikt antiquierter Erziehungsmethoden entrüstet abgelehnt.

Sollte mich irgendwann einmal ein Reporter interviewen und mir die Frage stellen: »Wann wurde Ihnen klar, daß Sie etwas an Ihrem Leben ändern müßten?« könnte ich den Moment auf Anhieb nennen. Nämlich jenen Morgen, an dem ich im Schlafzimmer den Spiegelschrank putzte und dabei feststellte, daß meine Mundwinkel fast auf dem Kragen hingen. An jenem denkwürdigen Morgen gab ich mir einen Ruck und sagte: »So, tu was! Warum unternimmst du nicht wenigstens an den Sonntagen kleine Wanderungen?«

Na, warum wohl nicht? Ich brauchte nicht den Rat der guten Briefkastentante, um das zu erfahren. Weil ich mir dabei so elend einsam vorkam wie Gretel ohne Hänsel! Was schließlich den Ausschlag gab, daß ich mich dann doch dazu aufraffte, war das Horoskop der Woche. Es lautete: »Ihre Unzufriedenheit ist nicht gerade eine Wohltat für Ihre Umgebung. Unternehmen Sie etwas!«

Es ist erstaunlich, wie zutreffend das Horoskop meistens ist. Ich hätte auch sofort etwas unternommen, wenn es am Tag des Herrn nicht wie üblich geregnet hätte. Das ist wirklich ein Phänomen. Die ganze Woche über kann es schön sein. Am Freitag in den Abendnachrichten zeigt die Wetterkarte ein Hoch über dem gesamten Kontinent mit einem einzigen Wolkenpünktchen über Island. Am Samstagvormittag ist der Himmel immer noch wolkenlos. Am Nachmittag hat das Pünktchen aus Island unser Land erreicht und dabei an Größe zugenommen, und am Sonntag regnet es. Am Montag ist es wieder schön. Oft und öfter frage ich mich: Warum ziehst du nicht woandershin, dorthin, wo immer die Sonne scheint und das Leben nicht am Samstag nach Ladenschluß aufhört? Was hält dich davon ab? Und ich muß mir eingestehen, daß der einzige Grund, der mich davon abhält, der Mann ist, der mir die Waschmaschine repariert.

Im Verlauf von acht Jahren hat meine Waschmaschine rund zwei dutzendmal versucht, sich umzubringen. Sie schluckte Sicherheitsnadeln, Schrauben, Nägel und in Hosentaschen vergessene Geldstücke. Sie fraß bis jetzt fünfundvierzig Socken, seltsamerweise niemals ein Paar, immer bloß einen davon, und sie gebar auf mysteriöse Weise eine Knabenturnhose, von der meine zwei Söhne schworen, sie nie im Leben gesehen und schon gar nicht in die Waschmaschine gesteckt zu haben.

Bei jedem ihrer Selbstmordversuche rufe ich einen gewissen Herrn an, dessen Namen ich verständlicherweise nicht preisgeben kann, und er holt sie für ein Viertel dessen, was ich sonst zahlen würde, wieder ins Leben zurück. Seit Generationen schreibt unsere Familie Adressen wie die seine in ein schweinsledernes Büchlein, das auf dem Sterbebett an die Kinder weitergegeben wird. Wer sich freiwillig aus dem Aktionsradius dieses Büchleins entfernt, muß verrückt sein...

An einem der folgenden Sonntage klappte es dann doch mit dem Wetter. Ich nahm mir vor, während der Wanderung Atemübungen zu machen. Außerdem wollte ich ernsthaft über mein Leben nachdenken und was ich daran verbessern könnte.

Aber aus dem Nachdenken wurde nichts. Denn dort, wo ich das Auto abstellte, traf ich Bibi Birnbaum. (So komisch es klingt, sie heißt tatsächlich so!) Auch Bibi wollte wandern. Und neben ihr kommt man so wenig zum Nachdenken wie in einem türkischen Basar.

Nicht, daß ich über Bibi herziehen möchte, aber sie ist schon ziemlich anstrengend. Sie redet immer nur von sich und ihren Angelegenheiten. Also von dem Mann, in den sie gerade verliebt ist. Und sie verliebt sich ständig.

Als wir an die Baumgrenze kamen, kannte ich Bibis neueste, unsterbliche Liebe so gut, als hätte ich mit ihr gelebt. Robert war – kurz gefaßt – in unglücklicher Ehe verheiratet, hatte zwei Kinder, die sich aber nichts aus ihm machten, außer daß sie sein Geld verplemperten, und eine Frau, aus der er sich nichts machte, die ebenfalls sein Geld verplemperte. Robert, genannt Berti, kann ohne Bibi nicht mehr leben und wird sich demnächst scheiden lassen. Nächste Woche geht er zum Rechtsanwalt. Unser Dialog ging ungefähr so:

Ich: »Hast du gestern...?«

Bibi (mir ins Wort fallend): »Gestern? Gestern war Berti bei mir. Ich glaube, seine Frau wird mißtrauisch. Dauernd klingelte das Telefon. Ich hebe ab, niemand sagt etwas, aber jemand schnauft. Das kann nur sie sein. Berti saß …«

Ich (eine ihrer seltenen Atempausen nützend, schnell): »Was sagst du zu dem scheußlichen Wetter? Kaum ein Tag, an dem es nicht regnet. Sogar in England ist es …«

Bibi (mir ins Wort fallend): »Berti hat in England oft geschäftlich zu tun. In London. Dort wohnt er im Hilton. Tja, wenn's die Firma zahlt! Das nächste Mal nimmt er mich mit. Berti …«

In stummer Qual ließ ich meine Blicke gen Himmel schweifen, an dem ein Bussard still seine Kreise zog. Ich wünschte mir sehnlichst, an seiner Stelle zu sein, hoch dort oben und weit weg von Bibi.

Sie mußte meinen Blicken gefolgt sein, denn sie sagte: »Ein Geier. Scheußliche Viecher. Berti war letztes Jahr auf Safari. Dabei hat er Unmengen von Geiern gesehen. Das nächste Mal nimmt er mich mit. Berti …«

Ich: »Das ist kein Geier. Das ist ein Bussard. Ich glaube, ein Mäusebussard.«

Sie: »Ich werde Berti fragen. Der weiß es sicher.«

Ich gab mich geschlagen. Vielleicht kann ich Berti in einem der Krimis gebrauchen, die ich schreiben werde, sobald ich Zeit dazu finde, also wenn die Kinder aus dem Haus sind.

Erwartungsgemäß erlitt ich am selben Abend in meinem Kampf, auch ohne Mann ein sinnvolles Leben zu führen, einen schweren Rückfall. Im Fernsehen zeigten sie einen Film mit Meryl Streep, und alles, was ich mir wünschte war, wie sie (oder wie Bibi Birnbaum) einen Freund zu haben, auf dessen behaarte Brust ich mein Köpfchen legen konnte.

Aber alles, was *ich* hatte, war der Kater, der auf meinem Bauch lag wie ein Zementsack.

Ehrlich gesagt, es war nicht ganz das, was ich mir unter ›wiedergewonnener Freiheit‹ vorgestellt hatte, als ich vor einem Jahr am Richtertisch das Scheidungsurteil unterschrieb.

Meinen Leitspruch der Woche fand ich diesmal in der Fernsehbeilage. Er lautete:

»Ehe: gegenseitige Lebensverbitterungsanstalt. Nestroy.«

Er war also genau das, was ich brauchte, um mir in Erinnerung zu rufen, daß ein Leben ohne Ehemann auch seine kleinen Vorteile hat. Ich heftete den ausgeschnittenen Spruch mit Klebestreifen an jene Stelle, wo ihn die Kinder garantiert nicht sehen würden: auf die Innenseite der Küchenschranktür, dort, wo die Putzmittel stehen.

Solche sinnvollen Leitsprüche gehören zu meinem Emanzipationsprogramm, an dem ich jetzt mit Volldampf arbeite, ebenso wie die einsamen Wanderungen, an die ich mich mittlerweile halbwegs gewöhnt habe. Dabei motiviere ich mich außerdem mit lehrreichen Sätzen wie: »Auch allein kann Natur sehr schön sein. Sieh nur, wie die Sonne scheint und die Vöglein singen. Sie singen auch für dich.« Oder: »Sei froh, daß kein Mann neben dir geht, der dauernd meckert, weil er die Sportsendung im Fernsehen verpaßt.«

Ein anderer wichtiger Teil meiner selbstgeschneiderten Lebenshilfe ist das autogene Training. Ich lege mich dabei flach aufs Bett, mache Arme und Beine schwer und meinen Herzschlag gleichmäßig und warte, bis das Sonnengeflecht heiß wird. Auch dazu sage ich passende Weisheiten, zum Beispiel: »Mit dir allein bist du in allerbester Gesellschaft.« Und: »Auch eine Frau *ohne* Mann ist ein ganzer Mensch.«

Ich habe vergessen, was zuerst drankommt, der gleichmäßige Herzschlag oder die Erwärmung des Sonnengeflechts, und ich habe deshalb das Buch ›Hilf dir selbst mit autogenem Training‹ überall gesucht, aber es ist nicht da. Auch das habe ich vermutlich verliehen und nicht zurückbekommen. Leider fällt mir nicht ein, an wen. Wenn ich erst in meine Neubauwohnung gezogen bin, was in zwei oder drei Wochen der Fall sein wird, muß ich alle Bekannten auf meine verliehenen Bücher ansprechen. Momentan lasse ich es sein. Da hätte ich bloß mehr zum Umziehen.

»Trudchen, du hast heute nicht mehr als ein oder zwei Kognakbohnen genascht. Was sagst du dazu?«

Ich stand im Bad vor dem Spiegel und sprach mit der einzigen Person, die mir *wirklich* zuhört.

Mein Spiegelbild nickte mir wohlwollend zu.

»Und am Magenbitter bloß genippt«, fuhr ich fort.

»Brav.«

»Und du hast dich endlich zum Fensterputzen aufgerafft. Weißt du was, als Belohnung machst du dir einen schönen Sonntagabend. Du gehst heute aus.«

Mein Spiegelbild grinste von einem Ohr zum andern. So etwas hört es gern. Wenn sich das Ausgehen nachher auch nicht immer als *das* Vergnügen entpuppt, das wir beide uns vorgestellt hatten.

In der ›Tenne‹ herrscht ein Mordsgedränge. Ich zwänge mich durch und setze mich an die Bar. Dort sitzen immer die, die allein kommen und reden oder jemanden aufgabeln möchten, meistens beides. Diskret schaue ich mich um. Es ist nichts Gescheites da – wann ist es das schon! –, eine ganze Menge Frauen und unter den paar Männern nichts, das meinen Blutdruck heben würde.

Gottlob taucht etwas später Winfried auf. Nicht, daß er mein Traummann wäre, Gott bewahre! Schon allein vom Sternbild her kann er das nicht sein – eine Jungfrau! Aber im Moment ist er besser als gar nichts.

»Was macht die Scheidung?« eröffne ich die Konversation, nachdem er es sich auf dem Hocker neben mir bequem gemacht und die Bügelfalten zurechtgezupft hat, die ihm jetzt vermutlich wieder seine gute alte Mutter in die Hosen zaubert.

Die Scheidung ist so ziemlich das einzige Thema, über das man sich mit Winfried unterhalten kann. Seine Antwort ist nicht zu hören, denn es spielt eine Viermannkapelle mit den üblichen Verstärkern. Also brülle ich: »Ich hab' dich nicht verstanden! Was war?«

»Berufung!« brüllt er zurück. »Wenn *die* glaubt, das kann sie mit mir machen, dann hat sie sich getäuscht! Nicht mit mir!«

Inzwischen habe ich schon eine Weile an meinem leeren Glas gedreht, aber diskrete Hinweise wie dieser sind bei Winfried, dem Geizkragen, zwecklos. Also bestelle ich mir selbst etwas, während ich aus Winfrieds Richtung etwas vernehme, das sich anhört wie »sechs Monate ... leugnet das Luder«.

»Was hast du gesagt?« schreie ich ihm ins Ohr.

»Sie hat sechs Monate nicht mit mir geschlafen und jetzt streitet sie es ab!« schreit er zurück. Worauf sich die beiden Frauen auf der anderen Seite seines Barhockers lebhaft an der Diskussion beteiligen.

Das gibt mir Gelegenheit, darüber nachzudenken, warum sie wohl nicht mit ihm geschlafen hat und ob ich das möchte. Eigentlich nicht. Nein, wirklich nicht. Winfried ist so gar nicht mein Typ. Zu klein. Zu wenig männlich. Viel zu verklemmt. Und dann, als die beiden Frauen immer noch mit ihm quatschen, denke ich über mein Leben nach und über IHN. Irgendwie hilft es mir über die Runden, zu wissen, daß es IHN gibt. Ich weiß zwar nicht, wann und wo wir uns treffen werden, aber es ist sicher, daß es so sein wird. Ich habe sehr viel Intuition. Alle Krebsgeborenen haben das. Eigentlich wäre es mir gar nicht so unrecht, wenn ich IHN erst dann treffen würde, nachdem ich zu mir selbst gefunden habe. Es hilft einer Beziehung sehr, wenn beide Partner zu sich selbst gefunden haben und selbständige Menschen sind, die auch allein mit dem Leben fertig werden.

Als mir nichts mehr zum Denken einfällt und es mir langweilig wird, schlage ich Winfried vor, mit mir zu tanzen.

Erst will er nicht so recht, aber dann kommt er doch.

Leider hatte ich vergessen, wie miserabel er tanzt. Er krebst bloß lustlos durch die Gegend und hält einen, als wäre man ein nasser Waschlappen. Da ist es noch besser, sich seine Scheidungsgeschichte weiter anzuhören.

Nein, Winfried ist wirklich nicht mein Traum. Abgesehen von allem anderen fehlt ihm der Humor und jenes Quentchen maskuliner Stärke, das man doch noch von einem Mann erwartet. Natürlich verabscheue ich die Machotypen, das ist klar, aber ein bißchen Autorität sollte ein Mann schon haben.

Als ich ernstlich darüber nachdenke, weiß ich plötzlich, daß es das ist, was ich wirklich brauche: einen Mann zum Anlehnen. Zum Teufel mit der Selbstfindung und Emanzipation! Ich kann mich auch später noch selbst finden und emanzipieren, wenn ich für die Männer zu alt geworden bin.

Und was sagt man, dieses eine Mal hatte der Himmel ein Einsehen und erhörte mein Gebet. So dachte ich zumindest, als ich Ulrich traf.

Zu allem bereit – und keiner kommt!

Ich habe Ulrich im Kurpark kennengelernt. Dort sitze ich gern in der Mittagspause, bei schönem Wetter. Ich aß mein Leberwurstbrot und verfütterte gerade die Krümel an die Spatzen, als er fragte: »Darf ich?« und sich auf das freie Ende der Bank setzte.

Ich sah ihn mir kurz von der Seite an. Nicht übel – groß, volles Haar und ein markantes Kinn mit Grübchen. Wie Kirk Douglas. Und kein Bauch.

»Kein Bauch? Mädchen, du hättest es wissen müssen!« Flo, meine Vertraute in Herzensdingen, der ich das alles brühwarm erzählte, wackelte betrübt mit dem Kopf. »Männer über Vierzig ohne Bauch kannst du vergessen. Sie sind entweder magenkrank oder gewissenlose Draufgänger. Und dann, was war weiter?«

»Dann lud er mich zu einer Tasse Kaffee ein. Er rückte mir den Stuhl zurecht und stellte den Sonnenschirm so, daß ich Schatten hatte, und dann bestand er darauf, daß ich zum Kaffee ein Stück Kuchen nahm. Als ich vom Wasser trank, das mir zum Kaffee serviert worden war, sagte er: ›Nicht doch!‹, nahm mir das Glas aus der Hand und goß den Inhalt ins Blumenbeet nebendran, wobei er mir zärtlich in die Augen blickte. Und dann hat er mir einen Campari bestellt.« Ich seufzte in der Erinnerung daran.

»Das hat dir natürlich imponiert?«

Ich konnte es nicht leugnen. Jawohl, hatte es.

»Und am Abend seid ihr spazierengegangen, und er hat deine Hand genommen, und er hat dich geküßt und dir ins Ohr geflüstert, daß du die erste Frau seit seiner Scheidung wärst, in die er sich auf Anhieb verliebt hätte, und er hat dir vorgeschlagen, mit ihm nach Griechenland auf Urlaub zu fahren. Stimmt's?«

»Mallorca«, seufzte ich.

Außerdem sagte er jene zauberhaften Worte, die ihm mein Herz geöffnet hätten, wäre es nicht ohnehin schon weit offen gewesen. Er sagte: »Sehen wir uns morgen, bevor ich fahre?«

So was tut gut. Neun von zehn Männern erkundigen sich nämlich nie konkret nach einem Wiedersehen. Sie tauchen bestenfalls irgendwann und völlig unvermutet wieder auf – wie der Halleysche Komet, bloß nicht so regelmäßig.

Wir verabredeten uns für acht Uhr morgens unter der Linde.

»Acht Uhr in der Früh?« rief Flo. »Warum diese unchristliche Zeit?«

»Er mußte um zehn weg. Er lebt in München.«

»In München! Du lieber Himmel, was hast du von einem Mann in München?«

»Er wollte am Wochenende wiederkommen«, murmelte ich.

»Herrje, es gibt noch Frauen, die glauben an Wunder. Dachtest du wirklich, daß einer von München hierherfährt, *nachdem* er dich rumgekriegt hat? Das hat er doch, oder?«

Ich nickte betrübt.

Flo schnalzte mit der Zunge. »Mädchen, Mädchen! Was haben wir uns geschworen? Niemals in der ersten Nacht …«

Ich murmelte, ich sei schließlich nicht aus Holz. Und wo er doch mit mir auf Urlaub fahren wollte. Und wo er doch so nett war. Bevor er mich verließ, hatte er mir noch liebevoll zugeflüstert: »Also bis um acht, mein Schatz, unter der Linde.« Und wie er das gesagt hatte! Ich hätte schwören können, er würde den Rest der Nacht die Minuten zählen.

Ich war zu früh dran gewesen, es war erst zwanzig vor acht. Also schlenderte ich durch den Klosterhof zum Kurpark hinunter und weiter zum See, der so früh am Morgen noch wunderbar still dalag. Dabei sprach ich mit ihm, in Gedanken …

Als ich zur Linde zurückkam, war er immer noch nicht da. Es war jetzt zehn nach acht. Ich schlenderte ihm bis zum nahen Kirchplatz entgegen. Hier waren die Vorbereitungen für eine Flurprozession im Gange. Ein Altar war aufgebaut, um den sich die trachtengekleideten Bürgersfrauen mit ihren hübschen Goldhauben versammelten. Und jetzt trudelten auch die Bürgergarde ein und der Kirchenchor und die Trachtenkapelle. Ich blieb stehen, und zwar dort, wo ich die Linde noch sehen konnte, froh darüber, einen plausiblen Grund zum Bleiben zu haben, so daß es weiter nicht auffiel, daß ich offenbar vergeblich auf jemanden wartete.

Ein paar Minuten vor neun kam der Herr Pfarrer mit den beiden Ministranten, und sie begannen mit der Messe unter freiem Himmel. Das Gras leuchtete grün und die Begonien purpurrot, und die Hauben der Goldhaubenfrauen glitzerten in der Sonne. Es war ein sehr hübsches Bild.

Inzwischen war mir natürlich klargeworden, daß Ulrich nicht kommen würde, daß alles bloß Theater gewesen war, das ganze Gerede darüber, wie glücklich er ist, eine Frau wie mich getroffen zu haben und was wir in Zukunft für herrliche Dinge zusammen unternehmen würden – nichts als Schmus. Alles nur, um mich rumzukriegen.

»Kannst du verstehen, warum wir immer wieder auf so was reinfallen?« fragte ich Flo, als ich ihr später mein Unglück klagte. »Warum sind die Männer bloß so gemein?«

»Warum, das kann ich dir genau sagen, mein Herzchen! Weil wir armen Frauen hierzulande keine heißblütigen Brüder und Väter haben, die ihnen in dunklen Nächten hinter dunklen Ecken auflauern und ihnen ein paar Schrotkugeln in den verlogenen Pelz brennen, deshalb! Und wie ging's weiter? Du Kalb bist natürlich immer noch dort herumgestanden und hast weiter auf ihn gewartet?«

Ich nickte verlegen und erinnerte mich, wie ich mir dabei ausgedacht hatte, was ich ihm sagen würde, wenn er doch noch auftauchen sollte. Und das war beileibe nichts Feines. Aber er kam ja ohnehin nicht. Der Herr Pfarrer war inzwischen bei der Lesung angelangt. Ich hörte mir – mit meinem obersten Bewußtsein, das untere war damit beschäftigt, dieses Stinktier Ulrich zu verteufeln – die Erzählung von Elias an, der sich unter dem Ginsterbusch zum Sterben hingelegt hatte, und wie der Engel dreimal kam, ihm Brot und Wasser hinstellte und ihn aufforderte, zu essen und zu trinken und weiterzuleben, und ich dachte traurig daran, daß ich mich hier neben dem Altar zum Sterben hinlegen könnte und kein Engel würde kommen und mich zum Weiterleben auffordern, und daß all die schönen heiligen Geschichten keinesfalls der Realität entsprachen ...

Die Bürgergarde schoß nach zackigen Anweisungen und komischen Zuckungen von Armen, Beinen und Gewehren eine Salve in die Luft, alle gleichzeitig – oder doch ziemlich. Es wäre eine gute Pointe gewesen, wenn daraufhin ein abgeschossener Vogel vom Himmel gefallen wäre, eine fette Taube oder so was, aber es tat sich nichts, außer daß ein Wölkchen Pulverrauch in der Luft hing. Als sie dann bei der Fürbittelitanei ankamen und damit nicht wieder aufhörten, entfernte ich mich auf Zehenspitzen.

Ich ging zurück zu Donald Duck, meinem alten Deuxchevaux, zuckelte mit ihm über den Marktplatz und kam dann gerade noch bis zur ersten Kurve bergauf. Da spuckte das elende Ding ein paarmal und blieb stehen.

Ich wußte gleich, was los war: kein Benzin mehr.

Ich hatte zwar das rote Warnlicht bemerkt, das anzeigt, wenn man auf Reserve fährt, aber nicht weiter darauf geachtet. Denn seit mein älterer Sohn und ich das Auto gemeinsam benutzen, also vom Tag seines Führerscheinempfanges an, leuchtet das Reservelicht ständig.

Natürlich will ich nicht auch noch für ihn tanken, wenn er mir schon das Auto ruiniert und immer dann damit unterwegs ist, wenn ich es brauche, das ist klar.

Ich rollte an den Straßenrand und stieg aus. Wie gut, daß ich immer einen Reservekanister im Kofferraum hatte.

Aber im Kofferraum war kein Kanister, und auch sonst war er nirgends. Der Kanister war weg.

Das gab mir den Rest. Erst dieser Mistkerl Ulrich und jetzt das. Ich habe nie verstanden, wie Menschen sich so gehenlassen können, daß sie jemandem mit einem Holzscheit über den Kopf hauen oder sonst etwas Gewalttätiges tun. Jetzt verstand ich es. Obwohl ich es ja doch nicht tun, sondern wie üblich meinen Zorn verdrängen würde.

Zu Hause im Flur kam mir zu allem Unglück auch noch Frau Grimm in die Quere. »In spätestens zwei oder drei Wochen wird es soweit sein«, sagte ich schnell.

»Soweit? Mit was?«

Ich seufzte. Dialoge im normalen Leben sind immer sehr anstrengend, ganz anders als in Filmen oder Büchern, wo es stets wie geschmiert geht.

»Mit dem Umziehen. Es fehlt nur noch der Teppichboden in der neuen Wohnung.«

Frau Grimm wartet schon heftig darauf, daß ich ausziehe. Jetzt in der Saison könnte sie die Wohnung als Ferienappartement vermieten. Vermutlich rechnet sie sich jeden Abend aus, was sie durch mich und meine Brut an Geld einbüßt.

»Einziehen! Ha!« Frau Grimm stieß einen Lacher aus, der ihrem Namen alle Ehre machte. »Ohne Boden?«

»Oh, das wird ruckzuck gehen! Sie haben schon angefangen.« Bei meinem letzten Kontrollbesuch lag bereits eine große Rolle im Wohnzimmer und in einer Ecke stand eine Werkzeugtasche sowie eine Thermoskanne mit Kaffee.

»Angefangen vielleicht. Aber bevor er dieses Weibsstück nicht wieder gefunden hat, wird nichts weitergehen.«

»Wer?«

»Wer schon? Der Pepi, der Teppichleger, natürlich. Heilfroh soll er sein, daß er sie los ist, sage ich. Geht mit einem Straßenmaler auf und davon! Nach Griechenland sollen sie gefahren sein.«

Jedenfalls, berichtete Frau Grimm, befand sich der Teppichleger, der außerdem ein Vetter von ihr war, weshalb sie die Tragödie aus erster Hand kannte, auf dem Weg nach Griechenland. »Ein ausgemachter Trottel ist das!«

Ich mußte ihr recht geben. Dieser unverantwortliche Mensch sollte hier meinen Teppichboden verlegen und nicht einem Flittchen von Ehefrau hinterherfahren.

»Man wird eine andere Firma beauftragen«, sagte ich zuversichtlich.

Frau Grimm lächelte milde. »Das glaube ich nicht. Der Pepi ist der Schwager vom Edlinger.«

Wer der Edlinger ist, weiß ich: der Leiter des Wohnungsamtes. Nein, da war wohl wirklich nichts zu machen.

»Und was ich noch sagen wollte ...«, fuhr Frau Grimm fort.

Sie brauchte mir nichts zu sagen, man hörte das Musikgejaule aus meiner Wohnung bis auf den Flur.

Es war wirklich arg. Früher einmal hatte ich jedem, der es hören wollte oder auch nicht, erzählt, wie schön es sei, Kinder zu haben und daß ich mit niemandem auf der Welt tauschen wollte. Das ist lange her. Inzwischen bin ich zeitweise so weit, daß ich mit einem Tausendfüßler mit eingewachsenen Zehennägeln getauscht hätte. Nicht, daß ich meine Kinder nicht liebte! Selbst wenn ich es wollte, wäre das nicht möglich, denn diese Liebe ist in den untersten Schichten meiner Seele fest verankert. Aber es ist wohl nicht möglich, sie auch in den oberen Schichten immer zu lieben. Nicht, wenn sie den Reservekanister verschlampen und das Benzin verfahren und den Plattenspieler mit der Lautstärke eines Düsenjägers laufen lassen und auch nicht, wenn man eben in der Liebe wieder einmal eins aufs Dach gekriegt hat und ohne nachzusehen weiß, daß das Waschbecken immer noch verstopft ist und man wie üblich beim Aufschließen die Klinke der Wohnungstür in der Hand hat, ohne Tür. In dem Fall wäre mütterliche Liebe eine nahezu übermenschliche Anstrengung.

Ich schaute mich um, ob die Grimm weg war, denn ich wollte nicht, daß sie mitbekam, wie wir ihre Wohnung demolierten. Dann steckte ich die Klinke zurück, zog meinen Schuh aus und klopfte sie damit fest. Bis zum nächstenmal. Dabei hatte ich mir immer gesagt: Mütterchen, wenn die Kinder einmal groß sind, dann hast du an ihnen eine wertvolle Hilfe ...

O ja. Wenn die mir bei irgendwas helfen, dann dabei, mich früher ins Grab zu bringen.

Sie lümmelten in ihren Pyjamas um den Tisch und verputzten die Reste des Frühstücks.

»Gibt's für mich auch noch was?« fragte ich.

»Nein. Warum?« fragte meine Tochter zurück.

»Weil auch eine Mutter Hunger hat.«

»Wie sollen wir wissen, daß du Hunger hast?« antwortete meine Tochter.

»Es ist noch ein Rest Käse da«, sagte mein jüngerer Sohn, der das weichste Herz von allen hat. Ein Blick auf den Rest machte mir jedoch klar, daß Käsereste im Moment nicht ganz das waren, was ich wollte. Ich schleppte mich zum Bücherschrank, schob den Lexikonband F bis K zur Seite und angelte nach der Tafel Schokolade, die ich dahinter versteckt hatte. Auch die Schokolade war weg.

Ich schloß mich im Bad ein, setzte mich auf den Rand der Badewanne und heulte. Im Waschbecken stand Schmutzwasser, auf dem graue Flocken schwammen – grau und trist wie mein Leben.

Am nächsten Tag kämpfte ich mich durch eine wartende Menge zu meinem Schreibtisch im Fremdenverkehrsbüro durch. »Sind noch Zimmer frei?« fragte ich meine Kollegin.

»Nur das Übliche.« Sie schoß vom Stuhl hoch, raffte ihre Sachen zusammen und machte sich aus dem Staub.

Ich nickte. Das Übliche kannte ich. Das war die Pension Holzinger. Dort blieb kein Mensch länger als eine Nacht.

»Ach nein, es gibt also doch noch freie Zimmer!« rief eine von den Verrückten, die mitten in der Hochsaison unangemeldet nach Bad St. Florian kommen und dann aus allen Wolken fallen, wenn sie kein Zimmer mehr kriegen. »Wieso sagte mir Ihre Kollegin, es gäbe nichts mehr? Das ist doch unerhört!«

Ich sah mir ihren weißen Hosenanzug an, die sorgfältig lackierten Fingernägel, die blondierten Haare und den älteren Mann an ihrer Seite, der starke Zeichen ständiger Überanstrengung aufwies und meinte, für sie wäre das wohl nichts.

Als sie keifte: »Hören Sie, das ist doch wohl meine Sache!« zeichnete ich ihr die Pension Holzinger auf dem Ortsplan ein.

Weil ich ohnehin wußte, was geschehen würde, gab ich dieselbe

Adresse auch noch an die nächsten weiter, die anstanden, ein junges Pärchen, sichtlich unverheiratet und frisch verliebt, das an seine Unterkunft kaum höhere Ansprüche stellen würde, als daß das Bett nicht zusammenbrach.

Einige Stunden später hatte ich das Wunder vollbracht, die zimmersuchende Urlaubermeute in einen Ort zu stopfen, der auch vorher schon ausgebucht war, hatte ich einem Hündchen das Leben gerettet, das seit Nürnberg in einem Brutofen von Auto gehockt hatte, indem ich es mit frischem Wasser aus dem Blumenübertopf labte, und hatte ich auch sonst viele gute Werke getan. Ich hatte es bei vierzig Grad in meinem winzigen Blockhäuschen von Informationsbüro ausgehalten, auf das die herrliche Sommernachmittagssonne herniederknallte, und was das Schönste war: Ich hatte in all dieser Zeit weder an das verstopfte Waschbecken noch an dieses Stinktier Ulrich gedacht.

Vielleicht ist es doch ganz gut, sagte ich mir, daß ich Geld verdienen muß, seit ich geschieden bin! Obwohl ich es mir nie hätte träumen lassen, daß man Arbeit auch positiv betrachten könnte.

»Tröste dich, wenn *ich* die Zeit zusammenrechne, die ich schon auf meinen gewartet habe, reichen hundert Jahre nicht«, sagte Hanna grimmig. Hanna ist die einzige meiner Freundinnen, die mir aus den Tagen meiner Ehe verblieben ist.

Ich erinnerte sie daran, daß sie selbst noch nicht einmal die Hälfte von hundert erreicht hätte.

»Die Zeiten, die man wartet, zählen doppelt.«

»Aber deiner *kommt* wenigstens, irgendwann einmal.«

»Ja, weil er hier Kost und Logis hat. Sogar zum Begräbnis meines Vaters ist er zu spät gekommen. Als wir das letzte Mal auf einen Ball gingen, fiel meine Frisur schon wieder zusammen, ehe er endlich fertig war.«

Ich kicherte. »Toupierte Frisuren, die zusammenfallen könnten, tragen wir schon seit zwanzig Jahren nicht mehr.«

»Das war auch das letzte Mal, daß wir auf einen Ball gingen.«

Ich war gekommen, um Hanna von meinem Desaster mit Ulrich zu erzählen. Es würde sie ein wenig aufheitern. Sie ist ziemlich bedrückt in letzter Zeit. Sie hat es mir nicht ausdrücklich gesagt, aber ich glaube, in ihrer Ehe kriselt es. Und was noch viel schlimmer ist:

Ihre Mutter ist nach dem Tod von Hannas Vater in ihre Nähe gezogen. Und Hannas Mutter ist keine von der Sorte, die man gern in der Nähe hat.

Wir hatten uns für unser intimes Schwätzchen sicherheitshalber in die Speisekammer zurückgezogen. Aber es dauerte nicht lange und Hannas Mutter stöberte uns auch dort auf.

Wir flüchteten, Mama hinterdrein.

»Du hättest ihn hinhalten müssen«, raunte Hanna mir ins Ohr. »Du weißt doch, wie die Männer sind. Wenn sie erst einmal haben, was sie wollen, siehst du sie meistens nie wieder.«

»Ja«, raunte ich zurück. »Aber auch das mit dem Hinhalten klappt nicht immer.« Auch damit hatte ich bereits traurige Erfahrung.

Es war kurz nach meiner Scheidung, in jener kritischen Phase, wo man unbedingt Selbstbestätigung braucht. Er hieß Otto. Ich weiß nicht, woher ich damals die Stärke nahm, ihm zu widerstehen, besonders, da seine Brust so schön männlich behaart war wie die eines Gorillas. Aber ich brachte das Wunder zustande. »Wir sehen uns in einer Woche«, sagte ich fest. Otto jammerte und stöhnte zum Gotterbarmen. Vergeblich. Die ganze Woche über dachte ich ununterbrochen an Otto und daran, was ich anziehen sollte, ich ging zum Friseur, kaufte mir ein schwarzes Spitzenhemdchen und lackierte mir die Zehennägel shocking-pink. Zwei Stunden vor dem Rendezvous begann ich mich herzurichten, und dann saß ich von sieben bis neun auf dem Küchenhocker, steif wie ein Besenstiel, um das Kleid nicht zu zerknittern – und Otto kam nicht. Er kam nie wieder.

Ich hatte plötzlich keine Lust mehr, mit Hanna über Ulrich zu reden. Hanna hatte ihre Probleme – ich meine. Ich verabschiedete mich.

Als ich zu Hause das Bad betrat, blitzte mir das Waschbecken entgegen. Gott ja, ›blitzen‹ ist vielleicht etwas übertrieben, aber es stand zumindest keine trübe Brühe mehr drin. Es stellte sich heraus, daß meine Kinder den Ablauf geputzt hatten. Meine Kinder. *Meine.* Den Ablauf. Freiwillig. Mir wurden die Knie weich vor Freude.

Ich gelobte feierlich, mich von Grund auf zu ändern, meine Kinder, diese Engel, nie mehr anzubrüllen, sondern sie immer und unter allen Bedingungen zu lieben. Und das nicht nur in den unteren Schichten meiner Seele, sondern auch in den oberen. Schließlich, was hatte ich denn auf der Welt außer ihnen? Männer? O nein, danke! Mit denen war ich fertig. Nie wieder würde ich so dumm sein, einem Mann zu vertrauen, nie wieder. Von anderen Dingen ganz zu schweigen!

Darauf legte ich einen feierlichen Eid ab, den ich mit einem Gläschen Magenbitter bekräftigte. Im Bett las ich dann noch ein paar Seiten in einem hervorragenden Buch, das sich mit dem Niedergang des männlichen Geschlechts befaßt und in welchem der ausgezeichnete Autor den Mann schonungslos als das entlarvt, was er ist: Als den schlimmsten Feind der Frau, die er nur zu ökonomischen und sexuellen Hilfsdiensten mißbraucht.

Nach einer solchen Lektüre fällt es einem wahrhaftig nicht mehr schwer, auf *diese* miserable Hälfte der Menschheit ein für allemal zu verzichten.

Wie du den Traummann bestimmt nicht *findest*

Ich bin vollkommen geläutert. Wunderbar ruhig. Total ausgeglichen. Endlich habe ich mich von der irrigen Meinung, zum Glück gehöre ein Mann, für alle Zeiten befreit. Die definitive Erkenntnis kam mir an jenem Sommernachmittag, als eine Wespe auf meinem linken Arm landete, sich dort zierlich putzte und mir aus ihren großen Augen die Botschaft zukommen ließ:

»Auch *ich* liebe dich!«

In diesem Moment schwor ich, mich von der anstrengendsten und am wenigsten Erfolg versprechenden Art der Liebe ab- und der universellen Liebe zuzuwenden. Zum erstenmal verstand ich die Gefühle einer Frau, die sich entschließt, Nonne zu werden. Ich überdachte mein bisheriges Leben und wo und warum ich in die Irre gegangen war und kam zu dem Schluß: Alles Unheil fängt mit dem Anfang an. Also: kein neuer Mann, kein neuer Ärger.

Die nachfolgenden fünf oder sechs Ratschläge erheben selbstverständlich keinen Anspruch auf Vollständigkeit. Ich werde sie im Laufe der Zeit erweitern und trage mich mit dem Gedanken, ein Büchlein daraus zu machen. Mit dem Kriminalroman, den ich einmal schreiben werde, muß ich ohnehin noch warten; so etwas braucht sehr viel Konzentration. Nach den ersten zwanzig Seiten vergesse ich regelmäßig, wer der Mörder ist und warum gerade er. Aber vielleicht bessert sich jetzt, wo ich meine Gedanken nicht mehr an Männer verplempere, auch meine Konzentrationsfähigkeit?

Trotzdem schreibe ich lieber sofort meine unschätzbaren Erkenntnisse nieder, wie man garantiert keinen Mann kriegt:

a) Du sprichst *ihn* an.

Glaub ja nicht den Schmus in den klugen Büchern, der besagt, heutzutage würden sich die Männer freuen, von netten, emanzipierten Frauen angesprochen zu werden. Solche Bücher werden nicht für unsere Zeit und unseren Raum geschrieben, sondern für ein Land, das noch in den Tiefen des Südpazifiks ruht und darauf wartet, von der nächsten epochalen Erdauffaltung ans Licht gehoben zu werden. Was noch ein Weilchen dauern dürfte. Du und ich, wir werden es jedenfalls nicht mehr erleben.

Eine mutigere Frau als ich hat das mit dem Ansprechen ausprobiert. Es war so: Sie ging auf ihre Opfer zu, blieb vor ihnen stehen, sah ihnen tief in die Augen und sagte mit ihrem charmantesten Lächeln: »Ich möchte Sie kennenlernen, Sie gefallen mir. Darf ich Sie zu einer Tasse Kaffee einladen?«

Sobald diese Nachricht ihre Gehirne erreicht hatte und dort verarbeitet worden war, setzten sich vier von den fünf Angesprochenen in Trab und rannten so schnell, daß ihnen die Absätze von den Schuhen fielen. Der fünfte warf sich mit einem Hechtsprung hinter die nächste Mülltonne und stottert seither.

b) Setz dich im Lokal ausnahmslos an jenen Tisch im Hinterzimmer, an dem schon acht Frauen sitzen. Ein Mann wird sich eher barfuß in den Dschungel des Amazonas wagen, als dir an einen Tisch voll schnatternder Weiber zu folgen.

Die Unterhaltung ist schon in vollem Gang, als du hinkommst. »Wißt ihr, was bei einem Mann vor sich geht, der eine Frau kennenlernt, die ihm gefällt?« sagt Inge eben. »Paßt auf, hier steht's.« Sie hält eine Illustrierte unter die Lampe. »Erst schaut er ihr in die Augen, dann auf den Busen, dann wieder in die Augen, dann auf die Hüften. Das dauert 16,9 Sekunden. Und was macht die Frau, die einen Mann sieht, für den sie sich interessiert?«

»Von mir weiß ich es«, sagst du. »Ich schau schnell im Spiegel nach, ob ich Lippenstift an den Zähnen habe. Das dauert 3,4 Sekunden. Haben wir kein anderes Gesprächsthema?«

»Pst! Laß sie weiterlesen!« rufen einige. Inge fährt fort: »Eine Frau schaut dem Mann zuerst in die Augen, dann auf die Schultern und auf die Hüften, wieder in die Augen, auf den Mund und in die Augen. Das dauert 9,8 Sekunden.«

»Jahre sollte man sich dafür Zeit lassen, Jahre!« rufst du. »Kinder, hört her, ich hab' hier einen interessanten Artikel über das Ozonloch.« Du kramst den Ausschnitt aus der Handtasche, fest entschlossen, das geistige Niveau in eurer Runde endlich über Männer/Kinder/Haushalt/Krankheiten hinauszuheben.

»Später ... später«, erschallt es im Chor. »Bei einem Mann, der sich für eine Frau interessiert, verengen sich die Augen. So ...« Inge starrt mit zusammengekniffenen Augen in die Runde, wie ein Äffchen, das sich überlegt, ob es die durchs Gitter gestreckte Banane annehmen oder dem edlen Spender ins Gesicht spucken soll.

Die Pause benützt du, um einzuwerfen: »Innerhalb der nächsten sechzig Jahre wird sich der Spiegel der Weltmeere um einen Meter heben und einen Großteil der Küstengebiete unter Wasser setzen. Ist das nicht entsetzlich?«

Eine kichert blöd. »Warum? Dann haben wir es nicht mehr so weit bis Jesolo. Lies weiter, Inge!«

»Bei einer Frau dagegen erweitern sie sich. Deshalb fühlen sich Männer von Frauen mit erweiterten Pupillen angezogen.«

Berta, die sich seit ihrer Scheidung vergeblich bemüht, einen ständigen Freund zu finden, springt auf, saust raus auf die Toilette, kommt zurück und murmelt mit einem tiefen Seufzer: »Jetzt weiß ich wenigstens, woran es liegt.« Sie hat sich einen Hund gekauft und im Büro freiwillig die Kopierarbeit übernommen, seit sie gelesen hat, der Kopierer wäre der beste Ort zum Flirten. Scheußlich. Solange es Frauen wie sie gibt, werden uns die Männer nie für voll nehmen. Mit Recht. Du weißt wirklich nicht, warum du jeden Freitagabend an diesen Stammtisch gehst und dir diesen Quatsch anhörst.

»Hat es was genützt?« fragt eine.

»Ba! Der Kopierer, über den sie geschrieben haben, muß in Athen oder Istanbul gestanden haben. Auch das mit Schnuffi ist eine

Pleite«, sagt Berta düster. Schnuffi sitzt neben ihr und schlabbert begeistert Bier aus einem Aschenbecher. »Ich möchte wirklich wissen, wer den Mist geschrieben hat, man würde mit Scharen von netten Männern ins Gespräch kommen, die ebenfalls ihre Hunde ausführen. Der einzige, dem ich regelmäßig begegne, ist ein Typ mit zwei Boxern und einer Hundepfeife, der mich ansieht, als würde er mich am liebsten in einen Zwinger sperren.«

»Das wäre gar nicht so dumm«, murmelst du, mit Recht verbittert darüber, unter Frauen leben zu müssen, die sich auf das geistige Niveau von Neunjährigen zurückentwickelt haben.

»Hast du es schon einmal mit einem Abendkurs versucht?« fragt Inge. »Dort trifft man die Seriösen.«

Berta lacht auf. »Beim letzten Italienischkurs waren wir vierzehn Frauen und drei Männer. Drei! Einer hörte nach der zweiten Stunde auf, einer war der Ehemann der Kursleiterin, und der dritte versteckte sich in der Pause hinter dem Vorhang.«

Du gähnst so krampfhaft, daß es in deinen Ohren knackt. »Haben wir wirklich kein anderes Gesprächsthema als Männer?«

»Doch«, sagt Hanna. »Ich könnte euch erzählen, was passierte, als ich gestern im Dampfkochtopf Bohneneintopf aufstellte und dann in den Garten ging.«

Hanna? Wieso ist die eigentlich da? Sonst darf sie am Abend nie weg. Ihr Mann hat sie gern neben sich, wenn er vor dem Fernseher schläft.

»Hast du heute Ausgang?« fragst du deshalb verwundert.

Sie grinst. »Halbfinale im Europacup. Solange wir wieder neben ihnen auf dem Sofa sitzen, wenn der Schlußpfiff ertönt, werden unsere Schätzchen überhaupt nicht bemerken, daß wir weg waren. Stimmt's?«

Die vier anderen Ehefrauen nicken. Eine von ihnen läßt verlauten, daß sie ein tolles Rezept für eine Nußtorte ohne Mehl ausprobiert hätte, man nimmt dazu eine Tasse in Rum eingeweichte Semmelbrösel, ein Päckchen gerieb …

»Darf ich?« fragt die neben dir, nimmt dir den Artikel über das Ozonloch aus den Fingern, dreht ihn um und fängt an, das Nußtortenrezept mitzuschreiben.

Du wirst auswandern, sobald die Kinder aus dem Haus sind.

c) Mach um Männer, die in Ärztewartezimmern herumsitzen, einen weiten Bogen.

Krank und verängstigt wie sie sind, klammern sie sich an jeden Schürzenzipfel wie die Fliege an den Strohhalm, den man ihr ins Limoglas hält. Das beste Beispiel ist meine Kusine Eva-Maria. Sie ging als freie, selbstbewußte Frau, die mit einer wechselnden Anzahl junger Liebhaber ihr Leben als Geschiedene in vollen Zügen genoß, wegen einer Ohrenentzündung zum Arzt, setzte sich im Wartezimmer neben einen älteren Mann mit Stirnglatze, der in jedem Nasenloch eine Kanüle hatte, wodurch er (ihrer damaligen Beschreibung nach) aussah wie ein harpuniertes Seehundbaby – und nach der vierten Behandlung war Egon bei ihr eingezogen.

d) Sage ihm gleich in den ersten zehn Minuten nach dem Kennenlernen, daß du drei halbwüchsige Kinder hast, die noch bei dir wohnen.

Lade ihn am besten ein, wenn eines dieser Kinder in der Phase steckt, in der es sein erstes Mofa will. Mein Jüngster kann ohne Mofa nicht mehr leben. Warum, das sagt er mir seit Wochen jeden Tag: Vom vielen Radfahren ist er schon ganz kaputt, er hat ständig Seitenstechen, die Zehen werden ihm abfallen, die Kniescheiben sind zum Wegschmeißen. Überallhin kommt er zu spät.

»Nichts zu machen«, sage ich fest. »Keine Diskussion über das Mofa mehr! Ich habe Besuch, wie du siehst. Das ist Herr Klein. Setzen Sie sich doch!« Ich scheuche die Katze vom Stuhl, und Herr Klein setzt sich.

Ich gehe zum Kühlschrank, um die Flasche Wein zu holen, die ich vor Tagen hineingestellt habe. Sie ist nicht mehr da.

»Wer hat den Wein genommen?« frage ich erbost.

»Ich nicht. Das ist wieder mal typisch für dich. Mit dir kann man überhaupt nicht logisch reden«, kommt die Antwort vom Jüngsten.

»Also gut. Dann reden wir logisch. Aber kurz, ja? Ich habe Besuch. Wo nimmst du das Geld für ein Mofa her?« Ich starre immer noch in den Kühlschrank. Das einzige, was ich finde, ist eine Packung Orangensaft. Ich nehme sie heraus und schüttle sie. Sie ist leer.

»Wo ich das Geld hernehme, ist wohl meine Sache«, sagt die kleine Rotznase.

Aus der Richtung von Herrn Klein kommt eine Stimme: »Redet man so mit seiner Mutter?«

»Halten Sie sich da besser raus«, sage ich, und dann erinnere ich meinen Sohn daran, daß er bereits die nächsten drei seiner Lehrlingsgehälter verpfändet hat, zwei an mich und eines an seine Großmutter. Und ich möchte, bitte sehr, gar nicht wissen, wie viele an wen sonst noch. Und ich erinnere ihn daran, daß er mir auch noch das Geld für die neue Gitarre schuldet, dieses blöde Ding, das keinen vernünftigen Ton von sich gibt.

»Ich habe dir doch schon tausendmal gesagt, man braucht dafür einen Verstärker!« Aber einen Verstärker, jammert er, den dürfe er ja nicht haben, o nein, *er* nicht. Alle anderen ja, er nicht.

»O ja«, sage ich, »und warum nicht? Du spielst in dieser Wohnung mit einem Verstärker, und am nächsten Tag stellen wir unser gemütliches kleines Zelt im Kurpark auf.« Was wollte ich eigentlich mit der leeren Orangensaftpackung?

»Ich kriege nichts!« heult mein Sohn, dieser Sargnagel. »Nichts! Nichts!«

Ich zähle ihm auf, was er schon alles gekriegt hat, weil er ohne den Plunder angeblich nicht leben konnte und der jetzt in diversen Winkeln herumliegt. Um alles aufzuzählen, hätte ich Stunden gebraucht. Was heißt Stunden, Tage, Tage hätte ich gebraucht! Warum stehe ich eigentlich hier vor dem offenen Kühlschrank?

»Das mit dem Mofa ist ganz was anderes. Das brauche ich unbedingt.« Vage erinnere ich mich, daß auch ich etwas gebraucht hätte, unbedingt, aber ich weiß nicht mehr was und warum, weil mich jede Diskussion mit meinem Jüngsten an den Rand des Wahnsinns treibt. Meine Tochter kommt herein, schiebt sich die Haare aus dem Gesicht, so daß ihr linkes Auge frei wird. Dieses Auge richtet sich auf den Mann, der bei uns am Tisch sitzt, und sie fragt: »Wer ist denn der?«

Auch ich frage mich das. Wer ist dieser Mann, und warum sitzt er hier? Aber das ist jetzt hinfällig und egal, denn er steht auf und geht, ohne sich zu verabschieden. Seltsame Manieren haben die Männer heutzutage, das muß man schon sagen. Was soll's. Ich habe im Moment andere Sorgen, denn mein Sohn fängt wieder mit seiner Zermürbungstechnik an, nach dem bewährten Motto: Mach die Mutter so mürbe, bis sie aus reiner Erschöpfung ja sagt.

Ich bin wirklich schon total erschöpft von der ewigen Erziehungsarbeit. Was mich am meisten wurmt, ist, daß der Erzeuger des mofasüchtigen Knaben von all dem Zores verschont bleibt. Der spielt den liebenden Vater, wann immer es ihm in den Kram paßt – selten genug! –, aber die tägliche Dreckarbeit bleibt an mir hängen.

Wirklich, das Leben ist uns Frauen gegenüber verdammt ungerecht! Falls es so etwas wie eine Reinkarnation geben sollte – und beinahe bin ich geneigt, daran zu glauben, denn irgendeinen Ausgleich muß es ja geben für die vielen Widerwärtigkeiten des Lebens, mit denen wir Frauen fertig werden müssen –, dann, lieber Gott, laß mich in meinem nächsten Leben als Wasserläuferweibchen auf die Welt kommen.

Ich habe kürzlich im Fernsehen eine Sendung darüber gesehen. Es war faszinierend. Während dieser Vogel mit seinen langen Zehen auf den Seerosenblättern herumsteigt, trägt er fürsorglich unter dem Gefieder seine Jungen mit sich herum. Und was nun die Sache so überaus sympathisch macht: Es handelt sich dabei ausschließlich um das Gefieder des Wasserläufervaters. Wenn der kleine Wasserläufer ein Mofa will, dann ist es Papi, der die Sache um die Ohren hat.

Frauen der Welt, ich rate euch, setzt euch den Wasserläufer aufs Banner!

e) Bei unvermeidlichen Rückfällen hoffe auf die Gnade des Schicksals oder die Vernunft deines Unterbewußtseins.

Es ist ein Samstag wie jeder andere. Du schlenderst heiter, unbekümmert und froh durch die Straßen, als du plötzlich, ohne jede Vorwarnung, scharf nach links abbiegst, schnurstracks hin zum Zeitungskiosk, dir die Wochenendausgabe grapschst und mit fliegenden Fingern die Heiratsannoncen aufblätterst. Es ist ein Phänomen. Es überfällt sogar Frauen, die sich in normalem Zustand eher den kleinen Finger abhacken lassen würden, als an eine nochmalige Heirat auch nur zu denken.

Ist dir das Schicksal gnädig, dann läßt es dich jene Annonce aussuchen, die lautet:

»L84/45, suche Bek. m. besch. gepfl. Frau b. 40. Eig. Eink. erw. Bildzuschr. unter ›Romant. Liebe‹«

Und es passiert dir nicht mehr, als daß du seinen Kaffee bezahlst und bei der ersten und einzigen Ausfahrt neben dem Benzin auch die Reifenabnützung und das Strafmandat.

f) Bei wiederholtem Auftreten von Anfällen ›Es noch einmal zu versuchen‹ halte dich klugerweise an die aussichtslosen Fälle.

Im Strandbad suche dir unter den zur Verfügung stehenden männlichen Touristen den aus, der schön tiefgebräunt ist – er fährt übermorgen heim:

Als Steinbockgeborene nimm dir einen Widder. Er wird bei seiner sprunghaften Art deiner schon wieder überdrüssig sein, bevor du dir auch nur überlegt hast, ob du dich beim erstenmal zieren oder den Vamp spielen sollst.

Unter den Geschiedenen wird derjenige, der seine zwanzigjährige, eben aufgelöste Ehe mit Frau, zwei Töchtern, Schwieger- und Großmutter unter einem Dach verbracht hat, den geringsten Schaden verursachen, weil der Anblick einer Frau bei ihm während der nächsten Monate Magenkrämpfe und Schweißausbrüche hervorruft.

Ein gutes Beispiel dafür ist die Geschichte von dem Mann und meinem Kater. Von Zeit zu Zeit zottelt Morli los und läßt sich bei wildfremden Leuten häuslich nieder. Der Tierarzt meint, das käme bei Katzen von Geschiedenen häufig vor.

Der Kater ist jetzt schon seit drei Tagen weg. Ich klapperte die üblichen Adressen ab, vergeblich. Die letzte Möglichkeit war das Hexenhäuschen, ein verlottertes Sommerhäuschen, das seit einem Jahr leer steht. Als ich hinkam, saß jedoch ein Mann in Shorts am wackeligen Gartentisch und nähte auf einer Maschine. Auf seinem Schoß hockte Morli. Der Mann blickte auf, sah mich und zeterte: »Was wollen Sie hier? Falls Sie was verkaufen, ich brauche nichts außer Nähnadeln. Die verdammten Dinger brechen ständig ab.«

»Ich hole nur meinen Kater!« rief ich hinüber, begreiflicherweise erbost über seine Unfreundlichkeit.

»Ist das Ihrer?«

»Ja.« Ich öffnete das Gartentürchen, das dabei aus den Angeln fiel. Morli blinzelte kurz, gab aber sonst keinerlei Anzeichen von Wiedersehensfreude von sich. Und so etwas fütterte ich seit sechs Jahren durch!

Der Mann war klein, mager, stark behaart und hatte ein Gesicht wie ein trauriges Seidenäffchen. »Ist es wirklich Ihrer? Ich dachte, er gehört niemandem. Er scheint Sie nicht sehr zu vermissen. Lassen Sie ihn doch hier. Wir haben uns aneinander gewöhnt.«

Ich schüttelte den Kopf. »Das geht nicht. Wir brauchen ihn.«

»Wer ist wir?«

»Die Kinder und ich.«

»Wozu?«

»Zum Streicheln«, sagte ich wahrheitsgemäß.

»Ah!« Er hob einen mageren Finger von den Jeans, die er auf der Maschine liegen hatte. »Sie mißbrauchen also ein unschuldiges, wehrloses Tier, um an ihm Ihre Frustration und aufgestauten Zärtlichkeitsbedürfnisse abzureagieren! Richtig?«

»Ja«, gab ich zu. »Und Sie? Wozu brauchen Sie ihn?«

Er sah mich bloß düster an.

Wir schwiegen vielsagend.

»Was machen Sie da?« fragte ich dann und deutete auf die Jeans. Ich stand immer noch. Er machte keinerlei Anstalten, mir einen Platz auf der wackligen Bank anzubieten.

»Sehen Sie doch. Ich nähe einen neuen Reißverschluß ein.«

Mir klappte der Unterkiefer herunter. »Das können Sie?«

»Nein. Sie vielleicht?«

Ich schüttelte den Kopf.

»Frauen sollten so was aber können«, meinte er finster. »Das Schlimmste an der Ehe ist, daß man nie allein ist. Tag und Nacht nicht. Nie allein. Kommen Sie öfter hierher?«

»Nur wenn ich den Kater suche. Oder Weintrauben klaue.«

Sie überwucherten die Holzwände, kleine, blaue Trauben von himmlischer Süße, die in ein paar Wochen reif sein würden.

»Tja, damit wird es jetzt vorbei sein. Jetzt wohne ich nämlich hier. Und ich will meine Ruhe.«

»Wenn Sie mir endlich den Kater geben würden, wäre ich schon längst weg.«

»Warum stehen Sie da herum? Setzen Sie sich doch.«

»Nein, danke.« Was dachte sich dieser Clown eigentlich?

»Sind Sie verheiratet?«

»Geschieden.«

»Ich auch. Aber kommen Sie ja nicht auf den Gedanken, ich wäre auf der Suche nach einer Frau! Nicht einmal das Badezimmer durfte ich abschließen. Ruhe ...«, murmelte er, »ich will nur meine Ruhe.«

»Wenn Sie im Winter hier wohnen, werden Sie erfrieren«, sagte ich mit aufrichtiger Schadenfreude. »Dann haben Sie eine ganze Menge Ruhe. Kann ich jetzt endlich den Kater haben?« Ich schnappte ihn mir, wobei ich darauf achtete, nicht die haarigen Schenkel zu berühren, auf denen er lag, um diesen Goldschatz nicht auf falsche Gedanken zu bringen.

»Weintrauben können Sie sich holen!« schrie er mir nach. »Aber lassen Sie mich in Frieden!«

»Keine Angst!« schrie ich zurück. »Wenn ich überhaupt einen Mann wollte, wären *Sie* der letzte!«

»Ich bin seit den Scheidungsverhandlungen impotent!«

»Ein Glück für die Frauen!«

Wirklich, Männer wie dieser hier machen mir den Entschluß, für den Rest meines Lebens allein zu bleiben, leicht.

Für dich, mein Schatz, leb' ich von Luft und Liebe

Ist es nicht seltsam? Immer wenn man glaubt, jetzt könne man sich in Muße dem Älter- und Weiserwerden widmen und kramt die Stricknadeln aus der Schublade, dann knallt einem das Schicksal eine Überraschung vor die Füße.

Mir bebt der Hörer in der Hand, so aufgeregt bin ich. »Ich habe IHN kennengelernt, Hanna! IHN!« Ich muß flüstern, der unseligen Touristen wegen, die mein Büro belagern.

»Ihn? Wen? Ulrich?« Manchmal ist Hanna schrecklich begriffsstutzig.

»Ulrich? Welcher Ulrich?« Es dauert geraume Zeit, ehe ich mich an den Blindgänger erinnere (mein Gott, die Sache muß vor hundert Jahren passiert sein). »Ich bitte dich, wie kommst du auf *den* Psychopathen? IHN, sagte ich doch!«

Himmel, Hanna sollte wirklich wissen, wen ich meine. Wir haben oft genug darüber gesprochen, wie es sein wird, wenn ich den Mann treffe, der mir vom Schicksal bestimmt ist.

Endlich scheint es bei ihr gefunkt zu haben. »Wieder ein Neuer?«

brüllt sie so laut ins Telefon, daß es direkt peinlich ist. »Ich dachte, du hättest die Nase voll von den Männern.«

Hanna ist ein lieber Mensch, herzensgut, aber es fehlt ihr an Sensibilität. Vermutlich verliert man die in einer Ehe, in der Liebe nur noch als Turnübung betrieben wird. Sie kennt keinen Unterschied zwischen einem kleinen billigen Abenteuer und einer schicksalhaften Begegnung. Aber im Moment habe ich nicht die Zeit, sie aufzuklären. »An meinem nächsten freien Wochenende machen wir eine Bergtour, Ernst und ich.« Ich seufze. Noch neun lange Tage.

»Was, er ist ernst, und das gefällt dir?«

»Blödsinn, er heißt Ernst. Und er ist ein Stier. Hanna, ein Stier!« Ich muß auflegen, denn ein paar von der zickigen Sorte vor meinem Schreibtisch fangen an zu murren, aber ich bin sicher, daß Hanna weiß, was ein Stier bedeutet: ein Mann, treu bis in den Tod. Außerdem *die* Ergänzung zur Krebsfrau.

Es kommt eben alles zur rechten Zeit im Leben. Man muß nur warten können.

Während ich mich abmühe, die Urlaubermeute in die paar Zimmer, Besenkämmerchen und Hasenställe zu stopfen, die noch frei sind, schweifen meine Gedanken immer wieder ab zu jenem herrlichen Moment, als im Strandbad mein Löwenkopfring am goldenen Anker auf der Badehose eines fantastisch aussehenden, athletisch gebauten Mannes hängengeblieben war.

Wenn man in Betracht zieht, wie winzig so eine Badehose ist, kann man so etwas nur als vom Schicksal arrangiert bezeichnen. Aber alle wirklich wichtigen Ereignisse im Leben sind das ja.

Was soll ich bloß auf der Bergtour mit Ernst anziehen? Vielleicht sollte ich mir eine neue Hose kaufen? Die grüne ist ohnehin schon uralt.

Komisch, bei der besseren Kategorie Urlauber ist es fast immer der Mann, der nach einem Zimmer fragt, bei den anderen die Frau. Ich hätte zum Beispiel schwören können, daß bei dem Paar, das eben vor meinem Kiosk aus dem Volvo steigt, er es sein würde, der den Zores mit der Zimmersucherei auf sich nimmt.

Richtig geraten. Sie hängt bloß apathisch an seinem Arm wie ein dekorativer, blondierter Nerz.

»Na, dann verraten Sie mir mal, was Sie Schönes anzubieten

haben in Ihrem Dörfchen!« sagt der Volvo-Mann in jenem Ton, der mich garantiert auf die Palme bringt. Als ob wir hier in Hintertupfing wären und nicht in einem der bekanntesten Badeorte des Landes!

»Wir sind leider so gut wie ausgebucht«, sage ich so hochmütig wie möglich.

»Unsinn. Für Eberhard Borke gibt es überall ein freies Zimmer. Sogar in Venedig zur Biennale hab' ich noch eins gekriegt.«

Und dann erklärt er mir, wie Eberhard Borke sich dieses Zimmer vorstellt: Blick auf den See natürlich, mit Bad und WC natürlich, In- und Outdoor Swimmingpool natürlich, Tennisplatz natürlich, privater Badestrand na …

»… türlich«, setze ich die Litanei fort. Zu gern hätte ich ihm gesagt, was ich von Leuten wie ihm halte, aber dafür werde ich nicht bezahlt. Außerdem steigt gerade in diesem Augenblick draußen vor der Tür Ernst vom Rennrad.

Zack! geht in mir ein Licht an, als hätte man in meinem Inneren eine Fünfhundertwattbirne angeknipst.

»Na, du. Wie geht's?« sagt der Mann meiner Träume von der Tür her.

»Danke, prima.« Was absolut der Wahrheit entspricht. Mir bleibt beinahe der Atem weg, so gut sieht er aus in seinem hautengen Rennfahrertrikot.

Der Borkenkäfer reißt mich brutal aus meiner Verzückung. »Hören Sie, meine Liebe, wenn Sie wieder zu sich kommen sollten, dann hätten Sie vielleicht die Güte, mir endlich ein passendes Hotel zu empfehlen!« keift er.

Ich wünsche mir sehnlichst, er würde sich verdünnisieren, denn Ernst sieht aus, als wollte er mir gleich wieder entwischen.

»Warte doch noch einen Moment!« bitte ich. Und dann schreibe ich dem Herrn Borke als Strafe für sein unfeines Benehmen die ›Goldene Gans‹ auf, die wahnsinnig teuer ist, keinen eigenen Badestrand hat und einen Koch, der den Sherry selber säuft, statt ihn in die Saucen zu gießen.

»Sehen wir uns heute noch, Liebling?« flöte ich, nachdem ich das Volvo-Paar endlich losgeworden bin.

Aber heute kann mein Liebling leider nicht. Da hat er Handballtraining. Und er muß auch gleich gehen, denn sein Freund, der vor der Tür mit dem Rad wartet, wird ungeduldig. Sie wollen noch eine Runde drehen und danach Tennis spielen gehen.

Ich werde Tennisstunden nehmen, beschließe ich in dieser Minute. Um mit einem Mann wie Ernst mithalten zu können, werde ich etwas sportlicher werden müssen. Gemeinsame Hobbys sind unheimlich wichtig für eine gute Beziehung.

Natürlich kaufte ich mir eine neue Hose, ganz klar. Sie ist mir im Bund zwar ein bißchen zu eng – ich kann den Haken nur schließen, wenn ich die Luft anhalte und den Bauch einziehe –, aber sie sieht sehr schick aus. Ein dazu passendes T-Shirt bekam ich schon zum Schlußverkaufspreis. Quer über die Brust verläuft die Aufschrift RELAX. Ich hoffe sehr, daß es Ernst sein wird, der dort relaxt, wenn wir oben auf der Alm zwischen den Dotterblumen rasten werden.

O Gott. Es hat dich schlimm erwischt, was? So wie es aussieht, hat dich die Liebe nicht mit Pfeil und Bogen, sondern mit dem Vorschlaghammer getroffen. Anscheinend trifft sie einen besonders heftig, wenn man schon etwas älter ist und ein paar Jahre nichts mehr mit ihr zu tun gehabt hat.

Ernst sieht mit seinen achtunddreißig noch sehr gut aus. Er ist auch immer sehr gepflegt. Nie riecht er nach Schweiß, obwohl er doch so viel trainiert, um sich fit zu halten, und er hat auch immer saubere Fingernägel. Aber das allein erklärt wohl nicht die Wirkung, die er auf deinen armen Verstand ausübt. Vermutlich hat es etwas mit den chemischen Substanzen zu tun: Vielleicht auch damit, daß du, abgesehen von einigen unbedeutenden Ausrutschern, seit deiner Scheidung notgedrungen sehr enthaltsam lebst.

Eines Morgens fallen meine Blicke zufällig auf den Spruch, der auf der Innenseite des Küchenschranks klebte. ›Ehe, gegenseitige Lebensverbitterungsanstalt.‹ Du meine Güte, was war das für ein scheußlich pessimistisches Zeug? Hatte wirklich ich das da hingeklebt? In welcher trüben Stunde meines Lebens hatte ich denn das getan?

Ich reiße das Blatt herunter und klebe an seine Stelle den sehr hübschen, gescheiten Spruch: ›Ohne Gefährten ist kein Glück erfreulich. Seneca.‹

Ein weiser Mann, dieser alte Römer, wahrhaftig.

Beim Einkaufen treffe ich Bibi. Wir tratschen ein bißchen vor den Waschmitteln, aber sie hat es eilig wegen ihrer Tennisstunde.

»Ich werde auch damit anfangen«, sage ich. »Ernst spielt ebenfalls. Vielleicht kennst du ihn?« Ich beschreibe ihr Ernst: groß, schlank wie eine Tanne, herrliche Zähne, schönes dunkelblondes Haar, ziemlich lang, aber sehr gepflegt, ein Typ wie Robert Redford.

»Berti«, sagt Bibi träumerisch in Richtung Waschpulver, »hat mir versprochen, daß wir nächsten Winter in Kitzbühel Skiurlaub machen.«

»Ernst«, sage ich und lege eine Flasche Geschirrspülmittel in den Wagen, ohne zu wissen, warum, »war letzten Winter in Teneriffa. Er hat sich mit ein paar Freunden ein Segelboot gemietet.« Vielleicht sollte ich ein paar Stunden Segelunterricht nehmen?

»Nächste Woche geht Berti zum Rechtsanwalt«, sagt Bibi. »Wegen der Scheidung.«

»Ich bin froh, daß Ernst nicht verheiratet ist«, sage ich mit dankbarem Seufzer.

Bibi starrt mich perplex aus großen Augen an. »Ernst? Wer ist Ernst?«

Hat man da noch Worte? Falls Berti sich doch scheiden läßt, was ich sehr bezweifle, hat er an ihr, was er verdient.

Der schlimmste Fehler heutzutage ist, daß niemand mehr zuhört. Im Büro mußte ich meine Kollegin am Arm festhalten, als ich ihr mitteilte, daß ich jetzt sofort mit meinem Kriminalroman anfangen würde, sonst wäre sie mir glatt entwischt.

Die Gestalt des Inspektors, in jedem Krimi die Zentralfigur, stand total klar vor meinem geistigen Auge. Ich beschrieb ihn meiner Kollegin: »Gegen Vierzig, groß, schlank, dunkelblondes Haar, das er ziemlich lang trägt, aber sehr gepflegt, ein lässiger Typ, aber doch mit Autorität. Ich werde ihn Ernest Rodford nennen. Der Roman spielt natürlich in England.«

Ich sah Ernest plastisch vor mir: das Handtuch lässig über die Schulter geworfen, das dunkelblonde Haar mit einem Stirnband zurückgehalten, das Racket unter dem Arm …

»Du, ich muß weg!« stöhnte meine Kollegin.

Ich murmelte: »Nein, kein Racket. Er ist ja im Büro. Also im Anzug, aber lässig, kein Spießer mit Krawatte, eher wie Don Johnson mit einem saloppen T-Shirt unter dem Sakko, die Pistole im Halfter. Hast du eine Ahnung, trägt die Kripo in England Pistolen oder Knüppel wie die Bobbies?«

»Mensch, woher soll ich das wissen? Du, ich muß jetzt wirklich gehen!« Sie entwand sich meinem Griff und sauste davon.

»Solange wir Frauen untereinander keine größere Solidarität aufbringen, wird es mit der Emanzipation schlecht aussehen!« rief ich ihr nach.

Ich konnte kaum den Abend erwarten, um mit dem Konzept zu beginnen. Montags hat Ernst ohnehin keine Zeit für mich, da trainiert er Judo. Das Telefon schrillte. Ich leierte meinen Spruch herunter, wobei ich wie ein Karussellpferd grinste, um meiner Stimme den gewünschten fremdenverkehrsfördernden Klang zu geben. Aber es war nur Winfried, der mich zu irgendeinem blöden Zeltfest einladen wollte. Ich hasse Zeltfeste. Dieser pseudofolkloristische Schmus ist mir ein Greuel.

Ich sagte, ich wäre schon vergeben.

Wirklich, der Mensch wurde lästig.

Bibi hat sich anerboten, mir ein paar Tennisstunden zu geben.

»Ich fürchte, heute bin ich nicht in Form«, seufzte sie, während wir auf den Platz hinausgingen. »Ich habe eine scheußliche Nacht hinter mir.«

»Warum das?« fragte ich, nicht sehr interessiert an Bibis scheußlichen Nächten. Aber ich wurde gleich munterer, als sie sagte:

»Gestern abend habe ich endlich diesem Weib meine Meinung gesagt!«

»Bertis Frau?« rief ich. »War sie bei dir?«

»Nein, nein. Ich habe sie angerufen.«

»Du hast sie ...!« Ich war platt.

»Natürlich. Es war höchste Zeit. Sie muß endlich einsehen, daß sie Robert verloren hat. Er hat sich nun einmal für mich entschieden.«

»Und was hat sie dazu gesagt?«

»O Gott, erspar mir, diese Gemeinheiten zu wiederholen! Ich habe noch nie ein ordinäreres Frauenzimmer gehört. Armer Berti! Er muß in dieser Ehe Schreckliches mitgemacht haben.«

Von den Zuschauerbänken her schrie ein Lümmel: »He, ihr zwei!

Soll das nun ein Match werden oder ein Kaffeeklatsch?« Dabei hatten wir nicht länger als ein oder zwei Minuten am Netz gestanden. Höchst ungern trennten wir uns. Ich hätte Bibi gerne noch von Ernst erzählt.

Wir schlugen ein paar Bälle hin und her, aber die meiste Zeit verbrachten wir damit, hinter jenen herzujapsen, die wir nicht erwischten und die auf dem Platz herumhüpften wie kleine gelbe Teufel.

»Hast du Darm oder Nylon?« schrie Bibi herüber, nachdem mein Ball noch vor dem Netz verhungert war. Ich ging hin, um ihr den Schläger zu zeigen. Sie zupfte daran und meinte dann mit einem Achselzucken, nun sei ihr klar, warum meine Schläge so schwach seien. »Dieses Aas!« zischte sie. »Hat sie doch glatt behauptet, sie würde Berti immer noch lieben. Die und lieben! Die weiß doch gar nicht, was das ist!«

Von den Bänken her kamen mißbilligende Pfiffe. Ich ging deshalb eine Weile lieber nicht mehr ans Netz. Erst als Bibi mir zurief, ich müßte auch die Rückhand benützen, lief ich nach vorne, um mir erklären zu lassen, was eine Rückhand ist.

»Und der Gipfel der Frechheit ist ...«, Bibis Augen funkelten wild, »daß sie einfach behauptet, sie hätte von meiner Existenz nichts gewußt. Von mir nichts gewußt!« Sie lachte auf. »Dabei streiten sie sich meinetwegen Tag und Nacht.«

»Wer sagt das?«

»Nun, Berti natürlich, wer sonst?«

Ach, die arme Irre. Sie mag vielleicht wissen, was eine Rückhand ist, aber von den Männern hat sie keinen blassen Schimmer.

»Ihr beiden dort!« schrie einer der gelangweilten Zuschauer, die auf dem Tennisplatz eigentlich gar nichts zu suchen haben. »Sollen wir euch zwei Stühle bringen?«

Von diesen lästigen Zwischenrufen abgesehen, die unser Spiel empfindlich störten, gefiel mir Tennis ganz gut. Ich hatte es mir schlimmer vorgestellt. Freilich würde ich persönlich, wenn es nicht wegen Ernst wäre, einen ruhigeren Sport vorziehen. Und einen kleineren Platz. Ein Tisch in einem Café zum Beispiel wäre mir groß genug. »Wenn du den Ball mehr in meine Richtung schlagen würdest, dann könnten wir öfter hin und her spielen!« schrie ich Bibi zu.

»Du mußt eben mehr laufen!« schrie sie zurück.

»Ich habe nicht vor, demnächst gegen Boris Becker anzutreten!« schrie ich hinüber.

»Warum nicht!« schrie einer der Heinis von den Bänken her. »O Mann, gegen Sie hätte er keine Chance!«

Obwohl ich an diesem Abend den Arm mit dem Suppenlöffel nicht mehr bis zum Mund heben konnte, freute ich mich schon auf das nächste Spiel. Wie es wohl weitergeht mit Bibi und Berti? Ehrlich, mir schwante nichts Gutes.

Aber Ernst wird Augen machen, wenn ich ihn zu einem Match auffordere.

Was mir Sorgen macht, ist der Zustand meiner Garderobe. Eine geschiedene, finanziell nicht abgesicherte Frau hat eben anderes im Kopf als modische Credos wie »Mit einem Armani-Modell ist man zwölf Stunden am Tag bequem und unaufdringlich angezogen«. Sie ist in ihren Ausverkaufshosen und dem Fusselpulli auch zwölf Stunden am Tag bequem und unaufdringlich angezogen. Bis jetzt hatte mich das nicht sonderlich gestört, aber nun wurde mir klar, daß ich mich in den letzten Jahren vernachlässigt hatte. Ich kaufte mir eine Modezeitschrift, um zu sehen, was momentan en vogue war, verglich das Abgebildete mit dem Krempel in meinem Schrank und brauchte einen Kognak, um den Schock zu überwinden.

Warum nähte ich eigentlich nicht selbst, wie Hanna? Das konnte doch nicht so schwierig sein. Ich rief sie an und bat sie, mir ein paar Schnittmuster zu leihen. Wir trafen uns im Café. Sie bestellte sich einen Riesenbecher ›Coppa Malaga‹, ich einen Orangensaft. Verliebt zu sein hat bei mir einen wunderbaren Nebeneffekt. Wenn ich verliebt bin, habe ich keinen Appetit. Dann lebe ich von Luft und Liebe.

Hanna hatte mir die Hefte mitgebracht. »Behalte sie ruhig«, sagte sie mit einem Seufzer. »Ich nähe nicht mehr. Es hat keinen Sinn. Wenn ich an unseren letzten Urlaub denke … Ich trug zwei Wochen lang meinen Mantel und darüber die Autodecke.« Ihr Mann hatte sie zum Angeln in ein trauriges, eiskaltes Loch an einem eiskalten Fluß verschleppt. Die Ärmste. Es ist traurig, wenn einem im Leben nichts mehr bleibt, als Riesenportionen Eis zu verschlingen. Ich blätterte die Hefte mit den Schnittmustern durch und entschied mich für ein reizendes Gilet und ein entzückendes kleines Nachmittagskleid. Heute noch würde ich damit anfangen.

Der Roman mußte etwas warten.

Flo ließ mich wissen, daß sie aus ihrer Hausmütterchenzeit mit dem Spießer Gottfried noch ein paar Stoffe herumliegen hätte. Wenn ich sie wollte, sollte ich vorbeikommen und sie holen.

Und ob ich wollte!

Als ich ihre Küche betrat, schrak ich zurück – irre Discolichter blitzten durch den finsteren Raum. Aus einer Ecke kam Flos Stimme: »Ich bin hier … Warte einen Moment.«

Ich hörte sie durch die Küche tappen, dann ging das Licht an. Sie knipste die Irrlichter aus und setzte sich wieder an den Tisch, auf dem ein Tellerchen mit einem Putenschnitzelchen und einer halben gedünsteten Zwiebel stand. »Einen Moment, ich muß mir nur die Sonnenbrille …« Sie kramte sie aus der Schublade, setzte sie auf und stocherte weiter in ihrem Essen herum. »Verrückt, was? Eine neue Diät, unheimlich wirksam. Sie beruht darauf, daß durch ungewohnte Farbeffekte das Aussehen der Speisen verfremdet wird und man so automatisch weniger ißt.«

»Und? Hilft's?«

»Fantastisch. Mir ist schon *vor* jedem Essen schlecht.«

Ich vermute, sie hat einen neuen Freund. Ich tippe auf einen wesentlich jüngeren, anspruchsvollen. Sonst würde sie nicht derart unsinnige Anstrengungen unternehmen.

Sie ließ die Hälfte des Schnitzelchens stehen, nahm die Sonnenbrille ab und fing an, in dem Schrank, den sie ihr ›Museum‹ nennt, nach den Stoffen zu kramen. »Das könnte eigentlich schon wieder modern werden …«, murmelte sie, ein schwarzes Kleid mit Spaghettiträgern und Rüschen am Saum aus dem Haufen übereinandergeschichteter Kleidungsstücke ziehend. »Es stammt aus meiner Zeit mit Richard. Er liebte mich als Mondäne.« Sie seufzte. »Aus dieser Zeit stammen auch meine Hühneraugen. Ich durfte bloß Stöckelschuhe tragen. Es war eine furchtbare Tortur. Gott sei Dank kam danach Heino, der Drachenflieger. Es war zwar ein bißchen langweilig, die ewige Warterei, während er flog, aber ich konnte meine Beine schonen. Damals fing ich zu stricken an. Ich glaube, ich habe da noch …«

Sie versenkte sich erneut in ihr Museum und tauchte mit einem angefangenen Pullover, in dem noch die Nadeln steckten, wieder auf. Und mit einem rotkarierten Wanderhemd.

»Peter«, sagte sie. »Der Bergsteiger. Aus seiner Zeit stammt mein Überbein am rechten Fuß. Möchtest du es? Das Hemd meine ich, nicht das Überbein. Obwohl ich dir das liebend gern abtreten würde.«

Ich lehnte dankend ab. Ich hasse rotkarierte Wanderhemden, seit Scharen von ihnen mein Informationshäuschen heimsuchen, um sich nach allen möglichen und unmöglichen Wegen zu erkundigen.

Sie fand auch die Stoffe. Aus dem einen werde ich eine Bluse nähen, der andere dürfte sich für das Gilet eignen.

»Stell dir vor, ich habe angefangen, Tennis zu spielen«, sagte ich, während Flo weiterkramte.

Sie hielt inne. »Du?« Sich auf die Fersen hockend, schaute sie mich ungläubig an. Dann nickte sie. »Ich verstehe! Es ist wegen deinem Neuen.« Sie schüttelte den Kopf. »Wir Frauen sind schon seltsame Hühner. Für jeden neuen Mann in unserem Leben verwandeln wir uns in eine neue Frau. Und sie? Ha! Wenn einer unseretwegen in ein Konzert geht, erwartet er eine lobende Erwähnung im Gemeindeblatt. Bei zweimal Rasieren täglich spekuliert er auf die Heiligsprechung. Du lieber Himmel!«

Arme Flo. Es ist zweifellos diese blöde Diät, die ihr so zusetzt. Ich denke schon, daß die Liebe ein paar kleine Opfer wert ist.

Zumindest für einen Mann wie Ernst.

Ach, warum, mein Geliebter, sind wir nie allein?

Für die Liebe ist Platz in der kleinsten Hütte. Aber was mach ich mit den Kindern?

»O Mann, meine Mutter ist ja so was von naiv! Jedesmal, wenn der Amigo bei ihr ist, spielen sie Wagner. Als ob ich nicht wüßte, was da vorgeht!«

»Meine schickt mich radfahren. Es hängt mir schon langsam zum Hals heraus. Und verdammt, was mach ich im Winter?«

»Reg dich ab, Kleiner! Sie bezahlt dich gut dafür«, meldete sich eine dritte Stimme. »Wißt ihr, was er sich für die Bestechungspiepen gekauft hat? Ein prima Mountainbike.«

Das Gespräch wurde von einer Runde Halbwüchsiger am Nebentisch geführt. Nicht, daß ich gelauscht hätte. Aber ich hätte mir die Ohren verstopfen müssen, um die Unterhaltung nicht zu hören.

Sie gab mir zu denken. So ging's auch. Aber Bestechung kam bei drei Kindern nicht in Frage. Da wäre ich sehr schnell bankrott. Und Wagner vertrage ich nicht.

Wo ist das gute alte Kino geblieben, in das man die lieben Kleinen schicken konnte, wenn man jenes traute Heim, für das man Miete, Strom und Müllabfuhr bezahlt, einmal zu etwas Vergnüglicherem als zum Kochen und Staubwischen benutzen wollte?

»Ich ärgere mich grün und blau, wenn ich Filme wie den gestern abend sehe«, schimpfte neulich eine Bekannte. »Hast du ihn dir angeschaut?«

Ich schüttelte den Kopf.

»Du hast nichts versäumt, glaub mir. Einer dieser völlig unrealistischen amerikanischen Schinken. Da hat die Frau, die keinen Tag älter aussah als fünfundzwanzig und ihre Kinder in einem Umhängebeutel ausgetragen haben muß, denn sie hatte anstelle des Bauchs eine Grube, also diese Frau hat fünf Kinder, einen Hund und drei Katzen; aber kaum erscheint ihr Freund auf der Bildfläche, verschwinden Kinder, Hund und Katzen, wie von der Hand der guten Zauberfee hinweggefegt. Bloß ein süßes kleines Kätzchen liegt noch auf dem weißen Schaffell vor dem Kamin – und das schläft. Ich hasse solche Filme. Ich habe nur ein Kind, aber du kannst sicher sein, daß es sich gleichzeitig im Wohnzimmer, in meinem Schlafzimmer, in der Küche und im Bad aufhält, sobald ich einen Mann einlade. Gleichzeitig, sage ich!«

Ich kann sie verstehen. Diese ständige Belagerung führt zur Frustration und bisweilen sogar zu Verfolgungswahn. Ich kenne das. Wenn ich auch nie so weit gehen würde wie Roswitha, die steif und fest behauptet, sie hätte ihre Katze dabei überrascht, wie sie im Nebenzimmer an der Wand hockte, ein Ohr gegen die Mauer gepreßt. Eines ist sicher: Kinder, die man normalerweise nur beim Essen sieht, wo sie genau vier Wörter von sich geben, nämlich »Ist noch Eis da?«, führen sich auf, als hingen sie an Mütterchens Nabelschnur, sobald etwas auftaucht, das einem Liebhaber auch nur im entferntesten ähnelt.

Warum, o mein Geliebter, sind wir nie allein? Warum muß Ernst auch bei seiner Mutter leben, anstatt in einem jener intimen kleinen

Studios mit winzigen Küchen und riesigen Betten, wie es einem Junggesellen zustünde?

»Und du glaubst, das wäre das Nonplusultra? O Mädchen!« Flo grinste, als ich mich bei ihr beklagte. »Bei Junggesellen mit eigenen Häusern oder hübschen Wohnungen findest du dich schneller mit einem Staubtuch in der Hand wieder als im kosigen Bettchen... Es bleibt immer noch das Auto.«

»Das Auto! Erinnere mich nicht an diese Pleite!« schrie Hanna, als ich ihr mein Dilemma klagte. Sie legte die Stickerei zur Seite und beugte sich über den Tisch. »Soll ich dir erzählen, was passierte, als ich meinen dazu überredete, doch wieder einmal im Auto... du weißt schon, was ich meine? Ich hoffte, es würde so werden wie früher. Wie früher! Du lieber Himmel! Erst weigerte er sich, von der Straße weg in einen Waldweg zu fahren, weil er befürchtete, die Zweige könnten den Lack zerkratzen, dann jammerte er um seine neuen Schonbezüge, die was abkriegen könnten, und dann stieß er mit dem Knie an der Hupe an und erlitt einen Wutanfall.« In ihren Augen schimmerten Tränen. »Wenn ich an früher denke...«

Arme Hanna.

Ich war unterwegs zum Strandbad, wo mein lieber Schatz schon auf mich wartete. Ich sah ihn vor mir, aus Handtüchern und Luftmatratzen eine Burg für uns bauend. Ein überfülltes Strandbad ist zwar nicht der Traum von einem Liebesnest, aber verliebte Männer können einfallsreich sein...

Als ich hinkomme, kann ich mein Badehandtuch gerade noch zwischen zwei Liebespärchen quetschen, und das auch nur, weil sie aus platzsparenden Gründen aufeinander liegen. Leider hat mein Liebling auch keine Burg gebaut. Sein Handtuch baumelt vom Geländer des Sprungturms, und er selbst pendelt zwischen diesem und dem Wasser hin und her, mit dem Kopf voraus. Ich setze mich auf den Steg und schaue ihm zu, bis mein Hinterteil weh tut. Und die Pellhaut auf der Ferse des Mannes vor unserer Nase ist, als wir uns endlich hinlegen, auch nicht unbedingt der schönste Anblick. Aber der Moment, als die Hand meines Lieblings meine Hüfte streift, ist echt ein Höhepunkt. Vielleicht wäre noch was Wunderbares daraus geworden, aber leider ist es kurz vor vier, und um vier gibt es den besten Wind. Da trifft der Liebling sich mit seinen Kumpeln zum Surfen.

Auch auf dem Surfboard macht er die beste Figur von allen. Wann werden diese Hohlköpfe von Sportartikelherstellern endlich das Surfboard für zwei Personen auf den Markt bringen?

»Hat er dich überhaupt schon einmal ausgeführt?«

Hanna stichelte schon wieder an ihrer Tischdecke. Auf dem Bildschirm flimmert ein alter Heidifilm, ohne Ton.

»Natürlich!« sagte ich. Na gut, es war zwar nur eine Bratwurst an einem Imbißstand gewesen, aber als Ausführen im weitesten Sinn konnte es gelten. Und außerdem, wohin führt ihr Mann sie schon aus? Doch höchstens in die Garage, wenn die wieder einmal geräumt werden muß.

»Ich sag dir, mit dem stimmt was nicht!« Hanna fuchtelte mit der Nähnadel in der Luft herum. »Wenn einer mit achtunddreißig noch nie verheiratet war, ist was faul an der Sache.«

»Keine Sorge, mit Ernst ist alles in Ordnung. Schließlich müssen ja nicht alle Männer heiraten, kaum daß sie aus den Windeln sind.«

»Na, du mußt's ja wissen.«

Ich hätte ihr gern gesagt, daß Ernst kein Mann ist, der ein schnelles sexuelles Abenteuer sucht. Ihm geht die Kameradschaft vor. Aber ich hatte keine Lust, lange Erklärungen abzugeben. Die Freundschaft zwischen Hanna und mir ist nicht mehr das, was sie einmal war. Hanna hat sich verändert. Die Frustration einer vernachlässigten Ehefrau kommt eben doch im Laufe der Zeit zum Vorschein. Aber ich würde für sie in Zukunft ohnehin nicht mehr viel Zeit haben, jetzt, wo ich Ernst hatte.

Beim Abendessen hebt meine Tochter den Blick vom Teller und läßt ihn mit demselben Ausdruck auf mir ruhen, den sie hat, wenn sie eine Zecke im Fell unseres Katers entdeckt. »Du siehst aus wie die Thatcher«, sagt sie nach Beendigung ihrer Inspektion.

»Jetzt mach aber einen Punkt, ja? Meine Nase ist völlig in Ordnung.«

»Wer redet von deiner Nase? Es ist die Frisur. Laß dich doch einmal von einer anderen Friseuse bedienen. Die Manuela ist nicht schlecht.«

»Von einer anderen Friseuse! Du hast leicht reden!«

Wirklich, diese jungen Gänschen wissen nicht, was sie sagen. Von einer anderen Friseuse! Es ist leichter, den Ehemann oder die Staatsbürgerschaft zu wechseln, als die Friseuse. Ich sehe das Malheur deutlich vor mir:

Sie kommt mit ihrem reizenden Lächeln auf mich zu, sie, die mich seit Jahren frisiert – wie die Thatcher, lächerlich! – und die jetzt eine andere Kundin warten läßt, um mich vorzunehmen, und ich, was sage ich? »Tut mir leid, Frau Maria«, sage ich, »ich möchte von nun an von Fräulein Manuela bedient werden.«

Ich bin kein ausgesprochener Feigling, ich habe einiges hinter mir, die Scheidung, drei Geburten und rund fünfzig Elternsprechtage, aber das – nein, nein und noch einmal nein!

Und wenn sie nun doch recht hat? Ich schleiche vor den Spiegel und… Sie hat recht. Da also liegt der Hase im Pfeffer. Habe ich mir wirklich eingebildet, ich könnte mit einer solchen Frisur einen Mann wie Ernst um den Verstand bringen? Kein Wunder, daß er sich lieber auf ein Surfboard stellt.

Was soll ich tun? Ich werde den Salon wechseln. Besser noch wäre den Wohnsitz. Aber das geht nicht. Ich will dort sein, wo mein Schatz ist.

Wenn sich nicht bald was tut, kriege ich einen Koller.

Aber es ist unmöglich, sich näherzukommen, denn in meiner Wohnung geht es zu wie in einem Taubenschlag. Daß auch ich ein Privatleben haben könnte, auf die Idee kommt keiner. Bloß für sich selber nehmen sie Privatsphäre in Anspruch. Wenn die telefonieren, würden sie sich am liebsten in die Waschmaschine setzen und das Bullauge schließen.

Nun, es sind eben doch noch Kinder. Einmal werden auch sie erwachsen und einsichtig werden und erkennen, was sie an ihrer Mutter haben. Andererseits erschreckt mich der Gedanke, sie könnten allzu schnell erwachsen werden. Gestern zum Beispiel. Ich fuhr sehr hungrig von der Arbeit heim, vor meinem geistigen Auge köstliche Omeletten, gefüllt mit Marmelade. Und was passierte, als ich die zwei Eier aus dem Kühlschrank nehmen wollte, die am Morgen noch drin waren? Keine Eier da. Ich schnupperte. Na klar. Da roch es doch eindeutig nach Rühreiern.

»Ich war's nicht!« verteidigte sich mein Jüngster, der als einziger daheim war. »Sie war es.«

Das sieht meiner Tochter ähnlich. Kochen kann sie zwar nicht, aber meine Eier wegessen, das kann sie.

Ich ersuchte meinen Sohn, mir welche vom Campingladen zu holen, der um die Zeit noch offen hatte, wohl wissend, daß nun eine ermüdende Diskussion folgen würde, auf die ich mich bereits geistig einstellte. Ich wußte jetzt schon, was er sagen würde, es ist immer die gleiche Leier. Auch meine Antwort ist immer dieselbe, nämlich: »Was heißt, warum gerade ich? Weil du hier bist, deshalb.«

»Ich gehe ja«, sagte er.

»Frage ich vielleicht jedesmal, wenn was zu tun ist: Warum gerade ich?« zeterte ich. »Von euch höre ich nichts anderes.«

»Ich geh ja schon, zufällig habe ich Zeit.«

»Natürlich hast du keine Zeit. Wann hat einer von euch schon Zeit, wenn ich was brauche!« Himmel, ständig bringen sie mich in Rage.

»Mensch, so hör doch zu! Ich habe gesagt, ich gehe!«

Halt, was hat er eben gesagt? Er geht? Mein Sohn geht? Ohne Diskussion, einfach so? Ich griff ihm an die Stirn. Nein, er hatte kein Fieber. Er nahm mir das Geld aus der zitternden Hand und ging. Mich traf fast der Schlag. Ich mußte mich hinsetzen, so nahm mich das her. Mein Gott, was ist da passiert? Habe ich endgültig deinen Willen gebrochen, Kind? Ich, deine Mutter, die immer so stolz darauf war, ihre Kinder zu unerschrockenen Menschen mit dem Recht auf freie Meinungsäußerung zu erziehen? Was bin ich geworden? Nun gut, ich kriege meine Eier. Aber was habe ich dafür nicht alles eingebüßt? Die unbeschwerte Kaltschnäuzigkeit der Jugend, ihre Unabhängigkeit, ihren komischen Humor – alles weg. Was würde ich von nun an um mich haben? Drei Erwachsene, die mir ähnlich sahen, die so ähnlich dachten wie ich, und mit denen ich mich zu Tode langweilte. Ich mußte mich damit abfinden, das war der Lauf des Lebens.

Meine Sorge war verfrüht. Ich hatte heißhungrig zwei Butterbrote verschlungen und lag schon im Bett, als mein Sonnyboy heimkam.

Ohne Eier. Aber das Geld hatte er noch.

Man redet heute soviel vom Generationenkonflikt. Also ehrlich, ich wollte, wir hätten einen. Vielleicht könnten wir dann etwas Konstruktives zu seiner Lösung beitragen. Nicht, daß wir keine Konflikte hätten. Aber wir verzetteln uns ständig mit total läppischen Dingen, zum Beispiel mit offenen Hemdknöpfen.

»Warum machst du den Knopf am Ärmel nicht zu?« beklage ich mich zum hundertstenmal. »Es sieht so schlampig aus. Und du wirst ihn in die Suppe tunken.«

Und dann warte ich darauf, daß er endlich den verdammten Ärmel in die Suppe tunkt, um für alle Zeiten ein schlagkräftiges Argument zu haben. Aber es ist wie Hexerei: Einen Millimeter oberhalb der Suppe kommt der Ärmel stets zum Stillstand.

»Hast du genügend Socken und Unterhosen mit?« frage ich den Besitzer des offenen Hemdärmels besorgt. Er fährt nämlich weg. Nach Griechenland oder in die Türkei oder sonstwohin, so genau weiß er es noch nicht.

»Ich habe noch nicht gepackt«, entgegnet er seelenruhig.

»Noch nicht ...! Mensch, schau auf die Uhr! Es ist gleich neun.«

Es ist gleich neun, und um zehn geht sein Zug, und er hat nicht gepackt und sieht auch sonst so wenig reisefertig aus wie mein Gummibaum im Wohnzimmer. Mir flattert vor Aufregung der Magen. Mir! Fahre ich vielleicht weg? »Hast du einen Reiseführer? Ich könnte dir einen leihen.«

»Wozu?«

»Schau dir wenigstens die Blaue Moschee an.«

Mein Sohn öffnet den Mund zu einer Antwort.

»Wetten, er sagt jetzt: Die Blaue Moschee, was ist das?« sagt seine Schwester. »Und wetten, er nimmt nichts mit als seine Brieftasche und den Paß in einem Plastiksack?«

Damit hat sie allerdings unrecht. Er nimmt seinen Rucksack.

Zehn vor zehn fahren sie dann endlich zum Bahnhof, natürlich in meinem Auto. Zu dem Zeitpunkt bin ich schon ein nervliches Wrack. Ich habe schreckliche Visionen, sehe meinen Sohn auf den fahrenden Zug aufspringen, unter die Räder kommen und ein Bein verlieren, und mitten in dieser Horrorvision fällt mir ein: Auch die beiden anderen sind für ein paar Tage aus dem Haus. Du bist allein! Ganz allein! Das ist die Chance deines Lebens. Du wirst Ernst zum Abendessen einladen, mit Kerzen auf dem Tisch, einer Flasche Wein und einer romantischen Scheibe auf dem Plattenteller.

Schnurstracks saust du ins Schlafzimmer und dort zum Schrank, um nachzusehen, ob dein guter Morgenrock, der himmelblaue mit den Rüschen, gewaschen oder zumindest ohne Kaffeeflecken ist.

Dann beratschlagst du mit deiner Vertrauten Flo, was du kochen sollst. »Etwas Italienisches...«, murmelst du. »Ernst hat einmal erwähnt, daß ihm das Essen in Bibione so gut geschmeckt hat. Eine gute Pasta... Danach Hühnchen, mit Rosmarin und Basilikum gewürzt und einem Schuß Weißwein in der Sauce, dazu Finocchio, junge Erbsen und Blumenkohl. Als Nachspeise ein Tiramisu. Wie klingt das?«

Flo grinst nur dämlich. »Ich würde mir über das Essen nicht den Kopf zerbrechen. Glaub mir, ein verliebter Mann würde panierte Schuhsohlen verdrücken, ohne es zu bemerken. Der denkt doch an was ganz anderes.«

Natürlich, sie hat recht. Auch du denkst insgeheim, daß er an was ganz anderes denkt.

Ach ja, der Mensch denkt und Gott lenkt! Oder wer immer am Schalthebel sitzen mag. Vielleicht ist es auch kein ganz so göttliches Wesen, sondern eines mit Pferdehuf und einem boshaften Funkeln im Auge...

Um fünf Uhr nachmittags fängst du an zu kochen. Vorher hast du dir die Haare gewaschen und sie auf eine Art gefönt wie Krystle in ›Denver Clan‹, der du ohnehin ein wenig ähnlich siehst. Zumindest, solange du nicht zu genau in den Spiegel guckst.

Um sechs stellst du dich unter die Dusche und fährst noch einmal schnell mit Shocking-pink über die Zehennägel.

Um halb sieben stellst du das Wasser für die Spaghetti auf. Im letzten Moment fällt dir ein, daß du den Schrank auch oben herum abstauben mußt, weil Ernst viel größer ist als du und folglich auch weiter oben den Staub sieht.

Nach dem Abstauben fängst du an zu warten. Um halb acht lehnst du immer noch am Fenster und starrst auf die Straße. So hätte Julia auf ihren Romeo gewartet, mit Vierzig, wenn sie nicht rechtzeitig gestorben wäre. Ein grausiges Bild steigt vor dir auf: dein Geliebter, eingeklemmt in ein Autowrack, mit dem Tod ringend, neben sich, in Seidenpapier gehüllt, den Rosenstrauß. Denn daß ihm was passiert sein muß, ist klar. Ernst ist ein unheimlich pünktlicher Mensch, du weißt das von seinen Verabredungen mit seinen Sportsfreunden. Nie läßt er sie warten.

»Bist du krank?« sind seine ersten Worte, als er eine knappe Stunde später an deiner Tür klingelt. Er deutet auf deinen himmelblauen Morgenrock.

Welche Entschuldigung er hervorstottert, hörst du gar nicht. Du bist zu glücklich, daß er da ist, gesund. Diskret schielst du nach seiner Hand. Nein, da ist nichts in dieser Hand. In der anderen auch nicht. Jedenfalls nichts, das einem Rosenstrauß ähnlich sehen würde. Und wenn schon. Es ist dir auch lieber so. Diese ständigen Mitbringsel sind sowieso eine blöde Gewohnheit. Als müßte man Eintritt bezahlen, wenn man wo eingeladen ist. Man bringt sich selber mit, und das ist doch mehr als genug, nicht wahr?

Nach dem ereignislosen Essen geht ihr zum gemütlichen Teil über. Ihr sitzt auf dem Sofa, vor euch der Wein, auf dem Plattenteller ›Rondo Veneziano‹. Ernst blättert in einer Autozeitschrift, die auf dem Couchtisch lag. Aber seine freie linke Hand ruht auf deinem rechten Schenkel, und du bist sicher, in den nächsten Minuten würde etwas wunderbar Aufregendes passieren, du spürst deutlich die Wellen der Sinnlichkeit, die zwischen euch pulsieren – da läutet es an der Wohnungstür.

Du bist entschlossen, es läuten zu lassen, aber die verdammte Klingelei hört nicht auf. Also mußt du wohl öffnen.

»Wer ist da?« fragst du mit berechtigtem Unmut.

»Ich«, entgegnet von draußen eine männliche Stimme.

Du öffnest die Tür. Draußen steht dein Sohn, der Griechenlandfahrer.

»Sie haben mir auf dem Bahnhof in Rom den Rucksack geklaut«, sagt er. »Himmel, bin ich hungrig! Seit gestern mittag habe ich keinen Bissen gegessen. Hallo, Ernst, was machst du denn hier? Ist vom Abendessen noch was übrig?« Er deutet auf deinen verflixten Morgenrock. »Bist du krank?«

Du weißt, es ist nicht recht von dir, noch dazu, wo man ihm doch den Rucksack gestohlen hat und er am Verhungern ist, aber o Gott, in dem Moment hättest du deinen Herzenssohn glatt ermorden können.

Ich bin nun doch auf das Zeltfest gegangen. Ernst hat mich dazu eingeladen. Er sah fantastisch aus in seinem Trachtenanzug, dem man anmerkte, daß er aus einer Boutique stammte. Alle Frauen starrten ihn an, auch die meisten Männer. Ich notierte mir im Geist: Kriminalinspektor Ernest Rodford kauft sich einen solchen Anzug während eines Urlaubs.

Unterhalten konnte man sich nicht, dazu spielte die Kapelle zu laut. Aber es war auch so sehr nett. Wir aßen Bratwurst mit Senf und tranken Bier. Ich weiß gar nicht, was ich gegen Zeltfeste hatte. Sie sind doch sehr urwüchsig. Einmal holte mich Winfried zum Tanzen. Als er später noch einmal kam, sagte ich ab. Wirklich, der Mensch hat kein Benehmen. Er sah doch, daß ich in Begleitung war. Es war mir gerade noch rechtzeitig eingefallen, daß Stiergeborene sehr eifersüchtig sind.

»Wer war das?« schrie mir Ernst ins Ohr, nachdem Winfried ziemlich geknickt abgezogen war.

Ich tätschelte beruhigend seine Hand. Es ging also schon los. Ich werde ihm diese lächerliche Eifersucht abgewöhnen müssen. Aber im Moment war es für Verbesserungsversuche noch zu früh. Und zu laut. »Nur ein flüchtiger Bekannter! Du brauchst dir seinetwegen keine Gedanken zu machen!«

»Gedanken? Wieso sollte ich mir über ihn Gedanken machen? Sein Haarschnitt ist nicht übel. Ich hätte ihn gern gefragt, zu welchem Friseur er geht.«

Ich weiß nicht warum, aber plötzlich fühlte ich mich leicht deprimiert. Auch zum Tanzen kam ich nicht mehr. Ich werde es Ernst beibringen müssen. Eine dauerhafte Beziehung mit einem Mann, der nicht tanzen kann, führt nur zu sinnlosen Eifersüchteleien. Ich tanze nämlich sehr gern.

Dummerweise lag meine Wohnung am nächsten, so daß ich als erste aussteigen mußte und Ernst weiterfuhr, um seine Freunde heimzubringen. Aber das macht nichts. Am Wochenende bin ich ohnehin mit ihm allein. Da gehen wir zelten.

Die Wettervorhersage ist leider nicht besonders gut. Es ist ein Atlantiktief angesagt. Aber auch das kann seinen Reiz haben. Ein Zelt, auf das sanft der Regen trommelt, kann sich auf die Gefühle sehr stimulierend auswirken.

Zwei in einem Zelt – und Amor schießt daneben!

»Meine Frau«, klagte kürzlich ein Bekannter, der mich gelegentlich zum Wandern mitnimmt, »ist eine von der Sorte, die sich vor jeder Pfütze anstellt, als müßte sie das Rote Meer durchqueren. Immer hat sie die falschen Schuhe an. Immer ist sie entweder zu warm oder zu kühl angezogen. Auf der einzigen Steinplatte weit und breit fällt sie hin und bricht sich das Bein. Es ist zum Verrücktwerden.«

Ich bedauerte ihn gebührend, wenn auch mit einem Quentchen Schadenfreude. Es ist eigenartig. Meistens heiraten sportliche Männer Frauen, die einen Berg nur mittels Seilbahn besteigen, und das in Riemchenschuhen mit Bleistiftabsatz. Ich habe über dieses Phänomen nachgedacht und bin zu folgendem Schluß gekommen: Die meisten Männer können sich einfach nicht damit abfinden, daß Frauen, die gute Kumpel sind, in der Regel auch wie gute Kumpel *aussehen*. Sie heiraten also eine, die nicht so aussieht wie ein guter Kumpel. Und dann jammern sie den Rest ihres Lebens darüber, daß sie mit ihrer Frau nichts unternehmen können. Am lautesten jammern sie auf Almhütten, vor sich ein Gläschen Schnaps und den Arm um die Schultern eines sportlichen, patenten Girls gelegt. Ja, so etwas hätten sie heiraten sollen! stellen sie dann mit vielen innigen Seufzern fest.

Ha ha, hätten sie bloß! Dann hätten sie jetzt nicht einmal auf einem Sechstausender Ruhe vor ihren Frauen. Denn hört man nicht immerfort die Männer darüber klagen, daß sie nirgends, aber auch wirklich nirgends mehr vor den Frauen sicher wären? Überall sind die jetzt anzutreffen, lamentieren sie, kürzlich hätte man sogar eine im Duschraum des Fußball-Weltmeisters vorgefunden. Überall sind sie, überall, überall!

Darauf sage ich nur: Meckert nicht. Erst wenn wir Frauen auch noch ernsthaft mit dem Fischen anfangen, dann, ihr Lieben, habt ihr wirklich Grund zum Klagen.

Um noch einmal auf die armen Kerle zurückzukommen, die wie mein Bekannter, der Bergfex, die falsche Frau geheiratet haben. So ganz schuldlos sind wir Frauen da auch nicht immer, fürchte ich. In unserer Verliebtheit und verflixten Anpassungsfähigkeit gaukeln wir den Männern die unglaublichsten Dinge vor. Eine, die schon von Schwindelanfällen heimgesucht wird, sobald sie nur auf die Waage steigt und von dort aus in die schreckliche Tiefe des Teppichbodens blickt, läßt sich von ihrem Freund ohne einen Muckser an ein Seil knoten und kriecht hinter ihm auf das Matterhorn. Bloß, um dort sein zu können, wo auch *er* ist. Wie kann so ein Mann dann wissen, was für eine sportliche Niete er in Wahrheit kriegt?

Männer sind da viel unkomplizierter. Sie sind, wie sie sind, und damit basta. Mädchen, mit der Erfahrung meiner Jahre sage ich euch: Ihr braucht euch bloß auf dem entsprechenden Sportplatz umzusehen, und ihr findet genau den Typ, den ihr zu finden hofft. Sucht ihr einen smarten Freund, so einen mit Porsche und echter Rolex, dann fahrt zum nächsten Golfplatz. Auf Fußballplätzen wißt ihr bereits nach der ersten Viertelstunde haargenau, in welchem Verhältnis die Frauen um euch herum zu den einzelnen Spielern stehen – falls ihr euch für einen von ihnen interessiert. Und täuscht euch da nicht. Alle Frauen, die ihr dort trefft, stehen zu einem der Spieler in irgendeinem Verhältnis. Keine andere würde so blöd sein, sich zwei Stunden lang auf eine harte Bank zu hocken, Wind und Regen ausgesetzt.

– Wenn sie Hurra! schreit und ihr Halstuch schwenkt, sobald der Stürmer mit einem Ball durchkommt, dann ist es seine derzeitige Freundin.

– Wenn ihr sie murmeln hört: »Haut ihm die Zähne ein! Mensch, so haut ihm doch die Zähne ein!« dann ist es seine Verflossene.

– Wenn sie strickt und nur aufsieht, sobald der Schlußpfiff ertönt, ist es seine Frau.

– Wenn sie ihm zuschreit: »Um Himmels willen, Fredi, doch nicht in den Matsch, ich habe die Hose gerade gewaschen!« ist es seine Mutter.

– Wenn sie darauf besteht, ihm in der Pause ein Wurstbrot und Kaffee in einer Thermoskanne in die Kabine zu bringen, ist es seine Großmutter.

»Hierher!« flüsterte Hanna, mich hinter den Heizkessel ziehend. »Hier dürften wir im Moment vor meiner Mutter sicher sein. Los, erzähl schon! Wie war es?«

»Wie im Paradies, bevor die Schlange vom Baum gekrochen kam«, murmelte ich.

Diesmal schaltete Hanna erstaunlich schnell. »Du meinst, es ist nichts los mit ihm?«

Ich nickte, den Tränen nun doch sehr nahe.

Hanna sagte nicht: »Ich habe es dir ja gleich gesagt!« An zweierlei erkennt man eine wirklich gute Freundin: Erstens sucht man nicht fieberhaft die Ecken nach Spinnweben ab, bevor sie auf Besuch kommt. Und zweitens sagt sie nie: »Ich habe es dir ja gleich gesagt.«

Über unseren Köpfen hörten wir Hannas Mutter herumtrippeln, auf der Suche nach uns beiden.

»Vielleicht hat ihn bloß das schlechte Wetter deprimiert«, flüsterte Hanna. Das sagte sie nur, um mich zu trösten. Denn *sie* hatte ihn ja längst durchschaut.

»Das Wetter!« schrie ich. »Daß ich nicht lache! Bei jedem Hagelkorn, das uns auf die Köpfe prasselte, blühte er mehr auf!«

Hanna bedeutete mir, leiser zu sein.

Ich flüsterte: »Er liebe die Herausforderung der Natur, hat er gesagt.«

Alles war schrecklich gewesen an diesem vergangenen Wochenende in den Bergen. Ich werde es nie vergessen: Allein im Zelt mit den nassen Klamotten und meiner verdammten Sehnsucht.

»Und was tat er?«

Ich lachte bitter auf. »Oh, Ernst war sehr beschäftigt! Erst versuchte er, ein Feuer zu machen.« Auch das war wohl eine Herausforderung der Natur. Nur blieb sie in diesem Fall die Stärkere. Wir aßen schließlich Sardinen aus der Dose. »Und dann lief er seinem Hemd nach.«

Es war das einzig Heitere an diesem Wochenende gewesen: Die Kuh, die durch den Regen galoppierte, während ihr Ernsts Reservehemd aus dem Maul flatterte. Als er sie einholte, hatte sie die halbe Rückenpartie bereits gefressen. Ich seufzte. »Und dann spielten wir Schwarzer Peter.« Ich seufzte nochmals. »Vielleicht, wenn ich nicht wegen dieser verdammten Kälte zwei Pullis und die wollene Strumpfhose angehabt hätte...?« Obwohl ich es in der Tiefe meines Herzens natürlich längst besser wußte. Als ob sich ein verliebter Mann von wer weiß wie vielen Pullovern und wollenen Strumpfhosen abhalten lassen würde! »Der Schwerpunkt liegt dabei eben auf dem Wort ›verliebt‹«, stellte ich fest.

»Oder auf dem Wort ›Mann‹!« sagte Hanna grimmig. »Und er hat dich nicht einmal geküßt?«

»Doch, bevor er sich umdrehte, um zu schlafen. Hierher.« Ich zeigte ihr, wohin: zwei Zentimeter unter dem rechten Auge.

Er schlief die ganze Nacht wie ein Murmeltier. Er hatte ja auch einen mollig warmen Daunenschlafsack. Ich dagegen lag wach in meiner Wolldecke, während die eisige Kälte vom Boden herauf in meine Glieder gekrochen kam und sich mit der noch eisigeren Kälte paarte, die aus meinem Herzen strömte. Eine Kuh brüllte dumpf und schaurig, und der Regen trommelte auf die Zeltplane, und Ernst schlief. Er schlief, anstatt mich in die Arme zu nehmen und zu wärmen, wie man es von einem Gentleman erwarten durfte. Es war sehr frustrierend. Himmel, wie gut hatten es die Frauen doch früher, als sie noch nach Herzenslust hysterisch werden durften! Damals, in den guten alten Zeiten, war es durchaus erlaubt, sich die Haare zu raufen, in Ohnmacht zu fallen oder den Männern die Pantoffeln an den Kopf zu werfen. Aber heute sind wir Frauen so verdammt vernünftig, weder werfen wir mit Dingen um uns, noch fallen wir in Ohnmacht oder kreischen. Ich atmete tief durch.

»Warum gerate ich immer an solche Nieten?«

Hanna tätschelte meinen Arm. »Nimm's nicht zu tragisch. Du bist eben momentan in einem Wellental. Aber nach jedem Tief kommt wieder ein Hoch.«

»Hast du Tal gesagt?« Ich lachte auf. »Das sind keine Täler. Das sind grenzenlose Tiefebenen ... Zu dumm, jetzt muß ich mir für meinen Krimi einen anderen Inspektor suchen. Diese taube Nuß kann ich selbstverständlich nicht mehr gebrauchen. Zu ihm würde mir jede positive Beziehung fehlen.« Ich konnte mir gar nicht mehr vorstellen, wie ich überhaupt jemals hatte auf die Idee kommen können, Ernst als Vorbild für meinen Kriminalinspektor zu nehmen. Es war geradezu absurd.

»Nimm ihn als Opfer«, schlug Hanna vor.

»Ein Opfer habe ich schon.«

»Dann als Mörder.«

Es ist schön, eine gute Freundin zu haben. Ich schämte mich zutiefst, jemals an ihrer Zuneigung gezweifelt zu haben. Hannas Abschiedsgeschenk, ein Glas ihrer selbstgemachten köstlichen Pflaumenmarmelade, an die Brust gedrückt, schlich ich mich zur Kellertür hinaus, sehr vorsichtig, um nicht im letzten Moment ihrer Mutter in die Arme zu laufen.

Als Mörder? Warum nicht? Dafür würde einer wie er gerade noch taugen. O Gott, ich wollte, ich hätte diesen amourösen Blindgänger wenigstens hassen können.

Aber nach all meinen Enttäuschungen war ich selbst dazu zu erschöpft.

Kein Mann im Haus – und der Wasserhahn tropft

Wenn im Hinterzimmer der ›Reblaus‹ an unserem Stammtisch von den alten Römern geschwärmt wird, die sich ihre Locken mit Lorbeer bekränzten und nackt in den öffentlichen Thermen herumsprangen, dann sind das echte Notsignale. Sicher, dem wäre leicht abgeholfen. Man bräuchte bloß ein männliches Wesen anzurufen, das nichts lieber täte, als einem in Notstandssituationen beizustehen. Aber was mache ich? Ich stehe vor dem Telefon und getrau mich nicht. Das ist lächerlich, sage ich mir, du mußt doch bloß eine der Nummern wählen, die in deinem zerfledderten, eselsohrigen Büchlein stehen, und die Stimme am andern Ende fragen, ob sie Zeit für dich hätte.

Warum, verflixt, tust du es nicht?

Weil ich ein verdammter Feigling bin, deshalb. Frauen warten, bis sie angerufen werden. Basta. Sie warten, bis ihnen der Lack von den Nägeln blättert! Es ist seltsam. Warum wird man nur dann angerufen, wenn man ohnehin schon was vorhat, sich gerade die Haare wäscht oder im Fernsehen ein Film mit Richard Chamberlain läuft? Nie, aber auch wirklich nie, klingelt es, wenn man mit aufgestützten Ellbogen am Tisch sitzt und aus Langeweile Brotkrümel über das Tischtuch schiebt.

Gestern kratzte ich all meinen Mut zusammen und rief Winfried an. Seine Mutter war am Apparat. Sie sagte, ihr Sohn sei nicht zu Hause, obwohl ich im Hintergrund deutlich eine männliche Stimme hörte, die sagte: »Sag, ich bin nicht zu Hause.«

Ich hasse ihn.

»Ich habe gehört, in Düsseldorf gibt es ein Nachtlokal, in dem appetitliche junge Männer in Tangas servieren«, sagte eine in unserer traurigen Runde im Hinterzimmer der ›Reblaus‹.

Berta fragte, sich die Lippen leckend: »Wieviel haben wir eigentlich in unserer Spielkasse?«

»Ich kannte einen, der legte den tollsten Strip für mich hin«, sagte Flo und lächelte erinnerungsselig.

»Wirklich? Einen bis zum Ende?«

Flo nickte. »Bis zum Ende. Blas bitte den Rauch nicht in meine Richtung, Berta.« Sie hat vor zwei Wochen mit dem Rauchen aufgehört. »Seit ich nicht mehr rauche«, erklärte sie, »habe ich eine Nase wie ein Luchs. Früher konnte ich Chanel nicht von einem Fleckenputzmittel unterscheiden. Jetzt hat die Welt neue Dimensionen. Du solltest unbedingt damit aufhören«, ermahnte sie Berta, die sich eine Zigarette an der anderen ansteckte. »Rauchen begrenzt die Kapazität der Sinne, weil es die Blutzufuhr zum Gehirn verlangsamt. Von Lungenkrebs und deinen Arterien will ich gar nicht reden. Außerdem ist jeder, der heute noch raucht, mitschuldig an der Zerstörung unserer Umwelt. Jede Zigarette über fünfzehn Stück pro Tag verkürzt dein Leben um eine Viertelstunde. Hast du das gewußt?«

Berta zündete eine neue Zigarette an. »Nein, habe ich nicht. Aber es ist beruhigend, das zu wissen, denn laut dieser Rechnung bin ich seit zwei Jahren tot, was kann mir da also noch Schlimmes passieren? Wie ist es dir gelungen?«

»Reine Willenskraft. Wenn ich heute an eine Zigarette auch nur denke, wird mir übel.« Flo brach von einem Streichholz das Köpfchen ab und fing an, daran herumzukauen.

»Übrigens, machst du deine verrückte Diät noch?« fragte ich.

Sie schüttelte den Kopf. »Ich brauche keine Diät mehr. Seit ich nicht mehr rauche, bin ich vollkommen im Gleichgewicht.« Sie grapschte nach den Kartoffelchips und verknabberte sie schneller als ein hungriges Häschen seine Karotten. »Gewichtsprobleme existieren nämlich nur hier drinnen.« Sie klopfte sich gegen die Brust.

»Was ist das?« Ich griff nach dem Blatt, das Gerti in der Hand hielt und das sie vermutlich aus einer Illustrierten herausgerissen hatte.

»Magerix! Ein neues, ganz tolles Abmagerungsmittel. Zehn Kilo in zwei Wochen, ohne zu hungern.« Gerti ist echt naiv. Sie studiert sogar die Postwurfsendungen.

»Habt ihr schon von der neuesten Diät gehört?« fragte Inge. »Junkfood.«

Ein paar schon leicht Eingerostete unter uns mußten wir aufklären – Junkfood, das sind Kartoffelchips, Hamburger und solches Zeug.

Vier von den anwesenden fünf Frauen mit Kindern meinten, eine solche Diät wäre absolut nichts Neues. Ihre Kinder hielten sie schon immer ein. »Gemüse«, sagte eine von ihnen, »essen sie prinzipiell nur, nachdem ich es gehackt, zu Mus verkocht, in altem Öl ausgebacken und als Greenburger auf den Tisch gebracht habe.« Die notwendigen Vitamine praktiziere sie ihnen in flüssiger Form in die Ketchupflasche.

»Verflixt, wo sind die Zahnstocher?« schimpfte Flo.

Es waren keine aufzutreiben.

Sie holte sich an der Theke einen Rollmops, zog den Zahnstocher heraus und biß darauf herum, daß Holz und Zähne krachten.

»Ich habe gehört, Kaugummi hilft, wenn man aufgehört hat zu rauchen«, sagte ich milde.

Sie fuhr mich an: »Wieso helfen? Ich brauche keine Hilfe. Ich fühle mich wunderbar. Jedenfalls besser als du.«

Sie hatte recht. Ich fühlte mich wirklich nicht besonders. Ich dachte soeben an Resi Reichenberger. Resi hat mich gestern angerufen. Sie gehört zu denen, die einen nur anrufen, wenn sie was Tolles zu erzählen haben. Wenn ich was liebe, dann sind es solche Anrufe, ehrlich. »Hab ich dir eigentlich schon gesagt, daß ich einen reizenden Mann kennengelernt habe? Ach nein, wirklich nicht? Du, es war Liebe auf den ersten Blick. Er ist Anwalt, sehr erfolgreich, Witwer, fährt natürlich einen Superwagen und kennt die besten Lokale. Er trägt mich auf Händen.« Und in der Leier ging es weiter, bis sie fragte: »Und du? Was machst du eigentlich immer so?«

»Ich? Im Moment versuche ich, mir in den Hintern zu beißen«, sagte ich und knallte den Hörer auf die Gabel.

Frauen wie sie sollte man sich unbedingt vom Leibe halten. Sie gehören zur selben Sorte wie die, die einem innerhalb von fünf Minuten erzählen, daß ihr Sohn soeben die Doktorarbeit beendet und die Tochter ihr einen selbstgestickten Gobelin geschenkt hat, und daß ihr Mann sich für ein halbes Jahr beurlauben läßt, um mit ihr eine Weltreise zu machen.

Warum erzählen einem solche Weiber nie etwas, das einen aufbauen würde, zum Beispiel, daß sie sich einen Stiftzahn ausgebissen haben?

In der ›Reblaus‹ gab es wenigstens eine kleine Abwechslung. Flo fing mit einem Mann an der Theke Streit an und wurde immer aggressiver. Wir sahen keinen anderen Ausweg, als ihr eine Zigarettenschachtel unter die Nase zu halten, was sie prompt besänftigte. »Nur diese eine!« murmelte sie zwischen zwei gierigen Zügen. »Zigaretten geben mir absolut nichts mehr.«

Ich glaube, sie hätte nicht gleichzeitig diese Diät machen und mit dem Rauchen aufhören sollen. Und wenn schon Diät, dann eine vernünftige. Kürzlich las ich einen Artikel über die Haysche Trennkost. Das klang gut. Man darf dabei alles essen, nur trennt man Eiweiß und Kohlehydrate, da bei gleichzeitiger Einnahme der beiden das Kohlehydrat nicht verbrannt wird und sich in Fettpolster verwandelt. Oder umgekehrt. Jedenfalls kam es mir sehr logisch vor. Ich probierte es auf der Stelle aus.

»Was? Keine Kartoffeln?« maulten die Kinder.

»Die gibt es am Abend«, sagte ich.

Sie starrten mich verständnislos an.

»Was heißt das, die gibt es am Abend? Was sollen wir jetzt zum Fleisch essen?«

»Müßt ihr unbedingt bei jeder Mahlzeit Kartoffeln oder Nudeln mampfen?«

Ich hörte, wie der Ältere sagte: »Oje, sie hat schon wieder einen neuen Fimmel!« Und ich sah deutlich, daß sich der Jüngere hinter meinem Rücken gegen die Stirn tippte. Sie fraßen einen halben Laib Brot auf. Auch ich schnitt mir ein oder zwei Scheibchen ab, um die Sauce aufzutunken. Gehört Brot zu den Kohlehydraten? Irgendwo mußte ich doch eine Liste darüber haben …

Die Kartoffeln am Abend werde ich den Kindern mit Butter servieren, damit keine Maulerei aufkommt. Ich selbst werde darauf verzichten, denn Butter, da bin ich sicher, ist Eiweiß. Oder neutral? Mein Gehirn scheint bereits unter Mangelerscheinungen zu leiden. Ich werde mir doch ein Kleckschen Butter genehmigen. Wenn ich mich nicht beim Essen ein bißchen verwöhnen durfte, war es traurig. Was hatte ich denn sonst noch im Leben?

Es ist vieles so ungerecht in der Welt. Wenn wir Frauen uns ein Gläschen genehmigen und auf einen Schlag zwei Eisbecher verputzen, dann heißt es gleich, das tun wir, weil wir frustriert sind. Von Männern, die dasselbe machen, sagt man bloß, sie würden schon wissen, was sie tun, und ein Gläschen in Ehren kann niemand verwehren. Oder haben Sie schon einmal jemanden sagen hören: »Der Huber? Ist doch total frustriert. Putzt und fummelt den ganzen Tag.«

Man gerät furchtbar schnell ins Gerede, wenn man keinen Mann hat.

Leere Weinflaschen zum Beispiel werfe ich prinzipiell nur noch in dunklen, regnerischen Nächten in den Glascontainer, und selbst dann schaue ich mich noch sehr genau um. Ich beneide die Männer. Die haben in der Beziehung überhaupt keine Skrupel. Als ich neulich den Typ in seinem Hexenhaus aufsuchte, stolperte ich über eine Batterie von Bierflaschen.

»Warum stellen Sie sie nicht wenigstens wohin, wo sie nicht im Weg stehen?« sagte ich vorwurfsvoll.

»Wohin?«

»Unter die Spüle zum Beispiel.«

»Dort steht das schmutzige Geschirr.«

»Das gehört ins Spülbecken.«

»Dort habe ich Socken eingeweicht.«

Ich schlenkerte mit dem Kartoffelsack in meiner Hand. »Ich habe Ihnen etwas mitgebracht. Vorsicht!« rief ich, aber es war schon zu spät. Das süße kleine Kätzchen, das ich für ihn aufgetrieben hatte (eine Tochter von Morli, wenn auch nicht mit seinem phlegmatischen Temperament gesegnet), schoß aus dem Sack hervor, biß ihn in die Hand, sauste an seinen Jeans hinauf, sah, daß es da falsch war, biß ihn in den nackten Bauch, sauste wieder herunter und verschwand unter dem Ofen.

Er knurrte: »Und so etwas wollen Sie mir andrehen!«

»Ich dachte, Sie mögen Katzen?«

»Das ist keine. Das ist ein böser Fluch in einem Katzenfell. Hat sie ein Muttermal neben dem rechten Mundwinkel?« Wenn ja, murmelte er, könnte es der Geist seiner Exschwiegermutter sein.

Ich zuckte die Achsel. »Wenn Sie sie nicht wollen, dann muß ich sie eben wieder mitnehmen. Aber erst muß man sie wieder einfangen.«

»Sie reden genau wie meine Exfrau«, murrte er. »Immer, wenn etwas zu tun war und sie ›man‹ sagte, meinte sie mich.«

Er holte aus dem Kühlschrank ein Scheibchen Wurst und kniete sich damit vor dem Ofen nieder.

»Ich habe Ihnen den Rest der Kartoffelsuppe von Mittag mitgebracht«, sagte ich.

Er schnauzte: »Wozu? Ich brauche keine milden Gaben.«

Ich grinste. »Ich dachte, mit Speck fängt man Mäuse.«

»Nicht mich! Minki… Minki… Ich habe keinen Hunger, habe gerade gegessen, Schweinsbraten mit Semmelknödel. Minki… Minki…«, lockte er, mit der Wurstscheibe unterm Ofen herumwedelnd.

Minki machte Geräusche, als wollte sie sich rückwärts durch die Wand graben.

»Hören Sie sich das an!« klagte er.

»Kein Wunder. Bei dieser Wurst würde ich dasselbe tun. Achtung, sie kommt!«

Aber es war schon zu spät. Das Tier sauste fauchend aus der Tür und hinauf in die höchste der Birken, wo es sich vorsichtig umdrehte, in die Tiefe blickte und auf das erbarmungswürdigste zu jammern anfing.

»Ich werde sie herunterholen müssen«, murmelte er.

»Wenn Sie das tun, haben Sie ein für allemal ausgespielt.«

Er meinte, das hätte ein Mann, der ein weibliches Wesen in seine Nähe ließe, ohnehin, und verzog sich in sein Häuschen. Als ich gleich darauf nachkam, war der Suppentopf leer. Er hätte den Inhalt in ungefähr zehn Sekunden vertilgt, kalt wie er war, und das, obwohl er schon gegessen und keinen Hunger hatte.

Aber ich war zu diskret, um eine Bemerkung darüber fallenzulassen. Ich sagte auch nichts über die Sicherheitsnadeln, mit denen er seine Jeans zusammenhielt.

»Übrigens«, meinte er so nebenher, »wann sperren Sie Ihr komisches Hundehüttchen zu?« die Augen auf die Birke gerichtet, wo das ärmste Kätzchen der Welt hockte, vor Angst bibberte und so kläglich schrie, daß sich vermutlich der heilige Franziskus im Grab umdrehte.

»Sie meinen mein reizendes kleines Büro? In zwei oder drei Wochen, bei Saisonschluß.«
»Und was tun Sie dann?«
»Wahrscheinlich fahre ich für ein paar Tage nach Italien.«
Er lachte höhnisch. »Mit der alten Bombe?«
»Mit was sonst?«
»Verstehen Sie denn was von Autos?«
»Ich weiß, daß der Motor vorne ist. Oder? Egal. Was geht Sie das an?«
»Sie kommen höchstens bis zur Grenze.« Ich war schon am Gehen, da rief er mir nach: »Wenn Sie wollen, fahre ich mit! Ich kenne mich mit Schrottbüchsen ziemlich gut aus. Und damit Sie mich recht verstehen – ich schlafe in der Jugendherberge oder sonstwo!«
»Wozu diese übertriebene Vorsicht!« schrie ich zurück. »Wo Sie doch ohnehin, Sie wissen schon was, sind!«
Ich hörte ihn lachen. »Sie könnten auf die Idee kommen, mich heilen zu wollen.«
»Danke, wenn ich mich nach Schwerarbeit sehne, gehe ich Kohlen schaufeln!«
»Also, wie ist's?«
»Ich werde es mir überlegen.«
Als ich mich noch einmal umdrehte, sah ich ihn schon oben auf der Birke, und gleich darauf hörte ich ihn aufschreien.
Ich weiß nicht, woher ich die Stärke nahm, sein Angebot auszuschlagen, denn ich sah mich jetzt ständig am Straßenrand stehen, vor der hochgeklappten Motorhaube, mutterseelenallein, vollkommen verzweifelt. Aber wenn ich diesmal nicht mir gegenüber hart blieb, würde ich es nie schaffen, unabhängig zu werden!
Als ich ihm Bescheid gab, meinte der kleine freche Kerl, er sei heilfroh darüber, denn er hätte ohnehin nicht mehr die geringste Lust, mit mir und meinem desolaten Vehikel irgendwohin zu fahren. Außerdem könne er Minki nicht alleinlassen.
Das Katzenvieh saß am Tisch und leckte die Reste einer Sardinenbüchse aus. Vermutlich ihrer beider Mittagessen.
Arme und Beine von Minkis Herrchen sahen aus, als hätte man ihn nackt durch ein Distelfeld geschleift.

Jetzt in der Nachsaison wird es stinklangweilig in meinem Informationsbüro. Die meiste Zeit sitze ich da, starre vor mich hin und mache mir Sorgen. Ich sorge mich darüber, warum das mit Ernst nicht geklappt hatte, ich sorge mich wegen der salmonellenverseuchten Eier in England, wegen des Ozonlochs und meiner Rente und was aus dem Brüderchen jenes Zwillings geworden ist, den ich kürzlich allein in einem Doppelkinderwagen sitzen sah.

An meinen besseren Tagen erinnere ich mich an mein Gelübde, unaufhaltsam auf dem Weg der Freiheit und Emanzipation weiterzuschreiten, und ich stelle eine Liste von Autoren zusammen, die mir dabei helfen könnten. Um fünf schließe ich das Büro ab, hänge das Papptäfelchen mit der Aufschrift ›Komme gleich‹ an die Klinke, trotte hinüber in die Gemeindebücherei und frage nach einem Buch von Alice Schwarzer.

»Ja, mögen Sie denn die Schwarzer?« wundert sich Frau Peternell, eine pensionierte Lehrerin, die die Bibliothek führt. Ihrem Ton entnehme ich, daß es besser wäre, die Schwarzer nicht zu mögen. Aber ich habe es satt, mich immerfort anzupassen.

»Ja«, sage ich fest. »Ich finde sie toll.«

»Ach nein, tatsächlich?« Frau Peternell lächelt wie jemand, dem man einen schlechten Witz aufgetischt hat. »Für meinen Geschmack ist sie zu radikal und ordinär.«

»Manchmal ist es notwendig, radikal und ordinär zu sein.«

»Aber nicht doch, meine Liebe!« Ihr Bärtchen auf der Oberlippe bebt. »Es geht auch anders.«

»Aber sicher! Und verdammt weit haben wir es dabei gebracht.«

»Nun, wenn man so aussieht wie die, dann bleibt einem wohl nichts anderes übrig, als die Männer zu hassen.«

O Gott. Das ist echt komisch. Das sagt eine, die sich selber schon lange nicht mehr im Spiegel angeschaut hat…

Von der Schwarzer hat sie nichts. Aber sie empfiehlt mir was von der Beauvoir, eine echte Intellektuelle und sehr emanzipiert. Dabei eine Dame durch und durch.

Wetten, sie denkt, ich könnte mir eine Scheibe davon abschneiden?

Ich nehme noch einen Maigret mit, von dem ich mir ein paar Anregungen für meinen eigenen Krimi erhoffe. Maigret ist keine schlechte Figur, bloß dieses ewige Nuckeln am Pfeifenstiel geht einem auf die Nerven. Das ist doch ziemlich infantil. Genaugenommen wäre Ernest Rodford auch eine ziemlich infantile Figur geworden, diese kindische Show mit dem Tennisracket und den ewigen T-Shirts unter dem Sakko, du lieber Himmel! Mein neuer Inspektor würde auf solche Mätzchen verzichten. Morgen, nehme ich mir fest vor, werde ich ernsthaft darüber nachdenken, wie ich ihn wirklich haben will. Auf keinen Fall wie Ernst, diese Comicfigur mit den rasierten Beinen. Der Mensch rasiert sich doch tatsächlich die Beine, um beim Radfahren weniger Widerstand zu haben. Hat man da noch Worte! Es ist mir schleierhaft, wie ich mich in einen präpotenten Typ wie ihn habe vergaffen können. Gottlob kann ich jetzt wieder mit dem blöden Tennisspiel aufhören. Das trifft sich gut, denn Bibi wäre momentan ohnehin nicht in der Lage, mit mir zu spielen. Sie hat eine starke Erkältung, hat sie mir am Telefon gesagt.

»Erkältung!« Inge lacht auf, als ich es erwähne. »Ich sag dir, wie diese Erkältung aussieht! Sie ist blau und grün und sitzt auf Bibis linkem Auge.« Sie weiß zu berichten, daß Berti einen Aschenbecher nach Bibis Kopf geschleudert hat, vermutlich als Reaktion auf ihren Anruf bei seiner Frau. »Einen aus Muranoglas. Du weißt doch, wie schwer die sind.« Inge seufzt genüßlich. »Er will Bibi nie wiedersehen.«

Auch ich will Ernst nie wiedersehen. Aber was passiert? Er kommt ins Büro, setzt sich hin, die Beine in den unverschämt kurzen Shorts lässig von sich gestreckt, das Hemd offen bis zum Nabel, so daß man seine haarige Matte sieht, und quatscht mit mir, als wäre alles bestens. Ich sage nichts als »ja« und »nein«, wobei ich stur an ihm vorbeischaue. Denn wenn ich ihn ansehe, in all seiner männlichen Pracht und Herrlichkeit, würde ich am liebsten über den Schreibtisch hechten, ihn in die Arme reißen und auf der Stelle vernaschen.

Als er endlich weg ist, mache ich mit bebenden Fingern die Pralinenschachtel auf, die mir eine Zimmervermieterin als milde Bestechung gegeben hat, und verschlinge auf einmal acht Trüffelkugeln.

»Der Wasserhahn tropft«, stellte mein Sohn eines Tages fest. »Sag einmal, hörst du das denn nicht?«

»Wie kann ich was hören bei dem Krach? Stellt das Gejaule leiser!« rief ich. »Er tropft schon seit Wochen.«

»Es gehört bloß eine neue Dichtung rein.«

Bloß eine neue Dichtung, sagt der Scherzbold. Genausogut könnte er erwarten, daß ich ein Computerprogramm erstelle oder zum Mond fliege. Aber ich war hocherfreut über seine Anteilnahme. »Wirst du das machen?« erkundigte ich mich.

»Ich, wieso ich?« jaulte das entsetzliche Kind und sauste davon.

Ich habe ein altes Unterhemd um den Wasserhahn gewickelt, das ich von Zeit zu Zeit auswringe. Es stört mich natürlich, aber nicht allzusehr, denn wir werden ja ohnehin in nächster Zeit ausziehen. Inzwischen beteiligen sich nämlich an der Suche nach Pepis Frau auch die zukünftigen Mieter aus der zweiten Etage des Neubaus, die ohnehin ihren Urlaub in Griechenland verbringen wollten. Während Pepi den Peloponnes absucht, so weiß Frau Grimm zu berichten, durchkämmen diese beiden guten Leutchen die Ägäis. Die vorletzte Karte von ihnen kam von der Insel Naxos. Eine blonde Frau und ein Individuum, das der Beschreibung nach genau dem Straßenmaler entsprach, sollen dort in der Taverne des alten Kosta gesehen worden sein.

»Alle Griechen lügen wie gedruckt«, stellte Frau Grimm fest. »Was ist das für ein Affenkrach in Ihrer Wohnung?«

»Die Jugend hat heute einen schweren Gehörschaden«, beklagte ich mich bei Hanna. »Aber sie hören das Rascheln, das entsteht, wenn ich eine Keksschachtel aufmache, durch zwei Wände. Verstehst du das? Was mich am meisten ärgert«, fuhr ich in meinem Klagelied fort, »ist, daß sie selbst gar nicht tolerant sind. Was glaubst du, was die machen, wenn ich mir die Platte mit den Seemannsliedern von Freddy auflege? Sie stöpseln sich den Walkman in die Ohren, damit ihnen, nach ihren Worten ›die Nudelsuppe nicht hochkommt‹.«

Was mich aber noch mehr stört, ist, daß Donald Duck immer weniger wird. Fast nach jedem Discobesuch fehlt etwas – einmal ist es ein Seitenspiegel, dann ein Scheibenwischerblatt, und als ich vor ein paar Tagen den Blinker betätigen wollte, fehlte das Dingsda, das Hebelchen.

Nur gestern ist etwas dazugekommen: Als ich am Morgen vor dem Büro ausstieg, hörte ich vom Rücksitz her ein Geräusch wie ein

Gähnen, und es erhob sich dort ein männliches Wesen, das sich die Augen rieb. Es war einer aus der Clique meines Sohnes. Sie hatten vergessen, ihn nach der Disco zu Hause abzuliefern.

Ich frage mich, was sie ständig in die Disco treibt. Sie tanzen nicht, sie reden nicht, und falls sie hingehen, um sich ein Mädchen aufzureißen, so habe ich davon noch nichts bemerkt. Vermutlich gehen sie aus reiner Langeweile hin.

Auch bei mir war es pure Langeweile, als ich mich dazu entschloß, mit der Näherei anzufangen, denn jetzt, da kein Mann mehr in meinem Leben ist, für den ich mich schönmachen könnte, fehlt mir die rechte Motivation dazu. Aber es wurde dann ohnehin nichts draus. Ich schaffte das Einfädeln einfach nicht.

Es half nichts, wenn ich mir immer wieder vorsagte: »Hier, siehst du, dieses Ding, das glitzert, das ist eine Nadel. Ja? Und jede Nadel hat ein Loch. Man nennt es auch Öhr. Sie hat es am unteren Ende. Siehst du, hier …«

Ich schaute. Nein, ich sah nichts.

Da war kein Loch.

Da war auch kein Öhr.

Hilfe, man hat mir eine Nadel ohne Öhrloch angedreht! Aber vielleicht steckte sie bloß verkehrt in der Maschine, mit dem Loch oben? Ich drehte am Schräubchen, das die Nadel hält, sie fiel heraus und unter den Tisch, wo ich sie dann im Sommer, wenn ich barfuß gehe, sicher wiederfinden werde. Ich schraubte die nächste Nadel ein. Auch sie ohne Loch. Und die übernächste ebenfalls.

Meine Tochter fand mich, als sie gegen Mitternacht heimkam, eingeschlafen, mit dem Kopf auf der Maschine, getrocknete Tränen der Wut und Verzweiflung auf den Wangen.

Himmel, wie sollen wir Frauen uns emanzipieren und mit Optimismus und Elan in eine fortschrittsorientierte Zukunft schreiten, wenn man uns ständig Prügel vor die Füße wirft wie Nähnadeln ohne Löcher?

Gute Männer haben immer den gleichen Fehler: Sie sind verheiratet

Eines habe ich mir geschworen: Ich werde mich nie mit einem Verheirateten einlassen. Von der moralischen Seite ganz abgesehen, frage ich mich, was hat man von so einem?

Ich fragte eine Bekannte, die seit sieben Jahren die Freundin eines Verheirateten ist, er Bankdirektor, um die fünfzig, ein sympathischer Mann, gutsituiert, großzügig, humorvoll, aber eben verheiratet.

»Was ich von ihm habe? Langsam frage ich mich das auch. Gut, er bezahlt meine Wohnung und die Kleider, er hat mir ein Auto gekauft und kommt für dessen Kosten auf. Im letzten Urlaub waren wir in Kuba. Ein Wochenende im Monat verbringt er mit mir, meistens fahren wir nach Salzburg oder München, wo wir ins Theater gehen oder was man sonst eben dort so macht, nun, du weißt schon, das Übliche, aber ich frage mich wirklich, was habe ich von ihm?«

Sagte ich ja, was hat man von so einem!

Was man...! Himmel, was will dieses Weibsbild eigentlich, führt ein Leben wie eine Drohne und fragt noch, was sie von ihm hat! Wo nehmen hirnlose, egoistische, undankbare Gänschen wie sie Männer wie ihn bloß her? Auf die Knie würde ich fallen und dem Himmel für einen solchen Mann danken, wenn ich einen fände, was ich Gott sei Dank nicht tue, denn es brächte mich in einen argen Gewissenskonflikt.

Es ist ein Glück, daß die meisten diesbezüglichen Beispiele, die ich so vor der Nase habe, nicht gerade zur Nachahmung anregen. Ich brauche nur an Christine zu denken. Sie geht mit einem Verheirateten seit zwei Jahren. Sie hat noch kein Wochenende mit ihm verlebt, Weihnachten und Ostern verbringt sie im verdunkelten Zimmer, mit verquollenen Augen und Depressionen, sie hat noch nie mit ihm gefrühstückt und muß sich die Nägel kurz schneiden, um keine verräterischen Spuren auf seinem ehebrecherischen Corpus zu hinterlassen. *Wenn* sie einmal gemeinsam ausfahren, hockt sie geduckt auf dem Rücksitz, bis sie aus der Stadt sind.

Er liebt zwar seine Frau nicht und hat sie bloß geheiratet, weil sie nicht lockerließ und er damals doch noch ein so junges, hilfloses Lämmchen war, aber er bringt es nicht übers Herz, sie zu kränken.

Daß ihr im Fall einer Scheidung das halbe Haus zustünde und sie

Anspruch auf Unterhalt hätte, hat damit jedoch nicht das geringste zu tun.

Aber auch Christine will keine Scheidung. Auch ihr ist ein verheirateter Mann lieber. Man muß nicht für ihn kochen und waschen, sagt sie, und sich anhören, wie er vor dem einzigen Ballbesuch der Saison nach seinen Manschettenknöpfen brüllt.

Ihrer Meinung nach wäre der ideale Freund ein Verheirateter, der daheim bekocht und bebügelt wird und dessen Frau sich mit Anstand damit abfindet, daß er eine Freundin hat.

»Wenn du das für die Lösung hältst, dann rede doch einmal mit Renate«, sagte ich hohnlachend.

Ehrlich, was die mitmacht, wäre reif fürs Kabarett. Dabei hat Renates Freund eine Perle von Ehefrau. Sie hat sich, ohne Theater zu machen, in das Obergeschoß des Hauses zurückgezogen, als er sich in Renate verliebte, um seinem Glück nicht im Wege zu stehen. Sie führt ihm weiterhin den Haushalt. Obwohl er sie so schwer gekränkt und enttäuscht hat, ist sie ihm immer noch die allerbeste Freundin.

»Ich halte es nicht mehr aus!« stöhnte Renate, als wir uns das letzte Mal trafen. »Vorigen Dienstag, das war der Gipfel! Wir setzten uns gerade zum Abendessen hin, für das ich ein kleines Vermögen ausgegeben und drei Stunden am Herd gestanden hatte, denn es war der Jahrestag unseres Kennenlernens, da läutete das Telefon. Ich wußte gleich, es war sie.« Laut ihren Worten spielte sich das Folgende so ab:

»Sag ihr bitte, du rufst nach dem Essen zurück«, bat Renate höflich.

»Natürlich, Schatz, mach ich«, sagte er, hob den Hörer ab und lauschte gespannt.

»Liebling …!« erinnerte ihn Renate.

Er legte die Hand auf die Sprechmuschel. »Es handelt sich um Bobby. Er liegt heute schon den ganzen Tag apathisch in seinem Körbchen und will nichts fressen. Von Zeit zu Zeit jault er. So.« Er machte vor, wie … wie ein liebeskranker Kojote. Dann hörte er weiter zu.

»Ich bitte dich, sag ihr doch, daß wir beim Essen sind!« rief Renate zehn Minuten später, begreiflicherweise schon ein wenig verärgert. Sie hatte eine Quiche Lorraine im Ofen.

Er rief: »Gleich, gleich!« und hörte weiter zu.

»Liebling, auf deiner Suppe hat sich eben eine Fliege das Bein gebrochen!« rief Renate eine Ewigkeit später mit dem letzten Rest ihres sprichwörtlichen Humors. »Sie ist auf dem Eis ausgerutscht.«

Daraufhin schloß er die Tür zum Vorraum, wo das Telefon steht. Die arme Renate hatte die Nase voll. Sie stürzte hinaus, entriß ihm den Hörer, kreischte: »Entschuldigen Sie, wir sind beim Essen!« und knallte ihn auf die Gabel.

»War das notwendig?« fuhr er sie an. »Schließlich hat sich meine Frau dir gegenüber weiß Gott großzügig gezeigt!«

Während des Essens, das inzwischen im Eimer war, sprachen sie kein Wort miteinander. Nachdem er den letzten Bissen hinuntergewürgt hatte, stürzte er zum Telefon und erkundigte sich, ob sie mit Bobby beim Tierarzt gewesen sei. Pause. Dann hörte Renate ihn sagen: »Ja, natürlich, wie dumm von mir! Du hast doch kein Auto ... Nein, Liebes, du kannst Bobby natürlich nicht tragen ... Selbstverständlich. Ich bin gleich fertig.«

»Wir wollten ins Kino gehen«, erinnerte Renate ihn.

»Geh schon vor, ich komme nach. Du weißt, Bobby ist alles, was ihr geblieben ist.«

Er kam ins Kino, kurz bevor die Lichter angingen.

Nachher versöhnten sie sich wieder. Es wurde noch wunderschön. Sie standen knapp davor, von der Erde abzuheben, um in Arkadiens lieblichen Gefilden zu landen, da schrillte das Telefon.

Es war sie, um ihm zu sagen, daß er sich keine Sorgen mehr zu machen brauchte. Bobby ginge es wieder besser. Er hätte mit Appetit sein Hammipappi vertilgt, und jetzt werde sie, trotz der späten Stunde und obwohl sie sich ein wenig fürchte, so allein, ohne männlichen Schutz, noch eine Runde mit ihm machen, damit er sein Beinchen heben könne.

Als er ins Bett zurückgekrochen kam, war er zu einer Wiederaufnahme ihres unterbrochenen Arkadienfluges so wenig imstande wie ein Ballon ohne Gas zum Aufsteigen.

Nicht der allerschlimmsten Feindin würde sie einen Freund mit einer hochherzigen Ehefrau wünschen, sagte Renate. Dabei hat sie noch Glück, sage ich. Es gibt Fälle, wo sich betrogene Ehefrauen ganz anders rächen als mit ein paar harmlosen Telefonanrufen.

Moni, die Tochter einer Zimmervermieterin, die gern mit mir plaudert, hat die Kaschmirpullover und Seidenhemden ihres Lumpen von Ehemannes bei neunzig Grad gewaschen. Die Idee dazu gab ihr eine Zeitungsnotiz. Ebenfalls einer Zeitungsnotiz zufolge machte eine gewisse Julia Turnbill ihren Mann stockbetrunken, dann rief sie den Notarzt, sagte, er hätte versucht, sich umzubringen, und ließ seinen Magen auspumpen.

Lotte Rieser, hier vom Ort, gab dem ihren ein Abführmittel in den Frühstückstee. Er ist Reisebuschauffeur und trat an dem Morgen eine zwölfstündige Fahrt nach Frankreich an. Dagegen ist das Juckpulver, das eine meiner Bekannten ihrem Mann in die Unterwäsche praktizierte, ausgesprochen harmlos.

Über was ich mich wundere, das ist nicht die Bosheit und Rachsucht dieser Frauen, denn die ist menschlich, sondern ihr Einfallsreichtum. Ich weiß, wäre ich an ihrer Stelle, mein Gehirn wäre eine einzige Wüste. Ich könnte nichts anderes denken als: Mein Gott, bin ich unglücklich.

Auch Hanna geht es so. Als ich heute vorbeischaute, lag sie mit Teebeuteln auf den verschwollenen Augen im Bett.

Ich entfernte die Teebeutel, brachte ihr einen Schnaps und stopfte ihr ein Kissen ins Kreuz. »Was ist los?« fragte ich besorgt.

»Philipp hat eine Freundin«, murmelte sie tonlos.

Philipp eine ...! Ich mußte an mich halten, um nicht loszuplatzen. Der und eine Freundin! So etwas Komisches hatte ich schon lange nicht mehr gehört. Ich bitte Sie, wer würde schon einen Mann wollen, der allabendlich vor dem Fernseher einschlief, dessen Sprachschatz sich auf fünfzig Wörter beschränkte und der Hosen wie Kartoffelsäcke trug?

»Aber das ist doch kompletter Unsinn!« rief ich infolgedessen. »Oder gibt es einen Grund ...?«

»Einen?« rief Hanna und kippte den Schnaps hinunter. »Dutzende! Man merkt es an allem. Er benimmt sich ekelhaft. Nichts ist ihm recht. Am Essen meckert er herum. Abends starrt er stumm in den Fernseher, bis er anfängt zu schnarchen, und er schnauzt mich an, wenn ich mit ihm reden möchte.«

Ich meinte, das alles sei wirklich kein Zeichen von Untreue, so war der gute Philipp doch, seit ich ihn kenne. Untreue Ehemänner würden sich anders verhalten, die brächten den Frauen plötzlich

Blumen mit und wären besonders nett, um ihr schlechtes Gewissen zu beruhigen.

»Eben. Das ist es ja! Am Samstag brachte er eine Tafel Schokolade heim, und gestern hat er freiwillig den Müll rausgetragen. Und wie er herumläuft! Ständig in diesem scheußlichen Trainingsanzug, der an ihm hängt wie eine Elefantenhaut. Aber natürlich, wenn ein Mann eine andere hat, ist es ihm piepegal, was er daheim anhat.«

Sie fing wieder zu schluchzen an.

Ich tätschelte ihre Schulter. »Schätzchen, auch den trägt er doch, seit ich ihn kenne.«

»Ja, aber was du *nicht* weißt, ist, daß er, wenn er zum Doktor geht, zu seinen Bestrahlungen, dann zieht er das Seidenstickerhemd an und bindet sich einen Schlips um!«

Ich streichelte ihr Knie. »Hanna, auch das hat nichts zu bedeuten. Jeder Mensch, der etwas auf sich hält, zieht sich ordentlich an, wenn er zum Doktor geht. Sag einmal, bleibt er denn häufig länger weg? Vielleicht über Nacht?«

»Wo denkst du hin! Dazu ist er viel zu schlau. Er tut alles, um mir Sand in die Augen zu streuen. Ich sage dir, er hat eine andere. Wenn du es noch nicht glaubst, lies das Horoskop.« Hanna nestelte ein Zeitungsblatt aus der Tasche ihres Morgenrocks.

Ich las: »Wer einen Schützen liebt, der darf sich in nächster Zeit auf einiges gefaßt machen. Herr Schütze ist nämlich nicht in den Griff zu kriegen und fest entschlossen, sich ganz seiner Genußsucht hinzugeben...« Auch das weitere hörte sich wirklich nicht gut an.

Wenn man diesen Prophezeiungen Glauben schenken konnte – und die Erfahrung hatte gezeigt, man konnte –, standen Hanna tatsächlich böse Tage ins Haus. Ich schaute mir den Artikel noch einmal genauer an, und ein Stein fiel mir vom Herzen.

»Du Schäfchen! Das Horoskop ist vom März!«

»Na und?« sagte Hanna bloß. Sie war nicht davon abzubringen.

Vermutlich dachte sie sich das Ganze aus, um ein bißchen Abwechslung in ihr langweiliges Leben zu bringen. Ja, wenn Philipp ein Mann wie Franco wäre, Lisas italienischer Ehemann, dann könnte ich verstehen, daß sie sich Sorgen macht. Ich habe meine Spielgefährtin aus Kindertagen vorgestern im Kurcafé getroffen. Lisa lebt seit über zwanzig Jahren als Frau eines Rechtsanwaltes in Florenz.

Es fiel mir nicht ganz leicht, Regungen von blankem Neid zu unterdrücken, wenn ich an Lisa und ihr italienisches Flair dachte. Sie hatte einen unheimlich raffinierten engen Rock getragen mit einem Schlitz bis auf den halben Oberschenkel und dazu Pumps mit Stöckeln, in denen ich mir binnen zehn Minuten das Bein gebrochen hätte. Und ihr Schmuck erst! Aber natürlich, wenn ich ihr Geld hätte und ihr Selbstvertrauen, dann hätte auch ich den Mut, mir Ohrringe anzuhängen, die in den Kniekehlen scheppern. Auch ihr Mann sieht sehr gut aus. Sie hatte mir ein Foto von ihm gezeigt. Er erinnerte mich an Marcello Mastroianni im zweiten Teil des Fernsehfilms ›Die zwei Leben des Mattia Pascal‹, als er schon älter war und vom Leben ziemlich gezeichnet, aber immer noch sehr attraktiv. Lisa hatte geseufzt, während sie das Foto zurück in die Brieftasche steckte, zu den Fotos ihrer vier Kinder. »Der arme Franco, ich fürchte, er überanstrengt sich!«

Ich sagte, das könne ich mir vorstellen, als vielbeschäftigter Rechtsanwalt ...

»Entschuldige!« Sie holte eine kleine Spraydose aus der Handtasche und sprühte sich kurz und diskret in den Mund. »Asthma. Dieser Smog in Florenz, weißt du. Zwar sind jetzt große Teile der Stadt autofrei, aber für mich kommt diese Maßnahme ein wenig zu spät. Vermutlich ist es auch nervlich bedingt ... Natürlich, seine Praxis beansprucht Franco ziemlich. Und dann ist ja auch noch das Gut in Fiesole mit den Weinbergen zu verwalten, und nebenbei betätigt er sich ein wenig als Immobilienmakler. Nur unter Bekannten selbstverständlich.«

Ich gab zu, daß das wirklich sehr viel für einen einzigen Mann sei.

»Nun, das Leben ist entsetzlich teuer in Italien und besonders in einer Stadt wie Florenz. Zwei Söhne, die studieren, das große Haus mit Personal und der Gutshof, und ich fürchte, seine Freundinnen werden immer teurer, je älter der arme Franco wird.«

Es verschlug mir die Sprache.

Was mich so schockierte, war nicht, daß ein verheirateter Mann Affären hat, sondern, seine Ehefrau darüber sprechen zu hören, als unterhielte sie sich über die Vor- und Nachteile ihres Mikrowellenherdes. »Er hat Freundinnen?« murmelte ich in einem dem Thema angepaßten diskreten Trauerton.

»Nicht mehrere gleichzeitig natürlich, so geschmacklos wäre

Franco niemals. Aber in letzter Zeit werden die Abstände, in denen er sie wechselt, immer kürzer und die Geschenke immer teurer.«

»Ja, sagt er dir denn, was er ihnen schenkt?« rief ich.

»*Mamma mia*, natürlich nicht, wo denkst du hin! Er hat keine Ahnung, daß ich von seinen Seitensprüngen weiß. Er war immer sehr diskret, bis vor kurzem zumindest.«

Ich erkundigte mich, wie sie denn wüßte, welche Geschenke er ihnen mache.

»Das lese ich am Wert der Geschenke ab, die er mir macht.« Lisa hielt mir ihre Hand hin, an deren Mittelfinger ein Ring mit einem Glitzerstein steckte, der sicher keine Glasscherbe war. »Zu unserem letzten Hochzeitstag. Mindestens zwei Millionen. Lire natürlich. Franco würde mir nie etwas Billigeres schenken als seiner jeweiligen Freundin.«

Ich nahm einen tüchtigen Schluck aus meinem Glas, um damit fertig zu werden. Dann fragte ich Lisa, ob sie wüßte, wo er diese Frauenzimmer treffe.

»Er unterhält ein kleines Appartement am Borgo Allegro.« Sie lächelte, wenn auch ein wenig gequält. Auch ich mußte lächeln. Der Straßenname im Zusammenhang mit dem Zweck des Appartements war tatsächlich erheiternd, wenn auch das Ganze durchaus nicht zum Lachen war.

Lisa fragte: »Kennst du Florenz?«

»Nur den Dom, die Ponte Vecchio und die Aussicht von der Piazzale Michelangelo.«

»Der Borgo Allegro liegt in der Nähe von Santa Croce. Es ist meine Lieblingskirche. Ach, all diese herrlichen Grabmäler berühmter Menschen – Michelangelo, Machiavelli, Rossini, und der wunderbare Christus von Donatello! Ich bin immer sehr gern hingegangen. Außerdem gibt es dort gleich in der Nähe ein kleines Café mit dem besten Eis der Stadt. Schade.« Sie seufzte, zum erstenmal ehrlich betrübt.

»Was ist schade?«

»Ich bitte dich, du wirst doch verstehen, daß ich nicht mehr in die Nähe von Santa Croce gehen kann, nicht wahr? Es wäre für den armen Franco entsetzlich peinlich, mich dort zufällig zu treffen. Er lügt doch so miserabel. Es fällt mir auch immer schwerer, es vor seiner Mutter geheimzuhalten. Der Ärmste wird so zerstreut in letzter Zeit, die ständige Überarbeitung vermutlich und die Sorge um das Abnehmen seiner Manneskraft. Neulich nannte er mich beim Abendessen Paolina. Ich hatte größte Mühe, seiner Mutter eine halbwegs plausible Erklärung dafür abzugeben. Und letzte Woche kam er heim und roch nach Moschus, ein Parfüm, das ich hasse und nie verwende. Bis jetzt hat er sich immer umgezogen, wenn er von ihr kam. Seine Mutter sah ihn sehr sonderbar an, als er sie küßte. Ich fürchte, sie ahnt jetzt etwas.«

»Vielleicht wäre es ganz gut, wenn sie endlich wüßte, was ihr liebes Söhnchen treibt!«

»*Cara mia,* du hast keine Ahnung, was du da sagst! Italienische Männer tun das seit unzähligen Generationen, und alle wissen davon, bloß Mamma darf nichts erfahren. Es würde sie umbringen. Für italienische Mütter sind Söhne etwas Heiliges.«

»Und du? Wie wirst du damit fertig?«

»Bei der ersten hätte ich ihn am liebsten umgebracht. Ich war fest entschlossen, ihn zu verlassen. Aber gute Freundinnen haben mich gottlob davon überzeugt, daß beides äußerst unklug wäre. Bei italienischen Ehemännern ist eine Freundin reine Prestigesache, wie maßgeschneiderte Anzüge und der neueste Wagen. Aber sie sind diskret, und vor allem verlieren sie nie, wie die Männer hierzulande, den Kopf einer Liaison wegen.« Lisa nippte nachdenklich an ihrem Tonicwasser. »Ich würde mir auch jetzt keine übertriebenen Sorgen machen, wenn es nicht auf Kosten seiner Gesundheit ginge. Natürlich fällt es ihm auch nicht mehr so leicht, zwei Frauen zu befriedigen. Bis zum Februar waren für mich Dienstag und Samstag reserviert. Das sind die Tage, an denen er seine Freundin nicht besucht – abgesehen vom Sonntag natürlich, der seiner Mutter gehört. Aber er wirkte sehr erschöpft und hatte große Mühe. Es ist mir gelungen, ihn davon zu überzeugen, daß mir in meinem Alter einmal die Woche völlig genügen würde. Ich hoffte, er würde den freien Abend dazu benützen, sich zu entspannen. Aber statt dessen nimmt er sich Akten mit ins Bett.«

»Und du? Liebst du ihn noch?«

»Selbstverständlich.«

»Wunderbar! Du liebst ihn, während er dich seit … seit wie vielen Jahren betrügt?«

»Seit achtzehn, soviel ich weiß.«

Seit achtzehn Jahren. Ich starrte sie an. Vor mir saß eine Märtyrerin. »Er betrügt dich seit so vielen Jahren, und du bist ihm treu! Unglaublich.«

Lisa hob eine Braue. »Treu? Ach, du meinst in puncto Sex? Natürlich habe ich einen Liebhaber, schon, um Franco vor einer unzufriedenen, ewig nörgelnden Ehefrau zu bewahren. In letzter Zeit allerdings wird es mehr und mehr platonisch. Der arme Emilio! Er scheint in die Wechseljahre zu kommen. Ich muß dir ganz ehrlich sagen, diese Vorarbeit wird mir langsam zu anstrengend. Ich fürchte, ich bin nicht mehr in dem Alter, wo man sich für die Liebe noch wer weiß wie verausgabt. Ich werde mir einen jüngeren nehmen müssen, wenn auch äußerst ungern. Emilio wird fürchterlich gekränkt sein. Übrigens, verrate mir doch bitte, wie du deine Wimpern pflegst. Oder sind es unechte?«

Ich zupfte daran, um ihr zu zeigen, daß sie echt waren. Ich freute mich wahnsinnig, daß es etwas an mir gab, das eine Frau wie Lisa bewundern konnte. Ich verriet ihr gern das Geheimnis: tägliches Bürsten mit Rizinusöl. Dafür erfuhr ich von ihr, was sie tat, um ihre Haut derart seidenweich zu erhalten – nichts als Olivenöl. Kalt gepreßtes Olivenöl mit einem Zusatz von Parfüm.

»Nimm das aus Lucca«, sagte sie. »Das hat am wenigsten Eigengeschmack und ist so gut wie geruchlos.«

Ich hatte an diesem Nachmittag sehr viel dazugelernt. In mancher Hinsicht. Ich bewundere Lisa ungemein. Sie erträgt ihr Los mit sehr viel Haltung. O diese Männer! Aber natürlich war es durchaus verständlich, daß eine Frau bei einem Mann wie Franco schwach wurde. Bei dem guten alten Philipp in seinen Kartoffelsackhosen konnte ich mir das jedoch beim besten Willen nicht vorstellen. Ich dachte angestrengt nach, wer eventuell doch in Frage kommen könnte, aber es fiel mir niemand ein. Ja, wenn Hanna eine gute Freundin hätte, von mir abgesehen, die würde ich genau unter die Lupe nehmen! Mehr Ehen werden von den besten Freundinnen der Ehefrau zerstört, als von sonst jemandem. Auch ich habe ein oder zwei gute Freundinnen, denen ich ohne mit der Wimper zu zucken meine Kinder, mein Geld und mein Leben anvertrauen würde, aber einen Freund oder Ehemann keine fünf Minuten.

Aber Philipp, dieser Langweiler, der mit den Fischen an der

Angel interessantere Gespräche führte als mit einer Frau? Niemals. Darauf würde ich meinen Kopf verwetten.

Das einzige, was dafür sprechen mochte, war, daß ihre Beziehung schon lange nicht mehr in Ordnung war. Und es sind bekanntlich die faulen Ehen, in die der Wurm kriecht.

Andererseits, welche Beziehung ist schon in Ordnung?

Ich setzte mich hin, dachte angestrengt nach, und es fiel mir nur eine einzige ein: die von Emma und Hubert Ratzke. Die beiden sind seit fast dreißig Jahren verheiratet, aber sie streiten sich nie und turteln wie die Täubchen, wenn sie sich zweimal im Jahr treffen.

Sie sind übereingekommen, daß es ihrem Eheglück besser bekommen würde, wenn sie sich nicht allzu häufig sehen, und haben sich getrennte Wohnungen genommen.

Er hier in Bad St. Florian und sie in Palma de Mallorca.

Auch Hanna und Philipp hätten auf die Art ihr Eheglück retten können. Dann müßte sie ihm jetzt nicht etwas so Unsinniges andichten wie eine Freundin, um ihren Frust abzureagieren.

Es ist eigenartig, ständig treffe ich Bibi im Supermarkt. Hat die nichts anderes zu tun als einzukaufen?

Sie trug eine dunkle Brille, sah aber sonst nicht so unglücklich aus wie jemand, dem man kürzlich einen Aschenbecher an den Kopf geworfen hat. Nachdem wir bezahlt hatten, verschleppte sie mich auf die nächste Parkbank, wo sie mir atemlos eine wunderbare Neuigkeit zuflüsterte: Sie hat einen neuen Freund.

Ich mußte ihr hoch und heilig versprechen, kein Sterbenswörtchen weiterzusagen.

»Was ist mit Berti?« fragte ich.

Sie winkte ab. »Mit dem ist es aus. Ich habe Schluß gemacht. Eigentlich wollte ich es schon längst, aber er hat mir immer so leid getan. Der Ärmste ist doch so schrecklich verliebt in mich.« Sie seufzte tief und inniglich.

»Und der Neue?«

»Fipsimaus«, flüsterte Bibi hingerissen.

»Fipsimaus … Wo hast du ihn kennengelernt?«

»Beim Arzt. Ich muß jeden zweiten Tag zur Bestrahlung meiner Bindehautentzündung hin.« Ihre ›Bindehautentzündung‹ war jetzt schwarzblau, man sah es deutlich, trotz der dunklen Brille. Sie ließ mich noch einmal schwören, nichts weiterzusagen, denn noch wäre Fipsimaus verheiratet, aber er lebe in Scheidung. Es könnte sich nur noch um zwei oder drei Wochen handeln, dann wäre es ausgestanden, und er würde endlich dieses Ekel von Ehefrau los sein.

Danach beschrieb sie mir Fipsimaus sehr ausführlich.

Ehrlich, diesmal schien sie wirklich das große Los gezogen zu haben. Auch ich, so mußte ich neidvollen Herzens zugeben, hätte mich in Fipsimaus verliebt. Er war zweifellos ein Mann, wie wir Frauen ihn mögen: heiter, sensibel, gepflegt und auch sonst – man weiß schon, wo – einfach toll. Leider haben die beiden zur Zeit noch wenig Gelegenheit, sich zu sehen. Es ginge nur beim Doktor oder schnell einmal im Auto, dreimal hatte sie ihn zum Fischen begleitet, wo er in einer Hand die Angelrute, in der anderen sie, Bibi, gehalten hatte. Seine Frau sei krankhaft eifersüchtig und spioniere ihm ständig nach. Aber das würde gottlob bald überstanden sein. »Nächste Woche hat er den letzten Termin beim Rechtsanwalt. Warte, ich zeig dir ein Foto.« Sie kramte es aus ihrer Handtasche. Bevor sie es mir gab, ließ sie mich noch einmal schwören, niemandem ein Sterbenswörtchen zu sagen.

Ich schwor, dann sah ich mir das Foto an. Danach holte ich meine Brille aus dem Etui, setzte sie auf und sah mir Fipsimaus noch einmal gründlich an. Es gab keinen Zweifel: Er war es. *Er!* Philipp.

Gottlob fahre ich morgen in aller Herrgottsfrühe nach Italien. Ich wüßte nicht, was ich Hanna sagen sollte. Oder ob ich ihr überhaupt etwas sagen sollte.

Signora, du wollen amore?

Zwar hatte ich vorgehabt, mich in nächster Zeit aus Männergeschichten herauszuhalten, um endlich zu mir selbst zu finden, aber Lisa hat mich neugierig gemacht. Vielleicht könnte ich auf meiner Italienfahrt doch die eine oder andere interessante Studie betreiben? Meine Erfahrung auf dem Gebiet war, geographisch gesehen, sehr begrenzt. Wollte ich wirklich alt werden, ohne je etwas anderes probiert zu haben, als biedere heimische Hausmannskost?

Leider ließ sich meine Italienfahrt gar nicht gut an. Normalerweise werde ich ein anderer Mensch, sobald ich die ersten Campari-

Reklamen neben der Straße sehe. Diesmal jedoch – so allein, ohne Mann – wollte keine rechte Ferienstimmung aufkommen. Als ich endlich in Udine einen Parkplatz ergattert hatte, war ich so müde und deprimiert, daß mein Entschluß feststand: Du wirst dir hier einen hübschen, billigen Pullover kaufen, und dann fährst du schnurstracks wieder heim!

Seltsamerweise scheint es plötzlich keine billigen Pullover mehr zu geben. Alle, die dir gefallen, haben eine Null zuviel auf dem Preisschild. Aber dann kommst du in einer Seitengasse an einem kleinen Geschäft vorbei, auf dessen Scheiben in fetten weißen Lettern steht: TUTTO MEZZO PREZZO. Alles zum halben Preis. Und drinnen hängen Mäntel, Hosen und vor allem viele hübsche Pullover.

Na also. Du stürmst hinein, zeigst auf einen beigen Pulli mit sehr hübschen Applikationen und fragst:

»*Quanto costa, mezzo prezzo?*«

»Was heißt das, was kostet er?« schnauzt dich das junge Ding von Verkäuferin an. Selbstverständlich auf italienisch, was aber auch nicht besser klingt.

Du wiederholst also deine Frage.

»Sind Sie nicht ganz bei Trost? Das hier ist eine chemische Reinigung!« keift das hochnäsige Gänschen auf jene impertinente Art, wie sie nur Italienerinnen an sich haben können.

Widerlich, wirklich.

Im Kaufhaus probierst du einen, der würde dir gut gefallen. Aber er ist so teuer, daß du dir gerade die Rückenpartie leisten könntest – höchstens noch einen Ärmel. Außerdem ist es unvermeidlich, daß du dich beim Anprobieren im Spiegel siehst. Es ist einer, bei dem man einen von allen Seiten zeigt. Das versetzt dir einen gewaltigen Schock. Du kennst zwar dein Gesicht von vorne und hast dich halbwegs daran gewöhnt, aber diese neue Perspektive erschreckt dich. Dieses Gespenst sollst du sein? Dann stellst du fest, daß dein Haar am Wirbel nachzudunkeln beginnt. Du kaufst dir einen Hut, um dein Haar zu verdecken, einen Schal und gelbe Handschuhe. Gelb! Den Schal kannst du schon nicht mehr ausstehen, als du danach im Auto sitzt und dir überlegst, ob du gleich heimfahren oder zuerst noch Spaghetti essen sollst.

»Na, ist es schöner als früher mit mir?« fragt in dem Moment eine Stimme aus der zweiten oder dritten Schicht deines Unterbewußtseins. Du kennst sie. Es ist die Stimme deines Exmannes, der sich auf diese Art immer noch in dein Leben einmischt.

»Natürlich ist es schöner!« schnappst du. »Ich brauche mich nicht mehr mit dir herumzuärgern, ich muß keine teuflischen Verfolgungsjagden auf der Autobahn mehr mitmachen und kann endlich tun und lassen, was ich will!«

»Sehr glücklich siehst du aber nicht aus. Hihi, was hast du da für einen komischen Deckel auf?« Er kichert impertinent.

»Was geht dich mein Hut an?«

»Warum bist du so gereizt? Wohin fährst du? Nach Grado?«

»Nach Grado! Was soll ich dort? Grado hängt mir zum Hals heraus, daß du es nur weißt. Es gibt andere, viel schönere Orte in Italien. Aber davon hast *du* ja keine Ahnung.«

Jetzt hält er endlich den Mund. Er ist beleidigt.

Nein, du wirst doch nicht direkt heimfahren, das wäre glatte Kapitulation, sondern über Cortina. Das ist dann keine Heimfahrt, sondern eine Rundreise.

Du fährst, bis du den Bergen schon sehr nahe bist, und hältst dann gegen Abend an einem Ort, der aussieht wie reinstes Mittelalter. Nicht das heimische, dafür hast du nicht sehr viel übrig, das erinnert dich an Hexenverbrennungen und an Strohsäcke voller Läuse und Flöhe, sondern das italienische. Das hatte so viel Kultur wie hier: Mauern voller Fresken und steinerne Balkönchen, die über den engen Gäßchen hängen, mit winzigkleinen Läden darunter, in denen du nach billigen Pullovern Ausschau hältst. Aber auch hier haben sie alle eine Null zuviel. Zuvor hast du Donald Duck vor der Kirche geparkt und eine Frau mit schwarzem Kopftuch gefragt, wie der Ort heißt.

»Vittorio Veneto, Signora«, hat sie geantwortet.

Du suchst und findest ein halbwegs preisgünstiges Zimmer im Hotel auf der Piazza. Ein Restaurant gehört dazu, das aber zur Zeit noch leer ist – und es in einem Ort wie diesem vermutlich auch bleiben würde. Du setzt dich an einen Tisch im hintersten Winkel und hoffst, daß man dich von dort nicht verjagen wird.

Eine ganze Weile bleibst du auch unbehelligt, denn keiner bemerkt dich, obschon du der einzige Gast bist. Plötzlich jedoch guckt der Wirt in deine Richtung und sieht dich da sitzen, ein armseliges Wesen, ein Nichts, oder fast ein Nichts, denn immerhin ist genug von dir vorhanden, um einen Stuhl zu besetzen, einen Stuhl von vieren, und das ist entschieden zuviel für eine einzige Person. Er scheucht dich umgehend fort, hin zum Katzentischchen neben der Tür, wo es zieht und man dir auf die Füße treten wird. Du landest also dort, wo alle diejenigen landen, die zu häßlich, zu alt oder nicht raffiniert genug sind, um mit einem Mann ausgehen zu können.

»Na, immer noch zufrieden mit deiner Italienreise?« fragt dein Ex aus der zweiten oder dritten Schicht deines Unterbewußtseins.

»Aber sicher!« Trotzig hebst du dein Kinn, das dir inzwischen auf den Blusenknopf gerutscht ist.

»Seltsam, dann mußt du dich aber sehr verändert haben. Früher, mit mir, wärst du an diesem Tisch nicht sitzen geblieben. Aber jetzt machst du es wohl billiger, wie ich sehe.«

Du flehst ihn an, dich in Frieden zu lassen. Es geht dir, wie er sieht, ohnehin schon mies genug. Ach, warum bloß behandelt man alleinreisende Frauen, als wären sie aus einer Leprakolonie entflohen?

Hier im Süden ist es noch schlimmer als anderswo. Zwei Frauen zusammen, ja, daran hat man sich gewöhnt, denn es gibt auch hier viele Witwen. *Dio mio,* so ist das Leben, einer geht und läßt den anderen allein zurück, und auch dieser andere muß essen. Aber dazu nimmt man schicklicherweise eine Freundin mit.

Eine Frau allein, das sieht man nicht gern.

Eine Frau, die niemanden hat, bleibt daheim, dort, wo ihr unglückseliges Alleinsein keinem auf die Nerven geht. Allein kann sie in die Kirche gehen. Und auf den Friedhof. Und über die Straße zu Signora Pernardi, um sich Käse und Nudeln zu kaufen. Aber in ein Restaurant geht man nicht allein, es sei denn, man ist eine Contessa mit lila Haar und einer Federboa über der Schulter.

Aber das ist man eben nicht, nur eine ganz normale Frau, noch dazu eine Ausländerin, eine, die nicht ordentlich sprechen kann, vermutlich auch nicht richtig denken.

Um neun ist der Speisesaal voll. Alles elegante Leute. Sehr elegante. Man ist höflich, plaudert miteinander, freut sich über das Essen und überhaupt. Mit dir spricht natürlich niemand. Natürlich spricht niemand mit dir, was glaubst du wohl? Das ist nicht üblich im Land der Heiterkeit und des sonnigen Frohsinns.

Du bist sehr traurig. Und sehr hungrig. Außerdem stehst du vor einem schrecklichen Dilemma: Es gibt keine Speisekarte.

Wie sollst du ohne sie wissen, was die Sachen kosten?

Der Padrone schnurrt herunter, was es gibt, aber leider schnurrt er ohne Preise. Die Leute hier sind das vermutlich gewöhnt, denn sie bestellen lustig drauflos. Aber da ist eben überall ein Mann dabei und bei dem Mann eine dicke Brieftasche.

»Hast du bemerkt, daß niemand nach den Preisen fragt? Siehst du, das ist *grandezza!*« sagst du zu deinem Ex, der in deinem Unterbewußtsein darauf lauert, dir wieder eins auszuwischen.

»Sehr witzig! Wenn wir so gelebt hätten, hätten wir am fünften Februar meine Gehälter bis Oktober verbraucht.«

»Die Männer hier bemühen sich eben, mehr zu verdienen, mein Lieber.«

Du bestellst Salat, eine Gemüsesuppe und ein Risotto.

»Kein Fleisch?« fragt dein Ex mit jenem sarkastischen Unterton, den du stets so gehaßt hast.

»Bist du wahnsinnig? Dann geht mir womöglich das Geld aus, noch bevor ich in Cortina bin!«

»Oh, so sparsam plötzlich!«

»Sag bloß, ich wäre eine Verschwenderin gewesen!«

»Kannst du dich an Latisana erinnern?« fragt er hinterhältig.

Du schweigst. Natürlich kannst du dich an Latisana erinnern, wenn du auch die Erinnerung daran nur allzugern verdrängt hättest. Damals hast du in einem Anfall von Unzurechnungsfähigkeit das Geld für eine Urlaubswoche auf dem Markt für Unterwäsche und ein Stierfell von vier Quadratmetern Größe verschleudert.

Diese kleine Entgleisung hat er dir nie vergeben, wie man sieht.

Du ißt ein Katzenschüsselchen voll Suppe, das winzige Häufchen Risotto, das auf dem Teller so verloren wirkt wie ein Überbleibsel, und einen Bissen Salat. Mehr davon zu essen wagst du nicht, denn schon dieser eine Bissen hat dir vermutlich einen Großteil deiner Magenschleimhaut abgebeizt. Ach ja, und dazu trinkst du zwei Gläschen Wein.

»Hast du gesehen, was mir dieser Halsabschneider dafür abgeknöpft hat?« sagst du empört zu deinem Ex, während du zu deinem Dachbodenkämmerchen emporsteigst.

»Hab' ich. Hab' ich. Kannst du dich an die kleine Trattoria in

Grado erinnern, wo wir diese herrlichen gegrillten Forellen mit Polenta kriegten und wie billig die waren?«

Du kannst. Der Gedanke an die schönen Zeiten, die du mit ihm verbracht hast, treibt dir die Tränen in die Augen. Warum hast du ihn bloß verlassen? Du kannst dich an keinen einzigen stichhaltigen Grund mehr erinnern. Aber die Reue kommt zu spät. Du stemmst dein Knie gegen die Tür, die klemmt, und zwängst dich in dein Besenkämmerchen. Womit hast du armes Würstchen zu all deinem Unglück auch noch eine solche Behausung verdient?

Vielleicht tröstet es dich zu erfahren, wie es mit diesen Besenkämmerchen angefangen hat?

Hier die Legende von der ersten Einzelreisenden:

Es war einmal, vor gar nicht allzu langer Zeit, eine Gruppe Urlauber, die kamen – wie alle guten und braven Urlauber vor ihnen bis zurück zu Vater Noah – paarweise am Ziel ihrer Urlaubswünsche an. Als alle Pärchen in ihren Doppelzimmern mit Meerblick und Du/WC untergebracht waren, blieb eine Frau übrig. Man ließ sie da stehen, neben ihrem Köfferchen, in der wohlbegründeten Meinung, ihr Begleiter befände sich kurz außer Sichtweite, auf der Toilette vielleicht oder hinter einer Zimmerpalme, und ging seinen Geschäften nach.

Als sich der Knabe an der Rezeption jedoch eine Stunde später umsah, stand die Frau immer noch da neben ihrem Köfferchen. Immer noch allein.

»Was möchten Sie denn?« fragte er leicht befremdet.

»Ein Zimmer«, flüsterte sie.

»Ich habe alle Zimmer vergeben. Den Schlüssel hat Ihr Mann. Oder Ihre Freundin.«

Da erstarb ihre Stimme fast völlig. »Ich habe keinen Mann. Auch keine Freundin. Ich bin allein.«

»Allein?« Es verschlug ihm die Sprache.

Nun hatte er schon von Einzelreisenden gehört, Männern, die geschäftlich unterwegs waren. Die stiegen jedoch nicht bei ihnen ab. Ein oder zwei Hotels im Zentrum hatten Zimmer für solche Herren.

Aber ein Fall wie dieser war ihm noch nicht untergekommen.

Er dachte nach, dann fand er die Lösung. »Sie warten am besten, bis jemand kommt, mit dem Sie ein Zimmer teilen können.«

Die Frau schüttelte den Kopf.

»Ich schlafe lieber allein.«

Der Knabe von der Rezeption seufzte tief auf. Dieses Weibsbild war unheimlich stur. Deshalb reiste es ja auch allein. Weil es niemand mit ihm aushielt.

Es war zehn Uhr abends geworden, und das bockbeinige Frauenzimmer wartete immer noch. Sie wollte in kein anderes Hotel gehen. Sie wollte auch nicht am Strand übernachten, obwohl es eine laue Nacht war und noch dazu Vollmond. Es blieb dem geplagten jungen Mann nichts anderes übrig, als seinen Chef von der Kartenpartie wegzuholen, welcher seinerseits nach dem Stubenmädchen und dem Hausdiener rief, und sie beratschlagten unter vielen Flüchen, was da zu tun wäre.

Der Hausdiener, ein Mensch mit praktischem Verstand, fand schließlich die Lösung.

Gemeinsam mit dem Stubenmädchen räumte er jene Kammer aus, in der man die Besen und anderen Putzutensilien aufbewahrte. Dort stellten sie eins der Betten auf, die auf dem Speicher auf die nächste Entrümpelung warteten, weil sie aus dem Leim gingen und die Matratzen völlig durchgelegen waren, und sie schlugen einen Hunderternagel in die Wand, auf den sie einen Kleiderbügel hängten. Und der Hotelbesitzer sprach:

»Sie will ein Zimmer für sich allein haben, die störrische Ziege. Gut. Soll sie haben. Aber natürlich bezahlt sie ein Extra für den Luxus eines eigenen Zimmers, das ist doch wohl klar.«

Also sprach er, und so geschah es, und so ist dieses Extra als ›EZ-Zuschlag‹ in die Geschichte eingegangen und mit ein Grund, warum Alleinreisende oft so scharfe Falten um die Mundwinkel haben.

Seither hat sich natürlich einiges geändert. Hoteliers vermuten dazugehörige Herren nicht mehr hinter Zimmerpalmen oder auf der Toilette. Sie haben sich an alleinreisende Frauen gewöhnt, wenn auch äußerst ungern.

Man kommt auch nicht mehr in die Verlegenheit, um zehn Uhr abends Besenkammern auszuräumen. Die hat man schon längst zu regulären Einzelzimmern umfunktioniert.

Der Zuschlag hat sich natürlich inzwischen erhöht. Wie sonst sollte man dafür sorgen, daß sich dieses lästige Pack, das nicht mit anderen Leuten im selben Zimmer schlafen will, nicht bis zur Unendlichkeit vermehrt?

Dein italienisches Besenkämmerchen hat die Dusche am Ende eines langen Ganges. Es ist kalt wie in einem Leichenschauhaus. Du ziehst dir die Wolljacke über das Nachthemd und Socken über die eisigen Zehen und versuchst einzuschlafen, weil du keine von denen bist, die auf Reisen gehen, um nur zu jammern. Allerdings ist das mit dem Einschlafen schwierig, sehr schwierig. Deine Körpermitte ist in jenem Loch versunken, das sich in Matratzen bildet, auf denen schon Tausende Menschen gelegen haben – manche davon hundert Kilo schwer –, und dein gemarterter Kopf ruht auf einem Kissen, das so hart ist wie ein römischer Meilenstein, und du fragst dich, warum um Himmels willen ein ansonsten vernünftiger Mensch auf Reisen geht. Zu allem sonstigen Ungemach kriegt er auch noch alle Leiden, die er daheim hat, bloß kriegt er sie unterwegs alle auf einmal. Kein Wunder, daß man mit den Jahren resigniert und sich schließlich nie mehr weiter vom Hausarzt entfernt als zehn Kilometer. Als es dir schon fast gelungen ist einzuschlafen, schreckt dich ein infernalischer Lärm auf.

»Was ist das?« rufst du alarmiert.

»Bloß einer, der unten vom Parkplatz wegfährt«, sagt dein Ex.

»Muß er dazu aufs Gas steigen wie ein Verrückter?«

»Vermutlich – wenn er sein Auto nicht vom Platz schieben will.«

Mit deinem Mann konnte man in der Hinsicht nie vernünftig reden, er ist ein Autonarr.

Der Lümmel unten auf dem Parkplatz fährt leider nicht weg, er steigt bloß aufs Gas, immer wieder, ohne daß sich der höllische Lärm, wie man es hätte erwarten dürfen, entfernt und schließlich in der Ferne verloren hätte.

Die Fensterscheiben zittern, deine Nerven zittern, am liebsten wärst du zum Fenster gestürzt und hättest hinuntergebrüllt: »Stellen Sie doch endlich Ihre verdammte Mistkarre ab, Sie unverschämter Lümmel!« – und du hättest es auch getan, wenn dir der Imperativ von ›abstellen‹ in der dritten Person Einzahl eingefallen wäre. So aber bist du dazu verdammt, stumm und zähneknirschend darauf zu warten, bis dieser Irre da unten endlich genug vom Lärmmachen hat, was sehr lange dauert.

Am nächsten Tag entschließt du dich, völlig überraschend für dich selbst, einen Abstecher nach Venedig zu machen und dort auf dem Markusplatz einen Kaffee zu trinken. Das wolltest du immer schon einmal tun, aber als Ehefrau mußtest du dir solche Extravaganzen versagen.

Du fährst durch einen Tunnel aus goldenen Platanen auf einem goldgesprenkelten Teppich aus Sonnenlicht in Richtung Venedig, und alle paar Kilometer nimmst du einen schwarzlockigen Jüngling in Soldatenuniform mit, denn die Hälfte der italienischen Jugend pendelt ständig zwischen den Kasernenhöfen und den Kochtöpfen ihrer Mammas hin und her.

Zum Dank helfen sie dir bei den Wiederbelebungsversuchen an Donald Duck, wenn dieser wieder einmal alle viere von sich streckt und sterben will.

»Du fährst nach Venedig, bloß um dort Kaffee zu trinken?« meldet sich in der Nähe von Treviso plötzlich wieder dein Ex aus den Tiefen deines Unterbewußtseins.

Hast du dir doch gedacht, daß er seinen Senf dazugeben muß!

»Jawohl«, entgegnest du vergnügt.

»Du bist übergeschnappt!«

»Jawohl, bin ich«, sagst du und fährst vergnügt weiter, den blauen Lagunen entgegen.

Auf dem Markusplatz bestellst du dir bei einem raubvogelnasigen Kellner ein Kännchen Kaffee und hörst zu, wie zwei Geiger und ein Klavierspieler den Donauwalzer spielen. Und da passiert etwas Wunderbares:

Du bist allein, mutterseelenallein in der Stadt der Verliebten, und es macht dir, mit Verlaub gesagt, einen feuchten Dreck aus. Du bist glücklich. Vermutlich ist das jener Moment, wo du aufhörst, eine abgetrennte Hälfte zu sein, und anfängst, wieder etwas Ähnliches wie ein Ganzes zu werden. Obwohl es später noch massenhaft Rückschläge aller Art geben wird. Freu dich nicht zu früh!

Am Nachbartisch hebt ein gutgekleideter Signore sein Glas mit Fernet und lächelt dir eine unmißverständliche Einladung zu. Siehe da – hier ergäbe sich die erste Gelegenheit zu einer Studie über den italienischen Mann!

Aber du denkst nicht im Traum daran.

Es wäre dir wie eine Entweihung vorgekommen. Gerade so, als würdest du während eines Orgelkonzerts von Bach dein Strickzeug aus der Tasche holen.

Eine zweite Gelegenheit ergab sich im Gasthof ›Il Gallo Nero‹ an der Straße nach Cortina, ein paar Kilometer hinter Bassano. Ich übernachtete dort auf der Heimfahrt. Es ist eine Geschichte, die ich trostbedürftigen Freundinnen an jenen Tagen erzähle, an denen sie sich vorgenommen haben, sich mit einer Flasche achtzigprozentigem Rum und dem Abendprogramm im Fernsehen (eine garantiert tödliche Mischung) das Leben zu nehmen.

Ich beginne wie immer damit, wie mir der Padrone vom Schwarzen Hahn, ein junger Kerl mit schwarzem Schnauzer, Schultern wie ein Möbelpacker und den verführerischen Hüften eines spanischen Flamencotänzers meine Reisetasche über die breite, mit einem roten Läufer belegte Steintreppe in mein Zimmer im ersten Stock trug.

»Er trug sie …? Freiwillig? …« Meine arme, lebensmüde Freundin packt erneut die Rumflasche am Kragen, schluchzend: »Schalte das Licht aus, wenn du gehst, und sag meinen Kindern, ich habe sie geliebt, auch wenn es nicht immer danach aussah.«

»Warte! Für das, was du vorhast, ist es noch zu früh, das Abendprogramm beginnt erst in zwanzig Minuten. Und glaub mir, mit dem Rum allein schaffst du es nicht.« (Es hat keinen Sinn, einer lebensmüden Frau zu sagen, die Welt sähe morgen wieder anders aus, man muß sie ablenken.) »Kannst du dich an den Film ›Ein Zimmer mit Aussicht‹ erinnern?«

Sie nickt, wie in Trance.

»Nun, so ungefähr sah mein Zimmer im Schwarzen Hahn aus: Marmorboden, Spitzenvolants an den Fenstern, viel Plüsch und Klimbim und über dem Bett eine Samtdecke. Der Padrone sagte: ›*Molto buono*‹, und klopfte mit der linken Hand auf das Bett, um mir zu zeigen, wie gut es war, während er mit der rechten versuchte, mich darauf niederzuziehen.«

»Männer! Alle sind sie gleich! Alle!« Die zitternde Hand meiner Freundin hält nach wie vor die Rumflasche umklammert.

»Es ist sehr kalt hier«, sagte ich, *»molto freddo.«*

»Soll ich die Heizung …«, murmelte sie, mit den Gedanken zweifellos woanders; vielleicht hat sie gerade daran gedacht, wer nach ihrem Tod den Gummibaum gießen wird.

»Nicht hier, Schätzchen. In meinem italienischen Zimmer. Natürlich erwartete ich, daß er es ableugnen würde, Hauswirte bestreiten so was immer, und wenn ihnen selber die Eiszapfen von der Nase hängen. Aber er sagte eifrig: ›*Si, si, un momento, Signora*‹, drehte mit der einen Hand die Heizung auf, mit der anderen versuchte er, mich an seine Möbelpackerbrust zu ziehen, wobei er keuchte: ›Ich Sie machen warm, *Signora*, serrrr warm.‹«

»Oh, diese Lumpen ...!«

»Ehrlich gesagt, ich war skeptisch, daß die Heizung funktionierte, denn anders war seine Nachgiebigkeit nicht zu erklären, aber es wurde tatsächlich warm. Nachdem ich ihn mit einiger Mühe und dem Versprechen auf später vor die Tür befördert hatte, zog ich mich um und ging hinunter in die Gaststube, wo ich mir Mortadella, Käse und Wein bestellte. Es waren keine Gäste da außer mir. Hinter der Theke wusch eine müde junge Frau die Gläser. Der Padrone brachte mir das Essen, setzte sich mit einem Glas Wein zu mir und versuchte, mir unter dem Tisch ans Knie zu fassen.«

Meine Freundin haut mit der Faust auf den Tisch. Ihre Augen funkeln. »Saukerle, elende!« Ohne Zweifel, sie befindet sich auf dem Weg der Besserung. »Was war weiter?«

»Ich glaube, er fragte mich, ob ich solo wäre ... Stimmt! Er sagte: ›Sie allein, kein Mann?‹«

Ich nickte.

»Sie hübsche Frau, noch nicht serrr alt, warum allein?«

»Weil ich lieber allein bin«, sagte ich und glaubte es jetzt beinahe schon selber.

Er schnalzte mit der Zunge, um zu zeigen, daß er das bedauerlich fand. Dann schenkte er uns beiden nach.

»Ihre Frau?« fragte ich, zur Theke deutend.

»*Si.*«

»Haben Sie auch Kinder?«

»*Bambini? Tre.*«

»Ich habe ebenfalls drei«, sagte ich. »Aber sie sind schon groß.«

Ich zeigte wie groß.

Er rollte die Augen. »Ich nicht glauben! Sie viel zu jung für so große Bambini!«

Es war die übliche Tour, aber es tat mir trotzdem wohl. Mit der allen Schurken eingebauten Antenne mußte er das wahrgenommen haben, denn er versuchte augenblicklich, meine Hand gegen seine Hose zu pressen. Ich trat ihm gegen das Schienbein. Er flüsterte heiser: »Sie mit mir schlafen wollen, Signora? Später, wenn Frau in Bett?« Frau, noch nicht ›in Bett‹, klapperte wütend mit den Gläsern. »Es sein ganzer Mond. Ich voll *amore* dann. Serrr voll. Signora, du wollen *amore?*«

»Sind Sie verrückt? So was fragt man eine Dame nicht!«

Ich hüpfte empört auf und rannte in mein Refugium im ersten Stock. Den Schlüssel drehte ich zweimal um, schob zur Vorsicht noch einen Stuhl vor die Tür und klemmte ihn unter die Klinke. Was glauben Männer eigentlich, was alleinreisende Frauen sind? Freiwild? Nur unterwegs, um ihre primitiven Begierden zu stillen?

Aber nicht mit mir! *Ich* würde mich wehren bis zum letzten Atemzug. Allerdings, wenn ich an diese Möbelpackermuskeln dachte, wußte ich, daß wehren zwecklos war. Aber ich würde schreien!

Es war warm im Zimmer, ›serrr warm‹, aber ich zitterte am ganzen Leib. Ich hatte mich gerade hingelegt, da hörte ich die Treppe knarren.

Er kam.

Natürlich kam er. Er schlich jetzt auf mein Zimmer zu.

Meine arme, lebensmüde Freundin läßt die Rumflasche los und umklammert meinen Arm. »O Gott, wie entsetzlich! Was hast du getan?«

»Nichts. Ich saß da wie das berühmte Kaninchen vor der Schlange, unfähig, auch nur einen Finger zu rühren.«

Inzwischen knarrte die Treppe wieder, jetzt schon deutlich näher. Meine Kehle war ausgetrocknet, meine Stirn fieberheiß. Hatte ich überhaupt abgeschlossen?

Mich mühsam aus meiner Erstarrung lösend, kroch ich aus dem Bett, schlich durchs Zimmer, in das der verdammte Vollmond schien, der an allem schuld war, zog den Stuhl unter der Klinke weg, der, ich weiß nicht warum, dort war, drehte den Schlüssel um und kroch zurück ins Bett.

Jetzt knarrte es ganz nahe. Der Unhold stand vor meiner Tür.

Heilige Cäcilia, hilf mir! flehte ich. Ich werde mich meinem Schicksal ergeben. Ich werde mich nicht einmal wehren. Bei einem Mann mit solchen Schultern und dem Temperament eines brünstigen Hengstes war Gegenwehr nicht nur zwecklos, sondern lebensgefährlich.

Also dann, es komme, was kommen muß!

Er stand immer noch vor der Tür, ich hörte das Knarren des Holzes, als er dort von einem Fuß auf den anderen trat, vor der Tür. Warum stand er dort herum, vor der Tür?

Warum kam der Idiot nicht endlich! Auf was wartete er noch? Auf eine schriftliche Einladung?

Auch ich wartete. Ich wartete und wartete und wartete immer noch, als schon die ersten Vöglein zu zwitschern begannen. Erst dann, am frühen Morgen, dämmerte es auch mir: Dummkopf – sie konnte gar nicht knarren, die blöde Treppe! Sie war ja aus Stein.

»Ich sag's immer, auf die Männer ist kein Verlaß«, murmelt meine Freundin. »Ich mache uns einen Toast.« Sie starrt auf die Rumflasche. »Was wollte ich mit der?«

Gut. Damit habe ich gerechnet. Wir Frauen haben ständig so viel um die Ohren, daß wir alles momentan nicht unbedingt Notwendige aus unseren Gedanken verbannen müssen. Wo beantragt man diese Dinger … Medaillen, die man kriegt, wenn man ein Leben gerettet hat?

In Cortina nahm ich mir in einem Häuschen an der Peripherie ein Zimmer. Es hatte weißgetünchte Wände, auf einer davon ein Heiligenbild mit einem Olivenzweig, der oben hinter dem Rahmen steckte und zweifellos geweiht war, ein rotkariertes Federbett und eine Bibel auf dem Nachttisch.

Etwas später stieg ich hinauf in den herbstlichen, rotgoldenen Lärchenwald, hinter dem die rosa und goldenen Zacken der Dolomiten in den blauen Himmel ragten. Dort oben stieß ich auf einen Urlauber, seiner Aussprache nach aus der Gegend von Stuttgart, und wir gingen gemeinsam weiter. Wir setzten uns nebeneinander ins trockene Gras und hörten, als wir ganz still waren, das leise Knistern, mit dem sich die im Gras liegenden trockenen Eschenblätter zusammenrollten. Wir sahen gemeinsam zu, wie die Schatten am Monte Pomagagnon höher stiegen wie das Quecksilber in einem Thermometer, und dann, als es gegen Abend empfindlich kalt wurde, gingen wir gemeinsam ins Tal. Er nahm sich ein Zimmer im selben Haus, und wir liebten uns unter dem rotkarierten Federbett nicht nur ungemein heftig, sondern auch in wunderbarer Vertrautheit und Harmonie.

War das die Lösung? Liebe ohne Vor- und Nachgeschichte?

Mein Traumberuf

Damals in grauer Vorzeit, als meine Knie noch breiter waren als meine Oberschenkel, und ich regelmäßig die Zöpfe in die Suppe tunkte, war mein Traumberuf Stewardeß. Das bilde ich mir zumindest heute ein. Wie dem auch sei, ich bin es ohnehin nicht geworden. Vielleicht hätte ich es dann auch gar nicht mehr so toll gefunden, in einer fliegenden Sardinenbüchse einhundertneunzig Pappschachteln mit kaltem Lunch auszuteilen und unablässig vorzumachen, wie man im Ernstfall eine Schwimmweste aufbläst – wo doch jeder weiß, daß man im Ernstfall keine Schwimmweste braucht, sondern Flügel.

Danach war mein Traumberuf Hausfrau und Mutter, von jenen Unterbrechungen abgesehen, in denen ich beim Anblick ungemachter Betten in einen Weinkrampf ausbrach und ich mir ernstlich überlegte, ob ich die Kinder nicht in ihre Sonntagskleider stecken und zur Adoption freigeben sollte.

Wieder danach erging es mir wie den meisten Erwachsenen: Man hat von seinem Traumberuf keine rechte Vorstellung mehr, man weiß nur, daß der, den man hat, es auf keinen Fall ist.

Heute, mit der Erfahrung meiner Jahre, sehe ich endlich klar. Ich weiß jetzt ganz genau, was mein Traumberuf ist:

Generaldirektorswitwe.

Es ist einer der ganz wenigen Jobs, bei dem man zweiundfünfzig Wochen im Jahr Urlaub hat und Mittagspause von früh bis spät, und das mit Pensionsberechtigung, Krankenkasse und Gehalt aufs Konto jeden Ersten, mit nur einer einzigen beruflichen Verpflichtung: das generaldirektorliche Grab zu pflegen und den darin ruhenden teuren Verblichenen gebührend zu beklagen.

Hätte ich das bloß rechtzeitig erkannt, den richtigen Weg eingeschlagen und ihn zielstrebig verfolgt, dann könnte ich heute meinen Traumberuf womöglich schon ausüben!

Aber nein, was habe ich getan?

Ich habe einen Mann geheiratet, der nichts hatte außer einer ungemein robusten Gesundheit. Und dann, um das Maß vollzumachen, ließ ich mich scheiden, bevor er mich schlug oder betrog oder mir sonst einen lukrativen Scheidungsgrund bot. Die Strafe dafür ist, daß ich jetzt Engelbert Krautberger aufsuchen muß.

Ein Besuch, der mir wie ein Stein im Magen liegt.

Herr Krautberger hat ein schattenseitig gelegenes Büro in unserem Arbeitsamt, mit dem Schild ›Anträge A–E‹ neben der Tür. Nicht, daß ich nicht grundsätzlich gern aufs Arbeitsamt ginge. Ich gehe oft hin, denn ein Großteil meiner Bekannten und Freunde ist dort beschäftigt. Überhaupt sind sehr viele Leute dort beschäftigt, da man auf diese vorbildliche Weise versucht, der ständig steigenden Arbeitslosigkeit Herr zu werden. Alle freuen sich, mich zu sehen, Engelbert Krautberger ausgenommen. Sobald ich sein Büro betrete, wirft er mir über den Rand seiner Brille hinweg einen gequälten Blick zu und sagt sauer: »Ach, Sie sind schon wieder da!«

Ihn würde ich auf keinen Fall mehr besuchen, würde ich das Arbeitslosengeld nicht so dringend brauchen. Letztes Jahr kriegte ich eine Gastritis als Folge dieser Besuche.

Aber diesmal schwor ich mir: Das wird dir nicht mehr passieren!

Und es wird mir nicht mehr passieren, denn ich bin gewappnet. Mit Hilfe des autogenen Trainings, das ich nun perfekt beherrsche, habe ich mich positiv motiviert. Hunderte Male habe ich mir, während meine Glieder schwer und das Sonnengeflecht heiß wurden, vorgesagt:

»Ich liebe Engelbert Krautberger ... Ich liebe Engelbert Krautberger ... Ich liebe ...«

Und was sagt man, es hat geklappt. Ich liebe ihn.

Ungefähr wie eine Wespe im Kompott.

Auch mit sachlichen Argumenten kann ich diesmal aufwarten. Ich habe sorgfältig recherchiert und werde das Ergebnis meiner Recherchen Engelbert Krautberger vor den Latz knallen, falls es notwendig werden sollte. Und mein untrügliches Gefühl sagt mir, es wird notwendig sein. Es wird.

Als Exempel werde ich den Fall ›Maria G., Hotelbesitzersgattin und Mercedesfahrerin‹ aufs Tapet bringen, eine Dame, die den Winter über mehr Arbeitslosengeld bezieht, als ich je an Gehältern, und die kein einziges Mal angehalten wurde, einen Job als Maronirösterin anzunehmen.

Ich kann die Reihe dieser Damen – Gattinnen renommierter Hotel- und Restaurantbesitzer – nach Belieben fortsetzen. O nein, diesmal werde ich nicht wie ein angeschossenes Kaninchen vor Herrn Krautbergers Schreibtisch hocken!

Diesmal bin ich für den Kampf gerüstet.

Hocherhobenen Hauptes gehe ich also auf das Amt, den Antrag auf Arbeitslosenunterstützung lässig in der Hand, im Gehirn sorgfältig eingespeichert meine treffsicheren Argumente, die Nerven ruhig, das Herz kühl. Ich warte drei Stunden in der Menschenschlange vor Krautbergers Tür, gehe dann hinein und komme zwanzig Minuten später auf allen vieren herausgekrochen, zwischen den klappernden Zähnen einen Zettel mit zwei Adressen, bei denen ich mich vorzustellen habe. Ein Supermarkt sucht eine Kassiererin, eine erfahrene Kraft mit Praxis, bei tariflicher Entlohnung, und eine Dame eine Putzfrau als Vertretung für ihre sich zur Kur befindende Perle, für drei Wochen, bei übertariflicher Entlohnung.

Schon wegen der relativen Kürze des Engagements würde ich letztere Stelle vorziehen, wenn von Vorziehen in einem solchen Fall überhaupt die Rede sein kann, aber hin muß ich zu beiden. Sonst kann ich mir die Arbeitslosenunterstützung abschminken.

Ich hätte eben nicht montags hingehen sollen. Die Montage waren nie meine Glückstage. Außerdem hätte mich schon das Horoskop warnen müssen:

»Marseinfluß läßt es bei Ihnen kriseln. Unternehmen Sie nur das Allernotwendigste.«

Zum Allernotwendigsten gehört ein Besuch bei Hanna. Nachdem mich heute eine völlig Unbekannte im Metzgerladen zur Seite nahm und mir ins Ohr flüsterte: »Sie sind doch die Freundin jener armen Frau, deren Mann sie mit diesem Flittchen Bibi betrügt, nicht wahr? Sagen Sie, wie nimmt sie es auf?«, ist anzunehmen, daß Hanna ihre schlimmsten Vermutungen bestätigt sieht. Sie wird sehr deprimiert sein. Auch mich erfaßt eine tiefe Depression, wenn ich an Hanna und meine zukünftige Tätigkeit als Putzfrau denke.

Sie sah erschreckend aus. Sie trug einen alten Morgenrock voller Flecken. Ihre Haare erinnerten mich an das Fell eines schottischen Hirtenhundes.

»Hanna«, sagte ich, sie in den Arm nehmend, »ich weiß, wie dir zumute ist. Aber so geht's nicht. Du darfst dich jetzt nicht hängenlassen. Reiß dich zusammen. Kauf dir ein neues Kleid, besuch einen Kurs für Jiu-Jitsu, bloß tu etwas, um dich abzulenken.«

Sie entgegnete: »Wozu? Das Leben hat für mich keinen Sinn mehr, jetzt, wo ich das einzige verloren habe, das ich geliebt habe.« Sie brach in Schluchzen aus.

Es war wirklich schlimm. Das Frühstücksgeschirr stand noch auf dem Tisch, der Blumenstrauß – gelbe Chrysanthemen – befand sich in allen Stadien des Dahinwelkens, ein elegischer Anblick, der Dichter und Maler anregen mochte, aber keine betrogene Frau. Das Tischtuch war voller Flecken, sogar zwei Ameisen krochen darauf umher.

Ich wollte sie eben mit dem Zeigefinger zerdrücken, da kam zum erstenmal Leben in meine arme Freundin. Sie kreischte auf, meinen Arm umklammernd: »Um Himmels willen, was machst du? Das ist doch Clementinchen! Emil würde sich das Leben nehmen, wenn ihr was zustößt!«

»Emil? Wer ist Emil?«

Sie deutete auf die zweite Ameise, die an einem Kuchenkrümel schleppte.

Ich sah sie mir genau an. Emil sah um keinen Deut anders aus als Clementine.

»Wie kennst du die beiden auseinander?«

Hanna schüttelte mit dem Ausdruck tiefster Verwunderung das zerzauste Haupt. »Ja, siehst du es denn nicht? Clementinchen ist hochschwanger. Ständig küßt er sie, hält ihre Hand und bringt ihr kleine Leckerbissen, wie jetzt. Er liebt sie über alles. Und er hat nur Augen für sie, selbst wenn ihn die jungen Gänschen anzumachen versuchen, draußen auf dem Balkon, wo er Clementine spazierenführt.«

Sie brach erneut in wildes Schluchzen aus.

Fürchterlich, wenn sich Frauen so gehenlassen. Ich werde mich um sie kümmern müssen, sie zum Friseur schleppen, wenn es sein muß mit Gewalt, und dafür sorgen, daß sie sich ein neues Kleid kauft. Schon ein neuer Lippenstift kann oft Wunder wirken.

Auch ich habe mir einen neuen Lippenstift gekauft, auch ich war beim Friseur, und ich muß sagen, es hat Wunder gewirkt. Auf der Straße höre ich im Geist die Leute tuscheln: »Da drüben, ist das nicht die Soundso? Nein, nein, unmöglich, die Frau dort ist viel jünger. Es wird ihre Tochter sein.«

Ich hoffe bloß, man hält mich nicht für *zu* jung, wenn ich mich jetzt vorstellen gehe.

Eigenartig, früher, vor meiner Heirat, waren Chefs uralt, glatzköpfig, und ihre Knochen knackten, wenn sie vom Stuhl aufstanden. Das Bürschchen, das mich im Personalbüro empfängt, sieht aus, als hätte es sich an diesem Morgen zum erstenmal die Krawatte selbst gebunden. Lächerlich. Dieser Knirps will über mich und meine Fähigkeiten urteilen. Eine Frau von Vierzig, wenn man sie auch für knapp Dreißig halten könnte, eine Frau, die drei Kinder geboren hat, die mit Keuchhusten, Nachprüfungen und in Spielzeugläden gestohlenen Matchboxautos fertig geworden ist? Eine Frau, die Vico Torriani noch in seiner besten Zeit gekannt hat?

Dieser junge Hupfer erinnert mich an jenen Knirps, der mit meinem Älteren in der Sandkiste gespielt hat.

Ich hole die Brille aus dem Etui, setze sie auf die Nase und schau mir den Knirps genauer an. Und was sagt man, er ist es! Der Kleine aus der Sandkiste mit den fetten krummen Beinchen und der ewigen Rotznase. Wie hieß er bloß? Ah ja, seine Mutter nannte ihn Mucki.

Mucki mustert erst meine Zeugnisse (wozu er nicht lange braucht), dann mich durch die Brille, die er sich vermutlich von seinem Opa geliehen hat, um älter auszusehen. »Sie haben noch nie an der Kasse gearbeitet, Frau – äh...?« Lesen konnte er offenbar nicht...

»Doch, Mucki«, sage ich und verbeiße mir ein Lächeln, denn ich sehe ihn immer noch in der Sandkiste vor mir, »vor zwanzig Jahren. Ich mußte aufhören, als ich das Baby erwartete.«

»Wir suchen eine erfahrene Kraft mit Praxis«, sagt Mucki.

Wußte ich es ja, dieser Lippenstift in Shockingpink – passend zu den Zehennägeln – macht mich zu jung und unerfahren.

»Das gibt sich, Mucki«, sage ich und muß kichern, »älter werden wir von allein. Übrigens, was macht deine Allergie? Hat sie sich inzwischen gebessert?«

Mucki starrt mich an wie ein Ochse das neue Scheunentor. Er war schon immer etwas langsam von Begriff gewesen. »Allergie? Was reden Sie da?«

»Die, die du immer gekriegt hast, wenn ihr beiden Halunken Erdbeeren aus unserem Garten geklaut habt.«

Mucki zerrt verzweifelt an seiner Krawatte.

»Ich hoffe, Sie wissen, wie man eine Kasse mit Computer bedient?« sagt er, sich mit einem Taschentuch die Stirn wischend. »Und sind gut in Arithmetik?«

Ich klopfe ihm beruhigend auf die wattierte Schulter. »Ersteres wird zu erlernen sein, Mucki. Und was meine Dingsdakenntnisse angeht, so waren sie jedenfalls gut genug, um euch bei diesen vertrackten Rechenaufgaben zu helfen, du weißt schon, die, wo danach gefragt wird, wie lange fünf Arbeiter für eine dreizehn Meter lange Gartenmauer brauchen, wenn zwei Arbeiter für eine acht Meter lange zehn Stunden und fünf Minuten brauchen.«

»Nun gut. Sie hören von uns, Frau… äh… Übrigens, wie haben Sie von dieser Stelle erfahren?«

»Durch das Arbeitsamt.«

»Ach, deshalb.«

Ich weiß nicht, wie er das meinte, jedenfalls hat er in mir nicht mehr die Mutter seines Sandkastengespielen erkannt.

Natürlich, ich bin ihm zu jung vorgekommen.

Mein Engagement als Putzfrau war zu Ende, noch bevor es begann.

Ich kam hin, läutete, eine Frau mit Nußknackerkinn und einem Blick, der mein Innerstes wie ein Schneidbrenner durchbohrte, öffnete mir, musterte mich und fauchte:

»Ich kenne Sie doch! Sie wohnen bei Grimm im Parterre links, die vier Fenster, die aussehen, als wären sie aus Milchglas.«

Milchglas? Was quasselte sie von Milchglas? Noch bevor ich etwas dazu sagen konnte, fuhr sie fort: »Dort, wo der grüne Citroën parkt, bei dem jemand mit dem Finger ›Ferkel‹ auf die Kühlerhaube geschrieben hat? Mit den Blumenkästen, in denen alte Fahrradschläuche liegen? Danke, daß Sie sich herbemüht haben«, meinte sie, »aber es war vorhin ein reizendes Mädchen hier, dem ich schon zugesagt habe.«

Na gut, dann eben nicht. Ich werde diesem Job keine Träne nachweinen.

Ich ging heim, schaute mir die Milchglasscheiben an, die Fahrradschläuche in den Blumenkästen und das häßliche Wort im Staub, der meine Ente bedeckte, und es traf mich beinahe der Schlag. Hatte ich wirklich in diesem Saustall frischfröhlich dahingelebt?

Etwas, das man nicht gern tut, tut man am besten mit einer

Mordswut im Bauch. Und bei Gott, die hatte ich! Ich fuhr durch die Wohnung wie Hugo, der karibische Wirbelsturm, warf in hohem Bogen die schmutzigen Schuhe vor die Tür, kochte nebenbei das Fleisch für ein Gulasch mit Gemüse und befahl meinen beiden Söhnen, augenblicklich hinaus in die Natur zu rennen und einen Strauß von hübschen, rotbeerigen Ebereschenzweigen heimzubringen, um damit die Bodenvase zu füllen, in der zur Zeit die Fahrradpumpe steckte.

Ich befahl! Ich bat nicht demütig wie sonst.

Sie starrten mich an.

Ich machte es ihnen noch einmal deutlich. Einen Strauß, jawohl, sooo groß! Meine Arme bis zum Anschlag ausbreitend, zeigte ich ihnen, wie groß.

Sie heulten auf. Blumen pflücken! Niemals.

»Gut«, sagte ich kühl, »dann nicht. Aber dann wascht und bügelt ihr eure Klamotten in Zukunft selber.«

Es fiel das unschöne Wort ›Erpressung‹, was mich jedoch vollkommen kalt ließ. »Und putzt endlich eure Schuhe!« schrie ich ihnen nach.

Sie schrien zurück: »Wir haben sie geputzt!«

Stimmt. Sie dreschen sie gegen die Mauer, bis der ärgste Dreck abfällt.

»Ja!« schrie ich hinter ihnen her. »Das letzte Mal im Frühjahr. *Ich* putze sie jedenfalls nicht für euch!«

O nein, mir wird keiner nachsagen, daß ich zu jenen Müttern gehöre, die in falscher Affenliebe einen jungen Menschen von jeglicher Hausarbeit fernhalten, nur weil ihm zufällig ein Fusselchen unterm Bauch gewachsen ist. Mir nicht!

Mit Hanna ist es noch schlimmer geworden. Auch ihre Mutter ist verzweifelt. Sie ist jetzt sehr viel netter zu ihr. Es macht keinen Spaß, einen Menschen zu piesacken, dessen globales Interesse sich auf zwei Ameisen reduziert hat.

»Hat das große Ereignis schon stattgefunden?« Es schien mir am klügsten, auf ihre Narretei einzugehen.

Hanna schüttelte den Kopf mit der Struwwelpeterfrisur. »Es zieht sich in die Länge. Clementinchen ist jetzt unheimlich scharf auf Mayonnaise. Emil läuft ständig zwischen ihr und dem Mayonnaisetopf hin und her. Gestern wäre er um ein Haar in dem Zeug steckengeblieben.«

»Und er? Was macht er?«

Nach einer stillen Übereinkunft erwähnen wir den Namen ihres Mannes nicht mehr.

»Hat sich beim Fischen verkühlt.« Zum erstenmal kroch etwas wie ein Lächeln über ihre verhärmten Züge. »Ich hoffe, er kriegt eine Lungenentzündung. Dann kann er sehen, wer ihn pflegt. Ich jedenfalls nicht.«

Auch Bibi liegt mit einer schweren Erkältung im Bett, habe ich gehört. Man soll eben in Monaten, deren Namen ein R enthält, wie Oktober beispielsweise, nicht mehr im Gras liegen. Das haben schon unsere Großmütter gepredigt.

Keins meiner Kinder wird vermutlich den Nobelpreis erringen, in zwei Dingen aber sind sie alle drei ganz große Klasse: im Ausdenken von Ausreden und im Delegieren von Arbeiten.

»Ich sag' es dir gleich, bevor du dich aufregst – *er* hätte den Strauß bringen müssen«, sagte der Jüngere angesichts der Fahrradpumpe in der Bodenvase und deutete auf seinen Bruder. »Ich habe ihm dafür die Schuhe geputzt.«

»He!« fuhr der Ältere auf seine Schwester los. »Du hast versprochen, du bringst das Zeug.«

Er hat ihr dafür den Haarfön repariert.

Es stellte sich heraus, daß sie ein Subjekt namens Langer Eddy damit beauftragt hat, für den sie eine Platte von Billy Idol auf Kassette aufnehmen wird.

Ich sagte, ich gäbe dem Langen Eddy einen Tag Zeit, mit dem Ebereschenstrauß zu erscheinen. »Keinen Tag länger!« Ich drohte mit dem Messer, mit dem ich gerade grüne Bohnen für jenes Gemüsegulasch kleinschnitt, für das ich das Fleisch schon vorgekocht hatte. Außerdem schnitt ich noch einen Berg von Möhren, Kartoffeln, Kohlrüben und Zucchini, denn es war auch eine ganze Menge Fleisch. Ich hob den Deckel vom Topf.

»Wer war das?« krächzte ich, einer Ohnmacht nahe.

Es stellte sich heraus, daß alle drei an dem Mundraub beteiligt waren. Und sie gaben es auch noch ungeniert zu.

»Wir dachten, es wäre unser Mittagessen.«

Ich ließ mich schwer auf einen Stuhl fallen, der dieser Belastung nicht gewachsen war und unter mir zusammenbrach. Mich aufrappelnd, erteilte ich den Befehl, ihn umgehend zu reparieren.

»Wieso ich?« schrien alle drei gleichzeitig.

»Weil ihr alle drei darauf gesessen habt.«

»Moment mal.«

Jeder schnappte sich seinen Taschenrechner und bewies mir in Null Komma Josef mit Hilfe einer komplizierten Dezimalrechnung (seltsam, normalerweise haben sie Schwierigkeiten, ein Drittel eines aufzuteilenden Kuchens auszurechnen), daß gerade *er* diesen Stuhl um sehr viel weniger benutzt hätte als die beiden anderen. Die Ergebnisse schwankten zwischen 37 und 68 Prozent.

Ich habe ›Vom Winde verweht‹ versäumt, weil ich meiner Tochter an jenem Abend das Einmaleins abhören mußte. Ich habe von meinem Wirtschaftsgeld Nachhilfestunden in Mathematik bezahlt. Vor der Nachprüfung meines Jüngeren habe ich das Gelübde abgelegt, im Supermarkt nicht mehr an den Tomaten zu drücken, wenn er sie besteht. Und das hatte ich jetzt davon! Wahrhaftig, Mütter ernten nichts als Undank.

Heute mittag beim Kochen hatte ich den Fernseher laufen. Von irgendeinem Klub, ich glaube, es handelte sich um berufstätige Mütter, wurde die Frau des Monats vorgestellt, die diesmal ein Mann war. Herr Pollinger war mittelgroß, mittelalt, mitteldick, und von mittlerer Intelligenz, wie mir schien. Ein ganz normaler Mensch. Trotzdem war er von der anwesenden Jury, zwanzig Damen, zur Frau des Monats gewählt worden. Das war interessant. Ich wartete mit dem Einschalten des Mixers, um zu hören, was hinter Herrn Pollinger steckte.

Ich sollte es gleich hören.

Herr Pollinger ist Witwer. Vater von zwei süßen kleinen Kinderchen, die er seit dem Tod seiner Gattin vor einem halben Jahr mustergültig betreut, und das neben seinem anstrengenden Beruf als Bankbeamter.

»Lieber Herr Poltinger, erzählen Sie unseren Zuschauerinnen doch bitte etwas über Ihren so ungemein ausgefüllten Tag!« ermunterte ihn die Interviewerin, vermutlich die Klubvorsitzende, eine Dame, die meiner Bekannten Irmgard ähnlich sah. »Herr Poltinger, Sie bringen den Sohn in die Schule und Ihr süßes kleines Mädchen in den Kindergarten, bevor Sie sich selbst zur Arbeit begeben. Und wie geht es nun weiter, lieber Herr Poltinger?«

»Pollinger bitte«, wirft Herr Pollinger schüchtern ein. »Mittags hole ich die Kleine ...«

»Herr Poltinger muß, um sein Mädelchen vom Kindergarten abholen zu können, seinen Arbeitsplatz zehn Minuten früher verlassen. Wieder ein Beispiel ...«, Irmgard erhebt ihre gewichtige Stimme, »ein Beispiel dafür, wie wichtig eine Reform auf diesem Gebiet wäre. Nicht jede berufstätige Mutter, nicht jeder berufstätige Vater hat eine Großmutter zur Verfügung.«

Danach berichtet uns Irmgard von Herrn Pollingers Mittagspause, die ausgefüllt ist mit dem Erledigen von tausend Kleinigkeiten. »Und wie schafft es Herr Poltinger, im Handumdrehen ein Mittagessen herbeizuzaubern? Nun, wie wohl?«

Ich spitze meine Ohren. Jawohl, wie wohl?

Auch das soll ich dank Irmgard gleich erfahren. Herr Pollinger kriegt das Essen ins Haus geliefert »dank jener wunderbaren Organisation, die von meinen tüchtigen Mitarbeiterinnen (Applaus für die Mitarbeiterinnen) und meiner Wenigkeit (Applaus für die Wenigkeit) unterstützt wird. Dieser wunderbare Vater hier hat mir gestanden, er wüßte nicht, was er ohne diese hilfreichen Engel täte, nicht wahr, Herr Poltinger?«

»Pollinger bitte«, flüstert Herr Pollinger und gesteht es noch einmal. Ein paar Damen führen ihre Taschentücher an die Augen.

»Und danach«, fährt Irmgard fort, »wird das Geschirr gewaschen, die Betten gemacht und schnell mit dem Staubsauger durch die Wohnung gefahren. Und am Abend, wenn andere Männer ihren wohlverdienten Feierabend genießen, steht Herr Poltinger noch am Bügelbrett. Er hat mir verraten, es gäbe da noch ein paar kleine Schwierigkeiten mit den Kleidchen des Töchterchens.« Die Damen lächeln gerührt. »Und wann ist Ihr arbeitsreicher Tag zu Ende, Herr Poltinger?«

Herr Pollinger öffnet den Mund zur Antwort, aber nicht schnell genug.

»An keinem Tag vor elf Uhr!« ruft Irmgard. »Erst dann kommt dieser vorbildliche Hausmann und Vater dazu, sich zur Ruhe zu begeben und Kraft zu schöpfen für den neuen arbeitsreichen Tag!«

Man hört vereinzelte Schluchzer, die im starken Beifall untergehen. Herr Pollinger verneigt sich mit verschämtem, aber auch stolzem Lächeln. Fürwahr, er hat allen Grund, stolz zu sein. Was er schafft, schaffen nicht viele. Mehr als ein paar jämmerliche Milliönchen sind es sicher nicht zwischen Alpen und Elbestrand. Und die zählen nicht wirklich.

Das sind bloß Frauen.

Verglichen mit Herrn Pollinger hat der kleine Affe im Hexenhaus ein Leben wie ein junges Hündchen. Als ich hinkam, räkelte er sich genüßlich in einem alten Liegestuhl, wobei seine Finger automatisch das Katzenfell kraulten, denn wenn er damit aufhörte, biß ihn das Schnuckelchen umgehend in die Hand. Er sagte mit wohligem Seufzer, er sei jetzt intensiv dabei, sich selbst zu verwirklichen, nachdem er zwanzig Jahre lang der Sklave von Frau, Töchtern und Schwiegermutter gewesen sei.

»Sie können sich nicht vorstellen, wie ich mein neues Leben genieße! Keine Frau mehr, die mich ständig durch die Gegend hetzt, damit ich dieses und jenes erledige, keine Schwiegermutter, die mir damit in den Ohren liegt, was andere Männer alles für ihre Frauen täten. Zum erstenmal in meinem Leben bin ich ein freier Mann. Frei! Frei! Übrigens, ich habe angefangen zu malen.«

Er gestand mir, daß er das immer schon wollte, sein ganzes Leben lang, aber seine Frau hätte die damit verbundene Unordnung nicht vertragen. Vorsichtig, als handle es sich um Meißner Porzellan, legte er mir Minki in den Schoß, die heftig protestierte und uns beide kratzte, dann stand er auf und kam mit einem Skizzenblock zurück. »Mein erster Versuch«, murmelte er mit dem verschämten Stolz des bescheidenen Künstlers. »Es war nicht ganz einfach, denn das kleine Lauserchen hält ja nie still.«

Immerhin, Minki ist als katzenähnliches Ding zu erkennen. Und der wahre Wert der Kunst liegt ja bekanntlich in der Befriedigung, die sie dem Künstler verschafft. Auch ich sollte nun wirklich mit meinem Kriminalroman beginnen, um mich endlich selbst zu verwirklichen. Aber es ist sehr schwierig, wenn nicht fast unmöglich, sich auf das Schreiben eines Romans zu konzentrieren, wenn man kein ruhiges Plätzchen für sich allein hat. Ich müßte von Zeit zu Zeit mit Josefine tauschen können. Die jammert ständig, ihr fiele die

Decke auf den Kopf. Sie lebt vollkommen allein, ohne Mann, Kinder oder Mutter, und macht Heimarbeit für eine Firma, die Steppdecken herstellt. Das einzige, das sich in Josefines Leben bewegt, ist die Nadel ihrer Nähmaschine.

Wieso veranstalten wir eigentlich nicht hin und wieder eine Umtauschaktion für unsere diversen Jobs? Ich stelle mir so eine Art Flohmarkt vor:

»Hört her, Mädchen, ich hätte hier ein prima Angebot! Leichte, selbständige Arbeit, nur den Sommer über, keine körperlichen Strapazen, interessanter Umgang mit Menschen …«

»Sag uns lieber, was faul an der Sache ist.«

»Vermieterinnen, die zwei Tage lang nicht beschickt werden, lassen einem die Luft aus den Reifen«, flüstere ich. »Aber sag's nicht weiter. Was hast du Schönes anzubieten?«

»Erstklassige Sache, wirklich. Immer fröhliche Jugend um dich, lange Ferien, Halbtagsarbeit, freier Samstag, und wenn du in Wut gerätst, kannst du ihnen die Kreide an den Kopf werfen.«

»Klingt gut. Und wo ist bei dir der Haken?«

»Sie fangen an zurückzuwerfen, und sie sind schon verdammt treffsicher, aber sag es bitte auch nicht weiter. Die da drüben, die kleine Dürre in Jeans mit dem Poster in der Hand, was die wohl hat?«

»Nichts Umwerfendes. Verkaufsjob in einem Kleidergroßmarkt, ständig künstliches Licht, langer Freitagabend und mieses Gehalt. Davon würde ich die Finger lassen.«

»Bringt sie nie an den Mann. Ist doch totaler Ausschuß.«

»Nicht so unbedingt. Das Poster, das ist ein vergrößertes Foto von ihrem Abteilungsleiter. Frisch geschieden. Sieht aus wie Dean Martin in seiner besten Zeit.«

»Tatsächlich? Da schau' ich doch schnell einmal vorbei.«

Zwei Minuten später ist sie wieder da. »Ihr werdet's nicht glauben! Sie ist ihren Mist schon los.«

»So schnell? Und was hat sie dafür gekriegt?«

»Arzthelferin. Anständiges Gehalt, freie Verpflegung und ein reservierter Parkplatz.«

Alle seufzen voller Neid.

»Würde ich nachgeschmissen nicht nehmen«, sagt eine. »Es handelt sich um den Gefängnisarzt.« Sie rümpft die Nase. »Hier gibt es doch wahrhaftig nichts Gescheites. Alles Ramsch.«

Also, die gefällt mir! Was denkt sie wohl, wo sie hier ist? Bei Sotheby's?

Eben hat es geklingelt. Ich gehe zur Tür. Auf der Schwelle steht ein Mann, den ich nie zuvor gesehen habe und der mir einen Kübel rotbackiger Äpfel mit den Worten überreicht: »Die soll ich hier abgeben.«

Ich kläre ihn dahingehend auf, daß ich keine bestellt oder sonstwie zu kriegen hätte. Aber da bin ich im Irrtum. Die Äpfel, sagt er, seien der Ersatz für die Ebereschen, die er mir anstelle seines Arbeitskollegen hätte bringen sollen, der ihm dafür bei einer Autoreparatur geholfen hat.

»Ah, der Lange Eddy!« rufe ich, langsam begreifend.

Aber es war nicht der Lange Eddy, sondern der Maier Karl. Allerdings hätte dieser, also der Karl, erwähnt, daß er einem Freund namens Eddy einen Gefallen schuldig wäre. Ob ich ihm folgen könnte?

So ungefähr, sage ich.

Er sagt, da er keine Ebereschen habe, hätte er sich gedacht, vielleicht täten es die Äpfel auch?

Ich sage, sie täten es in der Tat, und bedanke mich herzlich.

Um die Fahrradpumpe in der Bodenvase binde ich eine hübsche rote Schleife. Das sieht gar nicht so übel aus. Und außerdem habe ich eines gelernt im Leben: Ganz ohne Kompromisse geht's nicht.

Das sollte sich auch Engelbert Krautberger hinter die Ohren schreiben, dann werden wir viel besser miteinander auskommen, wenn ich ihn demnächst wieder einmal besuche.

So richtig Weihnachten!

Es ist traurig, wie bei uns daheim Weihnachten weniger und weniger wurde. An unserem ersten Christbaum krümmte sich der Wipfel, weil er an der Decke anstieß, wir mußten seine Äste abstützen, so behangen war er, und noch drei Tage danach hatten wir Bauchweh vom vielen guten Essen und Trinken. Es war herrlich.

Und jetzt?

Letztes Jahr hängte ich einen Stern an die Lampe, wir aßen

Würstchen mit Senf, und den Rest des Abends verbrachten wir damit, nach einem Zahnarzt zu suchen, der Feiertagsdienst hatte.

Aber dieses Jahr möchte ich Weihnachten wieder als wahres Familienfest feiern, mit allem Drum und Dran, auch wenn wir keine wahre Familie mehr sind. Ich werde eine Liste machen, was ich wem schenken will, und gleich morgen mit dem Einkaufen beginnen.

Auf einer zweiten Liste werde ich die Namen von Freunden und Bekannten aufschreiben, denen ich vor Weihnachten kurze Besuche abstatten will mit Liebesgaben.

Und ich lege den feierlichen Eid ab, diesmal rechtzeitig mit dem Schreiben der Weihnachtskarten anzufangen. Ich muß zugeben, daß ich in der Beziehung ein bißchen lax bin. Aber da bin ich nicht die einzige. Vor zwei Jahren erhielt ich zu Ostern eine Karte von einer nach Kanada ausgewanderten Freundin, auf der war bei ›Fröhliche Weihnachten‹ das ›Weihnachten‹ ausgestrichen und durch ›Ostern‹ ersetzt worden, das Christkind hatte lange Ohren und über die Flügel war ein Tragkorb mit bunten Eiern gemalt.

Ich hätte schon gestern abend mit dem Schreiben angefangen, wenn ein Kugelschreiber im Haus gewesen wäre, der noch schrieb. Und heute ist mir dann etwas viel Besseres eingefallen: Ich werde anstelle der nichtssagenden, stereotypen Weihnachtskarten solche mit einem Foto von den Kindern und mir machen lassen. Das gibt eine entzückend persönliche Note. Zwei Jahre hintereinander erhielt ich so etwas von einer Bekannten, auf der sie mit Mann und Töchterchen abgebildet ist, wie sie alle drei sinnend ins Kerzenlicht schauen. Das hat mich sehr berührt.

»Bleibt einmal kurz sitzen!« bat ich deshalb nach dem Essen die Kinder.

»Warum?« fragte meine Tochter. »Du, ich hab's eilig!«

»Nur zwei Minuten. Ich muß euch anschauen.«

Ich schaute sie mir an. Was ich sah, versetzte mir einen Schlag in die Magengrube. Das also ist aus meinem goldlockigen Engelchen von Tochter geworden, ein mageres, bleiches Geschöpf, die Ohren von riesigen Ringen auf die Schultern gezogen (Ringe, in denen sich ein ausgewachsener Kakadu schaukeln könnte), in einem sackähnlichen Hemd und zerschlissenen Jeans. Mir kamen die Tränen.

»Hast du was?« fragte sie mich.

»Ich schau dich nur an, Kind.«

Da flüsterte sie mit einer Stimme, die mir völlig fremd war: »Mama, warum hast du uns nicht gesagt, daß du schwer krank… wie lange gibt dir der Arzt?«

Ich winkte ab und richtete mein Augenmerk auf meine beiden Söhne. Na gut, die paar Pickel des Älteren würde man mit Schminke abdecken können, aber was um Himmels willen ist mit meinem Jüngeren passiert? Ist dieses Wesen überhaupt mein Sohn, dieser ausgeflippte Punker mit den platinblond eingefärbten Strähnen im entsetzlichen Kraushaar, das niemals natur sein konnte?

Ich sprang auf, kramte das Album mit den alten Fotos heraus, das ihn in einem Alter zeigte, wo ihm noch der Hosenboden in den Kniekehlen schlabberte. Wußte ich's doch, von Kraushaar keine Spur! Und diesem Geschöpf hätte ich um ein Haar das Geld für ein Mofa vorgestreckt! Das heißt, wenn es überhaupt mein eigen Fleisch und Blut war. Womöglich fütterte ich schon wer weiß wie lang einen Fremden durch!

»Wie sagt man, wenn man etwas geschenkt bekommen hat?« fragte ich daher das suspekte Wesen an meinem Tisch.

»Warum?« fragte es zurück, und ich war beruhigt. Er war es doch.

»Würdet ihr mir den Gefallen tun und in den nächsten Tagen einmal eure Sonntagskleider anziehen?« bat ich.

Sie glotzten mich an. »Sonntagskleider? Was meinst du mit Sonntagskleider?«

»Etwas Schönes«, murmelte ich, »etwas, das man zum Kirchgang und für den Sonntagsspaziergang anzieht.«

Sie sahen sich gegenseitig an. »Menschenskind«, fragte der Ältere den Jüngeren, »hast *du* so was?«

Der grinste. »Vielleicht meint sie mein neues Mick-Jagger-Gilet und die Elvis-Pants?«

»Was ist mit dir?« fragte ich meine Tochter. »Hast du nichts anderes als diese Jeans, die aussehen, als hätte sie schon Old Wabble im Kampf gegen die Komantschen getragen?«

Sie drehte die Augen zur Decke. »Mama!«

»Warum ziehst du dir nie ein hübsches Kleid an?« jammerte ich. »So etwas mit schwingendem Rock und oben herum ein paar Rüschen.«

Ihre Brüder fielen fast von den Stühlen vor Lachen. Sie fragte mich, ob ich wolle, daß sie ihre Freunde mit so einem Fummel erschrecken und keiner, aber auch keiner, mehr mit ihr ein Wort reden würde, wollte ich das wirklich?

Es ist eine traurige Zeit. Wenn du heute ein wirklich hübsch angezogenes weibliches Wesen unter Dreißig sehen willst, mußt du in eine Transvestitenshow gehen.

»Sag einmal, was soll das Ganze eigentlich?« fragten sie.

»Ich möchte uns fotografieren lassen«, murmelte ich. »Für die Weihnachtskarten.«

Ich sah sie zwei Tage lang nicht wieder.

Seither laufen sie mit bedrückten Gesichtern herum. Ich weiß, was ihnen auf der Leber liegt. Sie wissen nicht, was sie ihrer Mutter schenken sollen.

Ich wüßte es.

Ach, könnte ich doch einfach vor sie hintreten und sagen: »Liebe Kinder, ihr werdet es nicht bemerkt haben, aber meine Langlaufsocken sind schon sehr alt und löchrig.« Was keine Übertreibung ist. Ich hasse Sockenstopfen mehr als alles andere, besonders, seit ich das Loch in der Nähnadel nicht mehr sehe. Ich stopfe meine Langlaufsocken erst, wenn ich hundertprozentig sicher bin, daß ich in Kürze eine Loipe benützen werde, auf der mir ein männliches, halbwegs attraktives, nicht kurzsichtiges Wesen unter Siebzig auf zumindest einen Meter nahe kommen wird.

Und meine Kinder werden sagen: »Warum hast du dir nicht schon längst welche gekauft?«

Und ich werde sagen: »Ich wollte mir erst dann neue kaufen, wenn ich sicher bin, daß ich bei dem Sport auch bleiben werde.«

Und der Ältere wird sagen: »Du hast mit dem Langlaufen angefangen, als ich in die zweite Klasse kam.«

Und ich werde sagen: »Na und? Meine Generation scheut sich eben vor überstürzten Investitionen, denn wir haben noch die bitteren Nachkriegsjahre miterlebt.«

Aber, verdammt noch einmal, was ich ihnen eigentlich sagen will, ist: »Kauft mir zu Weihnachten neue!«

Aber das brächte ich nie über die Lippen. Getreu der schönen alten Tradition, die besagt, daß es unfein ist, seine Weihnachtswünsche direkt auszusprechen, warte ich, bis man sie mir von der Nasenspitze abliest.

Was vielleicht am Tag des Jüngsten Gerichts passieren wird.

Wir Erwachsenen haben leider jegliche Spontaneität verloren; die besitzen nur noch die Kinder in ihrer herrlichen Unschuld. Ich habe in meiner Schatztruhe unter den Kleidern, die ich irgendwann einmal ändern will, noch ein paar Briefe an das Christkind liegen. Wenn ich da lese: »Libes Kristkind, beim Nisch ist ein Fehrnlas in der Auslag unden ist es Sülver oben schwarz, das mag ich«, dann treibt mir das die Tränen in die Augen. Bei derart präzisen Angaben war die Schenkerei noch ein Kinderspiel.

Falls ich heute noch einmal ›O Jubel, o Freud‹ im Radio höre, schnappe ich über und brauche mir keine Gedanken mehr darüber zu machen, was ich wem schenken soll.

Nie teilen sich die Geschlechter deutlicher, vom Kinderkriegen abgesehen, als beim Schenken.

Alle Frauen, die ich kenne, fangen systematisch im März mit den Weihnachtseinkäufen an und haben Anfang Dezember einen Stapel Geschenke im Wäscheschrank hinter den Handtüchern liegen.

Alle Männer, die ich kenne, fangen drei Tage vor Weihnachten an, sich sorgenreiche Gedanken darüber zu machen, was sie in die Gasthäuser treibt und dazu, vierzig Zigaretten pro Tag zu rauchen, es spukt ständig in ihren Hinterköpfen herum und läßt sie geschäftliche Fehlentscheidungen treffen, die sie beinahe ruinieren, die Haare fallen ihnen aus, und sie kriegen Sodbrennen und Magengeschwüre.

Und ein Geschenk für ihre Frau haben sie immer noch nicht.

Am Vormittag des Vierundzwanzigsten stürzen sie ins nächstgelegene Kaufhaus, irren dort durch die blankgekauften Räume, starren verzweifelt in die leeren Regale und murmeln auf die Frage der Verkäuferin, wie ihre Frau aussehe und welche Größe sie habe: »Meine Frau... meine Frau... lassen Sie mich nachdenken... O Gott, dieses Weihnachten bringt mich noch um! Ich habe sie doch heute beim Frühstück noch gesehen, lassen Sie mich nachdenken...«, aber sosehr sie auch nachdenken, das einzige Bild einer weiblichen Person, das vor ihren Augen aufsteigt, ist das von Sophia Loren in ihrer Rolle als Mama Lucia.

Fünf Minuten vor Ladenschluß reißen sie den Gegenstand an sich, der zufällig in Reichweite ihrer Finger ist – es kann ein Kopfkissenbezug sein oder ein Nudelsieb – und damit, verpackt in dem letzten Bogen Einwickelpapier, der noch am Ständer war, einer mit weißen Lilien und silbernen Kreuzen, wanken sie heimwärts. Den Rest des Tages und des Abends verbringen sie halb im Koma, bis zu jenem erlösenden Moment, wo sie endlich während des Fernsehfilms einschlafen dürfen.

Was sie natürlich nie im Leben zugeben würden. Oder kennen Sie einen Mann, der zugibt, daß er vor dem Fernseher schläft? Ich nicht. Meine Freundinnen auch nicht. Wer mit einem Fernsehschläfer in Hausgemeinschaft lebt, sollte sich das an den Feiertagen zunutze machen. Meist werden dann nämlich zur selben Zeit mehrere gute Filme gezeigt, und so hat man endlich freie Wahl. Denn es gibt nichts, was besser geeignet wäre, das durch allzu üppiges Essen verschlackte Blut wieder in Wallung zu bringen, als die Diskussion darüber, welchen Film man sich ansieht.

Er, nach einem Blick ins Programm: »Endlich wieder einmal was Gescheites!«

Sie (erfreut): »Ja, nicht wahr? Ich seh' die Monroe auch wahnsinnig gern.«

Er (nach einem neuerlichen, diesmal längeren Blick ins Fernsehprogramm): »Ich seh' da keine Monroe. Es spielt der Sean Connery.«

Sie: »Doch, ich weiß es genau, in ›Wie angle ich mir einen Millionär‹ spielt die Monroe.«

Er (aufbrausend): »Wie angle ich mir ...! Du glaubst doch nicht im Ernst, ich schau' mir diesen Schmarren an, wenn im anderen Programm der beste Film des Jahres läuft!«

Und natürlich schaut sie sich das an, was *er* will, denn seine Laune ist an den Feiertagen ohnehin sehr labil. Sie sitzt also da und sieht zu, wie Sean Connery und ein junger Mann, beide mit düsteren Gesichtern und in düsteren Kutten, durch eine düstere Landschaft auf ein düsteres Kloster zureiten, das man in der düsteren Ferne sieht. Und sie reiten und reiten und reiten, und das Kloster ist immer noch in der düsteren Ferne, und bevor sie es erreichen, hört sie ihren Mann sanft schnarchen. Sie wedelt kurz mit dem Programmheft vor seinen Augen hin und her, er macht keinen Zuck, also schläft er, also kann sie endlich umschalten. Vergnügt schaut sie zu, wie die Monroe mit ihren beiden Freundinnen berät, wie man sich einen reichen Mann angeln könnte.

Durch Erfahrung gewitzt, ist sie allerdings vorsichtig genug, hie und da wieder zu Sean Connery und den Klosterbrüdern umzuschalten, denn sie weiß, daß der Schläfer manchmal, wenn auch nur für Momente, aufwacht.

Später hört man dann folgendes:

Er: »Meine Frau behauptet ständig, ich würde beim Fernsehen einschlafen. Gestern zum Beispiel. So was Blödsinniges! Als ob ich bei einem Film wie dem einschlafen könnte! Ich kann dir jede einzelne Szene bis ins Detail beschreiben.«

Tatsächlich, er sieht alles noch vor sich, bis ins letzte Detail: Er sieht Sean Connery, begleitet von dem jungen Novizen, durch die Bergeinsamkeit auf das Benediktinerkloster zureiten, das man in der Ferne auf einem Felsen sieht, Bilder von ungeheurer Intensität. Und dann später jene herrlich authentischen Szenen innerhalb der Klostermauern. Wunderbar, diese scheinheiligen Schurkengesichter unter den lächerlich komischen Tonsuren, und im Gegensatz dazu die drei appetitlichen Damen, die in einem sehr hübsch, beinahe modern eingerichteten Teil des Klosters auf die geilen Klosterbrüder warten, während sie sich darüber unterhalten, wie sie sich einen reichen Mann angeln könnten.

Meisterhaft auch die Szenen mit dem Scheiterhaufen, die Schreie des gemarterten Kretins und das stummergebene Leiden des jungen Mädchens, eins der drei von vorhin, und dann die Rettung durch einen Mönch, der mit ihr, als Dandy verkleidet und verfolgt von der Polizei (die moderne Inquisition!) über die Tiberbrücke rast, wodurch der Film eine ungeheure Aktualität erlangt. Ein Meisterwerk der Filmkunst schließlich auch eine der letzten Szenen: Sean Connery und der junge Novize von der Abtei wegreitend und das zerlumpte Mädchen, ebenfalls eine der drei, am Wegrand stehend, ihnen sehnsüchtig nachblickend.

Das unvermeidliche Happy-End allerdings, wo sie und der junge Mann, der aus Liebe darauf verzichtete, Mönch zu werden, als elegantes Brautpaar aus der Kirchentür treten, war ein bißchen kitschig und einem Film von solchem Format nicht ganz würdig, aber es müssen eben auch bei Klassefilmen Abstriche in Hinblick auf den Geschmack des gewöhnlichen Publikums gemacht werden.

Er und geschlafen? Ha ha! Da kann er nur lachen. Ha ha!

Ich selbst schlafe beim Fernsehen nie, außer wenn ich müde bin, aber beim Schenken geht es mir nicht viel besser als den Männern.

Auch ich weiß nie, was ich wem schenken soll, und ich bin sehr froh, daß ich mir wenigstens nicht den Kopf über ein Geschenk für meinen Mann zerbrechen muß, weil ich keinen mehr habe. Wenn sich jeder selbst etwas schenken würde, wäre die Sache einfach! Ich würde mir Langlaufsocken und ein Gerät zum Öffnen von Essiggurkengläsern schenken, das auch wirklich funktioniert.

Der Kampf mit den Essiggurkengläserdeckeln verkürzt mein Leben.

Nun habe ich ja so ein Ding, das aussieht wie eine Geburtszange. Ich habe es mir gekauft, nachdem ich im Fernsehen gesehen habe, wie simpel es zu handhaben ist: Man setzt es am Deckel an, macht den kleinen Finger krumm, sagt: Ah, wunderbar! und der Deckel springt auf.

Ich kaufte es mir, setzte es an, machte den kleinen Finger und dann alle Finger krumm, bis mir die Stirnadern anschwollen, ich sagte: Au, verdammt! und der Deckel blieb zu.

Mehrere Leute rieten mir, heißes Wasser über den Deckel rinnen zu lassen, sie machten das immer so, und der Deckel springe von allein auf.

Ich machte es so, und das Glas zersprang, und der Deckel blieb zu.

Eine Freundin, die viel reist, berichtete mir, sie hätte im afrikanischen Busch dem Wunder der spirituellen Deckelöffnung beigewohnt, und es wäre ein Schlüsselerlebnis ihres Leben gewesen:

Ein Massai, ein echtes Kind des wilden afrikanischen Busches, mit nichts anderem bekleidet als einer roten Decke und vielen Perlenschnüren, hatte sich ein Glas mit eingelegten Pfefferschoten gekauft, trug es heim und wollte es öffnen, aber der Deckel ging nicht auf.

Da rief er seine Stammesbrüder zusammen, und sie bemalten sich mit weißer und roter Farbe und mit Kuhmist, und sie tanzten um das Glas einen rituellen Tanz zu Ehren von Jokuawuzi, Schutzgott der Rinder und Einmachgläser, sie tanzten und sangen die ganze Nacht, und am Morgen schlachtete der Pfefferschotenglasbesitzer eine Kuh, stieß sich einen Zahn aus, nahm das Glas in die Hand und der Deckel sprang auf.

Auch ich tanzte und sang, so gut ich es vermochte, und tat auch sonst alles, wie geheißen, nur beim Zahnausstoßen griff ich zu einem kleinen Trick – es war meine Brücke rechts oben, die ich herunterholte. Vermutlich hat mir Jokuawuzi das übelgenommen, denn der Deckel blieb zu.

Da pfiff ich auf alle neumodischen Methoden und griff auf meine alte zurück, die darin besteht, daß man mit einem Messer so lange unter dem Deckel herumstochert, bis dieser »uff« sagt und aufgeht.

Ich stocherte mit meinem Lieblingsmesser so lange unter dem Deckel herum, bis die Spitze ab- und ein Stück vom Glas ausbrach, ich schrie »uff!« und der Deckel blieb zu. Da verlor ich die Geduld, nahm das verdammte Essiggurkenglas beim verdammten Deckel und schleuderte es in Richtung Abfalleimer. Das Glas katapultierte sich durch die Küche, die Gurken verstreuten sich malerisch über den Raum, und ich hatte den Deckel in der Hand.

Vermutlich hat Jokuawuzis Zauber doch gewirkt.

Kinder, ich kann euch sagen, eure alte Mutter ist Aufregungen dieser Art nicht mehr gewachsen. Deshalb, wenn ihr sie auch nur halb so lieb habt wie das Telefon, schenkt ihr einen brauchbaren Deckelöffner. Und vielleicht noch die Langlaufsocken, falls das Geld reicht.

Was *ich* diesen Kindern und meiner Mutter und meinen Freundinnen schenken soll, weiß ich immer noch nicht. Warum komme ich nicht in Weihnachtsstimmung? Warum ist es heute nie mehr so wie früher?

»Wie früher?« Das ist wieder einmal die Stimme meines Ex, der immer noch in meinem Unterbewußtsein haust, wenn auch inzwischen ein paar Stufen tiefer, siebente oder achte würde ich sagen. »Du scheinst da einiges vergessen zu haben. Du weißt wohl nicht mehr, wie du jedesmal gejammert hast, wenn es nach dir ginge, würdest du Weihnachten in einer stillen Ecke mit einer Flasche Wein feiern, die Füße hochgelagert und einem Krimi in der Hand. Und wie du dauernd mit meinem Vater gestritten hast.«

»Du scheinst da einiges zu verwechseln, der, der ständig gestritten hat, das warst du mit meiner Mutter.«

Er ist wohl nicht ganz bei Trost. Als ich noch verheiratet war und eine intakte Familie hatte, liebte ich Weihnachten. Dieses seltsame Prickeln auf der Kopfhaut und der Ausschlag, den ich kriege, sobald ich im November ›Leise rieselt der Schnee‹ zusammen mit der Aufforderung höre, nichts anderes als das fantastische, umweltfreundliche, selbst bei null Grad wirksame Waschmittel Sauberzauber zu kaufen, das alles hat sich erst nach der Scheidung eingestellt.

Aber in dem Zusammenhang muß ich gleich eines klarstellen: Ich bin *nicht* identisch mit jener Irren, die durch die Kaufhäuser streicht, mit enorm ausgewuchteter Handtasche, und flackernden Blicks alle Winkel nach den Lautsprechern absucht, aus denen ›Stille Nacht‹ erklingt. Man sagt, sie hätte in ihrer Handtasche eine handliche, selbstgebastelte Bombe.

Ich bin auch nicht identisch mit dem verrückten Weibsbild, das seit Wochen mit einem Besenstiel auf die armen Briefträger losgeht, wenn sie täglich zehn Kilo Weihnachtsreklame in ihren Briefkasten zu stopfen versuchen.

Das alles bin ich nicht. Ich wünschte bloß, die Feiertage wären schon vorüber.

Eine Freude allerdings hat mir das Christkind im voraus beschert: Frau Grimm weiß zu berichten, daß die Ehefrau vom Teppichleger-Pepi zurückkehrte, nachdem es dem Straßenmaler in Griechenlands Olivenhainen zu kalt wurde und er in sein Winterquartier bei seiner Verlobten in Amsterdam ausgewichen ist.

Pepi hat die Arbeit in meiner Wohnung wiederaufgenommen, muß sie jetzt allerdings der Feiertage wegen erneut unterbrechen.

Auch du, rede ich mir gut zu, solltest schleunigst alles unterbrechen, was du gerade tust, und dich auf das Weihnachtsfest konzentrieren, sonst steht es vor der Tür und du stehst mit leeren Händen da. Was glaubst du wohl, was dann passiert?

Und was passiert? Zwei Tage vor Weihnachten sagt dir deine Mutter, sie hätte eine Reise nach Ischia gebucht, um dir nicht zur Last zu fallen, und deine Kinder blättern in ihren Terminkalendern und eröffnen dir, daß sie am Heiligen Abend zwar sehr ausgebucht wären, aber wenn du dich ein wenig beeilen würdest mit der Feier, könnten sie dich zwischen fünf und sechs hineinquetschen.

Den Rest des Weihnachtsabends verbringst du bei Eva-Maria und Egon, bei einem gesunden Festtagsmahl aus Rohkostsalat mit viel Knoblauch und einem Hirseauflauf. Dann schaust du zu, wie die beiden vor dem Weihnachtsbaum aus Pappmaché – eine Protestaktion gegen das Abholzen der brasilianischen Regenwälder – ihre

Hatha-Yoga-Übungen inklusive Kopfstand machen, wobei Egon seine weißen Spatzenwaden zeigt und Eva-Maria die Unterhose, da ihr das Kleid über den Kopf gerutscht ist.

Du beißt dir an einem Vollkornplätzchen eine Plombe aus.

Danach unterhaltet ihr euch angeregt bei einem Kräutertee über die Vor- und Nachteile diverser Getreidemühlen, über den Schadstoffgehalt in Weihnachtskarpfen und die lebensverlängernde Wirkung des Knoblauchs, der eure Köpfe umweht und sich mit dem Duft der selbstgezogenen Kerzen zu einem schnuckeligen Gemisch vereint. Und dann, an einem Tag im April, kurz vor Ostern, sitzen Flora und du traulich bei einem Schnaps zusammen – da fällt draußen endlich der so lang ersehnte Schnee vom Himmel, und die goldene Schleife an der Fahrradpumpe in der Bodenvase schimmert hell, und plötzlich überkommt euch das, was euch am 24. Dezember versagt geblieben ist: eine gar wundersame Weihnachtsstimmung.

Er ist ein bißchen jünger. Na und?

Meine Vermutung bezüglich Floras neuem Freund hat sich als richtig erwiesen. Gestern habe ich sie mit ihm gesehen. Es hat mich erschüttert, ehrlich. Kein Wunder, daß sie ihn mir nie vorgestellt hat. Ein Bürschchen, das ihr Sohn sein könnte. Zugegeben, er sieht nicht übel aus, wie eben solche jungen Hupfer aussehen, die noch nicht trocken hinter den Ohren sind, und er hielt sie umarmt, als wollte er damit aller Welt beweisen, daß er diese Frau liebe, die dem Alter nach seine Mutter sein könnte. Aber gerade das machte das Ganze noch absurder. Als sie mich heute fragte: »Nun, wie findest du Gerry?« wollte ich um unserer Freundschaft willen mit der Wahrheit nicht hinter dem Berg halten. Es tut einem weh mit anzusehen, wie sich die beste Freundin zum Gespött der Leute macht.

»Viel zu jung für dich.«

»Unsinn, es sind doch nur ein paar Jahre …«

Ein paar Jahre, daß ich nicht lache! Wenn das ein paar Jahre sind, dann hat Flo ihre Tochter im Kindergarten empfangen. Ich schätzte ihn auf gut fünfzehn Jahre jünger als sie.

Flo ließ ein kleines Lachen hören, so eins, das nach ›die ganze Welt kann mich mal‹ klang. »Was ist heutzutage schon dabei? Laut einer Umfrage in Amerika bleiben Frauen, die jüngere Männer haben, länger gesund als andere.«

»Das müssen sie auch, Herzchen. Oder glaubst du, so ein junger Schnösel würde dir nach der Krampfaderoperation die Beine bandagieren?«

»Ursula Andress hat einen, der ist über dreißig Jahre jünger als sie. Agatha Christies zweiter Mann hätte dem Alter nach ihr Sohn aus erster Ehe sein können. Und was ist mit der Taylor?«

Wirklich, sie wird kindisch. Außerdem raucht sie wieder wie ein Schlot. Frauen in unserem Alter sollten eigentlich wissen, was sich schickt.

Ich zumindest weiß das. Es würde mir nie im Leben einfallen, mich mit einem jungen Mann einzulassen. Zum Beispiel mit Charly.

Charly ist jener gute Engel, der stets dahergebraust kommt, wenn ich mit meiner lahmen Ente wieder einmal wo stehe und nicht weiterkann. Eine wunderbare Einrichtung, dieser Pannendienst: Man bezahlt einen kleinen Beitrag, hat eine Panne, geht zum nächsten Telefon, ruft an, und schon kommt Charly.

Ich wüßte nicht, was ich ohne ihn täte.

Leider hat Donald Duck eine sehr lästige Unart entwickelt: Er springt nur an, wenn ihm die Sonne zumindest drei Stunden lang auf die Kühlerhaube geschienen hat. Aber Charly hat mir einen nützlichen Trick beigebracht. Man braucht bloß von den Dingern, an denen der Funken überspringt, die Dinger abzunehmen, die drauf stecken wie die Zitzen einer Melkmaschine auf dem Kuheuter, sie trocknen und wieder aufstecken. Und schon springt er an.

Oder auch nicht.

Ich habe gehört, die Belegschaft des Pannendienstes wurde erweitert und die Nachtschicht verdoppelt, seit Donald Duck und ich Mitglieder sind, aber das ist sicher eine boshafte Übertreibung.

Wenn ich anrufe, kommt immer nur Charly.

Ich möchte mich nicht damit brüsten, aber ich glaube, er ist scharf auf mich. Jedenfalls streifen seine Finger auf eine Art über meine, wenn ich ihm den Autoschlüssel gebe, die ziemlich eindeutig ist. Aber ich vergesse keine Minute, daß er siebzehn Jahre jünger ist und fast mein Sohn sein könnte, *ich* nicht. *Ich* mache mich nicht zum Gespött der Leute. Da müßte ich Flora heißen. Mir ist klar, daß ein junger Liebhaber eine Narretei ist, ein ausgesprochener Risikofall, wenn auch beileibe nicht der einzige.

In diese Kategorie fallen auch:

a) der krankhaft Eifersüchtige:
Er ist derjenige
- der heimlich das Katzenfutter ißt, weil er überzeugt davon ist, daß du den Kater besser fütterst als ihn,
- der hundertprozentig sicher ist, du hast was mit einem Kollegen im Büro, wenn du eine Viertelstunde später als üblich heimkommst, schwarze Unterwäsche anziehst oder zum Betriebsausflug mitfahren möchtest,
- der fragt, wenn du den Zahnarzt wechselst: Ist er jung?
- der keine Ahnung hat, daß er krankhaft eifersüchtig ist, sondern felsenfest davon überzeugt, er sei der toleranteste Mann der Welt, nur müsse man auf dich aufpassen wie ein Schießhund, weil du sonst dauernd in Ungelegenheiten kämst.

b) der Unverstandene:
Nicht selten ist er geschieden oder noch verheiratet – gerade noch. Aber er lebt in Scheidung. Weil seine Frau kein Verständnis für ihn hat.

Du wirst ihn ein halbes Jahr kennen, und er wird von dir nicht mehr wissen als deine Adresse und deinen Vornamen, weil er ständig damit beschäftigt ist, dir seinen Jammer vorzuklagen.

Du wirst versuchen, ihn aufzurichten, ihn abzulenken, aus seiner Misere herauszuziehen. Völlig zwecklos. Er will gar nicht aufgerichtet, abgelenkt, herausgezogen werden. Er fühlt sich nämlich in seiner Misere pudelwohl. Alles, was er von dir verlangt, ist ihn anzuhören und zu bemitleiden.

Wenn du das nach ein, zwei Jahren aufgibst, wird er sich eine andere suchen, der er dann vorklagt, daß *du* kein Verständnis für ihn hattest.

c) das ewige Kind:
Er ist der Junge, dem seine Mutter noch mit vierzehn das Fleisch kleinschnitt, und der später zum Erwachsenwerden nicht mehr einbrachte als einen schütteren Haarwuchs.

Er wird immer und überall auf dem besten Platz sitzen und dir den anderen überlassen. Er wird rauchen, wenn du noch die Suppe ißt. Er fährt dicke Autos, die er sich zwar nicht leisten kann, aber die sein liebstes Spielzeug sind, weil er doch früher auch alle jene hübschen kleinen Autochen bekommen hat, die er im Laden sah. Sonst hat er sich nämlich auf den Boden geworfen und mit den Beinchen gestrampelt.

Er wird um zehn Uhr abends mit einer Lammkeule bei dir auftauchen, und du wirst sie ihm braten, weil er sich doch schon so sehr darauf gefreut hat. Was das Schlimmste ist – es wird dir gar nichts ausmachen. Oder doch nicht genügend, um ihm die Keule um die Ohren zu schlagen.

Ich bin sicher, Charly würde so etwas nie tun. Trotz seiner Jugend wirkt er reifer als die meisten Männer mit fünfzig. Ich sehe ihn jetzt häufig, denn Donald Duck hat noch einen neuen Tick: Er bleibt ohne jede Warnung bockbeinig stehen, wo er gerade ist, meistens auf belebten Kreuzungen, und das, obwohl er voller Benzin ist. Meine Mutter und meine Freundinnen steigen nicht mehr ein, ohne bequeme, flache Schuhe zu tragen für den Fall, daß sie anschieben müssen.

Unbedingt ein Risikofall sind auch langjährige, überdrüssig gewordene Ehemänner. Mit ihnen ist es besonders schwierig. Man kann sie nicht zurückbringen, weil man sie ja schon viele Jahre in Gebrauch hatte.

Bibi und Fipsimaus sind im chinesischen Restaurant gesehen worden, wo sie ein Dutzend Tellerchen und Schüsselchen vor sich hatten, heißen Reiswein tranken und sich tief in die Augen sahen. So etwas stinkt zum Himmel. Arme Hanna. Ich spüre es mit allen Fasern meines Herzens: Sie braucht mich.

O Gott, es muß ihr noch viel schlechter gehen, als ich befürchtet habe, denn es ist ihre auswärts studierende Tochter, die mir die Tür öffnet.

Der Schock fährt mir durch alle Glieder. »Wieso bist du hier?« Ich flüstere, für den Fall, daß Hanna in Hörweite ist. »Geht es deiner Mutter so schlecht?«

»Es geht ihr vermutlich nicht besonders, aber dafür mir um so besser. Ich habe sie nämlich hinausgeschmissen.«

Seltsam, das ist doch Hannas Stimme. O nein, es ist Hanna! Mit einer kindlichen Wuschelfrisur, in einem geradezu obszönen Hosenanzug und einer Kriegsbemalung, in der ich mich höchstens auf einen Kostümball wagen würde. Sie lacht girrend. »Du siehst, ich habe deinen Rat befolgt und mir ein paar neue Fummel gekauft.«

Ich sehe es. Dieser Fummel hier muß einen von Philipps Monatslöhnen verschlungen haben. Hanna ist übergeschnappt.

»Wie geht es Clementinchen?« frage ich.

»Clementinchen? Welches Clementinchen? Ach du meine Güte, du hast doch diesen Blödsinn nicht etwa ernst genommen?« Sie blickt auf die Uhr, schnappt sich die Handtasche, auch die neu, und drückt mir einen flüchtigen Kuß auf die Wange. »Sei mir nicht böse, ich muß weg. Du kannst ja Philipp Gesellschaft leisten. Tschüs!«

Und weg ist sie, eine Wolke Parfüm zurücklassend.

Philipp hockt am Küchentisch, grau im Gesicht, um Jahre gealtert, an einer Wurstsemmel kauend. »Sie kocht nichts mehr«, jammert er. »Und hast du gesehen, was sie anhatte? Davon ist noch mehr im Schrank. Sie hat sich den Bausparvertrag vorzeitig auszahlen lassen und dafür Klamotten gekauft. Und schau dir das an…« Er packt mich am Arm und zieht mich ins Schlafzimmer. »Das da ist der Gipfel.«

Er weist auf ein Poster von Arnold Schwarzenegger über den Ehebetten. »Ich mache kein Auge mehr zu, mit dem Idioten über meinem Kopf. Weißt du, was sie sagte?«

»Was?«

»Sie sagte, sie möchte mit ihm im Morgengrauen auf der Brooklynbrücke stehen und ihn einfach nur ansehen.« Seine Stimme bricht.

»Den Schmus hat sie in einer Illustrierten gelesen«, beruhige ich ihn.

Möglich, jammert Fipsimaus, aber er könne jedenfalls nicht mehr schlafen, solange der über seinem Kopf hängt.

»Reiß das Zeug doch einfach herunter.«

»Sie hat gesagt, wenn ich das tue, macht sie aus meinen Seidenstickerhemden Staubtücher.«

»Wo ist sie eigentlich hin?«

»In einen Tanzkurs«, entgegnet er düster. »Sie lernt diesen neuen

Modetanz aus Brasilien, der aussieht, als würde man es auf der Tanzfläche treiben.«

Nun gut, Philipp mag einen kleinen Denkzettel verdient haben, aber was zuviel ist, ist zuviel. Benimmt sich so eine Frau von fünfundvierzig, eine Mutter und Ehefrau? Ich bin von Hanna sehr enttäuscht.

Auch von Flo bin ich enttäuscht. Sie hat sich neulich in der ›Reblaus‹ schrecklich aufgeführt, bloß, weil ihr Freund mit einem jungen Mädchen ein bißchen geflirtet hat. Was will sie? Das war doch vorauszusehen bei einem Mann, der um so vieles jünger ist. Jugend gehört zu Jugend. Deshalb habe ich auch nein gesagt, als Charly mich während der letzten Pannenhilfe gefragt hat, ob ich mit ihm tanzen gehen möchte. Obwohl nichts dabei wäre und ich beim Tanzen gewiß keine schlechte Figur machen würde. Er hat mir einen neuen Trick beigebracht, um Donald Duck zum Anspringen zu bewegen: Man nimmt die Dinger herunter, die aussehen wie die Dinger der Melkmaschine, Sie wissen schon, was ich meine, und besprüht die anderen Dinger, die darunter sind, mit einem Spezialöl. Dann springt er an.

Oder auch nicht.

Charly muß eine ganz außergewöhnliche Konstitution haben, denn er ist ständig auf Trab, Tag und Nacht. Zugegeben, das ist einer der Vorteile, die man hat, wenn man sich einen jungen Liebhaber nimmt (was ich jedoch nie täte): Er hat noch nicht das Zipperlein und die hundert wirklichen und eingebildeten Krankheiten von Männern, die uns dem Alter nach näher stehen. Auch sie gehören zu jenen Risikofällen, von denen eine Frau ihre Finger lassen sollte, es sei denn, sie ist ein ausgesprochener Florence-Nightingale-Typ. Ich spreche von

d) dem Hypochonder:

Er ist vierzig oder darüber, Single und in guter Position. Bis zu ihrem Tod lebte er bei seiner Mutter. Er wird

- beim Staubsaugen seiner hübschen Junggesellenwohnung einen Mundschutz tragen aus Angst vor der krankheitsübertragenden Hausstaubmilbe,
- sich am Morgen als erstes seinen Blutdruckmesser über den Arm stülpen, ihn mit einem kleinen Blasebalg aufblasen und dann ent-

setzt murmeln: »Normal? So wie ich mich fühle, kann ein normaler Blutdruck unmöglich normal sein!«
– mitten in einer flotten Polka stehenbleiben, sich die Finger der rechten Hand auf sein linkes Gelenk legen und den Puls zählen.

Er ist der Mann, der den Stein stets griffbereit in der Tasche trägt, mit dem er seine (und deine) Träume erschlägt, sowie sie geboren werden.

Sein Gegenstück ist

e) der Supermacho:

Sein Hauptmerkmal ist, daß er das Bett mit dem Fitneßcenter verwechselt und dich mit einem Sparringpartner. Falls du dabei seinen hochgeschraubten Anforderungen technisch nicht gewachsen bist oder dir sein Repertoire nicht behagt und du ihm das sagst, wird er dir sagen, daß du eine Niete bist. Jede Frau war bis jetzt noch mit ihm hochzufrieden, denn nicht eine einzige – nicht eine einzige! – hätte sich je beklagt. Im Gegenteil.

Man fragt sich, warum Frauen immer noch auf solche Typen und ihren faulen Zauber hereinfallen. Hat es etwas damit zu tun, daß wir uns bei aller Emanzipation immer noch nach dem starken Mann sehnen, der die Kartoffel mit der Faust zerquetscht? Und nur wenige schauen nach, ob es nicht eine gekochte war.

O nein, nie werden wir es aufgeben, nach dem weichen Kern in diesen harten Männern zu suchen, auch wenn das völlig aussichtslos ist.

Das ist etwas, was mir an Charly sehr gefällt. Er ist ein ganzer Mann, aber doch sehr sanft und sensibel. Eigentlich hat man bei ihm überhaupt nicht das Gefühl, daß er so jung ist. Manchmal kommt er mir älter und erfahrener vor als ich selbst.

Ich sehe ihn jetzt sehr häufig. Mit Donald Duck wird es schlimmer und schlimmer. Unter anderem frißt auch der Rost an ihm. Ich übermale die Rostflecken mit bunten Blümchen. Es sieht sehr lieb aus, wie eine Sommerwiese in voller Blüte. Leider hindert ihn das nicht daran, weiterhin seine faulen Tricks aufzuführen. Charly hat mir eine neue Gegenmaßnahme beigebracht:

Man nimmt den Schlauch ab, durch den die Luft oder sonst etwas zu einem Teil geht, der auch irgendwas tut, und macht dann etwas damit, was, habe ich vergessen, also sage ich einfach »Abrakadabra« und stecke ihn wieder auf. Dann springt er an.

Oder auch nicht.

Charly hat mich wieder gefragt, ob ich mit ihm tanzen gehe. Ich habe zugesagt. Nach einem langen, kritischen Blick in den Spiegel habe ich festgestellt, daß ich besser und jünger aussehe als vor meiner Scheidung. Die paar Falten sind kaum zu sehen, besonders wenn ich keine Brille aufhabe und das Deckenlicht nicht einschalte. Ich trage die Haare jetzt länger und wuschelig und lege nur noch Lippenstift in Zartpink auf. Genau betrachtet, sehe ich nicht viel älter aus, als ein Mann mit Vollbart von, sagen wir, siebenundzwanzig. Wie Charly zum Beispiel.

Gestern hat er mich geküßt.

Ich werde für dieses Miststück von Auto das zugigste, dreckigste Plätzchen auf dem miesesten Schrottplatz im ganzen Land aussuchen und es dort kaltblütig aussetzen, das schwöre ich. Gerade habe ich ihm eine neue Batterie spendiert und eine Unterbodenwäsche, und was macht dieses undankbare Luder? Es ruiniert das Zündschloß, so daß ich den Schlüssel nicht hineinbringe, obwohl es diesmal garantiert *nicht* der Hausschlüssel war, dann legt es die Lenkradsperre ein und lacht sich eins.

Nicht einmal Charly konnte in diesem Fall helfen.

Weil wir nichts tun konnten und Charly Dienstschluß hatte, brachte er mich heim. Vor der Tür hat er mich geküßt. Und auch ich habe ihn geküßt.

Hinter der Tür.

Na und? Liz Taylor hat einen Jungen, alle emanzipierten Frauen haben einen Jungen. Ich werde mich natürlich hüten, mich in ihn zu verlieben. Ich heiße nicht Flora. Ich werde ihn einfach nur genießen, wie … wie jungen Spargel.

Wenn ich ihn mit älteren Männern vergleiche, mit Egon zum Beispiel, frage ich mich, warum habe ich so lange gebraucht, um zum wahren sinnlichen Glück zu finden? Egon ist wirklich ein Waschlappen. Kaum sitzt er, sagt Eva-Maria:

»Ach, Schatz, schau doch nach, wo Morli ist!« und schon springt er auf und saust durch die Wohnung und dann hinaus in den Garten.

Das Katzenvieh wird wieder einmal im Hexenhaus sein. Das erinnert mich daran, ich muß gelegentlich nachsehen, ob Minki und sein Herrchen gut überwintert haben.

»Papa sucht Morli schon«, sagt Eva-Maria zur umgeschnallten Rosalinde. Sie findet den Umgang mit Haustieren für ihre Tochter sehr konstruktiv und für ihre Entwicklung maßgeblich, wenn sie selbst sich auch keine Katze halten können, weil sie ihnen die Wohnzimmergarnitur verkratzen und sich womöglich auf dem Buchara verewigen würde.

»Wie gefällt dir eigentlich Charly?« frage ich so obenhin.

»Charly? Wer ist Charly?«

Ich sage es ihr, obwohl sie ihn natürlich kennt. Jeder kennt Charly.

»Der? Wie soll er mir schon gefallen? Ein junger Hupfer wie alle anderen.« Sie sieht mich scharf an. »Hast du was mit ihm?«

Ich lächle.

»Bist du verrückt?« keift sie. »Der ist doch viel zu jung für dich!«

»Ausgerechnet du mußt das sagen!« rufe ich empört. Ausgerechnet Eva-Maria, die bis vor kurzem mit Bubis herumgezogen ist, die ihre Söhne hätten sein können. Aber jetzt, neben Egon, muß sie natürlich so tun, als wäre ein Mann mit Stirnglatze und chronischer Nebenhöhlenvereiterung der Gipfel der Glückseligkeit. Wahrscheinlich kann sie es neben dem alten Knacker überhaupt nur aushalten, indem sie sich ständig selbst etwas vormacht.

Bei Charly werde ich mir nichts vormachen müssen. Bei ihm darf ich so jung sein, wie ich es in meinem Herzen ohnehin bin. Alles im Leben ist Schicksal. Und wenn mir dieses Schicksal einen liebenswürdigen, schönen jungen Mann in den Schoß wirft, wäre es da nicht sträfliche Undankbarkeit, ein solches Geschenk von sich zu weisen?

Das Schicksal schaut sich das weibliche Wesen da unten in Bad St. Florian genauer an und beschließt, es vor einer neuerlichen Dummheit zu bewahren, indem es Charly einen lukrativen Werkvertrag in die Hand drückt und ihn umgehend nach Libyen schickt.

So weit, so gut.

Aber was macht dieses dumme Huhn von einer Frau? Es verliebt sich Hals über Kopf in Risikofall f.

Das Schicksal kann nur noch verständnislos das mancherlei Gram gewohnte Haupt schütteln. Vergeblich war sein Rettungsversuch, so vergeblich, als würde man jemanden aus einem Froschteich ziehen, der sich anschließend in den nächsten Fluß stürzt.

Auch Flora geht es schlecht. Mit ihrem Jüngling ist es aus. Der hat jetzt eine Neunzehnjährige. Flora ist schrecklich deprimiert. Sie sitzt daheim vor dem Recorder und hört sich die Reinigungskassette an.

Zugegeben, das war ein Reinfall

Daß Arnold nicht die Antwort meiner Gebete an den heiligen Antonius war, sondern Risikofall f, stellte sich leider erst heraus, nachdem er bei mir eingezogen war. Vielleicht hätte ich doch jenen Briefkastentanten glauben sollen, die immer wieder davor warnen, Urlaubsbekanntschaften zu Hause fortzusetzen. Aber ich dachte mir, es müßte ja auch einmal Ausnahmen geben. Eine Ausnahme ist Arnold ja. Aber in die falsche Richtung.

Heute, bevor er ins Büro ging, gab er mir statt einem Kuß den guten Rat, beim Abtrocknen der Hände regelmäßig die Nagelhaut mit dem Handtuch zurückzuschieben. Er vermißt den Mond an meinen Nägeln.

Er hat den Pygmaliontick. Wenn er nicht jemanden hat, den er erziehen kann, ist er nicht glücklich.

»Das tut mir aber leid!« sagte Flo mitfühlend. »Ich dachte, wenigstens zwischen euch zwei liefe es prima. Unsere Clique in der ›Reblaus‹ hält euch für ein Traumpaar.«

»Ein Traumpaar! Henry Higgins war ein Waisenknabe gegen Arnold. Gestern rief er zwischen der Suppe und dem Braten Lieselotte an, um sie zu fragen, welches Kunststück sie anwendet, damit die Grießnockerln nicht hart wie Kieselsteine werden. Wie bei mir. Und bis zum Kompott hielt er mir dann einen Vortrag über die korrekte Herstellung göttlich-flaumiger Duweißtschonwas.«

»Wer ist Lieselotte?«

»Seine Exfrau.«

»Ach, er ist noch in Kontakt mit ihr? Ich dachte, sie hat ihn so gelangweilt, daß er sich regelmäßig beim Gähnen den Kiefer verrenkte?«

»Das habe ich auch gedacht. Aber immerhin hat er sie zu einer exzellenten Hausfrau erzogen. Sie würde niemals den Badezimmerspiegel mit Klopapier und Spucke putzen.«

Außer Flo weiß niemand von meinem letzten Desaster. Von den Kindern abgesehen natürlich. Denen kann es nicht verborgen bleiben, was für ein Typ Arnold ist, denn er nimmt kein Blatt vor den Mund. Bloß wenn *ich* einmal etwas aus mir herausgehe, dann sagt er: »Ich bitte dich, nicht vor den Kindern!« und schaut dabei drein wie ein blasiertes Schaf.

»Jetzt kann ich es dir ja sagen«, sagte Flo. »Er ist mir schon damals in Mallorca reichlich pingelig vorgekommen. Ich bitte dich, welcher andere Mann nimmt schon einen Kleiderbügel mit, wenn er zum Strand geht?«

Ich seufzte. »Ich dachte, nach all den Jahren würde es nett sein, eine Hose zu sehen, die jemand anders als ich auf einen Bügel gehängt hat. Apropos Hosen. Sind die am Badezimmerhaken nicht die von Gerry?«

Flo lächelte und zuckte die Achsel.

»Hat er sie dir zum Andenken hiergelassen, oder ist er selber wieder da?«

»Zweiteres.«

Echt, uns Frauen ist nicht zu helfen. Aber im Moment stand es mir nicht an, gute Ratschläge zu geben. Ich trank meinen Kaffee aus und erhob mich. »Ich muß heim, kochen. Arnold liebt es gar nicht, wenn das Essen nicht pünktlich auf dem Tisch steht. Bei Lieselotte ist das nur ein einziges Mal vorgekommen, und das war, als sie beim Einkaufen mit dem Fahrrad stürzte und mit einer Gehirnerschütterung ins Krankenhaus gebracht wurde. Ich wette, ihre ersten Worte, nachdem sie zu sich gekommen ist, waren: ›O Gott, ich muß heim! Mein Mann wartet auf sein Mittagessen!‹«

Ich war wieder total im Streß. Bis jetzt war ich das zwar auch, aber da kochte ich, wenn wir Hunger hatten. Bei Arnold jedoch ist es eine Frage des Prinzips. »Es hat nichts mit dem Essen an sich zu tun, meine Liebe, aber unsere innere Ordnung setzt eine äußere voraus.« Einen Fleck auf dem Tischtuch starrt er an, als wäre es eine Kröte. Aber die Erdnußschalen, Zigarettenstummel und den anderen Mist in Pepitos Bar in Mallorca hat er ›Atmosphäre‹ genannt.

Wir lernten uns in einem jener spanischen Busse kennen, die

ständig so voll sind, daß es unmöglich wäre, sich an der Nase zu kratzen, außer man hat die Hand schon beim Einsteigen in dieser Position gehabt. Als wir die Hafenstraße von Palma entlangknatterten, sagte Arnold, der für mich zu dem Zeitpunkt natürlich noch nichts anderes war als ein fremder Mann, der zufällig im Bus neben mir stand: »Wissen Sie, daß ich Sie vorhin ganz toll gefunden habe?«

»Ich mich auch«, entgegnete ich mit bescheidenem Stolz.

Ehrlich, der Moment, als ich dem Schurken an der Bushaltestelle auf der Plaza España eine Ohrfeige verabreichte und ihm meine Brieftasche entriß, die er schon in seinen räuberischen Klauen gehalten hatte, ist einer der Höhepunkte meines Lebens gewesen. Nur als ich das erste Mal Knödel kochte, die sich *nicht* im Wasser in ihre Einzelteile auflösten, habe ich mich ähnlich super gefühlt.

»Es war wunderbar! Ich wollte, Lieselotte wäre nur halb so mutig und selbständig wie Sie gewesen, dann wären wir vielleicht heute noch verheiratet.«

Er war also geschieden, und so wie es aussah, im Moment solo.

Das traf sich gut, denn ich hatte mich schon fast damit abgefunden, meinen Urlaub mit dem Krimi ›Tote haben einen leisen Schlaf‹ und einer Flasche Fundador zu verbringen. Flo hatte am Abend zuvor einen Hamburger im Bierkeller ›Oberbayern‹ kennengelernt. Er war zwar nicht ganz das, was sie sich erhofft hatte, nämlich ein feuriger Spanier, aber besser als gar nichts.

An Spanier ranzukommen, hatte sich als schwieriger erwiesen, als wir angenommen hatten. Sie sind sehr eingebildet. Außerdem reden die meisten nur spanisch. Gleich am ersten Tag wäre ich fast mit einem ins Gespräch gekommen, als er sich im Café vordrängte wie ein wichtigtuerischer Zwerggockel, und ich hätte ihm auch ordentlich meine Meinung gesagt, aber die einzigen Worte, die mir von meinem Spanisch-Schnellkurs noch in Erinnerung waren, waren *Hasta la vista.* Ich blätterte schnell mein Wörterbuch nach einem passenden Schimpfwort durch, inzwischen jedoch war meine Wut verraucht. Und er sah mich bloß stumm mit jenem unnachahmlichen Ausdruck von oben herab an – obwohl er mir nur bis zum Kinn reichte –, der den Spaniern angeboren ist.

Am Tag darauf dachten wir, wir hätten es geschafft, als wir in einem Seitengäßchen der Calle San Jaime auf ein Straßencafé stießen, in welchem die schönsten, größten und elegantesten Spanier saßen, die wir bis jetzt gesehen hatten.

Wir bestellten Campari-Orange und harrten hoffnungsfroh der Dinge, die nun zweifellos auf uns zukommen würden – bis zu jenem traurigen Moment, wo der ältere, elegante Spanier am Nebentisch dem jungen Halbgott neben sich übers Knie streichelte.

Da murmelte Flo: »Trink aus, und laß uns gehen! Ich fürchte, wir werden uns doch im ›Oberbayern‹ umsehen müssen.«

Als es mir an der Haltestelle wie durch ein Wunder gelungen war, mich aus dem Bus zu quetschen, sah ich, daß auch Arnold ausgestiegen war. Möglicherweise war er nur mitgerissen worden, aber ich glaube schon, daß es beabsichtigt war, denn er fragte mich sofort, ob er mich begleiten dürfe. Ich schrie zu ihm auf:

»Gern. Wenn Sie es möchten!«, während eine Boeing so knapp über unsere Köpfe hinwegdonnerte, daß ich zusehen konnte, wie sie die Räder ausfuhr. Mein Hotel befand sich in der Anflugschneise.

»Wie halten Sie das aus?« schrie Arnold.

»Indem ich mich pausenlos daran erinnere, was für ein günstiges Angebot es war. Und man gewöhnt sich daran. Ein bißchen.«

»Sie sind eine wunderbare Frau, wissen Sie das?«

Natürlich wußte ich es. Ich vergaß es nur zeitweise, wenn es mir länger niemand gesagt hatte.

Leider, meinte er bekümmert, hätte Lieselotte so gar nichts von meiner Gelassenheit gehabt und von meinem Humor. Sie war ein sehr ernsthafter Mensch. Eine gute Hausfrau und Mutter zwar, aber entsetzlich langweilig. Nichts für die heiteren Stunden des Lebens. Was er gesucht und nun gefunden hat, wäre jemand wie ich – so heiter, so witzig, so selbständig und emanzipiert, aber doch Frau durch und durch.

Inzwischen saßen wir gemütlich in einer Strandbar unter einem Sonnenschirm, vor uns zwei Eiskaffee. Wir plauderten und lachten und scherten uns einen Dreck um die Flugzeuge, die in Siebenminutenabständen über unsere Köpfe hinwegdonnerten.

Heute empfindet er das Krachen einer grünen Paprika zwischen meinen Zähnen als unzumutbaren Lärm. Er hat mir vorgemacht, wie man ißt, ohne daß man was hört.

»Ich hoffe, du hast diesen Zaubertrick auch Lieselotte beigebracht?« hatte ich gefragt, mit einer Stinkwut im Bauch.

Er hatte entgegnet: »Bei ihr war das nicht notwendig, meine Liebe!«, wobei er wieder eine unheimliche Ähnlichkeit mit einem blasierten Schaf hatte.

Als wir einmal den letzten Bus verpaßten und die sechs Kilometer von Palma zu Fuß zu meinem Hotel latschten und dann am Strand schliefen, weil das Hotel von einer Horde lärmender spanischer Schulkinder okkupiert war, war er ganz high vor Glück. Mit einer Frau wie mir würde jede Minute des Lebens zum herrlichsten Abenteuer, hatte er hingerissen geschwärmt, während wir abwechselnd aus einer Rotweinflasche tranken und uns zwischendurch innig küßten, wobei der Sand zwischen den Zähnen knirschte.

Heute machen wir einen unserer langweiligen Ausflüge erst, wenn ich alles tipptopp aufgeräumt habe. Letzten Sonntag habe ich eine Tomate nach ihm geworfen, als er mit dem Finger über die obere Schrankkante fuhr. Leider traf sie ihn am Kragen, und ich kann jetzt sehen, wie ich den Fleck herauskriege.

Der Kater hat ihn von Anfang an nicht gemocht. Man sollte dem Instinkt der Tiere trauen.

Wäre meine Tochter nicht zu ihrem Freund gezogen, wäre es erst gar nicht soweit gekommen, denn dann hätte ich keinen Platz für ihn gehabt. Dann säße er immer noch in seiner Junggesellenbude.

Während ich mich abmühte, die Kohlrouladen so hinzukriegen, wie Lieselotte sie macht (auf Speck angebraten), grübelte ich darüber nach, ob es schon damals, als ich ihn in seinem Kämmerchen besuchte, Anzeichen für seinen Tick gegeben hatte.

Es hatte.

Ich hatte es in meiner Verliebtheit nur nicht wahrhaben wollen. Ich bitte Sie, wenn einer, der eine Frau umarmt, plötzlich aufspringt, um einen Apfelbutzen vom Tisch zum Abfalleimer zu tragen, dann müßte einem das schon zu denken geben!

Aber ich Gans hatte mich damals bloß darüber gefreut, einen Mann gefunden zu haben, der mir einen Teil der Hausarbeit abnehmen würde.

Von wegen!

Heute setzt er sich nach dem Abendessen zu Mephisto, seinem verdammten Schachcomputer, und schnauzt meine Söhne an: »Helft gefälligst eurer Mutter beim Abwasch!«

Dazu hätte ich mich nicht scheiden lassen müssen. Das habe ich schon einmal gehabt.

Anfangs habe ich über unsere Probleme noch mit ihm geredet. Jetzt sage ich nichts mehr. Ich mache meine Arbeit als das brave Hausmütterchen, zu dem er mich zurückerzogen hat, wenn auch nicht mit demselben Erfolg wie bei Lieselotte. Mit der Liebe ist es auch nicht mehr weit her. Ich warte eigentlich nur auf einen passenden Krach, um ihm zu sagen, daß er sich zum Teufel scheren soll.

Aber ich sehe ihn jetzt zu selten zum Streiten. Er macht ständig Überstunden.

»Mußt du nicht heim, kochen?« fragte Flo nach einem Blick auf die Uhr.

»Ich koche heute nichts.«

Sie kicherte. »Was wird Arnold dazu sagen?«

»Gar nichts.«

»Gar nichts? Dann muß er sich aber schwer geändert haben.«

»Er wird deshalb nichts sagen, weil er ausgezogen ist.«

»Du hast ihn also hinausgeworfen, gut. Es war auch höchste Zeit.«

»Nein. Er ist von selbst gegangen. Er hat eine andere.«

»Eine … O nein!«

»O doch.«

Flo brauchte ein paar Momente, um diese Neuigkeit zu verdauen, dann fragte sie: »Wer ist es?«

»Sie heißt Puppi«, sagte ich, »und ist ein wunderbares Geschöpf – heiter, witzig, selbständig und emanzipiert, dabei Frau durch und durch. Sie gibt ihm das, was er bei einem trostlos langweiligen Hausmütterchen wie mir vermißt.«

»Das darf nicht wahr sein! Du kennst sie?«

»Bestens. Von unserem letzten Streit her. Arnold hat sie mir so ausführlich beschrieben, daß ich sie erkennen würde, wenn ich sie auf der Straße träfe.«

Es war nicht übertrieben. Sie würde nämlich jener Frau unheimlich ähnlich sein, die mit Arnold in Mallorca am Strand geschlafen hat – vor ihrer erfolgreichen Umerziehung.

Das Kunststück im Leben ist, daß man es objektiv, sozusagen von außen, betrachtet. In einem Film mit Annie Girardot hätte ich mich über Arnold und mich krankgelacht.

Gottlob hat mich diese letzte Pleite nur oberflächlich angekratzt und nicht ins Herz getroffen. Vielleicht gewöhnt man sich aber auch an seine Pleiten. Wie dem auch sei, ich fühle mich erleichtert. Auch meine Söhne sind erleichtert. Sie sagen zwar nichts, aber man merkt es. Irgendwie sind sie in den letzten Monaten erwachsener geworden. Manchmal kochen sie jetzt, wenn ich keine Zeit habe, und heben sogar etwas für mich auf. Und hie und da reden sie in letzter Zeit mit mir, als wäre ich ein richtig vernünftiger Mensch und nicht bloß ihre Mutter.

Jetzt, wo ich wieder solo bin und tun und lassen kann, was ich will, muß ich unbedingt einmal nachsehen, wie es Minki und dem kleinen Kauz geht. Ich werde einen Kuchen backen.

Gestern passierte im Büro etwas Nettes. Ein Mann, der aussah wie ein Perser und der ein Einzelzimmer mit Bad suchte, sagte, ich würde dieses Jahr besser und jünger aussehen als letztes Jahr.

Ich konnte mich nicht erinnern, ihn je gesehen zu haben, weder letztes Jahr noch sonst irgendwann.

»Aber ich bitte Sie, Madam!« rief er. Er sprach Englisch. »Letzten Sommer, beim Bootskorso, in Velden!«

Ich war nie beim Bootskorso in Velden.

Aber was soll's. Ich glaubte ihm trotzdem.

Wenn man über Vierzig ist und nicht gerade aussieht wie Uschi Glas, sollte man, wenn man schon einmal etwas Nettes hört, die Worte nicht auf die Goldwaage legen.

... aber das nächste Mal wird's wunderbar

Ich öffnete das Gartentürchen vorsichtig mit beiden Händen, um es am Herausfallen zu hindern – aber es schwang in seinen Angeln so fröhlich hin und her wie ein Vögelchen auf einem Ast. Die Bierflaschen vor der Tür des Hexenhäuschens waren verschwunden. Dort lag jetzt eine funkelnagelneue Fußmatte. Ich sah mich genauer um. Die Fensterläden waren gestrichen. Auf der Gartenbank lagen karierte Kissen und auf dem Tisch eine hübsche Decke, mit Kreuzstichen bestickt.

Da war mir alles klar. Der kleine Affe hatte das Häuschen verkauft. Allem Anschein nach an eine ältliche Lehrerin mit einem Ordnungstick.

Ich klopfte zaghaft an, eine Männerstimme sagte: »Herein«, ich trat in ein blitzblankes Stübchen, an dem mir vor allem die blütenweißen Spitzenvorhänge an den Fenstern auffielen, und sagte zu dem adretten, glattrasierten Mann, der eine Schürze über seiner Anzughose trug und die Herdplatte polierte: »Entschuldigen Sie, ich suche eigentlich den Herrn, der vorher hier wohn ... O nein!«

Er war es! Oder vielmehr jemand mit seinem Gesicht und seiner Gestalt nach einer rätselhaften Metamorphose.

Er bot mir einen Stuhl an und sagte nach einem besorgten Blick auf die Uhr: »Ich muß leider in genau achtzehn Minuten weg, zur Arbeit. Was darf ich Ihnen anbieten, vielleicht einen selbstgemachten Himbeerlikör?« Zum Schutz der handgestickten Tischdecke legte er sorgfältig ein kleines Spitzendeckchen unter das Likörglas.

»Ich habe Ihnen einen Kuch ...«, fing ich an, klappte aber meinen Mund schleunigst zu, als er einen Kuchen vor mich hinstellte, bei dessen Anblick mein eigener vor Scham zu schrumpeln anfing.

In dem Moment ging mir ein Licht auf. »Sie haben eine Freundin?«

Er nickte. »Nächsten Monat wollen Herlinde und ich heiraten.«

Ich aß den Kuchen, danach stand ich auf, um wie früher die Brösel vor die Tür zu werfen, für die hungrigen Mäuschen, aber er nahm mir schnell den Teller aus der Hand und beförderte mit den Worten: »Herlinde sieht das nicht gern. Es zieht das Ungeziefer an«, die Brösel in einen neuen Abfalleimer. Er wusch den Teller, trocknete ihn ab und stellte ihn zurück in den Schrank.

Dann wartete er, daß ich den Likör austrank, um das Glas abwaschen zu können.

»Wo ist Minki?« fragte ich, mich umblickend.

»Draußen. Ich habe ihr im Schuppen ein gemütliches Lager hergerichtet. Herlinde ist leider allergisch gegen Katzenhaare.«

»Was macht die Malerei?«

»Ach, wissen Sie, die Arbeit ... und Herlinde hat eine Abnei ...«

Ich nickte. Ich wußte, was er sagen wollte.

Während ich ihn zum Wagen begleitete, auch der neu, erzählte er mir, daß er nach der Hochzeit in Herlindes hübsches Häuschen im Nachbarort ziehen wird, das sie zusammen mit ihrer Tochter aus erster Ehe und ihrer Mutter bewohnt, und daß sie dann das Hexenhäuschen nur noch als Sommerhaus benutzen werden.

Ich hätte ihn gern gefragt, ob sich seine Impotenz gebessert hat. Aber dieser Mann im Nadelstreifenanzug war mir so fremd geworden, daß ich nicht den Mut dazu fand.

Ich glaube auch nicht, daß Herlinde eine solche Frage gutgeheißen hätte.

Während ich ziemlich bedrückt heimwärts schlich, dachte ich darüber nach, wie sehr wir Menschen doch einem Gummiband glichen. Egal, wie das Leben auch an uns zog und zerrte, wir sprangen doch immer wieder in die alte Form zurück. Auch ich war so ein Gummiband, allerdings schon ein ziemlich ausgeleiertes.

Hannas Leben verläuft ebenfalls wieder in den alten Bahnen. Philipp ist beim Fischen so unglücklich über eine Böschung gestürzt – vermutlich aus dem Gleichgewicht gebracht durch die doppelte Belastung von Angelrute und Bibi –, daß er sich den Oberschenkel brach.

Daraufhin hat Hanna sich die Kriegsbemalung aus dem Gesicht gewischt, ihren neuen Fummel gegen eine Kittelschürze vertauscht, einen langen Reißverschluß ins Hosenbein von Philipps altem Trainingsanzug genäht und ist zur Tagesordnung übergegangen.

Bibi hat seit Fipsimäuschens Beinbruch ein inniges Verhältnis mit ihrem Zahnarzt, einem bedauernswerten Mann mit vollkommen desolatem Familienleben, der sich demnächst scheiden lassen wird.

Mit meiner Wohnung wird es jetzt ernstlich crnst. Ich warte nur noch auf den Stromanschluß. In zwei oder drei Wochen wird es soweit sein.

Hoffe ich.

Eben habe ich den neuen Spruch der Woche aufgehängt:

»Du kannst alles im Leben verlieren, nur die Hoffnung nicht.«

Ich habe ihn gut sichtbar über den Brotkorb geklebt, damit ihn auch die Kinder sehen. Je früher sie begreifen, daß im Leben nichts wichtiger ist als eine gesunde Hoffnung mit unverwüstlicher Kondition, desto besser.

Kürzlich ist mir ein kleiner Aufsatz in die Hände geraten, den ich vor vielen Jahren geschrieben und einer Frauenzeitung angeboten habe, die ihn jedoch nie brachte. Dabei war er gar nicht so schlecht. Ich hatte geschrieben:

»Verlorene Hoffnungen. Nichts wird von uns Müttern häufiger verloren als die Hoffnungen, Regenschirme ausgenommen. Die Hoffnungen werden verloren und wiedergefunden, es werden die schwärzesten Löcher darin fein säuberlich mit rosa Fäden gestopft, so daß sie beinahe aussehen wie neu – und dann verliert man sie prompt wieder.

Nur endgültig darf so etwas Kostbares wie die Hoffnung niemals verlorengehen. Man kann sich zwar einen neuen Regenschirm kaufen, aber versuche einmal einer, sich eine neue Hoffnung zu kaufen! Und deshalb gibt es in einem versteckten Winkel unseres Körpers, ungefähr in der Herzgegend, so etwas Ähnliches wie ein Fundbüro der verlorenen Hoffnungen.

Es ist bei Gott kein Prunkgemach. Eigentlich ist es nicht viel mehr als eine kleine Rumpelkammer, in der sie in kunterbuntem Haufen durcheinanderliegen, unsere verlorenen Hoffnungen. Zerknittert, abgenützt vom starken Gebrauch, oftmals gewendet wie alte Hemdkragen, fleckig vom Hantieren mit schweißnassen Fingern, fristen sie hier ihr kümmerliches Dasein, am Leben erhalten nur von der winzigen Hoffnung, daß wir eines Tages doch noch Gebrauch von ihnen machen.«

Dazu hatte ich ein paar jener ständig verlorenen Hoffnungen aufgezählt, wie ich jetzt, nach mehr als einem Jahrzehnt, mit wehmütigem Lächeln las. Alle drehten sich um die Kinder, samt und sonders Kleinigkeiten, die sich inzwischen entweder erfüllt haben oder unwichtig geworden sind. Wenn ich es genau bedenke, sprechen wir heute bezüglich unserer Kinder eigentlich immer nur die eine Hoffnung aus, aber die unisono im Chor: »Hauptsache, sie bleiben gesund!«

Das Leben macht einen bescheiden.

Auch für mich persönlich sind die Hoffnungen bescheiden geworden. Ich hoffe immer noch, daß es IHN irgendwo gibt und wir uns finden werden. Ich will nicht drängen, ich hoffe nur, daß es passiert, *bevor* wir beide zu alt und zu schwach sind, um uns in die Arme zu nehmen.

Eben habe ich bei Eva-Maria vorbeigeschaut, und was fand ich? Eine Frau im Nachthemd – um elf Uhr mittags! –, mit einer Zigarette im Mund und vor sich eine Tasse Kaffee, der so stark war, daß ich allein vom Geruch beinahe einen Kollaps erlitt.

Mir wurde übel vor Schreck. »Was ist passiert? Ist was mit Rosalinde? Wo ist sie?« Ich hatte sie nie anders vorgefunden als an einem Elternteil angeschnallt.

»Ich weiß nicht…«, Eva-Maria wedelte vage mit der Zigarette durch die Gegend, wobei sie die Asche über Tisch und Boden verstreute, »irgendwo…«

Ich fand die Kleine im Wohnzimmer, hinter der Couchgarnitur, wo ihr eine Promenadenmischung gerade hingegeben das vor Entzücken glühende Gesichtchen ableckte.

»Was ist das für ein Hund?« fragte ich Eva-Maria, vielmehr das, was einmal Eva-Maria gewesen ist.

»Hund? Was für ein Hund?«

Sie schüttete den Rest des Kaffees in sich hinein, sog an der Zigarette, als wäre es der letzte Zug vor ihrer Hinrichtung, und murmelte: »Vorgestern mußte ich meine sämtlichen Vorräte an biologischen Lebensmitteln wegwerfen, weil sie von einem seltsamen Käfer mit kleinem Rüssel befallen waren. Gestern habe ich gelesen, daß Rohkost am Abend ungesund und unverdaulich ist. Und heute morgen entdeckte ich das da!« Sie bedeutete mir mit einem Nicken, ihr zu folgen, latschte mit hängenden Schultern in Egons Arbeitszimmer und öffnete dort eine Schranktür.

Eine Batterie von teils leeren, teils vollen Weinflaschen kullerte uns entgegen, zusammen mit Dosen, auf denen Etiketten wie ›Kanadischer Räucherlachs‹, ›Gänseleberpastete‹ und ›Hirschragout in Weinsauce‹ klebten.

Jetzt wisse sie wenigstens, warum er zu Hause so oft und so lange über mitgenommenen Akten zu sitzen pflegte, der Kerl!

Zum erstenmal empfand ich Sympathie für Egon.

»Und dafür habe ich Gerstenkörner im Mörser zerstampft und mich Nacht für Nacht von einem Alptraum plagen lassen!«

»Was für ein Alptraum?«

»Ich wurde von einem riesigen Schweinskotelett verfolgt, eingefangen und aufgefressen.«

Von jetzt an, meinte sie, sich energisch die Nase putzend, pfeife sie auf das gesunde Leben. Sie goß uns Kaffee ein, den sie mit einem Schuß Kognak verstärkte.

Das Hündchen kam hinter der Couch hervor, machte am Buchara kurz halt, um sich zu erleichtern und sich ausgiebig zu kratzen, Rosalinde auf allen vieren hinter ihm her.

»Ich fürchte, er hat Flöhe«, sagte ich.

Eva-Maria zuckte die Achsel. »Was soll's. Ich glaube nicht, daß Hundeflöhe an Menschen gehen.« Und zu ihrer Tochter, die sich gerade an ihrem Knie aufgerichtet hatte und energisch nach mütterlicher Zuneigung verlangte, sagte sie:

»Spiel mit dem Wauwau und laß Mami in Ruhe. Mami und Papi haben sich gestritten, und Mami braucht jetzt Ruhe, viel Ruhe, sonst schnappt sie über, und dann kommen zwei böse Männer und wickeln sie in eine große Jacke mit langen Ärmeln, und du wirst Mami eine lange, lange Zeit nicht mehr sehen.«

So leid es mir für Eva-Maria tat, ich fühlte mich erleichtert. Die kleine Welt um mich herum lief wieder in ihren gewohnten Bahnen.

Die Idee, einen Kriminalroman zu schreiben, habe ich nun doch aufgegeben, und zwar aus einem einfachen Grund: Ich kann keinen Mörder finden.

Alle diese Hohlköpfe, die sich aufführen, als wären sie tatsächlich am Leben und nicht bloß Kinder meiner Fantasie, schreien Zeter und Mordio, sobald sie erfahren, daß ich sie als Mörder einsetzen will. Ein einziger, ein hübscher, großer, blondlockiger, sympathischer junger Mann, dessen Hobby es ist, in der Kirche die Orgel zu spielen und alten Damen über die Straße zu helfen, hat sich freiwillig zur Verfügung gestellt.

Er ist mir von Anfang an suspekt vorgekommen. Das mußte einer mit einer makabren Vorliebe für perversen Humor sein …

Ich habe es mir anders überlegt. Ich werde, sobald ich die Zeit dazu finde, sobald also die Kinder alle aus dem Haus sind, ein Buch über eine Frau schreiben, die geschieden ist, drei halbwüchsige Kinder hat, sich mit einem schrottreifen Auto und mit nichtsnutzigen Liebhabern abmüht und die davon träumt, eines Tages den Küchenschrank aufzumachen, und heraus steigt ER, der Richtige. Und dann wird alles wunderbar sein …